I0585127

Charles Sealsfield
Werkausgabe in Einzelbänden
Herausgegeben von Günter Schnitzler und Waldemar Fromm

Charles Sealsfield

Der Virey und die Aristokraten oder Mexiko im Jahre 1812

Herausgegeben von
Günter Schnitzler und Waldemar Fromm

Zugl. Jahrbuch der Charles-Sealsfield-Gesellschaft e.V., München
Bände 21/22, 2009/2010

Weitere Informationen über den Verlag und sein Programm unter:
www.allitera.de

Bibliographische Information der Deutschen Bibliothek

Die Deutsche Bibliothek verzeichnet diese Publikation
in der Deutschen Nationalbibliographie;
detaillierte bibliographische Daten sind im Internet
über <http://dnb.d-nb.de> abrufbar.

Mai 2010
Allitera Verlag
Ein Verlag der Buch&media GmbH, München
© 2010 Buch&media GmbH, München
Umschlaggestaltung: Kay Fretwurst, Freienbrink
unter Verwendung von Éduard Manet:
Die Erschießung Kaiser Maximilians von Mexiko (1868/69)
Herstellung: Books on Demand GmbH, Norderstedt
Printed in Germany · ISBN 978-3-86906-119-1
ISSN 1613-6942

Inhalt

Anhang

Erster Teil

Vorwort des Herausgebers zur ersten Auflage.

ie Grundzüge des vorliegenden Buches, das wir Bilder des öffentlichen und häuslichen Lebens in Mexiko in der angegebenen Periode nennen möchten, sind während eines Besuches des Herrn Verfassers in Mexiko niedergeschrieben worden.

Die meisten Skizzen wurden in dem Lande selbst entworfen, so wie die Charaktere größtenteils nach der Natur gezeichnet sind; mehrere lernte der Herr Verfasser persönlich kennen. Die geschichtlichen Partien sind teils aus mündlichen Überlieferungen bewährter Personen, teils aus dem offiziellen Blatte der damaligen Periode genommen. Fernere Quellen anzugeben, hält der Herr Verfasser für überflüssig, da er keine Aufgabe zu liefern im Sinne hatte, und daher Rechenschaft abzulegen weder für nötig, noch angemessen hält.

Unterdessen wird der, einiger Beurteilung fähige Leser sehr bald die tief geschichtliche philosophische Betonung des Buches herausfinden, durch dessen Andeutungen ihm vielleicht erst mehreres in den Geschichtswerken eines *Robinson, Mier, Zavala* über dieses Land klar werden dürfte.

Die Noten und Erklärungen sind durchgängig vom Herausgeber, so wie mehrere der Kapitelmottos; erstere sind teils aus schriftlich-brieflichen Erläuterungen des Herrn Verfassers, teils aus den besten Werken, die über dieses Land existieren, entnommen. Die spanischen Ausdrücke wurden auf den ausdrücklichen Wunsch des Herrn Verfassers beibehalten, teils »um dem Buche sein mexikanisches Kolorit nicht zu schwächen,‹ teils *weil das noch auf einer sehr untergeordneten Stufe der Zivilisation stehende Volk von Mexiko mit seinen Ausdrücken Begriffe verbindet, die der viel höher stehenden deutschen Nation wohl durch Umschreibung, aber nicht leicht oder nur selten durch die Übersetzung, versinnlicht werden können.«*

Obwohl übrigens dieses Buch für alle Klassen der bürgerlichen Gesellschaft geschrieben ist, so glauben wir doch, um niemandes Erwartungen zu täuschen, beifügen zu müssen, daß nur der höher Gebildete, oder der mit dem weltgeschichtlichen Gange dieses merkwürdigen Reiches bekannt werden Wollende, wahren und hohen Genuß schöpfen wird; aber die Großartigkeit des Gegenstandes, die außerordentlich kräftige, durchaus mit dem Gegenstande vertraute Behandlungsweise, der unberechenbare Einfluß, den dieses Land früher oder später, gewiß aber in nicht sehr entfernter Zeit, auf die Schicksale der übrigen Welt üben wird und muß, lassen den Herausgeber hoffen, nicht umsonst den Blick des Publikums auf eine literarische Erscheinung gerichtet zu haben, deren reeller Wert dessen Urteile *vorläufig* anheimgestellt wird.

Den 6. August 1834.

Einleitung.

er erste Schimmer Mexikos, der uns bei der Annäherung an sein merkwürdiges Gestade ins Auge glänzt, erregt in uns eine seltsame Mischung von widersprechenden Empfindungen.« – –
– – –

»Der leichte Baltimoreschoner windet und kämpft sich mühsam durch die zornigen Wogen, die eine halbe Stunde zuvor von einem rasenden Squall aufgerüttelt worden. Die Höhe, auf der er sich befindet, ist 20° Br. und 95° L., noch wenigstens 60 Meilen vom Lande. Nichts ist zu sehen als der Wasserspiegel und das blau und grau schattierte Himmelsgezelt, auf dem sich einzelne Gewitterwolken, von lichten Punkten umgeben, hingelagert haben. Einer dieser lichteren Punkte steht unverrückt Süd-Südwest vor unserm Blicke, während die andern in der schaukelnden, schwer arbeitenden Bewegung des Schiffes ewig wechseln. Er wird bald lichter, bald dunkler, er glänzt nun wie ein Pharus in stockfinsterer Nacht, wieder tritt er in den Hintergrund gleich der verschüchtert erbleichenden Jungfrau. Unsere und unserer Umgebung Blicke sind starr auf diesen Punkt gerichtet, dessen Farbenspiel jeden Augenblick wechselt, um den die Wolken mit jeder Sekunde phantastischer, magischer tanzen. Nun umfangen sie seinen Nacken, wie der Schleier sich um das Gesicht der züchtigen Jungfrau legt; wieder verschwinden sie, und das riesige Bild tritt bald glänzend hehr in den Vordergrund – bald verschämt zart in den Hintergrund, hängt nun als Riesenstern in dem Himmel über einem undurchdringlichen Wolkenschleier, der den ganzen Rand des Horizonts einnimmt, bald steigt er über diesen als Feuersäule herauf aus dem magischen, dunkeln, Tausende von Meilen langen Sockel. Noch ist das Gewölk über den Himmel zerstreut, und der Sockel liegt am blauen Wolkenrande unbeweglich, und so weit das Auge reicht, eine tote Masse, zwischen Himmel und Wasser. Sie zieht sich in Schlangenlinien von Norden nach Süden, in dunkelblau, grau und grün, mit einem roten Saume über ihren Scheitel. – Es ist die Stunde der Morgendämmerung, und Ihr seid der Einladung des Capitains gefolgt, der schweigend mit den übrigen Gefährten auf dem schräg abschüssigen, engen Verdecke steht. Selbst der Matrose vergißt einen Augenblick Schlaf und Hängematte und starrt auf den erwähnten Punkt in sprachloser Erwartung.

Auf einmal verschwindet der dunkle graublaue Schleier, der um den Gürtel und Nacken dieses magischen Riesenpunktes wogt, die Schlangenlinien des Wolkenrandes des ungeheuren Sockels werden glänzend rot, und indem das Auge mit Verwunderung dem prachtvollen Farbenwechsel zusieht, strahlt der Punkt über dem Wolkenschleier auf einmal in überirdischer Glorie in die Himmel hinein, er wird zur riesigen, ungeheuer flammenden Pyramide, die im leuchtenden Feuer vor unsern Blicken auflodert, eine Masse gediegenen Silbers, des reinsten Goldes, mit Milliarden von Brillanten, Rubinen und Smaragden besetzt. – Es ist der Orizava, der, von der aus dem Ozeane aufsteigenden Sonne beleuchtet, aus seinem Wolkenschleier hervortritt, den ein *buen norte* von seinem Nacken gelüftet, und der nun Eure Seelen in Bewunderung und Anbetung versetzt; denn die Poesie des Himmels und der Erde hat sich vereinigt, um Euch den herrlichsten, den größten aller Genüsse zu geben, wie ihn Euer Auge nie geschaut hat, nie schauen wird. – Ihr wendet Euch für einen Augenblick, um Eurem Gemüt Erholung zu geben, von diesem herrlichsten und größten aller Genüsse, und wie Ihr wieder Euern Blick dem Naturwunder zuwerfet, so ist es verschwunden, ein grauer Nebel aus den Gewässern aufgestiegen und unter seinen wässerigen Fittichen fliegt Ihr der Küste zu. Der Nebel erhebt sich, und der Stern in Wolken gehüllt, tritt Euch abermals entgegen, aber nur sein Haupt ragt über diese hervor – zu seinen Füßen seht Ihr den langen Gebirgssaum der Kordilleren, und vor Euch die öde, baum- und strauchlose Sandwüste, an deren Rand Veracruz Euch entgegenschimmert, ein glänzend weißer Punkt, der, so wie Ihr näher kommt, Euch unwillkürlich an die übertünchten Gräber der Schrift mahnt.« –
»Mit diesen Vorgefühlen betretet Ihr die Gestade Mexikos.«

»Der erste Schritt auf mexikanischem Boden überzeugt Euch, daß dieses Land eine schwere, eine tödliche Crisis überstanden, daß es sich aus dieser Crisis noch nicht erholt hat, und noch lange nicht erholen wird. Es sind die Nachwehen einer Krankheit, die, wie die seines schrecklichen *vomito prieto*, noch jahrelang den Körper in Siechtum schmachten lassen, ihn vielleicht nie verlassen. Man glaubt in einer soeben durch eine Feuersbrunst zerstörten Stadt zu sein, deren unglückliche Einwohner noch so sehr von Schreck und Entsetzen betäubt sind, daß sie an das Aufräumen gar nicht denken; oder auf einem Dreimaster, der in einer Reihe von Stürmen Ruder, Segel, Maste, den besten Teil seiner Schiffsoffiziere und alle seine Lebensmittel verloren, und auf dem alle Bande des Gehorsams gelöst sind, wo brutale Gewalt allein Gesetz ist. Alles zeugt hier von der peinlichen Auflösung aller gesellschaftlichen Bande, von einer Zerstörung, einem Bürgerkriege, der, mit giftigem, tödlichem Hasse geführt, nichts verschont hat, weder Menschen noch ihre Werke.« –

»Diese Eindrücke und ein gewisses Grauen begleiten uns noch mehrere Stunden, nachdem wir das glänzend trostlose Veracruz bereits verlassen und uns durch die Sandhügel hindurch gemüht, die zwischen dieser Stadt und den ärmlichen sechs Hütten, Santa Fé genannt, unsere Geduld so sehr in Anspruch nehmen. – Hinter diesen jedoch zeigen sich Lichtpunkte. Oasen in dem Sand- und Sumpfmeere, vom herrlichsten Grün, dem glänzendsten Rot, dem lieblichsten Blau – Anklänge von dem Lande, wo, mit den Worten eines großen Dichters zu reden:

– – – die Zitronen blühn,
im dunkeln Laub die Goldorangen glühn –

kommen uns entgegen. Wildnisse von Palmen-, Orangen-, Zitronen- und Bananenbäumen, mit Myriaden von Blumen behangen und Schlingpflanzen umwoben, unterbrechen die Sandebenen da, wo ein Bach oder eine Quelle Nahrung gibt. Wilde Kürbisse und zahllose Convolvulus-Blüten bilden das Dach der wunderbaren Aue. Es tritt gleichsam der Kampf zwischen dem Prinzip des Guten und des Bösen, zwischen Leben und Verwesung, uns anschaulich vor Augen. Es kommt uns vor, so wie wir von Bajada einen Blick rückwärts werfen, als sähen wir dieses merkwürdige Land hervortreten aus den Meereswogen, müde, matt und erschöpft von der ungeheuern Anstrengung, die ihn dieses gekostet, hinsinken auf den Sand, unfähig, sich weiter zu schleppen, erst nach einer mehrstündigen Ruhe einen neuen Ansatz nehmen, weiter schleichen, wieder liegen bleiben, wieder erstehen, aber allmählich seine vorige Kraft gewinnen, die zur Wildheit ausartet, so wie es weiter schreitet.«

»Jenseits der prachtvollen *Puente del Rey*[1], der schönsten Mexikos, beginnt das Land einen wunderbar grandiösen Charakter anzunehmen. Der Dichter, indem er sang:

›Kennst du den Berg und seinen Wolkensteg,
Das Maultier sucht im Nebel seinen Weg,
In Höhlen wohnt der Drachen alte Brut
Es stürzt der Fels, und über ihn die Flut‹ –

scheint die Felsenstraße zwischen *Puente del Rey* und *Perote* vor Augen gehabt zu haben, auf der zu jeder Stunde des Tages das Maultier in langen

[1] Königsbrücke.

Reihen hinan klimmt, seinen Weg suchend im Nebel, so wie es auf die eisige Höhe von Perote hinan steigt.«

»Mexiko ist nicht ein schönes Land in dem Sinne, wie wir uns ein solches gewöhnlich denken, wenigstens nicht von dieser Seite gesehen oder betreten. Es sind nicht lieblich grünende Fluren, die das Auge erfrischen, nicht wogende Felder, nicht sanft dahin rieselnde Quellen oder majestätische Ströme, die wir schauen; das Auge erblickt nur ungeheuere, schauerliche Felsenmassen, gräuliche Klüfte, entsetzliche Abgründe, die aus den furchtbarsten Höhen in die Tiefen des Erdballes hineingähnen, und aus denen der Donner der Katarakte heraufbrüllt wie Schlachtendonner. Die Natur trägt hier den Charakter des wildesten Stolzes, der bizarrsten, furchtbarsten Kraft, und wieder einer unbeschreiblich trägen Indolenz. Es ist dieses Land die Poesie der westlichen Hemisphäre, das poetischste Land der Erde. Selten einer jener sanfteren Übergänge, in denen sich die prosaischere Natur in andern Ländern so sehr gefällt, nur Spuren gewaltsamer Revolutionen und schnell aufeinander folgender Katastrophen, häufig nicht mehr als einen Steinwurf voneinander entfernt, bei jedem Schritte Spuren der gewaltsamsten Umwälzungen, der unnatürlichsten Kämpfe.«

»Aber auch mit jedem Schritte, den wir in das Innere dieses merkwürdigen Landes tun, mit jedem Felsenblocke, den wir hinan klimmen, werden uns auch die Schicksale desselben, sein rätselhaftes Verhängnis, klarer, begreiflicher; der Zusammenhang der physischen und moralischen Gestaltung desselben erscheint uns deutlicher. Wir sehen, wie die Natur so riesenartig, so groß, so scharf, so bizarr, so energisch und hinwiederum so zurückstoßend, flach, träge und gemein, dem Menschen die Bahn gezeigt hat, ihm Vorbild geworden ist, ihn mit fortgerissen hat zu Erschütterungen, die die grellste Phantasie vergeblich in ihrer ganzen Schrecklichkeit zu malen sich abmühen würde; denn so wie dieses Land von der riesigen Hand der Natur gleichsam in einer ihrer höhnenden Launen in Trümmer hingeworfen, aus denen sich ein, obwohl noch immer chaotisch aussehendes Ganze gestaltet, so ist auch seine moralische Gestaltung oder vielmehr die seiner bürgerlichen Gesellschaft, gleichen Schritt gegangen. Keine jener harmonischen, vernunftgemäßen Entwicklungen, die unser Stolz und zugleich Bürgen unserer fortschreitenden Vervollkommnung sind. Nur Spuren von unerträglicher Unterdrückung, rohen Kämpfen und grausamen Eroberungen, denen ein noch grausamerer Despotismus folgte, der wieder durch eine ebenso grausame Revolution gestürzt zu werden bestimmt ist.«

»Und doch, wie der denkende Naturforscher in der physischen Revolution Zusammenhang erschaut, so findet auch der ruhige Beschauer in den moralischen Umwälzungen Ursache und Wirkung heraus, und vor seinem Blicke gestaltet sich allmählich das Chaos zum Ganzen und zum Einklang.«

»Noch aber ist alles Chaos, Zerstörung, Verworrenheit, moralischer Schutt und Trümmer.«

»Alles was bestanden, ist über den Haufen geworfen, vernichtet, zerbrochen oder kümmerlich zusammengefügt, um beim ersten Windstoße wieder über den Haufen geworfen zu werden, denn nicht bloß eine dreihundertjährige Regierung, auch die gesellschaftliche Form, die sie begründet, ist gebrochen; der Glaube, die Religion, alles ist gebrochen; alles nennt sich frei, und alles steht sich feindselig gegenüber. Millionen von Indianern, dem Buchstaben des Gesetzes nach frei, in der Tat aber die Sklaven jedermanns; ein Adel, der seine Titel verloren, aber seine Majorate beibehalten und auf diesen der unumschränkte Gebieter von Hunderttausenden seiner sogenannten Mitbürger ist; eine herrschende Kirche ohne Hirten; eine Religion, die die Dreieinigkeit lehrt, und ein Volk, das an keinen Gott oder an die Götzen der alten Azteken glaubt; der wütendste Fanatismus und der ekelhafteste Atheismus; eine nationale Repräsentation und Scharen militärischer Diktatoren und Tyrannen, von denen es sich der Geringste zur Schande rechnen würde, den gegebenen Gesetzen zu gehorchen. Mit einem Worte, die zügelloseste Freiheit, die, phantastisch wild aufgeschossen, noch viele Phasen durchzugehen haben wird, ehe sie sich zur gesetzlichen Freiheit gestaltet.«

»Sie wird sich aber gestalten; denn die Elemente des Guten sind auch hier zahlreich und kräftig, obwohl der Sauerteig der verdorbensten debauchierten Zivilisation, die je ein Land vergiftet, tief eingedrungen und lange schmerzliche Krankheiten verursachen wird.«

»Bisher ist dieses Volk sich noch immer selbst ein Rätsel; es ist noch nicht zum Bewußtsein, zur Beurteilung seiner selbst gekommen, noch nicht erwacht aus dem langen Taumel, in welchen es die plötzliche Erlangung seiner Freiheit geworfen. Es ist die Geschichte dieser Freiheit mehr einem Traume ähnlich, als der Wirklichkeit. Es schlängeln sich Lichtstrahlen durch ihr Labyrinth; aber das Ganze erscheint ein Labyrinth. Mexiko weiß noch immer nicht, wie es zur Freiheit gekommen. Es wurde von ihr überrascht, ohne daß es diese erkämpft, verdient hätte. Ein einziger Tag hat sie ihm verschafft, für die es elf Jahre vergeblich sein Blut vergossen, vergeblich gekämpft hatte; denn es war unterlegen in seinem

Freiheitskampfe, und als ihm endlich die Göttin erschien, überraschte sie solches, wie das Kind am Neujahrstage überrascht wird. Was es im elf-jährigen Kampf nicht zu erringen vermochte, brach auf einmal herein, so unvermutet, so plötzlich, daß alle Gemüter berauscht wurden und es noch immer sind. Es ist eine Art wilden, wüsten Freiheitsrausches, der noch immer herrscht, der die Gemüter noch immer nicht zur Besinnung kommen läßt, und der bei allen Volksklassen mehr oder weniger zu verspüren ist, ausgenommen den vormaligen Gebietern dieses Landes.«

»Es ist ein seltsames Gefühl, das uns bei dem Anblicke dieser Menschen beschleicht, dieser Fremdlinge, die wie abgeschiedene Geister der Vorwelt noch immer als Gespenster umher wandeln, gleichsam das Böse zu schauen, das sie gestiftet, sich zu weiden an der Eumeniden-Saat, die sie gesäet haben: Man sieht sie düster und wieder hohnlachend um ihre Lieblingsplätze und Städte herum wandeln; denn unerachtet des Verbannungsgesetzes sind ihrer zwischen zehn- und fünfzehntausend noch im Lande, gekettet an dieses durch ihre Verbindungen mit Eingebornen, oder durch die Schätze, die sie den Eingeweiden der Erde anvertraut und zu heben nicht Zeit noch Gelegenheit hatten.«

»Sie wandeln nun um diese Verstecke herum, wie unsere Indianer um die Gräber ihrer Väter. Sie sind lebende Klagelieder vergangener Herrlichkeit, von keinem bedauert, selbst nicht bemitleidet.«

»Das Land hat sie ausgestoßen, von sich geworfen, als Feinde und Eindringlinge, die sich von seinem Blute dreihundert Jahre hindurch genährt und doch Fremdlinge im Lande geblieben sind. Sie haften an diesem, wie der Schiffshauptmann der Letzte am Wracke haftet. Und, seltsam! derselbe Spanier, der düstern Blickes, verschlossener Miene, in seinen braunen Mantel gehüllt, um seine Lieblingsstadt Xalappa in den Gärten dieses irdischen Paradieses herum schleicht, von jedermann verabscheut, obgleich geduldet, er hofft auf die Rückkehr seiner Gewalt noch immer, hofft sich wieder im Blute der Mexikaner zu sättigen, gesteht es, verhehlt es nicht. Er hat nichts gelernt in den acht Jahren, die seit dem 21. Februar 1821 verflossen sind, nichts verlernt. Nur ein dunkler Punkt schwebt ihm in der ganzen langen Periode vor Augen, die Verräterei Iturbides. Hätte Apodoaka diesem Iturbide sein Zutrauen nicht geschenkt, meint er, würde er Mexiko noch immer sein nennen. Wie der Hund, der wütend und blind über den Stein, der ihn getroffen, herstürzt, und nicht den Schleuderer, der ihn geworfen, so zerfleischt er das Andenken dieses Mannes, nicht einsehend, daß er bloß das Werkzeug war in gewaltigeren Händen, bestimmt, die morsche Form zu zerbrechen, und daß dieses Werkzeug gebrochen wurde, sobald es seine Bestimmung erreicht hatte.«

»Der Haß des Mexikaners gegen diese Spanier ist unbeschreiblich, er geht ins Unglaubliche, er ist so ungeheuer, wie die Übel, die sie ihm zugefügt haben; er ist gegenwärtig, nächst der Spielsucht, die einzige Leidenschaft, die in seiner Apathie zuweilen aufblitzt. Er ist furchtbar und wird ihm so lange innewohnen, als die Erinnerung an die ausgestandenen Leiden, das Schmerzgefühl der Wunden, die ihm geschlagen worden; und die Wahrheit zu gestehen, werden diese noch lange Zeit, vielleicht noch Jahrhunderte eitern. Geheilt werden sie schwerlich je.«

Aus des Verfassers mexikanischem Tagebuche während
seines Besuches 1828.

Erstes Kapitel.

Kund ist's, sollt's mindestens sein, daß man in allen
Ländern, wo sich's Volk katholisch nennt,
Sechs Wochen, eh' die Osterglocken schallen,
Zu jeder Art von wildem Jubel rennt,
Und eh' man beichtet, möchte' in Reu verfallen
– Gleichviel zu welchem Stand man sich bekennt –
Durch Tanz und Trunk und Festschmaus und Masken
Und Sonst'ges, was mit Geld sich läßt forcieren.

BEPPO.

ie Siesta war vorüber; die tiefe Stille, in welche die zweistündige Mittagsruhe die ganze Hauptstadt Neu-Spaniens wie begraben hatte, war auf einmal einem tobenden Gesumse gewichen, das, aus den obern Vorstädten hereinbrechend, und einem nicht minder tobenden Lärmen von den untern her begegnend, bald über der ganzen Hauptstadt in einem so furchtbaren Schwall von Tönen aufstieg, daß ihre unzähligen Gallinazos² meilenweit dadurch verscheucht wurden. Tausende ihrer Bewohner erhoben sich von ihren Lagerstätten, den Porticis der Kirchen, Häuser und Paläste, oder tanzten, mit den buntesten Mummereien behangen, aus dem Parian³ hervor, um das Karneval in jener rasenden Lust zu feiern, mit der die katholischen Völker sich für die drükkenden Entbehrungen des Jahres schadlos zu halten pflegen. Hier sah man einen riesigen Tenatero⁴ im ungeheuern spanischen Generalshute und der Sergeantenjacke, Szepter und Weltkugel in der einen Hand, in der andern ein Kreuz von Pappe, stolz einherschreiten, den Erlöser von Atolnico⁵ vorstellend; ihm zur Seite eine Schar von Indianern, Zambos und Mestizen⁶, in Apostel, Jünger, jüdische Priester und Weiber metamorpho-

---

² Aasgeier; sie schwärmen zu Tausenden in und um die Städte Mexikos.
³ Der Basar auf dem Hauptplatze Mexikos.
⁴ Ein Erzträger; sie tragen 250 Pfund mit Leichtigkeit mehrere hundert Stufen hinan, und sind gewöhnlich Indianer von sehr starkem Körperbau.
⁵ Siehe Note I. am Ende dieses Bandes.
⁶ Siehe Note II.

siert, vor dem göttlichen Meister unzüchtige Tänze und Sprünge aufführen; daneben Adam und Eva, vom Engel mit flammendem Schwerte aus dem Paradiese getrieben, das von einer Gruppe von Wesen dargestellt wurde, die das damalige Eden, wie es auf unsern Pfennigbildern repräsentiert wird, nicht übel vorstellten. An einem dritten Orte ließ sich der *Dios Padre*[7] herab, selbst den Reigen anzuführen, zu dem die heilige Cäcilia, mit einer spanischen Laute versehen, den Gangaso[8] produzierte, während wieder das kleine Jesuskindlein auf seiner Flucht nach Ägypten, einen gewaltigen Esel reitend, Ströme Wassers in die offenen Fenster und den Vorübergehenden in die Gesichter spritzte. Dazwischen Scharen von Leperos[9], Stutzern und elegant herausgeputzten Mädchen und Weibern, die sich in diesem Schwarm von Indianern wie Sumpflilien im giftig schmutzigen Moraste ausnahmen; dann wieder Hunderte von Raketen, die ungeachtet des hellen Tageslichtes, auf allen Seiten und Enden aufschwirrten, zur großen Freude der Indianer, deren Jubel in wahres Toben überging, so wie einer der feurigen Schwärmer zwischen einem Mirador[10] oder unter die geputzten Damenköpfe, die von den Geländern herab winkten, einfuhr. Überall die tollste, wildeste Freude; aber eine Freude eigener Art, so rasend auf einmal ausgebrochen, so grell und plötzlich nach der Totenstille, die noch wenige Minuten zuvor geherrscht, daß Auge und Ohr befremdet und erschrocken diesen Tausenden von Bacchanten und Bacchantinnen zusah und zuhorchte, die, wie aus der Erde gewachsen, eine Mischung von Physiognomien darboten, so chaotisch, so schroff und bizarr und feindselig sich begegnend, wie sie auf der Erde nicht mehr gesehen werden können! Üppige Mulattinnen mit derben Zambos, knochige hagere Indianer mit der gefälligeren Mestizin, stattliche Kreolen mit Alta atras, und darunter wieder Gesichter, die zu keiner bekannten Race oder Abart des lieben Menschengeschlechtes zu gehören schienen, trieben und drängten sich um – und zu jenen heiligen Fastnachtsspielen, *autos sacramentales* genannt, in welchen die südlichen Völker bekanntlich eine eigene Art von Rache an derselben Religion nehmen, nach deren Gebräuchen sie wenige Stunden zuvor das höchste Wesen verehrt; von denen aber nur sehr wenige jenen mysteriösen Sinn kannten, den die raffinier-

---

[7] Gott Vater.

[8] Der durch die Nase gezogene Gesang, den die Gitarre begleitet; so unmelodisch er auch ist, wird dazu gewöhnlich getanzt.

[9] Auch Guachinangos oder Saragates genannt, (buchstäblich Aussätzige,) werden jene Unglücklichen geheißen, die zu Tausenden in der Stadt und den Vorstädten Mexikos dach- und fachlos hausen. (Siehe Note I. II.)

[10] Die vergitterten Balkone, mit denen die Häuser Mexikos geziert sind.

ten, wenngleich nicht aufgeklärten, europäischen Völker ihren tollen Mummereien unterzulegen pflegen. Einige derselben schienen jedoch eine tiefere Bedeutung auszusprechen, und darunter eine, die wir um das mexikanische Volksleben auch von dieser Seite kennenzulernen, uns näher besehen wollen.

Es war eine Gruppe von zwölf Personen, die, phantastisch in die verschiedenen Kostüme der Indianerstämme des Landes gekleidet, einen sogenannten Carro[11] so malerisch umgaben, daß man wohl sah, sie folgten der Leitung eines berechnenden Kopfes. Die Indianer waren in Trauer und bewegten sich als Leidtragende um diesen Wagen, auf dem zwei Gestalten sich befanden, die das Attribut des Gräßlichen und Komischen so seltsam in ihrem Aufzuge vereinigten, daß das Auge neugierig und schaudernd zugleich auf diese sonderbaren Gestalten blickte, von denen die eine ausgestreckt auf dem Wagen lag: ein blutend verstümmelter Torso, aus dessen Brust und abgehauenen Arm- und Schenkelstumpfen das Blut noch immer tröpfelnd herabfiel, welches wieder von einem zweiten Gefolge spanischer Verlarvter mit Gier aufgeleckt wurde. Noch schien Leben in ihm, denn er stöhnte und gab hohle Töne von sich, und mühte sich vergebens ab, das Ungeheuer, das, gleich einem Vampir, sich auf ihm niedergelassen und seine Tigerklauen in seine Brust eingeschlagen, abzuschütteln. Dieses obenan sitzende Ungeheuer war ebenso seltsam anzuschauen. Es hatte das finstere Gesicht eines wohlgenährten Dominikanermönchs, dessen Kutte es auch trug; auf der einen Seite hatte es eine brennende Fackel, auf der andern einen bellenden Hund; sein Haupt bedeckte eine kupferne Gießkanne, die wahrscheinlich das Helmsubstitut des Ritters der Mancha vorstellen sollte. Über diesen Helm ragten ein paar Flügel hinaus, nicht unähnlich denjenigen, die die fruchtbare Phantasie alter Wappenkünstler dem Vogel Greif gegeben; der Rücken endigte im Schwanze des mexikanischen Wolfes Coyote, so wie wieder dem Jaguar die Tatzen angehörten, mit denen er den Torso furchtbar zerfleischte.

Dieser sonderbare Spektakelaufzug hatte sich die Tacubastraße herauf in die Sant Agostingasse, von dieser in die Plateria, und aus dieser wieder in die Adlergasse gezogen, und sich endlich dem Stadtviertel Trespanna zugewandt, wo er vor dem Hotel gleichen Namens hielt.

Die Haufen von Indianern, Mestizen und der farbigen Bevölkerung waren allmählich durch Hunderte von Kreolen verstärkt worden, während der stolzere Spanier mißtrauisch aus den Fenstern seines wohlverwahrten Hauses dem sonderbaren Gaukelspiele zusah, um das nun Tausende von

---

[11] Ein zweirädriger Wagen.

Zambos, Kreolen, Indianern und Mestizen einen Kranz bildeten, so malerisch, eine Mischung von Köpfen und Physiognomien, so chaotisch, und eine Mannigfaltigkeit von glänzenden Prachtaufzügen und den ekelhaftesten Lumpen so nahe aneinandergereiht, wie sie nur wieder in *diesem* Lande gesehen werden kann.

Unter den reichsten Mangas[12], die der Popanz angezogen, war ein junger Mann, dessen Gesicht schwer erraten ließ, welcher Race es angehörte. Es hatte alle Farben des Regenbogens, die sich auf der knapp anliegenden Seidenmaske so blendend natürlich darstellten, daß man in Versuchung kam, dieses Farbenspiel für Natur zu halten. Er war aus der Fonda[13] von Trespanna heraus auf die Straße getanzt, hatte sich einige Mal flüchtig vorsichtig umgesehen, und sich dann durch die Scharen dem Gaukelzuge zu gedrängt und gewunden. Es war etwas eigenes in der Art des jungen Stutzers, denn ein solcher konnte er, seiner reichen Kleidung nach, genannt werden, das ihm schnell Platz verschaffte.

»Närrische Leute! hirnlose Leute! schweinische Haufen! Was rennt, was drängt, was lauft Ihr? Was seid Ihr gekommen zu schauen, zu sehen? Wißt Ihr nicht, daß das Sehen verboten ist, besonders das helle Sehen?«

Der Ton des Stutzers, seine plötzliche Erscheinung und das kecke Originelle seines Wesens, im Gegensatze zu dem scheuen Benehmen der übrigen Kreolen, die sich vorsichtig dem Wagen näherten, ihn einige Augenblicke mißtrauisch betrachteten, und dann sich schnell zurückzogen, um in sicherer Ferne des weitern zu harren, hatten nicht verfehlt, die allgemeine Neugierde auf ihn zu lenken.

»Wohl denn, Volk von Mexiko oder Anahuac[14], wenn Ihr so Euch lieber nennen hört, das heißt Azteken, und Tenochken, und Otomiten[15], und Mestizen, und Zambos, und Altra atras, und Blancos, die der Teufel,« flüsterte er leiser, »ganz oder wenigstens zum zwanzigsten Teile holen mag.«[16]

»Bravo!« riefen Hunderte von Mestizen und Zambos, denen die letzten Worte des Stutzers auf einmal über sein politisches Glaubensbekenntnis

---

[12] Der Mantel eines Mexikaners.
[13] Ein Gasthof ersten Ranges.
[14] Der eigentliche Name des einstmaligen Kaisertums.
[15] Azteken, Tenochken, wurden die alten Mexikaner genannt. Otomiten ist ein zahlreicher zweiter Hauptstamm Mexikos. Die Sprachen der Azteken und Otomiten sind die verbreitetsten, und zeichnen sich die eine durch ihre Härte, die andere durch ihre Weichheit aus.
[16] Man nahm an, daß die Spanier, die Gebieter des Landes, den zwanzigsten Teil seiner weißen Bevölkerung, das heißt: ungefähr 60.000 Seelen, ausmachten.

Licht gegeben hatten. »*Bravo escuchate!*«[17] ertönte es wieder und wieder.

Während dieses Bravorufens hatte sich der Mann tanzend und wieder windend durch die Haufen zum Popanze hin Platz gemacht, den er aufmerksam betrachtete.

»Also Ihr möchtet gerne wissen?« rief er wieder. »Wisset Ihr aber, daß eben dieses Wissen verboten ist? Ei, aber schauen möchtet Ihr, denn das Schauen ist nicht verboten, und wenn Ihr keine Mulos[18] seid, so mögt Ihr auch sehen, helle sehen!«

»Wenn wir aber Mulos sind?« rief eine Stimme.

»Dann will ich Euer Ariexo[19] sein,« lachte der Stutzer, der um das Schaustück mittlerweile herumgetanzt war. »Also Mulos seid Ihr!« rief er aufblickend; »*Madre de Dios!*[20] Das seid Ihr ja schon gewesen alle Tage Eures Lebens, seit nämlich der finstere Gachupin da – er deutete auf das Ungeheuer halb Mönch, halb Tier – das arme Ding, das einige Anahuac, andere Mexicotl[21], wieder andere Guauhtomozin[22] nennen, zu seiner Lagerstätte erkoren. Arme Mulos, und wieder Mulos! Ihr seid wie mein armer Sancho, der nichts will als Bier, und wieder Bier, und nochmals Bier[23]. Arme Mulos!«

»Arme Mulos!« seufzten Hunderte unwillkürlich, wechselsweise das blutige Ungeheuer und wieder den Sprecher anstarrend.

Auf einmal hob der Stutzer die Kutte des Ungeheuers, und der vom Rumpfe getrennte Kopf des blutigen Torso kam zum Vorschein. Es waren indianische Züge, von einer Meisterhand so natürlich dargestellt, daß Hunderte von Stimmen mit einem Male riefen: »Guauhtomozin!«

»Guauhtomozin!« schallte es dumpf von Munde zu Munde, während der Pregonero[24] (diesen Namen hatte der Stutzer bereits von der Menge erhalten) fortfuhr, den Schleier von dem seltsamen Aufzuge zu lüften.

»Seht, hier sind seine Klauen am tiefsten eingehackt; es ist Guanaxuato und Guadalaxara!« sprach der Pregonero, und die Menge schauderte wieder. »Es ist Tio Gachupin,« lachte er auf einmal, sich auf dem

[17] Hört!
[18] Maultiere; das gewöhnliche Lasttier in Mexiko.
[19] Maultiertreiber; ein sehr zahlreiches Gewerbe.
[20] Mutter Gottes.
[21] Der mexikanische Kriegsgott.
[22] Der letzte amerikanische Regent.
[23] Sollte eigentlich Pulque heißen; denn Bier war damals in Mexiko, und ist noch heute wenig bekannt.
[24] Wörtlich übersetzt: Ausrufer.

Absatze herumwendend, »Tio Guchayin,[25] der das Spiel, das er vor nicht ganz dreihundert Jahren mit dem armen Guauhtomozin – – Nein, es ist Guauhtomozins Geist!« rief er, »der erschienen, blutend und um Rache schreiend.«

So viel war nun dem Haufen allmählich klar geworden, daß der Spektakelaufzug eine tiefe, ja gefährliche, politische Bedeutung habe. Die Menge hatte schnell zugenommen; die flachen Blumendächer, die Miradors der nahen und entfernten Häuser waren mit unzähligen Köpfen angefüllt. Es herrschte eine tiefe Stille, die nur vom Geflüster der Neugierde oder dem Gemurmel des Schauders unterbrochen wurde, welches der Indianer mit einem so eigentümlichen Tone von sich gibt, wenn ihm jene teuern, so tief im Herzen ruhenden Erinnerungen an die Gewalt und Herrschaft seiner Vorfahren durch Zufall ausgepreßt werden. Auf einmal rief es: »Vigilancia! Vigilancia!«[26] von einem fernen Mirador herab. »Vigilancia!« schallte es von Mund zu Munde. »Vigilancia!« rief der Pregonero; »Gracias Senoras y Senores!«[27] lachte er, duckte sich und verschwand. In wenigen Augenblicken war vom gräßlichen Sinnbilde Mexikos selbst keine Spur mehr vorhanden, und als endlich die beiden Alguazils mit ihren Stäben sich Bahn gebrochen hatten, regnete es Fetzen von Pappendeckeln und Trümmer gebrochenen Holzes auf ihre verhaßten Häupter; die Menge selbst war, gleich einer Woge, durch einen gewaltigen Fels geborsten, auf allen Seiten ausgerissen, und brach großenteils in den Gasthof ein, vor dem die Szene selbst stattgefunden hatte.

Dieser Gasthof, der erste Mexikos zur Zeit, in die unsere Episode fällt, war, so wie heutzutage, der Vereinigungspunkt der hohen und niedrigen Welt der Hauptstadt, das heißt des größten Reichtums und der ekelhaftesten Blöße, die nur gedacht werden können. Die untern Geschosse nahmen eine Art Bazar ein, in denen Waren mexikanischer Fabrikate zum Verkauf ausgeboten wurden; die obern Säle waren zur Bewirtung der Gä-

---

[25] Vetter Gachupin. Gachupin ist ein unübersetzbares Wort, dessen Bedeutung ebensowenig erklärbar ist, als die der Benennung Yankee. Die Spanier behaupten, es bedeute einen Helden zu Pferde; die Indianer und Kasten – einen Dieb. Es wird allgemein als ein Schimpfname betrachtet, mit dem man vorzüglich die Spanier und die ihnen anhängenden Kreolen bezeichnet.

[26] Wachsamkeit! Habt acht!

[27] Dank, gnädige Herren und Herrschaften! Senor, gleichbedeutend mit dem französischen Seigneur, spricht jeder weiße und auch schwarze Mexikaner an, so armselig er übrigens auch sein mag. Senora, gnädige Frau. Senoria, Herrschaft, Herrlichkeit. Dieser letztere Titel wird nur Personen gegeben, die Oberstenrang haben.

24

ste bestimmt, und mit einer Pracht ausmöbliert, die auffallend mit diesen Gästen selbst kontrastierte.

Im ersten dieser Säle stand ein großer, langer Tisch, einer Billardtafel ähnlich, auf dem Haufen Silbers lagen, die Tausende von Piastern betragen mochten, während die Garderobe der ringsum sitzenden oder stehenden Spieler um ebenso viele Pfennige zu teuer bezahlt gewesen wäre. Außer den Worten Senor und Senora war kaum ein Laut zu hören; aber dafür sprachen ihre giftig feurigen Blicke desto vernehmlicher, und ein Grimm war in ihren Augen zu lesen, der jeden Augenblick in Mord und Totschlag ausbrechen zu wollen schien.

Der zweite Saal war, wo möglich, von einer noch häßlicheren Klasse von Menschen angefüllt, die liegend, stehend, hockend, auf allen Vieren, in Stellungen hingestreckt waren, die nicht beschrieben, viel weniger gesehen werden mögen; zum Teile beschäftigt, ihre und ihrer Kinder Köpfe von jenen Anwohnern zu reinigen, die der ganze Reichtum dieser Klasse zu sein pflegen; eine Beschäftigung, der sie sich mit einer Sorgfalt überließen, als wenn diese zur Feier des *dia de fiesto*[28] gehört hätte.

Ein dritter Saal war den Schokolade- und Sangaree[29]-Trinkern gewidmet, die ihre Gläser und Becher mit einer Behaglichkeit leerten, die in der ekelhaften Nacktheit und Armut ihrer Umgebungen noch einen eigenen Reiz zu finden schien; denn zwischen Stühlen, Bänken und Tischen lagen und krümmten sich die Elenden, Leperos genannt, gleichwie ein Bindungsmittel, das sämtliche Klassen Mexikos zusammenhielt; und wieder zogen ein: reich gekleidete Spanier, Spanierinnen und Kreolen, die noch halb schlaftrunken von der Siesta kamen, in einer Kleidung hell und funkelnd und wieder lose und locker, vor ihnen her eine Schar von Mulatten- oder Negermädchen, die froh und üppig einhertanzten, Körbchen und Kästchen tragend, und »*Piazza por nuestras Senoras!*«[30] schreiend, hinterdrein die Cortejos[31], die diesem Geschrei mit ihren Säbeln und Stöcken den nötigen Nachdruck gaben.

»*Carracco! que bella y cara compania!*«[32] rief auf einmal dieselbe Stimme, die wir unten auf der Straße als den Ausleger der gefährlichen Fastnachtsposse gehört haben, und die nun einem Caballero[33], seiner

---

[28] Festtag.

[29] Ein Getränk, aus Zucker, Zitronen, Wasser, Rum und Gewürz bereitet.

[30] Platz für unsere gnädigen Frauen!

[31] Cortejo, lies Corteho, *Kavaliere serviente*.

[32] Verdammt! welch eine schöne und liebliche Gesellschaft.

[33] Caballero, Kavalier. Jeder von spanischem Blute abstammende Mexikaner macht auf diese Benennung Anspruch.

Larve nach zu schließen, angehörte, der in einem ganz neuen Anzug in den Saal trat, die Gesellschaft mit jenen flüchtigen Blicken messend, mit denen der hohe Wüstling eine untergeordnete Klasse von Menschen zu mustern gewohnt ist. »*Carracco! a la Bonanza!*«[34] rief er, an den langen Tisch tretend und eine Rolle Piaster auf eine Karte werfend, die im nächsten Augenblicke auch schon gewonnen hatte.

»*Bravo, bravissimo! Doble!*« schrie er.

Der Stutzer hatte wieder gewonnen und die Summe, so beträchtlich sie auch war, ohne eine Miene zu verziehen, auf die frische Karte geworfen.

»*Treple!*« schrie er, als sie wieder gewonnen: »*Quadruple!*« ein viertes Mal, und mit diesem letzten Glücksfalle warf ihm auch der Bankier seine ganze Barschaft mit den Worten: »*Maledito gato!*« hin, und erhob sich von seinem Sitze mit einem Blicke, so grimmig, daß man hätte glauben sollen, es müsse den nächsten Augenblick Mord und Totschlag erfolgen. Wider alles Erwarten jedoch nahm der Mann seine zwei Realen, die er in den Ohren stecken gehabt, rief den Kellner, hielt diesem die beiden Silberstücke vor die Augen, und sprach, auf das eine deutend, feierlich: »*Cigarros!*« und auf das andere: »*Arguadiente de cana!*«[35] und nachdem er so über sein Geld disponiert, schlug er, in Erwartung der beiden Labsale, seine Manga mit so vieler Kunstfertigkeit über die Schulter, daß der Zipfel der andern Hälfte zugleich bis zu der Hüfte herab verlängert wurde, und es so einiger Aufmerksamkeit bedurfte, zu gewahren, daß einer der beiden Schenkel gänzlich des nötigen Artikels, Beinkleider genannt, ermangelte.

»*Senoras y Senores! a la Bonanza!*«[36] rief nun der glückliche Eroberer der Schätze seines Vorfahren, indem er gleichermaßen zwei Realen[37] aus einem besonderen Beutelchen herausnahm, und einen in jedes Ohr steckte, welche Handlung er mit dem Zeichen des Kreuzes begleitete.

»*Plazza Gavillas*«[38] rief es auf einmal wieder, »*Plazza por las Senoras!*« und mit diesem Rufe trat ein Zug spanischer Soldaten mit ihren oder anderer Weibern ein.

Sie waren auf eine Weise herausgeputzt, um die sie manche unserer vornehmen Damen beneidet haben dürfte, so wenig der Schnitt ihrer

[34] Holla! zum Glück! *Bonanza* bedeutet aber vorzüglich das Glück in Bergwerksunternehmungen.
[35] Rum (aus Zuckerrohr).
[36] Kommen Sie Damen und Herren, zum Glücke.
[37] Real, der achte Teil eines Piasters, wird, das Glück festzuhalten, den Spielern in die Ohren gesteckt.
[38] Platz, Pöbel! Mit diesem Namen werden vorzüglich die Rebellen bezeichnet.

Kleidung dies auch verdiente. Vor jeder dieser Spanierinnen schritten drei Mulattomädchen mit lose anliegenden Seidenröckchen, die ihnen bis zu den Knien reichten, und so locker und lockend anlagen, daß Busen und der ganze Leib ohne Mühe zu ersehen waren; die Haare in goldfadige Netze gewunden; an den Armen Spangen von gleichem Metalle. Das erste dieser Mädchen trug ein offenes Kästchen mit Zigarren, aus dem wechselweise die Dame und ihr Cortejo sich zuhalfen; das zweite ein Körbchen mit Zuckerwerk, dem gleichfalls häufig zugesprochen wurde, und die dritte die Geldbörse.

»*Plazza*!« erschallte es wieder, und die Begleiter der Damen, wohlbestallte Unteroffiziere der spanischen Truppen, schwangen ihre Rohrstöcke und Säbel, daß Indianer und Mestizen und Zambos wie gemäht von Bänken und Stühlen purzelten.

»*Carracco! que quiere decir usted?*«[39] rief unser neuer Bankier, der sich auf seinen Sitz niedergelassen hatte, auf einmal aufspringend. »*Por todos Bastos y bastas de todo el mondo*« –[40].

Er sprach diese Worte so drohend, und seine Gestikulation war so echt mexikanisch, daß drei der Sergeanten mit einem Male auf ihn zusprangen.

»*Gojo, que quieris?*«[41]

»*Gojo*!« rief der Mexikaner gleichfalls, und dabei fuhr seine Hand unter die Manga, und die Bewegung war so schnell von den sämtlichen weißen, schwarzen, braunen und grünen Physiognomien nachgeahmt worden, daß die drei Sergeanten nebst ihren Damen mit einem Male zurückprallten. Nur die vierte hatte sich in der Nähe des Tisches gehalten und schwang nun die Karten, die Gesellschaft zum Spiele einladend.

Diese Einladung hatte auch einen unbegreiflich schnellen Erfolg. Dieselben Menschen, die soeben Partei auf Leben und Tod für ihren Landsmann genommen hatten, – denn dies verriet das mysteriöse Langen unter die Mangas – ersahen kaum, in wessen Hand sich die Zauberblätter befanden, als sie auch wie mit einer Stimme riefen:

»*Por el amor! Va usted con Dios Senor!*«[42]

»*Va usted con cien mil demonios Senor!*«[43] brüllten die Spanier.

---

[39] Alle Teufel, was wollen Sie damit sagen?
[40] Um aller Knittel der Welt willen! Die spanischen Karten heißen *oros*, *espadas*, *copas* und *bastos*. Diese letzteren stellen Knittel, und figürlich jene Symbole vor, die mit unseren Kirchgeweihen gleiche Bedeutung haben.
[41] Hund, was soll dies bedeuten?
[42] Um der Liebe Gottes! Gehen Eure Herrlichkeit mit Gott.
[43] Gehen Sie mit allen hunderttausend Teufeln, gnädiger Herr!

Der junge Mann sah abwechselnd seine armen Landsleute, dann wieder die Spanier an; dann, wie ergriffen von der sonderbar originellen Höflichkeit und Grobheit beider, lachte er laut auf, packte pfeifend seine eroberte Beute zusammen und räumte den Saal.

Seine Wanderung durch die anstoßenden Säle schien einige Zeit hindurch eine absichtslose zu sein; er stolzierte durch den einen, stieß hier mit einem Bekannten auf ein Glas Aguardiente an, nippte einem andern aus dem Schokoladebecher, half einem dritten seine Sangaree leeren, und schlenderte so eine Weile herum, bis er sich endlich in den letzten leeren Saal verlor, wo er an die Flügeltüre trat, die verschlossen war, und an die er mit den Worten klopfte:

»*Ave Maria purissima!*«[44]

Sie wurde aufgetan.

»*Sine pecado concebeda,*«[45] fügte er hinzu. »*Por el amor de Dios No fineza, no piedad!*[46] Können Sie nicht sagen: »*Sine pecado concebeda Senores?*«

---

[44] Gegrüßet seiest Du, reinste Maria! – der gewöhnliche Gruß der in ein Zimmer Tretenden.

[45] Ohne Sünde empfangen! – die Antwort darauf.

[46] Um der Liebe Gottes willen! keine Frömmigkeit, keine Artigkeit mehr zu finden.

Zweites Kapitel.

Verdades dire en camisa.
Poco menes que desnuda.
QUEVEDO.

ie Gesellschaft des Saales war von der soeben beschriebenen vorteilhaft verschieden; sie bestand aus beiläufig fünfundzwanzig jungen Männern, die, sämtlich in die reiche Tracht des Landes gekleidet, Mangas verschwenderisch mit Samt, Seide und Gold verbrämt, Jacken mit Otterfellen ausgeschlagen und gleichfalls mit Gold verbrämt, und die übrige Kleidung von entsprechend kostbaren Materialien hatten. Das spitze, feine Hohnlächeln, mit dem sie den Eindringling musterten, und ihre vornehm gleichgültigen Blicke auf die Goldhaufen, die den Tisch bedeckten, verrieten geübte Hazardspieler, oder, was in Mexiko dasselbe sagen will, Edelleute vom höchsten Range. Der Saal war kostbar möbliert, Tische und Sessel vom feinsten Holze und reich vergoldet, Vorhänge, Estradas, Lustres nach der neuesten Façon.

»Sechzehn machen einen Dublon,«[47] sprach der junge Mann, der, nichts weniger als verschüchtert durch den vornehm geringschätzigen Empfang nun zum Tische trat und eine Rolle von so vielen Piastern auf eine der Karten setzte.

»*No pueden,*«[48] erwiderte der Bankier, der mit seiner hölzernen Hand das Silber geringschätzig zurückwies.

»*No pueden,*« sprachen in demselben einsilbigen Tone die Kavaliere, »*una sociedad con fuero*«[49].

»*Una sociedad con fuero?*« wiederholte der Mann kopfschüttelnd. »Allen Respekt vor Fueros, *nota bene*, wenn sie respektiert werden. Wissen Sie aber, Senores, daß unser Fuero älter ist?«

»Dein Fuero älter, Gato?«[50] sprach einer der Edelleute gedehnt.

---

[47] Ein span. Dublom ist gleich sechzehn Silberpiastern.
[48] Können nicht.
[49] Eine Gesellschaft mit einem Privilegium, geschlossene Gesellschaft.
[50] Gato heißt Katze, figürlich Spitzbube.

»Ei, gewiß ist es älter, und gerade so alt, als die *Madre Ecclesia*[51] zum Narren geworden ist.«

»Die *Madre Ecclesia* zum Narren geworden? Gato, wie meinst Du dies?«

»Ei, zum Narren geworden; sie fraß nämlich so viele Narrheit, daß sie ganz zum Narren geworden ist, wie Sie sehen können, wenn Sie auf die Gasse schauen wollen. Just so, wie die Madre Patria[52] so viel mexikanisches Blut gefressen, daß sie ganz blutdürstig geworden ist.«

Die jungen Kavaliere wurden auf einmal aufmerksam. »*Paz Senor! Va usted con Dios,*[53] und möge Ihnen der Alguazil kein Geleit in die Cordelada geben,« sprach der Bankier.

»*Paz* wollen Sie, Ruhe wollen Sie? Sie werden sie nicht finden, nicht mehr in Mexiko finden! – Ruhe wollen Sie?« wiederholte er schwärmerisch, feurig, »Sie werden Sie so wenig finden, als Pedrillo. Keine Ruh', keine Ruh' keine Ruh' bei Tag und Nacht; nichts, das ihm Vergnügen macht.« Und mit diesen Worten brach er auf einmal in die wunderschön, launige Arie Pedrillos aus, die er mit einem Feuer und einem Aufschwunge absang, daß die Kavaliere den Mann mit offenen Mäulern anstarrten.

Zugleich waren im neben anstoßenden Saale eine Gitarre und Kastagnetten eingefallen, die den Gesang regelmäßig begleiteten.

War es der Reiz der Überraschung, oder das Originelle in der Weise des Sängers, der das Bruchstück aus dem Meisterwerke des berühmten und – zur Ehre des Kreolischen Geschmackes sei es bemerkt – in Mexiko hoch beliebten Tonsetzers so unvergleichlich *a l'improvista* gegeben hatte, die Kavaliere sprangen wie von einem elektrischen Funken berührt auf, und zwanzig Dublonen flogen ihm mit einem Male in die Manga.

»*Encora! Encora!* riefen alle.

»Senorias!« sprach der Bankier, der allein mürrisch gehorcht hatte und nun unserem Aventurier näher trat, »ich warne Sie, Senorias! Ich erkenne in dem Caballero« – er sprach das Wort in einem spitzig wegwerfenden Tone – »denselben Gentilhombre,[54] dem die Alguazils soeben auf den Fersen waren, und der uns diese ungebetenen Herren sehr leicht auf den Hals bringen dürfte!«

»Bist Du es, Gato, der den Alguazils die Nase gedreht?« riefen mehrere.

---

[51] Mutterkirche.
[52] Madre Patria nennt der Mexikaner Spanien. – Mutterland.
[53] Ruhe, mein Gnädiger! Gehen Sie mit Gott.
[54] Gentleman, aber in einem ironischen Sinne.

Doch der junge Mann hatte statt aller Antwort mit dem Fuße gestampft, und, als wäre dieses Stampfen ein Zauberschlag, so öffneten sich
zwei Flügeltüren, gegenüber denjenigen, durch die er gekommen, und
heraus traten vier Gestalten, die, fleischfarben seidene Masken auf den
Gesichtern und ebensolche Kleider auf dem Leibe, zwei herrliche, aber
etwas üppige Tänzerpaare bildeten.

»*Senioras, por el amor de Dios!*« warnte, bat, flehte und drohte der
Bankier.

Mit den vier Tänzern waren zwei Begleiter mit Gitarren gekommen,
die sie nun anschlugen. Dieses entschied. Die Kavaliere, im Anschauen
der üppigen Umrisse der herrlichen zwei Mädchengestalten versunken,
sahen und hörten nichts mehr vom Bankier, der hastig und mürrisch
seine Geldhaufen zusammen scharrte, sie in einen Kasten packte und den
Saal verließ, als wenn der Feind ihm auf den Fersen nachfolgte.

Die Gitarren hatten geklungen, die Tänzer sich in Bewegung gesetzt,
die Kastagnetten knackten darein, und nun führten die zwei Paare einen
Tanz auf, den der stärkste Pinsel vergeblich in seinem rasenden Liebesent-
zücken zu schildern versuchen würde. Jede Bewegung war reine Natur,
Hingebung, hinschmelzende Lust. Sie begannen mit dem Bolero,[55] und
gingen, durch ein rasches Stampfen mit dem Fuße und ein Wirbeln der
Arme in den Fandango über. Alles war Wollust, üppig glühende Wollust,
aber nicht jene grobe Wollust, unter der gewöhnliche Fandangotänzer
ihre Ungeschicklichkeit zu verbergen pflegen. Die höchste Poesie dieses
zugleich üppigen und zarten Tanzes stellte sich in jeder Bewegung so un-
nachahmlich ergreifend dar, daß die Kavaliere in sprachlosem Entzücken
mit lauten Ahs und Ohs! vorsprangen, den aufgeregten Sturm tobender
Leidenschaft zu beschwichtigen. – Sie prallten, als wäre der Blitz vor ihnen in den Boden geschlagen, zurück. Ein widrig gestöhntes Brr! tönte
aus der hintern Ecke des Saales, und unterbrach plötzlich und grausam
ihre Zauberbilder. Sie wandten sich nochmals nach dem Gegenstande, der
sie so plötzlich zurückgescheucht, und gewahrten eine Gestalt, die das
Erstaunen unserer Leser kaum minder erregen dürfte, als sie es bei den
jungen Kavalieren getan.

Auf einer Ottomane, die im Hinterteile des Saales sich längs der Wand
hinzog, lag halb und saß halb eine Gestalt, deren Anzug einen Moslem
bezeichnete, und zwar einen Moslem des höchsten Ranges. Sein Kleid war
grün, sein Turban gleichfalls; in diesem letztern glänzte ein Geschmeide
funkelnder Edelsteine, das alles übertraf, was in Mexiko dieser Art bis-

---

[55] Ein dem Fandango ähnlicher Nationaltanz. Die Bewegungen sind rascher.

her noch gesehen worden war. Dafür aber waren die Züge des Moslems wieder die zurückstoßendsten, die gedacht werden konnten. Eine niedrig zurückgebogene Stirne, mit blaugrauen, stieren, gläsernen, und doch tükkisch lauernden Augen, in denen Treulosigkeit und Grausamkeit ihren Sitz aufgeschlagen zu haben schienen. Zwischen der Stirne und diesen Augen neigte sich eine lange Nase raubtierartig zu einer Oberlippe herab, der Gefräßigkeit angeboren schien, während die Unterlippe in äußerster Erschlaffung niederhing; die Kinnladen dieses häßlichen Gesichtes waren viereckig und lang, der Mund groß. Über das Ganze war ein Kolorit ausgegossen, das ganz den tückisch falschen und widerlichen Zügen des Gesichtes entsprach und keiner Farbe angehörte.

»*Por el amor de Dios*!«[56] schrien unsere Kavaliere nun wirklich erschreckt. »*Por el amor*! Was soll das? Was hat dies zu bedeuten?«

Sie näherten sich wieder furchtsam der seltsamen Gestalt und schraken wieder zurück, als wenn in dieser Figur ein böser Zauber läge.

Neben ihr knieten zwei andere Moslems, der eine in einem blendend weißen, der andere in einem grünen Turban. Sie hatten ihre Hände auf der Brust gefaltet und ihre Gesichter berührten beinahe den Teppich.

»Brr!« stöhnte der Moslem, sich verdrießlich auf der Ottomane dehnend, in einem Tone, der mehr dem Grunzen eines Borstentieres, als einer Menschenstimme glich. Beide Moslems prallten auf die Seite, und erhoben sich ehrfurchtsvoll, einen Schritt zurücktretend, ohne die Kavaliere auch nur eines Blickes zu würdigen.

Die Neuheit dieser sonderbaren Szene schien diese so sehr außer Fassung gebracht zu haben, daß auch kein einziger ein Wort zu sprechen wagte.

»*Zil ullah*!« sprach der Weißbeturbante, »*Zil ullah*! Seine Hoheit haben wieder gesprochen. Gesprochen, aber wie viel gesprochen?« setzte er trostlos hinzu. »Ben Haddi würde heute gern bloßen Fußes die Wallfahrt beginnen –«

»Und Bultshere,« fiel ihm der andere ein, »den schwarzen Stein von Ararat küssen –«

»Wenn,« begann der erstere wieder, »Seine Hoheit von diesem Übel wieder hergestellt würde. *Zil ullah*! Drei Tage haben Ihre Hoheit weder von der Bohne von Mekka gekostet, noch von dem glorreichen Safte, der die Gläubigen schon bei Lebzeiten in das Paradies versetzt –«

»Noch von dem Safte,« fiel der andere ein, »den uns Shiras in so reiner Süße liefert, noch haben die Hoheit die sanften Liebkosungen der holden

---

[56] Um Gottes Liebe willen.

Zuleima, noch die feurigen der raschen Fatima begehrt, seit drei Tagen nicht begehrt. Was soll alles dies?«

»Es sind Unverdaulichkeiten,« sprach der Grünbeturbante.

»Regierungssorgen,« erwiderte der mit dem weißen Turban, »wir müssen ihn zerstreuen. Es sind frische Almas[57] und Odalisken angekommen. Wir müssen ihn zerstreuen.«

Er näherte sich sofort dem Quasikalifen, denn dies war der hohe Rang, den der sitzende Moslem vorstellen sollte, und nachdem er sich zur Erde geworfen, trug er die Bitte vor. Es folgte wieder ein Grunzen, das wie Zustimmung gelten konnte, worauf sich der Vezier freudig erhob, einen Schritt zurück trat, drei Mal mit dem Fuße vernehmlich, doch nicht zu heftig, stampfte, und dann mit seinem Gefährten in die Ecke trat, um der kommenden Dinge zu harren.

Zur Verwunderung unserer Kavaliere öffneten sich wieder die Flügeltüren, und vier Tänzerpaare traten ein in so glänzend prachtvollem Kostüm, als selbst dasjenige der Moslemin verdunkelte. Ihnen folgten vier rabenschwarze Gestalten, von denen die zwei ersteren die spanisch morische Gitarre trugen, die dritte das ostindische Tomtom[58] und die vierte die persische Flöte.

Eine Weile standen die acht Figuren in ehrfurchtsvollem Harren, als wieder ein Brr! sich hören ließ, und der Kopf des Moslem, den wir beschrieben, sich erhob, um das neue Schauspiel seines Blickes zu würdigen.

Ein Adagio der Gitarre, in welches das Tomtom wie das entfernte Rollen des Donners einfiel, allmählich stärker und stärker werdend, eröffnete den Tanz. Dann fielen die Kastagnetten anfangs einzeln knackend ein, und endlich erhob sich der Flöte sanfter Ton, das Ganze zur Harmonie verbindend. Gerade so hatten sich die Tänzer geformt; anscheinend kunstlos und ganz Natur, verschmolzen sie allmählich in die schönste, üppigste Tänzergruppe, mit ihren bunten Schleiern Regenbogen bildend, hinter welchen die schwellenden Gestalten wie Houris hervorlächelten. Aller Blicke waren bloß auf den beschriebenen Moslem gerichtet. Bald ging das Adagio in das Allegro über, die Bewegungen der Tänzer wurden rascher, ihre Gebärdensprache lebendiger, das Spiel ihrer Glieder üppiger, wollüstiger; mit jedem Kastagnettenknacke wurden sie feuriger, verlangender; aller Blicke, aller Bewegungen schienen nur auf den Kalifen gerichtet zu sein, die eines Paares ausgenommen. Es war die zarteste der vier Mädchengestalten, die, von

[57] Türkische Tänzerinnen.
[58] Die ostindische Trommel.

einem Perserkrieger verfolgt, diesem im Tanze zu entfliehen strebte. Bewunderungswürdig lösten sich diese zwei Gestalten aus dem Kranze, um eine Weile ihr eigenes Spiel zu verfolgen. Die Fliehende glitt so schnell, und ihre Bewegungen waren so eigentümlich zart und reizend, daß der Kalif mehrere Male die Augen weit öffnete und laut stöhnte. Bei jeder solchen Bewegung schien der Schmerz des armen Persers bis zur Verzweiflung zu steigen, und ein lautes Bravo entfuhr den sämtlichen Kavalieren; nur den Kalif schien diese Kunst der Sinneslust ungerührt zu lassen. Einige Male stierten seine Augen, und es schoß ein Strahl des Verlangens daraus hervor; aber schnell versiegte wieder der schwach auflodernde Funke, den selbst des Persers Triumph, über die nur schwach widerstehende Geliebte, nicht wieder aufregen zu können schien. Das Ganze war so sinnenkitzelnd, daß keiner unserer Kavaliere es länger auszuhalten vermochte, und alle mit glühenden Gesichtern der Türe zustürzten.

»Brr«, stöhnte er wieder mit derselben kreischend grunzenden Stimme. »Und Ihr nennt das Zeitvertreib, was wir tausend und abermal tausend Male gesehen haben? Ein Holländer könnte auswachsen wie seine Zwiebel. Beim Barte des Propheten!« rief er heftiger. »Vezier, so wir heute keinen Schlaf, und morgen keinen Appetit haben, so hast Du die Schnur, und Deine Almas stecken auf Pfählen.«

Der Vezier stand sprachlos ob dieser Drohung, der Emir mit weit aufgesperrtem Munde, die Tänzer und Tänzerinnen wie angezaubert fest gebannt in derselben Stellung, in der sie waren, als die Donnerworte gesprochen wurden. Eine der Bajaderen hielt ihr Füßchen in waagrechter Lage, so daß die Zehenspitze in den offenen Mund ihres Tänzers zu ruhen kam; eine zweite hatte in der Verzweiflung den ihrigen in der Falte des Gewandes des Emirs verloren, der, vor Schmerz auf- und abrennend, sie nun auf dem ihr noch gebliebenen Fuße mittanzen ließ; alle drückten Schrecken und Entsetzen so unvergleichlich natürlich aus, daß der Kalif auf einmal ins lauteste Gelächter ausbrach.

»Beim Barte des Propheten!« rief er mit demselben widerlichen Gelächter: »Wir haben große Lust Dir den Kopf, Vezier, wirklich abschlagen zu lassen, um diese Szene nochmals, und womöglich in verstärkter Natürlichkeit, zu genießen.«

»*Allah Akbar!*«[59] riefen Vezier und Emir, und Tänzer und Tänzerinnen. Und alle brachen in laute Lobpreisungen der Gnade Allahs aus, der so große Wunder durch seine Sklaven getan, und ein Lachen hervorgebracht, das die Hoheit erquickt hatte.

[59] Gott ist groß.

34

Dieser einstimmige Beweis von Untertanenliebe, schien dem Kalifen wohlgefällig zu sein. Er nickte, und der Emir, durch dieses Beifallszeichen aufgemuntert, wagte es näher zu treten.

»Wir wollten nur unmaßgeblich;« hob er an – –

»Beim Barte des Propheten!« unterbrach ihn der Kalif: »Wir wissen, was Du sagen willst. Wir brauchen den Vezier, so wie wir Blutegel brauchen, um angesetzt zu werden, wo überreiches oder verdorbenes Blut vorhanden. Ich habe gedroht, einem dieser unnützen Tänzer – – Was meinst Du, Schrecken würde sie springen machen?«

»Verzeihung, Hoheit! würde sie sicherlich erlahmen; vielmehr einem Schwein aus dem Haufen, Volk genannt, – –«

»Oder einem, der Zechinen besitzt;« schaltete der Vezier ein: »Die Schatzkammer Deiner Hoheit ist sehr leer, und diese Almas sind arm wie Kirchenmäuse der Giaours, und nützliche Diener des Staates.«

»Beim Barte des Propheten, Du sagst recht, sie sind nützliche Diener des Staates;« bekräftigte der Kalif, seinen Unterleib streichend, »und sie mögen unserer Hulden und Gnaden versichert sein. Lasse also einem paar Dutzend aus einem der Besestans die Köpfe abschlagen, und ihre Zechinen diesen armen Teufeln zur Hälfte zuteil werden.«

Ein leises Tappen an der Türe, schien bescheiden um Einlaß zu bitten. Der Vezier hatte sie geöffnet, und kam mit der Nachricht zurück, daß der Ober-Emir die Gnade einer Audienz begehre.

»Wieder Regierungssorgen, und nichts als Regierungssorgen;« brummte der Kalif, und ließ das Haupt sinken wie zur Überlegung; dann hob er es mürrisch und sprach: »Es sei, wir wollen den geistlichen Oberhirten unseres Reiches empfangen. Entfernt Euch schnell und tretet ab; denn nicht geziemt es sich, daß wir den Ausleger des Korans in derlei fleischlicher Gesellschaft empfangen.« Tänzer und Musiker traten nun in den Hintergrund, schoben die Kavaliere gleichfalls in diesen zurück, und erwarteten mit gefalteten Händen den Ober-Emir, der gleich darauf gesenkten Hauptes herein kam und, nachdem er vor den Kalifen getreten, mit seinem Gesichte den Teppich berührte.

»Entledige Dich Deiner Worte, maßen wir, soeben in hohen Regierungsangelegenheiten begriffen gewesen; auch der Zustand dieses unseres Leibes –«

»*Bismallah!*«[60] sprach der hohe Priester zum Höchsten der Moslemin: »Wir haben Gebete ausgeschrien, ausrufen lassen von allen Tempelzinnen; befohlen, daß die Gläubigen sich mit Staub bestreuen. Wir haben

---

[60] Im Namen des Herrn. Anfangsworte der Kapitel des Korans.

Männer aufgenommen, die heilige Wallfahrt zu tun, und den schwarzen Stein von Ararat zu küssen, um dieses körperliche Übelbefinden Deiner Hoheit –«

»Du hast wohlgetan, Ober-Emir;« sprach der Kalif.

»Licht der Welt, das mehr denn die Sonne durch seinen Glanz erhellt,« fuhr der Ober-Emir fort, »wir haben auch in Anbetracht des großen Übels, das dem Reiche erwachsen würde durch dieses Übelbefinden Deines Leibes, in dem Buche, das uns statt aller Weisheit der Giaours dient, nachgeschlagen, und darinnen gefunden, daß Harun al Rashid von einem ähnlichen Übelbefinden heimgesucht ward, welches Übelbefinden er sich ohne Zweifel durch übermäßige Anstrengung in Erfüllung seiner Herrscherpflichten zugezogen –«

»Halte ein, Ober-Emir!« donnerte ihm der Kalif zu: »Halte ein, und wäge Deine Worte, bevor Du redest. Herrscherpflichten sagst Du? Herrscherpflichten? Wer hat Pflichten? Gewürm, solches wie Du, das wir aus dem Staube gehoben haben, hat Pflichten; wir aber haben weder mit solchem Gewürm, noch mit Pflichten etwas zu tun; wir, der Vikar des Propheten. Unser Vergnügen ist Euere Pflicht, und unser Wille ist Euer Gebot.«

»Ohne Zweifel, ohne Zweifel, Licht der Welt!« verbesserte sich der Ober-Emir. »Dein unterwürfiger Sklave wollte sagen, Vergnügen. Wohl, als Harun al Rashid sich in ähnlichen Betrübnissen befand, welche er sich zweifelhaft zugezogen durch übermäßige Anstrengungen in Vergnügungen – –«

»Sklave,« brach der Kalif wieder aus, »spottest Du unser, sagend, daß Harun al Rashid, unser glorreicher Vorfahr, sich übernommen habe in Vergnügungen, so darauf anspielend, daß auch wir uns übernommen haben? Werfen wir uns nicht täglich neun Mal neun Male, das Angesicht gegen Mekka gekehrt, zur Erde? Haben wir nicht noch gestern an zwanzig Mal unsern Namen unterschrieben, verdammend diejenigen ungläubigen, räudigen Hunde zum Tode, die gotteslästerlich von uns, dem Vikar des Propheten, gesprochen, und im Quartier Besestan gegen unsere geheiligte Person gelästert haben, sagend – was sagten die Hunde? – Haben wir nicht Befehl erteilt zu hängen, zu spießen, zu vertilgen wie schädliches Gewürm, alle diejenigen, die da zweifeln, bedenken oder überhaupt denken? Haben wir nicht diesen Befehl überall verkünden lassen zu des Propheten und unseres eigenen Namens größerer Ehre?« Der Kalif hielt inne. Auf einmal wandte er sich zum Emir: »Und nun sage an, was Harun al Rashid, unser glorreicher Vorfahr, getan, wenn er von Trübsalen, gleich uns, heimgesucht worden!«

»*Bismallah*!« begann der Priester: »Wenn Harun al Rashid betrübt war, in der Art, wie es Deine Hoheit ist, so hat er mit dem Buche, welches wir mit uns gebracht und aus dem, wenn es Deiner Hoheit beliebt, Du ersehen kannst und selbst lesen –«

»Wicht, elender Wicht!« brauste der Kalif wieder auf, und warf einen Blick der tiefsten Verachtung auf den Sprecher und sein Buch: »Warum halten wir Dich und Deinesgleichen, wenn es nicht ist, dasjenige für uns zu tun, was selbst zu tun unter unserer Würde wäre? und ist Lesen von Büchern nicht unter unserer Würde? und enthalten Bücher nicht die Gesinnungen von Bösewichtern, da sie über Dinge reden, welche sie nichts angehen, und die auf alle mögliche Weise zu vertilgen wir uns vorgenommen und Befehl gegeben haben! Haben wir nicht die Seidenschnur zu reichen befohlen, allen denjenigen, von welchen verlautet, daß sie derlei Bücher nicht bloß schreiben, sondern nur lesen? Haben wir es nicht zur Bedingung unseres Wohlgefallens gemacht für alle unsere Getreuen nicht zu lesen, nicht den Kopf mit Dingen zu beschweren, die Bösewichter Aufklärung heißen, und welche nur dazu taugt, ihnen die Köpfe zu verwirren? Haben wir nicht deshalb ausdrücklich eine Schar von Müßiggängern an unsern Hof genommen, von denen Du das Oberhaupt bist, und die statt unseres ganzen Volkes lesen und denken müssen und sollen?«

»Und warum sollte das Licht der Sonne,« sprach der Ober-Emir, »Er, den alle Weisheit unter der Sonne erhellt – –«

Der Kalif sah wohlgefällig auf: »Beim Barte des Propheten! Du hast ein wahres Wort gesprochen. Übel würde es den Imaum al Moslemin[61] anstehen, zu lesen, und sich um die Gesinnungen und Gedanken von Euch Gewürm zu bekümmern. Doch lasse uns hören, was unser glorreicher Vorfahr getan, wenn er in einer ähnlichen Betrübnis gewesen.«

Der Ober-Emir, der auf den Knien gelegen, richtete sich nun zur Hälfte auf und sprach:

»O Du! der Du allen Völkern als die Wonne der Seele gegeben bist, wie soll ich meine Bewunderung hinlänglich ausdrücken, um deine hohen Eigenschaften würdig zu preisen – –«

»Halt ein einen Augenblick, Ober-Emir;« fiel ihm der Kalif ein. »Du sollst und mußt wissen, daß uns an Deinem Preisen und Deiner Erkenntnis unserer guten und hohen Eigenschaften nichts gelegen ist, und daß Dein Preisen stinkt in unserer Nase und übel klingt in unsern Ohren, und ganz und gar wertlos ist. Unterwürfigkeit und blinden Gehorsam fordern wir, das ist alles, was wir brauchen. Es geziemt sich nicht

---

[61] Haupt der Gläubigen.

für solches Gewürm, das wir aus dem Staube gehoben und wieder in den Staub zurückwerfen können, zu uns aufzublicken, mit dem Vorhaben unsere guten Eigenschaften auszuspähen, bei sothaner Ausspähung leicht auch – –« Der Kalif wollte wahrscheinlich sagen, unsere bösen Eigenschaften, – hielt aber inne.

»Du sollst,« fuhr er sich verbessernd fort, »zu uns aufblicken, wie Du zur Sonne aufblickest, in der Du weder Gutes noch Böses, Schädliches noch Unschädliches siehst, die Du nur fühlst in ihren Wirkungen, Segnungen, Zerstörungen; so sollst Du zu uns emporblicken. Und nun fahre fort uns zu sagen, was Harun al Rashid getan, wenn er in solchen Trübsalen befangen, in welchen wir gegenwärtig sind.«

»*Allah Akbar*! Harun al Rashid, wenn behaftet mit dem Übel, über das Deine Hoheit klagt, hatte die Gewohnheit, sich in allerlei Trachten zu verkleiden, als da sind die der Kaufleute und Soldaten und Seeleute und – –«

»Wir wissen,« fiel ihm der Kalif ein, »und obwohl wir sehr geneigt sind, unserm glorreichen Vorfahren in allem nachzuahmen, wenn dieses nicht zu viel Anstrengung unserm Geist und Körper auflegt, so zweifeln wir doch, ob gegenwärtig wir – – Wisse,« fuhr er, in einem leisern Tone fort, »daß zwar Harun al Rashid unser Vorfahr, daß aber unser hochherrliches Blut, Dank sei es der Quintessenz unserer Vorfahren, immer reiner, geistiger, selbst als das Haruns al Rashid, geworden. Wir können uns daher unmöglich herablassen, Harun al Rashid nachzuahmen in diesem Punkte. Wie,« hob er wieder an, »wir sollten uns herablassen, unter die schweinischen Haufen, Volk genannt, uns zu mengen, und unsere Geruchsnerven durch ihren Zwiebel- und Knoblauchgestank beleidigen lassen, dieses Aggregat von Unflat!«

»Aber um Deine Hoheit zur Quintessenz alles dessen, was rein geistig und hoch ist, zu machen, muß da das Volk, oder wie wir es nennen, der schweinische Haufen, nicht Aggregat des Unflats werden? Steht es nicht im Koran, daß der Mensch einen Funken des göttlichen Geistes habe? aber steht es nicht auch in dem Buche, in dem die Erfahrungen Harun al Rashids aufgezeichnet sind, daß der Führer der Gläubigen, der Vikar des Propheten, die Funken wie in eine Sonne sammele?«

»Wahr sprichst Du;« versetzte der Kalif; »wir haben alles Geistige und alle Materie aus unserm Volke so ausgesogen, und zur Quintessenz in uns selbst umgewandelt, daß unser Volk nun ganz und gar Schweine sind.«

»*Zil Ullah*!« rief der Ober-Emir, dessen Blicke sich zur Türe wandten.

»Und nicht nur deshalb,« fuhr der Kalif fort, der sich durch diese Bewegung nicht stören ließ, »sondern auch weil uns unser Bruder auf dieses Schloß, das einem seiner erleuchtetsten Getreuen gehört, versetzt, und uns mit aller Fürsorge umgeben, können wir dem Beispiel Harun al Rashids nicht Folge leisten.«

»Es wundert mich doch,« flüsterte der Emir in der Ecke dem Vezier zu, »daß die Hoheit, die, unter uns gesagt, die lügenhafteste Hoheit ist, die je über die Gläubigen geherrscht, solchen Abscheu vor den schweinischen Haufen hat, sie, die sich mit allen liederlichen Dirnen in den Straßenwinkeln und an Brunnenecken herumgewälzt.«

»Hush!« warnte der Emir, »glaubst Du, Dein Genick sei von Eisen? kennst Du die Launen eines Kalifen so wenig – –«

»Nein,« beschloß der Kalif, »wir wollen ein dem Propheten wohlgefälligeres Werk tun, und zwar wollen wir beginnen, mit eignen Händen das zwölfte Unterröckchen für die Mutter desselben zutage zu fördern, auf daß sie mit jedem Monate wechseln kann.«

Schon mehrere Male war an den Flügeltüren des Haupteinganges zum Saale ein Geflüster zu hören gewesen, das die Anwesenheit von Horchern verriet: Ein Umstand, der die Hälse der kecken Repräsentanten des Kalifats in Gefahr bringen konnte. Ohne sich jedoch durch diese Anzeichen von Spürhunden stören zu lassen, hatten die Moslemins fortgefahren ihre Rollen zu spielen, und der Kalif erhob sich mit all der Würde und stoischen Hoheit eines morgenländischen Beherrschers, seinen beistehenden Dienern nochmals verkündend, wie er Großes tun, und das zwölfte Unterröckchen mit eigener Hand für die Mutter des Propheten fertigen wolle. So war der Zug zur Türe geschritten, als einer der Kavaliere aus dem Erstarren, in welches alle dieser merkwürdige Auftritt versetzt hatte, erwachend, plötzlich aufsprang, dem Kalifen ins Gesicht stierte, und mit den Worten »*Por el amor de Dios! Fernando el Rey!*«[62] wieder zurückprallte, nochmals vorlief und, *Halto traidor*[63] schreiend, den Kalifen zu erfassen strebte. Selbst in diesem gefährlichen Momente vergaß dieser die angenommene Würde nicht. Einen Blick hoher Geringschätzung warf er auf den Jüngling, und schritt dann zu der Türe hinaus, während der riesige Emir den Kreolen erfaßte, wie eine Feder aufhob und, ihn weit in den Salon zurückschleudernd, die Türe zuwarf.

Noch standen die sämtlichen Kavaliere in Schrecken und Staunen versunken, als die andern Flügeltüren krachend aufgerissen wurden, und mehrere Alguazils hereinstürzten, wütende Blicke in dem Saale umherwarfen, und als sie die Gegenstände ihres Suchens nicht sahen, unter lauten Flüchen und Verwünschungen durch die zweite Türe rannten, durch

---

[62] Um Gotteswillen! Ferdinand der König.
[63] Halt Verräter!

welche die seltsamen Akteurs verschwunden waren, und weiter fort von Saal zu Saal, laut schreiend: *Tiendo te traidor, Tiendo, tiendo vos traidores.*[64] Im wütenden Rundlaufe waren sie wieder in den Saal gekommen, wo die Edelleute, sprachlos und bewegungslos, noch immer standen.

»*Todos diablos!*«[65] schrie einer der Häscher, der zum Fenster gerannt war: »Sie sind in den *Patio*[66] hinab, acht *Varas*[67] hinab; *Demonio!*«[68] brüllte er mit einer Wut, die ihm den Geifer aus dem Munde trieb.

»Und ihr, Caballeros!«[69] schnaubte er unsere Kavaliere an, denen diese Szene nun erst vollends die Bedeutung der beispiellos kecken Pasquinade kund getan, und die atemlos, bleich und zitternd standen.

»Und Ihr, Caballeros!« schrie er mit gellender Stimme, »hat es Euch beliebt, mit dem geheiligten Namen der Majestät Euern Spott zu treiben?«

»Don Battista, bei unserer Ehre! Wir wissen nicht, wir wußten nicht – –«

»Bei unserer Ehre,« donnerte ein zweiter Häscher, »Ihr sollt es bezahlen, bezahlen mit Euern Köpfen, Hunde von Kreolen.«

»Don Jago!« riefen die empörten Kavaliere drohend. »Auf unsere Ehre – –«

»Auf unsere Ehre,« überschrie sie der Alguazil, »wären wir Virey – –«

»Was nicht ist, kann ja werden! Ihr seid ein geborner Gachupin,« schrie einer der Kavaliere mit bitterem Spotte.

»Wir sind ein Spanier, und Ihr seid nur elende Kreolen; elende, elende Kreolen; *y basta!*«[70]

Selbst die Geduld des Schafes hat ihre Grenzen, und so auch die unserer Kreolen. Die Kavaliere sprangen alle auf einmal wie rasend auf den Alguazil los; doch dieser hatte den Ausbruch des Sturmes vorgesehen, und war mit einem Satze zur Türe hinaus.

Hunderte von Kreolen der Mittelklassen, Mestizen, Zambos und Spanier hatten sich vor der Türe gesammelt, und standen, ohne jedoch für die eine oder die andere Partei auch nur ein Wort zu verlieren. Unsere Kavaliere selbst starrten sich noch eine Weile an, und dann, als entsetzten sie sich vor ihren eigenen Gestalten, verschwanden sie hastig durch alle Türen.

»Da gehen sie, die glorreichen Sprößlinge des verdorbensten Blutes, das in Mexiko rinnt, fünf oder sechs ausgenommen,« flüsterte zwei Minuten

[64] Ich halte dich, ich habe euch Verräter.
[65] Alle Teufel!
[66] Hofraum.
[67] Mexikanische Elle.
[68] Teufel! ein etwas gelinderer Fluch als Diablo.
[69] Hier wird es im sarkastischen Sinne gebraucht, so wie dies häufig der Fall ist.
[70] Und das ist genug.

nach diesem Auftritte derselbe Pedrillo, den wir der Rollen so viele spielen gesehen haben, und der, bereits wieder ins Unkenntliche metamorphosiert, vor dem Tore des Hotels stand.

»Tut mit diesem adeligen Blute,« fuhr er brummend fort, »was Ihr wollt, kitzelt sie so wie Ihr wollt; wenn es nicht eine Tänzerin ist, so hilft alles nicht.«

»Bist Du des Teufels!« entgegnete ihm sein Gefährte, »Dich da herzustellen, kaum zwei Minuten nachdem Du der Nobilitad[71] und den Alguazils eine solche Nase gedreht? Bei meiner Seele, ich sehe Dich noch, ehe das Jahr um vier Wochen älter ist, auf der Veracruz-Esplanade[72] dem Verdugo zum Kaballito dienen.[73]

»Pah! Eure Alguazils, elende Kerls! zu Inquisitions-Famillars[74] gut genug; aber zur höhern Spionerie – ja, wären es Franzosen, das sind Dir Kerls! In Kuba kannst Du ihrer sehen; aber diese Spanier müssen erst ein Vierteljahrhundert abgerichtet werden. Wollen auf die Plazza. Ist hohe Zeit.«

Und mit diesen Worten schritten die beiden recht gemächlich der Plazza Mayor[75] zu.

---

[71] Hoher Adel.

[72] Der Richtplatz von Mexiko.

[73] Dem Verdugo zum Kaballito dienen. Verdugo ist der Henker, Kaballito das Pferdchen; in Mexiko werden jene Bergleute so geheißen, auf deren mit Sätteln versehenen Rücken Mineros und Sotomineros (Beamte) die Schachte hinab- und aufsteigen. Da nun bei den Hinrichtungen in Mexiko der Scharfrichter sich dem Gehängten auf die Schulter setzt, so ist das Sprichwort »dem Verdugo zum Kaballito dienen« mit »gehängt werden« gleichbedeutend.

[74] Ein Häscher, Spion.

[75] Der Hauptplatz von Mexiko, den der Palast des Vizekönigs und die Kathedrale mit andern Prachtgebäuden zieren.

Drittes Kapitel.

Sardanapal.   Sprachrohr der Empörung! Du sollst
Zum mindesten die Straße des Verrats
Erfahren, obgleich du nur sein Anwalt! –
Pania ...   Nie hab' ich dein Geheiß
Mit größ'rer Lust erfüllt, als jetzt.

BYRON.

exiko ist eine jener Städte, die weniger durch die Pracht und Menge ihrer Paläste und öffentlichen Denkmäler, als durch ihre Lage, dem Blicke des sie Betretenden imponieren und unvergeßlich werden. Diese Lage selbst hat wieder, an sich genommen, sehr wenig Vorteilhaftes; ein bizarrer Geschmack und eine eigensinnige Laune hat den Regierungssitz eines ungeheuern Reiches, so ganz allen Regeln einer weisen Politik und selbst des gesunden Menschenverstandes entgegen, so vorsätzlich in einen Sumpfboden und in die Nähe mehrerer gefährlicher Seen hineingezwängt, um abgeschlossen von aller Welt alljährlich der Gefahr einer Überschwemmung und früher oder später der Zerstörung preisgegeben zu werden, daß nur der unbeschreibliche Reiz der Umgebungen uns mit diesen grellen Übelständen einigermaßen versöhnen kann. Wirklich übertreffen aber diese Umgebungen auch alles, was an Grandiosem je gesehen oder gedacht werden mag. Es erhebt sich nämlich die Stadt, nördlich vom See Chalco und westlich von Tezcuco – und den obern Seen, in Form eines Parallelogrammes, das von geradlinigen Straßen durchschnitten wird. Die Häuser dieser Straßen würden wir niedrig nennen, da sie sich nicht häufig über ein Stockwerk erheben; aber dieser einförmige Anblick wird reichlich sowohl durch ihre Farbenmannigfaltigkeit, ihre glänzend-geschmackvollen Balkone, die prachtvollen Blumengärten auf den Terrassendächern, vorzüglich aber durch die Großartigkeit der vielen Regierungspaläste und öffentlichen Gebäude und zahlreichen Kirchen gehoben, und so der Eindruck der Regelmäßigkeit und Einfachheit ins Imposante gesteigert. Was jedoch Mexiko den Vorrang vor jeder andern Binnenland-Hauptstadt zusichert, sind ihre einzig prachtvollen Umgebungen, oder vielmehr Kontraste. Die großen Wasser-

massen der fünf Seen, die diese Stadt im Süden, Osten und Norden um-
glänzen, die herrlichen Fruchtgärten, mit allen europäischen und tropischen Früchten und Blumen duftend, sind nicht malerischer, als die rauen,
nackten, von aller Vegetation entblößten Porphyr- und Basaltgebirge, die
diese Stadt in der Entfernung von fünfzehn bis zwanzig Meilen, und doch
scheinbar so nahe umgeben, daß das Auge keinen Zwischenraum zwischen den Häuserreihen und den Felsenklüften sieht. Die außerordentliche Reinheit der Atmosphäre während der trockenen Jahreszeit bringt
nämlich die Felsenketten des Tenochtitlan-Tales[76] und selbst die entfern-
teren schneebedeckten Riesenkuppen des Itztaccihuatl und Popocapetetl[77]
dem Auge so nahe, daß sie allen Gesetzen der Optik zu spotten scheint,
und einen Kontrast bildet so prachtvoll exotisch, daß sich der Beschauer
in eine neue Welt hineingezaubert glaubt.

Die Sonne neigte sich bereits zum Untergange, als die beiden waghalsigen
Abenteuerer, schlendernd durch mehrere Straßen, in der obern San Ago-
stinogasse anlangten, um in die Plazza Mayor einzulenken. Ein gewaltiger Lichtstrom, der die ganze schnurgerade, meilenlange Straße plötzlich aufhellte, blendete ihre Augen, indem er die ganze östliche Reihe der
Häuser in tausend phantastischen Gestalten vor ihren Blicken schwirren
ließ, während die westliche bereits in die Dämmerung hinübergraute.
Die grünen, gelben, blaßroten, lichtblauen und wieder *al fresco* bemal-
ten, oder mit Porzellan überkleideten Häuser schienen in den zitternden
Strahlen der Abendsonne ebensowohl zu tanzen, als die bunten Haufen,
die lärmend und tobend aus den untern Teilen der Stadt heraufschwärm-
ten; Ströme von Wohlgerüchen, die aus den tausend Blumenvasen und
den Gärten der Dächer sich in der Abendluft entwickelten, steigerten den
Sinnenrausch zur Betäubung. Von dem äußersten Ende der Straße her
funkelten in der Abendsonne die glänzenden Porphyrmassen der Gebirge
Tenochtitlans herüber und schlossen sich gewissermaßen an die Häuserreihen gleich ungeheuern Wällen glühenden Erzes an, das im Gusse fort-
schwillt. Ferne her glänzte der Itztaccihuatl, mit seinem schneebedeckten Haupte einen Strom von Licht über die ungeheuern Porphyrmassen
gießend, die zu seinen Füßen liegen. Die Abendsonne hatte nun diesen
Scheidepunkt der Grenzberge Tenochtitlans berührt und die entzückende

---

[76] Die alte Benennung des Tales von Mexiko von den Tenochten.
[77] Die Kuppen dieser ehemals feuerspeienden Berge, von denen der erste über
15.000, der andere über 17.600 Fuß über der Meeresfläche sich erheben, ragen
auf allen Seiten über die das Tal umgebenden Basaltgebirge hervor.

Szenerie hervorgebracht. Die beiden Wanderer standen in sprachlosem Anblicke verloren.

»*Carracco*!« rief Pedrillo endlich, und seine Brust schwoll sichtlich von jenem tiefen Entzücken, mit dem der Südländer die herrlichen Naturszenen seines Landes fühlt: »*Carracco! que bella y hermosa nuestra Ciudad! el gefe de todo el mundo. Ah, Mexico por siempre!*«[78]

»*Ah, que bella y hermosa*!« spottete sein Gefährte, indem er auf die zerlumpten Volkshaufen deutete, die, untermengt mit reichgekleideten Männern und Damen, nun stärker und stärker in die Plazza zu strömen anfingen, unter diesen ein zahlreicher Schwarm von Indianern, die vom Veracruztore herabkamen, und bei deren Erscheinen unser Pedrillo mit den Zähnen knirschte, und dann, gleichsam als wäre er nicht fähig, den ekelhaften Anblick zu ertragen, seinen Gefährten anfaßte und ihn mit sich der Plazza zu fortriß.

Die Indianer, deren Anblick unsern Pedrillo so sehr aus seinen Träumen geschüttelt, mochten einige Tausend sein, meistens alte Männer, Weiber und Kinder. Ihr trostloses Wesen verriet herbe Drangsale, gänzliche Ermattung und eine lange, mühevolle Wanderung. Die Weiber hatten wenig mehr am Leibe, als Fetzen von schwarzen, groben Wolldecken, in deren Löcher sie die Köpfe gesteckt hatten, so daß die Reste flatternd um ihre häßlichen, nackten, verdorrten Leiber hingen. Auf ihren Rücken hockten die Säuglinge, während die erwachseneren Kinder ganz nackt neben den Müttern einher liefen und sich an ihren Lumpen festhielten. Die Männer hatten Fetzen von Magueyleinwand[79] oder auch sogenannte Panos[80] um ihre Lenden, sonst aber keine Kleidung, und ihre straff über die Gesichter herabhängenden Haare gaben ihnen einen ungemein verstört widerlichen Ausdruck. Kaum daß sie mehr aufrecht zu stehen vermochten, stolperten sie der Plazza zu, gleich einer Herde übertriebenen Viehes; nur ihre düster und tückisch umherschielenden Blicke verrieten noch jene Ungebeugtheit und jenen tief versteckten indianischen Grimm, den weder körperliche noch geistige Leiden ganz zu überwältigen vermögen. Als sie auf dem Platze angekommen waren, lagerten sie sich – ein elender und beinahe scheußlicher

---

[78] Alle Teufel! Wie schön, wie herrlich ist unsere Stadt, das Haupt der ganzen Welt! Mexiko für immer!

[79] Magueyleinwand wird von den beiden Spezies der Quetzlotichtli-Aloe gewoben. Bei Zubereitung der Fäden verfährt man wie beim Hanf oder Flachs. Die Blätter werden ins Wasser gelegt, in der Sonne getrocknet und dann gebrochen.

[80] Ein grober Zeug, in Zacatecas verfertigt.

Knäuel. Ein düsteres Gemurmel ausgenommen, war kein Laut von ihnen zu hören, und die prachtvollen Kirchen und Paläste des herrlichen Platzes waren nicht imstande, ihnen auch nur einen Blick abzugewinnen. Die Haufen Leperos, Mestizen, Mulatten und Kreolen, die schwärmend auf- und niederwogten, hatten sich scheu vor dem unsäglichen Elende der Schar zurückgezogen, die, einem Schwarme Heuschrecken nicht unähnlich, ebenso unerwartet eingefallen, und gleich diesem bereits Spuren ihres ekelhaften Daseins in den vergiftenden Ausdünstungen und Unrate zurückzulassen begannen. Die Glocken von den Türmen der Domkirche hatten sechs geschlagen; beim letzten Schlage fielen die Ave-Maria-Glocken der ganzen Stadt ein. Tausende entblößten ihre Häupter und murmelten ihr Abendgebet, so daß der ungeheure Lärm plötzlich in eine Grabesstille, und ebenso schnell wieder in das lauteste Tosen überging. Der letzte Glockenschlag war noch nicht ganz verklungen, als auch ein Trupp Ulanen aus dem linken Flügel des vizeköniglichen Palastes hervor trabte, und nicht minder mechanisch instinktartig an die Indianer ansprengte, als diese gekommen waren. Ohne einen Laut von sich zu geben, brachen die Reiter auf den Knäuel ein, Treibern gleich, die ihre gewichtigen Knittel auf den Rücken der zögernden Tiere spielen lassen, und mit einem kaum schnellern Erfolge. Erst als die Ulanen in die vordersten Reihen eingedrungen waren, fing der Knäuel an sich zu bewegen, doch so langsam, daß bereits mehrere Weiber und Kinder niedergeritten und von den Hufen der Pferde zertreten waren, ehe sich die übrigen zu regen anfingen. Nur zuweilen entfuhren dem Haufen schneidend heulende Töne, dem Pfeifen des Orkans durch die Taue und Segelwerke vergleichbar. Kläglich war es übrigens anzusehen, wie einzelne Weiber die zuckenden Leichname ihrer Kinder unter den Pferdehufen hervorzerrten, sie mit aufgerissenen Augen anstierten, mehr Orang-Utans in ihrem höchsten Schmerze, als Menschen ähnlich, und dann mit Klagelauten, die wenig von denen dieser Tiere verschieden waren, in die Straßen einbrachen.

Das Ganze bot ein seltsames Schauspiel dar. Wie vom Winde hergeblasen, waren die Indianer erschienen, und mit nicht minderer Schnelligkeit hatte die unsichtbare Gewalt ihre Werkzeuge herbeigeführt, sie wieder zu vertreiben. Die übrigen Volkshaufen waren in jener Gefühllosigkeit stehen geblieben, welche Menschen eigentümlich ist, die an derlei Szenen gewohnt sind. Nur wenige hatten sich in die noch immer offene Kathedral- und San Francescokirche geflüchtet, aus denen sie, nachdem die Ruhe hergestellt, wieder zum Vorschein kamen.

»Was Teufel hat das zu bedeuten?« fragte unser Pedrillo, der, sein Cigarro rauchend, ganz gemütlich der unmenschlichen Treibjagd zugesehen hatte. »Eure Gachupins sind doch sonst, was man sagt, väterlich gesinnt gegen die *gente irrazionale*?«[81]

»So, so,« versetzte Pedro; »doch diese da haben etwas auf der Kreide, wie Du soeben hören magst.«

Ein Alguazil schrie eine Art Proklamation der Menge vor, die er zur Ruhe aufforderte.

»Ruhe! Ruhe! Volk von Mexiko!« rief der Beamte; »Ruhe, welche da ist des Mexikaners erste Pflicht, und Eure besonders, die Ihr unter dem Schutze des Auges Sr. katholischen Majestät steht, welches da ist unser aller gnädigster Herr, der Virey, der beschützt, und sieht, und bewacht die Ruheliebenden, und verdirbt die Gottlosen und Widerspenstigen mit Feuer und Schwert, so wie Ihr an den Gavecillas von Zitacuaro[82] gesehen habt. Die Gerechtigkeit verfolgt die Ruhestörer, wo sie sich zeigen. *Viva Su Magestad Fernando VII. y el Excellentissimo Senor, nuestro Virey! Viva! Viva!*«[83]

Einige Spanier versuchten das Viva nachzukreischen, wurden jedoch von einem tobenden »*Muera*!« übertäubt, das tausend Kehlen zugleich brüllten. Die öffentliche Stimmung fing an sich schnell für die unglücklichen Einwohner von Zitacuaro zu erklären.

»Arme Teufel!« schrie einer, »ich glaube, diese Gente irrazionale wären genug bestraft worden, als der Obermetzger ihre Stadt niederbrannte, ihre Felder verwüstete, ihre Bäume umhieb, die Männer alle schlachtete und die Weiber und Kinder mit einem Zettel wegschickte. Mit dem können sie sich wärmen statt der Wolldecke.«

»Man jagt sie von Zitacuaro,« schrie ein zweiter, »nach Guanaxuato, von Guanaxuato nach Valladolid, von Valladolid nach Puebla, von Puebla nach Sombrerete. Überall dezimiert man sie, und so bekommt man Ruhe; das ist Euer Indulto.«[84]

---

[81] Unvernünftiges Volk wurden und werden die Indianer von den weißen Mexikanern geheißen.

[82] Die spanische Regierung nannte und behandelte durchgängig die Insurgenten nie anders, als wie den niedrigsten Pöbel, *gavilla* oder *gavecillas*. Zitacuaro liegt 40 Stunden westlich von Mexiko und wurde vom spanischen General Porlier eingenommen, dem Boden gleich gemacht, die Einwohner vertilgt oder vertrieben, und der Sitz der Regierung nach Marabatio verlegt, weil da eine Insurgenten-Regierungsjunta von D. Raynon gebildet worden und die Einwohner Widerstand geleistet hatten.

[83] Es lebe Se. Majestät Ferdinand *VII.* und Se. Excellenz unser gnädiger Vizekönig! Er lebe hoch!

[84] Amnestie.

»In Guanaxuato,« brüllte ein dritter, »haben sie Ruhe auf einmal gemacht; vierzehntausend Männer, Weiber und Mädchen und Kinder an einem Tage geschlachtet. Das muß ein Fressen für die Gallinazos und Coyotes gewesen sein!«

Doch als wollte die unsichtbare Macht, die soeben diesen gräßlichen Beleg ihrer unbegrenzt schrecklichen Gewalt der Menge geliefert, diese keinen Augenblick zu gefährlichem Nachdenken kommen lassen, eröffnete sich sofort eine neue Szene. Die Ulanen hatten sich nämlich kaum an den verschiedenen Zugängen der Plazza und des vizeköniglichen Palastes aufgestellt, als sich die Tore des letztern öffneten, und ein Zug von Männern herausschritt, der die allgemeine Aufmerksamkeit mit einem Male fesselte.

Es waren ihrer vierundzwanzig; ihrem Äußern nach zu schließen Zwittergeschöpfe, zwischen Leibgardisten und Hausdienern die Mitte haltend. Sie hatten gewaltige, aufgestülpte Hüte, reich mit Goldtressen besetzt und einem silbernen Schilde versehen, ein goldenes Kastell mit drei Türmen im roten, und einem gekrönten Löwen im silbernen Felde. Ihre Uniformen bestanden aus einer roten Jacke, mit einer Menge silberner Knöpfe besetzt, ebensolchen Beinkleidern, gleichfalls mit Goldtressen und silbernen Knöpfen, längs den Hüften bis zu den Knien verziert; ihre Bottinas oder Gamaschen, von braunem Leder, waren hinten offen. Als Waffen hatten sie einen kurzen Degen und einen langen Spieß oder Hellebarde. Die Uniform ihres Anführers unterschied sich bloß durch größere Feinheit und reichere Verzierung. Statt der Hellebarde trug er einen Kommandostab mit goldenem Knopfe, dem eines Regimentstambours nicht unähnlich; auch sein Marsch glich eines solchen Würdeträgers, indem er, den rechten Fuß schnell vorwerfend, die Zehe einen Augenblick balancierte, und dann ebenso gravitätisch den linken nachsandte. Diese Bewegung, von der größten Hälfte der Truppe nachgeahmt, verursachte unter der gaffenden Menge ein lautes Gelächter.

»Elende Rebellen! Pöbel, den die Hölle bald verschlingen möge!« brummte der Capitain der vizeköniglichen Leibgarde oder Alabardieros; denn nicht geringer war die Charge des Anführers dieser vierundzwanzig Trabanten, der, ohne die Lachenden eines Blickes zu würdigen, so weit vorschritt, bis er sich beinahe der Reiterstatue Karls IV. mitten auf dem Platze genähert hatte. Das Gelächter war immer stärker geworden; vergebens, daß einige Spanier, deren kastilianischer Stolz sich durch den wirklich lächerlichen Aufmarsch gekränkt fühlte, dem einer trabenden Capitain zuriefen; er marschierte fort, gefolgt von seinen Truppen, deren eine Hälfte im militärischen Schritte nachkam, während die andern, Truthühnern gleich, die gedrechselten Bewegungen ihres Befehlshabers nachäfften.

»*Misericordia*! *madre de Dios*!« rief er auf einmal, als er, vor der Statue schwenkend, den Marsch der kleinen Truppe in seiner ganzen lächerlichen Gravität übersah. »*Por el amor*! Hat jemals ein *Capitano de los Alabardieros de su Excellenza el Virey graciosissimo de Nueva Espana* – hat jemals ein Capitain der Hellebardiere Sr. Exzellenz des allergnädigsten Vizekönigs von Neuspanien so etwas gesehen? *Senores, por el amor de Dios*! Meine gnädigen Herren, um der Liebe Gottes willen! Wenn Sie nun Se. Exzellenz unser Allergnädigster, oder Se. Exzellenz unser Allertapferster – – Alle Teufel! Wer hat Euch geheißen, den Parademarsch Eures Capitains nachzuahmen? *Santa Vierge*! Heilige Jungfrau! da habt Ihr es, wenn man mit rohen Dragones[85] den Besamanos[86] halten soll. Ja unter Don Senor Galvez, oder Nevillagigedo und selbst Iturrigarey – aber das ist ein Name, den man besser nicht nennt, obwohl er Finezza[87] hatte; – aber da fehlte es,« auf den Kopf deutend, »an der Prudencia. Aber das waren auch Besamanos; jetzt ist es ein bloßer Schatten. Damals hatten wir unsere Reglamentos[88] vier Wochen vor jeder Besamanos. Gestern wurden mir die Ordres übergeben, und zehn solcher Schlingel, und jetzt sieht Mexiko die Folgen.«

»Mexiko kümmert sich einen Teufel um Euch und Eure Trabanten, sehr ehrenfester Herr,« rief eine Stimme aus dem Haufen. »Wünscht Euern Dragones Glück zu ihrem friedlichen Feldzuge; ihre Kameraden würden viel darum geben, wären sie hier.«

Der Kapitän der Leibtrabanten warf einen stolzen, finstern Blick auf den Sprecher, schüttelte das Haupt und marschierte in einem weniger gezierten Schritte dem Portale des Palastes zu, vor welchem er seine Leute zwei Mann hoch aufmarschieren ließ, und dann, seinen Kommandostab schwenkend, folgenden Tagesbefehl von sich gab:

»*Vigilancia amigos*! Habt acht, Freunde; das ist nun der fünfzehnte Besamanos-Tag, den unser allergnädigster Herr und Gebieter seit achtzehn Monaten hält, und es ist Eure verfluchte Pflicht und Schuldigkeit, *Vigilancia* an den Tag zu legen. *Vigilancia* sage ich! hört Ihr? *Vigilancia*! denn die Gavecilla ist heute toll, und vor ihrem Lärm kann man sein eigenes Wort nicht verstehen. *Vigilancia* denn! Wenn der Arzobispo[89] kommt, so wißt Ihr, was

[85] Dragoner.
[86] Buchstäblich Handkuß, wurden die Hoftage und Soirées des spanisch königlichen und mexikanisch vizeköniglichen Hofes genannt, weil an diesen der hohe Adel, die Geistlichkeit und Beamten zum Handkusse zugelassen wurden.
[87] Anstand, Artigkeit.
[88] Reglement, Verhaltungsbefehl.
[89] Erzbischof.

zu tun; wenn Se. Exzellenz, der Allertapferste, der Sieger von Alculco, von Marfil, von Calderon[90] – obwohl dieser eigentlich den Alabardieros nichts zu befehlen hat; da er aber die Gavecillas mit der Jungfrau und aller Heiligen Hilfe in die Hölle gesandt, – so wird ihm kein rechtgläubiger Spanier die Honra[91] versagen. Mit einem Worte, Hochdieselben werden empfangen wie Höchstdieselben der Virey selbst, Paukenschlag und Präsentation. Ist es ein Oidor, verstehen Sie, meine Herren! so wird präsentiert. Ein Oidor[92] ist aus so gutem alt-kastilischen Geblüte, als einer, und, mag sein, ein älterer Edelmann als der König selbst.« Bei diesen Worten nahm der Mann den Hut ab. »Kommt ein Rat der *Junta del Hacienda Real*[93], ein Intendant, ein Präsident oder Rat des Consulado[94], so wird gleichfalls präsentiert. Ist es ein Regidor[95], ein Alkalde[96] oder einer de los Cabildos[97], und ist er ein Spanier, so wird gleichfalls präsentiert. Ist er ein Criollo, so ist er geehrt, zu viel geehrt, wenn Ihr das Gewehr anzieht. Was nun die Kreolen *con titulo de Castilla*[98] betrifft, so will es sich zwar nicht geziemen, daß geborene Spanier derlei Menschen Ehrenbezeugungen offerieren; allein wir haben Winke erhalten, versteht Ihr, Winke, und man hat Ursache sie zu schonen, obwohl sie im Grunde nicht mehr Schonung verdienen, als die *gente irrazionale*, die unsere tapfern Cameradoes soeben wie wilde Büffel von der Plazza gehetzt. Ei, die Criollos! sie sind es, aber – –«

Die letzten Worte verschluckte der Capitano aus seiner eilfertigen Retirade in das Palasttor; denn wohl fünfzehn Stilette waren, von unsichtbaren Händen geschleudert, ihm in der einbrechenden Finsternis auf das Haupt, Brust und Schenkel geflogen, und bloß die unverhältnismäßige Entfernung selbst hatte sein Leben gerettet.

In seiner wütenden Promenade innerhalb des Torweges wurde er plötzlich durch ein lautes Lachen und ein gellendes »Escuchate« unterbrochen.

[90] General Calega, der für diesen letzten großen Sieg über Hidalgo in den Grafenstand erhoben wurde.
[91] Die Ehre.
[92] Mitglied des höchsten Gerichtshofes von Mexiko, Audiencia genannt, hatte zugleich die Funktionen eines kontrollierenden Staatsrates. Die Vorrechte der Glieder waren sehr bedeutend, sie durften aber nicht Eingeborene des Landes ehelichen, auch keine liegenden Besitzungen erwerben.
[93] Finanzkammer.
[94] Das Handlungstribunal bestand ganz aus Spaniern mit sehr wenigen Ausnahmen. Er hatte ausschließend den Handel des Landes für sich.
[95] Maire.
[96] Alderman, Ratsherr.
[97] Heißen geistliche und weltliche Korporationen, Domkapitel, Stadträte.
[98] Adelsdiplom.

»*Escuchate hombres y mugieres de Mexico!*«[99] schrie eine Stimme, die wieder unserem Pedrillo angehörte. »Hört, vorzüglich Ihr Kreolen, was dieser Kriegsheld in Friedenszeiten für ein Reglamento gibt. Die Kreolen, sagt er, müsse man noch einstweilen schonen, Se. Exzellenz, der Virey, habe Winke zu ihren Gunsten fallen lassen, obwohl sie so wenig Schonung verdienen, als die *gente irrazionale*, die von den Lanceros[100] soeben von der Plazza getrieben wurden.«

»*Mueran los Gachupinos!*«[101] brüllten zwanzig, hundert und dann tausend Stimmen in furchtbarem Chorus.

»*Diablo! Hombres de Demonio!*«[102] schrie der Capitain, dessen panischer Schrecken sich mittlerweile gelegt hatte. »*Que dices!*«[103] schrie er, aus dem Tore springend. »»*Uno grito!*‹[104] – Aufruhr, Rebellion! Bei der heiligen Jungfrau, Aufruhr vor der Nase Sr. Exzellenz!« –

Der Spanier der untern Stände hat, bei einer angeborenen Gravität und einem ernst trockenen Stolze, wieder eine kriechende Demut, die Folge des harten Druckes seiner Regierung, und eine Originalität oder vielmehr Simplizität, die Folge seiner Vereinzelung und Abgeschiedenheit von den übrigen Nationen, die den Ausbrüchen seines Stolzes und Unwillens einen um so drolligern Anstrich verleiht, als seine Sprache selbst unterwürfig und knechtisch, und wieder hochtrabend und pompös, mit seinem häufig nichts weniger als imposanten Äußern im grellsten Widerspruche steht. Der grimmige Capitain daher, weit entfernt das Toben durch sein Geschrei zu beschwichtigen, veranlaßte ein um so lauteres Gebrülle von *Mueran los Gachupinos*, das häufig von einem schallenden Gelächter begleitet war, in welches letztere auch der Offizier der vor dem Palasttore stationierten Ulanen einstimmte. Der Zorn unseres Helden wandte sich sofort auf diesen nähern Gegenstand, und mit einer Stimme, halb erstickt vor Wut, sprang er auf den Offizier los; doch schnell sich wendend stand er stille, und den Kreolen vom Kopfe zu den Füßen messend, murmelte er ein *Picaro Criollo*[105], und dann, als halte er es unter seiner Würde, an einen Kreolen ein Wort zu verlieren, zog er sich wieder zurück.

---

[99] Hört. Ihr Männer und Weiber von Mexiko.
[100] Lanzenreiter, Ulanen.
[101] Tod den Gachupins (den Spaniern).
[102] Teufel, Teufelsmenschen.
[103] Was sagst Du?
[104] Aufruf zur Rebellion.
[105] Elender Kreole.

Viertes Kapitel.

Ein köstlich Pröbchen wohl von Menschen! Gut,
Sein Blut wallt auf, und wenn's ein wenig fleußt,
Kühlt es sein Fieber.

BYRON.

as meinst Du, wird der Viento de Mistecca[106] lange anhalten?«
fragte eine tiefe Baßstimme, als das Gelächter nachgelassen hatte.
»Lange anhalten!« erwiderte der Gefragte, ein Evangelista, d. h.
Straßensekretär, nach der Feder zu schließen, die in der Dunkelheit noch
hinter seinen Ohren steckend zu ersehen war, und dem offenen Wamse,
in dem eine Rolle Papier logierte, und darunter das Tintenfaß, ein Baum-
wollenstöckchen in Tinte getaucht, das an einem Orte beherbergt war, wo
es vermutlich kein rechtgläubiger Nichtmexikaner gesucht haben dürfte,
im Nabelloche nämlich. »Lange anhalten?« wiederholte der Straßensekretär, »das weiß ich nicht.«

»So will ich es Dir sagen;« fiel Pedrillo ein, »just so lange, bis der Chalco
und Tezcuco[107] trocken gelegt und wieder angefüllt werden.«

»Der Tezcuco trocken gelegt und wieder angefüllt, Amigo?«[108] versetzte der Evangelist. »Hör, das geht über meine Vernunft.«

»Glaub's gerne, mein Gnädiger;« erwiderte Pedrillo, »trocken gelegt
und wieder angefüllt, sage ich. Weißt Du nicht, daß der Viento de Mistecca just so dürr, verdorrt, verdorrend und versengend ankommt, wie
unsere dürren, hungrigen Gachupinos, wenn sie aus der Madre Patria
herüberkommen; daß er aber zur Ader läßt, wie diese dem armen Mexiko,
mit dessen Blute sie sich mästen? Ei, der Viento de Misteccea wird ihnen
zur Ader lassen. Möge er bald kommen!«

»Bravo! Bravo!« riefen die Umstehenden: »*Habla cuomo no libro se-
lado!*«[109]

---

[106] Mistecca-Wind, südöstlicher Wind, der von Oaxaca und Acapulco herauf
kommt, er ist trocken und brennend.
[107] Die Mexiko zunächst gelegenen Seen, von denen der eine süßes, der andere
salziges Wasser hat.
[108] Freund.
[109] Er spricht wie ein gestempeltes Buch, ein Kalender.

»Was sagt der Hund von einem Zambo?« rief nun ein Mann mit hohem, spitzigem Hute, auf dem eine blutrote Kokarde prangte. »Was sagt er?« schrie der Häscher der Polizei, indem er sich zu dem Haufen zuzudrängen versuchte, und mit seinem Amtsstabe links und rechts drein schlug.

»Der Viento de Misteccea ist gut zur Aderlaß,« wiederholte der kühne Pedrillo. »Möge er bald kommen!«

»Halt! halt!« rief nun der Alguazil, der aus Leibeskräften sich Bahn zu machen bemühte. Die dichte Volksmasse hatte jedoch schnell einen undurchdringlichen Phalanx gebildet, der Sprecher selbst sich geduckt, und in der einbrechenden Finsternis unsichtbar gemacht. Die Ulanen, die vor dem Palaste hielten, bildeten mittlerweile eine Angriffskolonne, und machten Miene, den Alguazil zu unterstützen.

»Lugerteniente[110] Pablo!« rief wieder Pedrillo. »Ihr tätet besser, Ihr ginget nach Itzcuhar[111]! Oberst Soto dürfte Euch brauchen.«

Der Alguazil horchte einen Augenblick; dann sprang er wieder auf den Haufen zu: »*Te tiendo! Te tiendo!*[112] Dieser da in der Tunica, er ist derselbe, der Se. Majestät –«

»Ich denke, Alguazil,« mahnte der Offizier, der die drohende Bewegung der Menge aufmerksam beobachtet hatte, »ich denke, Ihr ließet den armen Teufel schreien; es ist nicht der erste und wird nicht der letzte Grito sein, und es liegt nicht viel daran, ob einer mehr oder weniger in der Cordelada[113] liegt.«

»Senor Lugerteniente,« drohte der Alguazil; »wohlverehrter Herr Lieutenant! Sie waren schnell, als es den armen Gente irrazionale von Zitacuaro galt. Sie sind ein Kreole, ich warne Sie.«

Und mit diesen Worten drang er mit aller Gewalt auf den Knäuel ein. Dieser stand noch immer als undurchdringliche Masse; eine Bewegung aber, die gleichzeitig unter den Mangas stattfand, machte die Reiter augenscheinlich stutzen. Nicht so den Alguazil, der wie rasend um sich schlug.

»*Venid Senor!*[114] Kommen Sie, mein gnädiger Herr!« sprach eine tiefe Stimme.

Der Knäuel öffnete sich und ließ den Alguazil ein, schloß sich jedoch, als die Reiter andrangen, gleich der Meereswoge, die ihr Opfer verschlun-

---

[110] Lieutenant.
[111] Eine Stadt, dreißig Stunden südwestlich von Mexiko gelegen, wo Oberst Soto von Morelos geschlagen wurde.
[112] Ich habe Dich.
[113] Eines der drei Hauptgefängnisse in Mexiko.
[114] Kommen Euer Gnaden.

gen. Alle hatten die Stilette gezogen. Einige Augenblicke herrschte eine bange Stille; auf einmal hörte man die Worte: »*Jesu, Maria y Jose!*«[115] und dann ein Stöhnen und Röcheln.

»*Mueran las Gavecillas!* Tod den Rebellen!« schrie nun der Offizier, und die Reiter hieben ein; doch der Haufen hatte sich mit einer unbegreiflichen Schnelligkeit geteilt; mehrere Pferde stürzten, und, zu Vergrößerung der allgemeinen Verwirrung, brach ein plötzlicher Lichtstrom aus den Toren des Palastes, der für einige Augenblicke Rosse und Reiter erblindete. Es waren kurze Augenblicke, aber hinreichend, diesen Teil des Platzes gänzlich von den Haufen zu reinigen. Der Alguazil, zwei Ulanen und ebenso viele Pferde waren als Opfer gefallen; der Haufen hatte sich unter der großen Masse der auf dem Platze auf- und niederwogenden Menge verloren, die nun selbst schnell heran drang, und ihre nichts weniger als friedlichen Absichten durch laute »*Mueras* und *Abajos con los Gachupinos*« kund tat. Ein allgemeiner Aufstand schien auf dem Punkte auszubrechen.

Auf einmal wurde der Wirbel von Trommeln gehört, in deren Rollen eine rauschend prachtvolle Janitscharenmusik einfiel; zugleich sprühten sechzig Pechpfannen längs der ungeheuren Fronte des Palastes ihre grellen Flammen durch die Menge. Der plötzliche Strom von Licht und Tönen hatte eine unbegreiflich schnelle Wirkung auf den Haufen der Tausende. Alle Gedanken an Aufruhr waren verschwunden. Ein tausendstimmiges »Viva, Viva!« erschallte, und kaum hatte die Bande die ersten Akkorde der Ouvertüre, Clemenza de Tito, eröffnet, als die Tausende und abermals Tausende in den fröhlichsten Jubel ausbrachen. Unzählige Tänzergruppen bildeten sich mit einem Male, und die ganze Plazza war ein fröhliches Gewimmel der lebensfrohen Menge geworden. Die tiefe Finsternis im ganzen ungeheuern Vierecke war zugleich wie durch einen Zauberschlag in Tageshelle verwandelt; denn Tausende von Lampen schimmerten von den Blumengärten der Dächer und gossen über die stattlich massiven Tempel, Päläste und Häuser einen Lichtstrom, der die großartigen Bauwerke ins Riesenmäßige erhöhte. Reich gekleidete Spanier und Kreolen, zerlumpte Leperos, Mulattinnen und halbnackte Indianer, Zambos und liederliche Dirnen, alles vereinigte sich im Bolero, Fandango und Charave.[116] Und gleichsam um das Ganze noch charakteristischer darzustellen, hatten sich zahlreiche Reiterscharen von Dragonern und Ulanen mitten durch

---

[115] Jesus, Maria und Joseph!
[116] Von diesen drei Tänzen ist der letztere der beliebteste in Mexiko und kann als Nationaltanz betrachtet werden.

die Haufen einen Weg gebahnt, und schlossen nun die ganze Masse in einen ungeheuern Rahmen ein, so das Bild eines despotisch beherrschten Staates versinnlichend, wo die Massen durch die eiserne Hand der obersten Gewalt und ihrer Helfershelfer zu Freud und Leid getrieben und in Schranken gehalten werden.

»Ihr scheint die allgemeine Freude nicht zu teilen;« wisperte ein ältlicher Indianer unserem Abenteurer zu, dessen außerordentliche Beweglichkeit, während der soeben beschriebenen tumultuarischen Auftritte plötzlich einem unverhohlenen Mißmut gewichen war.

Der junge Mann drehte sich auf einem Absatze um, und kehrte dem Sprecher den Rücken. »Ei, diese Lustigkeit ist ganz einzig,« fuhr der Indianer fort, »so wie wir ein einziges Volk sind. – Meiner Seele! immer am lustigsten, wenn wir am tüchtigsten gezaust werden.«

Der junge Mann warf dem Sprecher einen Blick rücklings zu, und versank dann in sein voriges Schweigen.

»Jeder hat seinen Ahuitzote! Amigo!«[117] fuhr der Indianer fort, »und Ihr hattet Ihrer viele. Glaub' es gerne, daß Euch das Geklingel da konträr gekommen ist; der Faden war aber ein wenig schlecht gesponnen, deshalb ist er so schnell zerrissen.«

»Welchen Faden meint ihr, Tatli?«[118] versetzte nun der junge Mann mit einer leisen, hohlen Stimme.

»Einen blutroten mit einem weißen und blauen Ende.«

»Diablo!« zischelte Pedrillo: »Nun sehe ich wohl. Wen ich vor mir habe. Glaubt mir, es hilft aller Wege nichts. Tut was Ihr wollt. Da hatten wir sie am Ansatze zu einem herrlichen Motino; aber da kommen ein Dutzend Hautbois und Klarinetten und Pfeifen, und alles ist beim Teufel.«

»Ja, wenn der Alguazil die königliche Armee gewesen wäre,« brummte der Indianer.

»Wie meint Ihr?« fragte Pedrillo, dem Indianer näher an den Leib rükkend.

Der junge Mann hatte, während er so sprach, den Indianer allmählich dem Sockel der Reiterstatue Karls *IV.* zugezogen. »Das Losungswort!« zischelte er dem Indianer zu, indem seine rechte Hand zugleich hinter die Manga fiel.

---

[117] Jeder hat seine Ahuitzote, Freund! ein indianisches Sprichwort. Ahuitzote bedeutet so viel als Feind, feindliches Geschick.
[118] Vater.

»Sachte, Amigo,« lächelte dieser; »es war ein Meisterstreich, wie Du den Alguazil zum Stillschweigen brachtest; keine Pinte Blut geflossen, und der Gachupin so mausetot. Du hattest ein dreischneidiges Stiletto, vermute ich? Aber wir sind kein Alguazil.«

»Noch nicht,« flüsterte der junge Mann; »sollst es aber werden;« und bei diesen Worten saß dem Indianer auch der Dolch am Leibe! doch ebenso schnell sank seine Hand. »Alle Teufel, wer hätte dem General V.«

»Hisht,« sprach der Indianer. »Wir haben Euer Treiben gesehen. Ei, wenn Masqueraden und ein paar Erdolchungen Mexiko retten könnten, da wäret ihr die Leute; aber zum Zugreifen – – Komme nun und höre.« Er wisperte ihm einige Worte in die Ohren.

»*Madre de Dios!*« rief der junge Mann, »und Mexiko steht noch? Kommt! jede Minute mag es für immer verlieren.« Beide eilten schnell durch das Getümmel.

Mitten unter dem fröhlichen Gewimmel und der rauschend prachtvollen Musik sah man anfangs einzelne, dann ganze Reihen von zwei-, vier- und sechsspännigen Kutschen herannahen. Die sonderbaren Kopfzieraten der Pferde und Maultiere, denn mit dieser letztern Tiergattung war die Mehrzahl der Kutschen bespannt, und ihr schweres, häufig massiv silbernes Geschirr, entsprach ganz den Kutschen selbst, von denen die meisten eine Art lederner, lackierter, glänzender Kasten mit einer Unzahl vergoldeter Schnörkel waren, deren Seiten, mit Bildern in halber und selbst ganzer Lebensgröße bemalt, die Taten der ersten spanischen Eroberer, oder irgend einen Heiligen darstellten. – Die meisten derselben waren ohne Springfedern und, auf der bloßen Achse ruhend, verursachte ihre Ankunft ein Gepolter, das die Musik der beiden Regimentsbanden vor dem Palasttore und im Schloßhofe übertäubte. Beinahe alle hatten Vorläufer, nebst einer Suite, die aus farbigen, reich gekleideten männlichen und weiblichen Mulatten und Negern bestand, welche vor und zu beiden Seiten der Wagen einhergingen. In jedem dieser Wagen saßen zwischen vier und sechs Personen, die, je nachdem sie zur herrschenden Klasse der Spanier oder der beherrschten der Kreolen gehörten, in das offene Palasttor einfuhren, oder vor diesem abzusteigen genötigt waren. Als wollten sich jedoch diese letztern für diese Zurücksetzung in den Augen des Volkes durch einen desto auffallendern Pomp rächen, ging ihr Absteigen wieder mit einem Prunke vor sich, der ebenso sehr ihren Reichtum als dessen ungeschickte Anwendung verriet. Die Wagentüren wurden nämlich stets zu gleicher Zeit von mehreren reich und phantastisch gekleideten Negern und Negermädchen auf beiden Seiten geöffnet, die männlichen und weiblichen Herrschaften stiegen zu den zwei verschiedenen

Türen heraus, und schritten dann, unter dem Vortritte ihrer schwarzen Dienerschaft, dem Tore zu, wo die letztern, nach einer formellen Verbeugung, sich wandten und zu dem Wagen zurückkehrten. Selbst der Pöbel schien den Übelstand der hier so unpassend angebrachten Schaustellung, im Gegensatze mit dem einfachern und würdevollern Aufzuge der verhaßten Spanier, zu fühlen, und bei einem jedesmaligen solchen Absteigen erhob sich ein Gemurmel, das die allgemeine Unzufriedenheit deutlich beurkundete. »*Muchacho! Barracho!*«[119] war wechselweise im lautesten Gebrülle den Kreolen zugerufen worden, während man die Spanier mit »*Mueras!*« und »*Abajos!*«[120] begrüßte. Wagen folgten auf Wagen; jeder wurde auf eine eigentümliche Weise vom Volke empfangen.

Auf einmal erschallte es von dem äußersten Ende des Platzes »*El terrible Gachupin!*«[121] und eine leichte, geschmackvoll gebaute Karosse, von vier stolzen Andalusiern gezogen, rollte durch die aufgestellten Reiterscharen, ihr zur Seite mehrere Adjutanten und Ordonnanzen. Die Bande schlug einen herrlichen Triumphmarsch an, die Reiter senkten ihre Schwerter, während das Volk beinahe schaudernd dem Wagen nachsah, wie er in den Schloßhof rollte, gleich als ob in seinem Innern ein unheilvolles Element verborgen wäre.

Ein zweiter Wagen folgte von der entgegengesetzten Seite, von sechs phantastisch geschmückten Maultieren gezogen, langsam und feierlich; voran zwei rot gekleidete Läufer, und zu beiden Seiten ein halbes Dutzend schwarzer Diener. Der Wagen wurde mit dem Rufe: »*Viva la vierge de Guadeloupe! Abajo con la vierge de los remedios!*«[122] empfangen. Der Insaß des Wagens hielt segnend seine Hand zum linken und wieder zum rechten Wagenfenster heraus; aber jede seiner Segnungen veranlaßte nur ein um so lauteres Gebrülle, das wohl zehn Minuten anhielt, und erst schwächer wurde, als ein neuer Wagen dem müßigen Pöbel neue Nahrung brachte.

»*Tierra templada!*«[123] brüllte es wieder von dem äußersten Ende der Plazza herüber, und brach dann in einen einstimmigen, wütenden Schrei aus, der wie Sturmesgeheul die Luft erfüllte.

[119] Einfaltspinsel, Trunkenbold. Letzteres ist der größte Schimpfname, der gegeben werden kann.
[120] Tod! und – Nieder mit ihm.
[121] *El terrible Gachupin*, der schreckliche Gachupin, Don Calleja, später Graf von Calderon.
[122] Es lebe die Jungfrau von Guadeloupe! Nieder mit der Jungfrau der Gnaden! (Siehe Note am Ende des dritten Bandes.)
[123] Die gemäßigte Zone.

Ein eleganter zweispänniger Landau im neuesten englischen Geschmacke war durch die Ulanen- und Dragonerspaliere herangekommen, mit bloß einem einzigen, aber geschmackvoll gekleideten Diener. Der Wagen hielt unter dem Portale; aber mehrere Domestiken eilten aus dem Tore heraus und führten ihn in den Torweg des Palastes ein.

Ein zweiter im gewöhnlichen antiken Stile war gleichfalls herangekommen, dessen Bürde jedoch, eine ältliche Dame und ein blühender Jüngling, vor dem Tore entladen wurde.

»*Superbo, brillante hombre!*«[124] brüllten die Haufen dem jungen Kreolen zu, von einem »Viva« begleitet, das ebenso schnell durch ein »*Callate, el Ninon de la tierra fria!*«[125] beschwichtigt wurde.

Diese Symptome des öffentlichen Beifalls und Unmuts schienen von dem Jünglinge auf eine eben nicht sehr beifällige Weise aufgenommen zu werden; sein Blick gleitete vornehm über die Menge, und dann, sein Haupt stolz aufwerfend, verschwand er mit der Dame zwischen den Toren.

»Senor Battista!« wandte sich der Capitain der Hellebardierer an den Alguazil, der an den Toren Posto gefaßt, und zugleich die Aufgabe zu haben schien, die Äußerungen des Pöbels über die verschiedenen Ankömmlinge zu notieren – – »Senor Battista! Was hat es für eine Bewandtnis mit diesem Conde San Jago,[126] der doch, soviel ich weiß, auch nur ein Kreole ist? Möchte doch wissen, aus welchem Holze der geschnitzt ist, daß er die Ehre eines geborenen Spaniers genießt?«

»Aus einem Holze, Senor Capitano,« versetzte der Alguazil mit einem vielsagenden Blicke, »das, zum Glücke Altspaniens, nicht häufiger in diesem Lande wächst, als der *arbol de las manitos!*«[127]

»Das ist weise aber dunkel gesprochen, Senor Battista,« erwiderte er Capitano, eine Prise nehmend.

»Hören Sie, Senor Capitano,« wisperte der Alguazil, »hören Sie die *Tierra templada* brüllen?«

Der Lärm nahm immer mehr zu; Vivas und Mueras rollten wie ein Lauffeuer die Plazza hindurch. Eine raue Stimme schrie: »die Tierra tem-

---

[124] Stolzer, prächtiger Mensch.
[125] Schweigt, es ist der Liebling der alten Zone.
[126] Grafen von Santago.
[127] *Cheirostemon platanefolium*, der berühmte Handbaum. Seine Blüte ist eine prachtvolle rote Blume, in Form einer Tulpe und, näher betrachtet, einer Hand, mit einwärts gekrümmten Fingern. Es sind bloß drei Bäume in Mexiko vorhanden: der Mutterbaum in den Bergen von Tolucca und zwei Sprößlinge im botanischen Garten des vizeköniglichen Palastes.

plada ist zum Gachupin geworden!« Eine andere brüllte: »*Viva tierra templada!*« und »*Viva tierra templada!*« brüllten Tausende nach.

»Hören Sie sie«, murmelte der Alguazil, »diese verdammten Gavillas! So sind sie: sie treiben nichts, sie tun nichts, sie arbeiten nichts, sie beten nicht, sie kosten uns jeden Tag Tausende, damit wir nur Ruhe haben; und brechen sie los, so brüllt der Jorullo[128] nicht stärker, als sie es tun. Glücklicherweise lassen sie es jedoch beim Brüllen bewenden. Heute aber weht ein schlimmer Wind; gebe die heilige Jungfrau, daß er bald vorübergehe! Auch haben die Hunde ihr Rotwälsch; das ist eine neue Erscheinung, eine gefährliche Erscheinung, sage ich Ihnen. Die Tierra templada, die gemäßigte Zone, ist der Conde; so viel ist richtig, weder warm noch kalt, wie der Aal, der, im Chalco gefangen, Salz- und Süßwasser verträgt, und sich krümmt, und ihnen einen Arm und, mag sein, ein Bein bricht, wenn sie ihn in den Chinampas[129], im Erbsen- oder Frijolofelde[130] fangen. Wir hatten in Mexiko Ruhe, selbst als der verdammte Hidalgo von Guaximalpa[131] herabkam; heute jedoch ist der Teufel los.« – Und mit diesen Worten verlor sich der Häscher im Innern des Palastes.

---

[128] Ein feuerspeiender Berg, der im verflossenen Jahrhunderte entstanden und wieder vergangen.
[129] Die sogenannten schwimmenden Gärten, die aber, gegenwärtig kleine Gartenstücke, von Indianern bebaut, in der Nähe des Sees liegen.
[130] Bohnenfeld.
[131] Guaximalpa, eine große Hacienda, Landgut, 5 Meilen von Mexiko. Hidalgo hatte sein Hauptquartier daselbst aufgeschlagen.

Fünftes Kapitel.

ie unsere Leser bereits vernommen haben, so galten die soeben beschriebenen pompösen Vorbereitungen einem jener glänzenden Hofzirkel, die in monarchischen Staaten eingeführt sind, teils um dem Herrscher die Huldigung darzubringen, die einer von Gottes Gnaden erhöhten Person in den Augen loyaler Untertanen geziemend erscheint, teils auch die dem Throne zunächst stehenden Umgebungen durch ihre Teilnahme an dieser Huldigung fester an das Interesse desselben zu knüpfen, und durch vereinte Pracht dem Haufen die Idee göttlicher Erhabenheit desto eindringlicher vor Augen zu bringen. Wenigstens dürfte das die Ursache sein, warum dieser, in barbarischen Zeiten entstandenen und bis auf unsere Zeiten fortgeführten Art von Repräsentation der Volksmajestät – die, obwohl aus verschiedenen Gründen und in bescheidener Form auch bei uns Eingang gefunden – in monarchischen Staaten eine so große Bedeutsamkeit beigelegt wird.

Es ist vielleicht für den künftigen Bestand so mancher der gegenwärtig in Glanz bestehenden Dynastien des alten Europas eine ebenso unglückliche als charakteristische Eigenheit, daß sich nicht nur die ganze Staatsmaschine, sondern auch die bürgerliche Gesellschaft selbst, um den Herrscher, als um ihre Sonne, dreht, und die große Masse des Volkes als eine Art Nullen, die die Hauptzahl wohl vergrößern, für sich aber als gehaltlos verachtet werden, von jeder persönlichen Berührung mit diesem Herrscher gänzlich ausgeschlossen ist. Wie viel an dieser Ausschließung das heutzutage gewissermaßen zur Überreife gelangte Prinzip der Legitimität Schuld sei, wollen wir hier nicht bestimmen, obwohl wir auf der andern Seite nicht umhin können, zu gestehen, daß in diesen, sonst vielleicht nicht unglücklichen Ländern, eben durch diese artifizielle und gewissermaßen mit dem Gepräge der Divinität bezeichneten Rangunterschiede eine solche Absonderung notwendig geworden ist. Die neuesten Ereignisse, indem sie in einem großen transatlantischen Staate den Zutritt zu einem gekrönten Haupte etwas wohlfeiler gemacht, und so den

Schleier gelüftet, der diese sich so hoch stellenden Menschen bisher dem Auge der Öffentlichkeit entzogen, haben auch die Qualen erraten lassen, die aus einem größern Bedürfnis von Popularität für sie entstehen, und zugleich das Entsetzen nicht undeutlich gezeigt, von dem diese durch Gottes Gnaden sich eingesetzt wähnenden Monarchen bei jeder Berührung mit dem ungewaschenen großen Haufen durchdrungen sein mögen.

Bekanntlich hat es das Mutterland des unglücklichen Mexiko in diesem Zweige legitimer Wissenschaft durch seine innige Verbindung und Nachahmung der römischen Hierarchie am weitesten gebracht, und der Erfolg, den eine solche Gleichstellung[132] des irdischen Monarchen und höchsten Wesens im eigenen Lande hatte, war ohne Zweifel eine der nächsten Veranlassungen gewesen, daß der Herrscher, der dieses System des spanischen Hofstaates in seinen ererbten Ländern begründet, es in möglichst größter Vollkommenheit auch auf Mexiko in der Art ausdehnte, daß es sozusagen die Grundlage der diesem Lande gegebenen Regierungsform wurde. Bereits im Jahre 1530 wurde dieses Repräsentationssystem mit einer Pracht eingeführt, die den Hof des mexikanischen Vizekönigs mit den glänzendsten der alten Welt wetteifern machte, und wenn eine trügliche Politik es zu erheischen schien, dem eroberten Lande zu imponieren und ihm die Macht des zweitausend Stunden entfernten Herrschers durch seinen Abglanz zu versinnlichen, so boten die ungeheuern Reichtümer, die durch den Schweiß eines besiegten Sklavenvolkes in die Hände der ersten Spanier glitten, ebenso leicht die Mittel, diese Absicht ohne scheinbaren Nachteil des Mutterlandes durchzuführen. Noch heutzutage staunen wir billig über die ungeheure Verschwendung und den Glanz, der diese Vizekönige Mexikos in den ersten Jahrhunderten nach der Eroberung und zu einer Zeit umgab, wo die Stätten, auf denen gegenwärtig unsere großen Seestädte den Handel der Welt zu leiten anfangen, noch undurchdringliche Wildnis waren. – Zwar hatten sich diese Reichtümer im Verlaufe der Zeit gemindert, oder vielmehr ihre Ausbeute war in regelmäßigere Kanäle geleitet worden; allmählich waren sie aus den Händen soldatischer Wüstlinge in die gieriger Beamten und angesessener Kreolen übergegangen; die Pracht der Hauptstadt und der Glanz des vizeköniglichen Hofstaates hatten jedoch dabei nichts gelitten, da die spanische Politik es für rätlich gefunden hatte, diese letzeren, obwohl sie sie als bloße Stiefkinder betrachtete, an den Herrlichkeiten des Satrapenhofes um so mehr Anteil

---

[132] Das Prädikat Se. Majestät wird in Spanien und Mexiko sowohl dem Könige, als auch der konsekrierten Hostie – in welche die Katholiken bekanntlich den lebendigen Gott anbeten – beigelegt.

nehmen zu lassen, als dieser durch schwere Geldsummen erkauft werden mußte, und zugleich eine Bürgschaft für die künftige Treue des Courfähigen wurde. Die Adelsdiplome, *titulos de Castilla,* die zur unerläßlichen Bedingung des Eintritts in diese Zirkel gemacht wurden, waren kein unwichtiger Beitrag zur Privatschatulle der katholischen, allmählich ärmer gewordenen Majestät, und, abgesehen von den großen Summen, die auf diese Weise in den königlichen Privatschatz flossen, wurden dieser Hofstaat und diese Hofzirkel die Mittel, das Land allmählich in jene absolute Abhängigkeit zu bringen, welche das Lieblingssystem der heutigen Regierungskunst ist. Der reiche mexikanische Adel hatte in diesen Hofzirkeln nicht nur Gelegenheit, seine Reichtümer auf eine dem privilegierten Handelsstande von Cadix vorteilhafte Weise zu verschwenden; die Zentralisierung des Adels um den Hof des Satrapen war auch der Bindungsfaden geworden, diesen inniger an das königliche Interesse zu knüpfen, indem er Gelegenheit gab, die verschiedenen Nuancen der Unzufriedenheit zu bewachen, Mißvergnügen im Keime zu ersticken, die Überreste selbstständig politischen Gefühls durch eine galante Debaucherie zu vertilgen und durch jene, Aristokraten so süßen und unentbehrlichen Intrigen alle Fäden der bürgerlichen Gesellschaft spielend in der Hand zu behalten. – So war dieser Hofstaat, ursprünglich eine halbbarbarische Schaustellung roher, feudaler Pracht, wie in den alten europäischen Ländern, das Mittel geworden, das Land fester an seine Herrscher dadurch zu knüpfen, daß der vornehmere Teil der Bürger in die Gesellschaft seines Repräsentanten gezogen, und so mit dem Herrschenden selbst in nähere Verbindung gebracht wurde. Die Folgen dieser Politik waren sehr befriedigend für die spanische Herrschaft gewesen, und es dürfte noch heute schwer zu entscheiden sein, ob die lange Ruhe, die drei Jahrhunderte hindurch in diesen unsäglich gedrückten Ländern selbst dann nicht unterbrochen worden, als das Mutterland im langen und blutigen Erbfolgekrieg begriffen war, und die innige Anhänglichkeit, mir der der mexikanische Adel noch gegenwärtig an Spanien hängt, nicht einzig und allein diesem Repräsentativsystem zuzuschreiben sei; wenigstens verriet der Eifer, mit dem, wie wir gesehen haben, Hunderte von Familien sich zu dieser *grande soirée* drängten, ein Interesse an der Ehre des vizeköniglichen Hofstaates, das, auf die Patrioten übergetragen, das Schicksal der königlichen Regierung bald entschieden haben dürfte.

Der Palast, in dem diese Hofcour gehalten wurde, und dem seither die ehrenvollere Bestimmung zuteil geworden, die obersten Behörden einer freien Republik in seinen Mauern zu vereinigen, war ganz geeignet, den Repräsentanten eines mächtigen Herrschers mit den höchsten

Landesstellen und einen glänzenden Adel innerhalb seiner Säle aufzunehmen. Er nimmt die ganze Südseite des prachtvollen Platzes, Plazza mayor genannt, ein, und erhebt sich in jenem gediegenen, aber etwas schwerfälligen Style, den wir an spanischen Bauwerken häufig bemerken, und der, obgleich weniger kühn als der römische, den Eindruck absoluter Herrscherwürde einem unwissenden aber sinnlichen Volke vor Augen zu bringen durch seine Ehrfurcht gebietenden Massen vielleicht geeigneter sein dürfte, als selbst die klassischen Formen des erstern. Mehrere Tore führten in seine weiten, inneren Höfe und zur gewölbten Säulenhalle, die um einen prachtvollen Hofgarten läuft. Eine breite Doppelflucht von Treppen führte in die Staatszimmer des mächtigsten Satrapen der neuern Zeiten, die, als sollte die Natur seiner Gewalt recht auffallend dem Eintretenden vor die Sinne gebracht werden, zum Teil über den schauderhaften Gefängnissen der Staatsverbrecher erbaut waren. Die Torwege und die Säulenhalle wimmelte von Scharen reich gekleideter Hofdiener, Leibgardisten und Livreebedienten, mit Wachtposten vermischt, die an die Staatstreppen hinan standen, und an die sich eine zweite Schar noch reicher gekleideter Hausoffiziere anschlossen, die zum Teil einen weiten Vorsaal einnahmen, oder vor den Flügeltüren des Audienzsaales gerichtet standen. Gruppen von Adjutanten und Offizieren aller Grade und Waffen bildeten jene malerische Mischung, die vielleicht mehr als der glänzende Hof selbst geeignet ist, das Bild höchster Gewalt recht imponierend vor Augen zu bringen. Zwei reichgekleidete Höflinge bewachten den Eingang und überlieferten die zum Eintritt Berechtigten immer dem Zeremonienmeister.

Der große und hohe Audienzsaal, die untere Hälfte mit Esteras, die obere mit glänzenden Teppichen belegt, war in jenem altertümlichen Geschmacke verziert, der eine lange bestandene und fest begründete Herrschaft andeutet. An den Wänden glänzten ungeheure Trumeaus abwechselnd mit langen Reihen von Wappenschildern, die die obsoleten Ansprüche der verschiedenen Herrscherfamilien des Mutterlandes auf beinahe alle Länder des Erdbodens darstellten. Eine reiche, obwohl etwas verblichene Draperie von Purpur und chinesischem Atlas, mit Gold verbrämt, zog sich oberhalb dieser den Wänden entlang zu einem Thronhimmel, unter dem sechs Stufen hoch ein schwerfälliger vergoldeter Armsessel mit hoher Lehne stand, auf dem die Attribute der königlichen Würde lagen. Zu beiden Seiten dieses Thronsitzes, drei Stufen niedriger, befanden sich zwei andere Sessel auf Estradas, und darüber gleichfalls Baldachine, obwohl um vieles einfacher. Eine dritte Stufe hatte wieder mehrere Sitze, jedoch ohne Baldachin. Alle waren mit kostbaren, aber einigermaßen gealterten Fußteppichen bedeckt; zwei Reihen von Sesseln zu beiden Seiten des Salons vollendeten die Einrichtung. Das Ganze im schwerfällig altertümlichen Geschmacke des verflossenen Jahrhunderts, unterstützt jedoch von einer gediegenen Pracht und einer glänzenden Beleuchtung, brachte eine imposante Wirkung hervor.

So wie der Erzbischof eingetreten, erhoben sich sämtliche Anwesende und verneigten sich. Während der geistliche Würdenträger zu den Stufen des Thrones vorschritt, öffneten sich die obern Flügeltüren, und ein prachtvoll glänzender Zug trat von dieser Seite ein. An seiner Spitze befand sich der Satrap, dem königliche Gunst oder vielmehr Intrige das Wohl und Wehe des reichsten Königreiches der neuen Welt mit sieben Millionen seiner Bewohner zur unumschränkten Disposition überliefert hatte. Es war dieses ein fein gebildeter Mann mittlerer Größe. Der Oberteil seines Gesichtes hatte nichts Ausgezeichnetes; der untere war jedoch merkwürdiger, wenn nicht gefälliger. Ein rundes Kinn, um das von Zeit zu Zeit ein angenehmes Lächeln spielte, gab ihm einen Ausdruck von Zufriedenheit, obwohl seine Miene sich wieder so süßlich verzog, als ihm einen tückisch grausam wollüstigen Zug verlieh, der durch ein zeitweiliges Blinzeln noch vermehrt wurde. Doch hatte dieser Mann jede Fiber wieder so sehr in seiner Gewalt, daß jeder Augenblick auch ein anderes Gesicht zeigte. Er trug die Feldmarschallsuniform Spaniens mit dem großen Bande des Ordens Karls III. Die Weise, auf die er den Erzbischof empfing, verriet jene scheinbar hohe Ehrfurcht, mit der kluge Staatsmänner die geistlichen Stützen zeitlicher Gewalt vor den Augen der Menge zu ehren verstehen, wenn sie gleich von dem lebenden Prinzip der Religion wenig oder gar nicht durchdrungen sind. Seine Verbeugung war beinahe demütig, und der schärfste Beobachter dürfte vergeblich einen Zug von Spott in dem Gesichte des Satrapen gesucht haben, der auf mehreren seines Gefolges nicht undeutlich zu lesen war. Andererseits schien der geistliche Würdenträger sich vollkommen seines hohen Ranges bewußt, und es war an ihm nichts von jener affektierten Demut zu spüren, die wir an den Vorstehern dieser Kirche in Ländern zu bemerken Gelegenheit haben, wo ihre Autorität auf unsichern Pfeilern schwankt; eine gewisse Verlegenheit allenfalls ausgenommen, die dem Gesichte einen finstern Ausdruck verlieh, und die vielleicht dem Pereat zuzuschreiben war, das der Schutzpatronin seines Geburtslandes und so ihm selbst von dem Pöbel gebracht worden.

Das tiefste Schweigen herrschte während der Unterhaltung der beiden Würdenträger, an der bloß noch eine Person unmittelbaren Anteil nahm, und zwar eine, die nicht minder merkwürdig in der Geschichte dieses unglücklichen Landes, als abstoßend in ihrem Äußern erschien; eine starke, hagere Gestalt, von muskulösem Knochenbau, mit einem finstern abschreckenden Gesichte, und einem Paar kohlschwarzer, verglaster, stierer Augen, die, unter den buschig grauschwarzen Augenwimpern hervorglotzend, dem Manne etwas Gräßliches verliehen. Es war eine Art Satansgesicht, doch ohne dessen Geist, vielmehr eine Mischung von Bigotterie, Dummheit und Grausamkeit, die zugleich Ekel erregten.

Als die beiden Würdenträger und der General-Capitain, denn dies war die hohe Charge des soeben beschriebenen Militärs, die Unterhaltung lange genug ausgedehnt hatten, um den Anwesenden gewissermaßen das innige Verhältnis zwischen Staat, Kirche und dem Schwerte bemerkbar zu machen, traten sie vor die Stufen des Thrones, um einen Zug von Damen zu empfangen, die durch die nämlichen Türen eingetreten, durch welche auch der Satrap gekommen war, und die sich nach einer kurzen Unterhaltung zur Linken des Thronhimmels auf der ersten Stufe aufstellten.

Der Spanier besitzt eine natürliche, ihm angeborne Würde, deren Grundlage, Selbstgefühl und Nationalstolz, ihn vorzüglich zum Repräsentieren eignen, obwohl beide wieder in der neuern Zeit sehr gelitten haben. So sehr der schärfere Beobachter jene geistreich schönen Physiognomien vermißt haben dürfte, die bei ähnlichen Veranlassungen in unserem oder dem uns verwandten Mutterlande das Auge ebensowohl, als den Verstand, ansprechen, indem sie durch ihre ruhige, innere Würde und Besonnenheit eine gewissermaßen intuitive Beschauung des freien Mannes erlauben; so sehr dürfte andrerseits sein Interesse durch den Anblick einer Versammlung aufgeregt worden sein, in der gewissermaßen die ganze Macht und Energie eines mächtigen Staates konzentriert war, und deren grelle, barsche Gesichter als Abdruck der außerordentlichsten Regierung gelten konnten, die je in einem Lande gewütet hat. Die Spanier waren beinahe durchgängig kleine verbuttete Gestalten, mit schwarzbraunen oder olivengrünen, verzerrten, hochmütigen Gesichtern, funkelnden kleinen Rattenaugen, und Zügen, in denen die jugendlichen Leidenschaften nur ausgetobt zu haben schienen, um ihre Hefen mit den härteren und hassenswürdigern des grauen Alters zu vermischen. In der Art, wie sie sich dem Satrapen näherten, lag etwas servil Niederträchtiges und wieder abstoßend widrig Arrogantes. Sie kamen in der ehrfurchtsvollsten Stellung heran; aber in dieser geheuchelten Ehrfurcht lag wieder ein Hohnlächeln, das deutlich verriet, ihre Huldigung gelte dem Abglanz der Majestät, nur insoferne, als diese ihre eigenen Pläne unterstützte, und daß sie tief fühlten, sie befänden sich in einem Lande, auf dessen unbeschränkte Beherrschung sie einzig und allein Anspruch hätten, obgleich sie in ihrem eigenen Lande Sklaven waren.

Ängstlich und beinahe furchtsam, mit einem leeren nichtssagenden, aristokratischen Lächeln und kriechenden Bücklingen kamen die Kreolen heran, voll süßen Schauers bei ihrer Annäherung zur höchsten Personage wagten sie es kaum aufzutreten, und die unnennbare Seligkeit, die ihre Gesichter überstrahlte, so wie ein Wort vom Satrapen ihnen zuteil wurde, war um so widerlicher, als der unverkennbare Hohn ihrer Vorgänger den Kommentar zu dieser Hofwonne bildete. So gewiß es ist, daß eine feste männliche Haltung das Gemüt wohl anspricht, indem sie der Ausdruck persönlicher Freiheit und Sicherheit wird, ebenso bewirkt die entgegengesetzte kriechende Darstellung des innern Menschen wieder jene Ängstlichkeit und Unbehaglichkeit, die sich ebenso unwillkürlich in Verachtung desjenigen umwandelt, der diese in uns hervorzubringen die Veranlassung war. Es bedurfte wirklich nur eines Augenblickes, um dem aufmerksamen Menschenkenner einen anschaulichen Begriff von der Natur der Herrschaft zu geben, unter welcher dieses Land seufzte und ihn über die Ursachen aufzuklären, die nahe an sieben Millionen Kreolen, Indianer und Kasten unter der Botmäßigkeit von einer verhältnismäßig geringen Anzahl von Spaniern erhalten konnten.

Abgesehen jedoch von diesen höhern Betrachtungen gewährte die Versammlung einen glänzenden Anblick. Die reichen Uniformen der Generäle und hohen Staatsbeamten, unter denen sich die malerische Amtstracht der Oidores mit ihren schwarzen Seidenmänteln und goldenen Ketten auszeichnete; die farbigen Gewänder der hohen Geistlichkeit, mit den vielfaltigen prachtvollen Uniformen der verschiedenen Beamten und der antiken und reichen Tracht mehrerer Kreolen, mit den reichern Anzügen der Damen, boten ein Ensemble dar, welches der mächtigste Autokrat kaum glänzender an seinem Hofe aufweisen konnte, und dessen Wirkung durch ein geheimnisvolles Etwas, das durch das Ganze hindurchschimmerte, eher vermehrt als vermindert wurde.

Nachdem die Vorstellung der Herren auf der rechten Seite des Saales vor sich gegangen, waren sie auf die linke geführt worden, wo sie zum Handkusse der Gemahlin des *alter ego* des Königs zugelassen, die Damen aber mit einer Umarmung oder einem mehr oder weniger verbindlichen Knickse empfangen wurden, um nach einer kürzern oder längern Unterhaltung, die wieder eine größere oder mindere Wohlgewogenheit andeuten sollte, ebenso entlassen zu werden.

Derselbe Stolz von Seiten der Spanierinnen: doch schien bei den kreolischen Frauen die Eifersucht gegen ihre Nebenbuhlerinnen weit charakteristischer hervortreten zu wollen, als dieses von Seite ihrer Ehemänner der Fall gewesen war. Auch in ihrem Putze hatten sich die zwei schönen

Hälften einander sozusagen feindselig gegenüber gestellt, und während die Spanierinnen in die Robe ihres Landes gekleidet waren, hatten die Kreolinnen die Toilette des Volkes, welches die Regierung ihres Mutterlandes über den Haufen geworfen und ihren Regenten in Gefangenschaft hielt, vorgezogen, obwohl dieser Vorzug von unsern Schönen um so weniger beneidet worden sein dürfte, als ihre Muster noch dem verflossenen Jahrhunderte angehörten. Unter den jüngern Damen gab es ungemein herrliche Gestalten, und der zart gebräunte Teint und das Liebe glühende Auge verrieten auch unter den mißstaltenden Anzügen die Sprößlinge des glühenden Andalusiens und des stolzen Kastiliens.

Die Sonne jedoch, um welche sich der ganze Kreis bewegte, war der Satrape, und der Spanier selbst schien die ihm angeborne Galanterie für den Augenblick vergessen zu haben, um dem Repräsentanten königlicher Majestät und so sich selbst die höchst mögliche Huldigung darzubringen.

Nichts konnte aber auch der würdevollen Anmut gleichkommen, mit welcher diese Personnage seine Regentenrolle spielte. Auch den Zagendsten schien er ermutigen zu wollen durch freundliche Milde, die recht angelegentlich aufzufordern schien, sich behaglich in seiner Nähe zu fühlen. Allen wußte der Mann etwas Verbindliches zu sagen; doch war diese seine Freundlichkeit wieder sehr veränderlich; bei einigen schien sie mehr ins Vertrauliche übergehen zu wollen, während bei andern wieder die Amtsmiene oder gnädige Herablassung vorherrschte. Die Geläufigkeit, mit der er die verschiedenartigsten Fragen gleichsam im Vorbeigehen, und doch zugleich so angelegentlich an jeden richtete, war bewundernswert. Einige dieser Fragen bezogen sich auf das gute Aussehen der Befragten, und das Vergnügen, das er empfand, einen so getreuen Diener seines Herrn in so vollkommenem Wohlsein zu sehen; andere auf Familienverhältnisse, in welchen der hohe Mann bis zu einem gewissen Punkte bewandert schien; noch andere auf das Fach, dem der Befragte vorstand; alle aber waren in jener oberflächlich gefälligen Manier vorgebracht, die gewissermaßen den Fragenden als über tiefere Kenntnis des von ihm berührten Gegenstandes erhaben darstellen sollten. Mehrere Male fand es die hohe Personnage auch für dienlich, Worte leiser zu sprechen, die hinlängliche Inhaltsschwere hatten, dem Angeredeten das Blut in das olivenfarbige Gesicht zu jagen, ohne daß sie dem Satrapen mehr als ein gnädiges Lächeln gekostet hätten.

Die Stimme des Camarerio-Mayor, der neue Ankömmlinge verkündete, brachte endlich in dem Gesichte des geschmeidigen Hofmannes eine Art Stillstand hervor, und seine Muskeln zuckten zum ersten Male in dem augenblicklichen, und wie es schien schweren Kampfe, den es ihn kostete, sie in das vorige Lächeln zu glätten.

Sechstes Kapitel.

All dieser eitle Prunk ist frevler Schimpf,
Der um so tiefer nur dies Herz verwundet,
Indem er Gift als Gegengift hinreicht.

BYRON.

s waren die zwei Kreolen, die mit der Dame in den letzten zwei Wagen angekommen waren. Der erste, der unter dem Namen Conde de San Jago angekündigt wurde, war ein Mann mittlerer Größe, von feinem, schmächtigem Gliederbau; sein Alter mochte zwischen vierzig und fünfzig sein, obwohl ein unverkennbarer Zug von Gram ihm das Aussehen von vielleicht fünf Jahren mehr gab; seine Gesichtszüge waren fein und edel, mit den scharf markierten Umrissen, welche die Nachkommen der römischen Nation charakterisieren; sein Auge durchdringend und klar; sein fester Tritt und seine bestimmte Haltung beurkundeten Gelassenheit und hohe innere Würde; sein Anzug war nach dem neuesten, damals in Europa herrschenden Geschmacke; ein einfach schwarzer Tuchrock, ebensolche Beinkleider, seidene Strümpfe und Schuhe. Indem er sich den Stufen des Thrones näherte, glitt sein Blick ruhig und achtungsvoll über die Versammlung hin, von der mehrere, ihren freundlich aufwallenden Gesichtszügen nach zu schließen, ebenso angenehm als wohltuend überrascht wurden.

Sein Begleiter war noch sehr jung, und konnte kaum das achtzehnte Jahr überschritten haben; eine unverkennbare Familienähnlichkeit bezeichnete ihn als einen nahen Verwandten. Ein schwarzer Lockenkopf, eine breite, offene Stirne mit herrlichen Brauen, und ein Paar Augen, so prachtvoll, so glühend, daß die weibliche Hälfte der Assemblee unwillkürlich in das Geflüster: »*O que brillantes estrellas!*«[133] ausbrach. Sanft gebräunte Wangen mit einer fein geformten römischen Nase gaben dem jugendlichen Gesichte einen Ausdruck von anmutiger Männlichkeit, deren sich der stolze Jüngling vollkommen bewußt zu sein schien. Als die beiden von dem Camarerio-Mayor[134] vor die Stufen des Thrones geführt

[133] Welch glänzende Sterne!
[134] Oberkammerherr.

waren, verbeugten sie sich tief und standen einige Sekunden in ehrfurchtsvoller Erwartung.

Das Gesicht des Vizekönigs hatte einen Ausdruck von zutraulicher Freundlichkeit angenommen, und sein Auge ruhte wohlgefällig lächelnd auf beiden.

»Der Conde de San Jago ist willkommen!« sprach er mit einer tiefern Verbeugung, als er bisher, den Erzbischof ausgenommen, noch zu machen für gut befunden hatte. »Der Karneval hat endlich bewirkt, worauf wir, trotz unserer freundlichen Zumutungen, so lange vergebens gehofft haben.«

»Eure Exzellenz geruhen, einer Ursache zuzuschreiben, die schwerlich für uns Veranlassung werden konnte,« erwiderte der Conde. »Wir sind gekommen,« setzte er im bestimmteren Tone hinzu, »um dem erlauchten Repräsentanten der Majestät unsere Ehrfurcht zu bezeugen, und uns dem Born der Gnade zu nähern, dem Mexiko so vieles verdankt.«

»Und dem Schutze der Mutter *de los remedios*,« murmelte der Erzbischof, ohne jedoch in die Rede selbst einzufallen.

»Und dem guten spanischen Schwerte,« fügte der General-Capitain etwas lauter hinzu.

»Wir haben den Trost der gerechten Sache und des Beistandes des Allerhöchsten und der Jungfrau, die die Stütze Spaniens ist,« bemerkte der Vizekönig in einem Tone, der unwillkürlich einen spöttischen Nachklang von sich gab. »Und dieser junge Kavalier?« fragte er mit einem fremden Blicke auf dem Jüngling, der dem Grafen zur Seite stand.

Dieser, im höchsten Grade, wie es schien überrascht, errötete und geriet dermaßen in Verlegenheit, daß er wirr und scheu um sich und dann zu Boden blickte.

»Euer Exzellenz untertänigst aufzuwarten, der Sohn unsers Cousin, Don Senor Sebastiano,« sprach der Conde mit einem Blicke, der nicht minder befremdet bald auf dem Vizekönige, wieder auf dem Jüngling ruhte.

Die hohe Personnage hatte gleichfalls ihre Fassung verloren, die sie erst wieder gewann, als die Stimme des General-Capitains hörbar wurde.

Dieser hatte sein stieres Auge forschend auf den Jüngling gerichtet, den er mit einem Interesse musterte, das allenfalls ein Werbeoffizier einem wohlgewachsenen Rekruten schenken dürfte, und dann sich zum Vizekönig gewandt, dem er einige Worte zuflüsterte. Aus der Unterhaltung, die zwischen den beiden Dignitairen sich entspannen, waren bloß die abgebrochenen Sätze zu vernehmen: »den fünfundzwanzig beigesellen, die sich erfrechten, mit den geheiligten Mußestunden Sr. Majestät ihren Spott zu treiben,« und das »furchtbar! furchtbar!« das dem Satrapen in demselben leisen Tone entfuhr; dann wurden ihre Stimmen abermals zum unverständlichen Gezische.

Der Conde war während des kurzen, aber einigermaßen peinlichen Zwischenspieles ruhig gestanden, sein Auge abwechselnd auf den Vizekönig und den General-Capitain gerichtet, als der erstere, sich zur Hälfte an ihn, zur andern zum General-Capitain wendend, sprach:

»Wir waren ohnedem gewillet, Sr. Herrlichkeit dem Conde Jago einen Beweis von Wohlwollen zu geben, der den hohen Fueros[135], deren sich seine hohe Familie erfreut, angemessener sein dürfte, als Euer Exzellenz gütiger Vorschlag –«

Der General-Capitain erwiderte:

»Wir sind so frei zu bemerken, Excellenza, daß auf Fueros in unserer Lage Rücksicht zu nehmen dem Interesse unseres allergnädigsten Herrn, den die heilige Jungfrau schützen möge, nicht anders als hinderlich sein könne. Se. geheiligte Majestät haben sie gegeben, und nehmen sie wieder, und zu letzterm sind wir bevollmächtigt, wenn immer der Dienst Sr. Majestät es erheischt.«

»Euer Exzellenz Bemerkungen,« versetzte der Vizekönig, »sind ebenso wahr als richtig, und wir würden nicht anstehen, wenn der Dienst Sr. Majestät –«

»Der Herr hat es gegeben, der Herr hat es genommen,« fiel der Erzbischof ein.

»Es erheischte,« fuhr der Satrap fort, nachdem er dem geistlichen Dignitair Zeit gegeben hatte, seine Worte einzuschalten; »allein Se. Exzellenz werden auch nicht vergessen, daß Gerechtigkeit und Milde zu paaren das angeborne Attribut des Herrschers beider Indien ist und seit Jahrhunderten gewesen ist.«

»Euer Exzellenz kennen Ihre Vollmachten,« versetzte der General-Capitain; »aber meine Meinung ist, zuerst rein Werk und dann Milde, so viel Sie wollen.«

»Wir kennen unsere Vollmachten, wie Euer Exzellenz gütig zu bemerken belieben,« fiel der Satrape etwas hastig ein, »und die der Junta de Guerra[136], deren Präsident wir zu sein die Ehre haben; aber wir glauben, auch die Fueros de Castilla in ihrem Ansehen erhalten zu müssen, so viel *prudencia y sagacidad convenientes* erlauben,«[137] fügte er mit einem be-

---

[135] Privilegien. Jeder Stand hatte seine Fueros: der Militärstand, die Geistlichkeit, die Consulado, die Miliz etc. Eines dieser Privilegien bestand in der eigenen Gerichtsbarkeit des respektiven Standes.

[136] Oberstes Kriegskollegium.

[137] Klugheit und Vorsicht.

dächtigen, etwas tückischen Lächeln hinzu. »Wir haben einen Weg eingeschlagen, der ebenso sehr unsere Achtung für die Fueros der Familie
des Conde, als das Interesse unsers allergnädigsten Herrn und Gebieters,
vereinen wird.«

Und nachdem er diese Worte in einem etwas lautern, und zwar jenem
bestimmten, obwohl immer noch versöhnenden Tone gesprochen, der
Widerrede ebenso unnütz, als unschicklich machen sollte, verbeugte er
sich etwas leichter und kälter gegen den Grafen, als es beim Empfange
der Fall gewesen.

Letzterer, nachdem er auf diese mysteriöse Weise abgefertigt worden
war, wich mit seinem Neffen von den Stufen des Thrones zurück, während
der Satrape, in Begleitung des Erzbischofes, des General-Capitains und seines Gefolges, ihren erhabenen Standpunkt ebenfalls verließen, um gleichsam den verschiedenen Personen eine Art Gegenbesuch abzustatten.

So steif und formell der letzte Empfang geendet hatte, so freundlich,
gefällig und herablassend wurde nun wieder der Repräsentant der ab-
soluten Gewalt; ja, es schien, als ob dieser mit Verstellungsgabe so sehr
ausgerüstete Mann seine höchste Kraft aufböte, um seine Rolle einem
glücklichen Ende entgegenzuführen.

»Wir haben,« sprach er mit der freundlichsten Miene und dem heitersten Lächeln zu unserm Grafen, als er endlich in seiner Tour zu diesem
herabgelangt war: »uns eine kleine Mühe und selbst einen kleinen Zwist
Ihretwegen zugezogen, teurer Conde, die, wie Sie ersehen haben, uns
schiefen Bemerkungen ausgesetzt; allein diese sollen uns nicht abhalten,
der Stimme unseres Herzens, die für unsere Freunde spricht, zu folgen.«

Ein vielsagender Blick, ein freundliches Nicken begleitete diese huldreich geheimnisvolle Zusicherung, und dann schritt der Mann weiter.

Der Graf hatte kein Wort gesprochen, und während er sich vor dem
weltlichen Gewalthaber verbeugte, trat der Geistliche heran.

Das Erscheinen dieses Priesters konnte würdevoll genannt werden, das
malerisch violettfarbige Seidengewand, welches in weiten Falten seine
hohe, dünne Gestalt umfloß, und dessen Schleppe von einem reichgekleideten Pagen getragen wurde, gab seinem Ehrfurcht gebietenden Wesen
etwas Antikes, das jedoch, wie gesagt, wieder durch eine gewisse Verlegenheit gestört wurde, die ihn selbst während der langen Aufwartung
nicht ganz verlassen hatte. Er trug um seinen Hals eine goldene Kette von
der feinsten mexikanischen Arbeit, die in einem mit Juwelen besetzten
Kreuze endigte, das auf die Brust zu liegen kam.

»*Muy bien*!«[138] redete er den Conde mit einer etwas finstern Freundlichkeit an; »*Muy bien*! Alles mit der heiligen Jungfrau angefangen. Sie verleiht ihren Beistand nicht bloß durch Fürbitte, sondern, wie die allein seligmachende Kirche ausdrücklich lehrt, auch aus eigener Machtvollkommenheit, weshalb sie billig *de los remedios* genannt wird. *Si, si Senor*!«[139] sprach er nach dieser gottselig sein sollenden Auseinandersetzung des Schutzverhältnisses seiner Patronin: »Wir selbst wollen das allerheiligste Meßopfer in unserer Kapelle darbringen; es ist zwar eine halbe Stunde früher, als wir gewohnt sind –«

»*Beso a Vmd la manos*! Ich küsse die Hände meines gnädigsten Herrn Erzbischofes,« erwiderte der Graf etwas trocken; »aber *Perdon Illustrissima Senoria*,[140] wenn ich meine Unwissenheit über die Veranlassung dieser hohen Gnade zu erkennen geben muß.«

Die Verlegenheit des geistlichen Würdeträgers stieg um ein Bedeutendes bei diesen Worten. »Senoria,« erwiderte er finster, »werden die Veranlassung unfehlbar seiner Zeit kennen lernen, und wir, wie gesagt, eine *Collectam pro peregrinante*,[141] für ihren Neffen nämlich, zu machen uns bewogen finden, der morgen früh um sechs Uhr nach Veracruz, und von da nach der Madre Patria abzugehen von Sr. Exzellenz unserem gnädigsten Vizekönig beordert werden wird.«

»Eine Reise nach der Madre Patria, nach Spanien? Und mein Neffe!« fuhr der Conde heraus im Tone des höchsten Erstaunens und mit einem Blicke, in dem sich ein empörtes Gemüt deutlich verriet.

Der Erzbischof schien nicht minder erstaunt über diese Wahrzeichen des gräflichen Unwillens; sein finsterer Blick fiel einen Augenblick durchbohrend auf den Conde.

»Se. Exzellenz unser gnädigster Virey,« fuhr er verweisend fort, »haben mit Hochdero eigenem Munde uns eröffnet, wie Don Manuel abgehen werde, und uns zugleich ersucht, Befehle wegen des allerheiligsten Meßopfers, das derselbe noch vor seinem Abgange hören wird, zu erlassen. Wir haben uns jedoch bewogen gefunden, Don Jose Conde de San Jago einen Beweis unserer ganz besondern Wertschätzung insofern zu geben, als wir selbst das besagte allerheiligste Meßopfer und *Collectam pro peregrinante* der Mutter *de los remedios* darzubringen gedenken.

[138] Sehr wohl!
[139] Ja, ja, mein Gnädiger.
[140] Vergebung, erlauchte Herrlichkeit.
[141] Ein Gebet für einen Reisenden.

Und mit diesen Worten ließ der Priester sein Haupt mit einem plötzlich abgemessenen Rucke sinken, daß das spitze Kinn auf die Brust zu liegen kam und, es mit einem ebenso abgemessenen Rucke zurückwerfend, schritt er mit devot arroganter Gravität weiter.

Allmählich war in dem Audienzsaale ein Gemurmel hörbar geworden, das, so viele Mühe man sich auch gab, es zu unterdrücken, auf ebenso inhaltsschwere, wenn nicht unangenehmere Mitteilungen von Seiten des Satrapen schließen ließ, als diejenigen waren, die dem Conde zuteil geworden. Das Gemurmel schien immer lauter werden zu wollen, als auch die Stimme des Vizekönigs sich stärker erhob, worauf eine Todesstille eintrat. Seine Worte waren an einen Kreolen gerichtet, dessen Gegenvorstellungen etwas lauter gewesen waren, als die spanische Etikette bei solchen Gelegenheiten zu gestatten für gut befunden hatte.

»Don Garcia!« sprach er, »es sollte uns leid tun, wenn wir uns getäuscht hätten, und, wo wir einen loyalen Verehrer des Willens Sr. geheiligten Majestät unsers allergnädigsten Herrn und Gebieters zu sehen glaubten, der nicht anstehen würde, Gut und Blut für seinen angebeteten Monarchen zu opfern, – einen räsonnierenden Unzufriedenen wahrnehmen sollten –«

»Von den Lehren des ketzerischen liberalen Windes, der, *Pro dolor!* in diesem unglücklichen Reiche nur zu sehr zu wehen anfängt, umhergetrieben,« fiel der Erzbischof ein.

»Nein, nein, Excellenza,« fuhr der Satrape, zum General-Capitain gewendet, fort, der finster und drohend den armen Kreolen maß; »ich versichere Sie, Don Garcia ist ein zu loyales Glied der mexikanischen Nobilitad, um nicht die unangenehmen Folgen zu gewahren, die der leiseste Widerspruch um so mehr in einem Zeitpunkte haben müßte, als wir, Sr. Majestät loyale Diener, fest entschlossen sind, das Ansehen der von Allerhöchstderselben uns allerhuldreichst übertragenen Gewalt in seinem ganzen Umfange aufrecht zu erhalten, und so dieses Königreich wieder in den Zustand zurück zu bringen, ein würdiger Gegenstand der Gnade unsers Herrn zu werden.«

Es war bei diesem höfischen Amtstone wieder so viel süß Schmeichelndes, oder vielmehr perfid Kokettierendes in den Worten des Satrapen, daß die Augen der meisten Kreolen mit einer Art fieberisch peinlicher Spannung an dem Sprecher hingen.

»Excellentissimo Senor,« sprach der Kreole, an den die Anrede gerichtet, die aber so laut gesprochen worden war, daß alle leicht einsehen konnten, sie gelte ihnen ebensowohl: »Excellentissimo Senor!« wiederholte der zuckende und bebende Kreole mit halb erstickter Stimme, »nur eine Gnade gewähren Sie dem Vater, dessen Sohn so plötzlich, unverschuldet aus den Armen seiner Familie gerissen wird. Was hat Isidor verbrochen?«

»Der getreue Untertan forscht nicht, räsoniert nicht, er gehorcht,« sprach der General mit starker, herrischer Stimme.

Eine Todesstille erfolgte auf diese Worte in dem ganzen Saale; nur ein leises, kaum merkbares Knirschen mit den Zähnen, verriet den heißen Ingrimm der gedemütigten Kreolen. Doch wagte es keiner auch nur ein Wort zu entgegnen.

»Wir sind der Hoffnung,« fuhr der Satrape fort, »Sr. geheiligten Majestät allergetreueste Untertanen dieses Königreiches werden fortfahren, sich der allerhöchsten Gnaden würdig zu erhalten, die Se. Majestät durch ihre allerloyalsten Repräsentanten und Diener, die durchlauchtigsten Cortez, zum Andenken der durch Ihre geheiligten Waffen, sowohl in der *Madre Patria*, als in diesem Königreiche erfochtenen Siege, und namentlich die Eroberung von Badajoz, Ihren alleruntertänigsten Getreuen angedeihen zu lassen allerhuldreichst geruhet haben. Und es ist mit dem größten Vergnügen,« fuhr der Satrape, mit seinem süßesten Lächeln fort, »daß wir den Großen dieses Königreichs eröffnen, daß die erwähnten allerhuldreichsten Gnadenbeweise Sr. geheiligten Majestät im Königreiche bereits angelangt und des glücklichen Zeitpunktes harren, wo das allerhöchste Namensfest unseres angebeteten Monarchen uns gestatten wird, über diese allerhuldreichsten Merkmale allerhöchstdero Gnade, nach Allerhöchstdero gnädigster Willensmeinung, alleruntertänigst gehorsamst zu verfügen.«

So niederträchtig, unmännlich und selbst absurd, solche Redensarten in unserer männlich freien amerikanischen Sprache klingen, so zwar, daß es gewissermaßen unmöglich scheint, sie wiederzugeben, und so sehr sie sicherlich das Gelächter und die Verachtung jedes Gebildeten in unserem und dem Mutterlande erregen müßten, so ist doch bekanntlich diese, die Menschheit entehrende Sprache in allen Ländern des despotisch beherrschten Kontinents von Europa so sehr Mode geworden, daß sie da gewissermaßen zum guten Tone und zur Bildung gehört, und erst jetzt eine in der politischen Aufklärung etwas weiter vorgerückte Nation zu schämen anfängt. Dieser Wortschwall, der jede Anrede an einen Monarchen oder selbst eine bloße Erwähnung desselben begleitet, ist übrigens wohlberechnet, und keines der geringfügigsten Mittel, um die Verstandeskräfte der armen loyalen Untertanen dergestalt zu umwölken, daß sie gewissermaßen nichts Menschliches mehr, sondern nur Überirdisches an ihrem Herrscher zu sehen wähnen.

Der Satrape, nachdem er solchergestalt das nun dem Lande zuteil gewordene Heil verkündet hatte, übersah nochmals mit einem gnädigen Lächeln die glänzende Versammlung, und wandte sich dann zu den Damen. Die anwesenden Spanier brachen in ein abgemessenes, mäßig lautes *Viva Su Magestad sacratissima Fernando VII.*[142] aus, in welches Vivat mehrere Kreolen einstimmten, die, gleichsam um dem vizeköniglichen Gedächtnis bei Verleihung der Gnadenbezeugungen nicht zu entschlüpfen, sich in demutsvoller Hast vorgedrängt hatten. Der Satrap lächelte diesen gnädig zu, übersah die übrigen mit etwas stolzerem Blicke, und nachdem der hohe Mann ebenso formell als gnädig, von den geistlichen und weltlichen Würdeträgern Abschied genommen, entfernte er sich unter dem Vortritte seines Hofpersonales auf dieselbe Weise, wie er gekommen war.

Der letzte Abschnitt dieses Hofzirkels hatte einen gemischten Charakter von so empörender Herzlosigkeit und Heimtücke, süßlicher Holdseligkeit und hohnlächelnder Grausamkeit; die Umgebungen, der finstere Soldat mit seinem Gefolge von Generälen, der fromm tückische Erzbischof mit der kaum minder furchtbaren Ideenassoziation von *Autos da fe*, verliehen den Worten, so ekelhaft kriechend sie auch waren, eine so furchtbare Deutung, daß die meisten der armen Kreolen schaudernd dem Manne nachblickten, der die bittersten Demütigungen und herzzerreißendsten Gewaltstreiche auf eine solche Weise vorbringen konnte. Eine lange Weile nach der Entfernung des Vizekönigs herrschte noch Todes- stille im ganzen großen Saale; die Kreolen sahen sich an, wie Menschen, die plötzlich aus dem Schlafe aufwachen, und erst allmählich wieder zum Bewußtsein zurückkehren. Als wäre aber jede Äußerung durch eine unsichtbare Gewalt untersagt, so erstarben die Worte auf ihren Zungen. Kein Laut war zu vernehmen; nur ein dumpfes, zischendes Geflüster, das, als wäre es noch zu gefährlich, schnell abgebrochen wurde, um durch eine Sprache ersetzt zu werden, in der es die südlichen Völker infolge des auf ihnen lastenden Druckes bekanntlich so weit gebracht haben. Wirklich schienen sich die Anwesenden in dieser ebenso bestimmt und deutlich verständigen zu können, als wenn sie sich ihre Ideen durch Worte mitgeteilt hätten. Ihre Blicke waren schnell und sprechend, und so rasch folgten nun die Verständigungen dieser Augen und Gebärdensprache, daß ein plötzlich Eintretender sich in einer Versammlung aufgeregter Taubstummen geglaubt haben würde. Nicht weniger lebhaft war die Augensprache der Damen, deren Mantillas sich nun mit den heftigern Gebärden der Männer vereinigten, um ein Schauspiel aufzuführen, das nur in einem spanischen Lande wieder gesehen werden kann.

---

[142] Es lebe Se. geheiligte Majestät, Ferdinand der *VII.*

Diese Beweglichkeit der Schleier und Fächer, diese glänzenden, rollen- den und wieder Liebe schmachtenden Flammenblicke, die Unmut, Ver- achtung, Zorn und die heftigsten Leidenschaften zu sprühen schienen, sie wechselten so pfeilschnell auf den Gesichtern, mit den sanftern der Liebe und Annäherung, daß die ganze Assemblee, sichtlich selbst von dieser innern Kraftäußerung ergriffen, nicht länger imstande war, ihre Emp- findungen zu verbergen, und wie getrieben aus dem Saale zu drängen begann. Unser Graf allein war ruhig gestanden; die meisten der anwesen- den Kreolen hatten sich um ihn gesammelt, ihn forschend angeblickt, und waren wieder weiter geschritten, um andern Platz zu machen. Auf einmal jedoch schien auch er seine Haltung zu verlieren, seine Augen drehten sich sichtlich in den Höhlen, und sein Blick, auf einen Punkt gerichtet, begann stier und düster zu werden.

Unter dem Sitze des Erzbischofes auf der ersten Stufe, wo die Gemah- lin des Satrapen noch immer Abschied von den Damen nahm, stand eine junge stolze Dame; ihr erhabener Standpunkt verriet einen hohen Rang, das höhnische Lächeln, mit dem sie die herannahenden Kreolinnen be- grüßte, verschmolz wieder in den schmachtendsten Blick, so wie ihr Auge auf einen entferntern Gegenstand im Saale hinabglitt. Auch sie schien den Conde prüfend zu messen, doch wandte sich ihr Flammenblick un- willkürlich wieder und wieder auf den entferntern und, wie es schien, begünstigten Gegenstand. Die Vizekönigin hatte nun von sämtlichen Damen Abschied genommen; noch einen Blick warf die stolze Schönheit herüber, und dann wandte sie sich. Mit ihr der Graf.

»Tio! teuerster Tio!« mit diesen Worten stürmte Don Manuel, sein Neffe, glühend und feurig an ihn heran.

Eine Wolke hatte sich über der Stirn des Grafen gelagert. Er sah den Jüngling mit einem wehmütigen ernsten Lächeln an, ergriff dann die Hand seines Nachbarn, und verließ den Saal.

Noch trat einer der Camarerios vor, zu verkünden, daß Ihre Exzel- lenzen und Se. erzbischöfliche Gnaden das Theater mit ihrem Besuche beehren würden. Und nachdem alle so den stillschweigenden Befehl emp- fangen hatten, sich gleichfalls dahin zu begeben, zogen sie sich aus dem Audienzsaale zurück.

Wir selbst, in der Voraussetzung, unsere Leser dürften einstweilen an diesem Probestück der vizeköniglichen Herrlichkeit zur Genüge haben, verlassen die hohe Assemblee, um den Faden unserer Erzählung in einer etwas weniger schwindligen Höhe fortzusetzen.

Siebentes Kapitel.

Mein Elend wett' ich um ein duzend Nadeln,
Daß sie vom Staat sich unterhalten werden,
Vor einem Wechsel tut das jedermann.

SHAKESPEARE.

üdwestlich läuft die Hauptstadt Mexikos in den sogenannten *Paseo nuevo*, einen öffentlichen Spaziergang, aus, bestehend in zwei breiten Alleen, die wieder in der Straße von Tacubaya endigen. Sowohl die beiden öffentlichen Spaziergänge, als die Straßen, sind begrenzt von einer lachenden Landschaft herrlicher Garten, in denen die tropischen Erzeugnisse der heißen Zone mit den Blüten und Früchten Europas verschmelzen, um abwechselnd einen ewigen Frühling und Herbst darzustellen. Tausende von Pfirsich-, Kirschen- und Apfel- und Orangen- und Zitronenbäumen bilden einen prachtvollen Fruchtwald, der bis zum Porphyrfelsen von Capultepec[143], mit seinem königlichen Schlosse und seinen kaiserlichen Zypressen, reicht. Von diesem Standpunkte stellt sich das Tal von Tenochtitlan bekanntermaßen am entzückendsten und grandiosesten dar, mit allen seinen Seen und Gärten, Maisfeldern und Fruchthainen, seinen Domen und Kuppeln, seinen Palästen und vierzig Städten und Städtchen, seinen unzähligen Weilern, Dörfern und Villas, alle bekränzt im Süden und Südosten von den hohen Tenochtitlan-Bergen und bewacht von den Riesenkuppen des Itztaccihuatl und Popocatepel.

Die Stille, die in diesem lachenden Reviere herrscht, bloß des abends und morgens von den zu Markt kommenden und wieder zurückkehrenden Indianern unterbrochen, die herrlichen Kontraste der Vegetation und der kahlen Felsenberge, vorzüglich aber die Entfernung von dem Getümmel der großen Stadt und den eifersüchtigen Blicken einer scheelsüchtig gewalttätigen Regierung, haben wahrscheinlich dazu beigetragen, daß meh-

---

[143] Das Schloß von Capultepec, einer Festung ähnlicher denn einem Schlosse, auf dem Felsenhügel gleichen Namens, vom Vizekönige Galvez erbaut. Im Garten desselben Schlosses befinden sich die sogenannten Monteezouma-Zypressen; eine derselben mißt 41 Fuß im Durchmesser.

rere der angesehensten Familien diesen Punkt zu ihren Stadtwohnungen gewählt hatten. Unter diesen Villas, und zwar denjenigen, die sich näher dem Chalcosee zu aus den sie umgebenden Hainen von Frucht- und Waldbäumen erheben, zeichnete sich ein einfach symmetrisches Gebäude mit zwei kleinen Flügeln durch seine ruhig heitere und anmutige Lage unter beschattenden Ulmen und Pappeln aus. Es hatte zwei Stockwerke, die ein flaches Dach bedeckte, von dem bereits die Vorboten des Frühlings, die mexikanische Flora, mit ihrem reichen glänzenden Gefolge Besitz genommen hatte. Das Innere des Hauses entsprach ganz dem geschmackvollen Äußern. Ein Haus- oder vielmehr Hofgarten mit einem plätschernden Springbrunnen, umgeben von der Veranda oder Säulenhalle, aus der man in die Staatszimmer im obern Stockwerke gelangte, die, beinahe durchgängig *al fresco* ausgemalt, vielleicht von unserm Geschmack zu einfach befunden worden sein dürften, obwohl wieder einzelne Gerätschaften Spuren gediegenen Reichtumes wahrnehmen ließen. In dem Hause selbst herrschte eine tiefe, beinahe unheimliche Stille, die kaum vermuten ließ, daß eine Schar Diener anwesend war, die der reichste Aristokrat der großbritannischen Inseln für alle Zwecke persönlicher Bequemlichkeit mehr als zureichend gefunden haben würde. Sie waren zum Teil aus der kreolischen, zum Teil aus der farbigen Bevölkerung des Landes genommen, und hatten in ihrem ganzen Wesen jenen Ernst und jene Besonnenheit, die wir an den Kreolendienern häufig bemerken, und die ein sehr gelindes Verhältnis zwischen Befehlenden und Dienenden beurkunden. Mehrere waren in der Sala mit Vorkehrungen zum Empfang von Gästen beschäftigt. Einige bereiteten die Esteras auf dem Marmorfußboden aus, andere ordneten Reihen von Sofas und Sesseln längs den Wänden; ein drittes Paar brachte einen ungeheuern kupfernen Kessel, mehr einem tragbaren Kamine ähnlich, und mit glühenden Kohlen angefüllt, den sogenannten Brassero oder Kohlenkessel; wieder andere stellten Tabourets in die Ecke des Saales, auf welche zierliche Glaskästen mit silbernen Standbildern zu stehen kamen, die von einem Blumenstrauße mit silbernen Armleuchtern flankiert wurden. Diese Figuren stellten die Schutzheiligen Mexikos vor, und zwar den Erlöser von Atolnico, die Madonna *de los remedios*, die *Vierge de Guadeloupe*, und den *San Felippo de Jesus*, einen mexikanischen Priester, dem die spanische Politik das Heiligendiplom bei der römischen Kurie auszuwirken sich herabgelassen hatte.

Diese Vorkehrungen wurden unter der Oberleitung eines alten ehrwürdig aussehenden Mannes getroffen, der, ein Samtbarett auf dem Haupte, ein langes spanisches Rohr mit goldenem Knopfe in der Hand, als *Mayor domo* oder Oberhofmeister gravitätisch im Saale auf- und abschritt.

»*Muy bien* – so ist's recht«, sprach er. »In die linke Ecke, gegenüber dem Erlöser von Atolnico; da gehört sie hin, daß sie jedem in die Augen falle. Werden sie brauchen. Zwei frische Wachskerzen, Mattheo,« bedeutete er einem andern Diener. »Was soll denn das, Itztlan?« brummte er einer kupferfarbigen Apollogestalt zu, einem Oaxaca-Indianer, der zwei Stümpchen Wachslichter vor dem Bilde der Madonna *de los remidios*, der Schutzpatronin der Spanier, aufgestellt hatte. »Was soll das, Itztlan?« sprach er im verweisenden Tone, und einer Miene, die einiges Mißtrauen verriet, sich aber schnell wieder aufheiterte. »Höre«, fuhr er fort, »Dein Wille mag gut patriotisch sein, und weder Se. Herrlichkeit, der Conde, noch wir, der *Mayor domo* seines gräflichen Hauses, haben etwas einzuwenden, wenn Du der Jungfrau *de los remidios* die Cortez in Deiner Stube verweigerst: aber hier, verstehst Du, sind wir in der Sala Sr. Herrlichkeit, wo ein Quentchen Klugheit mehr wert ist, als ein Pfund guter Wille mit Dummheit versetzt. Stecke frische Wachslichter an; denn sollten Gachupins kommen, ihre Nasen spüren fein in diesem Punkte, und Sr. Herrlichkeit Haus soll ihnen keine Gelegenheit zum Ohrenblasen geben. Ei, und dann hat die Madonna *de los remidios* um uns noch immer frische Wachskerzen verdient, obgleich, *Dios!* wenn so etwas noch vor fünf Jahren gehört worden wäre, ich fest und sicherlich glaube, ganz Mexiko würde vor Schrecken gestorben sein, aber die heilige Jungfrau hat sich auch übernommen. Junge, sage ich Dir, der Tezecuco[144] ist kein viertel Vara gestiegen, und wieder gefallen, und wer hat es getan? die Jungfrau *de los remidios*. So wie die Estacion[145] eine Woche ausblieb, wer wurde geplagt, *dia y noche*, Tag und Nacht, mit Bußgängen und Prozessionen? Wieder die Jungfrau *de los remidios*. Und bei der letzten Hungersnot, wo die Fanega[146] Mais zwanzig Piaster und eine Tortilla einen Real kostete, wurden die armen *gente irrazionale* so verblüfft, daß sie ganz vergaßen, daß eine *Vierge de Guadeloupe* vor der Nase, vor der Puerta de Veracruz[147] ist. Wohl mochte die *de los*

---

[144] Das Anschwellen des Flusses Guautitlan in der regnichten Jahreszeit verursacht das Steigen des Wassers im See von Zumpango, der sich mit dem von San Christoval vereinigt; beide sprengen die Dämme, welche sie von dem Tezecuco trennen, und die Gewässer der letzteren werden so in die Hauptstadt zurückgedrängt, der sie bereits mehrere Male gänzliche Zerstörung drohten.

[145] Estacion *de las aguas*, periodische Regenzeit, fängt im Juni, spätestens Juli an, und dauert drei bis vier Monate.

[146] Ein Getreidemaß, ein und ein halbes Bushel, 135 bis 140 Pfund.

[147] Veracruz-Tor, durch das die Straße zum Wallfahrtsort der sogenannten Jungfrau von Guadeloupe führt.

remidios ihr als die größere erscheinen, da alle ihre Verehrer vollauf hatten, während die armen Anbeter der Guadeloupe wie Moshettos im Januarfroste dahinstarben.«

Unsere Leser dürften allenfalls über den Gegenstand, der den frommen Eifer unseres *Mayor domo* erregt, im Zweifel sein, und es ist daher billig, ihnen bemerklich zu machen, daß dieser kein anderer war, als die Parteilichkeit des wundertätigen Gnadenbildes der Madonna *de los remidios*, der Schutzpatronin der Spanier, die, wie die mit der Geschichte dieses Landes näher Vertrauten wissen werden, zu vielfältigen Reibungen Veranlassung gab, indem die Spanier ihr alle glücklichen Ereignisse zuschreiben, zur offenbaren Zurücksetzung der mexikanischen Madonna de Guadeloupe, die, als nur von einem Indianer gefunden, und überdies kupferroter Hautfarbe, natürlich in den Augen der rechtgläubigen Spanier als wenig besser denn eine Indianerin selbst angesehen wurde. Daß die beiden Marias zugleich die Repräsentantinnen der beiden Parteien geworden waren, die sich nun im blutigen Kampfe gegenüberstanden, und als solche sich alle die Verwünschungen und Schmähungen, mit denen Parteihäupter in der Regel von ihren Gegnern beehrt werden, gefallen lassen mußten, war bloß die natürliche Folge eines Aberglaubens, der längst jeden Funken gesunden Menschenverstandes in diesem Punkte erstickt hatte.

Der Indianer hatte unterdessen, obwohl mit sichtlichem Mißmute, zwei frische Wachskerzen aufgesteckt: eine Verrichtung, die er mit dem frommen Wunsche begleitete, daß Mexitli[148] der Jungfrau *de los remidios* und allen den ihrigen recht bald den Kopf zerschmettern möge, welchen christlichen Wunsch er jedoch mehr zu brummen als laut zu sagen für gut befand.

»Aber, brach er endlich aus, wenn nur die Jungfrau de Guadeloupe sich auch ein wenig mehr rühren wollte. Sie scheint jedoch zu schlafen, ärger als eine törichte Schildkröte.«

»Das weiß ich wieder nicht, Itztlan,« bemerkte der *Mayor domo*, eine gewaltige Prise nehmend.

»Aber Itztlan weiß es;« versetzte der Indianer. »Er weiß es, daß sie den verdammten Gachupins hilft und geholfen hat, seit der Zeit, wo der tükkische Raubmörder, den sie Marquis[149] nennen, in Mexiko eingedrungen, und wo sie den unsrigen Sand in die Augen gestreut.«

»Ich fürchte, das tut sie noch immer, Itztlan;« bemerkte der *Mayor*

---

[148] Der Kriegsgott der alten Mexikaner.
[149] Cortez wird stets mit dem Namen des großen Marquis, oder Marquis allein bezeichnet.

domo mit einer Miene, die bei einer reichlichen Dosis Simplizität, eine wenigstens ebenso reichen Mutterwitzes wahrnehmen ließ.

»Während die von Guadeloupe die unsrigen sitzen läßt,« brummte Itztlan, »dann soll es uns wundern, wenn Mexiko mit allen seinen gewonnenen Schlachten zuletzt doch wieder dem Gachupin in den Rachen fährt.«

»Es ist leider schon darinnen, und zwar ganz und gar;« versetzte der *Mayor domo*. »Aber immer bleibt es ein harter Punkt, Itztlan. Damen, weißt Du, sind so wetterwendisch in ihren Launen als sie in ihrem Putze sind; aber zum Glücke haben sie in dem himmlischen Hofstaate drei vernünftige Schiedsrichter, den *Dios Patre, Dios Hojo* und *Dios Espiritu Santo,*[150] und diese werden der Senora schon allenfalls den Kopf zurecht setzen.«

»*Verdad, Verdad,*« fiel das ganze Korps der Dienerschaft ein; denn wie leicht zu erachten, so hatte die interessante Diskussion über den Hofstaat des Himmels, den sie sich allenfalls *al pari* mit dem Sr. Exzellenz des Vizekönigs dachten, alle zu aufmerksamen Zuhörern gehabt.

»Und doch,« hob Itztlan wieder an, »hatte die Jungfrau de Guadeloupe immer etwas mehr für die unsrigen tun können.«

»Itztlan!« sprach der *Mayor domo*.

»*Maestro!*« erwiderte der Indianer.

»Se. Herrlichkeit der Conde, nicht wahr, sind ein gütiger und gnädiger Herr, der Dich sehr liebt, und alle die seinigen? Aber obgleich er alle seine Neger freigegeben aus seinen Haciendas und für sie noch immer sorgt – diejenigen nämlich, die nicht zu den Patrioten übergelaufen – glaubst Du wohl, er würde ihnen alles gewähren, was sie in ihrer Dummheit verlangen konnten?«

»No – se«[151] versetzte der Indianer kopfschüttelnd. »So viel weiß Itztlan aber, daß von diesen zwei *Madres de Dios*, ich wette zehn blanke Taler, die rote sich übertölpeln läßt. Ei, die weiße hat des Schalkes zu viel –«

»Du irrst, Itztlan,« versetzt der *Mayor domo*, eine frische Prise nehmend; »Du irrst, maßen Du zwei Mütter Gottes annimmst, da es in der Tat und Wahrheit doch nur eine gibt.«

Der Indianer mit den übrigen Zuhörern, denen ihr Schutzverhältnis zu den beiden Madonnas *de los remidios* und *de Guadeloupe* bereits zu dämmern angefangen hatte, und die sich nun durch die Worte des *Mayor domo* auf einmal wieder in die absoluteste Finsternis zurückgeworfen fühlten, schrien mit einer Stimme: »*Todos diablos! no mas que una Vierge!*«[152]

---

[150] Gott Vater, Sohn und heiliger Geist.
[151] Weiß nicht.
[152] Alle Teufel! nur eine Mutter Gottes.

»Itztlan,« sprach der *Mayor domo*, »hast Du nie den – den – den Virey,« stieß er endlich mit einer Art Schauder und Abscheu heraus – »hast Du ihn nie gesehen? Nein,« rief er sich besinnend, und gleichsam froh, einen Ausweg gefunden zu haben, »nein, ich meine nicht den gegenwärtigen, den vorigen meine ich – Iturrigaray meine ich, der war doch noch ein Mann.«

Der Indianer und die übrigen schauderten bei den ersten Worten des *Mayor domo* gleichfalls zusammen. »Die Schlange,« stieß der Indianer mit einem Grimme heraus, der seine tiefen Kehlentöne im hohen Saale widerhallen machte. »Die Schlange,« wiederholte er und seine rollenden Augen sprühten Flammen, »die das Indulto auf allen Kirchtüren ankleben, und dann die Indianer von Zitacuaro, von Istla, von Sombrerete, von – mit Weibern, Mädchen und Kindern in ihren Häusern einsperren und verbrennen ließ. *Maldito sea el nombre!*«[153] Der Indianer rannte zähneknirschend im Saale umher.

»Wehe, wehe!« sprach der *Mayor domo*. »Wehe, wehe! Der Mann hat mehr Blut verräterischerweise vergossen als den Tezcuco füllen würde. Nein, ich meine Iturrigaray; den mein' ich;« wiederholte der *Mayor domo* besänftigend.

Der Indianer wurde ruhiger und nickte. »Hab' ihn gesehen,« sprach er, »zwei Mal; als er von Capultepec herabkam; hätte ich beinahe nicht erkannt; sah just aus wie unser einer auch. Und dann sah ihn Itztlan nochmals, als er auf der *Plazza mayor* mitten unter seinen Dragones und Lanzeros war. Strotzte aber von Gold und hatte ein breites Band auf der Brust und einen dreieckigen Hut; war auszusehen wie unser Erlöser von Atolnico.«

»Kurz«, sprach der *Mayor domo*, »der Virey auf der Plazza war eine ganz verschiedene Person von dem Virey von Capultepec«.

Der Indianer nickte.

»Und doch wieder nur eine und dieselbe Person! Und wieder nicht wahr, Itztlan? Du würdest Dich eher und mit größerer Zuversicht an den Virey von Capultepec gewendet haben, als an den auf der *Plazza mayor*?«

»Itztlan braucht den Virey nicht, und Anahuac braucht die Gachupins nicht;« versetzte der Indianer.

»Wohl wahr, Itztlan. Wir brauchen auch die Coyotes weder auf unseren *Haciendas de cria*, noch denen *y labor*[154], die uns die Schafe wegfressen, und in Veracruz brauchen sie das Vomito[155] nicht, und doch haben wir beide. Wohl,« schloß nun der *Mayor domo*, der so hinläng-

---

[153] Verflucht sei sein Name.
[154] Landgüter, auf denen Viehzucht und Ackerbau zugleich getrieben wird.
[155] Das Erbrechen. Die letzte Krise im gelben Fieber.

lich für den Kapazitäts-Meridian seiner Zuhörer vorgearbeitet zu haben glauben mochte. »So wie der Virey von Capultepec von dem auf der Plazza eine verschiedene, und doch wieder nur eine und dieselbe Person ist, so ist auch die Jungfrau von Guadeloupe von der *de los remidios* eine verschiedene, und doch wieder nur eine und dieselbe Person. Wenn sie nämlich ihre Toilette als Jungfrau *de los remidios* für die Gachupins macht, und steif und starr, in ihrer ganzen Pracht und von ihrem Hofstaat umringt, den Gachupins Audienz gibt, und stolz auf die armen Indianer herabsieht, so ist sie eine ganz verschiedene Person von der Jungfrau de Guadeloupe, die sich nur im schlichten Hauskleid zeigt, und den Indianern Audienz gibt, und ihnen zu gefallen rote Farbe wie die Duenna[156] und Camarero[157] auflegt, und doch wieder nur eine und dieselbe Person.«

Der *Mayor domo*, nach dieser dogmatischen Erklärung, die, im Vorbeigehen sei es bemerkt, gegenüber den horriblen Legenden der Priester der mexikanischen Kirche noch erträglich genannt werden konnte, war aufgestanden und zur Wanduhr getrippelt, die er bedenklich und ängstlich ansah. Ein leichter Schauder durchzuckte seine halbverwitterte Gestalt; und es war ersichtlich, daß er sich bloß deshalb so tief in die Angelegenheiten des himmlischen Hofstaates verwickelt hatte, um trüber Ahnungen los zu werden.

Er fröstelte zusammen: »Ei, wer die frische Luft unseres Cuautla Amilpas oder, noch besser, Oaxaca oder Valle Santiago hätte! – Jesu Maria! mir wird so bange« – –

»Don Anselmo!« riefen sämtliche Diener, besorgt an ihn herantretend; »was fehlt Euch?«

»Was mir fehlt?« erwiderte der alte Mann. »Ei, was fehlt unserem armen, prächtigen Conde Carlos? Wißt Ihr es? Armer Narr! Was das für Entwürfe waren noch vor acht Tagen; wie er vor die ganze Notabilitad hintreten wollte, sie auffordern, zum Virey zu gehen, und ihm sein schändliches Betragen gegen Mexiko vorzuhalten. Seht ihn jetzt an, just wie ein Hund, der im Schindersacke gewesen. Es ist auf unsern Haciendas arg genug, und man hat sich der Horden hungriger Häscher zu erwehren; aber hier, Jesu Maria!«

»Seht nur einmal Diego an,« fiel ein zweiter Diener ein. »Auf der Hacienda fängt er einen Coyote im Laufe; hier geht er herum, als ob er den gestrigen Tag suchte.«

---

[156] Gouvernante.
[157] Kammerfrau.

»Weiß nicht,« brummte Itztlan. »Itztlan ist Mexiko nie so dämisch vorgekommen. Es schnürt Itztlan die Kehle zusammen. Itztlan fürchtet sich nicht; aber alle Leute sind bleich und zittern und wispern.«

»Und das bringt auch über Deine Eisenseele ein Frösteln?« sprach der *Mayor domo*. »Glaub' es gerne; man müßte von Granit sein, um das auszuhalten. Hier sind nur die Gavilla und unsere Peiniger froh; alles übrige wie sterbend oder tot. Jesu Maria, und der Conde noch nicht zurück! und Carlos und Federigo auch nicht! Habe ihnen doch aufgetragen, von dem Gange der Besamanos Nachricht zu bringen. Was wird da wieder aus- und angesponnen werden?«

Der alte Mann fröstelte wieder zusammen, »Ei, wäre es meinem Willen nachgegangen, so wären wir unten in Cuautla Amilpas oder Oaxaca geblieben. Die frohe Botschaft, die uns wegen des Ninon gebracht wurde, war nicht der Mühe wert. Ei, und wie sechs Monate den verändert haben! Man sagt,« wisperte er leise, »er sei zum Gachupin geworden.«

»Dann möge er in die siebzehnte Hölle hinabfahren!« brummten die Diener alle.

»Wer spricht gegen Don Manuel, den Neffen unseres Herrn?« schrak der *Mayor domo* auf, sich über die Stirne fahrend. »Ei, er ist der wahre Sohn eines Gachupin, dieser Manuel, und ihm ist Mexiko nicht mehr als ein Wasser angefüllter, ausgebeuteter Schacht.«

»Und wer konnte Conde Jago, den Stolz von Mexiko, die Blume der *Blancos*[158] in Oaxaca, zwingen, nach Tenochtitlan zu kommen?« fragte Itztlan.

Der *Mayor domo* schüttelte das Haupt. »Itztlan, es ist schwer für den Caballito, den Minero oder Soto-Minero abzuwerfen, der fest auf seinem Rücken sitzt; und wirft er ihn ab, so stürzt er gewöhnlich selbst in die tiefe Schlacht hinab. Wird immer ärger, Itztlan,« fuhr er fort. »Ich habe die Galvez, die Buccarellis, die Revillagigedos, die Asanzas, die Iturrigarays gesehen; harte, stolze Männer, die den Popocacepetl mit einem Fuße flach zu treten sich stark genug dünkten, stolz, wie Luzifer; aber doch waren es Spanier von altem Schrot und Korn; aber dieser — —« der alte Mann faltete seine Hände.

»Dieser Vanegas,« fuhr er stiller fort; »dieser Vanegas, in der französischen Schule aufgewachsen, unter ihren Peitschenhieben, der Schule aller Perfidie und Laster. Sie sagen, er habe selbst die Armeen der Gachupins bei Cuença und Almonacid an die ketzerischen Josephinos[159] verkauft. Jesu

---

[158] Weiße, werden schlechtweg die Spanier und Kreolen genannt.
[159] Anhänger Joseph Bonapartes.

Maria! und was der Mann in Mexiko getan hat, das, glaubt mir Kinder, ist noch nie erhört worden, und alles mit honigsüßer Zunge. Es schreit zum Himmel um Rache. Und doch, wenn diese Schlange zu St. Peter kommt, ich glaube, sie überredet ihn, sie in den Himmel einzulassen. Ein Schurke, wer dann noch darinnen bleibt.«

»Jesu Maria!« seufzte der Mann, indem er zugleich das Kreuz schlug, und dann seinen Daumen küßte.

Achtes Kapitel.

Es freut mich wenig
Zu melden dies; doch was ich sag, ist wahr.
SHAKESPEARE.

er alte Mann wurde in seinen düstern Ausbrüchen durch das Läuten der Glocke an der Pforte, und den darauf folgenden Eintritt eines jungen Mannes im mexikanischen Kostüme unterbrochen, der mehr in den Saal stürzte als trat. In der Hast war ihm ein Teil der Manga, und mit dieser ein leichter Bündel und eine Larve entfallen. Der Jüngling haschte schnell darnach, und, rasch auf den Brassero zutretend, warf er den Bündel Larve ins Feuer.

»Wohl getan, Don Pinto,« sprach der *Mayor domo*, der dem verstörten Jüngling kopfschüttelnd zugesehen hatte. »Wissen wir nun doch, wozu diese Brasseros, die uns der Gachupin mit allem seinem Trödel gleichfalls auf den Hals gebracht, obgleich sie zu nichts nütze sind, als sich die Zehen zu verbrennen, wissen wir doch, wozu sie gut sind; wo hätte sonst Don Pinto einen Feuerherd für seine Narrheitskappen gefunden? Nimm es heraus, Jago,« sprach er zu einem der Diener; »es ist Gold daran, und Don Pinto wird dessen nie zu viel haben.«

»Laßt es! laßt es!« rief der Jüngling, heftig einen seiner Spornen auf den knisternden halbverbrannten Anzug setzend.

»Wie es Euch beliebt, Don Pinto,« sprach der *Mayor domo*. »Nur wollte ich Euch bedeutet haben, Senor, daß wenn Ihr Narrenstreiche treibt, Ihr das Narrengewand da lassen mögt, wo Ihr sie getrieben.«

»San Jago noch nicht zurück?« fragte der Jüngling gähnend.

»Wer?« fragte der *Mayor domo* mit allen Zeichen der Verachtung. »Wer? San Jago? Wen meint Don Pinto damit?«

»Den Conde,« versetzte der Jüngling, sich nachlässig in das Sofa werfend. »Die Herrlichkeit bei unsern Herrschaften, wird, sage ich Dir Alter, bald ihr Ende haben. Ei, ich habe Dinge gesehen, Zeichen, die da ärger sind, als die Zeichen, von denen unsere *Padres* sich den Mund so voll nehmen, wenn sie einem armen Caballero die Hölle recht heiß machen wollen, Zeichen, von denen sich Mexiko noch vor vierundzwanzig Stunden ebenso wenig als Deine Philosophie hätte träumen lassen.«

Der alte *Mayor domo* und seine Mitdiener sahen den jungen Wüstling starr an; denn als solchen bezeichnete ihn das hohle Auge, der dunkle violettfarbige Ring und das bronzfarbige Gesicht, in dem nächtliche Ausschweifungen tiefe Spuren zurückgelassen hatten.

»Philosophie, Don Pinto!« versetzte der *Mayor domo,* endlich tiefer Atem holend. »Se. Herrlichkeit Don Jose Conde de San Jago sind *viejo Christano,* ein alter Christ, und wir, Gott sei Dank, sind ein guter Christ, und haben keine Philosophie und wollen keine Philosophie haben. Was wir haben, genügt uns auf unserer Reise durch dieses Tränental, und hoffentlich dort drüben.« – Der alte Mann faltete die Hände, indem er wechselweise die Madonnen und Standbilder ansah. »Wir vertrauen auf die heilige, unfehlbare Kirche.«

»Ei, und auf den König,« versetzte der Jüngling spottend.

»Auch auf den König,« fiel der *Mayor domo* ein. »Aber er ist zweitausend Stunden von seinen Untertanen, oder vielmehr den Untertanen seiner Untertanen,« setzte er leiser hinzu, »den weniger als Untertanen seiner Untertanen. – Mein Gott, was ist aus dem armen Mexiko geworden?«

»Was aus Mexiko geworden ist,« erwiderte der Wüstling lachend. »*Carracco*! das konntet Ihr vor der Fonda Traspanna gesehen haben. Ein blutig verstümmelter Leichnam, der zersetzt und zerfressen auf einem Schubkarren fortgezerrt wird. Aha!« lachte er, »Ihr spitzt Eure Ohren, und wohl mögt Ihr; denn während Ihr hier sitzt, gehen draußen Dinge vor – Dinge! – – Alle Teufel!« rief er aufspringend, und rasch und scheu zum Fenster laufend, »aber die Ciudad fängt sich zu rühren an, wenn gleich seine Guachinangos und Nobilitad und *gente irrazionale* eine fühllose Race sind. Ei, das war ein *Auto sacramentale.*«

»Das ist so ihre Weise,« fiel der *Mayor domo* mit Verachtung ein; »*Autos sacramentales,* Prozession, Raketen, und der Erlöser von Atolnico wie ein Madrider Mayo[160] herausgeputzt.«

»Diesmal gab es andere Dinge zu schauen,« entgegnete ihm der Jüngling etwas ernster. »Einer dieser Mayos hatte ein verdammt schlechtes Lager, und zwar auf einem Schubkarren; es war eine Ladung, die für zehntausend Mulos zu schwer gewesen sein dürfte.«

»Es war der geröstete Quauhtomozin,« fuhr der Wüstling, unheimlich lachend, fort, »der auf dem Schubkarren ausgestreckt lag, just so wie Ihr ihn auf dem Bilde in der Malerakademie sehen konntet, für dessen Verfertigung die arme Olla mit einem Fuß und Halseisen belohnt

---

[160] Stutzer.

worden, nur mit dem Unterschiede, daß der Leichnam genau die Gestalt des unglücklichen Mexiko selbst hatte. Seine rechte verstümmelte Hand stellte Yucatan und Veracruz vor; seine Linke von zahllosem Gewürme angefressen, Puebla und Oaxaka. Auf dem Leibe, der mit Valladolid und Mexiko bezeichnet war, saß ein Vampir; um die Schenkel, die Guadalaxara, Zacatecas und San Louis Potosi[161] bildeten, zerrte und riß sich ein wütender Caguar.«

»Und alles das habt Ihr gesehen?« fragte der *Mayor domo* kopfschüttelnd.

»Konntet es lesen, wenn Ihr nämlich Aztekenschrift versteht.«

»Don Pinto! hört und seht weniger, wenn es Euch beliebt; denn vieles Sehen und Hören macht Augen- und Ohrenweh, sagt unser Sprichwort. Laßt sie sich abmühen,« sprach er, sich zu den Dienern wendend; »da eine Flamme hervorbringen zu wollen, wo kaum Rauch zu haben ist. Ei, wir kennen Mexiko, diese Eiterbeule von Gachupin-Verderbnis und mexikanischen Geschwüren. Zum Plündern, zum Boleros- und Charavetanzen, zum Pasquill-machen, ja, da sind sie gut; aber der ist ein Narr, der seinen Kopf für dieses Gesindel in die Schlinge bringt. Die Gavilla ist alle im Solde und Brote der Polizei. – – Federigo, was gibt's?« fragte er auf einmal erschrocken.

»Maestro Anselmo! Cosmo, Pablo, Alonzo, *todos diablos*!« schrie Federigo, der atemlos in den Saal gerannt kam. »Wißt Ihr, daß die junge Nobilitad aus Mexiko zur Armee verwiesen ist? Fünfundzwanzig Caballeros sind schneller in die Hülsen von fünfundzwanzig Lugertenientes gekrochen, als der Seidenwurm aus seinem Kokon sich windet. Se. Exzellenz, es ist sicher, haben den jungen, hohen Adel allergnädigst zu Zielscheiben für die ketzerischen Rebellen zu verwenden beschlossen.«

»Jesu Maria y Jose!« riefen sämtliche Diener.

»Und was das Schönste ist,« rief der Berichterstatter, »die guten Caballeros, die doch, wie Ihr wißt, die Rebellen wie die sieben Todsünden hassen, kamen zu ihren Lugertenientesstellen, wie der Pilatus ins Credo. Es soll eine Art Xacara[162] sein, eine Travestie, welcher der junge Adel beizuwohnen sich erkühnt hat, die Se. Exzellenz zu diesem plötzlichen, gnädigen Entschlusse veranlaßt, ein Pero[163] von einem Mauren – Kalifen, soll die Person unseres allergnädigsten Herrn und Königs zum Sprechen nachgeahmt haben.«

[161] Intendanzen oder Provinzen, in die bekanntlich das damalige Königreich Neuspanien eingeteilt war, und die seit ihrer Unabhängigkeitserklärung die vereinigten Staaten von Mexiko bilden.

[162] Eine Satire, Posse.

[163] Hund, Schimpfnamen, den Mauren gegeben.

»Jesu Maria y Jose!« riefen nun zwanzig Stimmen; denn der größte Teil der zahlreichen Dienerschaft war natürlicherweise herbeigeeilt, um seinen Anteil an den inhaltschweren Neuigkeiten abzuholen.

»Aber Mexiko ist auch dafür um eine gewichtige Kenntnis reicher geworden,« fuhr der Berichterstatter fort, »und der letzte Lepero weiß nun, daß Fernando *VII.*, der gute Sohn, auf dem Schlosse wo er haust – was denkt Ihr wohl? je nun – Unterröckchen für Madonna *de los remedios* stickt.«

»Jesu Maria!« seufzte der *Mayor domo*, »Eine Pasquinade auf Se. Majestät! Eine Pasquinade auf Se. Majestät! Ich sah mit meinen eignen Augen, wie Don Silva gehängt wurde, weil er sich beifallen ließ, den Kopf auf die linke Seite zu neigen, wie Se. Exzellenz der Virey Galvez zu tun gewohnt waren, und Don Cosmo, der in den Kerkern der Cordelada erdrosselt wurde, weil er sagte, Se. Majestät sei just ein Mensch wie er auch, und es sei Narrheit zu glauben, sie haben für ihn im Himmel auch einen Thron aufgerichtet.«

»*Nombre Santo de Dios, que quiere dicer eso?*«[164] schrie nun ein neuer Ankömmling, der nicht weniger verwirrt und erschrocken in den Saal stürzte – »Don Manuel – –«

»Was ist's mit Don Manuel?« riefen alle erschrocken.

»Ist in die Madre Patria verwiesen; geht morgen um sechs Uhr auf Befehl des Vizekönigs in die Madre Patria ab.«

»Jesu Maria!« riefen wieder sämtliche Diener. »Don Senor Manuel, der Neffe Sr. Herrlichkeit, unser Nino[165], in die Madre Patria? Jesu Maria! was hat das zu bedeuten?« wiederholten sie, sich mit großen Augen anstarrend, noch immer ungewiß, was aus der sonderbaren Botschaft zu machen.

»In die Madre Patria?« wiederholte der *Mayor domo* kopfschüttelnd.

»So sagte mir der Camarerio Sr. Exzellenz,« bekräftigte der Diener, der die Nachricht gebracht hatte, »daß nämlich Se. Exzellenz aus übergroßer Huld für den Erben Sr. Herrlichkeit, des Conde, beschlossen haben, diesen in die Madre Patria abzusenden.«

»In die Madre Patria?« murmelte der *Mayor domo* noch immer. »Sr. Exzellenz übergroße Huld? Ja vor fünf oder zehn Jahren, da würden wir eine solche Gnade mit schwerem Golde bezahlt haben; aber jetzt! – Gott und die heilige Jungfrau allein wissen, was dahinter steckt –« Der Alte verstummte plötzlich.

---

[164] Heiliger Name Gottes. Was will denn dies wieder sagen? Was will denn dies bedeuten?

[165] Die zärtliche Benennung, mit der in Mexiko das jüngste Kind des Hauses bezeichnet wird; und ist es ein Mädchen Nina. Es bedeutet so viel als: das geliebte Kind, das zarte Kind.

»Stille! die Nina; stille, stille, leise, stille! die Nina,« rief es von allen Seiten, und die Diener wichen ehrfurchtsvoll zurück, um einer Dame Platz zu machen, die, zur Hälfte verschleiert, durch die obern Flügeltüren in den Saal getreten. Sie war noch sehr jung, mehr Kind als Jungfrau. Ihr schönes kastanienbraunes Haar wallte in langen Locken über einen Teil des Halses, während der andere durch die Mantilla[166] verhüllt war. Sie trug eine prachtvolle Robe von chamoisfarbigem chinesischem Atlas, darüber die wunderliebliche Basquina,[167] die ihr bis zu den Knien reichte, und die Juwelen, die an ihrem Haupte, Halse und Armen schimmerten, würden dem Brautschmucke einer Königin nicht Unehre gemacht haben. Das Gesicht war großenteils verhüllt; nur ein zartgeformtes Kinn verriet, daß die zärtliche Benennung des Lieblings, mit der sie von sämtlicher Dienerschaft begrüßt worden war, nicht passender gegeben werden konnte.

»Wer spricht von Don Manuel? Wo ist er, Kinder?« fragte sie mit einer noch kindlichen Silberstimme. »Um der Madre[168] willen, Anselmo!« rief sie heftiger, als die Diener schwiegen, sich betroffen ansahen und stockten; »Anselmo, Cosmo, Federigo! Wo ist er? Federigo, Du hast ihn gesehen? sage – – Mutter Jesu! Vierundzwanzig Stunden in Mexiko und ihn noch nicht gesehen! Jesu Maria y Jose! so sprich doch, Federigo! Noch nie bist Du so harthörig verstockt gewesen?«

»Er soll in die Madre Patria, auf Befehl Sr. Exzellenz,« sprach Federigo.

»*Muchacho*!« riefen alle; »Dummkopf! Wer sagt es? Du sagst es!«

»Jesu Maria y Jose! in die Madre Patria! Don Manuel in die Madre Patria! *Tia! Tia!* er soll in die Madre Patria,« schluchzte sie, indem sie auf eine ältliche Frau zurannte und sie heftig bei der Hand faßte; doch sprang sie sogleich wieder zurück, und, auf den Bedienten zueilend, erfaßte sie seine beiden Hände! »Federigo! um der fünf Wunden willen! Federigo! Sprichst Du auch wahr? Sprich, ich beschwöre Dich!«

»Nina! Nina!« riefen nun männliche und weibliche Diener, über die Heftigkeit des Lieblings des Hauses erschreckt.

»Wo ist der Conde?« schrie wieder ein frischer Ankömmling, der stürmisch die Treppen heraufgerannt und in den Saal gestürzt war. »Der Conde noch nicht hier?«

»Der Conde? Wo ist er? wo ist er?« riefen alle.

[166] Der Schleier, der, am Scheitel unter dem Kamme befestigt, über Gesicht und Schultern fällt.
[167] Das mit seidenen Fransen besetzte seidene Unterkleid, das über die Robe geworfen wird.
[168] Versteht sich, *Madre de Dios* oder *gracia*, Mutter Gottes oder der Gnaden.

»Die Besaomnos ist vorüber!« schrie der Diener: »ich habe ihn am Palasttore verlassen; er ist nicht im Theater. Jesu Maria, der Conde!«

»Jesu Maria, der Conde!« heulten alle, und mit diesen Worten stürzte der ganze Troß die Treppe hinab, zum Haustore hinaus.

Ein wilder wüster Lärm erschallte aus der Stadt herüber, begleitet von zeitweiligen Flinten- und Kanonenschüssen, die dem Chaos von schrillen, mißtönenden Stimmen zum Refrain dienten. Alle waren wie im Sturme zum Haustore hinausgeflogen, ihnen nach die *Mayor domo*, so schnell seine schwankenden Füße es zuließen.

Ein scharfer südwestlicher Windstoß, der durch die Tacubayaschluchten heraufkam, machte den alten Diener plötzlich halten. Ihm zur Linken lag Mexiko, mit einem lichtroten Nebelflor übersäumt, der sich über die Stadt gleich einem feurigen Schleier hinlagerte; zur Rechten brüllte der Donner südwestlich herauf, und die Blitze fuhren zuckend und schauerlich den Itztaccihuatl herab, dessen schneeige Koppe aufleuchtete wie ein feuriger Drache, wenn er sich zur Wut peitscht; dann entfuhr den finstern Wolken wieder ein Donnerschlag, so fürchterlich durch das Gebirge hinbrüllend, daß die Erde bebte; die Blitze warfen ihr grelles Licht über die ganzen ungeheuern Felsenmassen des Gürtels von Tenochtitlan, leckten endlich das Tal, und erglänzten und erstarben in den Wasserflächen des Tezcuco und Chalco.

»Jesu Maria!« stöhnte der alte Mann; »was ist das wieder? Jesu! Das Gewitter kommt von Puebla und geht über den Itztaccihuatl: das bedeutet Drangsal, Drangsal! Und die Blitze lecken Mexiko, und schon meine Mutter selig sagte mir, daß das Jammer und Elend bedeute; und der Lärm wird immer ärger! Jesu Maria! auch von Tacubaya kommt es herauf!«

Der alte Mann starrte in die finstere Nacht hinaus.

»Ei, da liegt es, das alte Mexiko,« murmelte er, »so stolz, so herrlich, als ob sein Fall nicht auch kommen würde, und der des verruchten Spaniers, der Jesu Maria im Munde und Belzebub im Herzen hat.«

»Mondsüchtig, Don Anselmo?« fragte eine Stimme, »und ohne Barett und Amtsstab? Fürwahr, da steht Mexiko nicht mehr lange! Wer hat je so etwas gehört?«

Der *Mayor domo* fühlte nach seinem Haupte, nach seinem Stabe, und wandte sich dann zu dem Sprecher, den er verdächtig maß. Es war ein junger, starker Mann, der, einen Indianer am Arme, aus der Ulmenlaube herangeschlichen war.

»Der Conde Jago noch nicht zu Hause?« fragte der Fremde.

»Ob er es ist oder nicht, Amigo,« versetzte der *Mayor domo,* der auf einmal seine Fassung wieder erlangt hatte, »wird Euch wenig kümmern, hoffe ich.«

»Vielleicht doch mehr, als Ihr glaubt, Anselmo.«

»Wer bist Du? was willst Du? woher kommst Du? Gehe mit Deinem heiligen Schutzengel und lebe tausend Jahre, Freund!« rief der *Mayor domo,* der wieder ängstlich wurde und sich schnell zum Tore zurückzog, wohin ihm der verdächtige Nachtwandler mit seinem Gefährten gefolgt war.

»Jesu Maria! das ist Jago, unser gewesener Jago!« kreischte er auf einmal, »unser Ariero, und nun einer der Gavecillas! Fort mit Dir! ob in den Himmel oder die Hölle, ist gleichviel!« rief der alte Mann, der sich, so schnell als er vermochte, innerhalb des Tores zurückgezogen hatte.

Doch der Fremdling war schneller gewesen; mit einem Satze war er zwischen dem alten Manne und dem zufallenden Haustore; mit einem zweiten schob er den alten Mann auf die Seite; dann, den Indianer erfassend, riß er diesen mit sich fort in den Torweg, und beide verschwanden zwischen den Säulen der Veranda.[169]

»Jesu Maria! das ist Jago! Jago! Jago! Um Gotteswillen! Rebellen! Diebe! Räuber! Mörder!« schrie nun der Mann aus Leibeskräften, durch die Veranda die Treppen hinan eilend. »Jesu Maria! Wir sind alle des Todes, wenn – – Pedro! Pablo! Alonzo! *todos diablos!* – Gott verzeih mir die schwere Sünde!« betete der Mann wieder, indem er sich kreuzigte und dann den Daumen küßte.

»Alle Teufel! Maestro Anselmo, was gibt's? was treibt Ihr?« rief Don Pinto, der über die Treppe herabtanzte und den Mann verwundert ansah. »Aha! Mexiko hat Euch endlich aus Eurem Gleichgewicht gebracht. Höre, Alter! seit den vierundzwanzig letzten Stunden habe ich eine Aroba[170] meines teuern Fleisches verloren. Adios! Adios!« rief der Wüstling.

Der alte Mann holte tief Atem, wie einer, dem eine schwere Last von der Brust genommen wird. »Gehe Du,« murmelte er, »gehe Du, und halte den alten Anselmo lieber für einen Narren, als daß Du Deine Nase dahin steckst, wo sie uns allen das Lebenslicht ausblasen könnte. Ei, das wäre Wasser auf seine Mühle, zu wissen, daß zwei Rebellen sich in unserm Hause verborgen haben. Zwar spricht er trotz dem ärgsten Patrioten; aber es ist pure Liederlichkeit. Wer seinen Beutel füllt und ihn mit Dirnen

---

[169] Der Säulengang oder die um den Hofraum oder Garten herumlaufende luftige, vergitterte Halle. Sie ist in allen bessern spanischen Häusern, vorzüglich aber Villas zu finden.

[170] Ein Gewicht von 25 Pfund.

versorgt, hat ihn. Und nun muß Maestro Anselmo, der *Mayor domo*, Sr. Herrlichkeit, noch Portier sein; dieser auch fort.«

Das Rasseln eines Wagens unterbrach den geängstigten Alten. An zwanzig Diener kamen vor und hinter diesem gesprungen, rissen die Wagentüren auf, hoben den Grafen heraus, und trugen ihn im Triumphe auf ihren Armen durch den Torweg über die Treppen in den Saal.

»*Dios sea labado!*«[171] schrie der *Mayor domo*, stieren, halb verwilderten Blickes die Hände des Grafen erfassend. »*Dios sea labado!*« rief er wieder, seinen Gebieter abermals und abermals umfassend.

»Anselmo!« sprach dieser, »was gibt es? Ist etwas hier vorgefallen?«

»Conde!« rief dieser; »Conde!« schluchzte er. »Um Gotteswillen! eilen, laufen Sie aus diesem Hause!«

»Anselmo!« rief dieser erstaunt: »Was meinst Du? Was ist Dir?«

Der alte Mann wurde in den Ausbrüchen seiner Angst durch die junge Dame unterbrochen, die nun in den Saal gerannt kam.

[171] Gott sei gelobt!

Neuntes Kapitel.

So voller Phantasten
Ist Liebe, daß nur sie phantastisch ist.
SHAKESPEARE.

io!«[172] rief das entzückend-schöne Kind, das nun, den Schleier weit zurückgeworfen, durch die obere Saaltüre hereinstürzte und dem Grafen in unsäglichem Schmerze an den Hals flog, mehrere weibliche Dienerinnen hinter ihr drein: »Tio! Tio!« rief sie, und ihre kastanienbraunen Locken rollten wild um den herrlichsten Alabasternacken, der sich je über einen weiblichen Busen erhob; »Tio! Tio! por el amor de Dios! Por la santissima madre! Tio! Tio!«[173] rief sie, ihn fester umschlingend, daß Perlen- und Diamantenbänder von dem Halse und den Armen brachen und auf die Estera rollten, »O mio Tio! mio amigo, mio Padre, mio corazon!«[174]

»Nina!« bat der Graf mit bebend zärtlicher Stimme, sich liebevoll über das herrliche Geschöpf herabneigend, »Nina, mea Nina! que es este?«[175]

»Tio! Tio!« rief sie wieder, ungestümer schluchzend, indem sie seinen Hals fahren ließ, seine Hände erfaßte, und ihm wie wahnsinnig in die Augen stierte. »Es verdad?«[176] flüsterte sie leise, als wäre sie vor dem Tone ihrer eigenen Stimme erschrocken. »Perdito por siempre?«[177] stöhnte sie aus hohler Brust: »Dedischada Elvira!«[178]

Der Conde wandte sein Antlitz in sprachlosem Schmerze weg.

»Perdito por siempre! Verloren auf ewig! auf ewig!« rief sie wild, und mit einem Risse war der Schleier von ihrem Haupte, die noch übrigen Ge-

---

[172] Onkel, Vetter; scherzweise werden häufig auch Bauern und Fuhrleute so begrüßt.
[173] Um der Liebe Gottes, der allerheiligsten Jungfrau willen!
[174] O mein Oheim, mein Vater, mein Herz.
[175] Nina, meine Nina, was ist es? was fehlt Dir?
[176] Ist es wahr?
[177] Verloren auf ewig?
[178] Unglückliche Elvira!

schmeide vom Halse, Armen und Haupte – das herrliche Geschöpf tobte in seiner lieblich wilden Raserei.

»Nina!« rief der Graf im sanft verweisenden Tone, »Nina, fasse Dich, Gräfin Elvira, fasse Dich!« rief er stärker, sie in seine Arme schließend.

Sie warf sich wieder an seinen Hals, sah ihn starr an; dann ließ sie einen Arm sinken, ihr Köpfchen fing an sich zu neigen, ihre Gestalt senkte sich, so daß die Finger der einen Hand die Estera berührten; nur die andere hielt sich um den Hals des Grafen krampfhaft verschlungen.

Das herrliche Geschöpf hing reizend in bewußtlosem Jammer um den Nacken des Conde. Ihr dunkelblaues, seelenvolles Auge nun halb geschlossen, nun wieder trostlos zum Grafen aufblickend; ihre Gestalt leicht, lustig, elastisch; ihre Hände, als wenn sie von Alabaster geformt wären, die eine noch immer um den Hals des Grafen geschlungen, die andere die Estera berührend – das wunderliebliche Wesen konnte kaum mehr als dreizehn Jahre zählen; aber in diesem zarten, jugendlichen Busen wohnte bereits die süße Empfindung mit aller Stärke südlicher Glut. Wie sie so hinabhing, hatten ihre Frauen einen Kreis um sie gebildet; der *Mayor domo* mit derselben Delikatesse die sämtliche Dienerschaft zurückgeschoben, der Conde sie in seine Arme erfaßt und, unterstützt von ihren Dienerinnen, sie in eines der anstoßenden Gemächer getragen, wo er sie auf eine Ottomane niederließ. Das holde Geschöpf ließ alles mit sich geschehen; erst als sie auf dem Sofa halb lag, halb saß, rief sie schluchzend, ihre tränenschweren Augen auf den Conde gerichtet: »*Tio!*«

»Nina!« antwortete dieser.

»O, ich wußte es!« lispelte sie in jener süßen, unendlich reizenden Vergessenheit der Tochter ihres Landes: »Nina wußte es! Sie liebt ihn; er ist ihr Corazon[179], sie sein Estrella[180], die Morgenröte ihrer Hoffnung.«

»Wen liebt er? Wen liebt sie? Wer ist ihr Corazon?« fragte hastig der Graf.

Sie blickte scheu auf. »*Tio! Tio!* Was habe ich gesagt? Das Geheimnis seiner Liebe verraten, seiner Liebe? Unglückliche!« flüsterte sie sich schaudernd zu; »er liebt Dich nicht mehr, und Du, Du willst ihn verraten?«

»Wen liebt er?« rief der Graf heftiger: »Nina, um Gotteswillen! Wen liebt er? Sage!«

Das Mädchen blickte ihn erschrocken an, und, als wäre sie von einem Fieberschauer ergriffen, rief sie, am ganzen Körper zitternd: »Nein, nein,

[179] Herz.
[180] Stern.

Elvira will ihn nicht verraten! Er liebt sie! Santa Vierge! Seine Liebe selbst ist Verrat!« murmelte sie leiser.

»Ich weiß, wen er liebt; ich weiß, wer ihn liebt,« sprach der Graf, der wechselweise zur Condessa herangetreten und wieder ungestüm im Kabinette auf- und abgeschritten war. »Ruhig, Nina! Ruhig, Condessa! Tochter meines teuersten Freundes! – Tor und Elender!« fuhr er mit unterdrückter Stimme fort, »da seine Hoffnungen fußen wollen, wo Mexikos Fluch anhebt und endigt! – Nein, Elvira,« sprach er, sich stolz erhebend, »die herrliche Tochter eines der edelsten Mexikaner soll nur einen Mexikaner glücklich machen! Nina, ruhig! ich bitte Dich! So er Deiner würdig ist, so soll ihn Dir die Macht der Hölle selbst nicht entreißen; hat er aber Mexiko verraten, hat er sich mit den unversöhnlichen Feinden Mexikos zu seinem Verderben ins Bündnis begeben, – dann, dann wird,« rief er mit heftiger Stimme, »ihn auch Condessa Elvira zu verachten wissen!«

Der Graf hatte in der heftigen Bewegung die Hand des Mädchens erfaßt; sie sah ihn mit tränenschweren Augen an.

»Verachten?« sprach sie leise; »verachten?« wiederholte sie das Köpfchen schüttelnd. »So magst Du den Popocatepetl verachten, weil er sein Haupt stolz über die Berge Tenochtitlans erhebt? Manuel verachten, den Ersten der Söhne Mexikos? Unglückliche Elvira! Wenn Du dies könntest, wie müßte Dein Herz für alles Edle, Große, Ritterliche erstorben sein! Beweinen will ihn Elvira, beweinen!« schluchzte sie, mit ihren langen Locken spielend, deren künstliches Gerölle sie erfaßte und mit einem Schnitte vom herrlichen Kopfe trennte.

»Nina!« rief der Graf böse.

Sie hörte nicht, sie sah nicht. Sie bemerkte nicht, daß ein Indianer in das Zimmer getreten war, der, zwischen sie und den Grafen schreitend, die Hand des letztern erfaßte.

Der Conde, erstaunt über diese Erscheinung, war einen Schritt zurückgetreten.

»Gott segne Euch, Conde San Jago, für die Worte, die Ihr soeben gesprochen,« sagte der Indianer mit einer ernsten, feierlichen Stimme; »Gott segne Euch mit seinem stärksten Segen!«

»Wer bist Du, Tatli?« fragte der überraschte Conde mit einigem Unwillen und in heftigem Tone.

Eine zweite Gestalt trat aus demselben verborgenen Gemache.

»Jago!« rief der Conde im Tone des höchsten Erstaunens, »Jago, und Du wagst es – –«

»Nach Mexiko zu kommen, Conde,« sprach Jago mit Würde, »und daß ich es wage, bürgt Euch für den hohen Preis, den wir auf Euch setzen;

doch, wir haben keine Minute Zeit,« und mit diesen Worten nahm er von dem Kopfe des Indianers die Perücke von langen, straffen, indianischen Haaren, hob die Larve von seinem Gesichte weg, und zeigte dem Grafen in dem Indianer einen alten, aber äußerst würdevollen Mann, dessen feuriger Flammenblick mit dem tiefen, wehmütigen Ernst des Gesichtes eine der schönsten Physiognomien bildete.

Der Graf trat zwei Schritte zurück: »Mor–!«

»Ja,« sprach der Greis, »der bin ich; gekommen, um Conde Jago im Namen des unglücklichen Mexiko um seinen Beistand, seinen Rat, seine Hilfe zu bitten.«

Der Graf sah den Greisen sprachlos an.

»Und wo ist Hermanno Carlos?«[181] rief die Condessa, die aufsprang, einen Leuchter vom Tisch riß und die beiden Gestalten beleuchtete, dann, sich auf die Stirne schlagend, wie im Traume murmelte: »*Santa Vierge, yo soy distratta! Elvira distratta!*[182] Ihn verachten?« lispelte sie, im Kabinette rasch auf- und abrennend und ungeduldig den silbernen Leuchter auf den Tisch schleudernd: »Ihn aus dem Herzen reißen? Arme Törin, das kannst Du nicht; aber beten, beten kannst du für ihn!« Und indem sie dieses sprach, eilte sie einem Fußschemel zu, über dem eine Madonna von gediegenem Golde stand, über der Figur eine Lampe von gleichem Metalle; das Bild an ihren Busen drückend, rief sie: »Lästere nicht, *Tio!* Lästre ihn nicht!« und dann verschmolz ihre Stimme in das süße Flüstern der innigsten, vertrauendsten Andacht zur Trösterin mexikanischer Herzen.

Es wurden draußen Fußtritte hörbar. Der Graf faßte die beiden Männer, riß die Türe des verborgenen Kabinettes auf und schob sie rasch hinein.

»Gäste!« verkündete der Gentilhombre[183] des Grafen, der, gefolgt von der Duenna, in das Kabinett eintrat. »Ihre Herrlichkeiten die Grafen Fagoagos, Istlas, Irun, die Marquise Moncada, Gomez, Iguala.«

»Die Condessa,« bedeutete ihn der Graf, »wird die Honneurs des Hauses machen, sobald sie ihre Andacht verrichtet.«

Die Gräfin betete noch eine Weile; dann stand sie auf und folgte, lieblicher noch durch den Anflug von Schmerz, den beiden Dienern in den Besuchsaal.

---

[181] Bruder.
[182] Heilige Jungfrau, ich habe meinen Verstand verloren! Elvira ist wahnsinnig!
[183] Page.

Zehntes Kapitel.

Graf war er, konnte tanzen, musizieren,
Sprach gut französisch, doch toskanisch schlecht;
Denn wenige der Wälschen nur studieren
Die Sprache der Etrusker rein und echt.

BEPPO.

ir sind in unserm glücklichen Lande absoluter Freiheit nicht solche blinde Götzendiener einer imaginären ungezähmten Gleichheit, um die Vorteile, die eine würdige Geburt gewährt, zu verachten, oder in das Pöbelgeschrei einzustimmen, das Menschen deshalb verdammt, weil sie der Zufall bei dieser begünstigt hat. Auch bei uns galt es etwas, von würdigen Ältern abzustammen, die durch Kraft ihres Willens, durch Tätigkeit und Talente ihres Vaterlandes Ruhm oder Wohl gegründet haben; – und gegen solche Vorzüge gleichgültig zu sein, verrät, wenn nicht einen rohen, doch rauen Sinn, um den wir niemanden beneiden. Aber indem wir so dem Aristokraten, den der Zufall bei seiner Geburt begünstigt hat, Gerechtigkeit widerfahren lassen, geht unsere Vorliebe wieder nicht so weit, die Anmaßungen dieser Glückskinder auf die Beherrschung ihrer Mitbürger mit gleicher Nachsicht zu behandeln, und wenn wir bei Männern, die sich im Dienste des Gemeinwesens Einfluß erworben haben, es begreiflich finden, daß sie suchen, die erworbenen Vorteile auf ihre Kinder zu vererben, so finden wir es ebenso natürlich, daß der gesunde Sinn dieser Mitbürger sich gegen eine solche Vererbung des Einflusses sträube und Anmaßungen zurückweise, die sich auf Erblichkeit und nicht auf persönliche Tüchtigkeit oder Tugenden gründen. Solche Anmaßungen im Keime zu ersticken, fordert Pflicht ebenso wohl als die gesunde Staatspolitik eines freien Volkes, weil nichts leichter wuchert, und sich im Boden einer freien Verfassung festsetzt, als Gewalt. – Und in diesen tief gefühlten beiderseitigen Bedürfnissen liegt der Same jenes langen nie ruhenden Kampfes, der zwischen der sogenannten Aristokratie und Demokratie unter verschiedenen Namen und Formen auch bei uns seit Entstehung unserer Republik bestanden hat, und der nie endigen wird. Gegen das Bestehen einer solchen Aristokratie des Vermögens, der Talente, und die Sucht, ihre Fortdauer zu vererben und zu befestigen, eifern zu wollen, verrät ebenso sehr Unbekanntschaft mit den Triebfedern des menschlichen Herzens, als den Bestandteilen und Bedingungen der Existenz einer freien bürgerlichen Gesellschaft, die, wenn wohlgeordnet, immer dem Talente und der Betriebsamkeit den nötigen Spielraum, Glücksgüter und Einfluß auf das Gemeinwesen zu erwerben, darbietet und darbieten soll. Wir würden diese Aristokratie eine natürliche nennen, ein notwendiges und in vieler Hinsicht auch heilsames Übel und ganz verschieden von jenen Aristokratien der alten Welt, mit denen wir, zum Glücke, in unserm freien Lande nichts zu tun haben, und die jene heftigen Kämpfe veranlaßt, die noch heutigen Tages nicht beendigt sind und wahrscheinlich nie beendigt werden dürften. Es sind diese Nachlässe jenes barbarischen Mittelalters, in welchem die Regenten sich als Lehnträger des höchsten Wesens zu betrachten angefangen, und in solcher Eigenschaft über ihre Völker mit der unumschränkten Willkür einer rohen Machtvollkommenheit disponierend, dieselben nach Gefallen unter jene Günstlinge verteilten, die ihnen zur Ausbreitung oder Befestigung ihrer Herrschaft förderlich waren. So entstand die Aristokratie, die wir unter dem Namen des feudalen Adels kennen; ursprünglich bloße Beamte der Krone, über einen Distrikt, eine Stadt oder ein bloßes Schloß gesetzt, die sie für die Krone zu bewachen, oder von ihr zur Nutznießung hatten, und die sie beim häufigen Wechsel der Dynastien allmählich zu erblichen Besitztümern in der Art verwandelten, daß sie ihre Untergebenen oder Vasallen ebenso wohl als disponibles Eigentum betrachteten, als die Viehherden, die sie besaßen.

Es gehört natürlich nicht in den Bereich unserer Geschichte, die Rechte dieses Adels zu untersuchen, oder auf den Kampf eingehen zu wollen, den die Behauptung dieser Rechte mit den vorgerückten Bedürfnissen der Menschheit verursacht hat. So ungerecht die Anmaßungen den Gedrückten erscheinen mögen, so können wir, die auf neutralem Grunde stehen, doch nicht umhin, zu gestehen, daß die Ansprüche dieser Art Aristokraten sich zum Teile auch wieder auf wirkliche Besitztitel gründen, die ihre Vorfahren Jahrhunderte hindurch unbestritten genossen, und die Mißbrauch und ein veränderter Zeitgeist wohl mit den Bedürfnissen dieses Zeitgeistes in Einklang zu bringen, aber geradehin zu entreißen schwerlich das Recht geben dürfte, da ein solches gewaltsames Entreißen die Auflösung der bürgerlichen Gesellschaft selbst und den Ruin derselben notwendig nach sich ziehen müßte.

Aber es gibt eine dritte Aristokratie in diesen Staaten, die weniger achtungswert, als die bei uns bestehende, oder der feudale und auf wirkliche

Besitztümer gegründete Adel, eine sozusagen artifizielle Aristokratie genannt werden könnte, eine Art Quasi-Adel, der, mit der allmählichen Ausbildung des Legitimitätssystems entstanden, gewissermaßen Surrogat des feudalen Adels geworden; der sogenannte Brief- oder Diplom-Adel, eine Klasse bevorrechteter Bürger, die sich durch häufig niederträchtig entehrende Dienste die persönliche Gunst des Herrschers erworben, oder, im Besitze eines großen Vermögens, sich diese artifizielle Standeserhöhung erkauft und so über die übrige bürgerliche Gesellschaft erhoben, in Bezug auf ihre Personen und häufig auch auf ihr Vermögen, eine privilegierte Kaste bilden.

Wenn schon der Erwerb eines großen Vermögens an sich selbst mit mehr oder weniger Nachteilen für das Gemeinwesen verbunden ist, dessen Gleichgewicht immer mehr oder weniger durch eine solche Übervorteilung gestört wird, so werden diese Nachteile noch ins Unendliche gesteigert durch Bevorrechtung dieser ohnehin bereits auf Unkosten ihrer Mitbürgerklassen bevorrechteten Klasse. Diese unsinnige Staatsmaxime ist jedoch in den gealterten Monarchien der alten Welt, infolge des Verschwindens des feudalen Adels, Hof- und Staatspolitik geworden, der die neuen Aristokratien dieser Staaten und, wir müssen hinzufügen, auch Mexikos bekanntlich ihre Entstehung verdanken, wie die mit der Geschichte dieses Landes einigermaßen Bekannten wissen werden. Von dem sogenannten feudalen Adel, das heißt den Abkömmlingen der ersten Eroberer, die zur Belohnung für ihre Dienste *repartimentos*[184] erhalten hatten, waren nur wenige Familien mehr im Lande übrig geblieben. Die meisten waren ausgestorben, oder hatten sich bei dem allmählich krasser werdenden Bureau-Despotismus der von dem Mutterlande herübergesandten Beamten in dasselbe zurückgezogen, wo ihre Kinder wenigstens die Rechte geborner Spanier genossen. Mit ihrem Verschwinden war das einzige Gut, zu dessen Einführung in Mexiko sie mitgewirkt hatten, die Munizipalfreiheit der Städte – dem Muster der spanischen Städteordnung nachgebildet – gleichfalls untergegangen. Der spanische Hof, der in demselben Grade eifersüchtiger auf seine Gewalt geworden, als sein kriegerischer Geist erstorben war, hatte es zweckmäßiger befunden, die öffentliche Gewalt in Neuspanien ganz in seinen delegierten Werkzeugen zu konzentrieren, und eifrig darauf hinarbeitend, die letzten Spuren des öffentlichen Lebens, als die Ausübung der höchsten Gewalt hemmend, zu verwischen, hatte man die Städtefreiheit in Mexiko gänzlich aufgehoben und die Corregidor- und Alkaldestellen durch öffentlichen Verkauf den

---

[184] Kronlehen.

reichern Kreolenfamilien in die Hände gespielt, die sich durch diese Titel um so glücklicher fühlten, als sie die Ehre eines Amtes hatten, ohne mit dessen Bürde belästigt zu sein. Da dieselbe unglückselige Regierung statt der größtenteils eingezogenen Kronlehen die sogenannten Mayorasgos[185] eingeführt, und das Recht, solche zu errichten, gleichfalls mit ungeheuern Summen bezahlt werden mußte, so war die ganze künstliche europäische Aristokratie auch auf Mexiko übertragen, nur mit dem Unterschiede, daß dieser Titeladel nicht wie in Europa zu Staatsämtern Anspruch gab, sondern ganz nominell war.

Aber der Einfluß, den dieser nominelle Adel auf die bürgerliche Gesellschaft des Landes äußerte, war deshalb nicht weniger verderblich gewesen. Durch ihn vorzüglich hatte sich das merkwürdige, in der Geschichte der Welt unerhörte Schauspiel gestaltet, daß eine bürgerliche Gesellschaft von nahe an sieben Millionen Seelen beinahe dreihundert Jahre in Unmündigkeit von einem mehrere tausend Stunden entfernten Hofe gehalten wurde, zu dessen Glanz sie seit Jahrhunderten mehr als die übrigen Teile der Monarchie beigetragen hatte; und daß sie, was noch auffallender ist, zufrieden und stolz auf diese Bevogtung war; daß sie in Kasten eingeteilt, durch Privilegien und Rangunterschiede von einander gehalten, und doch im absolutesten Sklavenzustande verblieb. So hatte man in Mexiko einen hohen Adel, Grafen und Marquise, die Enkel der alten Eroberer und Söhne von Beamten und selbst Abenteurern, die durch glückliche Bergwerksspekulationen in den Besitz eines plötzlich großen Vermögens gekommen waren; man hatte einen Mitteladel, zu dem sich jeder weiß geborne Sohn eines Spaniers oder Kreolen rechnete, einen Quasi-Adel, der durch ein Diplom der Audiencia erlangt und gewöhnlich dem farbigen Ehrgeize zuteil wurde, und endlich die elenden Kasten mit ihren Abstufungen und Mischlingen, und die noch elendere Race der Indianer. Man hatte so Rangunterschiede, Kleidungsunterschiede, Unterschiede in allem. Nur im Joche, das auf allen lastete, war kein Unterschied. Alle krochen vor dem Spanier; aber für diese Unterwürfigkeit durfte der hochadelige Kreole ungescheut dem bloßen Caballero oder Hidalgo[186] auf den Nacken treten, der Caballero den Quateroon oder Quinteroon mißhandeln, und dieser wieder den Indianer zum Tiere herabwürdigen. Wir wollen, um diese furchtbare Hierarchie anschaulicher zu machen, unsere Leser in die

---

[185] Majorate. Das Recht, sie zu errichten, wurde nur dem hohen Adel erteilt. Sie bestanden aus ungeheuern Landstrichen und sind seit 1824 aufgehoben.

[186] Das Wort Hidalgo wird in Mexiko weniger gehört als Caballero, Kavalier. Jeder Kreole nennt sich einen Caballero. *Todo Blanco es Caballero*, lautet das mexikanische Sprichwort.

Gesellschaft einiger Notabilitäten dieses Landes einführen, die, wie sie gehört haben, soeben angemeldet wurden. Sieben derselben waren unter dem Vortritte des *Mayor domo* und einer zahlreichen Dienerschaft die Staatstreppe hinan in den Saal eingeführt worden, wo sie mit aller Grandezza der spanischen Etikette empfangen wurden.

Der Vorderste dieses Zuges war ein schwammiges Männchen, mit behäbigem Unterleibe, gepuderten Haaren und zierlichem, schwarz seidenem Haarbeutel. Er brachte zuerst keuchend seinen reich gestickten Frack *à la Louis-Quinze* in die gehörige Richtung, glättete die zerknitterten Spitzen der Hemdärmel, richtete den kurzen steifen Kragen und die langen Schöße in Ordnung, adjustierte den kurzen Staatsdegen mit stählernem Griffe, und stöhnte dann, sich neugierig umsehend:

»Ah, Maestro Anselmo! Se. Herrlichkeit der Conde nicht hier? Ah Maestro! brennen vor Verlangen, demselben unsere Attention zu erzeugen. Ah, Maestro Anselmo!?«

»*Vuestra Senoria;*« versetzte der *Mayor domo*, sich tief bückend.

»Ah, Maestro Anselmo!« stöhnte der Marquis fort, »Ihr seid noch immer der Alte; aber, Santissima Madre! werdet Ihr es glauben, daß, als wir aus unserer Loge traten, einer jener Gavecillas an uns heranrannte, schreiend: Moncada! Moncada! alter Moncada! So hieß er uns, Maestro Anselmo,« klagte der zahnlose Marquis und seine erdfahlen Lippen zitterten; »so hieß er uns,« fuhr er fort, »die wir doch von Sr. Exzellenz selbst nie anders als *Vuestra Senoria* begrüßt werden.«

»Und wie anders, Graciosissima Senoria?« versetzte der *Mayor domo* mit pflichtschuldigem Erstaunen.

»Ei, Maestro Anselmo! Ihr seid noch aus der alten Schule; aber diese ewigen Gritos und Pronunciamentos und Motinos[187] haben die guten alten Zeiten ganz verdorben.«

»Ah,« fiel ein zweiter Marquis ein, der im blutroten Taffetrocke zu Ehren der spanischen Nationalfarbe prangte, »ah, aber Se. Exzellenz der Allergnädigste haben doch mit Hochdero eigenem Munde huldreich versichert, daß diese Gritos und Motinos jetzt ihr Ende haben sollen, und Se. Exzellenz der Allertapferste haben gleichfalls bei allen Heiligen zu beteuern geruht, daß in sechs Monaten kein Rebelle mehr den Boden Neuspaniens besudeln solle.«

[187] Verschiedene Arten des Aufruhrs. Grito, wie oben bemerkt, bedeutet den Aufruf zum Aufruhr, Pronunciamento die Erklärung der Insurgenten, und Motino den Aufstand selbst.

»Bitte um Vergebung, Euer Gnaden,« sprach ein alter Conde, »aber wir erlauben uns eine untertänige Bemerkung um so mehr, als diese von äußerster Importanz ist. Euer Gnaden Herrlichkeit sagten nämlich: Se. Exzellenz der Allergnädigste, wo doch das Prädikat Allergnädigster bloß der *Magestad* zukommt.«

»So kommen wir *de pregonero a verdugo*,[188] von den Federn auf's Stroh,« fiel der *Mayor domo* ein, der nicht ohne Unwillen den Edelleuten zugehört hatte. »Ah, Senorias, unser Sprichwort sagt: *Aun falto el roba par desollar;* sie haben dem Tiere, das heißt der Rebellion, noch nicht die Haut über den Kopf gezogen, und ich fürchte, sie wird eher uns abgezogen werden.«

Es ist eine merkwürdige Eigenheit des Spaniers, daß er bei allem seinem Stolze und seiner Härte wieder dem Hausdiener eine Familiarität erlaubt, die selbst in unserem Lande, wo der Diener so sehr auf Gleichheit Anspruch macht, auffallen würde. Dieses vertrauliche Verhältnis zwischen Befehlenden und Gehorchenden ist noch weit auffallender bei seinen amerikanischen Nachkommen, den seine großen, leicht erworbenen Reichtümer vielleicht veranlaßten, die Zahl seiner Domestiken so sehr zu vermehren, daß sie viel mehr dem Trosse eines Kronvasallen aus den Zeiten Ferdinands und Isabellens, als der Dienerschaft eines Neuadligen gleicht. Auch das Verhältnis zwischen Befehlenden und Gehorchenden hat mehr von der franken Offenheit des Knappen, als der bezahlten Dienstbeflissenheit unserer Mietlinge, und, gleich den Knappen des alten Rittertums, besitzt der Kreolendiener alle Würde und allen männlichen Ernst dieser bloß noch in Romanen lebenden Menschenklasse. Unter der zahlreichen Dienerschaft eines mexikanischen Haushaltes nimmt natürlich der *Mayor domo* den ersten Rang ein, und das Vertrauen, das eine solche Stelle beurkundet, gibt ihm häufig eine gewichtige Stimme nicht bloß in der Familie, sondern im ganzen Adel, um so mehr, als die *Mayores domo*, in eine Gilde vereinigt, sich bedeutender Privilegien erfreuen, und als die Häupter der Dienerschaft des sämtlichen Adels die Angelegenheiten desselben leiten.

Der *Mayor domo* daher, weit entfernt, durch seine Einreden Befremden zu erregen, war, so wie er den Mund öffnete, der Wortführer der hochadeligen Sieben geworden, die, vielleicht froh, ihren einigermaßen dürftigen Gedankenvorrat durch neue Ideen aufzufrischen, sich nun sämtlich an ihn wandten.

»Ei, Anselmo ist ein geschickter alter Kauz,« bemerkte der Conde Irun; eine Bemerkung, welche die übrigen zu bekräftigen nicht ermangelten.

---

[188] Buchstäblich: vom Ausrufer zum Henker.

»*Si, si, Senorias,*« fuhr der *Mayor domao* in demselben ehrfurchtsvollen Tone fort: »wir haben nun den Tezenco siebzig Male steigen und
wieder fallen gesehen, aber in diesen siebzig Jahren unseres Lebens nicht
so viele Lügen gehört, als in den letzten achtzehn Monaten. Ei, lesen Sie,
gnädigste Herrschaften, die Gazetta, die einzige, deren sich Mexiko erfreut – Jesus und Jose! Achtundachtzig Mal, genau gezählt, sind nun bereits die Rebellen vernichtet, und achtundachtzig Mal sind sie immer wieder von den Toten auferstanden. Ich sage, Senores, der alte Anselmo sagt
es, das alte spanische Sprichwort meint wohl: *No Espannol mentira,*[189]
aber das neuere sagt: *Dejar en el dintero.*[190] Ei, und Se. Exzellenz sind nur
zu klug für Mexiko.«

Die Worte des *Mayor domo* hatten die alte Marquise zu einer langen
Pause gebracht.

»Und,« fragte der Conde de Istla, »was glaubt nun Maestro Anselmo?«

»Alles, was die Kirche zu glauben gebietet,« sprach der alte Mann mit
einem einfältigen und wieder schlauen Blinzeln, »und das ist hinlänglich.
Wie sollte der arme Anselmo auch anders, da so viele erlauchte Herrschaften selbst glauben und geschehen sein lassen müssen, daß ihnen ihre
hochgebornen Herren Söhne vor der Nase weggenommen und in die Armee gesteckt und vor den Feind geschickt werden.«

»Jesu Maria!« riefen sämtliche Kavaliere, »so ist es denn wahr, was
man sich allentalben zuflüstert?«

»Und Senorias wissen das nicht?« rief der *Mayor domo* erstaunt aus.

»Und glaubt Ihr wirklich,« fragte der Marquis Moncada, »daß die Rebellen es wagen werden, auf die Söhne der höchsten mexikanischen Nobilitad zu schießen?«

»Jesus Maria! Was sollten sie anders?« versetzte der *Mayor domo,* dem
die naive Frage doch einigermaßen zu bunt vorkam.

»Sachte, sachte, Maestro Anselmo!« sprach der alte Marquis: »Ihr ohne
Zweifel seid nicht so sehr von Ehrfurcht für unsere hochadeligen Familien durchdrungen, da ihr einigermaßen der Gesellschaft des hohen Adels
täglich, ja stündlich zu genießen gewürdiget werdet; aber die Gavecillas,
die unsere Personen nur von ferne schauen, diese, sollten wir billig meinen, würden von einem heiligen Schauer ergriffen werden.«

Der alte *Mayor domo* war ungeduldig geworden. »Und werden sie,«
fragte er mit einiger Heftigkeit, »von einem heiligen Schauer ergriffen,

---

[189] Kein Spanier lügt.
[190] Buchstäblich: im Tintenfasse es lassen; die Sache für sich behalten.

wenn sie die spanischen Generäle und Obersten totschießen? und waren Hidalgo und seine Patrioten von einem heiligen Schauer ergriffen worden, als sie in Guanaxuato[191] Reich und Arm über die Klinge springen ließen?«

Dieses Argument entschied. Der Marquis und seine Compairs stierten den *Mayor domo* mit einem geisterartigen Grinsen an. »Aber Anselmo,« rief er – »Jesu Maria! der Mann spricht wahr; aber Anselmo!« und er trippelte im Saale herum. »Lasse, nein, lasse nicht; sogleich wollen wir zum Virey – ja zum Virey – Jesu! Wenn wir noch an die Leiden gedenken, die uns Se. Exzellenz, der Virey Galvez, verursachte, als es Ihnen beifiel, das Lager bei Tacubaya zu halten. Senorias wissen, wir waren Obersten in der Miliz; Jesu Maria y Jose! Wenn wir noch daran gedenken, rüttelt es uns wie Fieberfrost. Wir waren drei Wochen krank vor Schrecken. Denken Sie sich, Senorias! fünf volle Stunden mußten wir zu Pferde sitzen, und keiner von unserem Servidumbre[192] durfte sich uns nähern, um über unsere Person den Sonnenschirm zu halten. Und die vielen tausend Gewehre, die alle mit Pulver geladen und mit Bajonetten bespießt waren; jeden Augenblick waren wir in Gefahr, eines möchte zerplatzen. Und stechen,« fragte der alte Marquis sehr naiv, »die Rebellen auch mit Bajonetten, und schießen sie mit Pulver?«

»Und mit Blei,« versetzte der *Mayor domo* trocken.

»Jesu! Jesu!« stöhnte er wieder und mit ihm die übrigen. »Ja,« kreischte er, »das kommt alles von der Aufklärung und den Neuerungen. Seit der Zeit wo Se. Exzellenz der Virey Revillagigedo[193] naseweis genug waren, dem Volke klar und bündig vor Augen zu legen, wie es nur in der Ciudad Mexiko allein hundert Mal stärker an Zahl sei, als unsere gnädigen Gebieter. Ei, diese unglückselige Volkszählung! sagt ja schon die heilige Schrift, daß Don David dafür von Gott bestraft wurde; nicht wahr Senorias?« fragte der über seine Schriftgelehrsamkeit selbst erstaunte Marquis, seine Mit-Kavaliere. –

»Und dann seit der Zeit,« fiel der *Mayor domo* ein, »wo man das ganze Mexiko zwang, durch Brillen zu sehen. – – Ei, Senores, die zweitausend Kisten Brillen, die das Cadixer Consulado von den Holländern erhandelt, und weshalb wir, und unsere unbehosten und unbeschuhten Indianer, auf Anordnung Sr. Exzellenz des Virey, Brillen bei hoher Strafe tragen muß-

---

[191] Lies Guanajuado.
[192] Dienerschaft.
[193] Diese Volkszählung wurde im Jahre 1790 unternommen und der Vizekönig, einer der wenigen rechtlichen Männer, die diese hohe Stelle bekleideten, sehr deswegen getadelt.

ten; Senorias! wenn man das Volk mit Gewalt zwingt, helle zu sehen, dann muß man sich die Folgen gefallen lassen.« Es entstand wieder eine Pause. Die komisch absurde Tatsache, daß wirklich ein Volk von mehreren Millionen Menschen gezwungen worden war, Brillen zu tragen, weil ein derlei Artikel, von der privilegierten Kaste der Cadixer Kaufleute erhandelt, sonst zu verliegen gedroht hätte, hatte die Kavaliere in ihren Klagen über die Folgen der Aufklärung ganz aus dem Konzepte gebracht.

Elftes Kapitel.

So mancher Mißvergnügte war im Land,
Die Macht verwünschend, die tyrannisch band.

LARA.

in neuer Ankömmling, der unter dem Namen Donna Senora Sebastiana Anna *Mier-y T-n*, und dem Zusatze »*venida de su Excellenza*«[194] angekündigt wurde, gab ihrem Sinnen auf einmal eine andere Richtung.

Die Dame war reich, aber nichts weniger als geschmackvoll, in eine Menge seidener Röcke von den grellsten Farben gekleidet, die ihrem untern Sein einen Umfang gaben, der mit der platten, bretternen und übel arrangierten Taille nichts weniger als lieblich kontrastierte. Die unmäßig hohen Absätze ihrer Schuhe verliehen ihrem Gange überdies etwas Watschelndes, so daß ihr die Unterstützung des Cortejo, der mit ihr eintrat, wirklich zum Bedürfnis wurde. Dieser Cortejo war ein Mann von starkem Körperbau, aber unangenehmen, ja widrigen Gesichtszügen, mit einem ungemeinen Bestreben, freundlich zu scheinen: eine Mischung von höfischer Abgeschliffenheit, und soldatischer Rauheit, in steter greller Beweglichkeit. Man sah es dem Manne beim ersten Blicke an, daß er von einem rastlosen Ehrgeize gepeitscht wurde. Er trug die Uniform eines Stabsoffiziers der königlich mexikanischen Truppen. Seine Schutzbefohlene, indem sie den Saal hinauf schritt, hielt zwei seidene Stricke oder Schnüre, die an ihrem Gürtel befestigt waren, wohlgefällig zwischen ihren Fingern. An denselben waren eine Menge Knoten, die Embleme der verschiedenen Eroberungen, die das schöne Geschlecht von Mexiko, wenn die *chronique scandaleuse* wahr spricht, auf diese Weise zur Schau zu tragen sich nicht entblödet. Sie war augenscheinlich mit wichtigen Nachrichten beladen, da sie, ohne die etwas umständlichen Eintrittszeremonien zu durchgehen, schon an der Türe den Kavalieren zurief: »Ah, Senores! Senores! So müssen denn wir, die Donna Sebastians, die Taube sein, die die Freudenbotschaft überbringt.«

---

[194] Von Sr. Exzellenz angekommen.

Die Dame, nachdem sie gesprochen, schien sich auf einmal zu besinnen, und trippelte zur jungen Condessa hinauf, die soeben mit ihrem Gefolge weiblicher Dienerinnen eingetreten war, umarmte sie, und entledigte sich dann ihrer wichtigen Botschaft in folgenden Worten:

»Ah, Senorias! Senorias! Ah, meine Herrschaften!« flüsterte sie, indem sie die Augen in süßer Entzückung verdrehte. »Ah, Senorias,« wiederholte sie zu den Kavalieren, die nun alle herbeigeeilt waren, um so viel als möglich in ihre Nähe zu gelangen. »Wissen Sie nun, was jene gnädig huldreichen Worte, die Se. Exzellenz fallen zu lassen gnädigst geruhten – Wissen sie auch? – O! Se. Exzellenz sind ein allerliebster, göttlicher Herr. Stellen Sie sich vor,« rief sie wichtig, »Sie haben die Vorhänge ihrer Loge beim letzten Akte ganz herabgelassen; und Iturrigeray, der vulgäre, liberale Iturrigeray, wissen Sie noch, er behielt sie immer oben, man konnte keine Zigarre rauchen.«

Damit unsern Lesern die Worte der Dame begreiflich werden mögen, so müssen wir bemerken, daß das schöne Geschlecht Mexikos seiner Lieblingsunterhaltung des Zigarrenrauchens auch im Theater eifrig dann oblag, wenn die höchste Staatsperson gnädig geruhte, die Vorhänge ihrer Loge herabzulassen; eine Sitte, die gewöhnlich während des Zwischenaktes stattfand.«

»Ja, Se. Exzellenz sagten,« fuhr die Dame fort – »Ah, Senorias!« rief sie, mit ihrem Fächer wedelnd, »ah, Senorias – Nicht wahr, die Condessa Ruhl war ganz chocant? Ah, Senorias,« aber der Sinn der divinen Worte: »Es ist bereits angekommen, das königliche Paquet, versiegelt mit dem großen Staatssiegel.« –

»Mit dem großen Staatssiegel?« fielen die Siebenmänner ein.

»Um am Namenstage Sr. geheiligten Majestät geöffnet zu werden.«

»Geöffnet zu werden!« kreischten die Kavaliere.

»Se. Exzellenz haben uns ja dieses bereits huldreich zu eröffnen geruht,« bemerkte der Conde Irun wichtig.

»Ah, Se. Exzellenz, Se. Exzellenz,« wisperte die Senora mit einer geheimnisvollen Miene. »Aber wissen auch meine Herrschaften, wissen Sie auch? – Ah, Senorias! Glückliche Nobilitad, deren Treue von Sr. Majestät auf eine so eklatante Weise honoriert wird!«

»Honoriert wird!« kreischten und schluchzten die Edelleute.

»Fünfundzwanzig!« platzte die Donna heraus, nun nicht länger imstande, die Bürde ihres Geheimnisses zu tragen.

»Fünfundzwanzig!« schrien die sieben Edelleute.

»Fünfundzwanzig!« überschrie sie die triumphierende Donna, »worunter vier Großkreuze. Die Camareria Ihrer Exzellenz haben es mir unter dem Siegel der Verschwiegenheit geoffenbaret.«

»Fünfundzwanzig,« schrien und kreischten und schluchzten die armen sieben Kavaliere, und dann brachen sie in einen Jubel aus, der es wirklich zweifelhaft machte, ob sie nicht alle den Verstand verloren hatten. Sie rauschten in ihren seidenen Röcken aneinander heran, umarmten sich, küßten sich auf die gravitätischste Weise, wünschten sich und Mexiko Glück, trippelten auf die Dame und die junge Condessa zu, umarmten diese, und wieder sich untereinander, fünfundzwanzig und vier Großkreuze heulend; selbst der *Mayor domo* wurde umarmt, und einem Pagen, der eingetreten war, um die Armleuchter vor den Schutzpatronen und Schutzpatroninnen anzuzünden, widerfuhr die gleiche Ehre. In ihrem Entzücken hatte die Gesellschaft nicht bemerkt, daß der Graf mit mehrern Kavalieren eingetreten und, nicht wenig befremdet über die seltsame Szene, eine Weile sprachlos dagestanden war. Erst als der *Mayor domo* seinen Herrn ankündete, ermannten sich die armen Kavaliere, und alle eilten auf ihn zu: »Fünfundzwanzig, worunter vier Großkreuze,« jauchzend.

Die feinen Gesichtszüge des Weltmannes, weit entfernt, Spott oder Hohn blicken zu lassen, schienen wieder ebenso wenig die Freude oder Überraschung seiner Gäste zu teilen. Dieses mochte auch der Fall mit mehreren der Edelleute sein, die mit ihm gekommen waren.

»Die Ehre,« sprach er, indem er sich ringsumher verneigte, »die unserem armen Hause widerfährt, den hohen Adel ebenso unvermutet, als herablassend, in dieser späten Stunde in unsern Mauern zu sehen, ist so überraschend – –«

»Conde!« sprach der Marquis, der unter dem Titel van Moncada aufgeführt war, »Conde!« versicherte er gravitätisch, »es macht Epoche in der Geschichte Mexikos; fünfundzwanzig, worunter vier Großkreuze – –«

»Bei der Mutter des lebendigen Gottes! so macht es;« sprach einer der Begleiter des Conde, im höchsten Unwillen. »Wirklich macht es Epoche in der Geschichte Mexikos, zu hören, wie sieben Hochadelige Mexikos vor Freuden umherspringen, daß fünfundzwanzig unserer Söhne wie gemeine *gente irrazionale* zusammen gefangen und zur Armee abgesandt werden.«

»Aber, *Madre de Dios*!« riefen unsere sieben Edelleute, höchlich verblüfft. »Aber, *Madre de Dios*!«

Es traten mehr und mehr Gäste ein.

»Der sehr edle Marquis de Grijalva irren,« sprach der Graf, »insofern Sie glauben, daß unsere Compairs sich über die gewaltsame Entreißung eines unserer wichtigsten Fueros freuen, vermöge dessen unsere Söhne, und vorzüglich unsere Erstgebornen, als Mayorasgoherren vom Militärdienste befreit sind. Ihre Überraschung ist mehr loyal, indem sie sich über

die Huld Sr. Majestät äußert, die diesem Lande fünfundzwanzig Klein-
und Großkreuze des königlichen Ordens Karls *III.* verliehen hat.«

»*Que los llevan todos los Demonios de los diez y siete infiernos*«[195] fuhr
der Marquis heraus. »Und wissen Sie, Senores, was diese Groß- und Klein-
kreuze Mexiko kosten? Ei, sie kosten ihm bereits hundertundfünfzigtausend seiner fleißigsten Einwohner, und hundert Millionen Escudos[196]. Sie
kosten uns unsere Valencianas, unsere Barrancos, unsere Veta negras[197].
Mexiko ist eine Wüste, Puebla eine Wüste, Valladolid eine Wüste, Queretaro, San Louis Potosi eine Wüste; das ganze Land in Aufruhr. Senores; ich
bürge Ihnen nicht dafür,« fuhr der hitzige alte Landedelmann fort, »daß
Sie, die so entzückt sind über die königliche Huld, von der übrigens Fernandos geheiligte Majestät ebenso wenig wissen mag, als unser Stiefel – –«

»Jesu Maria y Jose! er lästert, er lästert!« schrien mehrere der Grafen
und Marquis.

»Den Teufel auch lästert er,« fuhr der hitzige alte Kreole fort. »Se. Majestät sitzen im Schlosse Valençay irgendwo in Panama und wissen den
Teufel, was in Spanien, und noch weniger, was in Mexiko vorgeht, und
dann sagen wir, der Marquis von Grijalva sagt es, daß wir sehr in Zweifel
sind, ob Sie, Senores, bis zum Namenstage Sr. Majestät auch noch einen
ganzen Rock haben werden, um die königlichen Dekorationen in einem
gesunden Knopfloche Platz nehmen zu lassen.«

Die Heftigkeit des Sprechers hatte die sieben Edelleute mit einem
Schauer erfüllt, der dem eines frommen gläubigen Katholiken vergleichbar sein dürfte, welcher einen verruchten Ketzer auf sein Idol mit Axt
und Schwert zuhauen sieht. Sie zogen sich insgesamt scheu zurück.

»Wir können uns nicht verhehlen,« fiel nun der Conde ein, der inzwischen mit dem Empfange der angekommenen Besucher beschäftigt gewesen war, »daß, so sehr wir die allerhöchste Gnade im Bezug auf die fünfundzwanzig Ordensverleihungen zu schätzen wissen, eine werktätigere
Hilfe um so notwendiger sein dürfte, als ohne diese der Ruin des Landes
unausweichlich ist. Im Tale von Cuernavaca gingen die vorletzte Nacht
einundzwanzig Zuckerpflanzungen in Rauch und Flammen auf, und wie
wir leider Ursache haben zu vermuten, auf Geheiß unserer Gebieter.«

Der feine Weltmann, der Achtung für die Würde und Gnade des Regenten
mit Schonung der Vorurteile und Schwächen seiner Compais so geschickt

---

[195] So mögen sie alle Teufel der siebzehn Höllen holen; llevan wird ausgesprochen:
ljevan.
[196] Piaster.
[197] Die berühmten Erzgänge von Guanaxuato, Bolanos und Sombrereto.

zu verbinden wußte, hatte, indem er zugleich über die Urheber der Drangsale des Landes einen bittern Tadel aussprach, schnell Anklang gefunden.

»Jesu Maria!« rief einer der sieben, »und uns bringt unser Ariero Nachricht, daß unsere Hacienda de Trigo[198] San Francisco im Bario rein ausgeplündert –«

»Und unsere Real bei Sombrereto zerstört,« – fiel ein zweiter ein –

»Und alles Maschinenwerk an unsern Schachten an der Valenciana verbrannt und vernichtet,« klagte ein dritter.

»Jeden Tag mehren sich unsere Drangsale,« jammerte der vierte; »und selbst der heutige *dia de fiesto*, sonst nur bestimmt, Jubel zu verbreiten, hat die ganze Stadt mit Schrecken erfüllt. Man hetzt die armen Indianer ärger, als die Coyotes«.

»Es sind Rebellen, und zwar die Rebellen von Itzcuhar,« bemerkte der Major, der als Cortejo der Donna gekommen war.

»Denen man jedoch die Amnestie bei dem dreieinigen Gotte zugesichert, von allen Kanzeln verkündet hat,« sprach der Graf mit starker, feierlicher Stimme. »Don Agostino Iturbido! Es war Ihre Escadron, die sich diese überflüssige Grausamkeit im Angesichte Mexikos zuschulden kommen ließ.«

»Hohe Befehle, erlauchter Graf;« erwiderte der Major mit einem tükkischen Lächeln.

»Wir haben nichts gegen Befehle zu erwidern, wir, deren Schuldigkeit es ist, zu gehorchen;« sprach der Graf. »Aber wenn wir,« und er sah den Major mit seinem durchdringendsten Blicke an, »um von unsern Gebietern ein gnädiges Lächeln zu erlangen, unser Land noch unglücklicher machen wollen, als unsere Gebieter – und wahrlich, wir tun es, – dann dürfte die Zeit bald kommen, wo diese uns selbst statt der erschlagenen Indianer in die Schachten senden werden.«

»*Es verdad!*« riefen mehrere Stimmen, von der Wahrheit getroffen. »Der Anfang dazu ist bereits gemacht, und unser ältestes Privilegium ist uns heute entrissen. Man sendet unsere Erstgebornen zu der Armee, ohne es auch nur der Mühe Wert zu halten, uns zu sagen –«

»Das wollen wir,« sprach eine hell klingende, aber harte Stimme, die einem jungen Manne angehörte, der, in der linken Hand ein versiegeltes Paket, in der rechten ein Augenglas, die Gesellschaft gemächlich vornehm musternd in den Saal getreten und sich dem Grafen genähert hatte. Er war von angenehmer Gestalt, leicht und gewandt, hatte jedoch in seinen

---

[198] Landgut, zum Ackerbau eingerichtet, zum Unterschiede von *Hacienda de beneficio*, das zum Bergwerkswesen eingerichtet ist.

Blicken etwas vom Basilisken. Als er die Kreolen flüchtig übersehen und vornehm leicht begrüßt hatte, übergab er dem Conde mit einer tiefern Verbeugung und den Worten: »der Wille Sr. Exzellenz,« das Paket.

»Wir wissen doch nichts im Palaste, daß Se. Herrlichkeit eine Tertullia in Ihrem Hause haben,« bemerkte der Höfling lächelnd während der Totenstille, die sein Eintritt verursacht hatte. »Doch haben sich Se. Herrlichkeit vielleicht nicht der hohen Regierungs-Entschließung erinnert, in Folge welcher keine Zusammenkunft, was immer für einer Art, ohne die ausdrückliche Genehmigung von Sr. Exzellenz in Mexiko stattfinden solle.«

»Wir haben von einem solchen Erlasse gehört,« versetzte der Graf, »und würden nicht ermangelt haben, demselben Folge zu leisten. Doch, wie Don Ruy Gomez sehen, so ist es ein bloßer Willkommensbesuch Ihrer Herrlichkeiten, die uns die Ehre angetan haben, uns zu unserer Ankunft in Mexiko Glück zu wünschen.« Der Graf hatte seine Worte mit einer Verbeugung an die Edelleute begleitet.

»Sr. Herrlichkeit zu Ihrer Ankunft in Mexiko Glück zu wünschen,« fielen mehrere Kavaliere mit jener Ideenübereinstimmung ein, die wir an den hohen Gliedern der Aristokratie häufig nach einem erquicklichen Diner bemerken, wenn die volle Beschäftigung der Verdauungswerkzeuge es unrätlich macht, ihre Verrichtungen durch störende Geistesanstrengung zu hemmen.

»Se. Herrlichkeit sind sehr glücklich in der Achtung Ihrer Compairs,« meinte der Höfling, »die jedoch, die Wahrheit zu gestehen, eine seltsame Stunde zu ihren Achtungsbezeugungen gewählt haben.«

»Wenn Don Ruy Gomez der Meinung sind« – fielen zehn Edelleute erschrocken ein –

»Wir leben in Zeiten, Senor, wo sich seltsamere Dinge zutragen –« bemerkte der Graf, der währenddem das Siegel des Pakets aufgebrochen hatte.

»Es ist für Euer Herrlichkeit Privateinsicht;« bedeutete ihm der Höfling mit einiger Hast, und nicht ohne Mißbilligung.

»Perdon denn,« versetzte der Graf, »doch finde ich bloß die Reisepässe unseres Neffen Don Manuel, und den Befehl, der ihn morgen früh in die Madre Patria absendet; ob als Gefangener oder Verwiesener, weiß die heilige Jungfrau und Se. Exzellenz allein –«

»Was immer die Befehle Sr. Exzellenz sein mögen,« versetzte der Privatsekretär wichtig, »so werden Eure Herrlichkeit wohl tun, sich ganz Hochdero Willen zu fügen, der, wie Sie wissen, immer sehr gnädige Rücksichten für das erlauchte Haus Conde Jagos hatte.«

Der schneidend bitter hohnlächelnde Ton, in dem die ganze Unterhaltung vom Privatsekretär des Satrapen angefangen und fortgeführt worden war, kontrastierte seltsam mit den höfischen, abgemessenen und zierlichen Worten, die er zu stellen wußte.

»Wir sind ganz von der Gnade Se. Exzellenz gegen unser armes Haus durchdrungen,« entgegnete der Conde, »obwohl wir diese Überraschung nicht vermutet hätten. Zwar ist Don Manuel nicht unser Sohn. Wir selbst stehen einsam,« fuhr er mit einer weichen Stimme fort, »aber wir fühlen als Vater. Es scheint jedoch, unser Neffe habe die Aufmerksamkeit und selbst die Gunst Sr. Exzellenz sehr schnell und in hohem Grade zu erwerben das Glück gehabt. Es überrascht uns dieses einigermaßen.«

Diese Worte, im verbindlichsten Tone ausgesprochen, schienen nun wieder den Höfling verlegen zu machen, der den Grafen forschend ansah.

»Ebenso,« fiel der Marquis Grijalva ein, »als wir für die Aufmerksamkeit Sr. Exzellenz verbunden sind, die so unerwartet geruhet, unsere Söhne mit dem *porte-épée* zu beehren.«

»Es ist traurig, Don Ruy Gomez,« hob ein zweiter an, »daß die Fueros unseres Adels uns selbst in unserm Blute nicht schützen können; Don Ruy Gomez sind die rechte Hand Sr. Exzellenz, und wenn Deroselben Fürsprache –«

Mehrere Kavaliere drängten sich sofort um die wichtige Personage, die eine entsprechend protegierende Miene anzunehmen begann, die aber durch eine plötzlich finstere Wolke wieder verscheucht wurde.

»Und ist es wirklich Sr. geheiligten Majestät Wille?« fragte der Marquis Grijalva; »ist es wirklich sein Wille, daß die Erstgebornen des mexikanischen Adels ihrer Privilegien verlustig gehen sollen? Wir haben,« fuhr der derbe, aber etwas simple Conde fort, »ein altes Buch, in dem es gedruckt steht, daß, wenn ein Edelmann sich vor dem *Justicia de derecho* einschrieb, und so Sicherheit gab, daß er vor seinen Richtern erscheinen würde, dieser *letras inhibitorias* gab, welche ihn vor aller Gewalttätigkeit an Leib und Gütern schützten, bis er förmlich nach den Gesetzen oder Privilegien gerichtet war. Wurde die Justicia oder einer seiner Lieutenants für irgendeinen solchen Verhafteten um Hilfe angesprochen, so fertigte er die *Manifestacion* aus, das heißt: er nahm den Gefangenen in seine Obhut, und fand es sich, daß er wider die Fueros oder ohne förmlichen Rechtszustand verhaftet war, so setzte er ihn in Freiheit. Auch sagt dasselbe Buch –«[199]

---

[199] Die spanische Habeas-Korpusakte. Sie wurde von Karl *I.* (als römischer Kaiser Karl *V.*) aufgehoben.

Der Sprecher, der, wie er sich nach Landjunker-Weise naiv ausdrückte, ein Buch hatte, in dem diese alten Privilegien standen, die wirklich für Spanien bis zum Jahre 1519 existierten, hielt in seiner Exposition plötzlich inne. Der Geheimsekretär hatte ihn nämlich mit einem Blicke angesehen, so höhnisch und böswillig, daß der alte Gesetzforscher ganz aus der Fassung kam.

»Und haben Euer Herrlichkeit,« fragte der Höfling, indem er den Sprecher hohnlachend vom Kopfe zu den Füßen maß, »wirklich ein solches Buch? Wahrscheinlich in Kalbsleder eingebunden?« fuhr er nach einer Pause mit demselben Hohne fort. »Als Antwort auf Ihr Buch, wollen wir Euer Gnaden sagen, daß Ihre Söhne ihrer Fueros verlustig worden sind, weil sie sich deren durch ein disloyales Betragen unwürdig gemacht haben. Danken Sie es der Milde Sr. Exzellenz, daß Hochdieselben, aus Rücksicht für die Treue der Väter, das Verbrechen der Söhne nicht schärfer heimgesucht haben, als durch eine Strafe, die,« setzte er hinzu, »selbst spanische Hidalgos für eine Belohnung angesehen haben. Wahrlich! Kavaliere, die sich erfrechten, Pasquille gegen die geheiligte Person Sr. Majestät anzuhören, sind sehr huldvoll, Sie werden es gestehen, durch ein goldenes *porte-épée* bestraft.«

Die Ursache des Gewaltschrittes, der vierundzwanzig Söhne der ersten Familien ihrer Privilegien beraubte, und sie zwang, die Waffen wider ihren Willen zu ergreifen, war somit an das Tageslicht gekommen. Die Kavaliere, die von dem Schicksale ihrer Söhne während der Cour und dem darauf folgenden Theater nichts, oder bloß dunkle Gerüchte und die oben erwähnten mysteriösen Insinuationen des Satrapen vernommen, und erst jetzt Aufklärung über die Ursache erhielten, die ihre Söhne, ohne daß sie gehört oder zur Verantwortung gezogen worden wären, verdammte, unter einem blutdürstig rohen Manne zu dienen, wurden so gänzlich durch die Worte des Höflings eingeschüchtert, daß auch kein Einziger etwas zu erwidern versuchte.

»Ihre Söhne, Senores,« fuhr der Geheimsekretär mit spanischer Grandezza und Schonungslosigkeit fort, »werden unter dem unüberwindlichsten Helden, der die Rebellen bei Aculco, bei Marfil und an der Brücke von Calderon vernichtet, der von Sr. Majestät selbst hochgeehrt sind, unter diesem Helden werden sie die Zucht und die loyalen Gesinnungen lernen, die sie im Verkehre mit den rebellischen Gavecillas vergessen zu haben scheinen.«

»Wenn,« sprach der Conde, »die Mayorasgoherren, unsere erlauchten Compairs, sich so weit vergessen haben, Pasquille auf Sr. Majestät geheiligte Person anzuhören, dann können wir sie bloß der bekannten Milde

Sr. Exzellenz anempfehlen und von ihrem väterlichen Herzen Milderung ihres Schicksals erflehen. Se. Exzellenz werden jedoch vielleicht Gnade für Recht angedeihen lassen, in Anbetracht, daß diese Anschließung unserer Söhne an die königlichen Truppenkorps die Rebellen noch mehr in ihrem Grimme gegen den Adel bestärken müsse, dessen loyale Treue ohnedem bereits der Opfer so viele gebracht, und der von Freund und Feind so bitter heimgesucht worden ist.«

»Die Rebellen,« bemerkte der Geheimsekretär, »haben nach unserm geringen Ermessen den hohen Adel nicht grausamer heimgesucht, oder sich gegen ihn mehr erfrecht, als sie es gegen die unveräußerlichen Rechte Sr. Majestät selbst getan haben, und wenn der hohe Adel Opfer gebracht hat, so sollte, nach unserm geringen Ermessen, derselbe, weit entfernt dieses zu bedauern, vielmehr in diesen Opfern glorieren, da sie mit dazu dienen, der geheiligten Majestät einen Beweis seiner unbegrenzten Treue zu liefern. Oder wie würden Conde denjenigen nennen, der in einem solchen Kampfe Schonung von den Rebellen hoffen oder erbitten, oder Nebenrücksichten geltend machen würde?«

»Don Ruy Gomez gibt uns eine Erklärung,« versetzte der Conde, »die ebenso loyal als richtig ist. Was uns und unsere Compairs betrifft, so stehen unsere Güter, unser Mut Sr. Majestät ganz zu Diensten, und wir sind ebenso weit entfernt, Schonung von den Rebellen zu erwarten als anzusuchen. Aber Don Ruy Gomez wird bemerken, daß Staatsklugheit ebenso sehr erfordert, daß man die Kräfte der Getreuen schone, als die des Feindes vermindere, und daß Sr. Majestät Interesse weit mehr gefördert werden dürfte, wenn diejenigen, deren Grundsätze anerkanntermaßen loyal sind, auch in den Stand gesetzt werden, die Regierung zu unterstützen.«

»Die Regierung zu unterstützen?« wiederholte der Geheimsekretär mit dem bittersten Hohne; »die Regierung zu unterstützen?« sprach er mit wegwerfender Verachtung. »Wir haben immer geglaubt und sind immer gelehrt worden, daß Se. Majestät der unumschränkte Gebieter in allen ihren Landen und über alle ihre Untertanen und deren Güter sind, niemandem Rechenschaft zu geben schuldig, als Gott und ihrem Beichtvater. Wahrlich! es ist uns sehr befremdend, hier eine ganz neue Lehre aufgestellt zu hören.«

»Niemand zweifelt daran,« fiel der Marquis Grijalva ein, »daß Se. Majestät unumschränkter Gebieter unserer Habe und unseres Lebens sind; aber wo nichts ist, sagt unser Sprichwort, da hat des Königs Majestät selbst das Recht verloren, und wenn unsere gnädigen Gebieter noch eine Weile auf diese Art hausen, dann wird des Königs geheiligte Majestät ihr Recht bald verloren haben.«

»Das ist ein *Grito!* Aufruhr! Rebellion!« schrie der Geheimsekretär, im höchsten Zorne erglühend.

»*Uno grito!* Rebellion!« schrie ihm der Mayor und zehn Edelleute nach, und im Augenblicke herrschte ein Tumult im Saale, der, bei der außerordentlichen Beweglichkeit der Kavaliere, beinahe in Tätlichkeiten auszubrechen drohte. Mehrere liefen ängstlich im Saale umher, »*uno grito, Jesu Maria*!« schreiend.

»Wir haben zu viel von den Gesinnungen Ihrer Herrlichkeiten gehört,« sprach der Geheimsekretär mit lauter, erhobener Stimme, »um uns nicht veranlaßt zu finden, Ihnen im Namen Sr. Exzellenz anzudeuten, augenblicklich die Casa Sr. Herrlichkeit zu räumen und sich sofort nach Hause zu begeben.«

Diese sonderbare Weisung, an mehr denn zwanzig Glieder des ersten Adels von Mexiko in seiner eigenen Hauptstadt gegeben, war nicht sobald ausgesprochen, als auch die Mehrzahl schon Anstalten machte, derselben mit aller nur möglichen Hast Folge zu leisten. In unaussprechlicher Angst rannten diese armen Kavaliere nach der Türe, und fingen an nach ihren Hüten und Mangas zu schreien.

»Wenn Se. Exzellenz,« sprach der Conde, »Don Ruy Gomez zu diesem Befehle ermächtigt haben, dann müssen die Kavaliere gehorchen, denn der Wille Sr. Exzellenz, gleichviel ob gerecht oder ungerecht, ist Gesetz im Lande. Wenn jedoch Don Ruy Gomez aus eigener Machtvollkommenheit den unschuldigen Beweis von Achtung, den unsere Compairs uns zu geben für gut befunden – –«

»Bemühen Sie sich nicht, Senor Conde,« unterbrach ihn der Geheimschreiber mit einem schnöden Seitenblicke; »was wir getan, werden wir auch zu verantworten wissen.«

Mehr denn zehn Kavaliere hatten sich nun an die Türe gedrängt, wurden jedoch in ihrem Eifer, dem verbrecherisch liberalen Saale zu entfliehen, durch einen staubbedeckten, schweißtriefenden Mann in brauner Jacke und rotsamtner Weste und braunen Ledergamaschen, aufgehalten, der in stürmischer Eile, von mehreren Dienern eingeführt, in den Saal drang und dem Grafen ein versiegeltes Schreiben überreichte. Dieser riß das schmutzige Couvert weg, überflog das Papier, und wandte sich dann mit demselben marmornen Ausdrucke im Gesichte zum Geheimsekretär, dem er einige Zeilen zu lesen gab.

Der junge Höfling war augenscheinlich in der großen Hofkunst noch nicht seit langer Zeit eingeweiht; denn das vorige Hohnlächeln war wie ein Aprilsonnenstrahl vor dem wieder hereinbrechenden Nebel verschwunden, sein Gesicht nahm einen feierlich ehrfurchtsvollen Ausdruck, sein ganzes Benehmen einen Anstand an, von dem früher auch nicht die leiseste Spur zu vermerken gewesen.

»Jesu Maria! Was ist's? Was gibt's?« schrien nun die Kavaliere, die mit atemloser Spannung diese Symptome einer veränderten Gemütsstimmung im Gesichte des Herrendieners gelesen hatten.

»Sie werden es hören, Senorias,« wandte sich der Conde mit derselben ehrfurchtsvollen Gelassenheit an sie, »wenn Sie sich bis zu unserer Rückkehr gedulden wollen, gegen die nun hoffentlich Don Ruy Gomez nichts ferner einzuwenden haben wird. Senorias!« fuhr er mit erhöhter Stimme fort, »die Nachrichten, die uns unser Correo soeben gebracht, sind von einer solchen Wichtigkeit, daß wir nicht umhin können, sogleich zu Sr. Exzellenz zu eilen, um selbe Hochdenselben zur hohen Einsicht vorzulegen, wobei wir Se. Herrlichkeit den Marquis Grijalva ersuchen, uns zu begleiten, und wenn es,« wandte er sich zum Geheimschreiber, »von einem spanischen Hidalgo nicht zu viele Herablassung ist, einen Sitz im Wagen eines armen mexikanischen Grafen anzunehmen, so bieten wir diesen Don Ruy Gomez ehrfurchtsvoll an.«

Kein Zug von Spott oder Hohn zeigte sich bei diesen Worten in den Mienen des Grafen, und es blieb zweifelhaft, ob seine Einladung nicht mit der überreichlichen Demut eines Kreolen, gegenüber seinem spanischen Gebieter, ausgesprochen war. Der Geheimsekretär schien sie wenigstens ganz in diesem Sinne zu verstehen.

»Wir nehmen,« sprach er stockend, obwohl mit aller spanischen Grandezza, »das Anerbieten Sr. Herrlichkeit des Conde San Jago an.«

Die beiden entfernten sich unter dem Vortritte des *Mayor domo* und mehrerer Diener, und bald darauf verkündete das Rasseln einer Kutsche ihre Abfahrt.

Zwölftes Kapitel.

och war die Gesellschaft über die plötzliche Verwandlung des Geheimsekretärs, und den ebenso unerwarteten, als der schuldigen Ehrfurcht zuwiderlaufenden Besuch eines ihrer Glieder, bei der höchsten Person des Königreiches in bangen Vermutungen und Zweifeln befangen, die bei den näheren Freunden des Grafen in die ängstlichsten Besorgnisse über das Gewagte des unerhörten Schrittes übergingen, als ein furchtbar gellendes Geheul, das aus tausend Kehlen auf einmal hervorzubrechen schien, so gewaltig an die Fenster des Hauses anschlug, daß die Scheiben zitternd erklangen. Das Geheul, schrill und gellend, rollte wie in einem mächtig langen gezogenen Stoße durch die Lüfte, und prallte aus der großen Entfernung, wie in einem Fokus an das Gebäude, hielt eine Weile an, erstarb und brach von neuem los, tobender als zuvor: dann lief es wie ein Lauffeuer die Gebirge Tenochtitlans hinan, wo es, in ein furchtbares Echo von tausend und abermals tausend Stimmen vereinigt, über das ganze Tal hinüber rollte.

Ein allgemeines Entsetzen hatte sich der Zurückgebliebenen bemächtigt.

»*Ya escampa y llevan guijarras!*«[200] sprach der *Mayor domo*, dessen bleich braunes Gesicht eine plötzliche Röte überflogen hatte. – »Nun ist der Teufel los, das bedeutet etwas mehr als das tolle Lärmen der Leperos drüben in Mexiko; das kommt von den Klüften Tenochtitlans und den Schluchten Tacubayas herüber. Patiencia Senores!« beruhigte er die immer ängstlicher umher trippelnden, und wieder furchtsam horchenden Kreolen; »Pedro, Cosmo und Hieronymo laufet hinauf gegen Capultepec! und Itztlan, komm her, Junge!«

Und mit diesen Worten öffnete der alte Mann die Fenster, und sah in die Nacht hinaus. Es war eine sternenhelle Nacht. Vom Itztaccihuatl fuhr

---

[200] Buchstäblich: Endlich ergießt sich der Himmel und es regnet Kieselsteine.

zuweilen ein greller Lichtstrom, von einem dumpfen Donner begleitet, herüber und rollte über das Tal hin, und dann fiel das Geheul und Gebrülle der unsichtbaren Menge so majestätisch ein, daß es für einen Augenblick schien, als vereinige sich der Donner des Himmels mit der Stimme des Volkes, um im nächtlichen Schrecken ihre Allgewalt zu verkünden.

»Der Itztaccihuatl,« sprach der *Mayor domo*, ungemein feierlich, »der raset heute, und ich brauche es Ihro Herrlichkeiten nicht erst zu sagen, daß dieses Unglück und Jammer für Mexiko bedeutet. Die Gavecillas sind hinter Capultepec, und sie brüllen von der Tacubaya-Straße herüber und ziehen sich gegen Buenvista hinauf. – – Ja, ja, es sind die *Gente irrazionale*, sie toben, und wenn die anfangen zu toben, dann Gnade Gott Mexiko. – Ei, sie wittern auf, und sie wittern weit; auf fünfzig Meilen spüren sie was vorgeht.«

»Jesu Maria!« riefen die geängstigten Edelleute wieder.

»Ei, die Indianer,« fuhr der alte *Mayor domo* fort; »sie haben freilich keine Gazetta, keine Correos; aber sie wissen besser was vorgeht, als die Excellenza im Palaste, und wenn ihrer noch zehn mehr darinnen wären, und ich wette – Itztlan kann uns über ihr Gebrüll besser Auskunft geben, als es morgen die lügenhafte Gazetta tun wird. Itztlan,« wandte er sich zu dem Indianer – »was bedeutet das Geheul?«

»Die Gachupins werden es morgen erfahren,« erwiderte der Indianer trocken.

»Jesu Maria!« riefen wieder zehn Stimmen.

»Hisht, Senorias! Kennen Ihro Herrlichkeiten die rote Natur so wenig, daß Sie durch Lamentationen herausbringen wollen, was er, wenn er es vermeiden kann, nicht von sich geben wird? Patiencia, Senorias! und bringen Sie mir den Indianer nicht aus seinem guten Willen.«

Dieser hatte abermals aufmerksam gehorcht. Er wandte sich plötzlich, und wie es schien mißmutig. »Die Patrioten werden Mexiko noch viele Tage nicht sehen,« murmelte er zwischen den Zähnen, und dann entfernte er sich.

Das Geheul näherte sich aus einigen Punkten, und dann ging es in ein wirres Geschrei über, das der Villa immer näher kam. Ein Haufen der Schreier war bis auf tausend Schritte herangekommen, und brüllte mit furchtbarem Geheule: »*Mueran los gachupinos! Viva Morellos nuestro libertador y conquistador de Cuautla Amilpas!*«[201] Gleich darauf rasselte es am Haustore. Die ganze Villa geriet in Aufruhr.

---

[201] Tod den Gachupinos (Spanier). Es lebe Morellos unser Befreier, der Sieger von Cuautla Amilpas.

»Jesu Maria, los Gavecillas – die Rebellen!« schrien mehrere Stimmen.

Der Schrecken unserer armen Kavaliere erreichte den höchsten Grad bei dieser furchtbaren Nachricht. Sie liefen zitternd und zagend im Saale umher, »los Gavecillas« heulend und kreischend. Mitten unter ihnen der *Mayor domo,* sie ermahnend, bittend, beschwörend, ihre Würde nicht so sehr zu vergessen. Alles vergebens – »Paz Senorias!« schrie der alte Mann endlich in Verzweiflung.

»Paz, Senorias!« schrie er stärker; doch die geängstigten Kreolen hörten die Stimme des Dieners nicht. In ihrem Schrecken hatten sich einige vor den Schutzheiligen niedergeworfen, andere rannten zähneklappernd im Saale herum, wieder andere suchten sich hinter den Dienern und selbst den Damen zu verbergen.

»Der Conde!« rief endlich der *Mayor domo* in der höchsten Tonleiter seiner heiser gellenden Stimme. »Der Conde, Senorias!«

»Der Conde – wo ist er – der Conde?« riefen alle.

»Gegangen,« erwiderte der *Mayor domo,* »um mit Sr. Exzellenz zu sprechen, und die Gavecillas sogleich zu verjagen.«

Und gleich geschreckten Kindern, denen ihre Amme die Zusicherung erteilt, daß ihr Papa sogleich wieder kommen werde, um das Nachtgespenst zu vertreiben, fingen unsere Grafen und Marquis an sich allmählich zu beruhigen, und der *Mayor domo,* nachdem er so die schwachen Geisteskräfte ihrer Herrlichkeiten glücklich auf einen Punkt konzentriert, der sie für einige Zeit zu beschäftigen versprach, ergriff nun seinen Amtsstab, um die Diener zu ordnen, die mit Erfrischungen ankamen.

»Don Agostino Iturbide, *Por el amor de Dios* – Wo ist Don Iturbide?« schrien mehrere, »Jesu Maria, auch der ist weg!«

Der Major hatte sich während des Tumultes aus dem Saale geschlichen, wobei ihm der *Mayor domo* und sämtliche Diener mit Blicken nachsahen, die, zum wenigsten gesagt, für den Mann nicht schmeichelhaft waren.

»Lassen Sie den, Senorias,« sprach der Greis ungemein ernst und mit einem Nachklange der tiefsten Verachtung. »Sie verlieren nichts an diesem Don Iturbide, so groß und stark er ist. Wollte Gott, er ginge, und recht weit von Mexiko; glauben Sie es mir.«

»Anselmo, was ist Dir wieder?« fragten mehrere.

»*Vienga tiempo, vienga consejo,*« sprach der *Mayor domo* feierlich. »Kommt Zeit, kommt Rat. Unser Sprichwort sagt: *A picaro, picaro y medio.* Mit einem Schurken sei ein Spitzbube und ein halber drüber, und Senorias, Don Agostino ist der Mann darnach. »*Vienga tiempo, vienga consejo,*« schloß er, worauf er seine Dienerschaft ordnete, die nun, zwei

Mann hoch, die mannigfaltigsten Erfrischungen und Getränke in silbernen Geschirren auftrug.

Der Klang kriegerischer Instrumente, der durch die Fenster drang, unterbrach auf einmal die Stille, die eingetreten war.

Es war die herrliche Janitscharenmusik der Regimente *menter de la Reina* und *del principe de Paz*,[202] die sich nun auf der Straße näherten, die durch den *Paseo nuevo* Capultepec vorbei nach Tacubaya hinaufzieht. Der ergreifende Anklang der kriegerischen Musik brachte bei den Kavalieren ganz dieselbe Zauber ähnliche Wirkung hervor, die wir früher an der sogenannten Gavilla zu bemerken Gelegenheit hatten. Der rasche Aufmarsch einer zahlreichen Kavallerie wurde zugleich hörbar, und diese versetzte die Gesellschaft ebenso plötzlich als unerwartet in die entgegengesetzten Extreme. Die atemlose Stille, die bei dem ersten Trompetenstoße geherrscht hatte, wich allmählich Ausrufungen des Entzückens; die Kavaliere begannen regelmäßig den Takt zur Musik mit ihren Händen und Füßen zu schlagen, und vergossen wieder Freudentränen, umarmten sich wieder und trippelten im Saale herum gleich Schiffbrüchigen, die dem offenen Wellengrabe durch ein herannahendes Segel entrissen werden, und stießen jubelnd mit ihren Gläsern auf das Verderben der Patrioten an. Je länger der Zug währte, desto ungenierter und ungestümer wurde ihre Freude, und selbst ihr Mut fing an zu erwachen, und dieselben Patrioten, deren bloße Erwähnung noch eine halbe Stunde zuvor sie in panischen Schreck versetzt hatte, wurden nun Gegenstände des beißendsten Witzes, und einiger recht artigen *bonmots*. Auf die Kavallerie waren mehrere Infanterie-Regimenter und ein ziemlich bedeutender Artillerie-Train gefolgt, die, im hellen Fackelschein vorbei defilierend, wirklich ein anziehend kriegerisches Nachtstück darstellten. Ein lautes *Vaya vmd con Dios y con la Vierge* folgte den Truppen von Seiten der Kavaliere, ein brummendes *Vaya vmd con cien mil Demonios* von Seiten der Diener.

Als der letzte Pferdehuf verklungen war, wurde das Rasseln eines Wagens gehört, und ehe noch die entzückten Kreolen aus ihrem kriegerischen Enthusiasmus erwachten, stand der Conde San Jago wieder unter ihnen.

---

[202] Der Königin und des Friedensfürsten.

Dreizehntes Kapitel.

Von solchen Sachen spricht sich's besser drinnen,
Meint er.
BEPPO.

ios sea labado!« schrien unsere armen Kavaliere, mit einer Energie, die beinahe Herzlichkeit und Manneskraft verriet; doch sich ebenso schnell verbessernd, hielten sie in ihrem hastigen Drängen an und sahen dem Grafen starr und forschend ins Gesicht. Auch kein Zug hatte sich im Gesichte des feinen Weltmannes verändert, und mit der feinen Gelassenheit, die den wahren Aristokraten charakterisiert, begrüßte er zuerst seine Gäste und sprach dann:

»Perdon, Senorias, daß Notwendigkeit uns zwang, Ihre Herrlichkeiten in einem Augenblicke zu verlassen, und unsern Besuch bei Sr. Exzellenz auf eine Weise zu verlängern, die im gegenwärtigen kritischen Zeitpunkte Sie vielleicht in einige Unruhe versetzt haben dürfte.«

Zwei Dinge schienen in der Rede des besonnenen Edelmannes aufzufallen. Die Entschuldigung des Besuches bei der Exzellenz und das Bedauern, daß die Verlängerung dieses Besuches ihnen – den Kavalieren – einige Unruhe verursacht haben dürfte. Die Gleichstellung des Adels mit der höchsten Person im Königreiche, die gewissermaßen in seinen Worten lag, hatte für mexikanische Kavaliere etwas so eigenes, daß sie sich sprachlos anstarrten.

»Ah! Senorias dachten wahrscheinlich, Se. Exzellenz dürfte uns vielleicht ein Zimmerchen in dem Hospital de San Salvador[203] anweisen haben lassen, weil unsere Zunge in Gegenwart des Geheimsekretärs etwas rauh gewesen.«

»Bei meiner Seele!« fuhr der Marquis fort; »vor achtzehn Monaten dürfte so etwas arriviert sein! Aber die Zeiten ändern sich, und der alte Grijalva weiß so gut, woher der Wind bläst, als der beste *gallo de viento.*[204] Meiner Seele,« rief er nochmals treuherzig aus, »ich glaube, Se. Exzellenz

---

[203] Irrenhaus in Mexiko.
[204] Wetterhahn.

würde noch vor achtzehn Monaten denjenigen Kavalier in ihre beliebten Infernellos haben einsperren lassen, der es gewagt hätte, nach Mitternacht eine Audienz nachzusuchen; aber so Gott will, so wird die arme Nobilitad Mexikos noch im Preise steigen.«

Nach den offenen Mäulern, mit denen die Mehrzahl den Marquis anhörte, schien sie wirklich nicht ungeneigt, diesen nächtlichen Besuch als eine halbe Heldentat anzusehen. »Und Se. Exzellenz?« fragten endlich mehrere in höchster Spannung.

»Waren mit der zweiten Exzellenz, dem General-Capitain, zwanzig Generälen und sämtlichen Oidores noch im Consejo, wie es hieß, aber in Wahrheit zu sagen bei der Tertullia.«

»Aber *Dios*! die Etikette verbietet ja Sr. Exzellenz –« fielen mehrere ein.

»Eine Tertullia oder ein Diner zu geben;« ergänzte der Marquis.

»So ist es, Senores! und eben der Umstand, daß Se. Exzellenz gibt, wo Sie früher bloß zu nehmen gewohnt waren, bestimmt mich zu glauben, daß diesem Lande eine große Veränderung bevorsteht. Ah Senores! Se. Exzellenz machen sich wohlfeiler. Zwar war die Tertullia bei Sr. Exzellenz Schwägerin, der königlichen Isabelle, wie sie genannt wird, und Se. Exzellenz waren anfangs geneigt, befremdet vornehm auf uns herabzuschauen; aber es kostete dem Conde nur ein Wort, und Se. Exzellenz wurde ganz Finezza; weiter wurden dieselben so ergriffen und bewegt, daß sie olivengrün und braunschwarz aussahen, und zitterten wie ein Schlagaal, und Se. Exzellenz, der General-Capitano, fluchten wie ein Ariero und kreuzten sich wie ein Padre von San Francisco; alles in einer und derselben Minute.«

Die Schilderung der Gemütsbewegung der beiden Exzellenzen schien den Kavalieren wohl zu tun, sie horchten in äußerster Spannung ihren Worten.

»Und Se. Exzellenz haben wirklich ihre gewohnte Contenance verloren?« fragten endlich mehrere erstaunt.

»Totaliter!« fiel der Marquis Grijalva ein. »Se. Exzellenz liefen dermaßen bewegt in ihrem Kabinette auf und ab, daß die ganze Tertullia in Unordnung geriet, und Se. Exzellenz, der General-Kapitano ins Kabinett gestürzt kamen, ohne auch nur von einem Camarerio eingeführt zu werden, und als sie die Ursache unseres Besuches erfuhren, schworen sie wie der beste Lancero; dafür küßten aber Se. Exzellenz auch wenigstens fünfzig Mal ihre Daumen und schlugen bei jedem Fluche zwei Mal das Kreuz. Se. Exzellenz sind ein sehr guter Christ; aber Gott gnade den armen Patrioten, die Ursache sind, daß Se. Exzellenz von der Xeres-Bouteille weg mußten.«

»Ihre Exzellenzen,« bemerkte der Conde, »haben das Interesse der öffentlichen Ordnung und Sr. geheiligten Majestät zu sehr am Herzen, um nicht durch die Kühnheit der Rebellen, die es nun zum zweiten Male wagen, mit Heeresmacht vor die Hauptstadt zu rücken, alteriert zu werden.«

»Und wir glauben,« fiel ihm der Marquis wieder ein, »daß Se. Exzellenz sich wegen des Interesses Sr. Majestät ebenso wenig den Hals abreißen werden, als sie dieses in der Madre Patria getan, wo sie eine Schlacht nach der andern an die Francesados und selbst Pepe[205] verloren; aber verstehen Sie, Senores, Se. Exzellenz haben sich anheischig gemacht, zwei Millionen Escudos für die Mühe zu bezahlen, das hartnäckige Mexiko zu regieren, und nebst diesen zwei Millionen Escudos dürften Ihre Exzellenz noch während der fünfjährigen Dauer ihres Vireynato[206] gnädigst gesonnen sein, andere zwei Millionen für sich selbst auf die Seite zu legen, und verstehen Sie, Senores, eine so gute Melkkuh auch die Jungfrau von Guadeloupe ist, es wird verdammt schwer halten, vier Millionen Escudos aus ihr heraus zu bringen, zwei nämlich für die allerdurchlauchtigsten Cortez und zwei für die hohe Exzellenz.«

Die Art und Weise, in welcher die Verhältnisse der Jungfrau von Guadeloupe oder, eigentlich zu reden, des Vizekönigs, mit Mexiko in Verbindung gebracht wurden, dürfte einigermaßen das religiöse Gefühl unserer nichtkatholischen Leser beleidigen, war aber wieder weit entfernt, unsern frommen Kavalieren zu mißfallen. Im Gegenteile, sie bewirkte eine ungemein heitere Stimmung, und Bravos über Bravos verrieten, daß der derbe Marquis allgemein Anklang gefunden hatte.

»Jetzt kriechen Hochdieselben zum Kreuze, aber zu spät;« fuhr dieser fort. »Wir waren auf einmal die besten Freunde, und Hochdieselben zwangen uns sogar, neben sich und der General-Capitanos-Exzellenz Platz zu nehmen; eine Gnade, die, so viel wir wissen, noch keinem armen Mexikaner zuteil geworden ist.«

»Perdon,« fiel der Marquis de Moncada ein; »aber Eure Herrlichkeit vergessen Ao 87, wo unser hochseliger Herr Vater die hohe Ehre hatten, von Sr. Exzellenz gnädigst eingeladen zu werden, sich auf demselben rot sammetnen Sofa niederzulassen, welches wir bekanntlich nach Sr. Exzellenz Abgang als Denkmal vizeköniglicher Huld in unsern Besitz zu bringen und in unserm Besuchsaale aufzustellen so glücklich waren, wie unsere Familiendokumente ausweisen. Unser hochseliger Herr Va-

---

[205] Die Franzosen. Pepe, Diminutiv von Jose, wurde König Joseph genannt.
[206] Vizekönigtums.

ter beliebten dieser hohen Gnade um so häufiger zu erwähnen, als ihm das unbegreifliche Mißgeschick passierte, sich auf den hoch begünstigten Schoßhund Ihrer Exzellenz niederzulassen, und von denenselben in den Sitz gebissen zu werden.«

»Wahr,« sprach der Marquis, »wobei Se. Exzellenz gnädigst Ihrem hochseligen Herrn Vater zu bedeuten geruhten, sich zu allen Teufeln zu scheren.«

Die interessante Aufzählung der dem Hause Moncada widerfahrnen Gnadenbezeugungen drohte mehrere ähnliche nach sich zu ziehen, nach den lebhaften Debatten zu schließen, zu denen sie unter der Mehrzahl der Kavaliere Veranlassung gab. Der Conde schnitt diese, zum Mißbehagen der Debattierenden, mit seiner Einrede ab.

»Senorias!« sprach er. »Unsere Lage ist so kritisch, unsere Stellung seit einiger Zeit so unsicher geworden, daß es uns wirklich die höchste Zeit scheint, derselben einige Augenblicke um so mehr zu schenken, als es vielleicht morgen schon zu spät sein dürfte, uns ruhig zu besprechen.«

»Conde! Jesu Maria! Was soll das wieder bedeuten?«

»Senorias!« sprach dieser, »haben ja noch nicht die Ursache gehört, die uns veranlaßte, Se. Exzellenz in dieser späten Stunde unsern Besuch abzustatten.«

»Jesu Maria!« riefen wieder die Edelleute.

»Wir können uns nicht verhehlen,« fuhr dieser fort, »daß die Regierung, ja die ganze Existenz des Staates sehr bedroht ist, und mit dieser unsere eigene. Unser Correo[207] hat uns von Cuautla Amilpas Nachricht gebracht – die der Regierung wurden sämtlich von den Rebellen aufgefangen und erschossen – daß Bravo mit dreitausend Gavecillas in Cuautla eingerückt, daß General Musitu auf's Haupt geschlagen, Oberst Soto mit seinem Korps vernichtet; daß Morellos, nachdem er eine bedeutende Heeresmacht vor Acapulco zurückgelassen, in der Nähe der Hauptstadt angekommen, um sich mit den übrigen Rebellenhäuptern zu vereinigen; daß Vittoria, Cos und Rainon sich gleichfalls mit ihren Armeekorps gegen die Hauptstadt wenden, kurz, daß sich eine Masse von fünfzehn- bis zwanzigtausend Rebellen kaum zwanzig Stunden von Mexiko konzentriert, die fest entschlossen scheinen, das Ende der Herrschaft Spaniens herbeizuführen.«

»Jesu Maria!« riefen die Kavaliere wieder.

Der Conde hielt eine Weile inne. – »Was der hohe Adel,« fuhr er fort, »von solchen Menschen, wie die Bravos, die Vincente Guereros, die Galea-

---

[207] Kurier.

nas und Raynons, die Osournos, zu erwarten habe, werden meine Herrschaften ohne viele Mühe einsehen.«

»Jesu Maria!« riefen die Edelleute.

»Se. Exzellenz haben willkürlich, grausam eines der ersten Privilegien des hohen Adels vernichtet, indem sie unsere Söhne zwangen, wider ihren Willen die Waffen zu ergreifen; aber Senorias, nach unserm Ermessen dürfte bei alledem jetzt kaum die Zeit sein, über verletzte Privilegien zu klagen, wo unsere ganze Existenz auf dem Spiele steht, und in dieser Rücksicht haben wir uns bewogen gefunden, vertrauend auf Ihre Weisheit und Ihren Patriotismus, einen vorläufigen Schritt zu tun, der ohne Zweifel von Ihrer Einsicht gebilligt werden wird. Wir haben nämlich auf die dringlichen Vorstellungen Sr. Exzellenz uns bewogen gefunden, derselben ein Darlehen von Seite des Adels zuzusichern, und unsererseits den Anfang mit hunderttausend Escudos gemacht. Sie, Senorias, werden um so mehr wissen, was in dieser Angelegenheit zu tun ist, als die huldreichen Gnadenbeweise Sr. Majestät keinen würdigern Kavalieren zuteil werden können, als den hohen Männern, die bereits so vieles zur Wiederherstellung der Ruhe und Ordnung getan haben.«

Es würde schwer sein, das Mienenspiel der Kavaliere während dieser Rede zu schildern; bei jedem Satze waren auch andere Physiognomien zum Vorschein gekommen. Anfangs war offenbar Verwunderung über die Kühnheit des Grafen, der in einem solchen Tone von der Exzellenz zu sprechen wagte, vorherrschend; dann wurde ihr Blick lauernd, gleich dem des Raubtieres, das sich anschickt, seine Beute im Sprunge zu haschen; wieder wurde ihre Miene ausforschend, wie die des Gerichtsvorsitzers. Zuweilen leuchteten ihre Augen freudestrahlend auf, und bei Erwähnung der Ordenskreuze verklärte ein frohes Lächeln ihre Züge; ein leises Geflüster trat an die Stelle dieses stummen Mienenspieles, und es war sichtlich, daß sie sich alle verständigten. Wie mit einem Akkorde näherten sie sich dem Grafen und nahmen einen ebenso schnellen als ängstlichen Abschied.

Drei ältliche Herren, die wir als Grafen aufführen gehört haben, waren mit dem Marquis de Grijalva und zwei Jünglingen allein zurückgeblieben; alle sahen den sich Entfernenden im höchsten Erstaunen nach.

»Alle Teufel!« lachte der Marquis, »habt Ihr je so etwas gesehen? Ganz Mexiko in Flammen, von ihren Häusern und Haciendas eines nach dem andern ihnen über die Köpfe zusammengebrannt, ihre Bergwerke verdorben, und kaum hören die alten Esel von den Ordenskreuzen, so laufen sie wie besessen, um morgen sich die Beine abzuzappeln und bei irgend einer Camareria Zutritt zu erhalten und ihre letzten hunderttausend Duros an den Mann zu bringen.«

»Sehr möglich,« versetzte der Conde.

»Ich finde es sogar natürlich,« bemerkte der Graf Istla, »nach dem erleuchteten Beispiele, das ihnen Conde de San Jago gegeben. Fürwahr! Euer Herrlichkeit« – er wandte sich mit einiger Empfindlichkeit an den Grafen – »müssen ganz besondere Ursachen gehabt haben, eben jetzt eine Regierung zu unterstützen, die uns ärger als die Gavecillas selbst behandelt.«

»Wir haben bloß unsere Pflicht als loyaler Untertan erfüllt.«

Der Conde Istla war heftig im Saale auf- und abgerannt.

»Und besorgen Euer Herrlichkeit nicht, daß unser so dezidiertes Anschließen an die Gachupins in dieser Crisis uns vollends den Gnadenstoß geben müsse, falls Morellos und die Patrioten die Oberhand erlangen sollten?«

»Unser so dezidiertes Anschließen an die Gachupins?« fragte der Conde mit einem Blicke, der verriet, daß beide Grafen ein diplomatisches Spiel trieben. »Unser Anschließen an die Gachupins?« wiederholte er mit einer stärkern Betonung: »Und bleibt loyalen Untertanen eine andere Wahl übrig, als sich an diejenigen anzuschließen, die Se. Majestät zu Stellvertretern Ihres souveränen Willens, zu Exekutoren Ihrer königlichen Dekrete uns zugesandt haben? Doch Conde Istla,« fuhr er, zum Grafen gewendet, fort, der zweifelnd den Kopf schüttelte, »mag sich vollkommen beruhigen. Was wir von den Patrioten gesagt haben, sagen wir zwar noch, und Morellos ist in vieler Hinsicht gefährlicher als Hidalgo; aber der Cura von Dolores, obgleich unfähig, ein Kommando zu führen, war unbestrittener Generalissimus von hundertundzehntausend Indianern; Morellos hat mit fünfzig Parteigängern zu tun.«

»Die sich ihm jedoch alle unterworfen haben.«

»Um sich seinem Oberbefehle ebenso schnell wieder zu entziehen. Conde Istla kennt das mexikanische Volk zu gut, um zu erwarten, daß ein Vincente Guerero und ein Vittoria, ein Bravo und ein Rainon lange an demselben Pfluge ziehen werden. Was den Rector betrifft, Senores,« er wandte sich zu den übrigen, »so kennen Sie ihn; aber wir zweifeln, daß seine geistliche Gelehrsamkeit hinreichen wird, einen Desperado, der ebenso leicht die Revolution für Wegelagerung aufgeben dürfte, einen Ariero, der wüste Lieder brüllt, einen ränkesüchtigen Advokaten und einen verschmitzten Escribano zur Gesetzlichkeit und Ordnung zu führen.«

»Wenn jedoch Calleja geschlagen wird?« bemerkte der Conde Istla.

»So zieht er sich nach Mexiko zurück, das widerstehen wird, trotz dem, daß es keine Wälle und Tore hat. Und dieselben Leperos, die heute für Morellos brüllten, werden dasselbe gegen ihn tun, wenn ihnen die Regierung Pulque und Tortillas gibt, so wie sie heute getan hat. Ja, Senores,«

fuhr er fort, »wir waren heute auf vulkanischem Boden, und wären die Patrioten vier Stunden später ausgebrochen, so dürfte es schlimm um die Gachupins und uns gestanden haben. Zwanzigtausend Duros und einige Flinten- und Kartätschensalven haben die Ruhe wieder hergestellt, und wenn Sie sich jetzt in die Tacubastraße bemühen, so werden Sie Morellos ebenso viele Pereats gebracht hören, als Sie ihm vor zwei Stunden Vivats zurufen hören konnten. – Doch, was wollen Sie, Conde,« fuhr er in schärferm Tone fort: »Neutral bleiben, oder sich zu den Rebellen hinneigen? Glauben Sie, daß selbst der hochgeborne Conde Istla vom letzten Patriotenchef als Pair behandelt werden würde, der nun an der Spitze von zweitausend Machettos[208] steht? Die Rebellion hat die Formen zerrissen, Conde, und die gesellschaftliche Ordnung selbst ist bloß eine Form. Die rohen Massen sind allein übrig geblieben, und in diese sollen auch wir geworfen werden – das ist der Wunsch der Rebellenhäupter.«

Der bestimmte und abgeschlossene Ton, in welchem diese letzten Worte gesprochen wurden, schien den Wunsch auszudrücken, einer fernern Erörterung dieses Gegenstandes überhoben zu sein, und die drei Grafen, die diesen Wink verstanden, empfahlen sich und fuhren ab.

Der Conde hatte ihnen einen langen Blick nachgeworfen und setzte sich dann, augenscheinlich erschöpft von den Anstrengungen der Nacht, auf eines der Sofa. Seine Miene, die bisher ruhig, ja kalt gewesen, hellte sich allmählich auf, und die Züge des edlen Gesichtes schienen klarer und bestimmter hervortreten zu wollen, nachdem die feindseligeren Berührungen, zu denen offenbar die letzten drei Kavaliere gehört hatten, gewichen waren. Gewissermaßen schien die ausgezeichnete Kaste, die in der Geschichte dieses Landes eine so merkwürdige Rolle innerhalb der letzten zwanzig Jahre gespielt hat, nun die vielen Hüllen, deren sie sich bediente, allmählich abwerfen und in ihrer wahren Gestalt hervortreten zu wollen. Nur drei Personen waren nebst dem Grafen zurückgeblieben; aber in diesen dreien schien das Wesen der mexikanischen Aristokratie gewissermaßen personifiziert zu sein. Nebst dem Marquis Grijalva waren noch zwei junge Männer, oder vielmehr Jünglinge, anwesend, von denen der Jüngere eine jener Physiognomien genannt werden konnte, die man nicht ohne hohes Interesse sehen mag. Es waren die feinsten Züge, die sich je in einem aristokratischen Gesichte spiegelten; ein sanftes und zugleich durchdringendes blaues Auge, das seine Abstammung von leonischem Adel verriet; eine feingeformte, griechische Nase, mit jener gefälligen Biegung, die dem Gesichte einen Ausdruck von einer mehr als

---

[208] Das lange Messer, das die Mexikaner der untern Stände durchgängig führen.

gewöhnlichen Dosis Weltklugheit gab, der aber wieder durch die verführerische Anmut des Mundes und des ganzen Gesichtes gemildert wurde. Die auffallende Ähnlichkeit mit der jungen Dame, die wir bereits kennen gelernt haben, bezeichnete ihn als ihren Bruder.

Der *Mayor domo* hatte seinen Amtsstab erhoben, auf welches Zeichen die Diener die Erfrischungen auf kleinen Tafeln vor die Gäste hinsetzten und dann den Saal räumten.

»Ja, es ist gewiß,« sprach der Conde, »der heutige Tag hätte leicht der letzte der Herrschaft Spaniens sein können.«

»Wollte Gott, er wäre es gewesen!« sprach der Marquis.

»Perdon! Es wäre auch unser letzter gewesen. Die Gavecillas, wären sie vier Stunden später ausgebrochen, hätten alles über den Haufen geworfen. Nein, Grijalva! Wir kennen nicht die Kunst zu regieren, – eine schwere Kunst, wenn man sie nicht gelernt hat; wir würden auf eben die Weise in die Hände eines verschmitzten Abenteurers fallen, wie alle die Nationen, die zu frühe losgebrochen sind. Das große Wort: »Lerne Dich selbst kennen,« gilt Nationen ebensowohl, als einzelnen Menschen, und wenn wir es gerade heraussagen wollen, so sind uns die Spanier notwendig, um unsern Pöbel, unsere halbwilden Indianer und wilderen Kasten im Zaume zu halten.«

»Ist das Dein Ernst, San Jago?« fragte der Marquis.

»Mein vollkommener Ernst,« sprach der Conde. »Wer sollte die Regierung des Landes übernehmen, im Falle die Spanier verjagt würden? Der Priester Morellos? – Vittoria? – Bravo? – Cos? – Wer hat Ansehen genug, um den zügellosen Haufen in Schranken zu halten?«

»Wir sollten glauben, Conde de San Jago – –« versetzte der Marquis.

»Und wo ist die bewaffnete Macht, die Conde de San Jagos Ansehen aufrecht erhalten würde?« fragte der Conde. »Vergiß nicht, Marquis, daß wir, der hohe Adel, dem eigentlich die Regierung des Landes zusteht, auch nicht einmal ein Regiment zu unserer Disposition haben; daß die Regierung uns sorgfältig von der Armee entfernt gehalten und bloß den Mitteladel angestellt hat; daß die Patrioten, für sich selbst sorgend, keinerdings geneigt sein werden, die Früchte ihrer Siege, wenn sie solche ja erfechten, uns zu Füßen zu legen; daß wir hilflos dastehen, langsam daher vorschreiten, uns selbst erst die Waffen schmieden müssen, um unsere Rechte zu verteidigen, und daß, so lange wir nicht gerüstet sind, unser Interesse es fordert, uns an Spanien anzuschließen.«

»Und wann wird die Zeit kommen, wo wir gerüstet sein werden?« fragten alle.

»Der Grundstein ist durch die Betise gelegt, die der Vizekönig heute durch die Absendung unserer Söhne gemacht hat. Daß diese gewalttätige Ordre alle die Früchte trage, die Pflege gedeihen machen kann, dafür müssen wir sorgen. Es sind die Iturbides, die Santa Annas, die Barraxis in der Armee; es ist hohe Zeit, daß der hohe Adel auch seine Wortführer in derselben habe.«

Der alte Marquis fuhr plötzlich wie aus einem Traume auf. »Also deswegen hörtest du die Insinuation des Virey nicht, als er sich erbot, seine Ordre zurückzunehmen?« fragte er mit aufleuchtendem Gesichte.

»Almagro und Carlos,« entgegnete der Conde ausweichend zu den jungen Kavalieren, »Ihr seid beordert, Euch morgen oder vielmehr schon heute an die königlichen Truppen anzuschließen. Gerne würde ich Euch das Los erspart haben, das edle Kriegshandwerk unter dem blutdürstigen Metzger Calleja zu erlernen; allein – –«

Die drei Kavaliere sprangen auf, und die gefüllten Gläser hoch emporhebend, riefen sie mit stürmischer Begeisterung: »Viva!«

Der Graf war seinerseits aufgestanden und stieß mit ihnen an. Kein Wort wurde bei dieser merkwürdigen Gesundheit gesprochen. Nur ihre Blicke verrieten, daß alle sich verstanden.

»Ja,« sprach der Conde, als die drei sich wieder gesetzt hatten, »auf Euch beruht die Hoffnung Mexikos. Das gegenwärtige Geschlecht ist verloren und verdorben. Was diese Nacht gesäet hat, müßt Ihr wachsen machen. Stufenweise erhebt sich das Gebäude, das den Menschen zur Wohnung dient; ebenso langsam bildet sich die Form, die wir bürgerliche Gesellschaft nennen. Wer sie bildet, hat das Recht, sie zu lenken. Lassen wir uns den Vorrang von den Patrioten abgewinnen, so müssen wir uns unter sie beugen. – Zerstören wir die alte Form, ehe die neue vollendet ist, so begräbt uns das einstürzende Gebäude unter seinen Trümmern. Einen Schritt haben wir getan – die Waffengewalt in unsere Hände zu bekommen – –«

Die abgebrochenen Worte des Grafen wurden von den drei vertrauten Freunden mit atemlosem Stillschweigen angehört. Indem die tief gelegten Pläne, die in der Brust dieses merkwürdigen Mannes schlummerten, sich so allmählich enthüllten, konnte man auch zugleich darin den eigentlichen Keim des Grundrisses bemerken, den seine Partei sich in diesem merkwürdigen Kampfe als Leitstern vorgezeichnet hatte.

Der Graf hielt inne, und fuhr sich über die Stirn, und wie aus einem Traume erwachend, fragte er, »Manuel noch nicht hier? Und Ihr habt ihn gesehen, Almagro und Carlos?«

»Nicht, seit wir die Fonda verließen,« versetzten die beiden Kavaliere.

»Das war *ni con prudencia, ni con sagacidad*;« drohte der Conde, sanft verweisend. »Und keine Spur von den Urhebern?«

»Keine,« sprach Conde Carlos. »Mir schien es wie ein Traum, wären die Folgen nicht so ganz *a l'improvista* gekommen. Ich habe wirklich nie etwas Vollenderes gesehen, Tio! selbst die Juwelen, die der *Quasi*-Kalif trug, waren echt. Ich glaubte den großen Rubin der Moncadas und den eirunden Diamant Ruys zu bemerken. Sie wissen, Tio, was unser Liebling sagt:

Der Mann, des Inneres leer ist von Musik,
Gerührt nicht wird vom Einklang süßer Töne. –

Und die Musik war ergreifend, die Wahrheit der Darstellung so unübertrefflich, daß man Barbar hätte sein müssen – –«

Der Graf schüttelte mehr und mehr das Haupt, und zog die Glocke.

»Anselmo!« sprach er zum eintretenden *Mayor domo*. »Einige Polizones haben sich mit der Majestät und uns einen groben Scherz erlaubt, der sehr schlimme Folgen haben kann. – Was denkst Du?«

»Daß wir sie ausfindig machen müssen. Morgen abend, so Gott will, wollen wir auch mehr wissen.«

Der *Mayor domo* entfernte sich wieder.

»Es ist ein gefährliches Spiel, dieses Spiel mit der Majestät,« fuhr der Graf fort, als der Diener den Saal verlassen hatte. »Es ist mit ihr, wie mit der Religion, oder vielmehr dem Aberglauben, der da Gott dahinter wähnt, wo bloß Holz und Flitterstaat ist; aber ziehen wir den Schleier weg, und zeigen dem Pöbel sein Idol in seiner Nacktheit, so haben wir ihm mit der Enttäuschung nicht den Wahn allein, sondern den Glauben selbst geraubt; wir geben ihm nicht Freiheit, sondern Zügellosigkeit. Reißen wir den moralischen Schleier weg, der die Person des Regenten dem Pöbel als geheiligt darstellt, ohne zuvor Gesetzlichkeit und Aufklärung substituiert zu haben, so rufen wir einen Haufen Verruchter auf und an, die kein Gesetz achten. Der Regent, was immer seine Fehler sein mögen, ist in monarchischen Staaten eine moralische Person, der Achtung gebührt, selbst wenn das Individuum derselben unwert sein sollte –«

»Und ist die geheiligte Majestät Fernandos wirklich der nichtswürdige Charakter, als welcher er –«

»Er ist es,« sprach der Graf leiser – »die liederlichste Bedientenseele, die je durch niederträchtig nichtswürdige Kammerdiener und Priester verdorben wurde, wenn,« setzte er etwas leiser hinzu, »an einem Blute etwas zu verderben ist, das seit Jahrhunderten nicht mehr Blut, sondern verdorbene Giftjauche ist; aber nichtsdestoweniger, Senorias, ist er König, das Haupt der bürgerlichen Gesellschaft, und der Stützpunkt, die Krone des Adels, der Ableiter, der die Blitze der Volksstürme auf sich zieht und unschädlich in die Tiefe leitet. Reißt ihn weg, und das erste Volksungewitter begräbt Euch unter Eurem eignen Schutte. – Und sich auf diese Weise an seiner eignen Existenz zu versündigen, ist mehr als Verbrechen – ist Dummheit.«

Der Conde sank wieder in seine vorige Düsterheit zurück. Die Glocke schlug zwei, die Kavaliere nahmen Abschied; nur der Jüngste war allein zurückgeblieben. Der Graf erfaßte seine Hand und begab sich mit ihm in ein entferntes Gemach.

»Für Dich, Carlos,« sprach er, als sie in diesem angelangt waren, »haben wir eine Capitainsstelle im Regimente Callejas selbst zugesichert erhalten. Unser *Mayor domo* hat bereits für Deine Equipierung die nötigen Anweisungen erhalten. Du sollst in drei Stunden nach Puebla und Jalappa, um von da einen Transport nach Veracruz hinab zu führen, der uns selbst einigermaßen interessiert. Sollte Dir ein Zufall auf dem Marsche aufstoßen, und ich befürchte, es dürfte der Fall sein, so –« Er übergab dem Jüngling eine kleine ungeschlachte Figur, nicht größer als eine Walnuß; eine verborgene Springfeder, die er berührte, öffnete die Fratze in zwei Hälften, und zeigte ein Blatt, auf dem die Worte: »*Securidad, Morelos,*« geschrieben waren.

»Morelos!« rief der junge Conde im höchsten Erstaunen.

»Leiser, Carlos,« warnte der Conde. »Er ist ein wackerer Mann, obgleich er unglücklich enden muß. Wollte Gott, Mexiko hätte mehrere seinesgleichen. Bewahre, was Du empfangen hast, auf den Fall der äußersten Not. Wenn Du zurückkehrst, werde ich noch in Mexiko sein.«

Der *Mayor domo* trat wieder ein.

»Alle Vorbereitungen zur Reise Don Manuels getroffen?« fragte der Graf.

»Und so geht er denn wirklich?« fragte der alte Diener bekümmert.

Der Graf fuhr sich mit der Hand über die Stirn, und sah den Diener einen Augenblick mit einem wehmütigen Blicke an; dann sich erhebend, begab er sich mit dem jungen Grafen unter dem Vortritte des *Mayor domo* in die anstoßende Hauskapelle, wo die sämtliche Dienerschaft versammelt war. Ein indianischer Priester sprach das Abendgebet, worauf sich der größte Teil der Dienerschaft zur Ruhe begab.

In diesem Augenblick hörte man den raschen Galopp eines Pferdes, das den *Paseo nuevo* herabsprengte; bald darauf wurde die Glocke angezogen, und rasche Fußtritte näherten sich dem Gemache, wohin sich die beiden Grafen zurückgezogen hatten.

Vierzehntes Kapitel.

In Deinem Leben ist ein böser Punkt,
Schwarz angemerkt, verdammt im Buch des Himmels.
SHAKESPEARE.

s war der Jüngling, den wir bereits im Audienzsaale des Vizekönigs als Neffen des Conde kennengelernt haben; er trat in stürmischer Hast ein, sein Anzug noch von dem schnellen Ritte in
Unordnung, seine Wangen mit einer Fieberglut übergossen, das Bild eines
herrlichen, aber zugleich übermütig adelsstolzen jungen Kreolen, ganz
Feuer und Flamme und jugendliche Tollkühnheit. Wie der Jüngling so
eindrang, und dann plötzlich wie festgewurzelt da stand, ihm gegenüber
der nicht minder interessante Conde Carlos, fiel der Blick des Grafen
wechselseitig von dem einen auf den andern, und ein schwerer Kampf
schien ihn für einige Minuten unfähig zu machen, auch nur ein Wort
hervorzubringen. Es waren zwei vollkommene Kontraste, diese beiden
Jünglinge, der eine mit seinem unbesiegbaren Stolz im feurigen Auge,
das die Pöbelwelt zum Kampfe herauszufordern schien, der andere mit
den ruhig zarten, und doch wieder männlichen Zügen des intellektuellen
Gesichtes, die nur Sanftmut und Wohlwollen verrieten; aber in der edel
gewölbten Stirne, der fein gebogenen Nase und den kaum merklich, wie
zum Spotte verzogenen Lippen ein gewisses Etwas verkündigten, dem
nur der Jahre zehn mehr fehlten, um spielend eine Welt in Wirklichkeit
zu gewinnen, die jener im tobenden Kampfe zu erstürmen, aber nicht
festzuhalten fähig schien.

»Ein schöner Traum!« unterbrach endlich der Graf das Stillschweigen.
»Ein schöner Traum!« seufzte er, sich mit der Hand über die Stirn fahrend. »Wir haben ihn viele Jahre geträumt, diesen Traum, Manuel! – wird
er wohl in Erfüllung gehen?«

»Und dieser Traum, teurer Tio?« fragte Don Manuel.

»Mexiko, das wie der Phönix in Flammen auflodert, aus dieser Flamme
erstehend, erstehend durch seine inwohnende Kraft, sein eigenes Blut.«

»Dann war es ein Traum, Tio! – ein bloßer Traum, so wie der Vogel
Phönix selbst ein Traum war!«

»Ein schöner Dichterstraum,« sprach der Graf; »unter dem aber eine herrliche Wahrheit liegt.«

»Wenn es Mexiko gilt,« versetzte der Jüngling bitter, »so schwindet das Herrliche, und nur das Niedrige, Gemeine bleibt.«

»Manuel!« sprach der Graf mit einem forschenden Blick. – »Dies waren nicht Deine Gesinnungen noch vor sechs Monaten, als Du unsere Hacienda verließest; das arme Mexiko war damals noch so glücklich, etwas höher in Deinen Hoffnungen und Deiner Achtung zu stehen. – Was hat es so tief herabgesetzt?«

»Und Sie fragen, gnädigster Onkel?« rief der Jüngling bitter. »Sie fragen, nach der Erfahrung der letzten zwölf Monate? O Land der Schande! das tollkühn genug ist, an seinen Ketten zu schütteln, aber zu feige, sie zu zerbrechen, das sich in sie schmieden läßt, mit seinen Millionen viehischer Indianer und viehischerer Mestizen, schmieden von wenigen tausend Spaniern – –«

»Lästere Dein Vaterland nicht,« fuhr der Graf strenge auf. – »Schande der Zunge, die die Scham ihrer Mutter aufdeckt. Daß Mexiko ist, was es ist, elend, verachtet, selbst von der verachtetsten, verächtlichsten Nation, – wem verdankt es dieses, als eben dieser Nation?«

»Sich selbst verdankt es seine Schande,« fiel ihm der Jüngling ebenso heftig ein. »Sich selbst und seiner Niederträchtigkeit, mit welcher der stolzeste Kreole dem Letzten der Spanier die Füße leckt; der Niederträchtigkeit, mit welcher der Edelste Mexikos sein Land verrät, wenn er ein Kreuzchen in sein Knopfloch erhält; dieser Niederträchtigkeit verdankt Mexiko was es ist.«

»Wirklich?« fragte der Conde. »Und wenn dieser niederträchtige Sklave dennoch endlich seine Ketten zu schwer findet, und wenn er seine blutrünstigen Arme und Schenkel schüttelt, und wenn er diese Ketten bricht, und mit ihren Trümmern seine Tyrannen erschlägt, und sich lieber wieder erschlagen, als fesseln läßt?«

»So bleibt er ein Sklave, ein elender, niedriger Sklave, in dessen Körper kein Tropfen edlen Blutes rollt. Sklave bleibt er, weniger als Sklave – Mexikaner,« sprach der Jüngling mit der bittersten Verachtung. »Sklave bleibt er so sehr, daß, wenn er Hunderttausende stark ist, er vor einem Regimente seiner Zuchtmeister zu Paaren kriecht, oder auseinander stäubt wie Spreu vor dem Winde:«

»Deine Worte sind bitter,« versetzte der Conde. – »Gib acht, Manuel, daß ihr Stachel nicht auf Dich zurückprallt. – Aber was ist,« fuhr er mit erhöhter Stimme fort, »derjenige, der, geboren in diesem Sklavenlande, vom Schicksale berufen, die Ehre desselben zu wahren, es im grauenvollen Todeskampfe verläßt? Statt das Sklavenvaterland gegen seine Tyrannen zu verteidigen, einem Phantom nachjagt, das ihm eine treulose Phantasie vorgespiegelt?«

»Wenn mein gnädiger Onkel Gehorsam gegen die Befehle des erlauchten Repräsentanten der geheiligten Majestät mit einem so schimpflichen Worte als Desertion bezeichnet,« sprach der junge Don stolz, »dann gestehe ich mich derselben schuldig; aber zugleich gebe ich mein Ehrenwort, daß ich die Schande dieser Desertion nicht für die höchste von Mexiko angebotene Ehre vertauschen würde.«

»Neffe;« sprach der Graf in einem Tone, der verriet, daß er übersatt der Ausbrüche dieses ungeregelten Stolzes sei. »Wir müssen uns verständigen; denn die Zeit eilt, und Dein Entschluß muß nun bestimmen, ob wir länger das Vergnügen haben sollen, uns Deiner Gegenwart zu erfreuen. Se. Exzellenz,« fuhr er fort, »haben in Folge einer kleinen Unvorsichtigkeit, deren sich der junge hohe Adel in dem Gasthofe Traspanna dadurch schuldig gemacht hat, daß er staatsverbrecherische, gegen die geheiligte Person Sr. Majestät gerichtete Pasquille angehört, denselben zur Armee abgesandt; in Betracht jedoch, daß derselbe Adel mehr überrascht und mit dem verruchten Vorhaben der Pasquillanten unbekannt, sich des Verbrechens *laesae majestatis* nicht vorsätzlich schuldig gemacht, demselben Offizierspatente ausfolgen zu lassen geruhet, und unserm Neffen, Don Manuel, als Beweis besonderer Berücksichtigung, die Erlaubnis erteilt, in die Madre Patria zu reisen, um daselbst durch loyale Dienste im Heere der Kämpfer zur Wiederherstellung des Thrones Sr. Majestät den Flecken auszuwischen, den er auf seinen Namen geladen, in welcher Hinsicht Sie Dir das Capitainspatent auszuwirken gnädig verheißen haben.«

»Eine Strafe,« fiel der Jüngling begeistert ein, »die ich für das höchste Ziel meiner Wünsche erkenne. Tio! Tio!« Er trat stürmisch auf den Grafen zu, welcher einen Schritt zurückwich.

»Vor noch fünf Jahren,« sprach der letztere, »würde eine solche Berücksichtigung wirklich wünschenswert für einen mexikanischen Edelmann gewesen sein, und dies um so mehr, als die Politik unserer Oberherren es nicht für rätlich fand, daß ein Mexikaner je sehe, daß andere Länder besser regiert werden, als sein eigenes; aber die Umstände haben sich geändert, und wir haben alle Ursache zu glauben, daß das, was Gnade sein soll, irgendeinen unheilschwangern Plan gegen unser Haus und uns selbst verberge.«

»O Tio!« rief der Jüngling feurig, »o Tio, wüßten Sie, wie hoch der Virey die Tugenden Euer Gnaden verehrt.«

»Der Virey unsere Tugenden verehren?« entgegnete der Conde kalt. »Und, wie es scheint, im Beisein unseres Neffen,« fuhr er mit einem Blicke auf diesen fort, »den er noch vor wenigen Stunden nicht zu kennen schien.« Er holte einige Male tiefen Atem und ging im Kabinette auf und ab. »Wir haben Beweise von dieser Verehrung,« fuhr er fort, »als wir aus der Besamanos nach Hause fuhren, Beweise, die uns wahrscheinlich des Vergnügens beraubt haben würden, Don Manuel oder einen der unsrigen je wieder zu sehen, wenn nicht der Eifer unserer Servidumbre und einige Anhänglichkeit des Volkes von Mexiko Sr. Exzellenz gnädiges Wohlwollen vereitelt hätten. Wir haben jedoch,« fuhr er ungemein ruhig fort, »noch nicht geendet. Se. Exzellenz, durch spezielle Gründe veranlaßt, haben den etwas gewaltsamen Entschluß, der uns von unserem nächsten Blutsverwandten trennen sollte, aufgegeben, und es diesem freigestellt, nach Spanien abzugehen oder im Vaterlande zu verbleiben.«

Der Jüngling erbleichte. Eine lange Weile verfloß, ohne daß einer der beiden ein Wort gewechselt hatte; endlich sprang er, im sichtbaren Kampfe und beinahe außer sich, auf den Grafen zu.

»Tio! teuerster Tio!« rief er mit stürmischer Ungeduld, »ich muß fort! ich muß! O, die Furien peitschen mich aus diesem Mexiko, diesem entsetzlichen Mexiko! O Spanien!« rief er mit der vollen Begeisterung eines glühend südlichen Gemütes, »du Land der Helden, du Wiege alles Großen und Edlen, du Muster der Loyalität und Ritterlichkeit, das sich erhoben, um im furchtbaren, großen Kampfe das angestammte Land geheiligter Majestät, verräterischer Weise vom Feinde gestohlen, aus den Klauen des Kronenräubers zu retten! Er, die Zierde der Könige, in schmählicher Gefangenschaft! Nein! Tausende haben sich erhoben, um die Eindringlinge zu vertilgen; der Donner brüllt über den atlantischen Ozean herüber; er ruft; Manuel muß seinem Rufe gehorchen!«

Der Graf hatte diesen Pathos, den der Jüngling in einer korrespondierend theatralischen Stellung deklamierte, mit ungemeiner Ruhe angehört, nur zuweilen kräuselten sich seine Lippen in jenes sarkastische Lächeln, das derlei Albernheiten dem Aufgeklärten auch wider seinen Willen abzwingen.

»Und ist es bloß der Donner der Kanonen, der Dich ruft? keine andere Stimme, die vom Tenochtitlantale Dich fortsendet?« fragte der Graf mit demselben ruhigen Lächeln um seine Lippen.

Der Jüngling errötete und stockte.

»Und wird das Schicksal Deine Entwürfe verwirklichen?« fragte der Graf weiter. »Ist das Spanien wirklich Deiner Sympathien würdig? Ist es wirklich das glänzende Gebilde, das dir Deine Phantasie vormalt? dieser gefangene König wirklich der edle, leidende Held, den du Dir träumst? das Land der Gonsalvos, der Hernandez, noch immer der Sammelplatz alles Heldenmutes? – Armer Junge!« brach der Graf ab, hob jedoch wieder nach einer kleinen Weile an: »Das Land der Cordovas, der Cortez, ist unter dem versengenden, verdorrenden Hauch der Priester und Königstyrannei eine baumlose Wüste geworden, von Landstreichern, Räubern, Bettlern und faulen Mönchen angefüllt, und von einem Volke bewohnt, das, statt zu arbeiten, sich seine Nahrung vor den Pforten der Klöster holt, – dieses Dein Heldenvolk hat nicht einmal das Verdienst, unter eigenen Fahnen zu fechten; es ist das schmählich bezahlte Gold der Inglese, das diese Bettlernation aufgerüttelt und in ihrem stupiden Enthusiasmus wach erhält.«

»Lästern Sie das Vaterland meiner Mutter nicht!« schrie der Jüngling, von Zorn überwältigt.

»Bloß Deiner Mutter?« fragte der Conde.

Der Don errötete.

»Und in dieses Land, dieses Paradies von Bettlern und Mönchen willst Du gehen? Deinem stehenden, bedrängten Vaterlande den Rücken kehren in der Stunde seiner Not, seiner Todesangst? Was wird dieses Vaterland dazu sagen!«

»Manuel verachtet dieses Vaterland;« versetzte rasch der übermütige Jüngling.

»Das ist genug;« sprach der Conde, plötzlich aufstehend. »Das Blut Deiner Wangen ist aufrichtiger, als Deine Zunge. Behalte jedoch Dein Geheimnis für Dich; selbst fragen wollen wir Dich nicht, wo Du in diesen letzten Stunden gewesen, obwohl unsere Freundschaft vielleicht einige Aufmerksamkeit verdient hätte. Wir haben jedoch der Freiheit so wenig übrig gelassen, daß es grausam wäre, einander die dürftigen Brosamen, die noch übrig sind, einander verkümmern zu wollen. Aber Don Manuel!« fuhr er fort, und seine Stimme wurde ungemein ernst, »indem wir Dir Deine Freiheit hiermit unbeschränkt lassen, und uns des süßen Trostes berauben, uns eine freundliche Stütze unserer Entwürfe, einen achtungsvollen Pfleger unserer Plane, einen gefühlvollen Mitbürger mit offenem Herzen für die Drangsale seines Vaterlandes zu erhalten, steht es unserer Freiheit nicht minder zu, uns vor den Folgen Deines Entschlusses zu bewahren. Nicht wir wollen Deine Freiheit beschränken; aber ebenso wenig wollen wir zugeben, daß Du die unsere beschränkst.«

Der Jüngling sah den Grafen starr an.

»Geh denn mit Gott,« sprach dieser. »Deines Vaters Diener werden Dich begleiten, und wir für die Mittel sorgen, Dich mit dem Deiner Familie gebührenden Anstande in die Madre Patria einzuführen. Aber weiter geziemt es sich nicht, daß wir gehen. Derjenige, der, sich über sein Vaterland und seine Blutsverwandten erhaben fühlend, zum Schwager eines Virey sich emporzuschwingen gedenkt, würde sich wahrscheinlich zu stolz fühlen, um von einem armseligen mexikanischen Conde fürder Unterstützung zu heischen.«

Der Jüngling stand wie eine Bildsäule – sein bleiches Gesicht auf den Boden geheftet, war er keines Wortes mächtig.

»Du hast nicht bloß mit Deinem Onkel,« fuhr dieser fort, »Du hast mit dem edelsten Geschöpfe, das innerhalb der Meere Mexikos das Tageslicht erblickt – dem Stolze unseres Landes – Dein herzloses Spiel getrieben. Gleich dem verschmitzten Sohne Isaaks verlässest Du Deine Heimat, um in einem fremden Lande den Phantomen Deines selbstsüchtigen Ehrgeizes nachzulaufen.«

»Mani!« rief eine schluchzende Stimme, und die liebliche Condessa schwankte zur Türe herein, ihr tränenschweres Antlitz in die Mantilla verhüllt, bebend und zitternd, ihre verweinten Augen wehmütig auf den Jüngling geheftet. Ihre stockend schluchzende Stimme vermochte bloß abgerissene Laute hervorzubringen. Unschlüssig schwankend, ihre Hände kindlich auf dem Busen gefaltet, schluchzte sie »Mani! Mani!« wie ein nahender Engel aus höheren Sphären. »Mani! so willst Du uns und unser armes bedrängtes Mexiko verlassen? Mani, um der fünf Wunden! der heiligen Jungfrau willen! Mani! Mani! O gedenkst Du noch jenes feierlichen Schwures, den Deine Zunge vor nicht sechs Monden auf der Höhe von Oaxaca im Angesichte Gottes und der beiden Ozeane aussprach, des feierlichen Schwures, Du würdest ganz Mexikaner sein? Und Du willst Mexiko verlassen? Mani! Mani!«

Der Jüngling stand sprachlos.

»Mani,« bat sie, ihre Hände ihm bittend entgegenstreckend, »Mani bleibe bei Tio! Bleibe in unserem armen bedrängten Mexiko! Bleibe!« rief sie, ihre Arme faltend.

Das leichte Rauschen, das ihr seidenes Nachtgewand verursachte, schreckte den Jüngling plötzlich aus seinen Träumen. Er blickte sie einen Augenblick starr an, und stürzte dann mit den Worten: »Fort von hier!« aus dem Kabinette.

»Einen Neffen haben wir verloren!« sprach der Conde mit schmerzerstickter Stimme. »Einen Sohn und eine Tochter haben wir noch. Das ist der Fluch des Despotismus. Er entzweit uns mit unsern Lieben, mit uns selbst, dem Glauben, der Hoffnung, der Liebe. *A dios* Kinder!« Er küßte beide, und entfernte sich dann.

Fünfzehntes Kapitel.

– O Du!
Verderblicher als Hunger, Pest und Meere!
Schau die betrübte Bürde dieses Bettes;
Das ist Dein Werk.

SHAKESPEARE.

ie Glocken von den Kirchtürmen hatten mittlerweile fünf geschlagen, und der Morgen graute von Osten herüber. Anfangs
ein fieberroter Punkt am Itztaccihuatl, der wieder in matte
chaotische Dunkelheit verglomm, wieder auftauchte und vom Grünroten
ins Aschfarbige, von diesem ins Dunkelbraune, und vom Dunkelbraunen
ins Blaßgoldene schillernd, das Auftauchen der Sonne aus dem Ozean
verkündete. Noch war es dunkel am Himmel, aber es war eine eigene
Dunkelheit; kein Wölkchen befleckte das reine Himmelszelt; die wenigen
noch sichtbaren Sterne schienen zu zittern in der Morgenfrische, und er-
bleichten, während hinab gegen den Popocatepetl die roten Streifen seines schneeigen Hauptes gleich feurigen Flaggen sich um seine hehren
Krater legten. Dann begann ein mattes blasses Licht zuerst über die Kop-
pen der Tenochtitlan-Gebirge herüber zu brechen, und im Zwielichte
tauchten sie auf, eine nach der andern; aber die Stadt lag noch in Finsternis und Schlaf begraben, und nichts unterbrach die Totenstille als das
Vigilanzia der Schildwachen und das Rasseln der Totenkarren, welche die
in der Nacht entschlummerten Leperos in ihre enge Wohnung oder die
Hauptwachen abführten. Es war eine eigene Stille, diese Stille der Tausende, dieses Totenleben, bewacht von den Wächtern des ertöteten Despotismus. Am See Chalco und seinem Kanale fing es dann an sich zu regen,
und Hunderte von Canoes flogen im Schatten der weichenden Nacht über
den mehr und mehr erglänzenden Wasserspiegel dem engen Kanale zu,
begleitet von dem Morgengesange der Indianerinnen und den Gitarrentö-
nen ihrer Männer.

»Jesu Maria und alle Heiligen, halb fünf Uhr!« jammerte der *Mayor
Domo*, der eben vom rechten Flügel gekommen war, ihm nach mehrere
weibliche Diener, die auf den Zehen einhertrippelten, Schrecken auf ih-

ren Gesichtern. »Halb fünf Uhr!« jammerte der alte Diener, »noch eine Stunde – horch die Glocke von der Kathedralkirche – die Stunde, in der der Erzbischof die Messe ansagte, ist ja noch nicht gekommen. Wird er gehen?«

»Er ist schon gegangen, aber nicht zur Messe;« flüsterte Don Pinto dem alten Manne in die Ohren. »Zum Teufel mit Deiner alten Weiberfrömmigkeit.«

»Gespenst der Nacht und der Hölle! Alle guten Geister loben Gott den Herrn;« kreischte der *Mayor domo*, der zurückschaudernd an den Conde stieß, welcher, in seinen Schlafrock gehüllt, vorüber in den rechten Flügel zu den Gemächern der jungen Condessa schritt.

»Gott und alle Heiligen!« wehklagte der alte Mann seinem Herrn. »Sie liegt noch immer in Ohnmacht, unbewußt alles dessen, was um sie her vorgeht;« und er faltete seine Hände zusammen.

Der Graf trat in das Kabinett, und die Vorhänge des Bettes öffnend, schaute er mit bekümmertem Blicke auf das Engelsgebilde, das weißer denn die Linnen, die es verhüllten, da lag! ob schlummernd oder verblichen, würde beim ersten Anblick schwer zu erraten gewesen sein.

Gleich einer Alabasterstatue von griechischer Hand gemeißelt, lag sie hingegossen, eine Vision ohne Atem, ohne Bewegung. Erst nach langen Zwischenräumen öffneten sich ihre bleichen Lippen, zitterten einige Sekunden leblos und unwillkürlich, wie die Blätter vom Hauche des Windes gerüttelt, und schlossen sich wieder so willenlos, wie diese zur Erde fallen.

»So dauert es jetzt schon geschlagene zwei Stunden;« wisperte Sancheca, die Doncella[209] der jungen Condessa, indem sie sich über das Engelsgesicht hinbog und den kalten Schweiß von der Stirne küßte.

»Zuweilen,« murmelte die Duenna mit Tränen im Auge, »schaudert sie auf, zittert, dann schlägt sie die Augen auf und starrt und starrt, als ob sie ein Gespenst sähe. Sie spricht auch mit sich selbst. Eile, eile glänzendes Segel, eile, führe ihn hinweg, leichtes silbernes Segel vom unglückseligen Mexiko zur Bahn des Ruhmes, lispelte sie im befehlenden Ton, und dann spreitete sie die Arme aus, als wollte sie jemanden aus den Klauen eines Ungetümes erretten. Wieder betet sie, warnt vor den Gachupins; selbst verwünscht hat sie die Gachupins. Heilige Jungfrau! mich wundert nur, wo sie die Verwünschungen gelernt hat. Der Engel konnte nichts als beten.« –

»Gerade als Anselmo uns verließ,« fiel Sancheca wieder ein, »erhob sie sich, und ging mit geschlossenen Augen im Zimmer umher, ergriff den

---

[209] Kammermädchen.

Armleuchter und suchte in allen Ecken. Sie starrte uns alle an, als ob sie uns nie gesehen hätte, und dann stieß sie den Armleuchter wieder weg, kreuzte ihre Händchen auf dem Busen, und bat so flehentlich, ein Stein hätte sich ihrer erbarmen mögen. Aber sie konnte diese Anstrengung nicht aushalten, und wäre gesunken und gefallen, hätten wir sie nicht aufgefangen.«

»Du hast vergessen,« rief Bettina, ein zweites Kammermädchen, »was sie sprach, als sie so im Kabinette umhersuchte. Ja,« sagte sie, »über diese Felsen und Klippen muß er hinab ins Bereich des tückischen Vomito, und Jesu Maria! die See, die stürmische See mit ihren alles verschlingenden Wogen.«

Der Graf, eine Träne im Auge, bog sich über die Schlummernde hin.

»Nina! Nina! Wollen wir nicht für den Unglücklichen, der uns verläßt, beten?«

Sie horte nicht, sie gab keine Antwort.

»Nina! Nina!« bat er wieder.

Ein entfernter Trompetenstoß, der den *Paseo* herabschmetterte, ließ sich im Kabinette hören. Die Augen der ohnmächtig Schlummernden öffneten sich.

»Nina!« bat der Conde wieder im zärtlich väterlichen Tone. »Nina, wollen wir nicht für den Unglücklichen beten, der uns verläßt?«

Auf einmal öffnete sie die Augen, blickte stier und starr um sich, schüttelte das Lockenköpfchen, schaute den Grafen wie verwundert an, streckte ihre Arme aus, und ihn um den Hals fassend, lispelte sie: »*Non por siempre perdido.*«[210]

Ein zweiter Trompetenstoß schmetterte aus dem *Paseo nuevo* herüber. Ein starkes Detachement Dragoner, mit einem Stabsoffizier an der Spitze, hielt, und ein Jüngling in reicher Uniform sprang vom Pferde.

Sogleich war eine zweite heftige Stimme, die Don Manuels, zu hören, der wie rasend schrie: »Fort! um's Teufelswillen! Fort, oder ich erschieße mich auf dem Platze!«

»Jesu Maria!« stöhnte der *Mayor domo*: »er ist Belzebubs, ohne Messe, ohne Viaticum, ohne Beichte.«

Selbst die rohen Dragoner schauderten ob der Heftigkeit des Jünglings, und sie bekreuzten sich mit einem Entsetzen, das dem jungen Edelmanne vollends seine Besinnung zu rauben schien. Ohne ein Wort weiter zu sagen, warf er sich auf sein Pferd; der Mayor, der ihm ernst und bedenklich nachgeschaut hatte, gab das Kommandowort, und der Zug setzte sich

[210] Nicht für ewig verloren.

in Bewegung. Die Maultiere schlossen sich an die hintersten Glieder an, in wenigen Minuten war alles zwischen dem Laubwerke der Bäume verschwunden. Der Graf mit dem jungen Conde hatten sprachlos den Enteilenden nachgesehen.

»Was soll das?« sprach der erstere endlich zum jungen Conde, der noch immer verstört bald durchs Fenster, bald auf das Bette der Condessa stierte: es ist noch eine halbe Stunde vor sechs.«

»Wir haben plötzlich Ordre zum schleunigsten Aufbruche erhalten. Die Gavecillas zeigen sich vom Malinche herab bis zur Barranca von Juanes, und bedrohen unsere Kommunikation mit Puebla; die von Xalapa und Veracruz ist bereits unterbrochen.«

»Das ist eine schlimme und wieder eine tröstliche Nachricht,« sprach der Graf in tiefem Nachdenken, »eine sehr schlimme und eine sehr tröstliche Nachricht. Fürchte für die Nina nichts, Carlos!« fuhr er mit bewegter Stimme fort, und sein Blick fiel wieder auf die Leidende; »so sehr sind unsere häuslichen Leiden mit denen unseres Volkes verwoben, daß nur die gänzliche Genesung des letztern unsern Jammer vollends heben kann. Ja, teurer Carlos! das Leiden Deiner Schwester ist mir nun Labsal geworden; denn es wendet meinen wahnsinnigen Blick wenigstens für einige Zeit von dem Elende meines Vaterlandes ab; es ist Zerstreuung.«

»Gott! was sind wir für Menschen, die hier noch Zerstreuung suchen müssen. Hermanna Elvira!«[211] flüsterte er der jungen Gräfin zu, auf die er zueilte und ihr einen Kuß auf die Lippen drückte.

Das liebliche Kind öffnete wieder die Augen und sah den Bruder mit einem trostlos wehmütigen Blicke an. »*Ay de mi,*«[212] lispelte sie; »*Ay de mi,*« wiederholte sie, und schaudernd, wie gerüttelt vom Fieberfroste, schrak sie wieder zusammen. »*Perdon a mia estrella,*« bat sie, »*Perdon Hermanno!*[213] und dann hob sie ihre Hände bittend und entschlummerte.

»Jesu Maria!« rief der junge Graf, »und ich soll gehen und sie verlassen?«

»Fürchte nicht für sie,« sprach der Conde; »an ihrer baldigen Genesung zu zweifeln, wäre an ihrem Zartsinn verzweifeln. Das Leiden unseres Volkes ist so groß, daß sie ihr eigenes darüber vergessen wird.«

Und mit diesen Worten küßten sich beide; der junge Graf eilte aus dem Saale dem Detachement der Dragoner nach.

---

[211] Schwester Elvira.
[212] Wehe mir!
[213] Vergebung meinem Sterne! Vergebung, Bruder!

Sechzehntes Kapitel.

Sollten unsere Leser zu finden glauben,
daß wir gar zu langweilig werden,
so mögen sie versichert sein,
daß wir unsere ganz besondere Gründe haben.

BRITISCHER ESSAYIST.

ir würden uns kaum wundern, wenn unsere Leser die bisher geschilderten Szenen mehr als Ausbrüche einer krankhaften Phantasie belächelten, die in roher Lust Zerrbilder darstellt, die nirgends als in ihren ausschweifenden Träumen, ihr flüchtiges Dasein hätten. – Für uns, deren gesellschaftliche Institutionen sich so naturgemäß und human entwickelt, deren Gesetzlichkeit in Folge dieser rationellen Entwickelung so fest begründet und allgemein ist, wo der Ärmste so wie der Reichste seine angebornen Rechte und die unter seiner Mitwirkung festgesetzten Beschränkungen ebenso genau kennt und männlich festhält, als sie von seinen Vorfahren erkämpft und verteidigt worden, – für unser ernst politisches Wirken und Leben dürfte es schwer sein, ein so tolles Gewirre rasenden Übermutes und stupider Feigheit, krassen Despotismus und frecher Zügellosigkeit, unerträglicher Anmaßung und niedriger Preisgebung der heiligsten angebornen Rechte auch nur möglich zu denken; denn es gehört wirklich die Vereinigung all der Übel dazu, die dem Menschen seine Würde rauben und ihn allmählich zu wenig mehr denn einem Tiere herabwürdigen, um solche Charaktere und Szenen zu verwirklichen; eine Vereinigung, die wir, trotz aller Klagen, auch nicht im entferntesten zu dulden hatten. Nein, so drückend auch die Anmaßungen waren, über welche die Väter der neuen Freiheit, und wir mögen kühn behaupten, der Wiedergeburt des Menschengeschlechtes, zu klagen hatten, so waren sie doch noch wahre Wohltaten im Vergleiche mit den fürchterlichen Übeln, die das Nachbarland seit Jahrhunderten erduldet hat. Übel, die aber auch, die Wahrheit zu gestehen, zu den unsere Vorfahren bürdenden Lasten ganz in demselben Folgenverhältnisse standen, welche die friedlich ruhige Besitznahme eines unwirtbaren von niemanden rechtmäßig angesprochenen Bodens, und

hinwiederum die Eroberungen eines Cortez oder Pizarro notwendig nach sich ziehen mußten.

Wenn ruhig friedliche und freiheitsstolze, auf ihre angebornen Rechte eifersüchtige, und durch politische oder religiöse Verfolgungen in ihrem Vaterlande bedrängte Bürger diesem den Rücken kehren, um in einer Tausende von Meilen entfernten Wildnis die in ihrem Vaterlande angefochtenen Rechte ungekränkt zu genießen; wenn sie und ihre Nachfolger und deren Kinder und Kindeskinder unter steten Kämpfen mit wilden Tieren und wildern Menschen diese Wildnis beurbaren; wenn sich unter ihren rastlosen Händen blühende Fluren, wohnliche Sitze und reiche Städte erheben; wenn diese Bürger durch Gesetzlichkeit, Fleiß und Fortschreiten in Aufklärung und den bürgerlichen Künsten allmählich zu Staaten anwachsen, die, stark im Bewußtsein ihrer Kraft, sich sehnen, sich selbst Gesetze zu geben, statt diese vom entfernten Mutterlande zu empfangen; die Früchte ihres Fleißes, die Ersparnisse ihrer Weiber und Kinder zum Besten des eignen Landes zu verwenden, statt sie einer verschwenderischen Aristokratie zu törichten nimmer endenden Entwürfen und Kriegen in den Schoß zu werfen; wenn solche Bürger und zwar die edelsten, die gewissenhaftesten, die einsichtsvollsten, selbst Hand ans Werk legen und sich zuerst in die Bresche stellen, und ihren Willen zur Tat werden lassen, und sich erheben, um für ihre angebornen Rechte zu kämpfen: dann werden diese Staaten und der Kampf für ihre Rechte, diese bürgerliche Gesellschaft und die Revolution, durch welche sie sich vom Mutterlande losreißen, ganz anders beschaffen sein, als die eines Volkes, das, durch einen Haufen sitten- und gesetzloser Abenteurer, plötzlich über den Haufen geworfen, Jahrhunderte in einer unerhörten Dienstbarkeit geschmachtet und, nachdem es Jahrhunderte geschmachtet, endlich losbricht, nicht um angeborne Rechte, von denen es keinen Begriff hat, wieder zu erlangen, sondern – seinen Rachedurst zu befriedigen. In dem ersten Falle ist es die zur bürgerlichen Freiheit auferzogene Gesellschaft, die Mündigwerdung des jungen Mannes, der in seine bürgerliche Rechte eintritt, und diese mit männlichem Geiste, warmem Herzen und kaltem Verstande zu verfechten weiß; im andern ist es das Entspringen des gefangenen Tigers, der den in seinem Eisenkäfige lange verhaltenen Grimm auf eine blutige Weise zu befriedigen vom Instinkte getrieben wird. Das eine Beispiel haben die Vereinigten Staaten aufgestellt, das andere Mexiko.

Gesunken unter den wütenden Angriffen eines verzweifelten Abenteurers, seiner Religion, seiner Bildung, seiner Herrscher, seiner edelsten Männer, seiner Tempel, selbst seiner Geschichte beraubt, war das ganze Land, nachdem es in die Hände der Spanier zu fallen das Unglück gehabt, aus einem blühend selbstständigen Staate eine ungeheure Domäne – seine Bewohner eine disponible Horde geworden, der man noch eine Wohltat zu erweisen glaubte, wenn man sie zu Hunderten, zu Tausenden, wie das Vieh an eine wüste Soldateska verteilte. Ihres Eigentums, ihrer Äcker, zum Teile selbst ihrer Weiber und Kinder beraubt, herdenweise in die Bergwerke getrieben, oder zum Lasttragen, über unwegsame Gebirge verdammt, war die Geschichte dieses beispiellos gemißhandelten Volkes, drei Jahrhunderte hindurch ein fortwährendes Gemälde der unmenschlichsten Bedrückung gewesen, dem selbst die zu seinem Besten gegebenen Gesetze dadurch, daß sie gewissenlosen Beamten zur Vollziehung anvertraut waren, zu unheilbarem Krebsschaden wurden. In ihre Dörfer eingebannt, aus denen sie nur gerissen wurden, um ihren Peinigern zu fröhnen, hatten sie im stumpfen Dahinbrüten alles verloren, was den Menschen als solchen bezeichnet; nur das Gefühl ihrer Entwürdigung, die Erinnerung an die ausgestandenen Leiden, und ein instinktartiges, düsteres Sehnen nach blutiger Rache waren geblieben.

In diesen wenigen Zeilen ist die Geschichte von drei Fünfteilen der Bewohner Mexikos enthalten und der gleich unglücklichen, gleich verwahrlosten und noch mehr verwilderten und verachteten Geschöpfe – der Kasten – enthalten, – Sprößlinge einer tierischen Vermischung der Eroberer und ihrer Nachfolger und Sklaven mit den Eingebornen – mit all dem anscheinenden Stumpfsinne, all der wirklichen Apathie der roten Race, all der Zucht- und Gesetzlosigkeit ihrer weißen Väter, in eine Welt hinausgestoßen, die sie als ehrlos brandmarkte, alles Eigentums beraubte, verdammte zu den niedrigsten Arbeiten, ein steter Gegenstand der Furcht und des Abscheues der bessern Klassen, weil sie nichts zu verlieren, in einer Staatsumwälzung alles zu gewinnen hatten. So waren die Elemente einer Bevölkerung beschaffen, die nun durch den Kreislauf der Dinge zum Kampfe für ihre Unabhängigkeit in die Bahn zu treten gleichsam bei den Haaren herbeigezogen werden sollte, gleich dem Gladiator, der mit der letzten Kraft der Verzweiflung die Fesseln von den blutrünstigen Gliedern bricht und, um dem Kerker zu entspringen, seine Rettung nur in dem Untergange seiner Unterdrücker sucht. –

Dreihundert Jahre hatte Mexiko Monarchen, die es nie gesehen, gehorcht, ohne auch nur den Gedanken eines Abfalles zu hegen. Zwar hatte der Geist der Freiheit, durch die Vereinten Staaten ins Leben gerufen, auch in Mexiko Anklang gefunden; aber dieser Anklang war verhallt, und ein namenloses Sehnen war alles, was übrig geblieben war. Das planmäßige Unterdrückungssystem des Spaniers hatte jeden höhern Aufschwung erdrückt; der Adel hatte sich ganz an die Regierung angeschlossen, die

Mittelklassen waren gefolgt, das Volk mußte diesem Beispiele folgen. Es herrschte Ruhe, selbst lange nachdem in den südlichen Kolonien bereits der Aufstand ausgebrochen war; diese Ruhe war selbst nicht unterbrochen worden, als die Nachricht von der gewaltsamen Besitznahme der Hauptstadt des Mutterlandes durch seine Erbfeinde und der grausamen Metzelei in derselben eingetroffen.[214] Das entrüstete Mexiko, weit entfernt, die günstige Gelegenheit zu benutzen, seine Unabhängigkeit zu erklären, beeilte sich vielmehr, die sprechendsten Beweise seiner Sympathie für die gekränkte Ehre des Mutterlandes zu geben, und allenthalben ertönten Verwünschungen gegen den gewalttätigen Machthaber, der den wenig gekannten Herrscher so heimtückisch aus seinem Erbreiche gelockt und in strenger Haft gefangen hielt. Die Kriegserklärung der obersten Junta gegen denselben Machthaber war mit lautem Beifalle aufgenommen worden, und alles bestrebte sich, werktätig seinen Enthusiasmus zu bezeugen, als ein königliches Dekret anlangte, das ganz Mexiko befahl, den Bruder desselben fremden Machthabers als Regenten anzuerkennen, der seinen legitimen Fürsten so widerrechtlich entführt hatte.

Ein augenscheinlicherer Beweis von Unwürdigkeit zu herrschen, konnte wohl nie und nirgends einem Volke so deutlich vor Augen gelegt werden, als es in diesem königlichen Dekrete geschah. Loyalität war diesem Volke gewissermaßen zum Glaubensartikel geworden; aber so wie der blinde Glaube dem absolutesten Unglauben weicht, wie der Blindgläubige plötzlich aus seinem Wahne gerissen wird, so war auch von dem Volke Mexikos durch diese königliche Niederträchtigkeit auf einmal alle Loyalität gewichen. Gegen den angestammten Monarchen sich zu empören, würde den Mexikanern schwerlich je eingefallen sein; aber von eben diesem Monarchen auf eine so schmähliche Weise weggeworfen zu werden, war eine um so schmerzlicher gefühlte Kränkung, als das Land, bei aller seiner Herabwürdigung, diese letzte Herabwürdigung noch nicht erfahren hatte. Der Unwille über diese königliche Zumutung war allgemein, und das Dekret wurde einstimmig und öffentlich verbrannt. Mit gerechter Entrüstung gewahrte jedoch dasselbe Volk, daß gerade diejenigen, die sich ihrer Loyalität und Anhänglichkeit an die königliche Person und ihr Haus am meisten gerühmt hatten, die ersten waren, die ihre Treue auf den neuen Herrscher übertragen hatten. Alle Regierungsbeamte, beinahe alle Spanier, hatten eilig Anstalten getroffen, das Land dem neuen Herrscher zu überantworten, ohne auch nur zu fragen, ob es auch wolle. Ein einziger hatte einen ehrenvolleren Ausweg

[214] Mürats, Mai 1808.

eingeschlagen – Iturrigaray, der Vizekönig. Den feigen und niederträchtig verschmitzten Charakter seines gefangenen Gebieters wohl kennend, hatte er den Plan gefaßt, demselben Mexiko, dem Wunsche seiner Bevölkerung gemäß, zu erhalten. Eine Junta, zusammengesetzt aus Spaniern und den angesehensten Mexikanern, sollte eine Volksrepräsentation bilden, die bis zur Ankunft bestimmterer Befehle aus Europa das Land vor allen gewaltsamen Erschütterungen bewahren sollte. Der Entwurf hatte den Beifall aller gutgesinnten Mexikaner erhalten. Alle sahen mit Frohlocken dem Zeitpunkte entgegen, wo endlich auch sie in den öffentlichen Angelegenheiten ihres Landes mitsprechen sollten. Der Jubel war allgemein; aber mitten unter diesem Jubel, mitten unter diesen Vorbereitungen zur Ausführung des Entwurfes wird der Urheber des Planes, der Vizekönig selbst, von seinen eigenen Landsleuten in seinem Palaste überfallen, mit seiner Familie verhaftet, nach dem Seehafen von Veracruz abgeführt und als Staatsgefangener nach Spanien eingeschifft.

Dem schwächsten Verstande war es durch diese Gewalttat klar geworden, daß so lange der Spanier herrsche, der Mexikaner unbedingt Sklave bleiben müsse; daß er nie hoffen dürfe, an der Verwaltung seines Landes Anteil zu haben, und daß an Iturrigaray bloß deshalb der unerhörte, gesetzlose Gewaltstreich verübt worden war, weil er den Weg zur allmählichen Emanzipierung der Kreolen bahnen zu wollen sich unterfangen hatte.

Hatte des Herrschers niederträchtige Resignation seiner angebornen Rechte der Legitimität in den Augen des Volkes den Stab gebrochen, so hatte dieser Gewaltstreich nicht minder mit der Herrschaft der Spanier getan. Von diesem Augenblicke an begann der Entschluß zu wurzeln, sich der Spanier auf jede nur mögliche Weise zu entledigen. Eine Verschwörung war die unmittelbare Folge, zu der sich an hundert der angesehensten Mexikaner mit mehreren Hunderten aus den Mittelklassen und dem Militär vereinigten, mit dem festen Vorsatze, das schandbare Joch abzuschütteln, – als wieder die Verräterei eines der Verschwornen, der die Verbündeten in der Beichte verriet, den Ausbruch derselben zwar nicht vereitelte, aber beschleunigte.

Es war um neun Uhr abends am 15. September 1810 gewesen, als Don Ignacio Allende y Unzaga, Capitain im königlichen Regimente *de la reina*, von Gueretaro kommend, in die Wohnung des Pfarrers von Dolores, Padre Hidalgo, stürzte, mit der Nachricht, daß dieselbe Verschwörung, die Mexiko von der verhaßten Herrschaft der Spanier befreien sollte, entdeckt, und daß der Befehl erlassen sei, die Verschwornen tot oder lebendig einzubringen. – Den sichern Untergang vor Augen, beratschlagten die beiden Verschwornen eine Stunde, und traten dann unter ihre Freunde, den festen Entschluß verkündend, ihr Leben an die Freiheit des Vaterlandes zu setzen. Zwei Offiziere, die Lieutenants Abasalo y Bellera und Aldama, mit einem Haufen lustiger Musikanten, Tisch- und Hausgenossen des Cura, vereinigten sich mit den Aufrührern, und mit diesen, *dreizehn an der Zahl, beginnt die große mexikanische Revolution.*

Während Hidalgo, ein Kruzifix in der Linken, ein Pistol in der Rechten, auf das Gefängnis losstürzt und die Verbrecher befreit, dringt Allende mit den übrigen in die Häuser der Spanier, zwingt sie, ihr Silber und bares Geld auszuliefern, und dann mit dem Geschrei: »*Viva la independencia y muera el mal gubernio!*«[215] stürmten alle in die Straßen von Dolores. Die ganze indianische Bevölkerung schließt sich an den geliebten Cura an; in wenigen Stunden ist der Haufen der Empörer auf einige Tausend gestiegen, wozu auf dem Zuge nach Miguel el Grande achthundert Rekruten vom Regimente des Capitains stoßen. Unaufhaltsam vordringend, wirft sich die losgelassene Rotte mit den Worten: »Tod den Gachupins!« auf San Filippe; in drei Tagen steigt sie auf zwanzigtausend; zu Zelaya angelangt, schließt sich ein mexikanisches Infanterieregiment mit einem Teile des Kavallerieregimentes *del principe* an sie an. Weiter fortschwellend, wirft sie sich, unter dem steten Rufe: »Tod den Gachupins!« auf Guanaxuato, die reichste Stadt Mexikos, wo eine dritte Truppenabteilung sich zu ihr schlägt. Von allen Seiten strömen nun die Indianer herbei, und die Horde wächst auf fünfzigtausend an. In Guanaxuato wird die feste Alhondega[216] im Sturm genommen, die sämtlichen Spanier und Kreolen, die sich mit ihren Schätzen dahin geflüchtet, niedergemacht; über fünf Millionen harte Piaster fallen den Aufrührern als Beute in die Hände. Der Fall dieser Stadt zieht eine ungeheure Menge Indianer aus allen Teilen des Reiches herbei; die Horde steigt auf achtzigtausend Mann, worunter aber kaum viertausend Gewehre sind. Unaufhaltsam dringt sie über Valladolid nach Mexiko vor, wirft den Obersten Truxillo bei Las Cruces über den Haufen, und zieht am 31. Oktober die Hügel von Santa Fe herab, die Hauptstadt des Königreiches im Angesichte, in deren Mauern dreißigtausend Leperos nur des Zeichens zum Angriffe harren, um den Kampf innerhalb der Stadt zu beginnen. Bloß zweitausend Linientruppen sind zur Verteidigung der Hauptstadt vorhanden; Calleja, der Oberfeldherr, ist hundert Stunden von Mexiko; ein anderer Obergeneral, der Graf von

---

[215] Es lebe die Freiheit! Nieder mit der schlechten Regierung! (buchstäblich: es sterbe die schlechte Regierung!)

[216] *Alhondega de granaditas*, ein Getreidemagazin.

Cadena, sechzig; der Rücken ist gleichfalls von den Patrioten aufgeregt; auf der Straße von Tlalnepatla rückt ein Patriotenchef zur Unterstützung Hidalgos heran; der Vizekönig trifft bereits Anstalten zum Abzuge nach Veracruz; das Schicksal von Mexiko ist, allem Anscheine nach, seiner Entscheidung nahe – ein rascher Angriff, und die Herrschaft der Indianer ist wieder hergestellt. Aber am folgenden Tage zieht sich Hidalgo mit seinem hundertundzehntausend Mann starken Schwarme zurück; Mexiko ist gerettet; aber die Leidensgeschichte der Patrioten fängt nun an.

Am 7. November bei Alculco von dem vereinigt spanisch-kreolischen Heere geschlagen, trifft bald darauf Allende bei Marfil ein gleiches Los, und eine dritte Schlacht bei Calderon entscheidet das Schicksal des ersten Feldzuges, dessen Urheber, Hidalgo, mit fünfzig seiner Gefährten bald darauf, verräterischer Weise bei Acalito gefangen genommen, mit seinem Leben büßt.

Der erste Aufzug des revolutionären Dramas war beendigt, sechs Monate nachdem der blutige Vorhang aufgezogen worden war; aber die Brandfackel, weit entfernt, mit dem Falle des Führers verlöscht zu sein, hatte sich nur geteilt, um in zahllosen Flammen das ganze Reich desto sicherer im allgemeinen Brande auflodern zu machen. Tausende derjenigen, die sich von den Schlachtfeldern von Aculco, Marfil und Calderon gerettet hatten, durchzogen nun die Intendanzen, einen Vertilgungikrieg beginnend, der langsam, aber sicher die unversöhnlichen Tyrannen aufreiben sollte. Die meisten dieser Haufen waren von Priestern, Advokaten, oder Abenteurern befehligt, die ohne Bildung, bloß durch ihren Haß gegen die Gachupins ausgezeichnet, ohne Plan oder Übereinstimmung handelten. Noch hatten sich nur wenige von der bessern Klasse der Kreolen an die Aufrührer angeschlossen; im eigentlichen Sinne des Wortes waren es noch immer bloß die Indianer und Kasten, die der Gesamtbildung und dem Eigentume des Landes gegenüberstanden, und die Herrschaft der Spanier, obwohl erschüttert, hatte an den Kreolen selbst ihre stärkste Stütze gefunden.

Diese, obwohl verhältnismäßig weniger gedrückt als die Indianer und Kasten, hatten sich mehr so gefühlt, weil sie aufgeklärter, ihre Rechte, wenn nicht deutlicher erkannten, doch lebhafter ahnten, als die stumpfsinnige, bloß durch Rachedurst angetriebene rote und gemischte Race. Kinder von Vätern, die Spanier waren und als solche mit souveräner Verachtung auf alles, was Kreole hieß, ja selbst auf ihre eigenen, in Mexiko erzeugten Kinder, herabsahen, hatten diese, sozusagen, den Haß gegen die Spanier mit der Muttermilch eingesogen. Weit entfernt, die Rechte ihrer Väter nach dem Buchstaben der königlichen Verordnungen zu genießen, waren sie schon durch ihre Geburt in dem zinsbaren Lande in den Volkshaufen zurückgestoßen, um durch immer wieder und wieder sich erneuernde Scharen gieriger und hochmütiger Beamten, die in Lumpen kamen und mit Hunderttausenden das Land verließen, ausgesogen zu werden. Im Besitze der schönsten Ländereien und seiner unermeßlichen unterirdischen Reichtümer, hatte selbst Besitztum bei ihnen seinen Reiz verloren; denn des Spaniers Willkür kannte kein Eigentumsrecht, und er war im Namen seines königlichen Meisters der unumschränkte Herr alles Eigentums. Ein solcher Zustand hatte mit der schmerzlichsten Erbitterung endlich den Wunsch nach Befreiung von dieser schamlosen Herrschaft allgemein erregt, und durch die Verschwörung waren auch alle Anstalten dazu getroffen gewesen. Sie sollte, wie gesagt, an einem Tage über ganz Mexiko ausbrechen, und unmittelbar sollten Kreolen an die Stelle der zur Verhaftung bestimmten, spanischen Regierungsbeamten treten, die Seehäfen zugleich besetzt werden, und so durch Abschneidung jeder Unterstützung von dem benachbarten Kuba, die königliche Regierung gewissermaßen in ihrem eignen Netze gefangen und erstickt werden. An dem erwähnten unglücklichen Verrate eines Priesters scheiterte der ganze Plan, und Hidalgo, zu tief verwickelt, um seinem unvermeidlichen Schicksale zu entgehen, hatte den Ausbruch der Revolution beschleunigt, und, auf die Kreolen, die sich großenteils aus der Schlinge gezogen, erbittert, mit seinen Indianern einen Vertilgungskrieg begonnen, der beide, Spanier und Kreolen, gleich feindselig behandelte.

Dieser furchtbare Mißgriff, der nun Spanier und Kreolen gleich hart traf, hatte das Schicksal des Aufstandes selbst entschieden, und die Kreolen gezwungen, gegen ihren Willen sich an dieselben Spanier anzuschließen, zu deren Verderben sie selbst den ersten Grundstein gelegt hatten. Es war vorzüglich durch ihre Mitwirkung geschehen, daß die drei Schlachten gegen die Rebellen gewonnen worden waren; allein die Spanier, weit entfernt für diese Mitwirkung dankbar zu sein, sahen in der ganzen Kreolen-Bevölkerung nur die mißgünstigen Rebellen, die in der Ausführung ihrer Pläne gescheitert waren.

Über einen Aufstand erbittert, der ihrem Könige seine Suprematie, und ihnen selbst die Ausbeutung des reichsten Landes der Erde zu entreißen gedroht hatte, fingen sie an, darauf hin zu arbeiten, sich nicht nur der Rebellen selbst auf alle mögliche Weise zu entledigen, sondern auch der Möglichkeit einer künftigen Empörung auf eben die Art vorzusehen, wie unsere Bienenjäger den Stichen der wilden Schwärme vorbeugen, deren Honig sie sich ungestört zuzueignen im Sinne haben, sie nämlich mit Feuer und der Axt zu vertilgen. Vierundzwanzig große und kleine

Städte mit zahllosen Dörfern waren in den achtzehn Monaten des Krieges bereits von den Spaniern von Grund und Boden aus zerstört, ihre Bevölkerung ohne Unterschied vertilgt worden, aus keiner andern Ursache, als weil sie die Insurgenten vorzugsweise begünstigt hatten. Noch nicht zufrieden mit den Hunderttausenden, die Feuer und Schwert gefressen, hatten sich die blinden Legitimitätsdiener nicht entblödet, im Namen des dreieinigen Gottes und der heiligen Jungfrau die feierlichste Amnestie durch den Mund der Kirche zu verkünden, um die leichtgläubigen Elenden, die diesen Versicherungen trauten, ohne Erbarmen zu vertilgen. Eine so entsetzliche Treulosigkeit ließ natürlich keine Möglichkeit einer Wiederaussöhnung mehr zu, und die plötzliche Wendung, die der Gang der Revolution zu gleicher Zeit zu nehmen anfing, schien endlich die ganze Bevölkerung gegen diese elenden Tyrannen vereinigen zu wollen.

Unter den Abenteurern die, Ruhm oder Beute suchend oder von Haß gegen die Unterdrücker angetrieben, sich zu Hidalgo auf seinem Triumphzuge von Guanaxuato nach Mexiko gedrängt hatten, war auch sein Jugendfreund und Schulgefährte Padre Morellos, Rector Cura[217], von Nucupetaro gewesen. Von dem Generalissimus Hidalgo brüderlich aufgenommen, hatte er von diesem den Auftrag erhalten, die südwestlichen Provinzen des Königreiches in Aufstand zu versetzen. Mit diesem gefährlichen Auftrage ausgerüstet, hatte sich der sechzigjährige Priester, bloß von fünf Anhängern begleitet, in die Intendanzen seiner neuen Militärdivision begeben, war in Petalan auf zwanzig Neger gestoßen, die er durch das Versprechen der Freiheit ihm zu folgen bewog, und bald darauf von mehreren Kreolen mit ihrem Anhange verstärkt worden.

Ungleich seinem Vorgänger, fing dieser Priester den Krieg im Kleinen, nach Art jener Guerillas an, die im Mutterlande die Kraft des Feindes so wirksam gebrochen hatten. Allmählich die Sphäre seiner kriegerischen Tätigkeit erweiternd, hatte er mehrere nicht unbedeutende Siege über die spanischen Generäle in einem sechzehnmonatlichen kleinen Kriege davon getragen. Das Gerücht schilderte ihn als einen ernsten Mann, ganz das Gegenteil vom leichtsinnig raschen Hidalgo, begabt mit einem durchdringenden Verstande, von tadellosen Sitten und weit liberalern Ansichten, als man sie von einem mexikanischen Priester und seiner beschränkten Erziehung hätte erwarten sollen; der Einfluß, den er auf die Indianer ausübte, sollte ans Unglaubliche grenzen. Dieser Mann nun war an demselben *dia del fiesto*, an welchem unsere Geschichte beginnt, an der Spitze

---

[217] Der Pfarrer; weltgeistlichen Standes heißen sie Rectores Curas, die Klostergeistlichen Padres Curas.

einer kleinen Armee in der Nähe von Mexiko angekommen; die bedeutendsten Chefs der Patriotenkorps, unter denen Vittoria, Guerero, Bravo, Ossourno, hatten sich seinen Befehlen unterworfen, und das moralische Übergewicht seines Namens schien endlich bewirken zu wollen, woran es seit dem Tode Hidalgos gefehlt hatte, Übereinstimmung in den Kriegsoperationen der Patrioten und eine Disziplin unter ihren Truppen, die dem Lande Vertrauen einflößen konnte.

Auf diesen Mann nun begann Mexiko die Augen sehnsuchtsvoll zu richten. Er oder keiner, das war der allgemeine Glaube, konnte das Land befreien. Tausende von Kreolen hatten sich bereits an ihn angeschlossen, und Tausende waren auf dem Punkte, diesem Beispiele zu folgen. Der Enthusiasmus nahm stündlich zu, und selbst der gewisse Tod, der jeden traf, der auch nur Wünsche für Mexiko laut werden ließ, konnte die Aufregung unter der jüngern kreolischen Bevölkerung nicht stillen. Die reifere Mehrzahl schwankte jedoch noch immer unentschlossen. Gänzlich in der Gewalt der Spanier, denen sie sich, um Schutz vor den wütenden Horden Hidalgos zu finden, in die Hände liefern mußten, und argwöhnisch von diesen bewacht, fehlte es ihnen ebenso sehr an der Kraft, sich ihren Tyrannen zu entziehen, als am Willen, sich an die neuen Befreier anzuschließen. Der mißlungene Versuch Hidalgos hatte ihr Vertrauen auf die Möglichkeit einer Befreiung erschüttert, die Grausamkeiten der Indianer gegen ihre Brüder ihre Begeisterung eingeschüchtert. Noch gellte ihnen das Wut- und Rachegeschrei der Indianer in die Ohren. Würde Morellos auch imstande sein, Calleja die Spitze zu bieten, gegen den Hidalgo und Allende mit ihren Hunderttausenden das Feld bei jedem Zusammentreffen verloren hatten? selbst im Falle eines Sieges imstande sein, Kriegszucht und Ordnung unter den zusammengelaufenen Scharen aufrecht zu erhalten? Würden die Abenteurer, von denen die meisten Abteilungen des Patriotenheeres befehligt waren, nicht vielmehr ihren Sieg benützen, um das unglückliche Land mit allen Schrecknissen, die einen zuchtlosen, siegtrunkenen Rebellenhaufen begleiten, heimsuchen? Solches waren die Fragen, die sich Tausenden der einsichtsvollern Bürger, nicht nur der Hauptstadt, sondern des Landes aufdrängten, und ihre Tatkraft in dem Augenblicke hemmten, wo diese zur Vertreibung der Spanier in Wirksamkeit treten sollte. Alle haßten die Spanier bitter und blutig. Alle hatten gelitten, und litten noch immer von den unerträglichen Anmaßungen und der Gesetzlosigkeit dieser bigotten nimmer satten Eindringlinge; aber diese Eindringlinge hatten trotz ihrer Gesetzlosigkeit Ordnung gehandhabt, deren Wert nun in der allgemeinen Zerrüttung so fühlbar geworden war. Die persönliche Sicherheit und die Rechte des Eigentums, wenn auch häufig verletzt, waren doch nie so *en gros* über den Haufen geworfen worden. Hatten diese Gründe schon auf die Gesinnungen und das Betragen der Mehrzahl der bemittelten Mittelklassen bedeutenden Einfluß geäußert, so mußten sie es noch weit mehr bei der am meisten bevorrechteten Kaste, dem hohen Adel, der bei einem Umsturze der Ordnung natürlich am meisten zu verlieren hatte. Mehrere dieser Familien bildeten, wie gesagt, eine Munizipal-Aristokratie, die besonders über die Indianer und die mit ihnen verwandten Kasten eine sehr drükkende Herrschaft ausübte; die Revolution, die nicht nur dieser drückenden, ganz eigentümlich schändlichen Herrschaft ein Ende zu machen, sondern sie auch in die Klasse der übrigen Bürger zu werfen, und was besonders schrecklich für sie war, ihnen ihre Adelsdiplome und Ordensdekorationen zu entreißen drohte, für die sie so große Summen aufgewandt hatten, und auf die sie, gleich den raffinierten höhern Ständen des europäischen Festlandes, einen unendlichen Wert setzten, mußte sie daher notwendig mit Schrecken erfüllen und ihnen das Ende der Herrschaft des Spaniers als ihr eigenes darstellen. Daß diese Vorstellungen verzweifelte Anstrengungen von Seiten des Adels bewirkte, die spanische Herrschaft um jeden Preis aufrecht zu erhalten, war um so natürlicher, als seine beschränkte Erziehung ihn ganz in die Hände dieser Herrschaft gegeben hatte. Wenn jedoch diese Vorurteile gegen die Revolution unter der Mehrzahl des hohen Adels herrschend waren, und es wäre eitel, die Tatsache zu leugnen, so können wir auf der andern Seite nicht umhin zu gestehen, daß es wieder Männer unter dieser hohen betitelten Aristokratie gab, die den Stand der Dinge aus einem weit höhern und für sie und ihr Land ehrenvolleren Gesichtspunkte auffaßten. Eigentum und vorzüglich Grundeigentum ist, was auch Ultraliberalismus dagegen sagen mag, eine Basis, deren Solidität auch dem schwächsten Verstande einen Halt gibt, den der geistreichere Eigentumslose vergeblich anspricht. Es liegt etwas Zähes, aber zugleich auch etwas Positives im Grundeigentum, das seinen Besitzer gewissermaßen zwingt, unabhängig von seiner persönlichen Vorliebe und seinen Vorurteilen, das Wohl des Landes zu berücksichtigen, in dem sein Eigentum liegt. So wahrhaft absurd daher auch das Benehmen der Mehrzahl dieser Hochadeligen im Anfange der Revolution gewesen, so kindisch lächerlich ihre Vorliebe für die wertlosen Auszeichnungen ihres königlichen Gebieters, so hatte es wieder unter ihnen Männer gegeben, die die Lage ihres Landes richtiger beurteilten, und ungeachtet des servilen Kleides, das sie trugen, für die Freiheit ihres Landes größere Opfer gebracht hatten, als die glühendsten, lautesten und ungestümsten Freiheitshelden je getan. Unter diesen hatte sich der Edelmann, mit dem wir bereits unsere Leser bekannt gemacht haben, besonders ausgezeichnet. Familienverhältnisse hatten ihm den seltenen Vorzug verschafft, seine Jugend in der Madre Patria und den zivilisiertern Ländern der alten Welt zuzubringen, und ihm so Gelegenheit gegeben, jene Erfahrungen zu sammeln, die nötig sind, um eine unabhängig richtige Ansicht der Verhältnisse seines eigenen Landes zu fassen. Von der Natur mit einem durchdringenden Verstande begabt, hatten die Demütigungen, die er sich von dem stolzen Spanier im Mutterlande bloß deshalb hatte gefallen lassen müssen, weil er ein geborener Mexikaner war, ihm frühzeitig jenen tiefen Abscheu gegen die Bedrücker eingeflößt, den nur wieder derselbe reife und gebildete Verstand genugsam zu meistern imstande war. Die Eindrücke, die er im geselligen Leben der aufgeklärtesten Völker Europas und der aufgeklärtesten seines eigenen Weltteils empfangen, hatte er tief in seinen Busen niedergelegt und in die Einsamkeit seiner weitläufigen Besitzungen mitgenommen, wo sie ihm Nahrung in seinen trüben Stunden und Leitstern in seinem häuslichen und öffentlichen Leben wurden. So war allmählich ein ebenso fester als umsichtiger Charakter entstanden, der jedoch, ungeachtet seiner Umsichtigkeit und Klugheit, kaum für die Länge dem Argwohn der Beherrscher des Landes entgangen sein dürfte, wenn nicht ein herbes Los, das sein Familienglück kurz nach seiner Rückkehr aus Europa zertrümmerte, dadurch, daß es ihn zum Gegenstand einer allgemeinen Sympathie erhob, wieder beigetragen hätte, dem spanischen Mißtrauen eine andere Richtung zu geben. Er selbst hatte sich seit diesem Schlage gänzlich von der Welt zurückgezogen, ganz und allein in der Beförderung des Wohles seiner nächsten Umgebungen und zahlreichen Angehörigen Trost und Erholung suchend. Aber ungeachtet dieser Zurückgezogenheit, hatte sich sein Einfluß zusehends und auf eine Weise vergrößert, die selbst die Aufmerksamkeit des Mutterlandes auf sich zu ziehen begonnen hatte. Dieser Einfluß wieder, weit entfernt in seiner Persönlichkeit hervorzutreten, war vielmehr in der festern Haltung des Adels und der ihm zunächst stehenden bürgerlichen Klassen bemerkbar geworden. Es lag etwas Geheimnisvolles in diesem seinem Einflusse, so wie in der Art, wie er ihn geltend machte. Gleich dem besonnenen, ruhig festen Seemanne, der jeden Windhauch kennt, und jedes Wölkchen zu klassifizieren weiß, schien sein durchdringender Blick schon lange vor dem Ausbruche der Revolution seine Maßregeln getroffen zu haben, um dem kommenden Sturm zu begegnen. Das Gerücht ging, daß er die Hauptveranlassung gewesen, die mehrere des mexikanischen Adels bewogen, sich an Iturrigaray anzuschließen. Er selbst war bei dieser großen politischen Maßregel nicht besonders hervorgetreten. Als jedoch der Plan sich wirklich zu einem günstigen Resultate neigte, hatte er sich gemäßigt und fest für denselben erklärt, als das einzige Mittel, sein Volk und Land aus dem herabwürdigenden Zustande zu reißen, und mit der Art und Weise, sich selbst zu beherrschen, stufenweise vertrauter zu machen, so Hand in Hand mit den spanischen Behörden fortzuschreiten, bis günstige Verhältnisse es erlauben würden, den Verband zwischen beiden Ländern gänzlich aufzulösen. Merkwürdig genug erklärte sich jedoch derselbe aufgeklärte Geist gegen eine plötzliche Freiheitserklärung, und zwar so bestimmt, daß eine bedeutende Anzahl ihm wieder ihr Vertrauen zu entziehen anfing. Vielleicht, daß er, die Schwächen dieses Volkes einsehend, die Unmöglichkeit voraussah, die Freiheit, selbst wenn sie erlangt würde, zu bewahren. Seine Gesinnungen teilten die einflußreichsten und aufgeklärtesten Mitglieder desselben hohen Adels und der höheren Bürgerklassen. Doch als diese, empört über den schnöden Gewaltstreich, der den beliebten Vizekönig so verräterisch gefangen aus dem Lande entführte, zum offenen Bruche Anstalt machten, zog sich der vorsichtige Aristokrat wieder in seine vorige scheinbare Untätigkeit zurück, aus der er sich auch durch die nachher wirklich ausgebrochene Revolution nicht bringen ließ. Unterdessen wollten die heller Sehenden, ungeachtet dieses scheinbaren Rückzuges von der politischen Laufbahn, deutliche Spuren seiner fortwährenden Tätigkeit bemerkt haben, und wirklich waren Symptome einer solchen im ganzen Lande zu fühlen, die um so auffallender wurden, als die Bedeutsamkeit der Hilfsmittel, die diesem unsichtbaren Agenten zu Gebote standen, und die Wirksamkeit derselben, alle Versuche der Behörde, sie zu entdecken oder ihnen auf die Spur zu kommen, auf eine Weise vereitelte, die diese in die größte Besorgnis versetzte. Das ganze Land war in der Tat durch diesen unsichtbaren Agenten in seinen Gesinnungen und Ansichten revoltiert worden, und so sicher wirkte der ausgestreute Same des Hasses gegen die Spanier, daß, ohne den unglücklichen Verrat, wahrscheinlich Mexiko ohne besonders hartnäckigen Kampf in die Hände der Kreolen übergegangen wäre. Die Urheber dieser moralischen Revolution blieben jedoch in geheimnisvolle Dunkelheit gehüllt, und unser Graf schloß sich mit dem ganzen Adel offenbar an die königliche Regierung an. Der neue Vizekönig, der Nachfolger des unglücklichen Iturrigaray, der mittlerweile die Zügel derselben übernommen, hatte mit zahlreichen Belohnungen, Orden und Titeln für die Werkzeuge, die seinem Vorgänger einen vizeköniglichen Stuhl und Freiheit geraubt, auch eine bedeutende Anzahl Verdammungs- und Todesurteile mitgebracht. Aber obwohl das Stigma des Liberalismus auch den Conde San Jago stark befleckt, so hatte sich doch die neue Exzellenz mehr als beeilt, ihn mit Beweisen von Freundschaft und Vertrauen zu überhäufen, die ebenso sehr die Verwunderung der Uneingeweihten, als das zufriedene Lächeln der Wissenden, erregten. Andere Vorfälle hatten sich wieder ereignet, die das gute Verhältnis zwischen den beiden Gewaltigen zu zerstören drohten, und unter diesen der Machtspruch, der den Neffen des Aristokraten in die Madre Patria abwies. Welches die eigentliche Veranlassung zu diesem Kabinettsstreiche gewesen, dürfte der Verfolg der Geschichte lehren, zu der wir nach dieser etwas langen, aber zur Verständigung unserer Leser vielleicht eben nicht überflüssigen Skizze der damaligen Verhältnisse Mexikos wiederkehren.

Zweiter Teil

Siebenzehntes Kapitel.

Wer seid Ihr? sprecht, spitzbübische Bergbewohner!
SHAKESPEARE.

ngefähr eine Tagreise von der Hauptstadt erhebt sich die mächtige Bergkette, Sierra Madre genannt, welche, die Vulkane Mexikos mit denen von Puebla verbindend, sich weiter gegen Norden zu tiefer in das Land hineinwendet, und bei Monto Real und Guanaxuato jene unermeßlichen Schätze in ihrem Innern birgt, die das Staunen des Naturforschers in so hohem Grade erregen. Die bedeutendsten Berge Mexikos steigen bekanntlich aus dieser Kette empor, und geben dem Lande einen Charakter, so neu, so großartig und wild pitoresk, und wieder so heiter und lachend, so häuslich und heimisch, daß das Auge des Beschauers abwechselnd mit Staunen und Entzücken von einem Punkte zum andern schweift, vergeblich bemüht, diese wunderbaren Kontraste in einen Rahmen zu fassen. Die Bergrücken sind in ihrer Mitte mit hohen Eichen und Fichten bewachsen, weiter hinauf mit der Zwergeiche und der Mimosa, und von ihren Scheiteln herab starren kahle, aller Vegetation entblößte Basaltfelsen, deren schwarzbraune, düstre Massen, zerrissen durch gräßliche Schlünde, die auf allen Seiten herab gähnen, noch immer in jener furchtbaren Revolution begriffen zu sein scheinen, die diesem Lande seine merkwürdige Gestaltung gegeben hat. In den Niederungen wird das Auge wieder durch die Mannigfaltigkeit der exotischen Gewächse und deren prachtvolle Farbenmischung entzückt; auf den Abhängen der Berge wogen die herrlichsten Weizen- und Maisfelder, und tiefer hinab streckt die steife Agave ihre Riesenblätter, gleich so vielen Schwertern, empor, – während auf den Seiten dieser prachtvollen Felder Barrancas[1] sich öffnen, die wunderbar schön dem Auge durch den Reichtum der tropischen Fruchtbarkeit erscheinen, welche in ihren Schlünden wuchert, und aus deren schattenreichen Tiefen tosende Waldströme herauf brüllen, unsichtbar dem Auge, aber herrlich in ihren Wirkungen; denn jedes Fleckchen, wo sie vorbeistürzen, bringt einen Pflanzenreichtum hervor, den die glühendste Phantasie

---

[1] Abgründe. Siehe Note.

schwerlich schöner malen könnte. Jede Blume, jeder Strauch ist von zahllosen Schlingpflanzen umwoben, deren herrliche Blüten eine fortlaufende Blumengirlande bilden, die, von der Wurzel zur Krone empor steigend, ihren Ranken zahllose Blüten entsenden, und Tausende von Conzontlis, Kardinalsvögeln und Madragadoren in ihren Gezelten verbergen.

Es war ein kühler heiterer Nachmittag. Die Schneeregionen des gewaltigen Orizava[2] und des gewaltigeren Popocatepetl, bisher wie Massen gediegenen Silbers erleuchtet, fingen an ins Rosenrot zu schillern, das, auf der östlichen Seite ins Goldgelb und Bronze wechselnd, jeden Augenblick eine andere Farbe zurückstrahlte. – Die Schatten des Malinche und seiner Zweige begannen sich gegen Tlascala hinzustrecken. Tiefes Schweigen herrschte über die ganze Gegend, bloß unterbrochen durch das Gekreisch des Ringadlers, der über den Abgründen schwebte, und einen fernher sumsenden Laut, der aus dem Innern des Waldes kam, dem entfernten, dumpf verhallenden Geheule der Coyotes nicht unähnlich.

Auf einem der Bergrücken, die sich östlich von San Martin erheben und über die einst Cortez auf seinem Eroberungszuge in das Tal Tenochtitlan drang, standen und lagen zwei Männer, ihre Rücken an einen beinahe senkrecht aufsteigenden Porphyrfelsen gelehnt, der sich zuoberst einer gräßlichen Barranca wie das Bruchstück eines massiven Schloßturmes erhob. Ihre straff herabhängenden Haare mit der rötlich-schwarzen Gesichtsfarbe verrieten Zambos. Sie hatten Schaffelle um ihre Schultern, die mit Riemen befestigt waren; darunter Fetzen eines schwarzwollenen, groben Zeuges, Panos genannt, die sich bis zu den Hüften verlängerten; ihre Kopfbedeckung bestand aus sogenannten *Sombreros de petate;*[3] in ihren Gürteln hatten sie Machettes, und lange, gewichtige Keulen lagen zu ihren Füßen. Beide schienen gleich düster und mürrisch zu sein; während der eine stand und in die weite Ferne hinausspähte, hatte sich der andere auf den Rasen niedergelegt und war so liegen geblieben, bis sein träger Gefährte, ermüdet von der Wache sich hinstreckte, worauf der andere brummend wieder aufstand, um in derselben Aufgabe fortzufahren. So hatten sie es eine geraume Weile getrieben, ohne ein Wort zu wechseln; ein Dutzend beschmutzter Karten, die auf dem Rasen lagen, deuteten an, daß sie sich auch in diesem Zeitvertreibe versucht hatten.

---

[2] Orizava, mexikanisch Ciltlatepetl, der Stern, seine Höhe über der Meeresfläche beträgt 17.375 Fuß. Der Anblick dieses Berges bei Sonnen-Auf- und Untergang ist das Schönste, was gesehen werden kann.

[3] Strohhüte werden allgemein von den Indianern und Kasten getragen.

»*Maledita cosa!*«[4] fing endlich der Stehende an: »Bei der heiligen Jung-frau von Guadeloupe! wenn das noch so eine Woche fortdauert: gehetzt und wieder gehetzt, wie Caguars; keine Ruhe, keine Rast. – Mögen mich alle siebzehn Höllen kriegen! – ich –«

»Ich?« fragte der andere.

»Sage Euch, *A Dios!* und sollte der Teufel die Freiheit Mexikos holen!«

»*Buen viage, Senor!*«[5] meinte der zweite gähnend, »die warten auf Sie.« Er deutete bei diesen Worten auf eine Schar Zepilots oder mexikani-scher Raben, wie diese Raubvögel, mit scharfen Klauen und hackenförmi-gen Schnäbeln, uneigentlich genannt werden, von denen sich eine Unzahl soeben über ihren Häuptern auf dem Felsen niedergelassen. »*Carracco!* Calleja würde Sie zum Caballito machen, ehe Sie eine Zigarre anstecken oder eine Pinte Pulque leeren könnten.«

»Larifari!« entgegnete der andere, »mein Ahuitzote[6] ist noch nicht ge-kommen, und meinethalben mag er noch lange wegbleiben.«

»Wenn er aber doch kommt, oder Sie Senor Don Bustamente in die Klauen zu fallen das Mißgeschick haben sollten, dem Sie, so viel wir uns zu erinnern wissen, zehn seiner besten Mulos reisen lehrten, ohne ihre Ladung zu vergessen. –«

»Basta!« rief der erste, der nun an der Unterhaltung satt zu haben schien und zur Abwechslung ein Stück schmutziges Papier aus dem Gür-tel nahm, und eine winzige Dosis fein geschnittenen Tabaks darin rollte, und ihm so die Form einer Zigarre gab. Nachdem er diese auf allen Seiten mit seinem Speichel begeifert, zog er sein Machetto, legte dieses auf die Zigarre, und entfernte sich gegen das Gestrippe zu, das unter dem Felsen-abhange anfing.

Sein Gefährte hatte sehnsüchtig die Vorbereitungen zu einem Mahle angesehen, das dem Mexikaner mehr Bedürfnis als sein tägliches Brot geworden ist, und kaum hatte der erstere den Rücken gewendet, als er zwei Stücke Achiote-Holzes[7] aus seiner Tasche nahm, und diese, mit ei-ner wunderbaren Behändigkeit aneinander reibend, sie ebenso schnell in Flammen setzte, als dieses auf die gewöhnliche Weise mittelst Feuerstei-nes und Schwammes hätte geschehen können. Die Zigarre anbrennend, fing er eben an, den Rauch mit dem *haut-goût* eines Connaisseurs einzu-schlürfen, als der andere aus dem Dickichte hervortrat.

4 Verfluchtes Geschäft!
5 Glück auf die Reise, Euer Gnaden!
6 Unglücksstern. (Siehe Note oben.)
7 *Bixa orellana*, wird zum Rotfärben gebraucht. Aus der Rinde werden Stricke verfertigt; das Holz entzündet sich leicht durch Reibung.

»*Maledito gojo! Picaro gojo! Infame gojo!*«[8] schrie dieser, der nun, mit zwei Stücken dürren Holzes zurückkehrend, seine letzte Zigarre im Munde seines Gefährten sah. Der Rauchende hatte jedoch zur Vorsicht die Machetto seines Gegners in Verwahrung genommen, und fing an sich schnell in Bewegung zu setzen, um der Wut seines Kameraden zu entgehen.

»*Patienca, Senor!*« rief er, nach Atem schnappend: »Zehn, hundert, tausend Zigarren sollen Ihre sein, sobald wir in deren Besitz gelangen.«

»*Que te llevan todos los Demonios de los diez y siete infernos!*« erwidert der Beraubte, seinen Knittel erfassend und dem Räuber auf dem Fuße nacheilend.

Die beiden waren bereits einige Male um den Porphyrkegel herumgerannt, und es hatte allen Anschein, daß der Zigarrendieb seine Liebhaberei mit seinem Leben werde bezahlen müssen, als ein »Halto!«[9] aus dem Gebüsche donnerte.

Die beiden standen bei diesem Rufe wie eingewurzelt.

»*Que es este?*«[10] rief die Stimme.

»*General – no – perdon – Capitano!*« stotterte der Beraubte, »*el ha mio Cigarro!*«[11]

»Muchachos!« versetzte die Stimme, und der Capitain selbst trat gravitätisch aus dem Dickichte auf den Zigarrendieb zu, nahm diesem die halb konsumierte Zigarre aus dem Munde, und nachdem er sie in den seinigen versetzt, trat er vorwärts an den Rand des Abgrundes, horchte einige Augenblicke, und, in die gräßliche Tiefe deutend, zog er sich schnell wieder zurück.

Die beiden waren zugleich herbeigesprungen, und, ihre Hälse weit vorstreckend, stierten sie eine Weile in die Wendungen der Barranca hinab, in denen die alte Cortezstraße sich gegen Cholula hinüberzieht, und dann sprangen sie mit dem Ausrufe: »*Mulos y arieros!*«[12] zurück.

Durch die erwähnten Wendungen der kaum für Maultiere gangbaren Straße und durch Schluchten und über Felsenvorsprünge und grauenvolle Abgründe hörte man einzelne Glocken- oder Schellentöne, deren auf der Bergeshöhe verhallende Klänge wunderbar anheimelnd die Stille der luftigen Höhe unterbrachen, und bald darauf sah man auch die Maultiere, kaum größer als Hunde, langsam den engen Felsenpfad emporklimmen,

[8] Verdammter Hund! Elender Hund! Abscheulicher Hund!
[9] Halt!
[10] Was gibt's?
[11] General, nein, Vergebung, Capitain! Er hat meine Zigarre!
[12] Maulesel und Treiber.

an den steilen Klippen niedersteigen und sich wieder emporarbeiten; dann ließ sich der raue, einfache Gesang der Arieros mit seinen langen Kadenzen hören, und endlich bekam man auch die leichte Gestalt der Arieros selbst in ihrem phantastischen Aufzuge, mit ihren fünfhundert Knöpfen und dem bunten, malerischen Kopfschmucke der Maultiere, mit ihren wollenen Federbüschen und Trödeln und ihren vielfarbigen Satteldecken und dem Trabucco[13] hinter den Sätteln, zu sehen. Es lag etwas ungemein Pitoreskes in diesem malerischen Zuge, als er sich die himmelhohen Felsen emporwand, und der raue, kräftige, sonore Gesang, begleitet von dem Glöckchenschalle, im Luftzuge die Bergeshöhe herauf schallte. Zu gleicher Zeit sonderte sich eine Gestalt von diesem Zuge ab, die mit außerordentlicher Schnelle und Behändigkeit vorsprang; sie hatte den schon an sich gefährlichen Felsenpfad verlassen, und war am Rande desselben fortgeklettert. Von Klippe zu Klippe springend, schien sie Vergnügen an diesem halsbrecherischen Zeitvertreibe zu finden, und war auf diese gefährliche Weise an dem zweiten Absatze der Barranca angelangt. Es war ein Jüngling, wie man nun, nachdem er die Manga abgelegt, sehen konnte. Hoch über seinem Haupte schwebte ein riesenmäßiger Adler, der königliche genannt, der kreisend ihn umflog, herabschoß, wieder aufflog, gleichsam spielend mit seiner gehofften Beute. Der kühne Felsenkletterer schöpfte einige Sekunden Atem, warf einen Blick auf den gewaltigen Raubvogel, und, seine Manga vor sich hinwerfend, setzte er mit einem kecken Sprunge über den Abgrund. Rasch sich nochmals aufraffend, sprang er von Felsen zu Felsen, und langte endlich gegenüber dem Plateau selbst an, von dem er bloß durch einen gewaltigen Felsenvorsprung getrennt wurde. Den Stamm einer Zwergeiche erfassend, schwang er sich auf diesen, kletterte dann behend hinan, und sprang vom Baume auf das Plateau selbst.

»*Diablo!*« zischten die beiden Zambos, die mit jener stummen Teilnahme dem kühnen Waghalse zugesehen hatten, die körperliche Stärke oder Behändigkeit immer in dem rohen Naturmenschen zu erwecken pflegt. »*Diablo!*« brummte der eine, »*ha mas vidas que uno gato,*«[14] und dann verlor er sich im Dickichte.

Es war Don Manuel der so verwegen, und, wie es schien, so unnötiger Weise seine Fertigkeit im Bergklettern hier zur Schau gestellt hatte, die wirklich einige Anerkennung verdient haben dürfte, da seine reiche und phantastische Reiterkleidung dieser gymnastischen Übung nichts

---

[13] Stutzer mit einer weiten Mündung.
[14] Er hat mehr Leben als eine Katze.

weniger als förderlich gewesen war. Er trug nämlich einen sogenannten Guadalaxara-Hut, mit einem sechs Zoll breiten und ganz mit Goldtressen besetzten Rande, einer niedrigen Krone, über der die blutrote
Kokarde der königlich gesinnten Mexikaner prangte; seine Jacke war
gleichfalls mit Goldtressen überladen und mit Seeotterfellen besetzt;
seine Beinkleider von scharlachrotem Tuche, am Knie offen und in zwei
Spitzen von gelber und grüner Farbe endigend; das Ganze mit massiven silbernen Knöpfen und dicken Goldschnitten besetzt, und die Knie
durch braun gelbe, gleichfalls in Guadalaxara verfertigte, lederne Bottinas oder Gamaschen geschützt, die, statt der Knöpfe mit bunten seidenen Bändern befestigt, bis zu den Knien reichten, wo sie sich in ein paar
seltsam gestalteten Flügelschuhen verloren. Nur die Sporen mangelten
zum vollständigen Kavaliersaufzuge, der, mehr reich als geschmackvoll,
offenbar noch dem vorletzten Jahrhunderte angehörte. Seine Manga
von der Erde aufraffend und sich nachlässig in diese hüllend, übersah
er den zurückgelegten halsbrecherischen Weg einen Augenblick, und
wandte sich dann, um die prachtvolle Fernsicht zu betrachten, die sich
vor seinem Blicke aufrollte.

Vor ihm lagen die malerischen Fluren von Cholula, und weiter hin von
Puebla[15], mit ihren unabsehbaren Weizen-, Mais- und Agavepflanzun-
gen, durch pittoreske Hecken und Alleen von Kaktusstauden getrennt
und mit einer Menge malerischer Indianer-Ranchos[16] übersäet. Rechts,
mitten aus den schroffen, waldbekränzten und wieder nackten Basaltge-
birgen, mit ihren in der Nachmittagssonne erglühenden Kuppen, erhob
sich der Itztaccihuatl mit seinem schneeigen Haupte, eine solche Flut von
Licht und Glanz in seiner isolierten Herrlichkeit ausströmend, daß das
Auge den Schimmer nicht auszuhalten vermochte. Weiter links ragte der
Riese der mexikanischen Berge, der Popocatepetl, weit über die ganze ihn
umgebende Welt empor, einen Wolkenflor um seinen ungeheuern Kegel
ziehend, und weiter südöstlich stieg der Stern der mexikanischen Berge,
der Orizava, gleich einer Geistergestalt in die Lüfte, die, rein und azur-
blau, die Riesenberge in ihren zitternd elastischen Vibrationen mit jedem
Augenblicke näher zu bringen schienen. Im Rücken endlich verglomm
der waldbegrenzte Malinche mit seinem hehern Baumwuchse und seinen
grandiosen Barrancas in die matte Dunkelheit.

---

[15] *Puebla de los angelos,* die Hauptstadt des Staates Puebla; buchstäblich das Dorf
der Engel, nach einer Tradition, vermöge welcher die Engel den Erbauern der
Kathedrale beigestanden.
[16] Indianische Dörfer ohne Kirchen.

Die außerordentlichen Kontraste der herrlichen, nun in der Februar-frische grünenden und blühenden Vegetation, mit den großartigen Bildern der erhabensten Alpenwelt, hatten für einige Minuten den Jüngling in sprachlosem Dahinstarren festgehalten; ein leichtes Geräusch hinter seinem Rücken weckte ihn aus seinen Betrachtungen, und verursachte einen Satz, der weniger halsbrecherische Behändigkeit als seine früheren Sprünge, aber ungleich mehr Geistesgegenwart verriet.

»*Picaro gojo!*« schrie der Mestize, dessen Machetto, statt der Brust des Jünglings, seine Manga durchbohrt hatte.

»*Maledito Gachupino!*« fiel der andere ein, der seine Keule gleich vergeblich geschwungen hatte.

Der Angriff der beiden Gauner war so unerwartet geschehen, daß unser Don kaum Zeit gehabt hatte, auf die Seite zu springen. Mit bewundernswürdiger Fassung jedoch, seine Manga preisgebend, sprang er auf den Felsen zu, und warf seine beiden Hände so schnell und entschlossen vorwärts, daß der Erste der Desperados den zweiten beinahe über den Haufen gerannt hätte. Ein paar gespannte Pistolen, die der Jüngling während seines Sprunges aus der Pelzjacke gezogen, hatte diesen plötzlichen Rückzug bewirkt. Eine Weile sah er den beiden Banditen, die sich lachend im Dickicht verloren, nach, und dann seine Manga aufhebend, näherte er sich dem Rande der Barranca, von dem die Maultiere nicht mehr sehr entfernt waren. Kein Wort war ihm entfallen, und nach der Gleichgültigkeit zu schließen, mit der der Jüngling sich bei dem ganzen Vorfalle benommen hatte, schien er darin eben nichts sehr Außerordentliches zu sehen.

Achtzehntes Kapitel.

Ich schwör darauf, 's ist wahr, nie log ein Reisender,
Schilt gleich zu Haus der Tor sie.

SHAKESPEARE.

r wurde neuerdings aus seinen Betrachtungen durch ein Halto aufgestört, das aus demselben Gebüsche erschallte, aus welchem wir es früher gehört haben.

»Halto!« rief dieselbe Stimme, und der so geheißene Capitain kam mit schußgerechtem Karabiner auf ihn zu.

Er schien jedoch ebenso wenig aus seiner Fassung zu kommen, als zuvor; kaum daß er sich etwas spröde wandte und den neuen Gegner ansah. »Setzt ab,« sprach er endlich hingeworfen, »oder ich drücke los!«

»*En Verdad?*« fragte der Capitain. »*Me pareces hombre de buen corazon.*«[17]

»Ob ich es bin, wirst Du sehen;« versetzte der Jüngling trocken.

»*Carracco!*« Der Mann warf einen zweifelhaften Blick auf den jungen Don und brachte dann sein Gewehr aus der schußgerechten Lage.

Die neue Erscheinung des Capitains, obgleich sein Äußeres nicht ganz so banditenmäßig war, als das der beiden Zambos, war sicher nicht geeignet, mehr Vertrauen oder Sicherheit einzuflößen. Das Gesicht des Mannes verbarg eine dichte Masse von schwarzen Haaren, die über Stirne, Schläfe und Nacken herabhingen, und keinen Teil desselben erkennen ließen, ausgenommen ein paar rabenschwarze und schief auseinander stehende lauernde Augen, die gelegentlich durch die im scharfen Luftzuge bewegten Haare hervor blitzten. Ohne von besonders starkem Körperbau zu sein, war er muskulös und augenscheinlich ungemein abgehärtet. Er hatte einen runden Guadalaxarahut mit hoher Krone, um diese eine breite goldene Tresse, in der ein ziemlich großes Miniaturbild der Jungfrau von Guadeloupe stak. Ein zweites hing an einem weißblauen Seidenbande von seinem Halse. Seine Manga, mit einer Fülle von Goldtressen verbrämt, war heillos mitgenommen, nicht weniger das Wams von rotem Samt und die Beinkleider;

---

[17] In der Tat? Du scheinst mir ein Mann von Mut zu sein.

um seine Füße hatte er, statt der gewöhnlichen Bottinas, Schaffelle und Schuhe, durch deren Öffnungen alle Zehen zu sehen waren; an beiden staken sechs Zoll lange Sporen mit Rädern, die wenigstens ebenso viele Zolle im Durchmesser hatten. Seine Bewaffnung bestand, nebst dem erwähnten Karabiner, aus einem Machetto und einem verrosteten Dragonerschwerte.

Der Jüngling hatte den Mann mit jener flüchtigen Miene gemessen, mit welcher der Vornehmere den geringern Verdächtigen ins Auge zu fassen pflegt. Ein spitzes Lächeln schwebte für einige Augenblicke um seine sich kräuselnd aufwerfenden Lippen; doch als halte er den Gegenstand keiner weitern besondern Aufmerksamkeit wert, ließ er seine schußgerechte Hand sinken und wandte ihm gleichgültig den Rücken.

»Venid Senor a uno grande Capitano qui leva los manos y trembla la tierra.«[18]

Der Jüngling maß bei diesem, unter obwaltenden Umständen allerdings komischen Ausbruche von Pathos den großen Capitain von Kopf bis zu den Füßen, und wandte ihm dann wieder den Rücken.

»Venid!« wiederholte dieser schärfer, »und stehen Sie Rede und Antwort dem, der das Recht zu fragen hat. Vergessen Sie nicht, daß Sie im Bereiche eines großen Helden sind, der die Tyrannen niederschmettert und zu den hunderttausend Teufeln in alle siebzehn Höllen sendet.«

Diese letzteren Worte waren wieder in hohem Pathos gesprochen, und der große Capitain hielt eine Weile inne, offenbar die Wirkung seiner hochtrabenden Aufforderung abwartend.

Der junge Don gab noch immer keine Antwort.

»Todos diablos!« schrie der Capitain ungeduldig. »Wo kommst Du her? Wo gehst Du hin? Was ist die Absicht Deiner Jornada?«[19]

»Wahrscheinlich einer der Befehlshaber der *soidisant* Armee der Patrioten?« bemerkte jener im hingeworfenen Tone.

»Ebenso, Senor!« versetzte dieser, der nun auf einmal in denselben humoristischen Ton einging. »Kommandant einer Abteilung der patriotischen Armee, die sich im Hauptquartiere von Puebla versammelt.«

»Hauptquartier?« wiederholte der Jüngling halb zu sich, und nicht ohne Spott.

»Ja Hauptquartier,« versetzte der Mestize; »und zwar nicht eines, sondern zehn: zu Puebla, zu Veracruz, zu Ducatan, Oaxaca, Valladolid, Zacatecas, Guanaxuato, Guadalaxara.«

---

[18] Kommen Ew. Gnaden zu einem großen Capitain der die Hände bloß aufzuheben braucht, um die Welt zittern zu machen.
[19] Reise.

»Eure Herrschaft erstreckt sich weit, scheint es;« erwiderte der Jüngling, mit einem Blicke auf des Mannes Fußbekleidung.

»Ebenso,« versetzte dieser in demselben humoristischen aber etwas tückischen Tone, »und da meine Fußgarderobe, wie Euer Gnaden sehen, im Dienste der rebellischen Majestäten einigermaßen gelitten hat, und da Sie sich einer bessern erfreuen, wahrscheinlich auch Gelegenheit haben, sich in Bälde mit einer noch bessern zu versehen, so wollte ein unwürdiger Diener des Patrioten-Vaterlandes Euer Gnaden freundwillig ersucht haben, sich hier auf diesen Stein niederzulassen, und sich derselben zugunsten eines großen Capitano zu entledigen, wenn Sie nicht Lust haben, derselben auf eine weniger freundliche Weise entledigt zu werden.«

Der Mann sah den Jüngling nach dieser selbstgefällig launig vorgebrachten Zumutung lächelnd an, und wartete einige Augenblicke; als jedoch keine Bewegung von Seiten dieses erfolgte, die Gewährung hoffen ließ, schrie er in kürzerer peremtorischer Weise: »Komm' und mach' hurtig; Deine Schuhe und Deine Bottinas!«

»Meine Schuhe dürften Dir wahrscheinlich zu knapp sitzen;« erwiderte der Jüngling, dessen Rechte mit der gespannten Pistole spielend sich wieder mechanisch erhob.

Sein Gegner hob seinerseits rasch die Muskete.

»Bleibe ruhig, Jago;« sprach jener trocken, »oder ich will Dich sonst beschuhen, daß Du Manuel M – alle Tage Deines Lebens gedenken sollst.«

Der Mann strich sich das Haar von der Stirn und aus den Augen, starrte den Jüngling einige Augenblicke erstaunt an, und seine Muskete fallen lassend, rannte er mit ausgebreiteten Armen auf ihn zu.

»Santa Vierge!« schrie er, indem er ihm voll ins Gesicht schaute. »Beim Erlöser von Atolnico! Möge ich das ewige Leben nimmer sehen, wenn dies nicht der sehr edle Senor, Don Manuel, der Neffe Sr. Herrlichkeit Conde Jagos, des ersten Kavaliers von Mexiko, und der Sohn des zwar nicht so edlen, aber immer noch ganz passabel edlen Senor, Don Sebastiano, und der Gachupina Donna Senora Anna, gebornen Villaggio, seiner sehr edlen Dame, und der Cortejo des Engels aller Engel Mexikos und folglich der Welt – Elvira ist!«

Wir haben uns bemüht, diese etwas lange, und in ihren Einzelheiten nichts weniger als für einen adelsstolzen Don schmeichelhafte, aber echt mexikanische Wiedererkennungsszene nach Möglichkeit getreu zu übertragen; sie jedoch in ihrer ganzen Originalität zu geben, dürfte schwer, wenn nicht unmöglich sein. Jeder Satz war von einer eigenen Mimik begleitet, und Laune, Spott und Reverenz für die hochadeligen Personen und Ironie wechselten so wunderbar in den Gesichtszügen und dem Tone des Sprechers, daß dieser gewissermaßen einen ganz neuen Charakter gewann.

Er wurde endlich durch den Jüngling unterbrochen, der ihm barsch in die Rede fiel.

»Bist Du fertig?«

»Noch nicht;« versetzte der Capitain. »Möge mich die Jungfrau von Guadeloupe auf ewig vom Labsale mexikanischer Gaumen, einer echten Havanna-Zigarre und einem Glas Aguardiente trennen, wenn ich errate, woher es kommt, daß ein so hochadeliger Don auf einem so holperigen Wege, als die alte Marquisstraße ist, heransteigt, statt den Camino real[20] über Otumba, oder den von San Martin und Cholula über Puebla einzuschlagen.«

»Das kann ich Dir sagen,« versetzte der Don. »Unsere Freunde haben mir den Auftrag gegeben, Dich hängen zu lassen, und das so bald als möglich.«

»Und wollt Ihr so gut sein, mir diese Freunde zu nennen, just des Spaßes wegen; vielleicht fände sich bald Gelegenheit, diese Prozedur an und mit ihnen vorzunehmen;« versetzte der Capitano mit einem tückischen Lächeln, indem er zugleich zutraulich einen Schritt näher trat.

»Drei Schritte vom Leibe!« sprach der Jüngling; »keine Deiner heuchlerischen Liebeszehren. Wir kennen uns.«

»Ihr kennt uns, Senor,« meinte Jago kopfschüttelnd und etwas kühler. »Ihr kennt uns? Glaubt Ihr? Wir zweifeln, sonst sprächet Ihr wahrscheinlich aus einem andern Tone. Ei freilich wäre ich ein ganz guter Jago gewesen, wenn ich alle Tage meines Lebens den Treiber Eurer Mulos, und gelegentlich Eurer *gente irrazionale*, wie Ihr die armen Teufel von Indianern zu nennen beliebt, gemacht hätte oder zu machen fortgefahren hätte. Ei, Euer gnädiger Herr Onkel ist ein sehr gnädiger, sehr edler und gewaltiger Herr, spricht wenig, aber denkt viel und tut mehr, und hat seine Hand über ganz Mexiko und die Madre Patria und ein Stück noch drüber; aber glaubt mir, er würde anders mit Jago sprechen, als sein Neffe, der Sohn des passabel edlen Senor Don Sebastiano. Ei, der Graf ist ein edler Herr; aber daß er eine seiner schönsten Haciendas Eurem passabel edlen Herrn Vater abgetreten, war ein Bock, der ihn um dreihundert der rührigsten Indianer brachte.«

»Schurke,« rief der Jüngling, »so Du es wagst!«

»Seht Ihr, daß Ihr mich nicht kennt,« sprach Jago mit derselben unerschütterlichen Gleichmütigkeit seinen Hut lüftend und ein bißchen seit-

[20] Königsstraße, Heerstraße.

wärts setzend. »Ha, ha, die Indianer Eures Herrn Vaters. Ihr könnt es dem armen Jago noch immer nicht verzeihen, daß er, statt ein viertausend Arobas[21] Zucker aus Eures Herrn Vaters Pflanzung nach Mexiko zu bringen, dreihundert Eurer Indianer mit sich nahm, die auf einmal die friedliche Hacienda Don Sebastianos zu verlassen Lust bekamen, um sich an den großen Hidalgo anzuschließen, nach dem Beispiel Eures gehorsamst untertänigsten Dieners Jago. Aber seht 'mal, für dreihundert magere Ochsen, die Euer Herr Vater an dreihundert dieser armen Teufel zu überlassen die Gnade und Barmherzigkeit hatte, mußten sie ein ganzes Jahr sauer schwitzen, und – bei der heiligen Jungfrau! – San Christoval konnte nicht härter geschwitzt haben, als er das kleine Jesuskindlein über den geschwollenen Fluß trug. Ging der armen *gente irrazionale* akkurat wie dem armen Don Christoval. Je länger sie trugen, desto schwerer wurde die Bürde, und da sie nicht die Knochen des heiligen Caballero hatten, so konnten sie diese endlich nicht mehr ertragen. Hat aber jeder Mensch seinen Ahuitzote, und, bei meinem werten Schutzpatron, San Jago! die Indianer hatten ihn auch. Mochten sich Tag und Nacht plagen, half doch nichts, konnten doch nicht aus ihren Schulden kommen, nicht einmal ihre Ochsen bezahlen, die doch, Ihr wißt es, Euren passabel edlen Vater das Stück netto keinen Real mehr noch weniger kosteten als zwanzig Piaster. Und wenn das Jahr herum war, standen sie just um zwanzig Dollars mehr im Schuldbuche, und nach dem dritten Jahre hatten sie sechzig Dollars auf der Kreide stehen, so daß die armen Teufel jedes Jahr umgekehrt reicher wurden. Das wäre nun so schlimm nicht gewesen; da sie aber wohl sahen, so dumm sie auch waren, daß sie für diesen negativen Reichtum ihr ganzes Leben zu arbeiten haben würden, und daß sie dabei selbst die *obras pias*[22] nicht hätten bezahlen können, folglich nach ihrem leidigen Leben samt und sonders in die Hölle gewandert wären, so dürft Ihr Euch nicht wundern, wenn sie Schaufel, Hacken und Korb verließen, um dem großen Hidalgo zu folgen, wo es keinen Tributo[23] zu zahlen gab, und Duros[24] die Hülle und Fülle.«

Der Patrioten-Capitain hatte sich in eine Laune hineingeredet, die, so beißend sie für den jungen Edelmann sein mochte, der Wahrheit zu viel in sich hatte, um diesen nicht zu einigem Nachdenken zu bringen.

»Glaubt Ihr, Senor,« fuhr Jago auf gleiche Weise fort, »wir sind Hunde? Ach, Ihr seid einer *de los blancos*, einer der Weißen, zwar keiner unse-

---

[21] Eintausend Zentner.
[22] Milde Beiträge. Siehe Note.
[23] Kopfsteuer. Die Indianer und Kasten hatten sie allein zu bezahlen. Hidalgo hob sie auf.
[24] Harte Piaster.

rer Gebieter, aber ein Edelmann von so reinem Blute, als je im *flema castiliana*[25] stockte; *flema* nämlich, wenn es darauf ankommt, unserem Elende abzuhelfen. Ei, Ihr habt nie die *infamia de derecho*[26] auf Eurem Nacken sitzen und wie Euren Schatten zum verdammten Begleiter gehabt, schlimmer als Euer Schatten, denn der läßt Euch wenigstens während der *estacion de las aguas* in Ruhe. Und mein Vater selig war ein so guter Vater als einer; und meine Mutter eine so gute Mutter als eine andere. Was half es? Weil sie dem Cura keine zwanzig Piaster bezahlen konnte, so sollte Jago Zeit seines Lebens ein Balg sein, und seine Kinder und Kindeskinder sollten es nach ihm sein.«

Der Mann hatte in gedrängter Sprache und so ziemlich genau einige der Leiden der zwei größeren Partien des mexikanischen Volkes dargestellt, und seine Worte schienen auch nicht ganz ohne Wirkung auf den Jüngling geblieben zu sein, der nun etwas weniger barsch erwiderte:

»Wenn Mexiko durch Dich und solche wie Du gerettet werden soll, dann ist es wahrlich verloren.«

Der Capitain horchte hoch auf. »Durch solche wie ich – gerettet werden soll?« wiederholte er mit einem sarkastischen Lächeln. »Also doch gerettet? Also fühlt Ihr doch schon etwas in Eurem hochadeligen Blute, Senor Don Manuel? Ei, die Welt sagt, daß Ihr seit sechs Monaten ein so arger Gachupin seid, als der vertrocknetste Spanier; ja sie sagt noch ein bißchen mehr.«

Der Jüngling zuckte zusammen und fuhr wütend auf den Capitain zu.

»Ei, das zuckt;« fuhr der Mann fort. »Ho, armer Don Manuel! Haben sie Euch auch eine Nase gedreht, und glaubt nun klüger zu sein, als die alten Spatzen? Euer Onkel – ei Respekt für Euren Onkel – hätten wir nur zwanzig solcher Condes. Aber Misericordia mit Eurer lieben Nobilidad! Die verträgt, wie ein vom Sonnenstich getroffenes Maultier, das Licht des Tages nicht mehr, und verkriecht sich vor der aufgehenden Sonne der Freiheit, oder, was noch schlimmer ist, wendet ihrem Vaterlande den Rücken, um seinem Tyrannen zu helfen gegen die Mutter, die sie groß gezogen. Dann muß sich freilich die Gavilla regen, und geregt hat sie sich, wie Ihr wohl wißt.«

»Seid aber verdammt schlecht dafür belohnt worden;« versetzte der Jüngling mit erkünsteltem Stolze; denn die letzten Worte des Capitano hatten ihn wie ein vom Froste gerütteltes Laub erzittern gemacht.

»Schlecht! sagt Ihr,« erwiderte der Capitano, dessen Falkenblick den Jüngling zu durchbohren schien. »Sagt hündisch, teuflisch. Wird aber

---

[25] Kastilianisches Phlegma.
[26] Ehrlos von Rechtswegen, durch Geburt. Kinder weißer und schwarzer, oder weißer und roter, oder roter und schwarzer Eltern waren *infames de derecho*.

auch kommen der Züchtigungstag. Hat jeder seinen Ahuitzote. Ei, Ihr seid Cabaleros,« fuhr er launig fort; »warm und kalt, zu Hofmännern geboren; wir bloße Gavillas, und deshalb haben sie uns wie das liebe Vieh gehängt, erschossen und verbrannt, niedergestoßen und zertreten, ärger als Coyotes; wenn nicht alle, doch so ziemlich alle. Armer Hidalgo,« rief er mit weicherer Stimme, »vor zwölf Monaten hättest Du Dir auch noch nicht träumen lassen, daß Du so gepfeffert werden würdest. Rieben ihm die verdammten Spitzköpfe die Hände und den Glatzkopf mit Ziegelstaub, hingen ihm ein Benito um, und sandten ihn brühheiß ins Paradies, wo er jetzt mit seinen Musikanten und der heiligen Cäcilia Konzerte gibt, wenn ihn nämlich St. Peter der Swizzero eingelassen hat. Und Don Allende sollte eigentlich auch da sein; aber der ist Soldat, und ich zweifle, ob sie ihn unter die elftausend Jungfern ließen. Würde eine saubere Wirtschaft angefangen haben. Haben ja nichts als alte Kaiser und Könige und ausgemergelte Mönche und lederne Eremiten und feiste Prälaten im Himmelreich, und die sind, Ihr wißt, schlechter Zeitvertreib für fromme jungferliche Begehrungsvermögen.«

»Der Spitzbube ist witzig geworden;« bemerkte der junge Edelmann.

»Ei so etwas lernt sich bald. Unsere Padres, seitdem sie die Kutten ausgezogen, sind die witzigsten. Solltet sie 'mal hören. Sie sind auf einmal aufgeklärt geworden. Haben aber genug plärren müssen. Doch basta.« Er hielt eine Weile inne und sah den Jüngling forschend an. »Aber dürfen wir Don Manuel gehorsamst fragen, was ihn eigentlich auf diesen von allen mexikanischen Menschenkindern verlassenen Marquis-Weg gebracht? Hat Ihre junge Herrlichkeit etwa Lust, sich an die glorreiche Sache Mexikos anzuschließen?«

»Bei der heiligen Jungfrau! Jago, Du bist ein unverschämter Geselle, und beinahe sollte ich Dich züchtigen für die Frechheit, einem Caballero eine solche niederträchtige Zumutung zu stellen!«

Der Mann sah den Jüngling mit einem sardonischen Lächeln an. »Ihr habt die andere Seite gewählt, Senor,« sprach er, statt, was vernünftiger gewesen wäre, neutral zu bleiben. – Ah, Strahlen aus feurigen Augen? – Aha!«

»Teufel und Hölle, Schurke!« rief der Jüngling auf ihn losspringend; »so Deine Zunge – –«

»Ausspricht,« ergänzte Jago, »was in Mexiko jeder Guachinango zu seinem Pulque singt, Senor!« sprach er mit ernster Stimme. »Habt Ihr in Eurem Leben nichts vom Gallo de Viento gehört, nie hinauf geschaut wie er sich dreht? Selbst gescheite Leute tun es, just um zu wissen, ob das Wetter schön bleibt. Ei, Ihr habt den besten Gallo de Viento vor der Nase;

aber Liebe, sagt unser Sprichwort, macht blind, sonst müßtet Ihr Euern Onkel stärker ins Auge gefaßt haben.«

»Was hat der Ariero Jago mit dem Conde San Jago zu tun?« sprach der Don im wegwerfenden Tone.

»Just soviel als Jago, und Conde de San Jago beliebt, Senor, und, meiner Treue! Jago glaubt fest und sicherlich, daß, wäre Jago nicht, Conde de San Jago nicht der zehnte Teil sein würde, was er ist. – Doch basta, und Scherz beiseite – mag ich wissen, wie es kommt, daß Ihr diesen Weg eingeschlagen?«

»Bekümmere Dich um Deine eigenen Angelegenheiten,« rief ihm der Jüngling entrüstet zu, und mit diesen Worten wandte er ihm den Rücken.

»Bei meiner armen Seele!« murmelte der Capitain; »das ist eine Quantität Stolz, die, wenn verteilt in eine Million Dosen, noch für jeden Kreolen eine hinreichende Portion gäbe. Hört aber, junger Senor; alles hat seine Zeit, sagt das Sprichwort. Und noch vor zwei Jahren hätte Euer Stolz gegen den Ariero Jago hingehen mögen; aber die Zeiten haben sich geändert, seit ein gewisser Cura und Rector namens Hidalgo losbrach. Gelt, Eure Herrlichkeiten dachten damals nicht, daß der sechzigjährige Padre noch eine solche Hetze machen, und ohne Se. Exzellenz, den Virey, oder die großmächtige Audiencia zu fragen, losbrechen würde? Ei, die Nobilitad, allezeit der sehr edle Conde de San Jago ausgenommen – sie hat wohl Mut in ihren Tertulia-Salons, und zu Intrigen und Camarilla-Verschwörungen, aber zum ernsten Losbrechen, da zieht sie ihre Köpfe aus der Schlinge, und läßt den armen Cura von Dolores anrennen; der verstand aber den Spaß unrecht, und fing im Ernst an. Ja,« fuhr er lebhaft fort. »Es ist nun gerade achtzehn Monate, daß der Tanz losging. Hättet Ihr ihn gesehen, den kleinen und wieder großen Hidalgo, Ihr würdet es nimmer geglaubt haben, daß er der Mann dazu sein könnte. Ein dickes, kleines, rundes Körperchen, mit einem sanguinischen Lächeln und lebhaften Augen, gerade so olivengrün wie eine Madeiraflasche; er liebte diese Flaschen, und baute seinen Wein – incognito, versteht sich, denn die Spanier hätten ihm die Reben ausgerissen, und ihn noch obendrein ins Loch gesetzt; – hatte wenige Haare auf dem Scheitel, hatte eine so kurze Bettstelle, sagte er immer, die ihm alle abgerieben, aber trotz seinem Glatzkopf und seinen sechzig Jahren, war er Euch so rührig, und von einer wahren Riesenstärke; beinahe immer zu Pferde, der beste Reiter, hätte zum Lancero[27] in den Präsidios getaugt, und

[27] Unstreitig die beste Kavallerie der Welt, durch die immerwährenden Kriege und Scharmützel mit den sogenannten Bravos (ununterjochten Indianern) unglaublich abgehärtet.

es mit den Teufeln der Cumanches aufnehmen können. Und witzig war er Euch! wie Pfeffer und Salz floß es von seiner Zunge; Tag und Nacht hatte er feine Musikanten bei sich. Er nannte sie harmonische Gesellschaft; und eine Harmonie herrschte unter ihnen, das muß wahr sein. Sie schliefen alle in einem Zimmer und legten sich wie es kam untereinander, und der erste, der aufstand, nahm die Hosen, die ihm zunächst lagen, und wenn einer die des dicken, runden Cura in die Hände bekam, lachte sich der Padre halb zu Tode. Brauchten sie Geld, so liefen sie wieder zum Cura, und wühlten in seinen Säcken, bis der letzte Real heraus war. Wenn er am Sonntage nach Hause kam, er las immer eine Stunde von Dolores Messe in der Kapelle der Beata, bestürmten ihn alle um Duros, daß er oft ausrief – »nehmt, aber nehmt geschwind; denn bei San Jago! Ihr werdet mich diese Tage noch einmal erwürgen. Ah, Hidalgo!« – Er hielt nicht ohne tiefe Rührung inne.

Der Jüngling hatte gleichfalls mit etwas mehr Teilnahme, die ebenso interessante als wahre Charakterskizze des merkwürdigen Mannes angehört, der zuerst mit so beispielloser Kühnheit die Fahne der Freiheit in seinem Lande entfaltet, und ebenso ausgezeichnet durch die Originalität seines Privatlebens, als seine politischen Tugenden und Fehler, Gegenstand der abgöttischen Verehrung der einen, so wie des unversöhnlichen Hasses der andern Partei geworden war.

Während der interessanten Schilderung waren die Maultiertreiber mit der Dienerschaft auf dem Plateau angekommen.

Neunzehntes Kapitel.

Mich verlangt
Zu hören die Geschichte Eures Lebens,
Die wunderbar das Ohr bestricken muß.
SHAKESPEARE.

illkommen Alonzo und Pedro und Cosmo im Quartiere der Freiheit!« rief der Capitain den Dienern entgegen, indem er zugleich mit wahrer Capitainsgrandezza einige Schritte vortrat und ihnen seine Hand entgegen streckte. »Willkommen, Willkommen!« »*Maledito Herege!*«[28] schrie ihm Alonzo zu, seinen Karabiner anlegend: »Hund! so Du es wagst!« Die übrigen Diener streckten jedoch ihre Hände freudig dem Patrioten-Capitain entgegen, und die Arieros verneigten sich auf eine Weise vor ihrem ehemaligen Gewerbsbruder, die aufgefallen sein dürfte, wenn nicht Ihr *ci-devant* Compagnon ihre Ehrfurchtsbezeugungen in der Mitte durch einen bedeutsamen Wink abgekürzt hätte.

»Noch immer der alte werte Don Alonzo,« lacht der Capitain verächtlich, »just geschickt *beso las manos a su Senoria*«[29] zu sagen, und Bücklinge vor Herrlichkeiten zu schneiden, aber zu weiter nichts. Höre, lieber Alonzo, wenn meine Leute, verstehst Du, Soldaten der Patrioten-Armee, Dich so mit ihrem Capitano sprechen hören, bei der heiligen Jungfrau! ich stehe Dir nicht dafür, daß Du nicht in den nächsten fünf Minuten baumelst; doch mit Hunden ist schlecht reden,« fuhr er, zum Edelmann sich wendend, fort. »Ja Senor! Hidalgo das war ein ganzer Mann; hat mich die Bedienstetenseele da ganz aus meinem guten Humor gebracht; ja Senor; morgen sind's gerade siebzehn Monate und drei Wochen, daß der Charave losging. Don Hidalgo saß mit seinen Musikanten bei der Tertullia, war just neun Uhr abends, da stürzte Don Ignacio Allende y Unzaga totenbleich in den Saal, war auf Leben und Tod von Valladolid geritten, wo Don Iturriaga, um in den Himmel zu gelangen, seine verschwornen Gebrü-

---

[28] Verdammter Ketzer.
[29] Ich küsse Eurer Herrlichkeit die Hände.

der in die Hölle lieferte. Hatte Don Gil gebeichtet und dieser die Beichte getreulich der Audiencia wieder gebeichtet. In der Verwirrung wird der Corregidor von Valladolid als das Haupt der Verschwörung ergriffen, und der Lärm, den dies verursacht, dringt glücklich zu den Ohren Allendes und Aldamas, die sofort Fersengeld gaben, und soviel ihre Pferde rennen wollen, zu dem einzigen Manne rennen, der in dieser Teufelei Rat schaffen konnte. Und Rat schaffte er. Eine Stunde überlegte er mit dem Capitano, und dann sprang er lustig auf und erklärte sich zum Losschlagen bereit. Eine Pistole in der Rechten, ein Kruzifix in der Linken, läuft er ins Gefängnis, setzt dem Kerkermeister die Pistole auf die Brust und zwingt ihn, die Schlüssel zu den Behältern herzugeben, in denen die guten Leute saßen, die mit der Justicia zerfallen waren. Don Allende, der schon mehr von einem Caballero war, stürzt in die Häuser der Gachupins, zwingt sie, ihm Ihr Silber auszuliefern, gibt ihnen dafür Anweisungen auf die Hacienda Real, und dann geht es in die Straße. Noch war kein Blut geflossen, ein einziger Gachupin, der etwas grob auf Hidalgo angerannt, war leicht verwundet worden. Aber als die Indianer, Mestizen und Zambos von Dolores ihren Cura so lustig sahen, wurden sie es auch, und fort ging es nach Miguel el Grande, von Miguel el Grande nach Zelaya, wo das Infanterieregimente Zelaya und vier Schwadronen vom Kavallerieregimente del Principe zustießen. Von Zelaya ging es nach Guanaxuato, wo ein frisches Bataillon sich zu ihnen schlug. »*Todos diablos!*« rief Jago, »Hidalgos Armee bestand bereits aus mehr als fünfzigtausend Mann; aber was für fünfzigtausend Mann! Dreitausend Mann Infanterie, vierhundert Kavallerie, die sich unter der Herde Indianer wie Eure fünf Maultiere auf dem Rücken des Itztaccihuatl ausnahmen. Sie verloren sich unter der braunen Unzahl wie Fliegen in einem Pulqueschlauche, kaum daß man sie bemerkte; die fünfzigtausend Indianer ohne Hosen, Schuhe, mit Knitteln, Schlingen, oder höchstens Machettos bewaffnet, gut genug, Tasajo[30] zu schneiden, aber zu kurz, um es mit spanischen Bajonetten aufzunehmen, zum Plündern aber und Morden just recht. Ei, sie waren ärger als Ketzer und Juden. In Miguel el Grande, in San Feleppe, in Zelaya, waren alle Gachupins niedergemacht worden; das wäre so schlimm nicht gewesen; aber die *gente irrazionale* hatten auch die Kreolen unter den Gachupins mitbegriffen. In Guanaxuato sollte es schlimmer werden. Ich kam gerade zum Tanze. Wir waren mit offenen Armen von den Leperos und Indianern aufgenommen worden, die Kreolen und Gachupins aber hatten sich unter Rianon in die Alhondega zurückgezogen. Es war der erste

[30] Eingesalzenes und getrocknetes Rindfleisch.

Widerstand, den die tollen Hunde fanden, und sie wurden rasend darob und stürmten auf das Gebäude los und wurden tüchtig begrüßt. Während des tollen Kampfes faßt ein riesiger Tenatero einen ungeheuren flachen Stein, setzt sich ihn auf den Kopf, wie er es mit seinem Hute getan haben würde, und eine brennende Pechfackel in der linken Hand, legt er Feuer an die Tore der Alhondege. Es fängt, und über die knisternden Trümmer der Pforte dringen die wütenden Indianer unaufhaltsam ein, und, soll ich mehr sagen? die vierzehnhundert Gachupins und Kreolen, mit Weibern und Kindern, sind in wenigen Minuten zerrissen und erdolcht und zerfleischt. Ei, die Indianer wateten in Blut und Silber. Sie schleppten dieses in Körben fort, und die Dublons verwechselten die Narren für gelbes Blech, sie für halbe Duros haltend.«

»An die viertausend Indianer hatten sich aus der Stadt an uns angeschlossen, an die dreißigtausend kamen aus den Intendanzen. Hidalgo stand auf dem Gipfel seiner Glorie. Sein Kriegsrat hatte ihn zum Generalissimus ernannt; Allende zu seinem Lugerteniente, Ballesa, Ximenes und Aldama zu Generallieutenants; Abasalo, Ocon und die Gebrüder Martinez zu Mariscals de Campo. Hidalgo sang ein Tedeum und teilte die Armee in Regimenter, jedes von tausend Mann, und gab nun regelmäßigen Sold; den Offizieren drei Piaster täglich, den Reitern einen, den übrigen einen halben. Er selbst erschien als Generalfeldmarschall in Blau mit weißen Aufschlägen, auf der Brust das Medaillon der Jungfrau von Guadeloupe. Wäre aber klüger gewesen, sie hätten ihn zum General-Arzibispo gemacht und Allende zum Generalissimus der Armee. Don Hidalgo war ein tüchtiger Cura, aber ein erzschlechter General, der in seiner Armee nicht einmal Ordnung halten konnte. Er hatte in seinem Zorn auf die Criollos, die ihn sitzen ließen, *Mueran los Gachupinos* geschrien, und nun schrien es ihm die achtzigtausend Indianer nach, und mordeten und sengten und brennten, wo sie hinkamen, wie eingefleischte Teufel. So hatte er es mit den Criollos verdorben, und meine Mutter selig hatte immer die Gewohnheit, wenn sie nach Guadeloupe wallfahrtete, zwei Lichter einzustecken, ein weißes und ein schwarzes, der allerseligsten Jungfrau das eine und dem Teufel das andere. Man wisse nicht, wo man hinkommt, pflegte sie zu sagen.«

Don Manuel mit seinen Leuten waren immer aufmerksamer geworden.

»Als wir von Guanaxuato auszogen,« fuhr Jago fort, »waren wir über achtzigtausend Mann stark; aber noch nicht mehr als dreitausendvierhundert Gewehre. Die *gente irrazionale* hatten in ihrer blinden Wut selbst die Musketen der Gachupins nicht geschont. Noch immer stieg unsere Anzahl. Hidalgo zog im Triumph auf der Straße von Marabatio, Tepe-

tengo, Jordana, Istlahuaca und Indaparapea auf Mexiko los. Am sieben-
undzwanzigsten Oktober waren wir zu Tolucca. Am achtundzwanzigsten
trafen wir auf Truxillo bei Las Cruces, der mit seinen fünfzehnhundert
Mann über den Haufen gerannt wurde, wie eine Herde Schafe. Zwei Tage
darauf hatten wir Mexiko vor uns – –«

Der Capitain hielt inne. Seine Stimme hatte während des letzteren Tei-
les der Erzählung öfters gestockt, und er hatte die Worte häufig mehr
herausgestoßen als ausgesprochen. Man sah, daß es ihn Anstrengung
kostete, fortzufahren. Seine Zuhörer waren jedoch immer gespannter geworden, und er sprach weiter:

»*Ah Mexico, estrella del mundo!*«[31] Wohl konnte dein Glanz den Verstand eines schwachen Cura blenden. Armer Hidalgo! er hatte den seinigen rein verloren. Statt gerade auf die Stadt loszumarschieren, ließ er sie
vom General Ximenes auffordern, dem furchtsamsten Wichte, der ihm
und der ganzen Armee die Köpfe mit den übertriebensten Schilderungen
von den verzweifelten Vorbereitungen warm machte, die der Hasenfuß
gesehen haben wollte. Dann schickte ihm Vanegas noch ein ganzes Regiment von Glatzköpfen, die dem armen Cura die Hölle so heiß machten,
daß er schwor, es wäre die größte Gottlosigkeit, Mexiko, diesen Sitz der
Frömmigkeit und der heiligen Religion, der *gente irrazionale* zu überliefern. Und unser Sanchez war bei Queretaro von Calleja geschlagen worden, dieser selbst hatte sich mit dem Conde de Cadena vereinigt. Hidalgo
rannte wie besessen umher. Santa Vierge!« stöhnte Jago, »statt Mexiko
mit seinen hundertundzehntausend Indianern und viertausend Linientruppen anzugreifen, wo sich Vanegas bereits zum Abzuge nach Veracruz
anschickte, seine zweitausend Mann schon in den Alamedas Buccarelli
und Piedad aufgestellt hatte; statt Mexiko anzugreifen, retirierte er, nachdem wir es wie Narren den ganzen Tag angeschaut; retiriert und läuft
Calleja und Cadena gerade in den Rachen. Don Allende, wir alle baten,
beschworen, vergebens; wir liefen über Hals und Kopf nach Aculco.« –

Jago hielt wieder inne; er sammelte sich wie zu einem gewaltigen Ansatze, seine Brust hob sich, der Jüngling und seine Diener waren nun im
höchsten Grade gespannt geworden. Kein Atemzug war zu vernehmen.

»Ich war,« fuhr der Erzähler fort, »in der Division des Lugerteniente
der Armee, Don Allende, der mich mit General Ximenes an die Exzellenz
mit Depeschen absandte. Die Exzellenz, das war Hidalgo, und sie war auf
dem Hügel von Aculco stationiert, um sie herum ihr Generalstab, und die
vierzehn Kanonen, die wir hatten. – Ihr wißt, es war am siebenten Novem-

---

[31] Ah Mexiko, du Stern der Welt.

ber. Als wir so fünfzig Schritte von Don Allende und seinem Generalstab waren, wandte sich Don Ximenes zu mir und händigte mir die Depesche, die auf ein Agave-Blatt geschrieben war, mit den Worten ein: – Eilen Sie, und übergeben Sie dieses Don Hidalgo.«

»Ich sah den Mann mit großen Augen an. – Don Hidalgo? fragte ich. General – aber – –«

»Kein aber, habe zehn Jahre unter den Truppen Sr. Majestät gedient, und habe nie geabert. Fort in alle siebzehn Höllen, oder alle hunderttausend Teufel –«

»Unsere Schergen waren auf einmal die Truppen Sr. Majestät geworden; aber ich verbiß es, denn ich mußte vorwärts; der General hielt es für gut, rückwärts zu gehen; die Wahrheit zu gestehen, so sah er schläferig aus; kein Wunder, wir waren, seit wir die Hacienda Guaximalpa verlassen hatten, so in die Kreuz und Quere umhergezogen mit unsern Indianern, die Wege waren in der *estacion de las aguas* so heillos, daß wir, statt der fünfzig, wenigstens fünfhundert Stunden gemacht hatten. Vielleicht wollte er auch seine Person nicht ohne Not den Kugeln der Gachupins bloßstellen, die nun wie polierte stählerne Mauern von Aculco her angezogen kamen. Es war einem ganz dämisch zumute. An die hundertunddreißigtausend Mann, und eine Stille auf der weiten Fläche. Ihr konntet an dem Morgen jede Stimme einzeln hören, und jeden Mann sehen, und das Staunen und die kindische Freude und die Neugier unserer Indianer, die zum ersten Male in ihrem Leben eine Armee in Reih und Glied mit Artillerie und Kavallerie schauten, der Jubel war wie toll. Wie Kinder frohlockten sie und tanzten und sprangen und – wie Kindern fing der Übermut an sie zu jucken, und sie warfen ihre Steine und schleuderten und freuten sich wie Kinder. Die feindliche Armee war gestanden, ohne sich zu rühren. Man sah, es war ihr bange vor unserer Menge; aber Pfeile und Steine flogen, und so mußte sie, da der Anfang gemacht war, die Fortsetzung liefern. Als ich so im gestreckten Galopp hinritt, kamen ihre Scharfschützen heraus aus den Kaktushecken und Aloefeldern wie Heuschrecken, und pufften und knackten. Mir wurde wärmer und wärmer; denn das Feuer der Caçadores[32] und Miquelets[33] begann nun in gutem Ernste. Aus den Gräbern, hinter den Hecken, aus den Hütten kamen die Kugeln heraus geflogen, in so pfeifender Harmonie, daß es eine Herzenslust wurde. In kurzen Zwischenräumen blitzten aus dem Hintergrunde ein Dutzend blaßrote Feuerströme in die Tageshelle hinein, just zur Not

---

[32] Leichte Infanterie, Plänkler.
[33] Jäger.

mit einem lichtgrauen Dampfe schattiert, und nieder purzelten einige Schock Indianer, um das Aufstehen für alle Tage ihres Lebens zu vergessen. Die verteufelte Musik wurde immer ärger. Meinerseits war der Weg nicht schwer zu finden; ich hatte nur dem dicksten Rauche und dem mörderischsten Feuer nachzugehen, denn an den Hügel gelehnt standen unsere Regimenter Zelaya und Valladolid, und die Kavallerieregimenter Reina und Principe deckten den Rücken. Als ich dem Hügel näher kam, brachen zehntausend Indianer, ungeduldig über das mörderische Kanonenfeuer, in einem ungeheuren Klumpen an die feindlichen Batterien heran, wie eine Herde wilder Büffel, und wie eine solche würden sie den Feind bloß durch die Gewalt ihrer Leiber über den Haufen gerannt haben. Die Vordern hatten sich bereits auf die Feuerschlünde geworfen, und da sie in ihrem Leben keine derlei Dinge Feuer speien gesehen hatten, so rissen die armen Teufel ihre Strohhüte von den Häuptern und versuchten damit die Kanonen zu verstopfen. Ich betete zu allen Heiligen. Da kommt ein Regiment feindlicher Reiter auf sie angaloppiert, und bricht in sie ein und zerstreut sie wie Spreu. Die Konfusion hatte auf dieser Seite begonnen; auf dem Hügel hielten sich noch die Regimenter.«

»Wo ist er? fragte mich bereits das zweite Mal ein Gachupin-Mayor, der sich vorwärts in seinem Sattel lehnte, seine Füße fest in den Steigbügeln, mit seiner Hand die Mähne seines Rosses festhaltend; der Pulverdampf und der Kanonendonner machte einem Hören und Sehen vergehen; ich wußte nicht mehr, wo ich war, er aber auch nicht, denn er fiel sanft vom Gaule; der Major hatte ausgemajort; denn eine Kugel hatte ihm, während seiner Frage, das Lebenslicht ausgeblasen. Mein Tier war zuschanden geritten; ich sprang ab, warf mich auf des Gachupins Pferd, und hatte kaum den Tausch getroffen, als eine Eskadron Flanqueadores im vollen Galopp auf mich herankam und mich mit sich fortnahm, wie Wirbelwind eine Feder; wohin, wußte die heilige Jungfrau allein.«

»Adelante! Adelante![34] krächzte eine schrille, heisere Stimme, wie die eines Galinazo, inmitten blutiger Leichen aus einer Rauchwolke heraus. Ich kannte die Stimme; es war die des Würgengels Mexikos. Nun denn oder nimmer, dachte ich, und gab meinem Rosse die Spornen; aber die Eskadron tat es auch und, statt links gegen den Hügel, brachte uns der Sturm rechts, mitten durch ein Regiment Lanceros. Einige hunderttausend Flüche begleiteten uns und einige Dutzend Pistolenschüsse, denn wir waren mitten durch das Regiment gebrochen. ›Adelante! Adelante!‹ kreischte die gellend zänkische Stimme, ›Adelante! Mueran los

[34] Vorwärts! Vorwärts!

180

Gavecillas! Por el honra de Su Magestad y de Santissima Vierge y de redemptore de Atolnico!‹[35] Bei einem wahren Spanier kommt immer die geheiligte Majestät seines Königs zuerst, und dann die heiligste Jungfrau, und zuletzt der liebe Herrgott, und Calleja ist ein Spanier, wie er leibt und lebt; aber er war totenbleich und hing mehr tot als lebendig im Sattel; in der einen Hand hing sein Degen und von der andern der Rosenkranz herab, und eine Reliquie, die er küßte und wieder küßte, und dann verzog er sein Gesicht so gräulich; der Mensch stand Höllenqualen aus. Und ungeduldig, zänkisch keifend, schrie er wieder: ›*Adelante! Adelante!*‹«

»Die Regimenter Zelaya und Valladolid hielten wie Mauern; wo ein Mann fiel, sprang einer der Offiziere aus dem Carré in die Linie.«

»*Adelante Soldados, por la Honra de su Magestad!*[36] kreischte der in ohnmächtiger Wut in seinem Sattel sich krümmende Calleja. Alles vergebens: da kommt ein Schwarm von frischen zehntausend Indianern vom linken Flügel, um hinter unsern Leuten Schutz vor dem mörderischen Feuer der Kanonen zu finden. Das Regiment Lanceros schwenkt, nimmt die Indianer in die Mitte, treibt sie an unsere Regimenter an; die Carrés sind gebrochen. Adios Mexiko!«

»Noch gellt mir das Wutgeschrei der Unsrigen, der höllische Jubel unserer Feinde in den Ohren. Ich brach durch die Mörder und Metzger, und fand mich auf dem Wege nach Guanaxuato wieder mit Allende zusammen, dem Einzigen, der den Kopf nicht verloren hatte. Aber es war der vorige Allende nicht mehr; ein Geist, ein Gerippe war es; die letzten acht Tage hatten seine Haare weiß gefärbt. Er wollte das unglückliche Guanaxuato retten, nochmals dem Feinde die Spitze bieten. Wir boten sie mit fünftausend Indianern und achthundert Rekruten. Wir fochten wie Löwen um ihre Jungen; – vergebens! wir mußten der Überzahl weichen. Hidalgo in seiner Angst war bereits nach Guadalaxara aufgebrochen, und hatte uns im Stich gelassen. Wir folgten.«

»Vier Tage nach der Schlacht von Marfil sprach Allende zu mir: Jago, um Gottes und aller Heiligen willen! gehe zurück nach Guanaxuato. Sieh', wie es mit dem unglücklichen Guanaxuato steht! Jago! um Gottes und aller Heiligen willen!«

»Ich verstand ihn; denn seine Haare standen zu Berge, seine Augen drehten sich im Kreise, der Schweiß drang aus allen Poren; er fiel be-

---

[35] Vorwärts! Tod den Rebellen, zur Ehre Sr. Majestät und der allerheiligsten Jungfrau und des Erlösers von Atolnico!
[36] Vorwärts Soldaten.

wußtlos in meine Arme. Ich ging und nahm fünfzig meiner Indianer mit; wir waren alle beritten. Ei, ich hätte ebenso lieb den Befehl vernommen, in die Hölle zu gehen! Aber Allende war ein edler, ein großer Mann! ein wahrer Mexikaner. Guanaxuato hatte uns mit offenen Armen empfangen; vierzehnhundert Gachupins waren bei Erstürmung der Alhondiga geblieben. Ich schauderte bei dem Gedanken an Guanaxuato, stellte mir es aber nicht so schlimm vor.«

»Es waren zwei Tage, seit ich den Lugerteniente Mexikos verlassen hatte. Don Allende hatte mir befohlen, zu eilen, und ich eilte; zwei Tage waren noch nicht ganz vorüber, und wir ritten in Burras[37] ein.«

»›Alles ist ruhig, gnädige Herren Patrioten!‹ sagte mir die Zamba, die wie ein Gespenst in der Venta[38] stand, die einzige Lebende im ganzen Pueblo[39]; ›Alles ist ruhig!‹ sprach sie schaudernd, indem sie mit der verdorrten Hand hinauf gegen die Canada[40] von Marfil deutete. Sie war das erste lebendige Wesen, das wir auf unserm Wege seit zwei Tagen gesehen hatten. Ich sah in die Canada hinein. – Heiliger Gott! sie war blutrot, der Schlamm roter, gefärbter Lehm, – es war geronnenes Blut. ›Schon seit drei Tagen,‹ grinste die Zamba, ›läuft es so.‹«

»Ich warf das Glas Aguardiente weg, das sie mir gereicht; denn es roch nach Blute. Tausende, Hunderttausende von Gallinazos, Coyotes, Zepilots und Itzquauhtlis liefen und flogen zu und ab von der unglücklichen Stadt.«

»Guanaxuato genommen! Ich schauderte. Viertausend seiner Indianer hatten gejubelt, als wir im Oktober einzogen, hatten sich an uns angeschlossen; vierzehnhundert Gachupins und Kreolen hatte die Erstürmung der *Alhondiga granadita* das Leben gekostet; Callejo war in die Stadt eingezogen, – ich schauderte mehr und mehr.«

»Es war ein kühler Novembermorgen, der Himmel so blau, die Lüfte so rein, so durchsichtig; über der Canada schwankte eine Schichte lichten, bläulichen Qualmes, der wohl eine Stunde lang sich über derselben hinanzog; hie und da war der bläuliche Qualm rötlich, und wieder an Stellen so chaotisch, so schweflig, als ob die Teufel aller siebzehn Höllen da ihre Seelen geröstet hätten. Dann und wann leckte noch eine Flamme aus dem Qualme heraus; es war ein höllisch unheimlicher Anblick.«

[37] Vier Lieues von Guanaxuato.
[38] Einkehrhaus, einem Schoppen ähnlich, wo der Reisende zuweilen mit Lebensmitteln versorgt wird.
[39] Ein Dorf mit einer Kirche.
[40] Eine Schlucht.

»Ja, diese lange Schichte bedeutete Guanaxuatos Vorstadt, Marfil genannt, und Guanaxuato selbst, mit seinen siebzigtausend Einwohnern; was es aber bei unserm Eintritte war, kann ich jetzt noch nicht sagen; denn Calleja war darin gewesen und hatte Strafgericht gehalten. Aber es war Todesstille überall in der Stadt und den Bergwerken und den Algamierwerken und den Schmelzöfen; kein Hammer, kein Rad, kein Fußtritt, keine Stimme war zu hören. Wir betraten nun die Vorstadt, und die Vorboten der blutigen Hochzeit fingen an sich zu zeigen; die Leichname fingen an, häufiger zu werden; die Canada war schon hie und da halb mit denselben angefüllt, und zur Abwechslung lagen gebrochene Munitionswagen, tote Maultiere und Pferde in pitoresken Schichten untereinander. An den Wolldecken der armen Patrioten zerrten Gallinazos und Coyotes. An einer Hacienda nahe an der Straße hingen an der Mauer, gleichsam als Vorgeschmack, einhundert Indianer; ebenso viele waren zur Abwechslung wie Erz gestampft worden und ihre Köpfe und Schenkel lagen so zerrissen umher, daß selbst die Coyotes auf die Seite wichen. Ei, das mußte ein wahrer Festtag für Calleja gewesen sein! dachte ich; – sollte aber noch ärger kommen. Die Brücke über die Canada war niedergerissen; aber eine neue war aufgerichtet: die Pfeiler bestanden aus Leichen, über die Bretter gelegt waren. Und jetzt sollte Guanaxuato anfangen, das heißt ein paar tausend Häuser und Hütten, so schön und wieder so erbärmlich, wie sie je in einer reichen Stadt zu schauen waren, wo es Menschen gab, die Millionen zu Dutzenden besaßen, und andere, die nicht ein Dutzend Duros ihr nennen konnten. Calleja hatte reine Wirtschaft gemacht. Von den Häusern, die sich so schön an den Rand des Schlundes hingenistet hatten – es waren ihrer einige Tausende gewesen – war nichts zu sehen, als die blaulichte Schichte und darunter die schwarz geräucherten Mauern, und die noch rauchenden Trümmer der niedergebrannten Hütten; aber es waren noch andere Dinge darunter, fettige, stinkende Dinge, und Klötze und Klumpen, die einzeln und wieder aufgeschichtet auf den Trümmern umher lagen. Wir hielten sie anfangs für angeräucherte Steine und Felsstücke; es waren aber die gebratenen Rümpfe der Einwohner Guanaxuatos – scheußliche Massen! die Füße, Hände und Köpfe weggebrannt und die Klötze geröstet. In vielen Hütten, oder wo wenigstens Hütten gestanden waren, hatten sich diese Rümpfe in eine Masse zusammengebraten, – ein scheußlicher Gestank. Kein lebendiges menschliches Wesen; aber Tausende von Coyotes und Zepilots und Gallinazos, und diese so scheu, so ängstlich! die Tiere kreischten nicht; man sah es ihnen an, sie fühlten den Greuel. Meine Indianer hatten kein Wort gesprochen; unsere Maultiere schauderten vor ihrem eigenen Hufschlage: sie richteten die Ohren auf, ihre Mähnen sträubten sich, sie zitterten mehr und mehr, sie wollten nicht vorwärts, sie schraken – viele fielen zusammen. Kein Wunder! Ihr Weg ging über Leichen.«

»Wir waren an der Plazza-Mayor angekommen. Da hatte Calleja seinen Hauptschmaus gefeiert und seine Spanier sich im mexikanischen Blute besoffen. Wir wateten durch einen roten Schlamm, der sechs Zolle hoch sich über die ganze Plazza hingelagert hatte; die Leichen lagen aufgeschichtet wie Maissäcke. Als wir zur Alhondega kamen – die Mauern standen noch schwarz und rot gebrannt – fanden wir eintausend Mädchen da in Lagen und Stellungen – Gott gnade unserer armen Seele! Die Gachupins hatten zuerst ihre Lust mit ihnen getrieben und sie dann abgemacht! aber abgemacht auf eine Weise! – Jesu, Maria y Jose! Möchte doch wissen, ob der Spanier auch vom Weibe geboren ist? Senores!« sprach der Capitain ernst. »Auf dem Marktplatze allein waren vierzehntausend Mexikanern, Mädchen, Weibern, Kindern, Männern und Greisen die Hälse und andere Dinge abgeschnitten und abgerissen worden, Dinge! Das hatte Calleja so tun lassen, weil sie zu erschießen es zu viel Pulver gekostet haben würde, und die Gavilla einen solchen Aufwand nicht wert war.«

Tränen liefen bei diesen Worten über des Mannes Wangen; seine Stimme war von Wut erstickt. Eine Weile hielt er inne; dann fuhr er fort:

»Wir hatten genug gesehen. Unsere Mägen konnten etwas ertragen; aber das war zuviel. Wir kehrten um nach Guadalaxara, mehr tot als lebendig. Das Übrige ist kaum mehr der Mühe wert zu sagen. Wir wollten vor Guadalaxara nochmals Stand halten, brachten dreiundvierzig Kanonen von San Blas herauf, verschanzten uns an der Brücke von Calderon – aber alles umsonst! Der Engel des Todes hatte uns gezeichnet; Guanaxuato hatte unsern Mut verwittert; wir waren die vorigen Menschen nicht mehr. Vielleicht hätten wir aber Guanaxuato doch noch gerächt. Unsere Indianer schlugen sich wie rasend; aber ohne Ordnung, ohne Befehl stürzten sie sich racheschnaubend auf die Armee Callejas. Alles wich; die Schlacht war gewonnen. Da geht inmitten des rasenden Kampfes ein Pulverwagen in die Luft; die Indianer glauben festiglich, der leibhafte Satan sei unter sie gefahren, nehmen auf einmal Reißaus; die Gachupins fassen Mut; ein letztes Regiment, das Calleja als Reserve *in petto* gehalten hatte, bricht nun auf uns ein. Alles war vorbei.«

»Mit Hidalgo war es aus, das sahen wir alle. Armer Teufel! Er floh. Aber von seinen eigenen Landsleuten verraten und ausgeliefert zu werden, das war hart. Doch basta! die Rechnung war für anno tausendachthundertundelf geschlossen.«

Zwanzigstes Kapitel

Wie sie fielen, blieben sie liegen,
Wie des Mähers Gras zur Abendzeit,
In Schwaden, in schwellenden Lagen,
So wurden die Ersten erschlagen.

BYRON.

ie spanische Sprache ist an sich schon eine der wohlklingend-
sten, mit ihren langen, sonoren, kadenzenartig fallenden und
steigenden Sentenzen, und das erzählen wird häufig dem Spanier und Mexikaner, so wenig übrigens beide, und besonders ersterer,
redselig sind, zum Genuß, dem sie sich mit tief gefühlter Innigkeit
überlassen. Der Patriot, den sein Gegenstand allmählich erwärmt und
dann im Innersten aufgeregt, hatte die empfangenen Eindrücke mit einer Wahrheit und Natürlichkeit wiedergegeben, die seinem ganzen wilden Wesen einen neuen Charakter verliehen. Der widrige Ausdruck des
schwarz gebräunten Gesichts, das kleinlich Gemeine seiner Negerzüge
war verschwunden, seine Stirne hatte sich gewölbt, die listigen Runzeln
waren von einem edeln Feuer geschwellt, ein sardonisch verächtliches
Lächeln, das von Zeit zu Zeit um seinen Mund spielte, gab ihm zugleich
einen entschiedenen Ausdruck von Übergewicht über seine Zuhörer; er
war ein ganz anderer Mensch geworden. – Mit jener außerordentlichen
Biegsamkeit des Organs, die man an den Südländern, selbst den untersten Klassen, bemerkt, und die nicht selten die Herzen und den Verstand
ihrer Zuhörer unwiderstehlich fortreißt, hatte er nun humoristisch launig, wieder melancholisch bitter, nun halb singend, und wieder in der
kräftig gediegenen Kriegersprache die mannigfaltigen Schicksale der
Patrioten vorgetragen. Der Umstand, daß seine Erzählung, in allen ihren Bestandteilen geschichtlich wahr, seinen Zuhörern Tatsachen enthüllte, die ihnen bisher gänzlich verborgen geblieben waren, da die spanische Regierung alle möglichen Vorsichtsmaßregeln ergriffen hatte,
den eigentlichen Charakter der sogenannten Rebellen und des Krieges
selbst dem Lande vorzuenthalten, hatte nicht wenig dazu beigetragen,
das Interesse seiner Zuhörer, und so sein eigenes, im höchsten Grade

185

aufzuregen. Als er jedoch die Schlacht zu schildern begann, wurde er, auch abgesehen von diesem letztern Grunde, im hohen Grade interessant; es war die Darstellung eines genial auffassenden Gemüts, in das sich die Hauptmomente wie mit einen stählernen Griffel eingegraben hatten.

Die skizzierende Weise seiner Darstellung, unterstützt von einer Mimik, die, mehr noch als seine Worte, den Kampf der beiden Parteien, die bigotte Grausamkeit des feindlichen Heerführers und die stumpfsinnige Tollkühnheit der Indianer schilderte, die grause Wahrheit, mit der er das Schicksal des unglücklichen Guanaxuato, der reichsten Stadt Mexikos, und wir möchten in gewisser Beziehung sagen – der Welt – in wenigen Meisterzügen hinwarf, hatte seine Zuhörer mit einem Schauder erfüllt, der sie in atemloser Stille noch starren machte, als der Erzähler schon lange geendigt hatte.

»Und Eure Aussichten?« fragte nun der junge Edelmann in einer Bewegung, die seine Stimme zittern machte.

Jago sah den Fragenden mit Hoheit an. »Die Henne, die das Ei der Revolution gelegt hat, ist geschlachtet,« sprach er hingeworfen; »bürge Euch aber dafür, das Ei wird den Gachupins doch noch den Magen abdrücken. Hidalgo ist in der Ewigkeit, aber andere leben noch! Ist noch ein Padre da. Wollte, er wäre ein guter Soldat! aber immerhin, das Kleid macht den Mann nicht, und bisher war er unser Mann; spricht wenig, denkt aber viel; kurz und scharf angebunden. Hidalgo gab ihm eine kärgliche Ausstattung, als er ihn mit nicht mehr als fünf Offizieren, solchen nämlich, wie Ihr dort seht, nach Valladolid sandte;« er deutete auf die zwei Wichte, die sich in einiger Entfernung auf den Rasen hingestreckt hatten. – »Zu Petalan machte er Bekanntschaft mit zwanzig Negern, denen er die Freiheit versprach, wenn sie fechten wollten. Zwanzig Feuergewehre, die sich vorfanden, dienten dazu, sie zu bewaffnen. Acht Tage nachher schlossen sich die Gebrüder Galeana mit ihren Leuten an ihn an; bald darauf kamen die beiden Bravos, auch Vincente Guerero, und sofort ging es frisch los.«

»Kennst Du Don Vincente Guerero?« fragte der Jüngling.

»Vom Sehen,« erwiderte der Mestize. »Der Cura von Nucupetaro ist Euch gar kein übler Mann; er zäumt das Maultier da, wo es gezäumt werden soll, und legt ihm nicht, wie Hidalgo, die Trabucco zuerst und das Gebiß zuletzt an, so daß das Tier mit Sack und Pack davon laufen, und Gachupins und Criollos über den Haufen rennen mag, wenn es dazu Lust hat. Er exerziert seine Leute trefflich, und die Disziplin ist so gut wie bei Euren Gachupins. Ei, Disziplin, und Munition, und Kriegsvorräte! Hätte ich nur zehntausend Musketen, Mexiko sollte bald sehen! – –«

Der junge Don wurde einigermaßen ungeduldig, faßte sich jedoch bald wieder, und mit einer Menschenkenntnis, die weit über seine Jahre ging, ließ er der Zunge des Patrioten freien Lauf, die wirklich bald wieder auf den Gegenstand zurückkam, der für ihn das meiste Interesse hatte.

»Ja, Morellos,« fuhr er fort, »wißt Ihr,« sprach er geheimnisvoll leise, »daß er dem Obersten Paris bereits den Rückweg nach Mexiko gezeigt, daß er ihm siebenhundert Gefangene abgenommen, daß sich diese alle auf einen Mann an Morellos angeschlossen, daß er vierzehn Tage darauf die Brigadiere Llanos und Fuentes aufs Haupt geschlagen?«

»Alte Geschichten!« erwiderte Don Manuel: »Wo ist er gegenwärtig?«

»Ah, Senor! Überall und nirgends: in Oaxaca, glaube ich, vor Acapulco.«

»Erbärmlicher Lügner! Ich komme von Mexiko; in Cuautla Amilpas ist er.«

»Wenn Ihr es besser wißt, warum fragt Ihr?« versetzte der Patriot. »Bei San Jago! habe ich nun geplaudert, daß ich darüber ganz meine Leute vergessen habe, die da hinten im Walde ihre Siesta halten. Wenn sie wissen, daß jemand für sie wacht, so schlafen sie wie Schildkröten, ohne Empfindung, und alle wollte ich sie, wenn ich San Christoval wäre, in den Sack stecken. Einstweilen Adios, Senor! In zehn Minuten sehen wir uns wieder; auf alle Fälle jedoch, ehe Ihr Euch auf Euern Weg hinüber nach Cholula macht.«

Er wandte sich mit einem leichten Rucke an seinem Hute, stimmte ein wild kräftiges Arierolied an, und war im Begriffe auf den Wald zuzugehen, der in einiger Entfernung begann, als ein Schuß aus diesem herauskrachte, der ihn auf einmal festbannte.

Einen Augenblick horchte er mit blitzenden Augen, als ein zweiter und dritter folgte.

»*Piedad! misericordia! los Gachupinos!*« schrie er, indem er auf ein Felsenstück sprang und wild seine Augen umherrollte: »Sie sind uns auf dem Nacken! Lauf', Mattheo! Lauf', Hippolito! Verfluchte Hunde, wollt Ihr fort? Ist ja gerade, als ob Ihr Blei oder sonst etwas zwischen den Beinen hättet! Lauft, um der heiligen Jungfrau willen! und schießen sie Euch tot, so kommt Ihr lebendig ins Himmelreich!«

Die beiden Lieutenants des Capitano, unsere beiden Zambos, hatten sich eine Strecke in Bewegung gesetzt, dann aber wieder innegehalten. Jago zog nun eine kleine silberne Pfeife aus seinem Gürtel, mit der er aus Leibeskräften zu pfeifen begann.

»Mögen uns alle Heiligen beistehen, und besonders Du, San Martin!« rief er, in verzweifelnder Angst hin und her springend. »Ich hoffe, sie kommen nicht von Tesmelucos, sonst sind wir gepfeffert und gesalzen.

Bei San Jago!« schrie er, sich auf die Stirne schlagend, »heute ist Freitag nach Lichtmeß! – Alle Heiligen! das ist ein Unglückstag! Es war mir prophezeit von einer alten Mistecca-Indianerin letzte Woche. So wie sie mich auf der Plazza von Oaxaca ansichtig wurde, trabte sie auf mich zu, faßte mich bei der Hand, nahm mich und meine Hand scharf ins Auge, und sagte mir mit dürren Worten, daß ich einen Traum gehabt. Und so hatte ich; ich träumte von Zepilots und Cozcaquauhtlis[41]. – Heilige Jungfrau, stehe uns bei! da sind sie!«

Wirklich zeigte sich eine große Schar dieser Raubvögel, deren feiner Geruch, der Volkssage nach, nicht nur das Aas aus größter Ferne, sondern selbst den durch die Todesangst erpreßten Schweiß wittern soll, über den Häuptern der Anwesenden. Aus allen Schluchten kamen sie aufgeflogen, und ehe sie sich höher in die Lüfte erhoben, umkreisten sie den Felsenkegel mehrere Mal, schossen auf die Anwesenden herab, hoben sich wieder empor, und schwangen sich, nachdem sie dieses Spiel einige Mal getrieben hatten, in weiten Spiralwindungen in die höheren Luftregionen empor.

»Zehn Zoll dicke Wachskerzen mit einem silbernen Armleuchter, heilige Jungfrau von Guadeloupe! mit einem funkelnagelneuen silbernen Armleuchter! sobald ich ihn habhaft werde, wenn Du mich diesmal aus der Klemme errettest! Ja, die Höhe, nicht eine Tagereise von der Barranca San Juanes, so sagte sie, die alte Indianerin, die würde ich alle Tage meines Lebens nicht vergessen. Denk' an die Siestastunde freitags nach Lichtmeß, sagte sie; in dieser wird die Gefahr am größten sein. Ist es drei, und kommen bloß drei Amigos, so bist Du eine Beute der Zepilots und Itzquauhtlis; ist es vier oder darüber, und kommen,« sprach er leiser, während er scheu die Arieros und Diener des jungen Edelmannes überzählte, – »ei, es sind ihrer sieben! Und es mag sein, daß ihre Zunge wahr gesprochen, und daß wir die Gachupins den Geiern und Adlern zum Nachttische aufsetzen, anstatt sie mit unsern Leichnamen zu füttern.«

»Fürwahr, Jago!« fiel ihm Don Manuel ein, »wenn dies eine Probe Deines Heldenmutes sein soll, dann glaube ich wahrlich, Du hättest besser getan, bei Deinen Maultieren zu bleiben.«

Der ci-devant-Ariero warf dem Sprecher einen unaussprechlich bittern Blick zu, erwiderte jedoch kein Wort: denn der Jüngling hatte kaum gesprochen, als wieder eine Salve von kleinem Gewehrfeuer aus dem Walde herauskrachte. Zugleich stürzte ein Trupp halbnackter Indianer und Mestizen und Zambos aus dem Walde heraus, mit kaum einer andern Be-

---

[41] Rangadler, mit fleischigtem Kragen um den Hals.

kleidung, als Schaffellen um ihre Schultern und Knie, und Sombreros de Petate auf ihren Häuptern; dicht hinter ihnen drein die königlichen Dragones de Espanna[42], die, an den Rand des Plateau herangallopierend, den baumlosen Vordergrund von allen Seiten zu umzingeln anfingen. Der Ariero hatte bereits nach den ersten Schüssen seine Saumtiere hinter dem Felsen in Sicherheit gebracht, und sie im Dickicht der Zwergeichen und Fichten verborgen. Jago war wechselweise zu ihm und den Dienern gelaufen, doch ohne daß seine Einflüsterungen auf diese Eindruck gemacht hätten.

»Bei allen Heiligen!« schrie er, »lauft rechts! rechts! Behaltet Cholula im Auge! Rechts! Kinder, ums Himmelswillen! Rechts, *Nombre de Dios*! oder Ihr seid alle verloren! Jesu, sie hören nicht!«

»*Silencio*!« befahl Alonzo, »sonst bringst Du uns die Dragoner auf den Hals, und schau bald, wie Du Dich aus dem Staube machst; denn hier dürfen sie Dich nicht finden.«

Jago sah den Sprecher wieder mit einem furchtbaren Blicke an.

»Aus dem Staube machen?« murmelte er zähneknirschend, und meine Leute im Stiche lassen und sie ganz verraten, die meine Dummheit und meine Plauderzunge schon zur Hälfte verraten? Ei, Don Manuel!« murmelte er, einen giftigen Blick auf den Jüngling schießend.

Er wurde wieder unterbrochen.

Die während ihrer Siesta überfallenen Patrioten kamen nun in größerer Anzahl aus dem Walde, auf ihren Fersen eine ganze Eskadron königlicher Dragoner. Als die ersteren den Ausweg die Barranca hinab gesperrt fanden, erhoben sie ein furchtbares Geheul, und zur Linken und Rechten ausbrechend, rannten sie wie verzweifelt in allen Richtungen umher, vergeblich bemüht, den Dragonern, die sich in einen Halbmond geformt hatten, zu entgehen. Gleich einer Herde Schafe trieben sie diese vor sich her, »Viva el Rey« brüllend, indem sie zugleich wütend auf die wehrlosen Indianer einhieben.

Der junge Edelmann hatte anfangs mehr neugierig als teilnehmend der unnatürlichen Jagd zugesehen; aber als die Dragoner auf die unbewaffneten Indianer einzuhauen anfingen, schien ihm die Szene peinvoll zu werden. Allmählich begannen die Symptome von Ungeduld stärker bei ihm hervorzutreten, seine Augen funkelten, und Zorn und Entrüstung malten sich in seinen Zügen.

Die Indianer waren gänzlich verwirrt geworden. Sie liefen scharenweise dem Rande der Barranca zu, prallten wieder zurück, kamen wieder,

---

[42] Dragoner vom Regimente Spanier.

aber so wie sie sich dem Schlunde näherten, sprengten die hinter dem Eichengebüsche haltenden Dragoner an sie an, und drängten sie mehr und mehr dem Felsen zu. Einzelne Reiter kamen noch immer aus dem Walde heraus, die wehrlosen Schlachtopfer vor sich hertreibend. Als sie die Indianer in einen dichten Knäuel zusammengedrängt hatten, preßten diese letzteren auf einmal in instinktmäßiger Übereinstimmung mit aller Gewalt ihre Leiber gegen die Schlucht zu. Beinahe waren sie an dieser angelangt; doch die Dragoner hatten ihre Absicht erraten, und rasch sich auf dieser Seite verstärkend, nahmen sie den ganzen Knäuel in die Mitte und fingen nun ein furchtbar scheußliches Morden an. Je dichter der Haufen sich zusammendrängte, desto gräßlicher wurde das Gemetzel. Es mochten der Patrioten zwischen fünf- und sechshundert sein. Auf einmal hielt der Knäuel der wehrlosen Schlachtopfer, und unter herzzerreißendem Geheule sich auf die Knie werfend, hoben alle ihre Hände und schrien mit herzzerreißender Stimme: »*Quartel! por el amor de Dios, quartel!*«[43]

»*Buen viage a los infernos!*«[44] gaben die Dragoner zur Antwort, und Köpfe und Hände fielen in allen Richtungen.

»*Maleditos Gojos!*« schrie der Jüngling, übermannt vom Zorn und nun im höchsten Grade empört über die unmenschliche Grausamkeit der Soldaten. Und kaum hatte er die Worte gesprochen, als er auch beide Pistolen zugleich abschoß, zurück zu den Maultieren stürzte, und zwei andere Pistolen aus den Halftern der Packsättel riß.

»*Por el amor de Dios! Por la santissima Madre!* Gedenkt Eurer Mutter! Gedenkt des Conde! Gedenkt Elviras!« flehte Alonso, ihm in die Arme fallend.

»Nimm,« schrie der Jüngling. »Nimm,« schäumte er in höchster Wut, »oder beim lebendigen Gotte! ich schieße Dich selbst nieder, ehe ich diesen unmenschlichen Schergen länger zusehe.« Und den Diener mit Gewalt von sich schüttelnd, sprang er wieder wie rasend vorwärts, und schoß beide Pistolen ab. Zwei Dragoner hatten bereits die Sättel geräumt.

»*Santa Vierge!*« jammerte der alte Diener. »Er wird sich, die Familie und uns alle unglücklich machen. Zielt wohl, Pedro, Cosmo! An Pardon ist nicht mehr zu denken.« Und mit diesen Worten schossen die drei Diener ihre Gewehre gegen die Dragoner ab. Jago und die Arieros, rasch diesem Beispiel folgend, hoben ihre Trabuccos, und ein halbes Dutzend Dragoner leerten nacheinander die Sättel.

[43] Quartier, um der Liebe Gottes Willen, Quartier!
[44] Glückliche Reise zur Hölle.

Es erfolgte eine kurze Pause. Das Schießen aus dem Hinterhalte hatte gleich so vielen Blitzschlägen auf die unmenschlichen Dragoner und ihre Schlachtopfer eingewirkt. Die letztern schauten einige Sekunden verwildert und starr umher, ungewiß woher die unerwartete Hilfe komme, als Jago mit einer Donnerstimme schrie: »*Abajo con los Gojos! Abajo! Abajo!*«[45] Die Indianer horchten einige Sekunden, und dann, als wären sie auf einmal rasend geworden, stürzten sie sich über die getöteten und verwundeten Dragoner, rissen, trotz den mörderischen Hieben der Reiter, die Waffen der Gefallenen an sich, und begannen nun ihrerseits den Angriff.

Dem jungen Edelmann begann warm im heißen Kampfe zu werden. Jeder Schuß, der aus dem zehntausend Fuß über der Meeresfläche erhobenen Bergesrücken fiel, rollte mit dem Gebrülle eines Zweiundvierzigpfünders über die Gebirge hin, die das Echo mit einem zehnfachen Donner wiedergaben.

»Habt Ihr geladen?« schrie er, indem er auf einen Trupp Dragoner anlegte, der auf den Felsenabsatz zugesprengt kam, und von welchem er den Vordersten wieder aus dem Sattel schoß. Ihm folgten die Diener und Arieros, und wieder leerten fünf Dragoner die Sättel, und wieder stürzten sich die Patrioten über die Gefallenen und, keiner Wunden achtend, entrissen sie ihnen die Waffen. Der Kampf wurde wütender, indem er gleicher wurde.

»*Gracias a Dios y a vuestra Senoria! Nuestro tiempo es venido,*«[46] murmelte Jago. Und mit dem Donnerrufe: »*Abajo, Mueran los Gachupinos!*« sprang er über den zehn Fuß hohen Absatz mitten unter die Kämpfenden, und stürmte dann mit seinen Indianern auf die Dragoner los. Diese fingen an schnell Grund zu verlieren, denn während zwanzig Patrioten, nun wohl bewaffnet, sie von vorne angriffen, hatten sich Hunderte in ihre Flanken geworfen, waren auf die Rücken der Pferde gesprungen, hatten sich an die Reiter angeklammert und diese aus ihren Sätteln gerissen; die Verwundeten sich mit den verstümmelten Armen und Füßen um die Schenkel der Pferde gewunden, und mit ihren Zähnen in dieselben eingebissen. Das Schmerzensstöhnen der Tiere übertäubte bei weitem das Geheul der Kämpfenden. Es war ein Grausen erregender Knäuel; die Indianer waren eingefleischte Teufel geworden. Die Dragoner konnten sich nicht mehr regen, kaum mehr bewegen; Mann und Roß waren von den Indianern, gleich so vielen Anacondas, umwunden. Keine zehn Minuten

<hr />

[45] Nieder mit den Hunden! Nieder! Nieder!
[46] Dank sei Gott und Ihren Gnaden. Unsere Zeit ist gekommen.

waren verflossen, und keine dreißig Reiter waren mehr auf ihren Pferden zu sehen. Der Edelmann hatte mit Entsetzen diesem Ausbruche indianischer Wut zugesehen. Auf einmal sprang er über den Felsen hinab und rief mit lauter Stimme: »*Halto, por Dios, halto!*«

»*Muera el traidor!*«[47] entgegnete der Major der Eskadron, der bisher verzweifelt gekämpft, und sich mit dem kleinen Überreste seiner Leute an die Felsenwand zurückgezogen hatte. »*Muera!*« schrie er nochmals, indem er seine letzte Pistole abschoß und dann sein Schwert erhob, um den Fehlschuß zu verbessern; doch ein Kolbenschlag stürzte Roß und Reiter zu Boden.

»*Halto!*« rief der Jüngling nun stärker: »*Halto! Quartel!*«

»*El tiempo de mansuetud es passado!*«[48] brummte Jago, und ihm nach seine Indianer.

»Beim lebendigen Gott, ich spalte Dir den Schädel, wenn Du nicht Einhalt tust,« schrie ihm der Jüngling zu.

Vergebens; das Wutgeschrei der Indianer übertäubte seine Stimme.

Indem tönten die Ave-Maria-Glocken von Cholula herüber und die Glocken aus den Dörfern der Ebene fielen in unbeschreiblich wohltuender Harmonie ein.

»Ave Maria!« schrien hundert Indianer; »Ave Maria!« wiederholten die Mestizen und Zambos; und alle, Freunde und Feinde, ließen ihre bluttriefenden Hände sinken, und ihre wilden verstörten Blicke senkten sich gleichfalls, und indem sie mechanisch die Medaillen der Jungfrau von Guadeloupe erfaßten, die an ihren Hälsen hingen und diese küßten, fingen sie laut und kadenzenartig an zu beten: »*Ave Maria, audi nos peccadores.*«

Und als wären die Glockentöne höherer Befehl, neigten diese wütenden Menschen die Häupter, erhoben und falteten die Hände, knieten auf den Körpern ihrer getöteten Feinde nieder, und begannen in demütigen Formeln Vergebung für sich und diese Feinde zu erflehen.

Über die Täler und Ebenen hin hatten sich bereits die Schatten der Dämmerung, über die Barranca die der Nacht gelagert; aber die Berge der Sierra Madre funkelten noch immer in glühenden Flammen, und die majestätischen Schneeberge erglänzten erst jetzt in ihrer ganzen Glorie und Pracht gleich ungeheuern, in Flammen stehenden Leuchttürmen. Zugleich erhoben und nahten sich Tausende von Geiern und Adlern, deren krächzendes Geschrei sich mit dem Stöhnen der Sterbenden und dem Ge-

---

[47] Tod dem Verräter.
[48] Die Zeit der Barmherzigkeit ist vorüber.

heul der Verwundeten vereinigte, um die ganze Szene zu einer der gräßlich erhabensten zu machen. So wie der letzte Glockenschlag verklungen
war, erhoben sich die Indianer, sahen sich einen Augenblick schweigend
und lauernd an, dann die übrig gebliebenen Spanier, und ohne einen Laut
von sich zu geben, stürzten sie über diese mit einer Schnelligkeit und Wut
her, die kaum mehr menschlich schien. In wenigen Sekunden war keiner
der Dragoner mehr am Leben. Zu Tode waren sie gewürgt worden von
den erbitterten Indianern.

Einundzwanzigstes Kapitel.

Que dira Ferdinand, l'Europe, l'avenir?

DELAVIGNE

ios!« seufzte Don Manuel, »was hab' ich getan!«
»Jesu Maria! Was haben Sie getan, Senor!« stöhnte Alonzo mit
tränenschweren Augen. »Leib und Seele verloren, Landesverrä-
ter und Ketzer geworden in ein und derselben Stunde. Jesu! was wird aus
uns werden!«

Dem Jüngling wurde es düster vor Augen, sein Blick wurde wirre, seine
Gestalt fing an zu zittern, seine Füße schienen ihm den Dienst versagen
zu wollen, seine Knie schlotterten. Unfähig, den Drang der auf ihn ein-
stürmenden Empfindungen auszuhalten, erfaßte er die Zweige des Gebü-
sches, und würde gesunken sein, wenn ihn der alte Diener nicht in seine
Arme aufgefangen hätte. Der Schweiß stand in großen Tropfen auf seiner
Stirn, und halb ohnmächtig schloß er die Augen, nicht länger imstande,
den Anblick der Szene, die er herbeigeführt, zu ertragen.

Diese Szene hatte nun auf einmal einen Charakter angenommen,
der, hätte ihn der Jüngling früher auch nur träumen können, ihn wahrscheinlich zu einer verschiedenen Handelsweise bestimmt haben würde.
Die Indianer, Mestizen und Zambos, denn aus diesen drei Menschen-
klassen bestand die ganze Abteilung der zusammengerafften Patrioten,
waren nämlich kaum Meister des Schlachtfeldes geworden, als sie auch
mit einer Gier über ihre toten und im Todeskampfe begriffenen Feinde
herstürzten, die sie von Hunger verzehrten Raubtieren ähnlicher als
Menschen darstellte. Mit dem der roten und schwarzen Race eigentümlichen, gellenden und wieder dumpfen Geheule hoben sie und rissen
die Leichen empor, und tanzten mit den abgehauenen und abgerissenen
Gliedern oder Köpfen umher, und sangen und jubelten, und warfen sie
wieder weg, und rissen die andern Leichname mit dem wütendsten Freudengeschrei herum, und trieben dies auf so wüste Weise, daß selbst ein
aus den gröbsten Stoffen geformtes Gemüt darüber hätte mit Abscheu
erfüllt werden müssen; dann fingen sie an die Leichen auszubeuten. Einer der Halbmenschen riß die Beinkleider eines Dragoners an sich, die

er statt einer Jacke anzuziehen sich bemüht; ein zweiter hatte eine Jacke als Beinkleider anzuziehen sich bemüht; ein dritter sprang gleich einem Rasenden mit einem erbeuteten dreieckigen Hute und Stiefeln umher, und dazwischen erschallte ein Gelächter so gellend, so unnatürlich, so höllisch, und ward wieder so grausig von den nahen Bergen zurückgeworfen, daß es wirklich den Anschein hatte, als ob die Geister der Hölle sich auch zu einem gräßlichen *Rendez-vous* eingefunden hätten. Jago lehnte mittlerweile mit ungemeiner Ruhe und Behaglichkeit an der Felsenwand und trocknete sich die Stirn vom Blut und Schweiße, während zugleich ein Zambo den gebliebenen Major ausbeutete, und ihm jedes Stück seiner Kleidung zur vorläufigen Untersuchung hinhielt. Der Capitano untersuchte die Garderobe des Majors mit augenscheinlicher Aufmerksamkeit, und erst nachdem er jedes Stück der Kleidung genau befühlt, gab er diese dem Zambo zurück.

»Ah Gojo;« lachte er, indem er ein seidenes Sacktuch aus der Tasche des Majors nahm, und sich die Stirn trocknete, während zugleich sein Blick über das Schlachtfeld hingleitete, ähnlich dem, welchen der Metzger über die Schlachtbank wirft, auf welcher er soeben eines Paares wilder Ochsen Meister geworden ist. »*Picaro gojo!*« lachte er wieder; »bei meiner armen Seele! Beinahe hättest Du mich aus dem Konzepte gebracht. Ah Gojo,« rief er wieder, indem er den Rock nochmals anfühlte, und nun aus der Tasche ein Portefeuille zog, das seine Gesichtszüge mit einem angenehmern Freudenblicke erfüllte, als es von einer anscheinend so rohen Natur zu erwarten gewesen wäre. Er hatte das Portefeuille geöffnet, und begann die Papiere, die darinnen enthalten waren, mit ungemeiner Aufmerksamkeit zu lesen. Die Geläufigkeit, mit der er, den wir als Ariero begrüßt gesehen haben, die Blätter durchflog, der hohe Ernst, der sich um seine Stirn lagerte, dürften aufmerksamern Umgebungen, als die er hatte, aufgefallen sein. Er hatte sich so tief in das Lesen dieser Papiere, von denen die meisten versiegelt waren, vergessen, daß er weder Augen noch Ohren mehr für das Treiben seiner Leute zu haben schien, das nun immer rasender wurde. Ein gellender Schrei, der auf einmal einem der Zambos entfuhr, und der sich in das Todesröcheln eines Sterbenden verhuschte, weckte ihn aus seiner Beschäftigung.

»*Per variare la vuestra vida monotana?*«[49] schrie er zum tollen Haufen hinüber, indem er sich zugleich gravitätisch auf den Körper des nun gänzlich seiner Kleidung beraubten Majors niederließ. »Ah, diese verdammten

[49] Wollt wahrscheinlich in Euer einförmiges Leben eine kleine Abwechslung bringen?

Chinos!« und wieder vertiefte er sich im Lesen der Papiere, die für ihn ein außerordentliches Interesse zu haben schienen.

Diese Chinos, oder wie sie auch genannt werden, Zambos, waren gleich den übrigen, zwar mit weniger Habgier, aber ungleich mehr Wildheit, über die gefallenen Feinde hergestürzt; aber jeder Leichnam, den sie angefaßt hatten, war auch in demselben Augenblicke ein Zankapfel der Zwietracht geworden, ganz das Gegenteil von den Indianern, die ihre Wut nur über die lebenden Dragoner ausgelassen hatten, und sich nun friedlich miteinander über die zurückgelassene Beute verständigten. Die Zambos, indem zwei und mehrere zugleich einen Körper anfaßten, zerrten diesen wie Hunde, die ihr Gebiß an einen Knochen gelegt haben, und gleich diesen schoßen sie zuerst grimmige Blicke aufeinander, und brachen dann in laute Drohungen aus, die ihnen, bei ihrer ungemeinen Zungenfertigkeit und ihren lebhaften Sprüngen wieder das Aussehen von Affen gab, welche ihren Zeitvertreib mit einem toten Alligator haben. Bald jedoch gewann das Komisch-Gräßliche des Schauspieles einen ganz gräßlichen Charakter. Ihre Blicke wurden stechender, ihre Zungen lallend, sie konnten bloß mehr die Worte: »Dexalo, Dexalo,« stammeln, die gewöhnlichen Todeslosungsworte dieser entmenschten Race.

»Ei, Dexalo,« brummte Jago darein, der gelegentlich von seinen Papieren aufblickte; »*Dexalo muerto el sitio.* – Laßt sie aber tot auf dem Platze, und wenn es ihrer ein Dutzend sind, wird nicht schaden. Wahre Teufel sind diese Zambos, faul und lästig und brav und nichts nütze, und unruhig wie Quecksilber, und wenn sie Ordres erhalten, so sind sie imstande Euch die Zähne zu blöcken, und Euch das Machetto in den Wanst zu rennen, just mit ebenso viel Spaß, als ob Ihr ein Kalb statt eines zweibeinigen Menschenkindes wäret.«

Einer der Zambos hatte seinen Gegner mit dem rechten Arme umschlungen, und während sich seine Zähne giftig in dessen Nacken einbissen, stemmte er das Machetto gegen seine Knie, und rammte es seinem Gegner in den Leib.

»*Mas que basta;*«[50] riefen zehn Stimmen mit vieler Zufriedenheit, ohne daß sich auch nur einer geregt hätte, um dem grausamen Kampfe Einhalt zu tun. Der Capitain las ruhig fort, von Zeit zu Zeit hinüberschielend; der junge Kavalier war in düstere Verzweiflung versunken, und nach den Mienen der Diener und Arieros zu schließen, war dies eine Affaire, in die sich zu mengen ganz unter ihrer Würde lag. Von den Indianern standen zwanzig bis dreißig herum, wechselweise ihre neue Garderobe und die er-

---

[50] Der hat mehr denn genug.

bitterten Zambos anstierend; die übrigen trieben sich noch umher, ihren Anteil an der Beute zu suchen, oder diesen zu vermehren.

»*Dexalo*!« brüllten wieder zwei, die sich auf Leben und Tod erfaßt hatten. »*Dexalo, Dexalo*!«

»*Y basta*!« herrschte ihnen Jago zu. »Hippolito,« rief er einem seiner Lieutenants; »schaffe Ruhe; schlag die Hunde, wohlgemerkt, verstehst Du, auf den Wanst, nicht auf den Kopf, sonst kannst Du ein halbes Jahr zuschlagen, ohne aufs Lebendige zu kommen; obwohl es sich kaum der Mühe lohnt bei diesen Hunden den Mittler zu spielen, außer man hat ein Dutzend Leben. Leichtsinnige Seelen, diese Chinos, denen ein Messerstich gerade so viel Kitzel verursacht, als uns ein Glas Aguardiente de Cana;[51] der Teufel hat sie mir aus Veracruz heraufgeführt.«

Der Lieutenant hatte sich mittlerweile, obwohl sichtlich ungern in Bewegung gesetzt, um dem Befehle seines Chefs gemäß, die Kämpfenden zu trennen, und als sein Aufruf kein Gehör fand, den Kolben seines Karabiners auf besagte Weise mit den Unterleibern der Zambos in Berührung gebracht, ohne jedoch mehr als zwei gleichzeitige Ausfälle der beiden Negro-Indianer auf sich selbst zu bewirken.

»*Muerte y infernos*! schrie der Capitain, der von seinem Papier herüber dem Matador seines Willens nachgesehen hatte, und nun aufsprang, die Papiere auf den Boden warf und wie der Blitz unter die Kämpfenden sprang, dem einen mit der Muskete in den Leib stieß, daß er wie tot zur Erde sank, und den andern bei den Haaren ergriff, und weit aus dem Kreise schleuderte. Die Zeugen des Kampfes zuckten jedoch schnell ihre Messer auf ihn, die ihnen aber ebenso schnell wieder entsanken. Einen Augenblick starrten sie ihn wie verwundert an, und dann, als sie ihn erkannten, liefen sie grinsend und zähnefletschend mit lautem Gelächter auseinander, ohne sich um die Beute auch nur im mindesten mehr zu bekümmern.

»Und nun Ruhe!« befahl Jago mit einer Donnerstimme.

Sein Machtwort bewirkte eine Stille, daß auch kein Atemzug mehr zu hören war. Der Mann trat an den Rand des dunkel werdenden Abgrundes, sandte einen Blick in diesen hinab, horchte aufmerksamer, und zog sich dann schnell in den dichtesten Haufen seiner Leute zurück. Eine Minute war ein leises Geflüster zu hören, und dann stoben die Indianer auseinander, wie Hunde, die der Ruf ihres Herrn auf eine neue Fährte sendet. Jago selbst war wieder ganz gleichgültig an seinen frühern Posten getreten, hatte die Papiere aufgehoben, sie in seinen Busen

---

[51] Zuckerrohrbranntwein. Rum.

gesteckt, und war dann mit verschränkten Armen an den Rand der Barranca getreten.

Von den Indianern schlichen sich an vierzig nun wohlbewaffnet dem Schlunde der Barranca zu, die sie eilig hinabstiegen. Gleich Schlangen, die sich die steilsten Felsen hinan und wieder hinab winden, trieben sich diese Menschen mit einer Geschwindigkeit die beinahe senkrecht abfallenden Klippen hinab, die es zweifelhaft machte, ob sie nichts mit den erwähnten Tieren selbst gemein hatten. Von Felsen zu Felsen sich windend, erschienen ihre Körper dunkler und dunkler und verschwanden bald gänzlich in der tiefern Nacht des Abgrundes.

Die Zurückgebliebenen hatten eine Weile gleichgültig ihren Gefährten nachgesehen, und dann gingen sie, ohne Befehle zu erhalten oder abzuwarten, jeder seinen eigenen Weg. Die Hälfte der Rotte sammelte sich gleichsam wie gelegentlich am Rande des Hohlweges, und die übrigen zogen sich längs dem Dickichte hin, wo die Leute des jungen Don während des verhängnisvollen Kampfes im Hinterhalte gelegen waren. So tückisch und hinterlistig geschahen diese Vorbereitungen, mit so wenig Geräusch und Anschein eines verborgenen Planes, daß die Diener des jungen Edelmannes, die kaum zwanzig Schritte von dem Schauplatze standen, in gänzlicher Unwissenheit über die unter den Patrioten eingetretenen Bewegungen blieben. Ein fernes Gemurmel, das der Südwind die Bergesschlucht herauf brachte, untermischt mit einem dröhnenden Gerassel, ähnlich dem Klang der Waffen, rüttelte sie endlich aus ihren Träumen.

Zugleich wurden die Fußtritte von sich nahenden Bewaffneten hörbar.

»Jesu Maria! das ist Conde Carlos,« stöhnte Alonzo, der nun plötzlich aufmerksam wurde.

Der junge Edelmann war gleich einem Verzweifelten gesessen; keines Wortes mächtig, seinen stieren Blick in die schwarze Nacht der weiten Ferne gerichtet, schien er Empfindung und Bewußtsein verloren zu haben. Die Worte Conde Carlos weckten ihn auf einmal aus seiner Bewußtlosigkeit.

»Carlos? — Wo ist er?«

»Senor, um Gotteswillen!« flüsterte ihm Alonzo zu, ihn aus Leibeskräften rüttelnd, und in den Abgrund hinab deutend. »Conde Carlos – habt Ihr ihn ganz vergessen? Er kommt Don Ulloa zu Hilfe. Er ist bereits nahe, seine Leute sind abgestiegen. Er ist verloren.«

Die Fußtritte schwer bewaffneter Dragoner waren nun so deutlich zu hören, daß an ihrer baldigen Annäherung und unausweichlichen Vernichtung gar nicht zu zweifeln war. Ihre schattenähnlichen Gestalten waren in dem Zwielichte des obersten Bergabsatzes, so wie sie auf den Felsenvorsprüngen von einem zaudernden Lichtstrahle erleuchtet wurden, deutlich zu sehen. Von den Indianern, die sich den steilen Abgrund hinab gestohlen hatten, offenbar um ihnen den Rückzug abzuschneiden, war auch keine Spur bemerkbar.

»Ladet alle Gewehre;« flüsterte der junge Edelmann seinen Dienern zu und dann rasch vorspringend, schrie er mit der ganzen Kraft seiner Lunge: »Vigilancia Carlos! Vigilancia!«

»Bei allen Teufeln!« schnaubte ihn Jago an, der wie toll herangesprungen kam. »Seid Ihr närrisch geworden, Caballero?«

»Vigilancia Carlos!« schrie der Jüngling wieder.

»Bei der Mutter Gottes!« schrie Jago mit furchtbar bitterem Lachen. »Das heißt das liebe Mexiko und sein Volk recht kavaliermäßig behandeln. Beinahe sollte man glauben, Ihr seid selbst die geheiligte Majestät, wie die Hunde von Gachupins ihren verfaulten Fernando heißen, der in seiner allmächtigen Willkür heut Mexiko verschenkt, und morgen Befehl gibt, alle diejenigen zu spießen, die seinen gestrigen Befehl in Ausübung zu bringen suchten. Bei meinem Schutzpatron, Eure unberufene Mittlersrolle wird Euch niemand lohnen.«

»Silencio!« befahl der Jüngling, der wieder Vigilancia schrie.

»Der Hahn krähte auch Don Pedro dreimal, aber es war zu spät,« sprach Jago.

Und so war es. Die aus vier Mann bestehende Avantgarde der Escadron des Conde, die, wie zu erwarten stand, durch den gräßlichen Donner des im ganzen Gebirge widerhallenden Gewehrfeuers herbeigerufen, die Barranca bereits zur Hälfte erklommen hatte, als das Gefecht schon sein unglückliches Ende erreicht, war bereits am obersten Abhange des Plateau angekommen, aber in einem Zustande, der sie zum Kampfe gänzlich unfähig machte. Sie hatten ihre Stiefel auf dem Rücken und schnappten nach Atem. Bald darauf wurde der Conde selbst sichtbar, der, leichter bewaffnet und gekleidet, an der Spitze seiner Mannschaft nachkam. Die Indianer hatten sich, gleich Tigern, die sich zum Sprunge rüsten, mit halbem Leibe aufgerichtet und, ihre Karabiner schußfertig haltend, stierten sie nun heißhungrigen Blickes in die Tiefe hinab.

»Senoria,« flüsterte Jago mit einem eigenen Lächeln, »es wäre grausam, *Eurem gewesenen Busenfreunde* und dem Lieblinge meines verehrten Conde Jose so mitzuspielen, wie diesem Hund von Gachupin;« er deutete bei diesen Worten auf den spanischen Major, »der die Unsrigen schlachtete, wie die Cumanchees die wilden Büffel. Seid unbesorgt. Wir wissen mehr als Ihr denkt, und wollen Euch dieses bald beweisen.« Und einige Schritte vortretend, rief er mit einer Stimme, die dem Gebrülle eines Büffelstieres wenig nachgab: »*Vigiliancia y quartel; son amigos y Criollos!*«[52]

Der Aufruf des Mannes hatte zur Folge, daß sämtliche Patrioten ihre Gewehre absetzten und, wie Hunde, denen der Herr das »Nieder mit Euch!« zuruft, sich wieder in ihre vorige lauernde Lage warfen; der Jüngling schien nun befremdet über diesen Beweis der ungeheuern Gewalt des Ariero über seine Leute.

[52] Habt acht! Quartier! Es sind Freunde und Kreolen!

Zweiundzwanzigstes Kapitel.

Est-ce que je ne connais pas vos petits-grands seigneurs?
Une bonne fois pour toutes.
Vous aimez les lords, les gens du haut parage,
et moi je les déteste.

BEAUMARCHAIS.

uen venido Senor Conde!« rief Jago lachend dem Grafen zu,
den nur noch ein dreißig Fuß hoher Felsenvorsprung von dem
Plateau selbst trennte: »Buen provecho en el quartel de la libertad!«[53]

Seine Worte waren kaum gesprochen, als ein Schrei des wildesten Ju-
bels aus der Barranca herauf erschallte und die Indianer zugleich von der
Erde aufsprangen, während die längs dem Dickichte aufgestellten Mestizen und Zambos mit einem gellenden Gelächter hervor tanzten, und die
Dragoner so von allen Seiten einschlossen.

Der junge Conde zuckte betroffen bei dem unerwarteten Anblicke der
mordgierigen Bande zurück, die, nach Blut lechzend, nur mit Ungeduld
das Losungswort abzuwarten schien. Noch war er mit seinen Leuten in
der Schlucht, und auf allen Seiten Feinde. Einen Augenblick schwankte er
unentschlossen, und dann rasch vorspringend, rief er: »Viva el Rey!«[54]

Keiner seiner Dragoner antwortete jedoch; bloß die zwei Offiziere wiederholten den Ausruf mit leiser, gedämpfter Stimme.

»Senor Conde tun Ihre Schuldigkeit,« sprach Jago mit vieler Ruhe; »jeder Widerstand ist aber vergeblich. Meine Leute können alle die Ihrigen
in fünf Minuten mit Steinen tot werfen; ergeben Sie sich, oder Sie haben
in der nächsten Minute aufgehört, Conde J–a zu sein.«

»Hund von einem Mestizen!« schrie Don Manuel vorspringend,
»wagst Du es, so mit einem mexikanischen Kavalier zu sprechen?« und
seinen Worten Nachdruck zu geben, hob er rasch die Hand mit einer
gespannten Pistole.

[53] Euer Gnaden, wohl bekomm's im Quartier der Freiheit!
[54] Es lebe der König.

Der Ausbruch der Wut der Indianer, Mestizen und Zambos, der dieser Drohung folgte, war entsetzlich. Mehr denn hundert der Wütendsten
waren wie Tiger auf den Jüngling zugesprungen, und es bedurfte all der
Gewalt, die unser Ariero so augenscheinlich über diesen Haufen hatte,
um sie zurückzuhalten, ihn und seine Diener, die sich an ihn angereiht
hatten, nicht augenblicklich zu zerreißen.

»*Que V llevan todos los Demonios de los diez y siete infernos!*«
brüllte Jago dem rasenden Haufen zu, indem er mit beiden Füßen die
Erde stampfte: »*Muerte y infernos!*« Habt Ihr vergessen, wen Ihr vor
Euch habt?« schrie er, auf die Dragoner deutend; dann gelassen und nicht
ohne Würde seine Hand ihnen zuwerfend, wandte er sich ruhig zu dem
Jünglinge, der sprachlos diesem seltsamen Auftritte zugesehen hatte.

»Don Manuel!« sprach er: »Ihr seid eigentlich die Ursache, daß wir in
eine Klemme geraten, die, die heilige Jungfrau von Guadeloupe weiß es,
mir zum ersten Male in meinem Leben meinen Verstand zu kurz machte.
Beinahe sollte ich schlimm von Euch denken; aber Ihr habt uns in der
Stunde unserer größten Not einen Stein aus unserem Garten genommen,
und so ist alles ausgeglichen. Ja, wir danken Euch für Euern Beistand;
nicht aber wir so sehr als Mexiko, dem unser Leben zu Diensten steht,
das in einer Stunde leicht wieder in derselben Klemme sein dürfte. Aber
erlaubt mir Euch zu sagen, daß wir Eure Befehle ebenso wenig, als Eure
Mittlerrolle, anerkennen. Merkt es Euch wohl, wir erkennen weder die
Befehle des Rey noch des Virey, und es wäre wider den gesunden Menschenverstand, uns denen eines passabel edlen, siebzehnjährigen Caballero zu fügen. Wir handeln einstweilen als Capitano unserer Truppen und
als von der Regierung von Mexiko angestellter Offizier; als solcher unterhandeln wir mit Don Carlos Conde de –, ohne einer Mittelsperson zu bedürfen. Wir bieten ihm und seinen Leuten Sicherheit für ihre Personen,
ihr Gepäcke und ehrliche Kriegsgefangenschaft gegen Auswechselung.«

Die Würde, mit der diese Worte gesprochen wurden, kontrastierte so
seltsam mit dem Aufzuge des Sprechers selbst und seiner Umgebung, daß
der junge Capitain den Mann mit unverhohlenem Erstaunen ansah; aber
indem seine Blicke beinahe spottend auf dem Capitano und seiner Bande
ruhten, wurde unter seinen Leuten ein Gemurmel vernehmbar, das ihre
Unwilligkeit, sich in den ungleichen Kampf einzulassen, nur zu deutlich
beurkundete.

»Senor Conde,« fuhr Jago fort, »von der Eskadron Major Ulloas haben
Sie keinen Succurs mehr zu hoffen, denn sie ist ganz, wie sie leibte und
lebte, in der Ewigkeit.«

»Don Ulloa?« rief der Conde, ungläubig den Kopf schüttelnd.

»Würde Ihnen sonst wahrscheinlich das *Viva el Rey*! zugerufen haben, wenn Don Manuel sich nicht herabgelassen hätte, die Partei der Gavecillas just im entscheidenden Augenblicke zu ergreifen. Sein ritterlicher Sinn,« fügte er ironisch hinzu, »hat ihn freilich zu einer Art Caballerostückchen verleitet; aber die Nachwehen scheinen sich bereits einzufinden. Der Senor hat vergessen, daß der künftige Schwager des V–y ebenso wenig Caballerolaunen, als ein Herz haben dürfe, sondern nur Gehorsam. Apropos, Conde! seht Euch einmal die Garderobe meiner Rekruten etwas genauer an; schade nur, daß es so verdammt finster wird.«

Es lag wieder etwas so Boshaftes, eine so maliziöse Negerlaune in der Art, wie der Mann die letzteren Worte gesprochen, daß unsere beiden Edelleute ihn mit unverhohlenem Abscheu und wieder einem Interesse ansahen, das ihnen wechselseitig Fieberglut und Totenblässe auf die Wangen trieb. Jago selbst stand mit verschränkten Armen ganz gleichmütig, ohne das Schicksal seiner Gegner besonders drängen zu wollen; die Bestürzung unter den Dragonern war jedoch nun sichtlich allgemein geworden.

»*Y basta*!« rief er auf einmal, »Conde, nehmen Sie die Ihnen angebotenen Bedingungen an?«

»Und wessen Wort,« fragte dieser, »haben wir als Garantie für deren Erfüllung?«

Jago stieg die dreißig Stufen, die in den Felsen gehauen waren, hinab, und flüsterte dem Capitain einige Worte in die Ohren, die diesen nicht ohne Verwunderung zurückprallen machten. Einige Augenblicke sah der Graf den Ariero zweifelhaft an, und dann die dargereichte Hand ergreifend, salutierte er ihm auf eine achtungsvollere Weise, als man von einem jungen, hochstrebenden Aristokraten, gegenüber einem Maultiertreiber, hätte erwarten sollen. Während dieser wieder auf das Plateau zurückgekehrt war, hatte der Capitain mit seinen Offizieren gesprochen, einige Worte mit seinen Leuten gewechselt, deren Gemurre eine schnelle Entscheidung mehr als rätlich zu machen schien, und sich dann an den Befehlshaber der Patrioten gewandt.

»Wir nehmen Ihre Bedingungen an, Capitain, fügen jedoch hinzu, daß wir unsere Karabiner abliefern, aber Pistolen, Pferde und Seitengewehre behalten und beisammen bleiben.«

»Die Pferde sind zu dieser Zeit nicht mehr die Ihrigen; das Übrige gehen wir ein,« erwiderte Jago, der nun seinen Patrioten ein Zeichen gab, auf welches diese zurückwichen, um die Dragoner den letzten Felsenabsatz ersteigen zu lassen. Sie kamen einzeln heran, und so wie sie Mann für Mann auf das Plateau traten, so mußten sie auch ihre Karabiner abliefern, worauf sie längs dem Rande des Dickichts aufgestellt wurden. Als die Eskadron auf dem Plateau angelangt und die Karabiner abgeliefert waren, verbeugte sich Jago artig gegen den Capitain, ihm bedeutend, er bitte um Entschuldigung, daß er ihn für einige Zeit sich selbst überlassen müsse, doch wolle er ihm die Unterhaltung mit Don Manuel um keinen Preis länger vorenthalten.

Der junge Militär war wie im Traume gestanden; er sah dem merkwürdigen Ariero nach, er blickte Don Manuel an, schaute dann hinüber auf das Schlachtfeld, wo die Leichen in der einbrechenden Finsternis in grausiger Nacktheit herüberstarrten, endlich trat er rasch auf den Jugendfreund zu.

»Und so ist es denn wahr?« fragte er mit zitternder Stimme, »und was meine Augen sehen, ist nicht Traumbild? und Don Manuel – –« er hielt inne, als erschreckte er, die Worte auszusprechen, »und Don Manuel hat sich verblenden lassen, die Partei der Rebellen gegen seinen König zu nehmen?«

Der Jüngling war abgewandt gestanden, seinen stieren Blick zur Erde geheftet.

»Wer sagt das?« fuhr er empor: »Wer wagt dies zu behaupten? Teufel und Hölle! Wer?«

»Jesu Maria!« jammerte Alonzo: »Und was haben Sie anders getan, Senor? Mit einem Streiche, in einer Minute, Gott, Vaterland, Heimat, Leib und Seele verloren und verdorben. Santa Vierge! Gott verzeih' mir meine schwere Sünde! Was gingen Sie die Gavecillas an? Warum ließen Sie sie vom Major Ulloa nicht alle totschlagen, die Hunde? – Jesu Maria! Conde! Raten Sie, helfen Sie; was soll aus uns werden? Santa Vierge! Sie sind selbst gefangen! Just als Major Ulloa am besten daran war, sie alle tot zu machen, riet der Teufel, Gott verzeih' mit meine schwere Sünd', unserm jungen Herrn, seine Pistole auf den Major abzuschießen; und wir – was konnten Diener anders tun?«

»Isabella!« rief der junge Don, mit geballter Faust sich vor die Stirne schlagend.

»Isabella?« fragte der Conde befremdet.

»Nicht wahr, der Name, der jetzt angerufen wird, als wenn es die Vierge von Guadeloupe wäre, befremdet Sie, Conde?« schaltete Jago ein, der wieder herbeigeschlichen war, und den Don mit einer Mischung von Hohn und Verachtung anschaute. »Ja, Senor Conde, da liegt eben der Haken, der Ihren passabel edlen Freund von Ihrer sehr edlen Schwester und von unserm armen Mexiko gerissen. Aber wir wollen Ihnen aus dem Wahne helfen, Don Manuel;« und mit diesen Worten nahm er einige Papiere aus dem Portefeuille und hielt sie ihm ernst vor die Augen.

»Nehmt, Senor!« sprach er in demselben kurz barschen Tone, »und laßt Euch heilen; und wenn Ihr glaubtet, die Schwägerin Sr. Exzellenz würde sich herablassen, sich einem passabel edlen Criollo hinzugeben – sie nennt Euch in ihrer Epistel an ihre Freundin noch mit ganz andern Namen – so wird Euch diese Lettra[55] hoffentlich enttäuschen. Ihr seid ein so rüstiger Caballero als irgendeiner; aber der Oberste und Conde Ildefonso ist es auch, und noch dazu Bruder eines Herzogs. Und was die gütigen Gesinnungen des Virey für Euch betrifft, so werden diese Briefe an Barraxi, Castannos und Ballesteros Euch gleichfalls die Augen öffnen. Merkt es Euch; aus dem Wege wollten sie Euch haben, weil Ihr den Dublonsäcken Euers Onkels zu nahe standet; – deshalb solltet Ihr nach Spanien. Leset einmal die Lettra an Barraxi, sie ist erbaulich, und so herrlich durchgespickt mit Betrachtungen über die Notwendigkeit, außerordentliche Hilfsmittel bei der gänzlichen Erschöpfung der *Hacienda real* herbeizuschaffen, daß Euer loyales Herz eigentlich vor Freuden hüpfen sollte, zu so großen Zwecken beiträglich geworden zu sein. Seht Ihr, Eure Interzessionen zugunsten der Gavecilla gegen den Henkersknecht Ulloa, den ich schon lange auf dem Korne hatte, trug auch ihre Früchte. Es hat Euch vor einem Logis in Ceuta oder Majorka bewahrt, oder einem noch weniger kostspieligen Grabe auf einem der zwanzig Schlachtfelder der Madre Patria.«

Die Blicke, mit denen die beiden Edelleute den Sprecher und dann einander maßen, zu klassifizieren, würde eine würdige Aufgabe für den Autor der Physiognomik selbst gewesen sein; wir versuchen es nicht, sie zu schildern. Der Conde erholte sich zuerst von dem starren Erstaunen, in das ihn die Worte des Ariero versetzt hatten, und indem sein Auge auf den jungen Don fiel, nahmen seine Züge einen Ausdruck von so unaussprechlicher Bitterkeit, Schmerz und Hohn an, daß selbst Jago zurückschrak. Seine Brust hob sich, als wollte sie zerspringen; er versuchte zu sprechen, konnte es jedoch nicht. Noch einmal warf er auf den Jüngling einen solchen Blick, dann wandte er sich und eilte seinen Dragonern zu.

Don Manuel hatte wieder die Papiere mechanisch zur Hand genommen und sie konvulsivisch zusammengepreßt; dann riß er sie auseinander und stierte in sie hinein, wie ein Wahnsinniger. Auf einmal sprang er in die Höhe, warf die Papiere zu Boden, lachte, tanzte wie ein Rasender, klapperte mit den Zähnen, und gebärdete sich auf eine Weise, die seine erschrockenen Diener fest überzeugte, er habe den Verstand verloren.

[55] Brief.

»Vermaledeite Esel!« rief Jago diesen zu, deren trostlose Gebärden und Hilfsleistungen den jungen Don nur noch in höhere Wut zu versetzen schienen. »Vermaledeite Esel! was jammert Ihr, als wenn Euch Eure Bräute verloren und verdorben wären, wo es doch nichts ist, als hochadelige Phantasiestücke, die nur auf verschiedene Weise wirken: bei dem Grafen wie stille, aber tiefe Wasser, bei Euerm Don wie ein Bergstrom. Wenn ihnen ein Zahn wehe tut, so sollte gleich das ganze Menschengeschlecht Trauer anlegen, und wenn von uns Tausende krepieren, so sehen sie so gemütlich drein, als ob ebenso viele Wagen Unrat in die See geschmissen worden wären. Bedientenseelen wie Ihr, die lachen und weinen, so wie es der gnädigen Herrschaft gefällt, hätte ich Lust, an den ersten besten Baum knüpfen zu lassen; Ihr verderbt nur das Menschengeschlecht.«

»Don Manuel!« sprach er rauer zum Jüngling, den er bei der Schulter anfaßte und kräftig rüttelte: »erlaubt Eurem alten Freunde Jago eine Frage: Wollt Ihr hier bleiben, mit uns gehen, oder nach Veracruz hinab? Wir brechen in einer Viertelstunde auf.«

Der Jüngling stierte ihm in das Gesicht, gab jedoch keine Antwort.

»Noch einmal, Don Manuel!« sprach Jago. »Wollt Ihr nach Veracruz, so gebe ich Euch sicheres Geleite; selbst an Bord eines Schiffes der großen Republik, oder der Inglese vermag Euch mein weniger Einfluß zu bringen. Wählt jedoch schnell; denn was die Madre Patria betrifft, so werdet Ihr wohl selbst einsehen, daß Ihr Euch diesen Gedanken aus dem Kopfe schlagen müßt, außer Ihr wolltet in Ceuta Quartier nehmen; in Mexiko dürfte es gleichfalls für Euch zu heiß geworden sein.«

Der Jüngling gab noch immer keine Antwort, und der Ariero wandte sich mit den Worten: »*y basta*« zu seinen Leuten.

Die Nacht war unterdessen völlig hereingebrochen, und auf mehreren Punkten des Schlachtfeldes waren Feuer angezündet worden. Eine Horde Indianer und Indianerinnen war gekommen, die wie Kobolde mit ihren Feuerbränden umherrannten, die Leichen beleuchteten, und bei jeder in ein gräßliches Geheul oder ein ebenso gräßliches Gelächter ausbrachen, je nachdem der Gebliebene einer der Gachupin, wie sie ihre Feinde nannten, oder der Ihrigen war. Als sie diese Art Todestanz beendigt hatten, denn diese Sprünge sollten für eine solche Feier gelten, stellten sich die halbnackten Megären in eine lange Reihe auf, und traten dann eine nach der andern vor, um jene Verwundeten zu empfangen, die die Indianer für sie bestimmt hatten, und die sie sofort auf den Rücken luden und mit bewundernswürdiger Sorgfalt und Geschicklichkeit die Barranca hinabtrugen. Wie Gespenster waren sie gekommen, und wie solche schlichen sie sich fort; ein bloßer Wink des seltsamen Mannes, den wir als Ariero kennengelernt haben, war hinreichend gewesen, die Truppe der Indianerinnen zum Schweigen und zu einer Tätigkeit zu vermögen, die bei ihren ausgemergelten, kraftlosen Gestalten weit über ihre Kräfte zu gehen schien. Der Ariero selbst war nach seinem Siege ein ganz anderer Mann geworden. Zwar waren ihm schon früher gewisse Geistesfunken entglitten, die einem aufmerksamen Beobachter aufgefallen sein dürften, und bei all seiner anscheinenden Gemeinheit und Rohheit war schon damals etwas an dem Manne sichtbar geworden, das im hohen Grade zu interessieren fähig gewesen sein dürfte; seit der letzten Stunde jedoch stellte er wirklich mehr den Chef eines fliegenden Truppenkorps, als den rohen Ariero vor. Seine Tätigkeit inmitten der absolutesten Anarchie war ebenso bewundernswert, als seine Ruhe und die gänzliche Gewalt, die er offenbar über alle Indianer, Mestizen und Zambos und über sich selbst hatte. Wohl fünfzig verschiedene Befehle und Berichte hatte er zu gleicher Zeit gegeben und empfangen. Keine der Indianerinnen war angekommen, mit der er nicht Worte oder Zeichen gewechselt hätte, und ein Wink war wieder hinreichend gewesen, sie verschwinden zu machen. – Ebenso groß war die Bewegung unter den Patrioten selbst geworden; mehrere Abteilungen hatten sich in Marsch gesetzt, oder vielmehr in einen Trab, der sie schnell vom Schlachtfelde wegführte, ohne daß man gesehen oder gehört hätte, wo sie hingekommen waren. Auch hatte sich die Tätigkeit Jagos nicht auf die Patrioten allein beschränkt, jeden Dragoner hatte er seiner Aufmerksamkeit wert erachtet, und die Weise, wie diese aufgenommen wurde, verriet eine baldige gänzliche Hinneigung der Reiter zur Partei der Patrioten. Der junge Conde hatte nicht ohne Unruhe der nimmer ruhenden Beweglichkeit des seltsamen Mannes zugesehen; als jedoch die Escadron sich teilte, und der größere Teil sich in Bewegung setzte, während die andere noch ruhig stand, trat der junge Kriegsgefangene rasch auf seinen Sieger zu.

»Senor,« sprach er in einem festen, jedoch achtungsvollen Tone, »dies ist gegen die Bedingungen. – Wir bleiben beisammen.«

In diesem Augenblicke erschallte von der Barranca herauf ein langer gellender Schrei, den Jago, rasch an den Rand der Barranca vortretend, in einem ebenso gellenden Tone erwiderte; dann, zum Capitain zurückkehrend, sprach er zu diesem: »Nun sind wir marschfertig. Meine Leute haben soeben Ihre Pferde in Beschlag genommen. Der Nachtritt dürfte indes ermüdend werden.«

»Wir bleiben jedoch beisammen,« wiederholte der Conde, sich die Lippen beißend.

»Vorausgesetzt, die Companeros[56] wünschen es,« fiel Jago scherzend ein. »Wir fechten für die Freiheit, Conde, und es wäre hart, unsere neuen Freunde derselben zu berauben.«

Und mit einem vielsagenden Lächeln erhob er seine Stimme, und begann im rauen, aber prachtvollen Aufschwunge:

Amigos, la libertad
Nos llama a la lid,
Juremos por ella,
Moriemos con Cid.

»Großer Gott!« rief der Conde, »diese Stimme! Pedrillo! – –«

Doch Pedrillo ließ ihm keine Zeit zu weitern Fragen. Die Patrioten hatten sich in Bewegung gesetzt, die Dragoner in die Mitte genommen, und alle begannen nun den majestätischen Chor:

Freunde, die Freiheit
Ruft uns ins Feld;
Wir schwören ihr zu leben,
Zu sterben wie Cid, der Held.

Die Weise, einfach und rauh, aber melodisch und ergreifend, hatte die ganze Truppe in Begeisterung versetzt, welcher der junge Capitain vergebens entgegen zu wirken bemüht war. In der raschen Bewegung war er mit Don Manuel fortgerissen worden, und so wohl berechnet war diese Bewegung gewesen, daß beide auf verschiedenen Wegen abgeführt, oder vielmehr von dem Schwalle mit fortgezogen wurden, ohne daß sie auch nur eine Ahnung von ihrer Trennung gehabt hätten.

[56] Gesellen, Feldsoldaten.

Dreiundzwanzigstes Kapitel.

Hinweg, hinweg, so ging's im Flug,
Als wenn mich Sturmes Toben trug;
Fern von uns Stadt und Dorf so weit.
So flogen wir, wie wenn bei nächt'ger Zeit
Ein Nordlicht durch das Dunkel fährt.

MAZEPPA.

o wie sich der Gesang erhoben hatte, plötzlich und wild, ebenso verklang er wieder, unerwartet und unheimlich, als der Zug den Wald betrat, dessen Schluchten und Labyrinthe nun die Aufmerksamkeit der Führer in Anspruch zu nehmen begannen. Es blieben nicht mehr Fackeln angezündet, als gerade unumgänglich notwendig waren, um den Weg über die gefährlichsten Schlünde zu finden, die auch auf dieser Seite in jeder Richtung hinabgähnen. Hie und da zeigten sich noch Spuren des mit so unsäglicher Mühe von den betörten Verbündeten Cortez' in Felsen gehauenen Pfades, auf dem dieser ebenso verschmitzte als waghalsige Abenteurer seine wenigen Pferde und Kanonen über das Gebirge gebracht, und der nun auch den Major zu seinem weniger glücklich ausgeführten *coup de main* geleitet hatte. Stunden waren verflossen in stetem Hinabklettern, Emporklimmen und Hinabkriechen. Kein Laut war mehr unter der Truppe zu hören; erst als sie in der Tiefe angelangt, erschallten einzelne Pfiffe, und wieder ein Geheul, wie das des Caguar, worauf der Zug eine Weile hielt, und sich dann wieder in rasche Bewegung setzte. Der Weg ging nun durch mit ungeheurem Schlingkraut durchwachsene Hochwälder und wilde Dickichte, die sich so ineinander wirrten, daß auch die verwegensten Jäger vom weitern Vordringen abgeschreckt worden wären. Die verbutteten Bergeichen und Fichten waren der Königspalme und Tamarinde, die empfindliche Kälte einer mäßigen Wärme gewichen. Teilweise lagen über den Tiefen ganze Schichten Nebels, die, so wie ein Luftstrom sich erhob, gleich Nachtgestalten sich über die Bergesabhänge hinzogen, rabenschwarze Nacht über den Zug verbreitend. Von Zeit zu Zeit kamen Indianer wie Gespenster im flüchtigsten Trabe aus den Bergklüften und schlossen sich an den Zug an; andere entfernten sich auf dieselbe maschinenartige Weise; der blindeste Gehorsam – eine ungeheure Kraftanstrengung, und nirgends eine Stimme zu hören, kein Befehl, auch nicht das mindeste Abzeichen eines sichtbaren Oberhauptes.

Unser junger Don hatte noch immer kein Zeichen seines Daseins gegeben. Mechanisch war er dem Impulse gefolgt, über Schluchten und Abgründe, Täler und Berge, als das prachtvolle Schauspiel von fünfzig Pechfackeln, die längs eines Felsenrückens in einen furchtbaren Abgrund hinabflackerten, ihn endlich aus seiner starren Bewußtlosigkeit weckten. Er stieß ein donnerndes »Halt!« aus, das jedoch kaum aus seinem Munde war, als ein Pfiff gehört und er zugleich mit Riesenarmen ergriffen, und auf den Rücken eines gewaltigen Indianers gehoben wurde, der sich den Jüngling wie eine Feder auf den Nacken setzte, seine Schenkel zwischen die beiden Arme nahm, und mit dieser Last ebenso leicht forttrabte, als wäre sie sein Bündel mit Provision gewesen. »Vigilancia!« brüllte eine Stimme auf einmal, und der ganze Zug hielt für einen Augenblick. In der Stille wurde das Tosen eines Waldstromes hörbar, das aus den tiefsten Eingeweiden der Erde herauf zu kommen schien. Die Temperatur, die abwechselnd gemäßigt und wieder kalt gewesen, je nachdem der Zug über Höhen oder durch Klüfte und Abhänge fortgeeilt, war auf einmal zur tropischen Hitze geworden.

»Wo sind wir?« fragte der Jüngling seinen Träger, der ihn über einen Felsen hinabhob, und gleich darauf sich selbst hinabwurmte. »Calle,«[57] bedeutete ihm der Indianer in die Tiefe hinabdeutend, aus der eine Stimme heraufbrüllte, die aber das Tosen des Waldstromes überrauschte. »Calle,« brummte der Indianer nochmals, indem er dem Don seinen Lasso unter die Schultern warf, ihn dann über einen zweiten Felsen hob und mittelst des Lasso dreißig Fuß hinabließ. »Calle,« brummte der Indianer abermals, der unterdessen auf seinem Rücken nachgefolgt war, sich den Jüngling auf dieselbe unzeremoniöse Weise wieder auf den Nacken setzte und in die entsetzliche Tiefe hinabstieg. »Vigilancia!« schrie es nun zum dritten Male. »Eine Achtel Vara y basta[58]; die heilige Jungfrau gnade denjenigen, die eine halbe brauchen.« »Silencio!« befahl eine zweite Stimme. »Caballitos por los Americanos, buen viage a los Gachupinos!«[59] Die Warnung und der Befehl galten einem rohen Baumstamme, der, über den Abgrund

57 Schweige.
58 Einen halben Schuh und nichts mehr.
59 Für die Mexikaner Caballitos, d. h. Indianer mit Sätteln auf den Rücken; den Spaniern eine glückliche Reise.

gelegt, den Übergang über den Schlund der Barranca bildete. Der Befehl war kaum gehört worden, als sich unser Don auch schon in den Riesenarmen eines frischen Indianers fand, der ihn erfaßt und ihn sich auf den Rücken geworfen hatte, als wäre er seine Muskete gewesen, und dann, ohne weder links noch rechts zu schauen, über die entsetzliche Brücke mehr trabte als schritt. Aus dem Abgrunde herauf tobten und brüllten die Gewässer, dem Auge durch die herrlichsten Baumgruppen und Schlingpflanzen verborgen, auf der andern Seite standen bereits mehrere Indianer, im Rücken schrie eine rauhe Stimme: »Es Creolo?«[60] und das Schwanken des Baumes verriet, daß ein zweiter Caballito die gefährliche Brücke mit der Manneslast betreten hatte. Ein zweites Mal wurde die Frage gehört; aber die Antwort war noch nicht aus dem Munde des unglücklichen Spaniers, als ein rollendes »Maledito Gachupin!« herüber brüllte, und der Angstruf »Jesu Maria y Jose!« zu hören war, begleitet von einem schweren Falle und Gerassel in den Zweigen. Der Jüngling, der am jenseitigen Ufer angelangt war, sah sich schaudernd nach dem unglückseligen Spanier um, dessen Todesruf soeben aus dem gräßlichen Schlunde herauf verhallte; ehe er aber Zeit hatte, auch nur ein Wort zu sagen, ward er wieder auf den Rücken eines Indianers gehoben und fortgetragen, mit derselben Leichtigkeit und auch Rücksichtslosigkeit, als wenn er ein zweijähriger Knabe gewesen wäre.

Der Zug hatte sich wieder in rasche Bewegung gesetzt. Keiner fragte, keiner gab Antwort. Jeder schien nur auf sich selbst bedacht zu sein. Noch waren einige Angstrufe gehört worden, ohne jedoch auch nur im Entferntesten beachtet zu werden. Die Hitze der *tierra caliente*, die sie soeben empfunden hatten, fing wieder an in die Kälte der *tierra fria* überzugehen, und ein lichter Nebelflor, der um die Gipfel eines ungeheuern Bergrückens zu spielen begann, verkündete die Morgendämmerung. In den Schlünden jedoch war es noch finstere Nacht. Hie und da glänzten den Emporklimmenden Schneeschichten entgegen, die häufiger wurden, je höher sie emporklimmten, bis endlich der ganze Bergrücken Eisfeld geworden war.

Die Morgendämmerung war mittlerweile hereingebrochen. Links tauchte eine Gebirgsmasse auf, die wie ein ungeheuer aufgerolltes Leichentuch grausig bis zu ihren Füßen sich ausdehnte. Rechts wurde ein noch höherer Bergkegel in den Strahlen der Morgensonne sichtbar; aber diese Strahlen waren blaß, und die Tinten grau wie die Schatten der Nacht. Hie und da tauchten dann Berggipfel aus dem düstern chaotischen Nebelflor auf. Aber noch war alles Dunst und eisige Kälte.

[60] Bist Du ein Kreole?

»*Por el amor de Dios*!« schrie Don Manuel. »Wo ist Conde Carlos? Wo mein Alonzo, Cosmo?«

»*Vamos*!«[61] befahl eine andere Stimme den Indianern.

»Ich sage, wo ist Conde Carlos, Alonzo und Cosmo?« schrie der junge Don wieder, der nun mit Schaudern bemerkte, daß der Haufen, der weit über vierhundert stark ausgezogen, keine hundert mehr zählte, darunter siebzig Indianer, die übrigen Dragoner.

»*Vamos*!« schrie der Mann stärker, und ohne daß seine Frage einer Antwort gewürdigt worden wäre, setzte er im befehlenden Tone hinzu: »*coumo por los pozos*;«[62] und diese Andeutung war wieder hinreichend den ganzen Zug in die regste Tätigkeit zu setzen. Die meisten der Indianer waren mit Lassos versehen. Einer derselben nahm einen der Riemen, warf sich die Schlinge um den Leib und indem er das andere Ende, an welchem der Ring befestigt war, einem zweiten Indianer in die Hände gab, ließ er sich über den beinahe senkrechten Felsensattel hinab. Der Ring wurde in einen zweiten Lasso geworfen, in einen dritten, vierten und fünften, und so fort, bis der Indianer dem Auge in dem Nebel entschwunden war und sein Ruf verkündete, daß er festen Fuß gefaßt habe. Ein zweiter folgte, ein dritter und zwar mit einer Schnelligkeit und Sicherheit, als wenn ebenso viele Baumwollenballen aus dem obersten Stockwerke eines Warenmagazins herabgelassen worden wären.

»*Vuestra Senorias*,« sprach eine Stimme aus dem Haufen heraus unsern Don an, auf die sonderbare Strickleiter deutend und zugleich einem Indianer winkend, der ihn schnell erfaßte, an den Rand des Felsensattels hob und ihm den Lasso in die Hand drückte. Bald verschwand auch er im Nebel. Mann folgte nun auf Mann; der letzte, der hinabstieg, gab jedem der fünf Führer eine Zigarre, legte die Finger auf den Mund und folgte der Schar, die er vorausgesandt.

Der ungeheure Bergrücken, von dem die Abteilung der Patrioten ihren Übergang auf die soeben angedeutete Weise bewerkstelligt, gehört in jene ungeheure Gebirgskette, die das Tal von Mexiko gleich einer Mauer auf allen Seiten, vorzüglich aber auf der südöstlichen und südwestlichen, einschließt. Über einen dieser Gebirgsrücken windet sich auch die Straße, die von der Hauptstadt nach Puebla de los Angelos führt, bis zu einer Höhe von neuntausend Fuß über der Meeresfläche empor; unter ihr gähnt wieder die furchtbare Barranca in Juanes in so gräßliche Schlünde hinab, so abgerissen, schroff, chaotisch und verworren, daß das Auge schaudernd

---

[61] Fort – Gehen wir.
[62] Wie für die Schachte. Machet es, wie wenn Ihr in die Schachte einfahrt.

die ungeheure Revolution betrachtet, die so fürchterliche Massen auftürmen und wieder zerreißen konnte.

Dieselbe Gebirgskette sendet mehr südöstlich einen niedrigern Zweig, beinahe bis zum See Chalco vor, der, wie unsere Leser wissen, wieder durch einen Kanal mit der Hauptstadt verbunden ist. Dieser Gebirgsvorsprung bildet so ein zweites, vom großen Tale von Mexiko abgesondertes kleineres Tal, das, von dem größern und dem See Chalco nur durch eine mäßig hohe Hügelkette getrennt, in einer reizenden Abgeschiedenheit verborgen liegt. Es senkt sich terrassenförmig von dem ungeheuern Felsensattel herab, und die verschiedenen Abstufungen bezeichnen auch, wie dies in Mexiko immer der Fall ist, den Grad der Wärme und den Charakter der Pflanzenwelt, die ihrem Boden entsproßt. Nackte, braune, schroffe Felsenwände, hie und da im Winter und Frühlinge mit weißen Punkten schattiert, starren von der schwindligen Höhe herab, dann folgen die Regionen der verbutteten, zwergartigen Mimosen und Fichten, die wieder mit der prachtvollen immergrünen Eiche abwechseln, tiefer hinab die Abzeichen einer regen Kultur, üppige Weizen- und Maisfelder, und endlich die prachtvolle steife Agave mit ihren acht und zehn Fuß langen, dolchähnlichen Blättern, durch Einzäunungen von Kaktus getrennt, deren säulenartige Stämme und herrliche Kronen einer mexikanischen Landschaft einen so wunderlieblichen Reiz verleihen. Dicht an dem nordöstlichen Abhange senkt sich, gleichsam das Bild dieser mexikanischen Landschaft ganz zu vollenden, eine mäßige Barranca in die Tiefe hinab, die dem Auge die wunderbarste Mannigfaltigkeit der tropischen Pflanzen- und Blumenwelt darbietet.

Längs dieser Barranca zieht sich eine Anzahl indianischer Hütten hinab, aus unbehauenen Baumstämmen aufgeführt und mit Palmblättern gedeckt, aber weder mit Türen noch Fenstern versehen, alle jedoch durch Kaktus-Einfriedigungen beschützt, und die innerhalb dieser Einfriedigungen einen Blumenreichtum darbieten, der seltsam mit der Ärmlichkeit und selbst dem Schmutze der Umgebungen kontrastierte.

Diesem Rancho hatte sich die Abteilung der Patrioten ebenso rasch als vorsichtig genähert, als die Sonne bereits über die Berge heraufgestiegen war. So wie sie die Bergeshöhe hinabstiegen, wurden in den Windungen allmählich eine Kapelle mit schneeweißen Mauern, unter hundertjährigen Zypressen gleichsam begraben, mehrere andere größere und kleinere Gebäude, die Bestandteile einer Hacienda zu sein schienen, und endlich ein schloßartiges Wohnhaus mit flachem Dache, und einer Balustrade, umgeben von einer starken und hohen Mauer, sichtbar.

Unser Don hatte in dem raschen Zuge, in welchem sich die unheimlich, ja beinahe gräßlich aussehende Schar fortbewegte, erst jetzt Gelegenheit gehabt, seine Umgebungen zu betrachten. Die Dragoner ausgenommen, denen man ihre Waffen abgenommen hatte, war keines der Gesichter unter ihnen zu sehen, die ihm früher auf jener fatalen Berghöhe vorgekommen waren; aber mehrere junge Männer verrieten ebenso wohl durch ihr Äußeres, als ihre stolze Haltung, daß sie zu den höhern Klassen der bürgerlichen Gesellschaft gehörten. Unter diesen schien ein junger Kreole, dem er zur Seite gekommen war, Ansprüche auf Bedeutsamkeit zu machen. Der junge Don war eine Weile schweigend nebenher gegangen. Auf einmal wandte er sich zu dem jungen Kreolen.

»Senor,« sprach er etwas barsch, und nicht ohne Symptome eines tief verbissenen Ingrimmes. »Wollen Sie mir gefälligst sagen, wo wir uns befinden?«

»Senor werden es zu seiner Zeit erfahren;« erwiderte der junge Mann.

»Wenigstens, mit wem ich die Ehre zu sprechen habe.«

Der junge Mann besann sich einige Augenblicke; dann seine Redingote, die von der Hinabfahrt sehr gelitten hatte, auseinanderschlagend, ließ er die blaue Uniform mit weißen Aufschlägen eines Patrioten-Majors ersehen; dann wandte er sich, ohne ein Wort zu sagen, und erteilte Befehle an die Umgebungen und Indianer, die im flüchtigsten Trabe dem Rancho zueilten.

»Senor,« hob Don Manuel etwas ernster und mit einem Nachgefühle beleidigten Stolzes an. »Wollen Sie mir sagen, wie es kommt, daß ich über Barrancas und Berge gleich einem Gefangenen geschleppt werde?« Er stand stille, als erwarte er eine Antwort. »Kann nicht dienen,« erwiderte lakonisch der Patriotenoffizier, der fortgeschritten war. »Senor sind mir übergeben worden mit dem gemessensten Befehle für Ihre Sicherheit zu haften; wenn Senor mehr beliebt,« fuhr der junge Offizier in demselben offiziell trocknen Tone fort, »mit meinem Kopfe zu haften; aber wir haben auch zugleich den Auftrag, Ihrer Freiheit nicht das Mindeste in den Weg zu legen, und Sie abreisen zu lassen, wann und wohin es beliebt, in welchem Falle wir bloß angewiesen sind, uns eine Bescheinigung zu erbitten, und eine Angabe des Ortes, wohin wir Ihre Servidumbre und Gepäck zu senden haben.«

Der Jüngling sah den Sprecher mit großen Augen an. Dieser, der nichts weniger als Achtung, aber ebenso wenig Unehrerbietung an den Tag legte, und weder kalt noch warm war, hatte, während er gesprochen, zugleich die Umgebungen der Hacienda auf eine Weise ins Auge gefaßt, die vermuten ließ, daß ihn diese Gegenstände weit mehr interessierten als sein unfreiwilliger Compagnon.

»Und wer hat diese Befehle erlassen, die so viele Teilnahme und eine so rohe Indifferenz zugleich beweisen?« sprach der Jüngling zähneknirschend.

»Mein General, Don Vincente Guerera, dessen Adjutant zu sein ich die Ehre habe.«

Der Name dieses, damals bereits in Mexiko hochgeachteten Mannes brachte den Jüngling zu einer kurzen Pause.

»Ist er in der Nähe?« fragte er nach einer Weile.

»Ich hoffe in einigen Stunden meine Vereinigung mit ihm bewerkstelligen zu können,« erwiderte der Offizier mit einer Betonung, und sich auf eine Weise verbeugend, die zugleich als Andeutung des Wunsches gelten konnte, die Unterhaltung nicht länger fortsetzen zu dürfen.

Die Abteilung war nun am zweiten Abhange angekommen, von dem man die Hacienda ganz übersah, und aus den Bewegungen der Indianer war zu entnehmen, daß ein Überfall der Hacienda im Werke war. Während sich mehrere Indianer, geschützt durch die Hecken von Kaktus, an das Rancho hinanschlichen, waren andere in derselben Richtung durch das dichte Gebüsch dem Auge verborgen, von der andern Seite bis in die Hacienda selbst gedrungen. Das Hauptgeschäft schien jedoch den Erstern zuteil geworden zu sein, die, kaum im Rancho angelangt, in die Hütten eintraten, als wenn sie auf Besuch kämen, oder in dieselben gehörten. Nicht die mindeste Bewegung war im Rancho zu spüren, und die Bewohner des Dörfchens schienen ihre Gäste ebenso bereitwillig, unbekümmert aufgenommen zu haben, als diese gekommen waren. Die Männer und Weiber kamen und gingen aus den Hütten, und schienen bloß auf ihre häuslichen Verrichtungen bedacht.

»Bei meiner Ehre!« rief der Jüngling, der sich endlich in der Gegend orientiert hatte. »Wir sind in der Hacienda von Don Abasalo Pinto und in der Nähe von Chalco[63] und Mexiko.«

»Sehr leicht möglich,« erwiderte der Major trocken.

»Und Sie wagen es!« rief der Jüngling, der rasch der Hacienda zuzueilen im Begriffe stand.

»Halt, Senor!« rief der Militär scharf, während zwanzig Indianer und ebenso viele Dragoner von ihren Lagerplätzen aufgesprungen waren, um ihm den Weg zu vertreten.

»Wir wagen es, der Hacienda, Don Abasalo Pintos einen Besuch abzustatten, ohne übrigens Ihrer Anmeldung zu bedürfen. Leider,« fuhr der junge Major fort, »haben wir seit den vierzehn Monaten unseres Kriegslebens einigermaßen die spanische Etikette vergessen.«

---

[63] Stadt, am See gleichen Namens, 20 Meilen von Mexiko.

Diese Worte, mehr an die Umherliegenden gerichtet, verursachten ein lautes Gelächter.

»Senor,« fuhr der Offizier ernster fort, »Sie haben, wie gesagt, Freiheit zu gehen oder zu bleiben, jedoch müssen wir uns noch auf alle Fälle für eine halbe Stunde das Vergnügen Ihrer Gesellschaft erbitten, während welcher Sie als ein guter Christ die Messe hören können.«

Wirklich ertönte in demselben Augenblicke die Glocke aus dem Türmchen der Kapelle, und bald darauf kamen auch die Bewohner des Rancho und der Hacienda aus ihren Hütten und Türen, und zogen der Kapelle zu.

»Es geht recht gut,« lachte der junge Militär, der mit Falkenblicken umhergespürt hatte, den Seinigen zu; »und wir werden einige Stunden der Ruhe pflegen können. Sehen Sie doch einmal, Senores,« lachte er wieder, »unsere braven roten Alliierten im Rancho haben die unsern mit ihrer Sonntagsrobe ausgestattet, und die Kerls wandeln nun so bußfertig zur Kirche, als ob sie Ablaß für alle ihre Sünden zu erlangen hofften.«

Die Kreolen erhoben sich, um dem Kirchgange der Ihrigen zuzusehen, die Indianer blieben jedoch liegen.

»Lugerteniente Altamica,« befahl er einem Jüngling. »Nehmen Sie einen Zug, und besetzen Sie die Passage nach dem Chalco, längs der Barranca hinab.«

Der bezeichnete Offizier eilte rasch mit einem Dutzend Indianer der Barranca zu. Es war nun offenbar, daß die Bewohner des Rancho mit den Indianern der Patriotenabteilung sich bereits einverstanden hatten, die Hacienda den letztern zu überliefern. Es war dieses so gewöhnlich in diesem merkwürdigen Kampfe, und die Indianer hatten so beständig und unerschütterlich die Partei der Patrioten bei jeder Gelegenheit ergriffen, daß auch unser Don nichts weniger als befremdet schien, obwohl die tiefe verräterische Ruhe und Gelassenheit, mit der sie ihren Grundherrn und sein Eigentum in die Hände seiner Feinde lieferten, wieder charakteristisch waren.

»Da sehen Sie einen Beleg zur Gerechtigkeitsliebe unserer hohen Audiencia, in welcher dieser Don Pinto einen Bruder hat; und das geht vor der Hauptstadt vor,« sprach der Major grimmig. Er deutete bei diesen Worten auf einen Haufen Indianer, die gleichfalls zur Kapelle krochen und schlichen, aber nicht eintraten, sondern vor den Türen sich auf die Knie warfen. Sie waren aus einem Gebäude gekommen, das mit einem Stalle viele Ähnlichkeit hatte, obwohl die eisernen Gitter, die an den Öffnungen angebracht waren, mehr für ein Gefängnis paßten. Es waren Männer, Weiber und Mädchen, alle beinahe nackt und so abgemagert, so häßlich, schmutzig, so offenbar mit bitterem Mangel kämpfend, daß sie mehr Gespenstern denn lebenden Wesen gleich einherkrochen. Aufseher mit Stöcken trieben die Unglücklichen der Kapelle zu.

»Don Pinto kann sich gratulieren, daß der General nicht zugegen ist, sonst dürfte ihm leicht die Ehre widerfahren, daß er mit seinem dreieckigen goldbordierten Hute und dem Karlsorden an den Pfosten seiner eignen Türe gehängt würde.«

Der Sprecher hielt inne; denn das Glöckchen vom Turme erschallte wieder, und auf dieses Zeichen warfen sich alle auf die Knie, schlugen sich auf die Brust und murmelten – *Mea culpa.* In derselben Stellung verharrten sie, bis die Glocke ein zweites Mal geläutet. Nochmals ertönte die Glocke und bald darauf ging die Versammlung wieder auseinander.

»Bei der heiligen Jungfrau! der Padre weiß, daß unser Appetit groß, – und unsere Andacht klein ist;« lachte einer der Offiziere.

»Und diese Polizones, wenn sie nicht acht geben,« fiel ihm ein anderer ein, »so verderben sie uns noch die ganze Freude; sie müssen nun erst noch ihren Chile aus der Tienda holen, und werden sie da entdeckt, so mögen wir wieder über die Juanes Barranca hinüber; die Hacienda könnte eine eintägige Belagerung mit Sechspfündern aushalten.«

Diese Worte wurden auf einmal durch den Ausruf: »*Todos diablos –* *Carracco, maledito cosa!*« und so fort unterbrochen. Es hatten sich nämlich die Tore der Hacienda geöffnet, nicht, wie die Offiziere es erwartet hatten, um die Ihrigen, vermengt mit den Insassen des Rancho, einzulassen, sondern um einen Zug von Reitern in voller Bewaffnung von sich zu geben, an dessen Spitze mehrere Offiziere von hohem Range ritten. Der Reiter waren zehn.

Der junge Major knirschte mit den Zähnen. »Das ist Conde San Ildefonso, der junge Oberste, und Major Anas, und der alte und junge Pinto! *Todos diablos!* Und die uns entgangen! Stille, stille, Jungens!« rief er, »es ist zu spät! Unsere Muchachos haben keine Waffen als ihre Machettos, und vierzig Machettos sind ein ärmliches Zeug gegen zwanzig Pistolen und zehn gute Schwerter. Alle Teufel! Sie ziehen hinab gegen Mexiko!«

Die Reiter schienen auch nicht im mindesten die Gegenwart der gefährlichen Gäste zu ahnen, und hatten sich in schnelle Bewegung gesetzt, rasch auf dem breiten Wege forttrabend, der aus dem Tale der erwähnten Hügelkette zuführt.

»Nur zehn unserer Dragoner auf jenem Vorsprunge, und alle sind unser!« rief der Major wieder, der in der Spannung, in die ihn das Entkommen der wichtigen Feinde versetzt, ganz die Hacienda vergessen hatte, deren Tore mittlerweile geöffnet worden waren, um die Indianer zum Ankaufe ihrer Bedürfnisse in der Krambude zuzulassen. Beinahe in demselben Augenblicke wehte auch ein weißblaues Tuch vom Dache des Gebäudes, als Zeichen, daß die Hacienda in der Gewalt der Patrioten sei.

»Lugerteniente Pablo!« befahl der junge Stabsoffizier einem zerlumpten Kreolen: »Besetzen Sie die Hacienda militärisch. Keine Unordnungen, keine Gewalttaten; insonderheit verhüten Sie jeden Alarm; die sind oben in Rio Frio. – *Vamos Campaneros*!« wandte er sich an ein Dutzend Indianer, mit denen er nun, gleich Windhunden, über die Felder setzte, die Hacienda vorbeiflog, wo sich ein neuer Haufen an ihn anschloß und den Hügel hinansprang. Ein Blick auf die entfernten Reiter, die sich bereits der Straße näherten, die von Rio Frio nach Mexiko führt, überzeugte den jungen Militär von der Unmöglichkeit, den Feinden auf eine wirksame Weise beizukommen. »Diablo! Wären es bloße Gachupins,« fluchte er, »so hätten wir sie so leicht wie überfüllte Coyotes[64]; aber so sind ein halbes Dutzend Kreolen unter ihnen, die den steilen Hügel hinabgalloppieren, als wenn es die Tacubastraße wäre.«

»Diablo Ahuitzote!« heulten und brummten wieder die Indianer, die aber, statt ihre Aufmerksamkeit auf die entkommenen Spanier zu richten, unverwandten Blickes auf die Hügelkette geschaut hatten, welche auf dieser Seite sich längs der Straße von Mexiko erhebt.

Der Major war aufmerksam geworden. »Was soll das? Was seht Ihr?«

»Ahuitzote!« brummten die Indianer, ihre Hände ausstreckend und auf besagte Hügelkette weisend; »Guachinangos!« murmelten sie.

»Guachinangos?« fragte der Offizier erstaunt: »Was sollen die Guachinangos auf den Bergen von Azotla?«

»*No se,*« erwiderten die Indianer.

Der Major schaute und schaute, ohne jedoch etwas zu erschauen. Ein Seufzer und ein Stöhnen, das wie aus tiefster Brust herauskam, ließ sich in einiger Entfernung von ihm hören. Er wandte sich. An einen Felsen gelehnt, stand unser junger Don mit starrem Auge in der Richtung hinüberglotzend, die das Interesse der Indianer so sehr erregt hatte.

Aber es war ein anderer Gegenstand, der seine Aufmerksamkeit auf sich gezogen hatte. Es war Mexiko selbst, das, obwohl in großer Entfernung und getrennt durch den See Chalco, deutlich erkennbar in allen seinen Teilen vor ihm lag. Die Stadt erhebt sich, von diesem Punkte aus gesehen, wie in einen Sumpf zusammengedrängt, und das Auge hat bloß die westliche Hälfte des Tales zum Überblicke vor sich; aber selbst diese beschränkte Aussicht war hinlänglich, um unsern Don in einen Sturm von Gefühlen und Empfindungen zu versetzen, der zu bitter war, um ihn lange in seiner

---

[64] Diese Tiere werden am leichtesten nach dem Fraße erjagt.

Brust einschließen zu können. Der trostlose Schiffbrüchige, den ein rauer Orkan an dieselbe Küste zurückgeworfen, die er noch kurz zuvor mit glänzenden Hoffnungen und all seiner Habe für ferne Zonen verlassen, die ihm Reichtum und die Mittel geben sollten, eine teure Braut Gattin nennen zu können, dürfte in seiner trostlosen Verlassenheit ein schickliches Bild für den Jüngling gewesen sein, der nun hinüber auf die glänzende Hauptstadt stierte, in der sich alles befand, was seinem Herzen einst lieb und wert war.

Der Major, ergriffen von dem ungeheuren Schmerze, der aus seinen Augen leuchtete, war ihm näher getreten.

»Sie sind bitter getäuscht worden, Senor!« sprach der Militär, »bitter, bitter!«

Der Jüngling knirschte mit den Zähnen, gab aber keine Antwort.

»Wenn Sie Major Horatio Galeana Ihres Vertrauens nicht unwürdig halten, so bietet er Ihnen sich und seine Dienste freudig an.«

Der Jüngling sprach noch immer kein Wort; aber in seinen Mienen zuckte es; und als habe er seinen Entschluß gefaßt, ergriff er rasch die Hand des Militärs.

Beide waren hastigen Schrittes in die Hacienda zurückgekehrt, in welcher die jubelnden Indianer Vorkehrungen zur Bewirtung und Verpflegung der Patrioten trafen, während die Offiziere die sämtlichen Vorräte und Warenlager der Hacienda in Empfang genommen hatten. Wallen von Tüchern, Schläuche mit Pulque lagen neben Tonnen von Chili, und Bergen von Salzfleisch und Mais in Körnern, und daneben die Requisite einer indianischen Garderobe, Panos, Xergetillas[65] und Sombreros de Petate und tausenderlei Dinge; denn nach mexikanischer Sitte hatte es der Eigentümer nicht unter seiner Würde gehalten, eine sogenannte Tienda oder Kramladen in seiner Villa zu halten. Ungeheure Kisten, mit Zigarren und Pasquitas gefüllt, lagen offen für jedermanns Gebrauch, und Offiziere, und Patrioten, und Männer, und Weiber, und Kinder strömten mit gleicher Hast und Gier heran, sich mit diesem, einem Mexikaner unentbehrlichen Bedürfnisse zu versehen. Bald war der ganze Vordergrund in eine dichte Rauchwolke eingehüllt, unter der Hunderte von Indianerinnen den Metcatl[66] handhabten, während andere ebenso rasch die Lieblings-Tortillas[67] buken, die beinahe ebenso schnell unter der Hand der Bäckerinnen verschwanden, als sie aus der Pfanne gekommen waren.

---

[65] Grobe wollene und baumwollene Zeuge, aus denen die untern Stände ihre Kleidung verfertigen.
[66] Der Stein zum Maismehl-mahlen.
[67] Siehe Note.

Mitten unter diesem Drängen und Treiben ließ sich ein Gewirr von Stimmen von der nördlichen Seite des Tales her hören, und die Avantgarde eines zahlreichen Korps Patrioten wurde sichtbar; hinter diesen mehrere reich uniformierte und durch Haltung ebenso wohl als durch Anstand ausgezeichnete Militärs in der Uniform mexikanischer Stabsoffiziere, unter ihnen Conde Carlos; dann folgte die Mannschaft, die, durchgängig wohl bewaffnet, beiläufig fünfhundert Köpfe betragen mochte. Es waren meistenteils Indianer, Mestizen und Zambos aus den südlichen Teilen des Reiches, kräftige, wohlgebildete Gestalten, die, ungeachtet des harten Marsches, tanzend einherschritten, und stolz auf die Gruppe von Offizieren hinblickten. Von Zeit zu Zeit ertönte der Ruf: »*Viva Vincente Guerero!*«

Merkwürdig genug war unser Capitano Jago unter dem Zuge reichgekleideter Stabsoffiziere, unter denen einer Brigadiergenerals-Uniform trug, noch immer in seiner schmählich mitgenommenen Manga, obwohl seine Fußbekleidung renoviert war. Er trat rasch auf den Jüngling zu.

»Ah, Don Manuel!« lächelte der Mann etwas boshaft, die zerrissenen Schuhe und Manga des jungen Kavaliers fixierend. »Sie werden ohne Zweifel mit Ihren letzten Nachtmärschen nur wenig zufrieden gewesen sein; aber wir konnten nicht anders, und Ihr Freund Conde Carlos dürfte kaum besser gefahren sein. Wir hoffen jedoch, unsere Befehle sind respektiert worden, und Don Galeana haben Sorge getragen?«

»Don Galeana Sorge getragen?« rief der Jüngling, dem die Erinnerung an die rücksichtslose Behandlung in der letzten Nacht Schamröte und Wut auf die Wangen trieb.

»Major Don Galeana, hoffen wir, wird unsere Befehle – –«

»Don Galeana Deine Befehle, Gojo?« fiel der Jüngling erbittert ein, ohne den Mann ausreden zu lassen.

»Mexiko nennt mich Vincente Guerero,« sprach der gewesene Ariero trocken, aber mit Würde, »und künftighin muß ich Eure junge Herrlichkeit bitten, mich bei diesem Namen zu nennen.«

Und mit diesen Worten wandte der vormalige Maultiertreiber, der nun plötzlich einer der ersten Generäle Mexiko geworden war, dem beinahe vernichteten Jünglinge, unter dem lauten Gelächter der Umstehenden, den Rücken.

»Lassen Sie,« befahl er dem Major, »die Mannschaft schnell abfüttern, daß sie wenigstens drei Stunden zur Siesta hat. – Ersuche Sie um eine Zigarre,« bat er einen zweiten. – »Ah, da gibt es ja Tortillas,« lachte er, indem er an eine Gruppe Indianerinnen heranschritt, die, mit dem Backen dieser beliebten Maiskuchen beschäftigt, ihm entgegengekrochen waren, um den Saum seiner Kleider zu küssen. »Die ist gut, Mata,« lachte er dem Mädchen zu, in eine Pfanne greifend und eine der Tortillas herauslangend, während er mit der zweiten Hand nach einem Chililöffel griff und die Tortilla mit dieser pungenten Überlage bestrich. »Noch eine, Mata!« rief er, wieder zulangend, »und lassen Sie sich's schmecken!« rief er den Offizieren und Generälen zu, die das Beispiel des Generallieutenants zwang, gleich ungeniert zu sein. – »Apropos! Don Galeana,« wandte er sich wieder an den Major, »lassen Sie die zwei Spanier aufknüpfen, die auf der Flucht eingeholt worden sind. – Conde Carlos!« wandte er sich an den kriegsgefangenen Capitain, »Sie sind unser Gast bei der Tafel, und wenn Ihrem Freunde unsere Einladung nicht zu gering ist – – Doch wo ist er? wo ist Don Manuel?«

Der Major hatte unterdessen Muße gefunden, seinen Rapport in die Pausen einzuschalten, die der Generallieutenant während seines Tortillaschmauses notgedrungen machen mußte. So gemein er in seinem Benehmen erschien, so roh und rücksichtslos, so war doch wieder eine gewisse Hoheit in dieser Manier, eine gewisse Vornehmheit, die unwiderstehlich zu diesem Manne hinzog, da sie selbst dem oberflächlichsten Beobachter weniger das natürliche Ergebnis großer Gewalt, als des Wunsches, sich bei seinen Untergebenen populär zu machen, erschien.

»Was Teufel!« rief er auf einmal, »die Leperos, sagen Sie, auf den Höhen von Ajotla, und Oberst San Ildefonso hier gewesen? Lassen Sie uns schauen!«

Und mit diesen Worten setzte sich der General in einen Trab, mit dem keiner seines Korps Schritt zu halten imstande war. In wenigen Minuten war er an dem Vorsprunge des Hügels angekommen, von dem man die Fernsicht auf die Straße und gegen Mexiko zu hatte.

»Madre de Dios!« rief er seinen herankeuchenden Offizieren entgegen: »Jetzt nur dreitausend statt fünfhundert Musketen, und Mexiko wäre unser!«

Der Brigadegeneral schüttelte den Kopf.

»Ich weiß es;« sprach Vincente Guerero, »aber so wie die Sachen stehen, ist es freilich nicht möglich; sie haben zwei Regimenter Infanterie, zwar nur spanische Infanterie, aber mit dem besten Obersten der ganzen Armee, und fünf Milizregimenter; – doch, nur dreitausend Gewehre, und Mexiko wäre unser. Die Leperos erwarten uns wirklich. – Larifari!« wandte er sich wieder an die Offiziere, »für diesmal soll es nicht sein, Senores! Ehe wir zehn Jahre älter sind, haben wir Mexiko doch.«

Und ohne Mexiko und die Leperos eines weiteren Blickes zu würdigen, wandte sich dieser merkwürdige Mann wieder der Hacienda zu, wohin wir ihn gehen lassen, um uns die seltsame Erscheinung, von der soeben die Rede war, näher zu besehen.

Vierundzwanzigstes Kapitel.

Vielleicht wird's ein Gesang,
Vielleicht auch eine Predigt.
BURNS.

cheint es doch, als ob gedrückte Völker, gleich gedrückten Menschen, jenen Ahnungen unterworfen wären, die ihnen in ihrem
stumpfsinnigen Zustande ihr Geschick in dunkeln Bildern aufschließen, und daß der vampirartige Druck, indem er die Zirkulation der
Geisteskräfte hemmt, und so diese selbst ins Stocken bringt, ganze Völker
den Tieren nähere, und in ihnen den witternden Instinkt erzeuge, der sie
gewissermaßen für die höhere Erkenntnis freierer bürgerlicher Gesellschaften schadlos hält. Es kommt ein trübes aber stark hervortretendes
Gefühl wie auf den Fittichen der Windsbraut über sie, man weiß nicht wie,
setzt sich in den rohen Gemütern fest, man begreift nicht warum, spricht
zu ihnen mit einer warnend flüsternden Stimme, zieht sie, der Gewalt und
des gesunden Menschenverstandes spottend, mit sich fort, so unwiderstehlich, als wäre es die Stimme jenes eisernen Schicksales, von dem die
Alten so viel gefabelt haben, und die Neuern zu fabeln fortfahren. Es ist
dieses eine merkwürdige psychologische Erscheinung, die sich häufig unter der indianischen Bevölkerung der Spanien unterworfenen Länder gezeigt, und die zu der Zeit, in welcher unsere Geschichte vorgeht, mehr
denn einmal die Berechnungen der weisesten Köpfe irregeleitet hat.

So hatte der Morgen des neunten Februars kaum heraufgegraut, als die
ganze ungeheure Masse jener elenden Geschöpfe, die unter dem Namen
Leperos[68] wahrscheinlich noch unsern Lesern bekannt ist, und von der
sich eine Kopie in einem europäischen nicht weniger reizend gelegenen
und gleichfalls unter einem krassen Despotismus seufzenden Lande unter
der Benennung Lazaroni vorfindet, Stadt und Vorstädte verließ und sich
mit Weibern und Kindern auf der Straße von Ajotla bis zur vulkanischen
Hügelkette hinzog, die auf dieser Seite als Vorposten der Tenochtitlan-
Gebirge angesehen werden kann.

---

[68] Siehe Note.

Es ist diese Straße mit ihren Umgebungen eine der düstersten Partien dieses reichen Tales von Mexiko oder Tenochtitlan, und der Sumpfboden, durch den sie führt, und der erst jenseits der Hügelkette mit einer Schichte von Lavaschlacken abwechselt, hatte, selbst in den früheren Zeiten des Glanzes der Hauptstadt, jenen traurigen Charakter der Öde nicht zu mildern vermocht, der heutzutage das Auge des Reisenden bei seinem Eintritte in Mexiko so unangenehm überrascht. Ärmliche Hütten, von halbnackten Indianern bewohnt, die an dem Desague[69] arbeiteten, oder ihr armseliges Leben durch Fischfang fristeten, auf begünstigteren Punkten durch Fleckchen von Gemüsegärten unterbrochen, waren noch die anziehendsten Gegenstände, während die tiefern Niederungen ganz öde lagen, und durch ihre ungesunden Ausdünstungen selbst die stumpfsinnigen Indianer verscheuchten.

Dieser Straße entlang konnte man schon am frühesten Morgen ganze Horden jener düsteren, braunen, häßlichen, an Körper und Geist gleich vernachlässigten Geschöpfe sich bald langsamer bald schneller fortschleppen und der besagten Hügelkette nähern sehen; ein scheußlicher Auswurf und nie gesehenes Aggregat von Elend, Unflätigkeit und Verworfenheit, das hinkend, schleichend und kriechend herankam, und, die menschliche Gestalt ausgenommen, mit dessen Wesen wenig mehr gemein hatte. Die große Mehrzahl war völlig nackt, wenn man nicht zerfetzte Flanelldecken, die in Fragmenten über ihre Rücken herabhingen, oder die straff herabhängenden Haare der Weiber, die die häßlichsten Teile ihrer Leiber notdürftig verdeckten, mit einem oder dem andern Lumpen um ihre Schenkel gewunden, für Kleidung gelten lassen wollte. Nur Wenige hatten schwarze oder braune Jacken, und abgetragene Mangas oder kattunene Pantalons, mit Mäntelchen von Baumwollenzeug. Die meisten trugen jedoch Sombreros de Petate. Sie kamen in Gruppen von zwanzig, von hundert, von mehreren Hunderten angezogen, mit jenem scheinbaren Vacuum im Gesichte, das dem blödsinnigen Indianer des Tenochtitlan-Tales eigentümlich ist, und wieder einer Unruhe, die sie wie rasend gegen die Gebirge von Rio Frio hinzutreiben schien. Es war etwas Geheimnisvolles an diesen braunen und düstern Geschöpfen; kein Lärm war zu hören, kein Ausbruch roher Lust, der gewöhnlich zahlreiche Pöbelhaufen zu begleiten pflegt. Auf den Gesichtern der meisten schwebte eine tief versteckte Tücke, ein schadenfroher Ingrimm, eine heimliche Erwartung, die an den stumpfsinnigen, aber von Natur nichts weniger als dummen Physiognomien beängstigend auffiel.

---

[69] Der sogenannte Ableitungskanal von Huehuetoca, durch welchen die Gewässer des Flusses Guautitlan durch die Gebirge in das Tal von Tula abgeführt werden.

Über der ganzen meilenweiten Strecke, auf der ihr Zug sich fortbewegte, hingen dünnere oder dichtere Rauchwolken, die zugleich die Dichtigkeit der Haufen selbst andeuteten; denn so entblößt und hilflos sie alle ohne Ausnahme waren, mit einem Luxusartikel hatten sie sich insgesamt versehen – Männer, Weiber und Kinder – der Zigarre, und der Qualm, der Tausenden derselben entfuhr, war auch der einzige leidliche Geruch, den diese gräßliche Horde von sich gab. Einzelne Haufen hatten sich auf der Straße, die an dem Damme gegen die besagte Hügelkette hinzieht, gelagert, während andere über die Hügelkette ausgedrungen, oder auf dieser ihren Posten gefaßt hatten. Liegend, stehend, auf ihren Schenkeln hockend, in die Berge von Rio Frio hineinstarrend, harrten sie nun; warum und auf wen? würde schwer zu bestimmen gewesen sein; denn sie selbst hatten bloß eine düstere Ahnung. Stunden vergingen, und sie lagen immer noch in jener Apathie, die den indianischen Mexikaner und alle sehr gedrückten Völker charakterisiert, und die eine natürliche Folge des unerträglichen Despotismus ist, der auf ihnen lastet, und der sie die Schläge unsichtbarer Gewalt, die sie treffen und in ihrem innersten Sein erschüttern, zuletzt als Fügungen eines eisernen Schicksales anzusehen geneigt macht, dem entfliehen zu wollen Vermessenheit wäre. Lange Zeit herrschte Stille unter den Tausenden, die bloß von einzelnen Lauten oder kurz ausgestoßenen Seufzern unterbrochen wurde, die aber weder Anklang noch Erwiderung fanden.

Einer dieser Haufen, der sich auf einem Vorsprung der Hügelkette gelagert hatte, über welche die Straße von Mexiko nach Ajotla hinaufwindet, wurde endlich durch den Anblick eines Trupps Reiter aufgeregt, der von Buen Vista herabkam, und der nämliche war, den wir kurz vorher zu so gelegener Zeit die Hacienda verlassen gesehen haben. Der Anblick, obwohl eben nichts weniger als selten auf der häufig befahrenen Verbindungsstraße von Puebla und Mexiko, schien die Leperos einigermaßen aufzuregen. Sie reckten ihre Hälse empor, starrten eine Weile aufmerksam in die Ferne, und dann, Hunden gleich, die etwas Fremdes oder Feindseliges wittern, knurrten sie, und streckten sich wieder hin.

Nach einer Weile waren hohle und abgebrochene, dumpf heulende Töne zu vernehmen, die Verwünschungen ähnlich klangen; diese Töne wurden allmählich lauter und einer murrte endlich vernehmbar:

»Ahuitzote!« Mit diesem Unglücksruf richtete sich der Guachinango auf, und seine schief auseinander stehenden Augen wandten sich der Gegend zu, wo die Reiter herkamen.

»Ahuitzote!« murrten und knurrten die übrigen im Kreise herum, und indem sie das Wort ausstießen, schien ihnen die letzte Silbe in der Kehle stecken zu bleiben.

»Als wir gestern in den Portales[70] schliefen, kam Agostino Iturbide,« – murmelte ein Indianer. Doch zu träge seinen Nachsatz zu endigen, fiel sein Blick auf seine blutigen Schenkel und Schultern, die noch deutliche Spuren von Säbelhieben trugen.

»Die Erde ist Tonantzins,[71] der Himmel der Jungfrau von Guadeloupe, und die Portales des roten Geschlechtes. Sonst sind wir auf Wagen in die Casa des Cabildo[72] gefahren und drei Tage verpflegt worden.« Hier stockte die träge Zunge des Indianers, wieder müde von der Anstrengung des Sprechens, oder um die Zigarre nicht ausgehen zu lassen.

»Es wird eine Zeit kommen, wo kein Gachupin uns aus den Portales jagen wird;« knurrte ein zweiter.

»Und die Söhne Tenochtitlans ihren Pulque trinken werden.«

»Und ihre Tortillas mit fettem Chili essen;« meinte ein vierter.

»Maledito Don Agostino! Er ist mehr der Ahuitzote der Kinder Tenochtitlans als der Gachupins.«

Ein alter Indianer von kräftigem Bau war unterdessen den Hügel herauf gekommen und, ohne ein Wort zu sagen, auf einer der Lavaschlacken, mit welchen der Boden übersät war, niedergehockt. Der Haufen hatte ihm mit mehr Aufmerksamkeit zugesehen, als bisher noch der Fall gewesen war, und die Blicke der meisten hingen wie in Erwartung an dem Manne. »Tatli Ixtla;«[73] murmelten sie, mit den Köpfen mechanisch nickend, und stierten ihn an, als erwarteten sie irgendeine Mitteilung. Als diese jedoch nicht erfolgte, ließen sie ihre Köpfe wieder sinken, und verfielen in ihr voriges Dahinbrüten.

Der Indianer hatte geheimnisvoll zur Linken gesehen, dann zur Rechten, dann auf die Straße hinausgespäht. Nun zündete er sich eine Zigarre an, und nachdem er einige Rauchwolken verschluckt, fing er in dem der indianischen Race eigentümlichen mysteriösen Tone an:

»Ixtla hat die Predigt des Cura Hippolito von Tlascala gehört. Es sind keine Cuentos de frailes.[74] Ixtla hat dasselbe vielmals von den roten Priestern gehört. Wollen meine Brüder die Worte des Cura Hippolito hören?«

---

[70] Arkaden.
[71] Die mexikanische Ceres, Göttin des Mais.
[72] Polizeiwache. Mehrere Karren sind immer beschäftigt, die nachts in den Straßen gestorbenen oder todtrunkenen Leperos auf die geschiedenen Polizeiwachen zu bringen.
[73] Vater, ein aztekisches Wort.
[74] Mönchsmärchen, Legenden.

Ein einstimmiges Kopfnicken bejahte die Frage.

»Wer Ohren hat zu hören, der höre! So hat Cura Hippolito gesagt, und so sagt Ixtla;« begann der Indianer. »Als Don Abrahamo, ein trefflicher Caballero, den die heilige Jungfrau von Guadeloupe und Mexikotl sehr ausgezeichnet –«

Der Mann hielt inne, um seine Zigarre nicht ausgehen zu lassen; eine Pause, die wir benutzen, um unsere Leser vorläufig darauf aufmerksam zu machen, daß der hier genannte und nach der bekannten Weise der indianisch-mexikanischen Priester mit Mexikotl und der Jungfrau von Guadeloupe in Verbindung gebrachte Don Abrahamo kein anderer war, als der ehrwürdige Stammvater des hebräischen Volkes.

»Als Don Abrahamo,« fuhr der Indianer fort, »sein Ende herannahen sah, rief er seinen Sohn, Don Isaak zu sich, dem er all sein Erbe vermachte, worauf er in dem Herrn verschied.«

Es erfolgte wieder eine Pause, nach welcher der Sprecher fortfuhr:

»Dieser Don Isaak war, wie Senores vielleicht gehört haben, ein gottesfürchtiger Mann gewesen, der wieder zwei Söhne, Don Esau und Don Jago, hatte. Verstehen Euer Gnaden,« wiederholte der Indianer, »zwei Söhne, Don Esau und Don Jago, und Don Esau, wohlgemerkt, war der Ältere oder Erstgeborne, und Don Jago der Jüngere. Als Don Jago das zwanzigste Jahr erreicht, hatte er ein Traumgesicht, welches ihm sagte, er solle in die Madre Patria gehen, wo er ein großes Glück finden würde.«

Der Mann hielt bei den Worten »Madre Patria,« worunter unsere Leser stets Spanien zu verstehen haben, wieder inne; denn mehrere Leperos waren von der Straße herauf gekommen, und hatten sich um den Sprecher herumgelagert.

»Da Senor Jago,« fuhr der Indianer fort. »als der jüngere Sohn auf das Erbteil seines Vaters weniger Anspruch hatte, als Don Esau, so ging er in die Madre Patria, und kam in der Madre Patria an, wo er die Gunst des Königs der Mauren durch seine süßen Reden gewann, der ihm eine seiner Töchter, die Prinzessin Senora Lea zum Weibe gab, und nach zwei Jahren die zweite seiner Töchter, die Prinzessin Senora Rachel, mit welchen beiden Senoras er zwölf Söhne und Töchter erzeugte, die alle Könige in der Madre Patria wurden, so wie ihre Väter, zu dem die Gachupins unter dem Namen San Jago de Compostella beten.«

Die Indianer und Mestizen, aus welchen die Leperos bekanntlich bestehen, nickten mit jener ruhigen Überzeugung, die wir auch häufig an den untern Volksklassen europäischer Staaten bemerken, wenn sie Geschichten hören, an deren Wahrheit die Autorität großer Namen um so weniger zu zweifeln gestattet, als ein solcher Zweifel leicht nicht nur die Seele, sondern auch den Leib, in Gefahr bringen könnte.

»Als Don Jago sein Reich gegründet hatte,« fuhr der Indianer fort, »kam ihm die Begierde an, das Land seiner Väter wieder zu sehen, und er zog mit seinen Leuten hin, wo seines Vaters Haus stand. Und nun hören Sie, Senorias,« hob der Indianer mit stärkerer Stimme an: »Don Esau war, wie Sie wissen, der Erstgeborne der zwei Brüder, und als solcher hätte er das Recht auf das Land seines Vaters gehabt, wenn ihm nicht der Traidor, Don Jago, oder wie ihn die Gachupins nennen, San Jago, um dieses Recht betrogen hätte, und durch ihn die Söhne Tenochtitlans, die vom Anbeginn ihrer Tage die Narren der Gachupins, der Söhne Jagos, waren.«

Die Leperos richteten sich in eine horchende Stellung auf, und ihre Züge begannen etwas mehr Interesse zu verraten.

»Es war in der Estio,«[75] fuhr der Indianer fort, »daß der Verräter Jago ankam, und in seines Vaters Hause eintrat, wo ihm ein großes Convito[76] gegeben wurde. Don Esau war auf der Jagd, während Senor Jago es sich wohl schmecken ließ, und die besten Tortillas aß, und den herrlichsten Pulque von Tacotitlan[77] trank, den kein Conde besser haben konnte, und als Don Esau hungrig und durstig nach Hause kam — —«

Der Indianer hielt inne; denn seine Zuhörer waren bei der Erwähnung des Pulque von Tacotitlan sehr gespannt geworden.

»Und als Don Esau nach Hause kam, und seinen Bruder gerade über einer Schüssel Frijolos fand,[78] die besten Frijolos, die je auf den Chinampas des Chalco gezogen wurden, was glauben Sie wohl, daß der Verräter Jago tat?«

»*Escuchate*!« riefen etliche Indianer, ihre Hände emporreckend.

»Senores!« sprach der Indianer gewichtig, seine Augen geheimnisvoll auf die Leperos richtend, die ihre Hände emporgestreckt hatten; »Senores sehen, daß Ixtla keine Lügen sagt. Hören Sie, der Verräter Jago zog seine Schüssel mit Frijolos, wie vor einem Hunde zurück, und als Don Esau ihn bat, ihm ein paar mundvoll zukommen zu lassen, versprach er ihm die ganze Schüssel, wenn er ihm das Recht der Erstgeburt, das Mayorasgo, abtreten wollte, und keine einzige Frijole sollte er haben, wenn er es ihm nicht abtreten wollte — —«

»Und Don Esau?« fragten die Leperos.

[75] Trockene Jahrszeit; Mai bis Oktober.
[76] Ein Gastmahl bei feierlichen Gelegenheiten.
[77] Ist vorzüglich berühmt. Siehe Note.
[78] Bohnen; die von den Chinampas, den sogenannten schwimmenden Gärten, sind sehr wohlschmeckend.

»Was würden meine Brüder getan haben, wenn sie durstig gewesen wären und hungrig, und den Pulqueschlauch vor sich gesehen hätten und die Schüssel mit Frijolos und Tortillas?«

Dieses *argumentum ad hominem* machte den ganzen Haufen mit lüsternem Blicke aufschnappen.

»Ah, Tortillas, ah, Pulque!« riefen alle, mit den Zungen schnalzend.

»Kurz,« unterbrach sie der alte Indianer; »Don Esau gab, wozu ihn der Hunger zwang, und Don Jago gab ihm dafür die Schüssel mit Frijolos, und einen herrlichen Schlauch mit Tacotitlan-Pulque gefüllt.«

»*Maledito Gavacho!*« brummten die Leperos, denen der Tausch doch zu ungleich erscheinen mochte.

»Stille,« erwiderte der Indianer, »denn Don Esau ist, wie Sie sogleich hören werden, der Stammvater der Söhne Tenochtitlans.«

Die Leperos vernahmen diese Neuigkeit mit weit aufgerissenen Augen.

»Wohl, Senores,« fuhr der Indianer fort; »Don Esau hatte seine Schüssel Frijolos, und Senor Jago das Mayorasgo, wonach ihn so lange gelüstet hatte, und Don Jago kehrte wieder in die Madre Patria zurück, und Don Esau, der das Mayorasgo verloren hatte, wanderte in die weite Welt. Nun wissen Sie, Senores, daß die Welt Mexiko ist; denn Tenochtitlan ist die Hauptstadt in der Welt.«

Die Leperos nickten.

»Nach Tenochtitlan wanderten also Esau und seine Söhne und ihre Weiber, und bauten Tenochtitlan in den See, und legten die Chinampas an, und die Stadt wurde größer als irgendeine in Mexiko und der Welt –«

»Viele hundert Jahre hatten,« fuhr der Indianer fort, »Don Esaus Söhne Tenochtitlan und Anahuac beherrscht, und zehn Könige hatten in Anahuac regiert, und die jüngern Söhne Don Esaus in Mechoacan und Cholula, und die Kinder seiner Kebsweiber lebten als freie Männer in Tlascala.«

»*Es verdad,*« brummte einer der Leperos. »*Es verdad,*« brummten die andern auch.

»Wohl,« fuhr der Indianer fort; »die Söhne Don Esaus lebten und gediehen, und hatten Duros und Tortillas in Fülle, da fiel es den Söhnen Don Jagos ein, daß ihr Vater das Recht der Erstgeburt erlangt hatte, und daß sie als seine Söhne dasselbe ererbt, und also das Recht über die ganze Welt, das heißt, Mexiko, hätten, und daß ihnen Esaus Söhne tributpflichtig wären, und da sie ein betrügerisch verwegenes Geschlecht waren, so bestiegen sie ihre Schiffe, und landeten in Yucatan und Veracruz, und kamen auf der Höhe von Xalappa an, und Tlascala, wo sie die Söhne Tlascalas durch süße Worte in ihr Netz zogen, und mit ihrer Hilfe durch die Barrancas und über die Berge Tenochtitlans drangen, und Tenochtitlan belagerten und zerstörten, und alle die, welche Machettes und Lanzen trugen, töteten und die übrigen zu Sklaven machten.«

»*Maleditos hereges*!« brummten die Leperos, ihren Stimmen gerade den Umfang gebend, der mit ihrer liegenden Stellung vereinbar war.

»Und als sie Tenochtitlan genommen hatten,« fuhr der Indianer fort, »sagten sie, sehet, hier ist gut wohnen. Hier lasset uns unsere Ranchos aufschlagen, und die Söhne Esaus sollen uns unsern Mais bauen, und unsern Chili säen, und unsere Metl-Gärten pflanzen und pflegen, und das Corazon zur Zeit öffnen,[79] und ihre Töchter sollen unsere Baumwolle spinnen, und ihre Weiber unsere Tortillas backen, und ihre Kinder sollen das Gold aus den Flüssen waschen, und die Krieger sollen statt Kriegern Caballitos und Tenatores sein. Und so geschah es.«

Der Indianer, nachdem er dieses *Resümee* der Predigt des Padre Hippolito gegeben, hielt inne, entweder weil er nichts mehr zu sagen wußte, oder weil er über die Anwendung nachsann, die er nun aus diesen verschiedenartigen Lebens- und Leidensläufen der Kinder Esaus auf seine Zuhörer zu machen gesonnen war. Diese Geistesarbeit schien jedoch dem geistarmen Indianer nichts weniger als leicht anzukommen, und in der langen Pause, während welcher er sich abmühte, den Saft und die Kraft der Predigt des Padre Hippolito seinen Zuhörern recht warm vorzulegen, hatten diese armseligen Menschen den ganzen Vortrag wieder rein vergessen. So viel wurde wenigstens aus dem ekelhaften Faulleben sichtbar. Sie bleiben nämlich sitzen, liegen und hocken, ohne sich um den Redner, der die Helden des alten Testamentes so geschickt nach Mexiko transferiert hatte, auch nur im mindesten mehr zu bekümmern. Viele stierten hierauf in die Straße hinein, in deren Windungen die Reiter nun deutlicher erschienen.

»Ahuitzote!« brummte wieder einer der Leperos.

»*Y Gachupinos*« fiel ein zweiter ein.

»Don Agostino ist ein ärgerer Ahuitzote, als die Gachupins,« murrte ein dritter.

»Die Criollos,« schrie ein Zambo, »sind die Eier der Piques,[80] die Gachupins die Piques selbst. Sie sind die Söhne des Marquis und seiner Conquistadores und Camerados, die die Tlaskalaner überlisteten, ihnen beizustehen gegen Anahuac, und als sie Anahuac hatten, machten sie die roten Bundesgenossen zu Sklaven. *Larifari. Viva la libertad*!«

---

[79] Siehe Note.

[80] Auch Nigua oder Chegoe, eine Sandfliege; ein sehr lästiges Insekt, das besonders in den Niederungen von Mexiko, Veracruz, Acapulco äußerst peinigend wird, wenn es ihm gelingt, seine Eier in die Haut einzulegen.

»*Larifari. Viva la libertad*!« schrie ein zweiter dieser gemischten Race, der, die Arme in die Seiten stemmend, mit souveräner Verachtung auf die Horden der Leperos herabsah. »*Viva la libertad*!« schrie er wieder, »*Viva! Viva*! Da seht die Casa[81] des Conde Jago, des reichsten Caballero von Mexiko, der aus einer einzigen Bananza[82] netto sechs Millionen Dollars löste; netto Senores. *Viva la libertad*! – Wissen Sie, Senores, was die Libertad ist? Wir waren wo sie gewesen ist, in Guanaxuato, wo wir die Duros in Körben aus der Alhondega trugen. Ei Senorias, da konnten Sie die schönsten milchweißen Gesichter zu Dutzenden fürs bloße Nehmen haben.«

»*Viva la libertad*!« schrie der ganze Haufen, welches Geschrei von der nächsten Horde, die sich unter dem Hügel auf der Straße gelagert hatte, tausendstimmig wiedergegeben wurde.

»*Todos diablos*!« brüllte derselbe Zambo darein, »es lebe die Freiheit, wo Cassio nehmen kann, was er will, und wo er will; z. B. die Doncella der Condessa Ruhl zur Mundschenkin, und die Condessa, bei der Jungfrau von Guadeloupe! – Sie soll unsere Tortilleria[83] sein.«

»*Santa Brigitta, Santa Agatha, Santa Martha, Santa Ursula con todos sus diez mille vierges, orate por la razon de Senor Chino*!«[84] schrien die über die Keckheit des Chino erstaunten und erbosten Leperos.

»Chino!« überschrie sie der Neger-Indianer entrüstet!, »haltet Ihr mich für einen Chino? *Es posibile*? ist es möglich; *es posibile*?« schrie er wieder, indem er seine Jacke aufriß und aus einer silbernen Kapsel, die das Bildnis der Jungfrau von Guadeloupe barg, ein verschmutztes Papier hervorzog, das er triumphierend emporhielt. »Sehen Sie, Senorias, *que se tenga por blanco*!«[85]

»*Que se tenga por blanco*!« schrien ihm zweihundert und bald tausend Stimmen mit brüllendem Gelächter nach, indem sie im Kreise um ihn herum tanzten und immer wieder riefen: »*Que se tenga por blanco*!«

Der zerlumpte Neger-Indianer, der in seinem Fiebertraume die Condessa Ruhl zu seiner Mundschenkin erkoren hatte, schien seine Ansprü-

---

[81] Haus.

[82] Wird eine reiche Silberausbeute genannt; überhaupt Glück in Minenunternehmungen.

[83] Maiskuchenbäckerin; in wohlhabendern Häusern ist eine eigene Person für dieses Geschäft angestellt.

[84] Heilige Brigitta, heilige Agathe, heilige Martha, heilige Ursula mit allen Euren zehntausend Jungfrauen, bittet für den Verstand Sr. Gnaden des Neger-Indianders.

[85] Daß er sich selbst für weiß halten möge; die gewöhnliche Formel, mit welcher das Emanzipationsdekret der farbigen Klassen schließt.

che auf die weiße Farbe nicht so leicht aufgeben zu wollen. Er sah einige Augenblicke den tollen Sprüngen der unflätigen häßlichen Horde zu und brüllte dann wieder: »*Yo soy blanco y todo blanco es Caballero!*«[86]

»Ein Gato von Veracruz bist Du, erbärmlicher Wicht! eine Sandfliege, die sich unter uns einnisten will – *y basta*!«

»Wollen Euch beweisen, wer mehr vermag, Euer Vincente Guerero, oder Cassio Isidro!« rief der Neger-Indianer; »wollen es Euch beweisen!« schrie er mit in die Seiten gestemmten Händen, »und ehe zehn Monden vergehen, soll Euer Vincente Guerero wieder mein Ariero sein!«

Das Maß des Zambo war nun voll, und an tausend Leperos stürzten, ihrer Trägheit und Gebrechen vergessend, mit einem Male auf den Wicht los, um ihn für die Kühnheit zu bestrafen, sich mit einem der größten Helden der Revolution, dem Repräsentanten der farbigen Interessen, auf gleiche Rangstufe zu stellen. Der Zambo war jedoch flinker als die trägen Leperos, und seine gewaltigen Sprünge über die Lavaschlacken ermüdeten bald die Mehrzahl seiner roten Verfolger und Verfechter des Ruhmes des großen Vincente Guerero.

[86] Ich bin ein Weißer, und jeder Weiße ist ein Kavalier.

Fünfundzwanzigstes Kapitel.

Immerhin mögt Ihr Verstand und Vernunft
bei den Spaniern finden; aber in ihren Büchern
und Institutionen sucht dergleichen nicht.
MONTESQUIEU.

ährend die Mestizen und Indianer den Zambo mit seinem sogenannten Weißfärbungsdekrete von sich trieben – im Vorbeigehen sei es bemerkt, einem der vielen Schleichwege, deren sich
die spanische Regierung in diesem ebenso unwissenden, als rang- und
titelsüchtigen Lande bediente, um die Kraft der gefärbten Kasten zu brechen, und zugleich ihre Sporteln zu vermehren – waren die Reiter allmählich an die Hügelkette herangekommen, und näherten sich nun mit
aller Grandezza spanischer Kavaliere dem vordersten Haufen der Leperos,
die jedoch, ihr Herankommen nicht abwartend, auf allen Seiten auseinander krochen, wie Gewürm, das, in einen Knäuel zusammengerollt, nun
durch eine unsanfte Hand aufgerüttelt wird. Der Reiter waren, wie gesagt, zehn, und die Art und Weise ihres Aufzuges geschah ganz mit der
pünktlichen Rücksicht auf Rangordnung, die der Spanier selten oder nie
hintansetzte, wenn er in Gesellschaft von Kreolen sich befand. An der
Spitze des Zuges, oder vielmehr in der Mitte der ersten Schar, ritt ein
junger Offizier mit goldbordiertem Hute, roter Kokarde und weißem Rei-
termantel, gefälliger Miene und noch sehr jugendlichem Gesichte, dem
sein gekräuseltes Schwarzbärtchen an Ober- und Unterlippe ungemein
wohl anstand. Er hatte ganz jenen kühnen Blick, der zugleich Selbstbewußtsein, Unbefangenheit und eine Stellung in der bürgerlichen Gesellschaft verriet, in der er sich wenig oder gar nicht zu beugen bemüßigt
gewesen. Er betrachtete die Leperos, denen sie sich nun auf einige hundert Schritte genähert hatten, neugierig, und horchte mit gefälliger Aufmerksamkeit der Unterhaltung der übrigen zu, die ihn vorzüglich zu berücksichtigen schienen. Diese waren auf der einen Seite ein zweiter
Stabsoffizier, auf der andern ein alter, kleiner, dürrer Spanier, im blauen,
goldbordierten Mantel, mit steifem Kragen, dreieckigem goldbordiertem
Hute, einem harten, olivengrünen Krämergesichte, in dem sich viel von

maurischer Verschlagenheit, hebräischem Wuchersinne und kastilianischer Trockenheit spiegelte. Der junge Don Pinto, den wir bereits kennen
gelernt, ritt einen halben Schritt rückwärts dem jungen Stabsoffizier,
ihm zur Seite ein Adjutant, und hinter diesen folgten Diener und Ordonnanzen.

Die Gesellschaft schien bei dem Anblicke der Leperos sich nichts weniger als behaglich zu fühlen, und sie näherte sich offenbar mit jenem Wi-
derwillen, mit dem der Glückliche gewöhnlich in die Nähe des Jammers
tritt; auch deuteten die an die Nasen gehaltenen Hände auf Gerüche, die
ihre Sinne eben nicht angenehm überraschten. Offenbar waren die Elenden bereits seit einiger Zeit der Gegenstand ihrer Unterhaltung gewesen.

»Es sind Guachinangos oder, wie sie auch heißen, Saragates,« sprach
der alte Spanier; »Leperos heißen sie uneigentlich erst seit einiger Zeit,
da nicht alle Leperos, das heißt Aussätzige, sind, sondern nur höchstens
die Hälfte.«

Der Cicerone-Ton, in dem diese Worte gesprochen wurden, schien anzudeuten, daß die beiden Stabsoffiziere noch Neulinge in Mexiko waren.

»Die Jungfrau von Achotlan sei gepriesen!« bemerkte der ältere Stabsoffizier: »Die Hälfte, sagen Sie – das heißt wenigstens fünfzehntausend
Aussätzige in einer Stadt, die keine hundertundvierzigtausend Einwohner zählt? Aber wirklich ist es ein halbes Wunder, daß sie nicht alle aus-
sätzig sind, ja ganz Mexiko schon lange verpestet haben. Sehen Sie doch,
sie wälzen sich in ihrem eigenen Kote, zu träge, einen Schritt weiter zu
geben.«

»Es sind dies die Wirkungen der Zivilisation, Senor!« erwiderte der
alte Spanier, »der puren Zivilisation. Sehen Sie, Senor, bereits der große
Marquis hat dies gesagt; er hat bereits diese Leperos gefunden bei seinem
Eintritte in Mexiko.«

»Aber kräftig dafür Sorge getragen, daß von den Leperos, die er fand,
und ihrer Zivilisation, wie Sie meinen, Tio, auch keine Spur übrig blieb,«
erwiderte lachend der junge Don Pinto.

»Schweige, wenn Kavaliere sprechen,« schnarchte ihn der alte Spanier
an.

»Wie meinen Sie dies, Don Pinto?« fragte der junge Stabsoffizier, den
Zügel seines Pferdes anziehend, so daß der junge Kreole mehr in die erste
Linie kam.

»Er hat sie alle mit Stumpf und Stiel ausgerottet,« lachte der junge Pinto,
»und Dank den guten Toledoner Klingen seiner Spanier und den schlechten verbündeten Tlascalaner, ist keiner dieser mexikanischen Leperos übrig geblieben. Wir wollten Gott danken, wenn einer unserer gnädig gebie-

tenden Vireys mit diesen auf gleiche Weise aufräumen wollte,« fügte der Jüngling bitter hinzu. »Wenn sie alle wie Unrat in den Chalco geschmissen würden, so wäre es ein Dienst, der Menschheit erzeugt, der Jubel im Himmel, in der Hölle, auf der Erde und im See hervorbringen müßte.«

»Ihr Gedankenflug ist kühn, Don Pinto,« versetzte der Oberste mit einem sarkastischen Lächeln und einem starken Nachklange von Unwillen; »aber wie kommt es nur,« fragte er nach einer Weile, sein Auge auf den jungen Kreolen und wieder den alten Spanier gerichtet, »daß eine so elende Brut von Menschen, denn anders kann sie wirklich nicht genannt werden, sich so ins Ungeheure vermehren konnte, und zwar in der Metropolis des reichsten Landes der Welt?«

»So daß sie Neuspanien mit Recht genannt wird,« schaltete der alte Hidalgo ein; »aber hist,« flüsterte er dem Obersten zu, »dies sind gefährliche Punkte, die führen zu Untersuchungen, sagt unser hochachtbarer Bruder Don Antonio Pinto, Oidor der hohen Audiencia dieses Königreiches, die, wie Euer Herrlichkeit wohl wissen, mit dem Rate von Indien, dem Se. geheiligte Majestät in *persona* zu präsidieren – selbst zu korrespondieren das unschätzbare Vorrecht –«

Der Mann hielt inne, gerade im letzten Worte, wahrscheinlich weil er gewahr wurde, daß er seinen Vortrag so mit Zwischensätzen verwickelt hatte, daß der junge Caballero Mühe haben dürfte, den ganzen Umfang der Vorrechte der hohen Audiencia zu erkennen. Dieser jedoch hörte ihn mit dem unerschütterlichen Phlegma eines Spaniers an, sein Auge fortwährend auf die Leperos gerichtet.

»Ja, unser hochherrlicher Bruder, der Mitglied der hohen Audiencia, das heißt, wirklicher Oidor ist, und so bekanntermaßen mit dem Rate von Indien zu korrespondieren die unschätzbare Gnade hat,« fuhr der alte Hidalgo fort, »Derselbe ist der positiven Meinung, daß jeder echte Spanier sich straffällig mache, der sich in Gegenwart von Kreolen über Dinge ausspreche, die allerhöchst Se. Majestät Carlos *III.* höchstseligen Andenkens vor den Kreolen verborgen wissen wollte. Senor wissen doch die hochpreislichen Worte dieses weisen Königs, die da in einer allerhöchsten Landesverordnung sagen: »Es ist nicht unser Wille, weder halten wir es angemessen, daß Kenntnisse und Wissenschaften in unsern amerikanischen Landen allgemein würden.«

»Alles wohl gesagt, Don Pinto,« erwiderte der junge Oberst dem alten Spanier; »aber das beantwortet noch nicht die Frage, die wir uns zu stellen die Freiheit genommen haben.«

»Hist! hist!« mahnte der alte Pinto mit einem Blicke auf seinen Neffen, »es sind dieses gefährliche Punkte.«

»Gefährliche Punkte, diese?« fragte der Oberst verwundert: »Was also ist nicht gefährlich?«

»Don Pinto meint,« sprach der junge Don, »es sei immer gefährlich, vom Teufel zu sprechen.«

»Aber Senor, was hat der Teufel mit den Leperos zu tun?«

»Vieles, Senoria,« erwiderte der junge Kreole. »Erinnern sich Eure Herrlichkeit der Vision Quevedos, in welcher der Tod dem Dichter drei Gespenster vorführt, die mit einem hohnlachenden Ungeheuer im Kampfe begriffen sind, und die er als den Teufel, das Fleisch und die Welt bezeichnet, und das hohnlachende Ungeheuer, mit dem sie im Kampfe begriffen sind, als die Habsucht; beifügend, daß, welches der drei Gespenster immer des Menschen habhaft werde, er dem Teufel verfallen sei. Senoria,« versicherte der Kreole lachend, »dieses braune Gewimmel da,« seine Augen schweiften von der Hügelkette auf die Straße, an deren beiden Seiten die Leperos eine halbe Meile weit hinauf und hinab gelagert waren, »nennt diese drei Gespenster und das Ungeheuer der Habgier seine Väter und Mütter.«

»Hören Sie ihn nicht, Oberster,« wisperte der alte Don Pinto dem jungen Offiziere in die Ohren; »er ist ein Kreole, er lügt.«

Der Oberste sah den Onkel an; dann den Neffen, dessen etwas hölzern vorgebrachte Parabel wieder durch den Ton der Stimme eine ungemeine Bedeutsamkeit erhielt, und dann winkte er dem letztern, fortzufahren.

»Es geht alles wie an der Schnur, Senoria,« sprach Don Lopez Pinto mit einer Mischung von Ironie und Bitterkeit: »Sehen Sie, da war einmal ein gewisser Adelantado Velasquez, der auf der Insel San Domingo herrschte und hauste, und vom Ungeheuer der Habsucht geplagt, Don Hernandez Cortez – –«

»Respekt vor dem Namen des großen Marquis, Senor,« fiel ihm der ältere Stabsoffizier streng ein.

»Fahren Sie fort,« bedeutete ihm der junge Oberst, den der pikante Ton des Erzählers anzusprechen anfing.

»Allen möglichen,« meinte lachend der junge Kreole, »um so mehr, als wir ohne den großen Marquis nicht das Glück hätten, uns in Mexiko unseres Lebens und Daseins zu freuen; und da in Spanien die Lebensfreuden etwas spärlich zugemessen sind, so – Aber mit allem Respekt für Don Hernan, werden mir Senoria eingestehen, daß er den Teufel im hohen Grade im Leibe hatte, und daß ihn dieser nach Mexiko trieb, wo er ihn ein paar Mal hunderttausend Indianer abschlachten hieß, um das höllische Ungeheuer, Habsucht, zu befriedigen, das nun Meister Mexiko geworden war, nebst Sr. geheiligten Majestät, versteht sich von selbst, die das

Land *en bloc* allergnädigst in Ihre Disposition zu nehmen geruht, und den Soldados, die das Geld nahmen, und den Padres, die auch um ihren Anteil zu holen kamen, und sich behalfen mit dem, was noch übrig geblieben war. Und nachdem sich nun alle diese vollgepfropft und dem Ungetüm der Habgier geopfert, und die armen Indianer ihres Geldes, ihrer Habe, ihrer Felder enthoben und in die Bergwerke getrieben, oder als Lasttiere verschmachten lassen, kam der Teufel der Wollust unter die geistlichen und weltlichen Kriegshelden und trieb sie zu den Indianerinnen, denen sie Pfänder hinterließen, die nach neun Monaten zu Mestizen wurden und, als sie heranwuchsen, zu Guachinangos oder Saragates, das heißt Unkraut, und als sie alt wurden, zu Leperos, das heißt Aussätzigen.«

»Da lügst Du wieder;« fiel ihm der Onkel giftig ein.

»Ich glaube vielmehr, Ihre Mutter hat gelogen;« schrie ihm der junge Mann mit Heftigkeit zu, und seine Hand spielte unwillkürlich unter der Manga.

»Silencio!« mahnte oder befahl vielmehr der junge Oberst. »Fahren Sie fort, Don Pinto!« sprach er zum Neffen aufmunternd.

Ein tückisches Lächeln überflog den Mund des Neffen, und dann sprach er im hingeworfenen Tone:

»Die Hauptsache ist bereits gesagt, Senoria! und Sie werden es begreiflich finden, daß diese Progenitur,« er deutete auf die Leperos, »ganz spanisches Produkt oder Erzeugnis ist, just so gehegt und gepflegt durch Anhäufung des Unrates, wie man Unkraut hegt. Zuerst machten die frommen Eroberer Mexiko die Kinder, dann machten sie diese Kinder *infames* von Rechts und Gesetzes wegen, und dann ließen sie sie auf der Straße herum kriechen und liegen, just wie Sie's Gewürm in einem faulen, fetten Leichnam herum kriechen sehen. Zwar hätten sie dieses leicht vermeiden können, wenn sie ihren elenden Müttern nur vierzig oder hundert Fuß ins Gevierte zu einem Bananenfleckchen gegeben hätten; aber daß sie es nicht getan, hatte auch wieder seine guten Gründe.«

Es lag etwas im Tone des jungen Kreolen, das den jungen Obersten im hohen Grade aufmerksam machte: eine tief liegende, scharf hervorstechende Tücke, ein Zug geheimer Schadenfreude, der aus dem ganzen Wesen des Jünglings hervorleuchtete und ihn seltsam unnatürlich kleidete. Es war eine Art geheimer versteckter Freude über die unheilbaren Wunden, die spanische Tyrannei dem Lande geschlagen, die aus jedem seiner Züge durchschimmerte. Zugleich hatte das ganze Wesen des Erzählers einen Nachklang von so grimmiger Bitterkeit und kalter Ironie, die ihm etwas Eigentümliches, Desperates gaben. Der Oberst sah wechselweise den Jüngling, wieder seinen Oheim an, der schweigend einhergeritten war.

»Und die Regierung hat nicht Sorge getragen, diesen unnützen Mäulern nützliche Hände zu geben?«

»Das heißt, sie sollte Sorge getragen haben, sie in die Wälder von Potosi, Senora oder Texas zu schicken, oder an die Küsten von Veracruz, Yucatan und so fort, um diese – in Dörfer, Städte und Felder umzuwandeln. Glauben Sie mir, Senoria, es macht bereits Mexiko, so wie es ist, dem Consejo de las Indias genug zu schaffen! und deshalb darf auch nach den königlichen Verordnungen keine Stadt angelegt werden, nicht einmal eine Niederlassung, ausgenommen in der Nähe einer Garnison, eines Klosters oder einer Mission. Die Madre Patria braucht keine Menschen, sondern Duros, und seien Sie versichert, könnten die Minen von Guanaxuato und Monte Real mit Büffeln betrieben werden, Tausende gegen eines, unsere hohen Wohltäter schlachteten uns allesamt und sonders, und zögen die Büffelherden aus Senora und Santa Fe herab.«

Indem der Jüngling so sprach, wandte er sich auf einmal an den Obersten und Major, denen er beiden einen Blick zuwarf, der sie durchbohren zu wollen schien, und der, seltsam genug, die beiden Kriegsmänner in eine nicht zu verkennende Verlegenheit brachte. Diese Verlegenheit mochte ihren Grund vielleicht in der Wahrheit der soeben gehörten Bitterkeiten, vielleicht aber auch noch andere Veranlassungen haben. Der Zeitpunkt war wirklich ein gefährlicher für die Gesamtbevölkerung von Mexiko, und alles ließ sich von einer Regierung befürchten, die sich zu so entsetzlichen Grundsätzen bekannt hatte wie die spanische. Man hatte kein Hehl mehr gemacht von dem Plane, alle diejenigen, die sich rebellischer Gesinnungen auch nur verdächtig gemacht hatten, zu vertilgen. So ausschweifend, ja absurd ein solcher Gedanke uns erscheinen mag, in den Augen von Menschen, die sich um jeden Preis im Besitze des Landes erhalten wollten, und deren Politik so unverbrüchlich dahin gerichtet gewesen, die Bevölkerung dieses Landes durch alle nur mögliche Mittel zu verdünnen, war diese Politik nichts weniger als unnatürlich, ja vielmehr eine konsequente Durchführung der von jeher aufgestellten Staatsmaximen. Nach dieser Staatsmaxime war es nicht nur ausdrücklich untersagt gewesen, neue Städte, Dörfer und Niederlassungen was immer für einer Art, wenn sie nicht in der Nähe von Minen gelegen waren, zu gründen; mehrere Abgaben, und besonders die furchtbare Alcavala zielten auch offenbar dahin, die nötigsten Lebensbedürfnisse ins Ungeheure zu verteuern; selbst jene Produkte, die dem Kreolen zum Leben unentbehrlich sind, wurde ihm anzubauen verboten, und so im fruchtbarsten Lande der Welt künstliche Hungersnöten hervorgebracht, die oft ganzen Städten ihre Bevölkerung raubten.

»Ich aber bin der Meinung,« hob der ältere Pinto, der gleichfalls verstummt war, nach einer Weile wieder an – – »ich bin der festen Meinung,
daß diese Leperos da bessere Untertanen Sr. geheiligten Majestät sind, als
Du selbst, der beim heiligen Jago! verdiente, in dasselbe Loch geworfen
zu werden, wo der Tagedieb Quevedo für seine spitze Zunge und Feder
büßte. Senoria,« fuhr er zum Obersten gewendet fort, »es sind ruhige
Untertanen diese Leperos, und sie haben ihre Ordnungen und Gewerbe;
nur daß sie nicht arbeiten wollen und untätig sind, so daß sie mit hohem
Respekt *salva venia* zu melden, in ihren eigenen *effluviis* –«

»Bitte, bitte. Wir sehen ja ohnedem;« bemerkte der Oberst.

»Ja, ja, Senoria. Stellen Sie sich aber vor ein Wachsbild der roten Jungfrau von Guadeloupe, oder ein hölzernes des Erlösers von Atolnico, oder
lassen Sie sich von einem ihrer Evangelistas eine *letra* schreiben mit
Herzen und Schnörkeln und Pfeilen, auf die Ehre eines Hidalgo, Kastilien selbst hat keine besseren Evangelistas, und ich sage Ihnen, wenn sie
Pulque und Tortillas haben zu Mittag, nachmittags ein Fleckchen in der
Sonne und abends ein Stück Manga, so lassen sie Mexiko Mexiko sein,
und bekümmern sich ebenso wenig um die Wege und Stege einer hochpreislichen Regierung, wie es guten loyalen Untertanen ziemt. Und deshalb wäre zu wünschen, daß auch andere,« hier fiel sein Blick stechend
auf den jungen Don – »ein gutes Beispiel nähmen.«

»Und loyale und gute Untertanen, wie diese Leperos würden;« lachte
der junge Pinto.

»Bei meiner Seele!« rief der Spanier giftig dem Obersten zu. »Senoria!
wenn Sie nicht selbst die aufrührerischen Reden dieses Gavacho[87] anzeigen, so tun wir es. Über Mangel an Freiheit klagen sie, diese Kreolen. Ich
sage Ihnen, alle sind Ketzer, Gottesleugner und Rebellen.«

»Von wem sprechen Sie?« fragte der Oberst ernst, »Wenn ich nicht irre,
so ist es der Sohn Ihres Bruders. Vergessen Sie nicht,« setzte er mit leiser
Stimme hinzu, »daß alle Spanier angewiesen sind, in der gegenwärtigen
Crisis so vorsichtig als möglich zu sein.«

»Das ist wahr, Prudencia;« zischte ihm der Spanier zu, »aber was den
Sohn meines Bruders betrifft, so sage ich Ihnen, ich habe keinen Neffen.
Kein Spanier kann Sohn oder Neffe in Mexiko haben. Es liegt der Fluch
auf diesem Lande. Sie kennen dieses Land nicht. Hüten Sie sich vor diesem Mexiko. Der Vater ist vor seinem eigenen Sohne, der Mann vor seinem Weibe nicht sicher. Alle konspirierten gegen uns. Ich sage Ihnen aber
mehr, Senoria. Diese Lustigkeit gerade jetzt, diese Frechheit – es ist wun-

---

[87] Spitzname, den Franzosen gegeben, treuloser Affe.

238

derbar! Eine Fügung der heiligen Jungfrau! Ich sage Ihnen, die Kreolen führen etwas im Schilde, und der junge Gavacho hat sich verschnappt.

»Sie wollten – Sie wollten Ihren eigenen Bruderssohn verraten?« fragte der Oberst mit Abscheu, den Alten zugleich von sich schüttelnd, der ihn mit verwundert höhnischer Miene ansah.

»Sie sind jung, Senoria,« flüsterte der alte Spanier ihm zu; »aber merken Sie sich das, daß der eigene Vater dieses jungen Menschen, wenn er seine Äußerungen hörte, nicht anstehen würde, ihn auf das San Lorenzo-Bette[88] legen zu lassen. Und,« setzte er mit größerem Nachdrucke hinzu, »mit Fug und Recht.«

»Sie hatten Recht;« flüsterte der junge Oberst dem alten Major zu. »Man sollte in diesem Lande weder links noch rechts, sondern nur in sein Reglamentobuch sehen. Jeder Blick zur Seite und vorwärts macht uns schwindeln.«

»Ei, ei,« versetzte der Stabsoffizier. »Sie haben hier sechzigtausend Könige, Graf! und es könnte wohl sein, daß sie Fernando ebensowohl heimsenden würden, wie sie es mit Iturrigaray getan.«

[88] Folter.

Sechsundzwanzigstes Kapitel.

Welch böser Streich, daß wir von hinnen mußten,
Wie? oder war's zum Glücke?

SHAKESPEARE.

ie Kavaliere mit ihren Dienern waren unterdessen an die Hügelkette herangekommen, die, so weit das Auge reichen konnte, mit Leperos übersäet war. Der unleidliche Gestank, den der Luftzug den Herannahenden entgegenbrachte, mochte nicht wenig zur Eile beitragen, mit welcher sie sich den dichteren Haufen nun näherten. Auf dem Rücken des Hügels sah man einige der jüngern Guachinangos noch immer dem Zambo auf der Ferse, der, bald sich nähernd, bald wieder auf die Spitze des Hügels retirierend, mit den Haufen seinen Scherz treiben zu wollen schien; er hatte jedoch kaum die Kavaliere unter der Hügelkette ersehen, als er auf diese in gewaltigen Sätzen zuzuspringen begann. Seine Annäherung war ein Zeichen zum allgemeinen Aufstande geworden; einige der Behendesten unter den jüngern Indianern trieben ihn mitten in den Knäuel, wo ihn derselbe alte riesige Indianer, der seine Leidensgenossen mit der Predigt des Padre Hippolito erbaut, mit beiden Händen bei seinem Wollschopfe ergriff, ihn eine Weile zappelnd emporhielt, und dann den Hügel auf eine Weise hinabschleuderte, die jeden andern, als einen schwarzen Hirnschädel in tausend Stücke zerschellt haben würde, beim Zambo jedoch nichts weiter bewirkte, als daß er, so wie er sich auf festem Grunde fühlte, mit beiden Füßen zugleich aufsprang, die Zigarre, die ihm aus dem Munde gefallen war, aufraffte, und mit gellender Stimme schrie: »*Jo soy Caballero, Vosostros miserahile gente irrazionale!*«[89] Zugleich begleitete er diese Worte mit einer Gestikulation, die seine Verachtung noch deutlicher an den Tag legen sollte, und sprang dann hinter die Kavaliere, die dicht vor dem Hügel angekommen waren, und sich nun auf einmal mitten in einem Gedränge befanden, das, zum mindesten gesagt einen nichts weniger als pittoresken Anblick darbot.

[89] Ich bin ein Kavalier, Ihr unvernünftiges Volk.

»*Que es este?*« fragte der Oberste ruhig die nächsten Leperos.

»*Todos Diablos,*« fielen ihm seine Begleiter ein, einen Augenblick den Respekt gegen einen Caballero des höchsten Ranges vergessend. »Senor, um der Jungfrau willen! Glauben Sie, Sie sind an der Spitze Ihres Regimentes? Fort, fort, so schnell Sie die vier Beine Ihres Rosses tragen können!«

»Fort, fort! das sage ich auch,« kreischte der ältere Pinto. »Fort von hier, *Bajados de cielo a pedradas.*[90] *Que la mona se vista de seda, mona se queda.*[91] Es sind ruhige Leute, Senoria, wohlverstanden, wenn sie nämlich nicht unruhig sind; aber sie haben ihren Sporn zuweilen. Sehen Sie nur, wie sie Sie anstarren, wie ihre Augen glotzen. – Fort, um der heiligen Jungfrau und aller hundertundfünfzigtausend Teufel willen! Bedenken Sie wohl, was das sehr achtbare Consulado, dessen Mitglied wir sind, vor noch nicht vierundzwanzig Monden erlassen; nämlich, daß alle in Mexiko Geborenen, kurz, alle Amerikaner pure Affen und – Automata, und nichts mehr sind.«

Die Leperos waren seltsam anzuschauen. Die Mehrzahl stierte die Edelleute mit glotzenden Blicken an, die ihnen wirklich das Ansehen einer Herde Affen gab, die plötzlich in ihrem Zeitvertreibe irre gemacht werden. Es schien, als ob die unvorhergesehene Dazwischenkunft, der ebenso gehaßten als gefürchteten Gachupins, die sie mit eben dem Schreck zu betrachten gewohnt waren, mit dem der russische Leibeigene seinen Bojaren herannahen sieht – sie mitten in ihrem instinktartigen Drange zum Halt gebracht habe; doch dauerte dieser plötzliche Stillstand nicht lange, und so wie die starren Augäpfel in ihren Kreisen sich zu bewegen anfingen, sah man auch die stumpfsinnig schlaffen Muskeln sich spannen, ihre Gesichtszüge belebt werden, und die fingerdicken Adern ihrer nackten, häßlichen Glieder schwellen! Das dumpfe Gemurmel, das einer Brandung gleich sich erhob, wurde jede Sekunde drohender, heulender, und verriet einen jener fürchterlichen Ausbrüche indianischer Wut, die dieser Race so eigentümlich sind; denn so friedfertig dieses armselige Bettlergeschlecht im Ganzen genannt werden kann, so daß es Tage, ja Wochen lange an einem und demselben Platze gleichsam wie angefesselt liegt, ohne ein Glied zu regen oder zu bewegen, so gibt es wieder Momente, wo es nur der leisesten Anregung bedarf, um sie in die fürchterlichste Wut zu versetzen.

Die spanischen Offiziere hatten diese stufenweisen und doch wieder ungemein schnell sich entwickelnden Symptome indianischen Sturmes mit Staunen bemerkt; aber unfähig auch nur einen Schritt vorwärts zu tun, hielten sie wie fest gebannt vor und unter dem Hügel.

[90] Die auf die Erde herabstiegen, weil sie vom Himmel herab gesteinigt werden.
[91] Der Affe, wenn auch in Seide gekleidet, bleibt doch ein Affe. Siehe Note.

Eine Stimme schrie, »Ahuitzote! Ahuitzote!« und dieser Ausruf gab der Wut des ganzen Haufens plötzlich eine bestimmte Richtung. Tausend Hände senkten sich auf einmal und griffen nach Lavaschlacken, als eine gewaltige Rakete mit starkem Gekrache in die Luft schwirrte, und die Indianer mit weit aufgerissenen Augen diesem halben Miraculo nachstarren machte. Das Ahuitzote und der Gachupin waren vergessen, und tausend Stimmen brachen in das wütendste Jubelgeschrei aus, und riefen »*Encora, Encora*!« Als jedoch keine zweite folgte, schleuderten sie einen Hagel von Steinen den Hügel hinab, der erst aufhörte, als das Zetergeschrei ihrer untenstehenden Weiber und Kinder die armen Leperos belehrte, daß sie ihr eigen Fleisch und Blut zur Zielscheibe ihrer Wut gemacht hatten.

Die Reiter waren unterdessen verschwunden. Die plötzlich und so ganz zu rechter Zeit von einer unsichtbaren Hand losgebrannte Rakete hatte nämlich ihre Pferde sich bäumen und dann wild durch und über die Leperos setzen gemacht. Die ganze Truppe war in Schrecken und Entsetzen auf der Straße fortgeflogen; erst als das nachhallende Geheul der Leperos schwächer und schwächer wurde, hielten die zwei Offiziere an, und mit ihnen der alte Pinto.

»*La Santissima Madre sea labada*!«[92] kreischte der Hidalgo. – »Aber Senoria! Wenn nicht dreißigtausend Teufel in diese Gergesener, *salva venia*, mit Respekt zu melden, Senoria, Säue eingefahren sind, so will Don Abasalo Pinto Sancho Pansa heißen.«

Indem der Mann so sprach, schlug er das Kreuz, küßte den Daumen und rief, »Jesu! Jesu!«

»Bei meiner Ehre! Sie haben einen!« rief der ältere Stabsoffizier, »ohne daß wir deshalb den sehr achtbaren Don Pinto für einen Caballero de la Mancha zu halten gedenken.«

Wirklich hatte sich, lächerlich genug, der Zambo auf dem äußersten Rücken des Maultieres unseres Don Abasalo Agostino Pinto versetzt, und sich an den Cortezsattel angeklammert.

»*Todos diablos*!« schrie der Hidalgo, und gleich darauf wieder, »Jesu! Jesu! Wie kommst Du hieher? »*Que te llevan todos lo Demonios de los diez y siete infernos*![93] Mutter der Gnaden! hat ein *viejo Christiano* so etwas gesehen! Ein *gente irrazionale*, ein stinkender Hund von Chino, auf dem Mulo eines spanischen Caballeros, eines Gliedes des Consulado, dessen Ahnen die Schlacht von Ronceval geschlagen!«

[92] Die heiligste Jungfrau sei gelobt.
[93] So mögen Dich alle Teufel der siebzehn Höllen holen.

Indem der Mann so abwechselnd fluchte und polterte, machte er jedes Mal das Zeichen des Kreuzes, küßte den Daumen, und murmelte den Namen Jesu.

Die sonderbare Andachtsübung des Spaniers, verbunden mit seiner Beweglichkeit und dem Zappeln seines dürren Gebeines auf dem hohen schweißtriefenden Maultiere war so komisch, daß die sämtliche Gesellschaft in ein lautes Gelächter ausbrach; doch der Hidalgo schien nicht der Mann zu sein, eine solche Kurzweil auf seine Unkosten zu erlauben, oder die entehrende Nachbarschaft länger zu dulden; eine Pistole aus der Halfter reißend, brachte er diese dem funkelnden Auge des Zambos so nahe, daß dieser wie ein Sack vom Rücken des Tieres fiel, sogleich aber wieder auf die Füße sprang, um, wie seine Richtung andeutete, das Weite zu suchen, als ihn das donnernde Halt des Obersten, der ihm mit einem Satze zur Seite war, zum Stehen brachte.

»Was soll das?« fragte dieser im strengen Tom.

»*Misericordia, Senoria!*« heulte der Zambo, »*Misericordia, Senoria!* Wären ich und meine Rakete nicht gewesen, so lägen nun fünf so edle Caballeros, als je die Ajotlastraße ritten, unter einem Steinhaufen, der zwar nicht so hoch wie die Teocalli[94] von Cholula, aber hinlänglich hoch, um ihnen die Luftröhre zuzuschnüren, und wenn sie eine hätten wie der Norte.«[95]

»Spare Deinen Witz, Neger,« sprach der Oberste gebieterisch, »und antworte auf meine Frage. Was soll der Auszug der Leperos, dieser Aufstand? – Was das Ganze?«

»Neger?« versetzte der Zambo unwillig. – »Wenn Sie fragen, Senoria, so könnten Sie fragen, wie ein Caballero den andern. Was diese Leperos betrifft, die sich wie eine Herde roter Ochsen hingelagert haben, nur daß sie mehr stinken und ungenießbar sind, so mag Don Senor Pinto recht haben, wenn er meint, daß eine Rotte Teufel unter sie gefahren ist; denn sonst würden sie nicht getan haben, was sie taten.«

»Und was taten sie?« fragte der Oberst.

»Was sie taten? *Todos diablos!* Was sie taten? Mögen sie alle Höllenhunde und Katzen zerreißen! Meine Banda, von der großmögenden Audienz ausgestellt, und von Sr. Exzellenz dem Virey eigenhändig unterzeichnet, haben sie zerrissen. Darauf stand schwarz auf weiß. – *Que se Isidor Cassio tenga por blanco!*«

»Bah,« rief der Oberst – »daß Du *Isidor Cassio* Dich für einen Weißen halten mögest.«

---

[94] Die mexikanischen Pyramiden in der Nähe von Cholula.
[95] Nordwind ist sehr stürmisch.

Der Zambo sah den Obersten mit weit aufgerissenen Augen an. »Bah, sagen Sie, Senoria!« schrie er grinsend und zähnefletschend. »Bah, sagen Sie, wenn diese Rebellen mein Diplom zerrissen, das mich netto dreihundert Duros gekostet, und für welches Zerreißen sie alle dreißigtausend gehängt werden sollen! Die Gavecillas sagen auch Bah.«

Der alte Spanier nickte dem Neger seinen ganzen Beifall zu.

»Beantworte mir meine Frage,« rief der Oberste, »oder« – er hob die flache Klinge seines gezogenen Degens – –

»Perdon, Senoria,« fiel ihm der alte Spanier ein – »Eure Herrlichkeit sind erst seit acht Tagen in Mexiko Hauptstadt, und erst seit wenigen Monaten im Lande, und können also die Weisheit unserer Regierung und die Gnade, die sie diesem Manne angedeihen ließ, nicht ganz ermessen. Sehen, Senoria, so wie es Stufen unter den Engeln gibt, die eigentlichen Beamteten des himmlischen Reiches – Cherubims, Seraphims und so fort – so gibt es auch neun Stufen und Abarten unter den getreuen Untertanen Sr. Majestät in Mexiko, als da sind die *gente irrazionale*, oder das unvernünftige Volk, wie die Indianer heißen, und von denen unsere aufgeklärtesten Gottesgelehrten, und wie wir bereits gesagt, selbst das hochachtbare Consulado, dessen Mitglied wir zu sein die Ehre haben, noch immer zweifeln, ob sie wirklich Menschen, und nicht vielmehr sprachbegabte Affen sind, die deshalb auch Tributo bezahlen müssen, und ganz wie unvernünftige Tiere behandelt werden. Auf einer gleichen Rangstufe stehen die Negros, oder Neger; dann kommen die Metis oder Mestizen, das heißt, Kinder von Müttern, die sich mit weißen Völkern fleischlich bemakelt haben, und die deshalb auf einen Gran Vernunft Anspruch machen dürfen, obwohl sie aller bürgerlichen Ehren bar und ledig sind. Auf einer gleichen Rangstufe oder Parallele stehen die Zambos, oder, wie sie auch genannt werden, Chinos; ja noch etwas niedriger; daher scheint es mir hier eine Bewandtnis zu haben, in die einzudringen nicht ganz rätlich sein dürfte, da dieser Zambo, wie bemerkt, das seltene Privilegium erlangt, sich für einen Weißen halten zu dürfen.«

»Aber, zu allen Teufeln! er ist ja rabenschwarz, und dies beantwortet doch unsere Frage nicht,« versetzte der Oberst etwas ungeduldig.

»Wohl, ja wohl; nur Geduld« nahm wieder der Spanier das Wort, der in demselben trockenen Präzeptortone fortfuhr. »Wie bemerkt, so wird dieses Privilegium erst Quateroons erteilt, das heißt Farbigen, deren Mütter nicht nur, sondern auch Großmütter sich mit Caballeros fleischlich bemakelt haben, und noch mehr Quinteroons, deren Mütter und Großmütter nicht nur, sondern auch Urgroßmütter sich fleischlich bemakelt haben, versteht sich immer, mit Blancos oder Caballeros.«

»So möge der Teufel die Quateroons und Quinteroons und ihre bemakelten Großmütter und Urgroßmütter holen!« versetzte der Oberst, der, während er dem langweiligen Kastilianer zugehört, und seinem heransprengenden Neffen zugesehen, einen Augenblick den Zambo aus den Augen gelassen, den dieser benutzt, um das Fersengeld zu geben.

»Dieses Blatt oder vielmehr Diplom bedeutet nun,« fuhr der beharrliche Spanier fort, daß dieser Neger Gnade in den Augen der Audiencia gefunden, und gegen die Erlegung von dreihundert Piastern der seltenen Huld teilhaftig geworden, sich selbst für einen Weißen zu halten.«

»Und die unzeremoniöse Weise, in der die Leperos ihn den Hügel hinabgeworfen haben,« fiel lachend der junge Pinto ein, »bedeutet, daß das unvernünftige Volk einmal mehr Vernunft gehabt, als – Ei, sie haben dem Ermessen der hohen Audiencia die Gerechtigkeit widerfahren lassen, die die Krähen ihrem Compagnon angedeihen ließen, der sich mit den Pfauenfedern geschmückt.«

»Sie sind auf Ehre wunderbar belesen, Don Pinto,« sprach der Oberst zu dem Kreolen, mit einem Anklange von Verachtung, und einer Bewegung, die dem jungen Naseweis in den Rücken zu versetzen gemeint war; aber mitten in dieser Bewegung hielt der Oberste plötzlich inne. Es war etwas so Simples, Einfältiges und wieder hohnlachend Tückisches in die jugendlichen Züge des Kreolen getreten, eine so tief liegende grausame Lust und List, das den Stabsoffizier ungemein ernst machten.

»Sie waren der Letzte bei den Leperos!« fragte der Oberste – »Was für eine Bewandtnis hat es mit ihrem Auszuge?«

»Fragen Eure Herrlichkeit sie selbst,« erwiderte der Jüngling trotzig, »und wenn Sie eine Antwort erhalten, so sind Sie mehr als die Pythia des olympischen Dreifußes.«

»Kleinstädtischer Narr!« murmelte der Oberst, dem jungen Manne den Rücken kehrend und sich zum Major wendend. »Don Arias,« sprach er zu diesem, »eilen Sie in den Palast und statten sie Bericht von unserer Untersuchung ab, und von dem, was sie soeben gesehen. Sie treffen mich,« er deutete auf das Schloß von Capultepec. »Bei meiner Ehre,« fügte er in leiserem Tone hinzu – »es mag einem bange werden unter diesen geheimnisvoll tuenden Narren, oder es gibt Dinge in diesem Lande, die unserer Philosophie spotten.«

»Nehmen Sie mich mit, Senoria,« rief der kecke Kreole. »Vielleicht können wir in einigem zu etwas dienen.«

»Sie?« rief der Oberst verwundert.

»Du?« kopfschüttelnd der Onkel. – »Gib acht, daß sie Dir nicht einmal im Palaste ein Kämmerchen anweisen.«

»Nicht heute, nicht morgen, nicht übermorgen;« lachte der Don. »Adios, Senores!« Und mit diesen Worten gallopierte er mit dem Major fort, und die übrigen setzten sich gleichfalls in raschere Bewegung.

Ein Spazierritt durch die herrlichen breiten Straßen Mexikos, im Angesichte der prachtvollen Cordilleras und der mit ewigem Schnee bedeckten Kuppen des Itztaccihuatl und Popocatepetl, kann zu allen Zeiten einer der schönsten Genüsse genannt werden; für die Spanier der damaligen Zeit war er aber zugleich einer der erhabensten, die es für individuellen Nationalstolz nur immer geben konnte. – Selbst der Römer, in den glänzendsten Tagen seiner Republik, war nicht mehr Herr in den durch die Gewalt seiner Waffen bezwungenen Provinzen gewesen, als es der Spanier während seiner amerikanischen Herrschaft in Mexiko war. Er nannte es sein, und es war sein, sein durch die Gewalt der Waffen, sein durch die in den Augen der Menge heiligende Gewohnheit und Verjährung, die ihm ihre Bewohner seit dreihundert Jahren auf eine Weise untertänig gemacht hatte, von der nur diejenigen sich einen schwachen Begriff zu machen imstande sind, die den Zustand ihres eigenen Landes unter englischer Herrschaft kannten, und das vornehme Herabsehen dieser Inselbewohner auf die damaligen Kolonisten mit ansehen oder ertragen mußten. Doch selbst diese können, wie gesagt, nur eine schwache Idee von dem spanischen Stolze in Mexiko haben; denn wenn beide Nationen gleich verächtlich, gleich hohnlachend, auf ihre überseeischen Kolonisten herabzusehen, und diese für eine untergeordnete Menschenklasse schon deshalb anzusehen geneigt waren, weil die Väter derselben großenteils bloß den Mittel- und untern Volksklassen entsprossen waren, so hatte wieder der nationellere englische Stolz im amerikanischen Selbstbewußtsein schon frühzeitig jenes Gegengewicht gefunden, dessen Mangel den kreolischen Mexikaner gänzlich darniederdrücken mußte.

Der freie Brite, der sich in der amerikanischen Wildnis, größere Freiheit suchend, niedergelassen, und diese unter rastlosen Kämpfen im Schweiße seines Angesichtes zum Sitze der Kultur umgeschaffen, mußte, selbst abgesehen von den freisinnigeren Institutionen, die er mitgebracht, und die ihn vor brutaler Anmaßung schützten, schon jene Achtung einflößen, die selbst vom Übermütigsten der Tatkraft nie versagt wird, und die aus denselben Gründen den in üppigen Lebensgenüssen versunkenen Nachkommen der spanischen Kolonisten in Mexiko, die da ernteten wo sie nicht gesät hatten, natürlicherweise entzogen ward. Diesen Unterschied der Art und Weise der ursprünglichen europäischen Ansiedelung in den beiden Ländern dürfen wir nie und nirgends übersehen, da er die Grundursache der verschiedenartigen Gestaltung der gesellschaftlichen Verhältnisse wurde. Der spanische Kolonist war gekommen, um in die reichen Erwerbsquellen einer bürgerlichen Gesellschaft einzutreten, die seine Landsleute zerstört hatten, und deren Trümmer seiner Trägheit so lange fröhnen mußten, bis er seine Habgier befriedigt und mit den gesammelten Reichtümern in seine Heimat zurückkehren konnte. Der größte Teil der Einwanderer in Mexiko waren unbeweibte Abenteurer im schlimmsten Sinne des Wortes gewesen, von denen die Mehrzahl wieder in die Madre Patria zurückgekehrt, und die Zurückgebliebenen sich häufig mit der indianischen Bevölkerung vermischten. Natürlich blickte der auf die Reinheit seines Geblütes so stolze Spanier mit nichts weniger als Achtung auf eine Menschenklasse herab, der die erste und wichtigste Bedingung zu einem sogenannten *viejo christiano* fehlte, und die er gewissermaßen als tributbar mitbetrachtete. So ungerecht eine solche Denkweise um so mehr genannt werden konnte, als die spanische Regierung durch ihre eigene grausame, hinterlistige Politik einen solchen Gang der Dinge herbeigeführt hatte, so war sie doch in der Art herrschend geworden, daß ungeachtet der dem Gesetze nach bestehenden Gleichheit zwischen geborenen Spaniern und Kreolen, die letztern nicht nur nie zu einem Amte gelangen konnten, sondern daß erstere sich mehr als Herren und Besitzer des kreolischen Privateigentumes ansahen, als die besitzenden Kreolen selbst, und der unbedeutendste Abenteurer, der in Lumpen auf den Werften von Veracruz landete, mit Stolz auf den angesehensten Kreolen herabsah, in dem er nichts als einen Usurpator der Reichtümer eines Landes sah, das Cortez für ihn erobert, und in dem er früher oder später eine bedeutende Stelle einzunehmen gewiß war.

»Senoria,« sprach der alte Spanier, und seine kleinen funkelnden Augen rollten wie feurige Kugeln unter den grauen buschigen Wimpern, als sie die prachtvolle Tacubastraße hinabritten; »schlägt Ihr Herz nicht lauter? Im alten Kastilien,« sprach er leiser, »ist der König Herr; hier sind wir es.«

Des Obersten Blick hatte bei ihrem Eintritte gleichfalls einen stolzern Ausdruck angenommen, und indem er den Zügel seines feurigen Andalusiers stärker anzog, schien er ähnlichen Empfindungen Raum geben zu wollen. Herren und Diener ritten rasch in die prachtvolle Straße ein, und diese hinab; doch die ganze Straße war leer und öde, und die gänzliche Abwesenheit aller Menschen, selbst aller lebenden Geschöpfe und der Abzeichen von Verkehr, war auffallend; sie lag wie ausgestorben; die ganze Bevölkerung schien geflohen zu sein.«

»Aber wo sind die Menschen?« fragte der Oberst.

»Sehen Sie, Senoria,« versetzte der Hidalgo lächelnd, indem er auf ein Picket Soldaten deutete, das an der Ecke der Straße aufgestellt war; »man ist vorsichtig; auf der *Plazza Mayor,* höre ich, sind Kanonen aufgestellt, und Artilleristen mit brennenden Lunten.«

»Aber die Leute?« fragte der Oberst.

»Ei, das ist immer so an Vormittagen,« versetzte der Spanier, »ausgenommen am frühen Morgen und an Markt- und Besamanostagen. Mexiko, müssen Senoria wissen, ist der Sitz des Hofstaats, und es ist heilsam, sagt unser hochherrlicher Bruder, der Oidor, daß es zwischen Sümpfe eingezwängt ist, obwohl unsere Maultiere während der *estacion de las aguas* auf den Dämmen heillos mitgenommen werden. Aber als Hofstadt, sagt unser Bruder, der sehr achtbare Oidor der hohen Audiencia –«

»Der mit dem Könige und dem Rate beider Indien zu korrespondieren das unschätzbare Glück hat,« bemerkte der Oberst.

»Ebenso;« fuhr der Oidor fort, »unser sehr achtbarer Bruder versichert, daß es vom großen Marquis weise gewesen sei, die Hauptstadt in diesem Tale anzulegen, und sie so einigermaßen dem Handel zu entrücken, da es sich nicht geziemen würde, daß der Abglanz des Hofes Sr. Majestät durch das Treiben und Gedränge der Menge verdunkelt oder gewissermaßen in den Hintergrund gestellt würde.«

»Sehr weise,« bemerkte der Oberst.

»Am Morgen,« fuhr der alte Hidalgo fort, »sehen Sie niemanden als Topedas, das heißt: Damen, die der Messe und gewisser anderer Dinge wegen ausgehen. Ah, Senoria, die Topedas!« lächelte der alte Mann; »aber, Senoria,« fuhr er fort, »glauben Sie nicht, daß Belzebub oder Satan, ich entsinne mich nicht, welcher es war, der unsern Herrn versuchte und ihm alle Reiche der Welt zeigte, ihn auf die Cordilleras des Tales von Mexiko, und zwar den Itztaccihuatl, gebracht haben müsse?«

»Da würden aber beide gefroren haben;« meinte der Oberste, »denn der ist mit ewigem Schnee bedeckt. Zudem, der Popocatepetl wäre noch um einige tausend Fuß höher.«

»Bei meiner Ehre, das ist seltsam,« brummte der Spanier, der den Scherz überhört hatte: »Alles wie ausgestorben; das bedeutet etwas. Sehen Sie nur, Senoria! Ah, dieser Gavacho, er wußte – glauben Sie nur, er wußte – würde er wohl sonst so gesprochen haben? Ich sage Ihnen, die Criolos führen etwas im Schilde.«

Der alte Spanier war wieder unruhig geworden; er fuhr auf seinem Sattel unmutig umher, und seine unzusammenhängenden Ejakulationen begannen den Obersten sichtlich zu ermüden.

»Sehen Sie hinab, schauen Sie!« rief er, »die ganze schöne Welt Mexikos, da ist sie – das bedeutet etwas.«

»Wahrscheinlich, daß die Leute frische Luft schöpfen wollen;« versetzte der Offizier.

»Frische Luft schöpfen, um zehn Uhr morgens? Wer hat je einen Spanier frische Luft schöpfen gesehen seit der Kantabrier Zeiten?« grollte der alte Hidalgo. »Und wenn Spanier es nicht tun und es nicht getan haben, was brauchen Criollos frische Luft zu schöpfen? Was haben sie überhaupt morgens außer Hause zu tun? ausgenommen um in die Kirche oder Topedas zu gehen, wie es guten Christinnen geziemt.«

»Also Topedasgehen gehört auch unter die Pflichten guter Christinnen?« lachte der Oberst.

»Allerdings,« sprach der Hidalgo; »es ist eine alte Sitte, und alte Sitten, sagt unser Sprichwort, sind köstlicher denn alter Wein; denn sie verschaffen uns Wein, bemerkt unser sehr achtbarer Bruder, der Oidor. Es ist zugleich der Tribut,« fuhr er hastig fort, »den diese Damen uns, den Herren der Welt, bringen; und darum soll sie erhalten werden diese Sitte, wie sie erhalten worden seit Jahrhunderten. Ah, Senoria! noch vor zwei Jahren konnten Sie jeden Morgen Hunderte, ja Tausende von Topedas sehen; man brauchte nur zu wählen.«

Siebenundzwanzigstes Kapitel.

Das Volk! – Hier ist kein Volk das wißt Ihr wohl.
Sonst handeltet Ihr so an ihm, an mir nicht;
Ein Pöbel ist's, dessen Blick Euch wohl beschämt;
Doch darf er murren nicht, noch fluchen,
Es wäre denn mit Herz und Auge.

FOSCARI.

ar es der prachtvolle Morgen, oder ein anderer Umstand, der die schöne Welt Mexikos zu dieser ungewöhnlichen Zeit aus der Stadt gelockt hatte, – die zehnte Vormittagsstunde fand den *Paseo nuevo* mit Hunderten von Reitenden und Fahrenden angefüllt, die Herren zu Pferde in ihren Mangas mit kostbarem Pelzwerke verbrämt, die Damen in ihren Mantillas und der reizenden Basquina.

Wir haben bereits des *Paseo nuevo* als zweier Pappelalleen erwähnt, die, von dem südwestlichen Ende der Hauptstadt ausgehend, sich zwei Meilen bis zur Brücke über den Chalcokanal hinabziehen, und dann in die große südwestliche Heerstraße von Acapulco auslaufen.

Diese ganze lange Allee war von den oben beschriebenen altmodischen, überfirnißten, aber durch ihre Anzahl und seltsamen Verzierungen imponierenden Wagen bis zum Erdrücken angefüllt; dazwischen zahlreiche Fußgänger und Reiter, letztere in dem vollständigen Aufzuge mexikanischer Caballeros. Dieser Aufzug bestand nebst der Kleidung, die wir oben beschrieben haben, noch in der Rüstung des Pferdes, die, obwohl nichts weniger als bequem oder zweckmäßig, ungemein malerisch erschien. Ein gewaltig hoher Sattel, der vorne in dem weit hervorragenden Sattelknopfe, hinten in der sogenannten Anquerra endigte; eine Decke von gepreßtem, vergoldetem Leder, von welcher zwei Taschen herabhingen, das Ganze mit Kettchen am Sattel befestigt. Über diese schwere Decke, die nicht mit Unrecht Cortezschild genannt wurde, hatten die meisten Reiter noch ein schwarzes Bärenfell gebreitet, das, mit der übrigen schweren Rüstung und dem arabischen Gebisse, den Pferden eine kriegerische Stattlichkeit verlieh, die lebhaft in die Zeiten der ersten Eroberer zurück versetzte. In den Wagen saßen wieder durchgehends Damen, alle in die schwarze Mantilla verschleiert, so daß bloß die Umrisse der Gestalten zu ersehen waren. Was jedoch am meisten auffiel, so herrschte unter den Tausenden von Fußgängern, Reitenden und Fahrenden eine merkwürdige Stille; bloß Blicke wurden zwischen den sich Begegnenden gewechselt; kein Laut, kein Wort war zu hören, und das Gerassel der Wagen und die Hufschläge der Pferde waren das einzige Geräusch, das zu vernehmen war. Alles eilte dem Ausgange des *Paseo* und der Straße von Tacubaya zu, auf deren Anhöhen die Augen aller gerichtet waren.

»Bei meiner Ehre, Senoria!« hob der Hidalgo wieder an, »das hat etwas zu bedeuten.«

»Und was soll es zu bedeuten haben?« fragte der Oberste mit einiger Ungeduld.

»Und Sie sehen es nicht; Sie sehen nicht, wie alle Tacubaya zurennen? Es sind lauter Kriolen-Mangas, keine zehn blauen oder braunen Mäntel. Glauben Sie, sie laufen nach Tacubaya, um den Palast des Erzbischofs zu sehen, oder seine Olivenbäume zu zählen? Madre de Dios! Sie wissen doch, wohin die Straße von Tacubaya führt?«

»Nach Agostin de las Cuevas,« versetzte der Oberste.

»Sie scherzen, Senoria,« brummte der Spanier unwillig; »mir ist aber gar nicht spaßhaft zumute, und Eurer Herrlichkeit wäre es vielleicht auch nicht, wenn Sie eine Hacienda und liegende Gründe, im Werte von einigen hunderttausend Duros, hätten. Sehen Sie doch nur einmal diese Kreolinnen an!« stieß er auf einmal im verächtlichen Tone aus: »Haben Sie je derlei geschaut? Sie fahren zu, ohne auch nur einem einzigen unserer Offiziere einen Blick zu schenken, gerade als ob es keine spanischen Offiziere gäbe. Madre de Dios! Sie erwidern selbst die Salutation derselben nicht; sie regen weder Mantillas noch Fächer.«

Der Oberste begann aufmerksam die Gruppen zu beobachten.

»So sehen Sie doch nur einmal,« fuhr der Spanier fort, »diese Weiber, sie grüßen Ihre Offiziere nicht.«

»Wahrscheinlich, weil sie sie nicht kennen.«

»Nicht kennen!« schrie der Spanier giftig: »Nicht kennen! Sehen sie nicht und wissen sie nicht, daß sie spanische Caballeros sind, und daß der geringste Spanier hier mehr ist, als der erste Criollo, und wenn es der Conde Regla oder San Jago wäre. – *Voto a Dios!* da sieht man wohl, daß Senoria noch nicht warm bei uns geworden sind. – *Beso a usted los pies, Caballeros!*«[96] begrüßte er eine Gruppe Offiziere, die heran gesprengt kamen, um dem Stabsoffizier ihre Ehrfurcht zu bezeugen. »Ah, Senoria,«

---

[96] Ich küsse Ihrer Gnaden die Füße; ein gewöhnlicher Gruß.

fuhr er mit erhöhter Stimme fort, »ich sage Ihnen, daß bis zum Jahre unsers Herrn gnadenreicher Geburt tausendachthundertundacht, wo wir den verruchten, liberalen Iturrigaray expedierten, die erste Condessa Mexikos sich geehrt gefühlt haben würde, wenn Ihr – was sage ich, ein kastilianischer Hidalgo, nein, ein Gallego die Ehre angetan, sie als Topeda aufzufordern, oder sich gar herabzulassen, um ihre Hand anzuhalten, in welchem Falle es stets Sitte war, daß sie zum Haupterben erklärt und zwei Drittel des väterlichen Vermögens erhielt, wenn nicht alle drei. Wir selbst – –« das Männchen hielt inne – »Ah, das waren die guten alten Zeiten; seit achtzehn Monaten haben die neueren bösen angefangen; aber es muß wieder zurückkommen auf die guten alten Zeiten; denn worin bestände sonst der Vorzug der Spanier vor allen Völkern der Welt –«

»Wenn sie nicht die Weiber und Töchter Sr. Majestät getreuen Untertanen von Mexiko zu ihrem Zeitvertreibe hätten?« ergänzte der Oberst lachend. »Senores!« versicherte er die umstehenden Offiziere, »die Xeres und Alicantes Don Pintos sind vortrefflich, und wir sind Ihnen,« fuhr er zum Hidalgo gewendet fort, »für das prachtvolle Almuerzo[97] sehr verbunden. Aber vergeben Sie – Ihre Ansichten –«

»Sind die Ansichten, die Mexiko dem Mutterlande dreihundert Jahre erhalten haben,« sprach der Spanier stolz.

Ein Kopfnicken, das der Mehrzahl der Offiziere, die sich um die beiden herum gruppiert hatten, unwillkürlich entfuhr, schien zu verraten, daß auch sie die Ansichten des ausgedorrten Spaniers vorzugsweise vor denen des liberalen Obersten teilten, obwohl sie wegen eben dieser liberalen und versöhnenden Ansichten von den Cortes nach Mexiko abgeschickt worden waren. Es ist jedoch mit diesem sogenannten Liberalismus der alten Welt noch eine sehr erbarmungswürdige Affäre; ein roher, unverdauter und in seiner gegenwärtigen Gestalt auch unverdaulicher Gährungsstoff, der, unter die Menge geworfen, eine halbe Welt in Flammen gesetzt, der wahren Essenz der Freiheit nur wenig bisher hervorgebracht hat. So verkehrt ist dieser sogenannte europäische Liberalismus, so knechtisch, wetterwendisch und selbstsüchtig, daß dieselben Männer, die wenige Jahre später ihre Häupter zu Tausenden dem Richtschwerte des Henkers darbrachten – und im unterjochten Amerika alle ihre Geisteskräfte anstrengten, um den nach Freiheit lechzenden Mituntertanen das Joch noch drückender zu machen; nicht einsehend, daß eben diese Knechtschaft die eigenen Fesseln verewigen müsse.

[97] Frühstück.

»Dies wäre auch keine so üble Partie,« meinte ein Capitain, auf einen Wagen deutend, der, ganz schwarz bemalt, im feierlichen Trabe herab gerollt kam.

»Beiläufig hunderttausend Duros,« bemerkte der Angeredete. »Das wäre eine Partie für Dich.«

»Der Stern von Mexiko ist jedoch unsichtbar,« sprach ein dritter, »und für lange Zeit unsichtbar. Don Pinto! Sie gehen zum Conde de San Jago?« fragte der Sprecher den alten Hidalgo.

»In sehr wichtigen Angelegenheiten, Don Parodi,« bedeutete ihm dieser. »Wir versammeln uns bei Sr. Herrlichkeit in Cuerpo. Ah, Senores! dieser Conde de San Jago hat eine Niece, Senores eine Niece, und diese Niece hat wieder Duros! Ja, Senores, diese Condessa Elvira –«

»Pah eine Kreolin;« fiel der Lugerteniente ein.

»Aber vom reinsten alten leonischen Adel, mit mehreren der ersten Familien verwandt, und dann – Duros! Man sagt, selbst der Conde werde ihr einen bedeutenden Teil seines Vermögens hinterlassen.«

»Wollen Sie die Gefälligkeit haben, Se. Herrlichkeit unserer Ergebenheit zu versichern, und demselben zu eröffnen, daß wir uns die Freiheit nehmen werden, ihm und seiner Condessa unsere persönliche Aufwartung zu machen?«

»Dem Conde de San Jago?« sprach der Hidalgo, der den alten verdorrten kleinen Lieutenant kopfschüttelnd maß.

»Soeben sagten Don Pinto,« bemerkte der dürre Lugerteniente beleidigt, »daß der gemeinste Spanier freien Zutritt im besten gräflichen Hause habe. Wir hoffen doch, daß wir, Don Pedro Parodi, deren Vorfahren unter dem großen Ruy die Schlacht von Ronceval –«

»Nur jetzt nicht, nur jetzt nicht,« wisperte der alte Spanier, der mit seiner Hochachtung für altspanisches Blut doch in einige Verlegenheit zu geraten schien. »Nur jetzt nicht,« bat er. »In zwei, vier Wochen, so wie wir von Cuautla Amilpas herauf gute Nachrichten haben.«

»Und warum jetzt nicht?« fragte der kleine, alte, klapperdürre Lieutenant ungeduldig.

»Senor!« erwiderte der alte Spanier. »Um der Madre de Dios willen! nicht jetzt. Se. Herrlichkeit haben eine lange Hand bei den Cortez, sind gefürchtet. *Patiencia es prudencia,* sagt unser Sprichwort.«

Nur ungern ließ sich der Lugerteniente bewegen, seine plötzlich aufgeflammte Liebe zu der schönen Condessa Elvira und ihren schönern Duros zu vertagen. Einstweilen jedoch schloß er sich wieder an die übrigen Offiziere an, deren sehr lebhafte Unterhaltung sich durch ein lautes Gelächter der Menge ankündigte. Man hörte bloß die Schlagwörter, die in spanischer Manier fielen, kurz, trocken und voll kaustischen Salzes.

»Carracco!« rief ein Alfarez.[98] »Diese ledernen Kasten konnten alle Ayuntamientos des alten Kastiliens mit dem ganzen Hofstaate des alten Don Carlos und der sehr liebenswürdigen Marie Louise und des Gardisten beherbergen.«

»Nur sind die verdammten Fenster so hoch, daß man die Senoritas nicht sehen kann;« lachte ein zweiter.

»Was braucht es viel zu sehen, wo man greifen kann?« spottete ein dritter.

»Oder rufen, oder pfeifen;« höhnte ein vierter. »Versuchen Sie es, Amalgo, und sehen Sie, ob Sie nicht zwanzig – sechzig – hundert auf einmal am Halse haben! Abderahman konnte nicht schneller bedient worden sein.«

»Nur mit ihrer Morgentoilette sollen sie einen verschonen;« grinste ein fünfter. »Carracco! Unsere Spanierinnen haben den anerkannten Vorzug *con garcia y amore* zu schmachten.«

»*Verdad!*« versicherte ein sechster. »Die Inglese liegt wie eine Bärin auf ihrer Ottomane, die Französin wie eine Komödiantin –«

»Die Tedesca wie eine Bäuerin;« begann der erste wieder.

»Und diese Kreolinnen wie –« fiel der zweite ein.

»Ausgenommen, wenn sie aus dem Dampfkessel kommen;« bemerkte der dritte.

»Dann liegen sie wie Faultiere, ohne Regung, ohne Bewegung;« lachte der vierte.

»Das ist Natur;« fiel der fünfte ein.

»Und in der Mode sind sie zwanzig Jahre zurück,« gellte der sechste.

»Das kommt wieder vom Consulado von Cadix,« meinte ein siebenter, »das ihnen die Prachtaufzüge erst sendet, nachdem unsere Majas[99] ein Dutzend Jahre bereits darin geglänzt haben.«

»Carracco!« rief der erste Würdenträger dieser schwarzbärtigen Schar, ein kleiner feuriger Alfarez, indem er seinem Pferde die Sporen gab, und im raschesten Galopp einer Kutsche zusprengte, in der zwei Damen saßen, von denen die eine, nach den edlen Umrissen ihrer verhüllten Gestalt zu schließen, eine sehr anziehende Erscheinung sein mochte. Die plötzliche Bewegung des jungen Offiziers hatte nicht nur die Aufmerksamkeit der sämtlichen auf ihren Pferden haltenden Offiziere, sondern des Publikums

[98] Fähnrich.
[99] Leichte Mädchen.

überhaupt in hohem Grade erregt, und sie begann, obwohl auf verschiedene Weise, sich ebenso schnell zu äußern.

»*Demonio*«[100] riefen die Offiziere.

»*Abajo!*« schallte es im dumpfen Gemurmel aus der wogenden Menge herüber.

»Adelante, Adelante, Don Lopez!« riefen mehrere Offiziere wieder.

»*Con franqueza!*«[101] andere.

»*Viva el conquistador!*«[102] schrie ihm eine dritte Abteilung zu.

»Meiner Seele, keck wie ein Navarese,« hob der kleine Lugerteniente wieder an.

»Sagen Sie vielmehr, kühn wie ein Andalusier,« verbesserte ihn ein zweiter; »denn Don Lopez Matanza hat die Ehre ein geborner Andalusier zu sein.«

»Des Landes, das der Erzengel Gabriel selbst besucht;« spottete ein Nachbar.

Die witzige Unterhaltung wurde auf einmal durch einen Schrei des Unwillens oder Entsetzens, der aus dem Wagen, in welchem die beiden Damen saßen, gehört ward, unterbrochen. Der Fähnrich war auf diesen mit all der äußern Galanterie eines Spaniers und all dem Übermute eines privilegierten Wüstlings zugesprengt. Einen Augenblick herrschte Totenstille im ganzen unübersehbaren Paseo ob dieser frechen Herausforderung; aber zugleich wandten sich tausend Köpfe, und tausend Hälse streckten sich in der Richtung hin, wo der Schrei her erschallt war, und als sie die Ursache allmählich errieten, hielten die Wägen auf einmal, und Reiter und Fußgänger galoppierten und preßten zu Hunderten an die Kutsche, in der die beiden Damen sich befanden, heran – und bald war der kecke Offizier von einer zahllosen Menge umgeben, und Reiter und Fußgänger hatten sich in eine dichte Masse um den Wagen und den übermütigen Fähnrich herumgedrängt und einen kompakten Kreis um ihn gebildet. Zugleich erhob sich ein Gemurmel, das anfangs wie furchtsam klang, das aber mit jeder Sekunde lauter und drohender wurde. Noch war keine Hand gegen den vermessenen Verächter mexikanischer Weiblichkeit erhoben; aber nun ertönten die furchtbaren Worte: »*Dexalo, dexalo! Abajo con los tyrannos!*« Hundert Hände erhoben sich zugleich, und der unselige Fähnrich verschwand von seinem Rosse. Die sämtlichen Offiziere waren im

[100] Teufel.
[101] Mit Kühnheit. Seien Sie kühn!
[102] Es lebe der Eroberer.

Fluge herangesprengt, und suchten mit gezücktem Degen sich den Weg zu ihrem Gefährten zu bahnen.

»Senoria, um der Madre de Dios willen!« kreischte der alte Hidalgo dem Obersten in das Ohr, der mit einem der Offiziere einige Schritte abwärts im Gespräche begriffen gewesen, und dann, im Anschauen eines glänzenden, rasch den Paseo herabkommenden Phaetons versunken, auf das Vorgefallene erst jetzt aufmerksam wurde. »Senoria!« kreischte der Hidalgo dringlicher. »Stellen Sie sich nur die Keckheit vor, einer Ihrer Offiziere, der sehr achtbare Alfarez Don Lopez-Mantanza, vom Regimente Zaragoza, wie wir glauben, würdigt die Senorita Zuniga seiner Aufmerksamkeit, und serviert Ihr eine Salutacione, deren sich keine Condessa schämen dürfte, und die unverschämte – –«

»Bei meiner Seele, Don Abasalo Agostino Pinto sind ein Narr!« rief ihm der Oberst zu, der seinem Gaule den Sporn gab, und dem Haufen zusprengte, der in demselben Augenblicke sich teilte, um den glänzenden von vier stolzen Andalusiern gezogenen Phaeton durchzulassen, und zugleich den Schwertern der sechs Leibgardisten, die ihm vorsprengten und Bahn machten, zu entgehen. Der Haufen hatte sich, sonderbar genug, lautlos und in wenigen Sekunden mit einer bewundernswerten Ordnung in die zweite Allee gezogen, und die vizekönigliche Equipage war ungehindert an den Wagen, in dem die beiden Damen saßen, vorgefahren.

»*Que es este?*« fragte eine der beiden Damen, die im Phaeton saßen.

»Eine zu weit getriebene Galanterie,« antwortete der Oberste, »soviel wir gehört haben, deren sich unser Alfarez, Don Lopez-Mantanza, schuldig gemacht hat.«

»Wir bedauern unendlich, liebe Senoras,« sprach die Dame mit einer volltönend melodischen, aber etwas gebieterischen Stimme, »und bitten Sie, einstweilen unsern Wagen als den Ihrigen anzusehen.« Und indem sie mit bezaubernder Grazie sich zu den Damen hinüber neigte, hoben zwei reich gekleidete Diener die vor Schrecken über diese Auszeichnung halbtote Kreolin aus ihrem Wagen, und versetzten sie in den Phaeton an die Seite der hohen Dame, die sich nun gegen die Offiziere huldvoll verbeugte, und mit dem gnädigen Lächeln einer Königin den Paseo hinabrollte.

Des Obersten Auge war einen Augenblick der stolzen Schönen nachgefolgt, dann fiel sein Blick auf die Kreolen, die nun wieder wie zuvor dem Ausgange des Paseo zufuhren, ritten und wogten, gleichsam, als ob auch nicht das Mindeste vorgefallen wäre.

»Das ist seltsam, auf Ehre,« sprach er endlich zu seinem Nachbar. »Wo ist aber Alfarez Don Lopez-Matanza? Don Martinez, fordern Sie ihm für drei Tage seinen Degen ab. Wo ist Alfarez Don Lopez-Matanza?« fragte der Oberst heftiger.

Er war verschwunden; sein Pferd mit ihm.

»Wo ist Don Lopez-Matanza?« riefen sämtliche Offiziere.

»Sucht hinter dem Springbrunnen,« schrien entfernte Stimmen herüber.

»*Jesu Maria! Todos diablos! Santa Vierge!*« schrien und riefen sämtliche Offiziere.

Der unglückliche Spanier lag hinter dem Brunnen, seine Brust von mehreren Stilettstichen durchbohrt, er selbst ohne Leben. Blaue Flecken am Halse verrieten, daß er zuerst erwürgt und dann erdolcht worden war.

»Sie haben ihm, wie einem jungen Hund, den Hals umgedreht,« schrie Don Pinto.

»Senores,« sprach der Oberste leise und ungemein ernst, »unser Bruder hat sein Schicksal gesucht. Diese verachteten Kreolen fangen an, ihre Schande zu gewahren. Hüten Sie sich, diese Erkenntnis zu beschleunigen.«

»*Madre de Dios!*« murmelte ein Capitano. »Bei hellem lichten Tage im Angesichte von Tausenden haben sie ihn wie einen Hund erwürgt.«

»Ich fürchte solche Taten; es sind Funken, die leicht zu Bränden werden können,« mahnte der Oberste. »Nochmal, Senores, Prudencia!«

Ein Piquet Truppen, das beiläufig tausend Schritte davon an der Brücke des Chalco-Kanals aufgestellt gewesen, war mittlerweile herbeigeeilt; der Oberste erteilte die nötigen Befehle und sprengte, nachdem die Soldaten den Gemordeten auf eine Tragbahre, aus ihren Gewehren zusammengesetzt, gelegt, den Paseo hinab; die andern folgten der Leiche.

Übrigens schien das Ereignis, als ein so furchtbares Symptom von Volksgesinnungen gegen seine Unterdrücker es auch gelten konnte, zehn Minuten, nachdem es vorgefallen war, rein vergessen zu sein; kaum daß man auf die Soldaten, die den Leichnam dem vizeköniglichen Schlosse von Capultepec zutrugen, achtete. In derselben bangen, brütenden Stimmung, und mit der beflügelten Eile ängstlicher Erwartung strömte die Menge dem Ausgange des Paseo und den Anhöhen von Tacubaya zu, ohne weder links noch rechts zu sehen.

Es war etwas Unnatürliches in dieser Hast und Angst, mit der Tausende und abermals Tausende den Anhöhen von Tacubaya zufuhren und -ritten und -liefen, und als sie auf denselben angekommen waren, in das Tal und die sich hinter diesem Tale auftürmenden Berge von Marques de la Cruce hinein stierten, als wollten sie mit ihren Blicken durch und durch schauen und weiter dringen in eine Ferne, die für sie etwas Namenloses zu haben schien; denn keine Zunge wagte es, dieser Sehnsucht Worte zu geben.

Was aber diese Sehnsucht, dieses Etwas war, das mögen unsere Leser, die das früher Gesagte im Gedächtnis behalten haben, leicht ermessen. Die Straße, die nach Tacubaya führt, zieht über Agostin de las Cuevas, Axusco, Guxilaque und Cuernavaca nach Cuautla Amilpas, dem Punkte, auf den sich die Hoffnungen und Besorgnisse von Tausenden, ja Millionen konzentrierten. Dort stand das Heer der Insurgenten unter dem Manne, dessen unerschütterliche Ausdauer neuerdings die Waagschale der Freiheit Mexikos sinken gemacht hatte. Dieses Heer der Insurgenten, so viel wurde nun dem Volke allmählich klar, hatte auf der Straße von Mexiko nach Acapulco eine feste Stellung eingenommen; aber mit welchen Absichten und Streitkräften, das war noch unbekannt; denn, wie leicht zu erachten, so hatte die Regierung über die Bewegungen der Patrioten sowohl als die ihrer eigenen Armeen, das tiefste Stillschweigen beobachtet; die vizekönigliche Hofzeitung, die einzige, die im ganzen mexikanischen Reiche existierte, hatte bloß unter den endlosen Ankündigungen von Prozessionen und Kirchenfeierlichkeiten, mit denen sie jederzeit ausgefüllt war, die kurze Nachricht eingeschaltet, daß Se. Exzellenz der General-Capitain mit den Tapfern von Mexiko ausgezogen sei, um die schwachen Überreste der Rebellen, die es vermessentlicherweise wieder gewagt hätten, sich zu zeigen, vollends zu vertilgen, und ganz am Ende stand der verlorene Nachsatz, daß Major Ulloa beordert worden war, einen Banditenhaufen, der die Straße von Puebla unsicher mache, der gerechten Strafe zu überliefern; die gewöhnliche Art und Weise, in der die spanischen Behörden von den Führern der Revolution und ihren Bewegungen sprachen, die aber, weit entfernt, die gehoffte Verblendung des Volkes zu bewirken, dieses der Wahrheit nur um so näher gebracht hatte. So gedrückt und in Unwissenheit versunken auch die große Mehrzahl der Mexikaner sein mochte, so konnte die Anwesenheit bedeutender Streitkräfte der Insurgenten in der Nähe der Hauptstadt und an einer ihrer wichtigsten Verbindungslinien unmöglich lange verborgen bleiben. Nicht nur die Zufuhr von dem Punkte, wo sich die Armee der Insurgenten festgesetzt, hatte aufgehört, auch die Verbindung mit den westlichen und südlichen Provinzen des Reiches war unterbrochen, und die Hauptstadt hatte das Ansehen einer blockierten Festung angenommen. Auch dem blödesten Verstande mußte es so allmählich begreiflich werden, daß nur ein starkes und an die Regeln der Kriegszucht gewohntes Heer einen solchen Zustand der Dinge herbeiführen konnte, einen Zustand, der wieder, weit entfernt Mißmut oder Trostlosigkeit zu verbreiten, vielmehr die ganze Bevölkerung in eine Art freudigen Wahnsinnes versetzte; der wieder etwas folternd Peinliches dadurch hatte, daß alle ihren Freudenrausch in die tiefste Brust zu verbergen gezwungen waren.

Verzögerte Hoffnung macht das Herz krank, sagt der königliche Weise, und Mexiko war wirklich krank. Es waren diesem Volke die Siege der Insurgenten, trotz aller Vorsichtsmaßregeln der Beherrscher, zu Ohren gekommen, und diese Siege hatten zu dem bittern Hasse, mit dem es seine Unterdrücker anzusehen gewohnt gewesen, noch Verachtung beigesellt, – Leidenschaften, die nur dann demjenigen, in dem sie toben, erträglich werden, wenn er ihnen Luft machen darf. Gezwungen, den verhaßten Gachupins eine Ehrerbietung zu heucheln, die ihnen zur Pein wurde, und die Hoffnung baldiger Erlösung von ihrer Tyrannei in die Tiefe ihres Herzens zu begraben, waren nun Tausende und abermals Tausende den Mauern Mexikos entflohen und ausgezogen, um ihrem innern Drange zu gehorchen, und sich wenigstens so viel als möglich dem Punkte zu nähern, wo ihre Freunde und Landsleute für die Freiheit des gemeinsamen Vaterlandes fochten und bluteten; die einzige Willensäußerung, die diesem Volke erlaubt war. Aber, gleichsam um dem allgemeinen Abscheu gegen die gesetzlosen Tyrannen wenigstens in etwas Luft zu machen, waren Hunderte von Kutschen an der Villa des Conde de San Jago vorgefahren, um dem edlen Landsmanne und seiner Pflegetochter die allgemeine Sympathie auf eine recht deutliche Weise darzutun.

Achtundzwanzigstes Kapitel.

Unser Fug zur Klag ist gemein.
SHAKESPEARE.

ir haben dieses Haus in der Verstörung verlassen, in welche die gewaltsame Losreißung eines hoffnungsvollen Gliedes seinen Gebieter und vorzüglich das holde Kind geworfen, das durch diese grausame Entfernung am schmerzlichsten beteiligt worden war. Soviel wir entnehmen können, war das Band, das wir zerreißen gesehen haben, eines jener zarten Verhältnisse gewesen, die in den Tagen harmloser Kindheit sich knüpfen und, durch die zärtliche Hand väterlicher Freundschaft gepflegt und beraten, von der kindlichen Neigung allmählich in die schönern sehnenden Gefühle der Jungfrau und des Jünglings übergehen und so zur ersten Liebe werden, die, noch immer halb schwesterlich zugleich in die süßern Träume verschmilzt, welche Dichter als die glückliche Morgenröte des Lebens und zugleich als die schönsten Stunden desselben schildern. Diese Liebe hatte sich so zart und wieder so stark in alle Fibern des jugendlich holden Wesens verwoben, daß der erste Sturm, der es nun getroffen, beinahe die herrliche Knospe zerknickt hätte, und man es ihr noch immer ansah, wie tief sie der Stoß erschüttert, und daß es der erste gewesen, der ihr frohes Leben getrübt und ihr reines Gemüt zerrissen hatte. In ihrem holden Sinnen ihrer süßen Beklommenheit schien sie gewissermaßen zu fragen: Was habe ich Euch getan, daß Ihr mich so grausam verwundet? Sie war noch immer wie erstaunt über die raue Weise, mit der ihre Liebe zurückgestoßen worden, und ließ nun, gleich der prachtvollen Sinnpflanze ihres eigenen Landes, die traurig ihre Blätter senkt, so wie sie von einer unzarten Hand berührt wird, das Köpfchen hängen. Sie saß in ihrem Schlafgemache, das innige Zärtlichkeit zum süß duftenden Tempel reiner Unschuld mit einer seltenen Delikatesse ausgeschmückt hatte. Die Wände, nach Landessitte *al fresco* gemalt, zeigten gelungene Kopien der raphaelischen Cartons, von einem der ersten Schüler der Akademie der schönen Künste ausgeführt. Zwei Marmorstatuen, Amor und Psyche vorstellend, lächelten aus ihren Nischen schalkhaft und heiter verschämt dem holden Kinde zu. Im Hintergrunde

einer Alcove stand das mit durchsichtigem Flor umhangene jungfräuliche Bette von duftendem Rosenholz, auf Säulen von getriebenem Silber ruhend. Das Gemach selbst war in einen Garten verwandelt, von den herrlichsten Wohlgerüchen der mexikanischen Flora duftend, der Herz- und Tigerblume und den Abarten der vielfarbigen Kamelien, während durch die purpurnen Vorhänge des offenen Fensters die blaßroten Strahlen der Morgensonne das Ganze in das lieblichste Helldunkel kleideten, alles bezeugend, wie die Bewohner des Hauses vereint beigetragen hatten, den gemeinsamen Liebling zu entzücken.

Zu den Füßen des holden Kindes kauerten zwei wunderschöne Oaxaca-Indianerinnen, deren glänzende Kupferfarbe nur in den Hintergrund gestellt zu sein schien, um die ungemeine Lieblichkeit der Hauptperson recht strahlend hervorzuheben, so wie der Steinsetzer die farbigen Rubinen wählig um den Solitair reiht, so dem Glanze des letzteren das nötige Relief zu geben. In einem anstoßenden größeren Zimmer, das als Besuchsaal diente, saßen mehrere Damen in der schwarzen Morgenkleidung des hohen Adels Mexikos.

Sie schienen ungemein ernst, ja niedergeschlagen. Mehrere schwiegen ganz, andere waren in einer abgebrochenen Unterhaltung begriffen, oder horchten den Stimmen, die aus dem anstoßenden Gemache, nun mehr, nun minder vernehmbar, herüberschallten. Es waren Männerstimmen, die obwohl sie leise zu sprechen sich Mühe gaben, häufig wieder in die leidenschaftliche Hitze ausbrachen, in die niemand leichter als Kreolen aufwallen.

»Und wann hat unsere teuere Condessa zuerst das Lager verlassen?« fragte eine würdig aussehende, ganz schwarz gekleidete Dame, auf deren Gesichte die Spuren einstmaliger Schönheit noch nicht ganz verwischt waren.

»Küsse Eurer Herrlichkeit die Hände,« versetzte die Camarera. »Gestern erhob sie sich auf einmal und zwar gerade als Se. Herrlichkeit der Conde recht betrübt und traurig in ihr Kabinett traten. Sie schaute ihn lange an, als wollte sie ihn mit ihren lieben holden Äuglein durchschauen, die so fromm und doch wieder so schalkhaft lächeln; aber jetzt lächeln sie gar nicht. Sie sagte aber kein Wort. Aber als er gegangen, fragte sie mich und die Doncella Bettina, was dem Tio fehle, ob Nachrichten von der Armee eingelaufen? Sie fühlte wohl, daß der Schmerz des Grafen nicht ihr gegolten, und stundenlang sprach sie zu sich selbst, und machte sich Vorwürfe, daß sie die Traurigkeit des Conde erhöhe, und durch ihren Schmerz ihm das Herz noch mehr beenge. Sie klagte sich selbst an, der liebe Engel.«

»Das ist wirklich sonderbar;« sprach die Gräfin.

»Wir mußten,« fuhr die Kammerfrau fort, »ihr alles erzählen, was sich seit der Abreise des unglücklichen Ninon zugetragen, die zahlreichen Verhaftungen, das Verschwinden so vieler teuren und werten Häupter aus der Mitte ihrer Familien, die schreckliche Angst, die auf einmal über das Volk gekommen, die Gerüchte von der Annäherung der Rebellen, und wie bereits seit zwei Tagen alle und alle hinausziehen, als wenn sie vom Verdugo gepeitscht würden, gegen die Anhöhen von Tacubaya.«

»Mutter der Gnaden! Wie konntet Ihr ihr nur das sagen?«

»Küsse Euer Gnaden und Herrlichkeit die Hände,« versetzte die Kammerfrau. »Eben dies hat sie genesen gemacht. Es scheint wirklich, als ob die Größe unserer Trauer und unseres Schmerzes den ihrigen ertötet hätte.«

Die Damen sahen sich verwundert an.

»So helfen unsere Leiden wenigstens einer, die wir lieben,« sprach die Gräfin. »Aber Senoria,« fuhr sie fort, und ihre Stimme zitterte, »mir ist wirklich zumute, als wenn mir das Herz jeden Augenblick springen sollte.«

»Und mir, als ob das meinige durch Marterwerkzeuge zusammengepreßt würde;« seufzte eine zweite.

»Sehen Sie nur hinab in den Paseo – Jesu Maria! die Angst dieser Leute;« bemerkte eine dritte.

»Und hinauf die Straße von Ajotla;« fiel eine vierte ein. »Es soll alles voll von Leperos sein.

»Mein Gott!« jammerte eine fünfte, und ihre Stimme zitterte, als würde sie von einem Fieberschauer gerüttelt. »Was will denn das unvernünftige Volk? Nicht genug, daß wir bedroht und bedrängt sind, nicht wissen, wohin vor Angst, daß unsere Angehörigen verschwinden vor unsern Augen, und die Nacht des Kerkers sie ewig unsern Blicken verbirgt, um des geringsten Verdachtes willen, so müssen auch noch diese – – und doch ist ihr Auszug ganz sonderbar, wunderbar!« Sie schüttelte das Haupt zweifelhaft.

»Ja wohl wunderbar, liebe Condessa,« fiel ihr die Gräfin Istla ein. »Erinnern Sie sich noch ihres Auszuges vor siebzehn Monaten, der uns allen zu einer so gräßlichen Vorbedeutung wurde?«

»Wir hatten eine kleine Tertullia;« fiel Ihr die Gräfin R–a ein, »als es auf einmal hieß, die Guachinangos rühren sich, und Sie werden sich unsern Schrecken leicht vorstellen können; denn so harmlos dieses Volk auch ist, so ist es doch nur ein unvernünftiges Volk, und unser alter *Mayor domo* erzählt, wie einst ein Virey mit seinem ganzen Hofstaate und seinen Garden so in Schrecken gesetzt wurden, daß er ins San Francisco-Kloster flüchten mußte, wo er ohne die Padres zerrissen worden wäre. Ja wir saßen soeben bei Tische, wie Ihre Herrlichkeit, Condessa Istla, wissen –«

»Als es hieß,« fiel ihr die Condessa Istla ein, »daß die Guachinangos aufgestanden seien, liefen wir alle vor Schrecken und Entsetzen auseinander, und es war gräßlich anzusehen, diese Tausende und abermals Tausende –« die Dame hielt ihren Fächer vor, – »wie sie aus ihren Höhlen krochen, Acolotes[103] gleich.«

»Und ebenso mutternackt wie diese;« fügte die weniger zarte Camarera hinzu. »Wir waren zum Glücke im Bario.«

»Und sich sammelten,« fuhr die Condessa Istla fort, »in einen Haufen so dicht, daß keine Orange, unter sie geworfen, die Erde hätte erreichen können. Und dann zogen sie der Alameda Buccarelli zu, und von da weiter nach der Hacienda von Guaximalpa, und die Anhöhen von Santa Fe hinauf, wo sie sich lagerten.«

»Und es wurde wieder Abend,« fuhr eine andere Dame fort, »und sie kamen zur Verwunderung Mexikos nicht zurück, und es kam der Morgen und wieder Abend und wieder Morgen. Sie blieben noch immer. Anfangs lachte man über sie, dann wünschte man sich Glück, sie los geworden zu sein, aber zuletzt fing es allen an, unheimlich zu werden. Nach drei Tagen kehrten sie zurück, und an demselben Tage kam die Nachricht, daß die Rebellion in Dolores ausgebrochen sei, und sechs Wochen darauf sahen wir den gräßlichen Hidalgo mit seiner wüsten Horde auf eben den Anhöhen gelagert, die die Leperos früher inne gehabt hatten.«

Es entstand nun eine lange Pause, wie bei Menschen, die gerne ihrem gepreßten, geängsteten Herzen Luft machen möchten, die aber fürchten, irgendeinen Gegenstand zu berühren, der einen wunden Fleck dieses ihres Herzens treffen könnte.«

»Ich weiß nicht,« hob endlich die Condessa Istla seufzend wieder an, »was ich von diesem Hidalgo halten soll, und dem schlimmeren Morellos. Die Gachupins schildern sie als die ärgsten Ketzer, und Padre Domingo behauptet fest und heilig, daß Hidalgo während seiner Gefangenschaft die Klauen und Hörner des Gott-sei-bei-uns gewachsen seien.« Bei diesen letzteren Worten kreuzte sich die Dame, rief den Namen Jesu dreimal und küßte dann ihre Daumen. Dasselbe taten die übrigen.

»Heilige Jungfrau!« sprach die Marquisin Grijalva, »Wir sind so gänzlich in den Händen dieser unversöhnlichen Gachupins, dieser Todfeinde

---

[103] Eine Art Eidechsen, die gegessen werden.

alles dessen, was mexikanisch ist, außer seines Goldes und Silbers, die uns schmähen und höhnen, und dann die Rebellen vor den Toren, die von Ketzern angeführt werden.«

»Sie wissen, was gestern mit der Donna Matilda geschehen?« fragte die Marquisin B–e. »Der Capitano Figueras vom Regimente Navarra hatte sie gesehen, hatte gehört, daß sie bedeutendes Vermögen besitze, und noch gestern ist dem Vater der hohe Wunsch durch den General Pincha eröffnet worden, der Vermählung seiner Tochter mit dem Gachupin kein Hindernis in den Weg zu legen. Er mußte seine zwei Söhne zugunsten des spanischen Schwiegersohnes enterben. Beide machten sich noch gestern auf den Weg nach Cuautla Amilpas, wurden ergriffen –«

»Und haben zu leben aufgehört;« flüsterten die andern Damen mit hohler, dumpfer Stimme.

»Don Alaman,« fuhr die Condessa Irun nach einer Pause fort, »starb, wie Sie wissen, eines plötzlichen Todes auf seiner Hacienda. Er hatte, da das Jahr soeben begonnen, die *indulgencia plenaria*[104] nicht gelöst von des Vireys Exzellenz; deswegen wurde sein Testament ungültig erklärt, sein Vermögen vom Fiscal der hohen Audiencia eingezogen, und die Kinder – –«

»Sind Bettler!« seufzten die Damen wieder in demselben dumpfen Tone.

»Senorias,« sprach die Condessa R–a, »ich rang meine Hände, ich erhob sie flehend zur heiligen Jungfrau, und betete und beschwor sie, mir zu offenbaren im Traume oder durch ein sonstiges Zeichen, welches der rechte Weg in diesen Trübsalen sei.« Sie sah sich nach allen Seiten scheu um und fuhr dann fort: »Diese Gachupins wüten ärger unter uns, als die Heiden, Türken und Mauren, und gerade als ob wir *gente irrazionale* wären, behandeln sie uns. Und doch wieder sind sie unsere Obrigkeit, und alle Obrigkeit ist von Gott eingesetzt; zudem sind die Gavecillas von Sr. Gnaden dem Erzbischofe exkommuniziert. Allerseligste Jungfrau! Man weiß nicht mehr, was man denken, glauben oder tun soll!«

»Santa Vierge!« jammerte eine zweite, eine dritte, eine vierte, bis endlich alle ihre Seelenleiden dahin geäußert hatten, daß ihre Herzen bereits ziemlich für die Rebellen schlugen, daß aber Furcht vor den gräßlichen Gachupins, und mehr noch vor der schrecklichen Exkommunikation sie abhalte, diesen Gefühlen eine werktätigere Richtung zu geben.

Diese Furcht war übrigens nicht ungegründet, und selbst stärkere Seelen als die unserer Damen waren durch diesen schrecklichen Fluch ein-

---

[104] Vollkommener Ablaß. Siehe Note.

geschüchtert worden, und nur der Umstand, daß das exkommunizierende Haupt der mexikanischen Kirche, der Erzbischof, ein Gachupin, und die Anführer des Insurgentenheeres großenteils kreolische Priester waren, hatte wieder ein heilsames Gegengewicht hervorgebracht. In einem Lande, wo Mütter, und zwar Mütter angesehener Familien, nur noch kurz vorher ihre Söhne der Inquisition, oder, was dasselbe sagen will, dem Tode oder ewiger Gefängnisstrafe überlieferten, aus keinem andern Grunde, als weil diese Söhne die Schriften der französischen Philosophen bei sich führten, mußte natürlich die Kirche noch einen starken Halt auf die Gemüter ihrer geistlichen Schafe, und vorzüglich der schöneren Hälfte haben, die so ganz in ihrer Gewalt war.

Es trat eine lange Pause ein.

»Die Patrioten haben aber auch ihre Padres,« fiel ihr die Marquisin Grijalva ein, »und zwar fromme kreolische Padres, und seine erzbischöfliche Gnaden sind ein Gachupin.« Sie hielt inne; denn die Stimmen im anstoßenden Gemache waren sehr laut und heftig geworden.

»Und Eure Herrlichkeit rechnen diese Tausende, die hinauf gegen Tacubaya strömen, als wenn das *Vomito prieto*[105] in Mexiko wütete, für keine Zeichen der Zeit?« schrie eine Stimme.

»Und die zehntausend Abschriften der Deklaration der Junta von Zultepec, die wie Schnee vom Himmel gefallen und in allen Straßen zu finden waren?«

»Prachtvolle Deklaration!« rief ein dritter: »Hören Sie nur!«

»Stille!« war die Antwort des Grafen. »In unserm Hause soll keine solche Deklaration verlesen werden.«

»Conde! Conde!« schrien mehrere; »Sie wollen sie nicht hören, die Sprache freier Männer, die kühne Sprache der unerschrockenen Wortführer und Verfechter der Freiheit Mexikos, – Sie wollen nicht? Ein Wort von Ihnen, und die *Companias sveltas*[106] von Mexiko, die Milicia von ganz Mexiko schütteln das Joch ab, das Freiheitsfeuer lodert, der göttliche Funke entzündet aller Herzen.«

»Um ebenso schnell wieder zu verlöschen,« war wieder des Grafen Antwort.

»Was wollen Sie, Senorias?« fuhr er weiter fort: »Einen allgemeinen Brand? Wohlan, so legen Sie ihn an; geben Sie aber acht, daß er Sie nicht selbst verzehre. Die Bollwerke der künstlichen Rangunterschiede wollen Sie zertrümmern, weil die Gachupins Ihnen lästig sind? Geben Sie acht,

---

[105] Das schwarze Erbrechen, gelbe Fieber.
[106] Leichte Truppen (Milizen).

daß diese Ruinen Sie selbst nicht begraben. Das Volk wollen Sie frei machen, es zu sich heraufheben?«

»Sie sind doch sonst ein Bewunderer der großen Republik des Nordens?« sprach einer der Kavaliere.

»Das sind wir,« versetzte der Graf, »weil sie da den Töpfer von seinem Tone, den Ackersmann von seinem Pfluge nehmen und ihn an das Staatsruder stellen können, weil in diesem Lande keiner riesengroß, keiner wurmartig klein ist – bei uns ist das Gegenteil. – Wollen Sie sitzen neben Leperos oder Indianern aus der *Tierra caliente*? Vergessen Sie nicht, Senorias, daß wir fünf Millionen Mexikaner haben, die nicht einmal wissen, daß eine Bibel existiert.«

Es entstand ein lautes Gelächter. »Die Bibel! die Bibel!« riefen mehrere.

»Hat den Vereinigten Staaten ihre Freiheit erhalten, und zum Teil erworben,« war wieder vom Grafen zu hören. »Ich ehre,« fuhr er fort, »Ihre Ansichten, rauben Sie mir aber die meinigen nicht, und diese sind, daß unser Volk für die Freiheit noch nicht gezeitigt, daß wir die Stützen des Staatsgebäudes nicht zertrümmern können, ohne uns einer gewißlich ärgern Tyrannei auszusetzen, und daß wir, wie die Hebräer, noch durch eine lange Wüste von Leiden und Entbehrungen zu wandern haben, ehe wir in das Land der Erkenntnis kommen, das einzige, wo Freiheit wohnen kann. Ich sage Ihnen, Senorias,« schloß er, »die Spanier sind nicht das Schlechteste, das wir in Mexiko haben.«

Ein lautes Geschrei brach auf diese Erklärung aus, und die Heftigkeit der Schreienden schien alle Rücksichten des Anstandes und der Klugheit vergessen zu haben. Es waren zum Teil dieselben bekannten Stimmen, die wir bereits gehört, dieselben Edelleute, die wir wenige Tage zuvor so ängstlich-kindisch nach der Auszeichnung eines königlichen Ordens haschen gesehen haben. Nur drei Tage waren seit dieser merkwürdigen Gemütsumwandlung verflossen; aber der mexikanische Charakter ist eine merkwürdig psychologische Erscheinung, und drei Tage sind zu gewissen Zeiten ebenso viele Jahrhunderte, und bewirken, indem sie den verjährten Faulstoff entzünden, auch in den Gemütern Revolutionen, die nur der große Haufen als unerklärlich anstaunt, weil er die Ursachen nicht bis zu ihren ersten Entstehungsgründen zu verfolgen weiß.

»Heilige Mutter der Gnaden!« fuhr die Condessa auf, die, so wie die übrigen Damen, nicht wenig über die Heftigkeit ihres Mannes erschrocken war: »Unsere Männer führen sonderbare Reden.«

»Jesu! Jesu!« seufzte eine andere, »Wir sind gekommen, um beim Grafen de San Jago Ruhe und Trost zu finden und nur wenigstens sein Gesicht zu schauen. Er ist sonst so gleichmütig, so ruhig.«

»Und doch wieder der Barometer unserer Zeit,« bemerkte die geistreiche Condessa R–a.

Eine Stimme schrie nun im Gemache, wo die Kavaliere sich befanden. »Bei meiner Ehre, Conde de San Jago, da kommt die Belohnung für Eurer Herrlichkeit echt spanische Grundsätze.«

»Es ist die vizekönigliche Equipage;« riefen alle.

Die Damen waren verwundert und erschrocken aufgesprungen.

»Es ist die Condessa Isabella mit Donna Zuniga, und ihrer Camarera,« riefen mehrere im Tone höchster Verwunderung, »Madre de Dios! die Donna Flora Zuniga, wie kommt diese in den vizeköniglichen Wagen?« Die Donna Isabella mit ihrer Camarera stiegen aus, und die vizekönigliche Equipage mit der Donna Flora rollte der Stadt zu. »Madre! Madre!« riefen die sämtlichen Damen.

Zu den zehn Staatskarossen, die am freien Platze vor der Villa hielten, war der glänzende Phaeton mit den beiden Damen gekommen, von welchen die jüngere mit so graziöser Huld die beleidigte Menge im Paseo zu versöhnen sich herabgelassen. Sie hatte den Obersten zum Begleiter, und ihr Benehmen verriet schon beim ersten Anblicke jene scheinbare Anspruchslosigkeit, und wieder jene hohe Airs, die erhabene Personen so geschickt um ihr äußeres Sein zu legen wissen, um nach Erfordernis bald die eine, bald die andere für die liebe gemeine Welt aufzutischen, je nachdem sie bezaubert, oder zur sich selbst vergessenden Huldigung und Anbetung hingerissen werden soll. Ehe sie aus dem Wagen stieg, hatte sie die Donna, die so unschuldig Veranlassung zu dem furchtbaren Morde geworden, noch mit herablassender Anmut umarmt.

Der Conde selbst war der hohen Besuchenden entgegengekommen, und die Ehrfurcht, mit welcher er sie empfing, dürfte kaum größer gewesen sein, wenn die Königin beider Indien selbst ihren hohen Fuß in sein Haus gesetzt hätte, so wie denn die Verhältnisse, in denen die vizekönigliche Familie zu den ersten Edeln des Landes stand, auch wirklich nur wenig Unterschied zwischen dem temporären Virey und dem wirklichen König stattfinden ließ.

Die außerordentliche Weise, auf welche die Krone Spaniens diese herrlichen Länder des westlichen Kontinentes erworben, beinahe ohne ihr Zutun und allein durch den rasenden Geist ihrer noch von den maurischen Kriegen her nach Abenteuern dürstenden Soldateska erworben, die Uneinigkeiten und Empörungen, die unter diesen Abenteuern bald nach Eroberung der weiten Reiche ausgebrochen, waren mit eine der großen Veranlassungen gewesen, die die prunkliebenden spanischen Monarchen vermocht hatten, um die Höfe ihrer Vizekönige jene seltsame Demarkationslinie zu ziehen, die diesen temporären Statthaltern zugleich die Ehrfurcht des großen Haufens sichern, aber sie auch von jeder zu vertraulichen Verbindung mit den Eingebornen und selbst ihren Landsleuten, den Spaniern, abhalten sollte. Wir haben zum Teil den Hofstaat dieser Vizekönige Mexikos gesehen. Nicht nur hatte dieser hohe Kronbeamte seine eigene Leibgarde, seine Pagen und Kammerherren, seine Person wurde auch in jeder Hinsicht als der Abglanz, das *alter ego* – des Königs selbst betrachtet, und diesem Grundsatze zufolge mit einer Etikette umgeben, die, während sie dem Volke die entfernte Majestät durch seinen Stellvertreter auf das glänzendste vor die Augen zu bringen berechnet war, diesem alle Möglichkeit abschneiden sollte, die ihm anvertraute Gewalt zum Nachteile der spanischen Krone zu mißbrauchen.[107]

Infolge dieser, auch auf den antisozialen Nationalcharakter berechneten Staatsmaxime war den Vizekönigen Mexikos nicht nur jede Verbindung mit den Eingebornen des Landes – jeder Verkehr – jeder Erwerb von Ländereien untersagt; es war ihnen nicht nur für ihre eigenen Personen verboten, mit Kreolinnen in eheliche Verbindungen zu treten, auch ihre Kinder durften dies nicht; sie durften nicht in Gesellschaft des mexikanischen Adels speisen, nicht vertrauliche Besuche empfangen; ja, diese merkwürdige Etikette erheischte ausdrücklich, daß, wenn in der Hauptstadt, sie bloß mit ihren Familien zur Tafel niedersitzen sollten. Gemäß demselben mißtrauischen Systeme, das, indem es den Statthalter scheinbar über die gesamte bürgerliche Gesellschaft des Landes erhob, ihn in der Tat aller Freuden seines Daseins und selbst der Möglichkeit beraubte, diesem Lande nützlich zu werden, war seine Regierung immer auf fünf Jahre beschränkt.

Die Revolution, indem sie das Ansehen der spanischen Gewalt in ihren Grundfesten erschütterte, hatte nun zwar auch den Vizekönig gezwungen, von seiner eisigen Höhe herabzusteigen und bedeutende Eingriffe in diese Etikette zu tun; immer war aber noch hinlänglich viel übrig geblieben, um die Verwunderung begreiflich zu machen, die eine Erscheinung erregen mußte, welche schon an und für sich das höchste Interesse in Anspruch zu nehmen so geeignet war.

Es war dieselbe stolze Schöne, die wir bereits im Thronsaale des Palastes zu beobachten Gelegenheit gefunden haben, und deren Bild wir nun unsern Lesern näher vor die Augen rücken wollen.

---

[107] Einige der Vireys wurden wirklich beschuldigt, die Absicht gehabt zu haben, Mexiko von Spanien loszureißen, und sich souverän zu erklären. – Es sind starke Beweise vorhanden, daß der Conde Galvez dies im Sinne hatte.

Eine volle Gestalt von mittlerer Größe, und obgleich noch jugendlich, mehr Weib als Mädchen, eine Form von üppigen Umrissen, ein herrliches Bild spanischer Schönheit, ganz Leidenschaft und Flamme; kein Spielen, kein Tändeln, rasches Hingeben oder vielmehr Ergreifen, kräftiges Festhalten lag in ihren stolzen, begehrenden Zügen. Viele Versuchungen und manche genossene Freuden schimmerten durch den leichten Anflug tropischer Ermattung, der wie der rötlich erglühende Dunstkreis beim Anbruch eines heißwerdenden Tages die Sonne bei ihrem Aufgange umschleiert, und die blutroten Streifen, die auf diesem feurig brünetten Gesichte gleichsam wie zur Warnung hingezogen waren, sie verrieten Flammen und Liebe, und doch schien es, als ob sie selbst stärker als Liebe sein könne.

Sie war etwas phantastisch in der Basquina ihres Landes gekleidet, die bis zu den Knien herab ging und zur Unterlage eine dunkelblaue Robe hatte, die wieder bis zu den Knöcheln reichte, und ein Paar sehr kleine Füße sehen ließ. Ein kostbarer Kaschmir war malerisch *à la Créole* um ihren Kopf gewunden, eine Fülle schwarzer Locken hervor drängend, die auf den üppigen Nacken herabfielen. Der Busen war züchtig und wieder auf eine Weise verhüllt, die sagen zu wollen schien, sie verschmähe es, die herrlichen Reize desselben zur Schau zu stellen. Arme, Taille, alles war verführerisch, schwellend, elastisch, und in den schwarzen, feurigen Augen glühte eine Flamme, und diese Flamme loderte wieder so begehrlich durch eine so wollüstig schwimmende Mattigkeit hindurch! Sie erschien wie ein prachtvoller Meteor am unheilschwangern Himmel.

Neunundzwanzigstes Kapitel.

Was hat sie Dir getan, daß Du sie so tief verletzest?
Wann ist sie Dir auch nur mit einem bittern Wort nahe getreten?
SHAKESPEARE.

er herrliche Morgen,« sprach sie, rasch und anmutig in das Zimmer eintretend, wo die Damen versammelt waren, und mit einem flüchtig huldvollen Lächeln, das jedoch einen höhnischen Nachzug hatte – »der herrliche Morgen hat uns herausgelockt. Wir sehen jedoch, die schöne Welt ist uns zuvorgekommen. Wir grüßen Sie, Senorias! Ah, siehe da, die Condessa R–a und Istla und unsere liebe Marquisin Grijalva und – –«

Mit diesen Worten begrüßte sie die Damen, die sich sämtlich erhoben, und mit den tiefsten Knicksen ihr ihre Ehrfurcht zu bezeugen fortfuhren.

»Ihro Herrlichkeit,« sprach der Graf, »haben uns und unser Haus auf eine so schmeichelhafte Weise überrascht, die uns diesen Morgen in jeder Hinsicht unvergeßlich machen wird.«

Die stolze Schöne schien das Kompliment nicht gehört zu haben. Sie hatte einen flüchtigen Blick umhergeworfen, und hob nun frappiert, wie es schien, das Augenglas, um eine der beiden Marmor-Statuen, die durch die offene Flügeltüre des Kabinettes zu sehen war und die Meisterhand eines ausgezeichneten Künstlers verriet, näher zu betrachten.

»Man sagt,« sprach sie im hingeworfenen leichten Tone, einen Schritt der Türe des Kabinetts zutretend, »daß die Edlen Mexikos die edelste aller Künste nur wenig begünstigen, und wirklich unsere *Academia de los nobles artes*[108] scheint die Beschuldigung zu bestätigen; um so mehr Ruhm gebührt dem Conde de San Jago.«

Die Donna war nach diesen Worten wieder einen Schritt vorgetreten und stand bereits auf der Schwelle des Kabinettes, ohne daß jedoch der Conde gefolgt wäre.

»Wir sind wirklich sehr angenehm überrascht. Sehr gut,« bemerkte sie,

[108] Die Akademie der schönen Künste. Sie wurde sehr von der Regierung begünstigt.

indem sie in das Kabinett – und der Statue Amors näher trat. »Das Gesicht allerliebst moquant, die Biegung der Arme vorzüglich. Ein Canova?«

»Der Scharfblick Ihrer Herrlichkeit ist nahe gekommen,« versetzte der Conde. »Einer seiner Lieblingsschüler.«

»Ah,« rief sie aus dem Kabinette heraus. »Sie haben die Roma gesehen, die herrliche, die antike, geschaut die Wunderwerke ihrer Vergangenheit? Ah, wie geht es doch unserer Condessa? Wir haben im Palaste gehört, sie sei sehr leidend. Sind wir doch immer so unglücklich, von unsern Teuren zuletzt zu hören. Ist sie wirklich so leidend?«

»Ihre Herrlichkeit befinden sich im Kabinette der sehr erlauchten Condessa Elvira F–a,« sprach der Graf, ohne sich von der Stelle zu bewegen, »sie war wirklich sehr leidend.«

Der Oberst hatte sich unterdessen gleichfalls den beiden Flügeltüren genähert, zog sich jedoch bei diesen Worten wieder zurück.

»Conde San Ildefonso,« sprach die Dame zum jungen Obersten, die Worte des Grafen wieder überhörend – »Sie werden das seltene Glück haben, eine sprossende Schönheit zu bewundern, die in den herrlichen Tälern unseres Oaxaca aufgeblüht, kaum drei Tage unser Mexiko mit ihrer Gegenwart entzückt, und auch bereits aller Herzen in eine stürmische Bewegung versetzt hat.«

»Ihre Herrlichkeit,« erwiderte der Conde artig, aber etwas trocken und mit Nachdruck; »erweisen der erlauchten Condessa de F–a eine Ehre, durch welche sie sich kaum geschmeichelt finden dürfte, da sie der Meinung ist, daß Mexiko an ganz andere Dinge zu denken hat.«

»Sie tun Ihrem holden Schützlinge Unrecht, Conde,« fiel ihm die Donna ein, noch immer die Statue fixierend. – »Was unsere Wenigkeit betrifft, so gestehen wir gerne, daß wir so egoistisch sind, für unser Vergnügen und Interesse vorzugsweise zu sorgen, auch daß wir wieder so spießbürgerlich denken, die öffentlichen Angelegenheiten denjenigen ganz und gar zu überlassen, die sie eigentlich angehen. Wir sind eine gute Untertanin Sr. allerkatholischen Majestät, und kümmern uns um Staatsangelegenheiten nur insoferne, als sie unsere Wenigkeit betreffen, das heißt, die Ankunft neuer Moden beschleunigen oder verspäten.«

Unterdessen war die leidende Condessa den vornehm zudringlichen Besuch im Kabinette gewahr geworden. In ihrem tiefen Sinnen hatte sie weder den Eintritt noch die ersten Äußerungen der etwas übermütigen Donna bemerkt; das Geflüster ihrer beiden Dienerinnen hatte sie zuerst von ihrer Gegenwart unterrichtet. Langsam mit einem lauschenden, halb neugierigen, halb verwunderten Blicke erhob sich das liebliche Kind, eine so heitere reizend idealische Erscheinung! als innerhalb der Meere Mexiko nicht mehr gesehen werden konnte. Ihr regelmäßig schönes Gesicht, von einer leichten Röte angeflogen, in dem dunkelblauen Auge eine gewisse Neugierde, die wunderlieblichen Lippen halb geöffnet, wie um zu fragen, über die ganze Gestalt den unbeschreiblichen Zauber reiner Unschuld und hohen Seelenadels ausgegossen, mit jenem leichten Anfluge von Wehe, der die Unschuld erst recht interessant macht. Auch sie trug die reizende Basquina, und war, obgleich einfacher als die brillante Donna, doch ungleich geschmackvoller gekleidet; der einzige Schmuck, den sie trug, war eine Schnur kostbarer Perlen.

Es war Psyche nach ihrem ersten Liebesschmerze; und wieder lag um ihr ganzes Wesen die unbefangene natürliche Hoheit einer jungen Dame vom höchsten Adel. Sie trat mit der Würde einer Herrin des Hauses ihrem Gast entgegen, der das Erstaunen kaum verbergen konnte.

»Dies ist also das liebe Kind, Conde de San Jago?« sprach die Donna, vornehm nickend, und mit dem huldvollen Lächeln die Condessa musternd, mit der Prinzessinnen allenfalls ein neues Kammermädchen beaugenscheinigen.

»Donna Elvira, Condessa F–a, die erlauchte Gebieterin dieses Hauses,« sprach der Conde zur Donna, an die Schwelle des Kabinettes vortretend, »Donna Isabella Condessa de C–s, die nicht minder erlauchte Schwester der Gemahlin Sr. Exzellenz des regierenden Virey von *Nueva Espanna*.«

Die Lippen der Donna verzogen sich bei dieser wechselseitigen Aufführung einen Augenblick auf eine schneidend höhnische Weise, doch im nächsten hatte sie ihre vorige freundliche Miene wieder angenommen. Das zufriedene Nicken der Damen und der heitere Anflug im Gesichte des Obersten zeugten, daß diese kleine Demütigung den Damen nicht nur, sondern auch ihm erwünscht gekommen war. Im Gesichte des Conde selbst war kein Zug verändert, sein Auge hing mit demselben Ausdrucke von Dienstbeflissenheit an der Donna.

»Donna Isabella, Condessa de C–s,« wiederholte sinnend die junge Gräfin. »Sie, die so unendlich erhaben über uns arme Kreolinnen? – Was verdanken wir den Besuch der Hohen?«

Sie sprach diese Worte laut, aber mit einer sanften, wohlklingenden Silberstimme. Der Oberste in den Anblick des holdseligen Kindes versunken, kam erst durch ihre rasche Bewegung zum Bewußtsein. Sie hatte nämlich kaum seinen starren Blick gewahrt, als sie errötend einen Schritt zurücktrat, und einem der beiden Mädchen einen Wink gab, das sofort die Mantilla an ihrem Scheitel befestigte, welche sie über einen Teil des

Gesichtes und die Schulter zog, so daß ersteres den Blicken des Obersten entzogen wurde. Hatte die Sprache der Condessa die an die Unterwürfigkeit und selbst Blödigkeit der Kreolinnen gewöhnte Donna in Verwunderung gesetzt, so schien diese positive Mißbilligung der Kühnheit ihres Begleiters sie in Erstaunen zu setzen, das zu verhehlen sie wieder nicht nötig zu finden glauben mochte. Ein höhnisches Lächeln überflog ihr Gesicht, als sie sprach:

»Conde de San Ildefonso ist bestraft dafür, daß seine Augen unbescheidener sind, als seine Zunge.«

Des Obersten Lippen zuckten; er schien eine Antwort zu suchen, ohne daß er imstande war, ein Wort hervorzubringen.

»Wo sind Sie, Conde?« fragte sie ihn scharf fixierend. »Wir sind gekommen, einem teuren Gliede der hohen Nobilitad von Mexiko unsere Achtung zu bezeugen, und zwar infolge des Wunsches Sr. Exzellenz unseres Schwagers; und beinahe scheint es, daß Sie der Kranke sind, als den man die holde Condessa geschildert. Ist es Geistesverwandtschaft?« fragte sie spöttisch leiser.

Die Condessa hatte die Donna mit ruhig klaren Augen angesehen; der Ausdruck ihrer Züge, anfangs neugierig, schien nun schmerzlich werden zu wollen.

»Wir sind Sr. Exzellenz und Ihnen, Donna, unendlich für die hohe Gnade verbunden,« sprach sie, sich ehrfurchtsvoll verneigend.

»Auch müssen wir Ihnen gestehen, Condessa, daß Neugierde einigen Anteil an diesem unserem Besuche hatte,« bemerkte die Donna.

»Neugierde?« fragte die Condessa, und ihr Auge fiel fragend auf die überstolze Spanierin, und wieder durch das Fenster in den Paseo, wo die Menge gegen Tacubaya hinwogte.

»Neugierde,« fiel ihr die Donna ein, »diejenige zu sehen, deren Erscheinen die hohe Welt Mexiko so sehr bezaubern konnte. Unser Guignon hat uns dieses –«

Sie hielt inne, denn die junge Gräfin hatte einen Blick auf sie geworfen, so wehmütig und zugleich mitleidsvoll, als sie mitten in ihrer Rede stocken machte.

»Donna Isabella,« sprach die letztere, und ihre Brust hob sich beklommen: »Sie sind glücklich, heiter und froh, und hoch, um den Regungen Ihres Herzens folgen zu dürfen, erhaben zu sein über die Leiden, die uns und Millionen niederdrücken. Und doch, Donna Isabella, wir können Sie nicht beneiden.«

Das Auge der Sprecherin wurde feucht, indem es wieder durch das Fenster in die Ferne schweifte, und selbst die ultra-höfische Dame schien bewegt. Sie war augenscheinlich weniger gekommen, der leidenden Teilnahme zu beweisen, als vielmehr irgendeinen jener tief angelegten Pläne zu verfolgen, die, giftigen Schwämmen gleich, in der Hofatmosphäre aufschießen, und den Arglosen durch ihr geruch- und geschmackloses Gift zum leichteren Genusse vermögen. Dieser Plan mochte persönliche und wieder politische Zwecke haben; denn in despotischen Staaten, wo Willkür und Leidenschaft allein herrschen, ist es nicht selten das schöne Geschlecht, das sich der schweren Bürde des Regierens auf seine eigene Weise unterzieht. In dem Gesichte der Donna war auch während der kurzen Pause ein sichtlicher, aber schnell vorübergehender Kampf zu lesen, und unter dem wechselnden Mienenspiele dieser beweglichen Züge mochte die Lösung der schweren Aufgabe sie beschäftigen, die Leidende zu demütigen, und zugleich das Verdienst graziöser Herablassung in den Augen der Anwesenden zu erlangen. Das Benehmen der jungen Condessa jedoch schien einen solchen Triumph nichts weniger als leicht zu machen. Ihr ganzes Wesen bewies jenen richtigen Takt, jenes Bewußtsein innerer Würde, die jungen Damen, deren Seele nie befleckt und die nie fremdes oder häusliches Übergewicht gefühlt, angeboren sind. Ein solcher Takt war begreiflich bei der Tochter eines der ersten Häuser Mexiko, und doch wieder ungewöhnlich bei den damaligen Verhältnissen der Kreolen zu den regierenden Spaniern und dem Zustande der tiefen Herabwürdigung, die natürlich ihren verderblichen Einfluß auch auf die schönere Hälfte derselben äußerte und sich bei jedem Zusammentreffen mit dem freieren Spanier durch jene Befangenheit kund tat, die der blöde, gedrückte Untertan gegenüber seinem Herrscher an den Tag zu legen pflegt. Von dieser Befangenheit jedoch war an der Condessa auch keine Spur zu bemerken; im Gegenteile, in ihrem Wesen lag eine Hoheit, die nicht weniger dadurch auffiel, daß sie kindlich natürlich und wie angeboren erschien. Die frivole Weise, in welcher die Fremde die sämtlichen Damen, die ersten des Landes, behandelte, sie keiner Rede würdigte, höchstens gelegentlich eine beißende Bemerkung an den Obersten gerichtet fallen ließ, schien die junge Gräfin gerade so wie die Nachäffung souveräner Herablassung zu ignorieren, und, seltsam genug, war es ihr richtiger Takt, der die anwesenden Gäste gleichfalls zu größerem Bewußtsein ihrer Würde zu bringen schien. Sie erfaßte jetzt mit Grazie die Hand der Donna und führte sie aus dem Kabinette, dessen Schwelle sie sich schrittweise genähert hatten, in das Besuchzimmer, wo sie mit ihr auf einer Ottomane Platz nahm.

»Wo sind Sie, Conde?« fragte die Donna den Obersten zum zweiten Mal.

»Im Lande meiner Jugend, in jener Zeit – der holden, der fröhlichen – wo die Barke meines Lebens noch schwankend umherglitt. Eine glückliche Zeit, Donna!«

»Träumer!« sprach die Donna, »finden Sie ihn nicht so, Condessa Elvira? Man sagt, auch eine gewisse holde Condessa sei zu Träumen aufgelegt.«

»Ich träumte!« sprach diese mit einem leisen Seufzer: »o ich träumte so schön! den schönsten Traum meines Lebens! Er dauerte seit meinem ersten Erwachen aus dem Schlafe der Kindheit. Es war ein Traum. Sie haben wohl nie geträumt, Donna?« wandte sie sich auf einmal zur hochmütigen Spanierin. »Armer Mani!« seufzte sie leise und kaum hörbar.

»O, es ist schön, zu träumen!« brach der jugendliche Oberst begeistert aus, und eine hohe Röte überflog das wirklich schöne Gesicht des Jünglings; denn so konnte er noch immer genannt werden, ungeachtet seines hohen militärischen Ranges. »Ah, Donna Isabella! Sie haben nie geträumt, bei Ihnen ist alles Wirklichkeit, klare, prachtvolle Wirklichkeit; aber diese Blumen!« rief er begeistert: »Sehen Sie diese Blumen! Sind sie nicht, gleich Träumen unseres Lebens, von der Gottheit in einem ihrer Träume, einem ihrer schönsten Träume hervorgerufen, so glühend rot! so dunkelblau! die Glut der südlichen Phantasie, die ferne Bläue des – – Donna Isabella, die Blumen Mexikos sind schön, sehr schön!«

Die junge Condessa schaute nun den Sprecher zum ersten Mal verwundert scheu an.

»Schön, das mag sein,« versetzte die Donna; »aber schwer, lethargisch, wie die Bilder, denen sie zur Folie dienen,« beschloß sie spottend.

»*Hélas! cette agacerie, cette brillante!*« – Der junge Offizier warf ihr einen Flammenblick zu; dann fiel sein Auge wie flehend und um Vergebung bittend auf die Condessa.

»Schmeichler!« flüsterte die Donna: »zittern Sie, Schmeichler! Wir haben, wie die römischen Damen eine gewisse Smorfia. – Und unsere Condessa,« wandte sie sich wieder herablassend gelegentlich an die junge Gräfin, »ist sehr leidend gewesen? Es wäre schade, wenn die heitern Geister, die in diesem klaren, fröhlichen Gesichtchen spielen, der traurigen Wirklichkeit weichen sollten. Doch, sie ziehen, diese heitern Geister – liebes Kind, nicht wahr? sie ziehen in die Ferne – mit den Wolken – die den Ozean hinüber segeln?«

Die Lippen der Nina zuckten bei dieser Anspielung, ihr Busen hob sich, und sie sah die Fragende einen Augenblick an; doch nur einen Augenblick, der höhnende Zug, der um den Mund dieser spielte, trieb die Röte des Unwillens auf ihre Wangen.

»Und ziehen die Geister der Donna Isabella nicht auch hinüber? Und begleiten ihre Wünsche und Gebete nicht auch? – –« sie stockte; die letzten Worte hatte sie leise gesprochen.

»Das ist fürwahr eine kühne Frage, kleine Condessa,« versetzte die Dame, in deren Gesichte nun die blutroten Streifen auf eine Weise schwollen, die den stolzen, aber schönen Zügen für einen Augenblick etwas Furienartiges verliehen. Selbst der Oberste war erschrocken über die unverhohlene Wut der Dame, und sein Blick fiel fragend wechselweise auf den Grafen und die Condessa, Aufklärung über diese sonderbare Verwandlung heischend. Dieser war jedoch ruhig gestanden, und bei der Donna verzogen sich die Symptome der Entrüstung wieder sehr schnell; nur jenes spröde Hohnlächeln war zurückgeblieben, das hohe Herrschaften bei unbescheidenen Fragen als Wahrzeichen von Befremdung um ihren Mund spielen zu lassen pflegen.

»Sind wir unbescheiden gewesen,« versetzte die Condessa, »so sollte uns dieses leid tun. Sind wir wirklich unbescheiden gewesen, teure Mama?« wandte sie sich an die Condessa R–a und die übrigen Damen, denen man es ansah, wie schwer es ihnen wurde, die gesuchten Beleidigungen der Spanierin länger zu ertragen. »Wir haben immer gehört,« fuhr sie mit erhöhter Stimme fort, »wir seien die Gebieterin dieses Hauses; die Welt nennt uns Condessa de F–a; aber diese Welt ist ja bloß Mexiko. Sagten Sie nicht, Tio, daß unsere Väter Granden von Spanien waren, daß unsere Oheime es noch sind? und ist die Tochter von Granden wirklich *kühn gewesen*, meine Herrschaften?« fragte sie die Damen.

»Nein, Condessa!« riefen alle, mit Tränen in den Augen und laut schluchzend; »nein, teure Nina,« nahm die Condessa R–a das Wort, indem sie aufstand und das herrliche Kind in die Arme schloß: »nein, Sie sind nicht kühn gewesen; aber dulden Sie, leiden Sie, unser armes Mexiko duldet ja so viel.«

»Duldet es wirklich?« fiel ihr die Donna mit einem höhnischen Lachen ein: »Vielleicht duldet es sogar uns Spanier? Bleiben Sie doch sitzen,« fuhr sie hohnlachend und in demselben kalt spottenden Tone fort: »wir sehen Sie gerne so. Sie werden doch nicht die Gavecillas nachahmen wollen? oder doch? Wie, auch Sie Rebellen geworden?« Sie sah die beiden Gräfinnen boshaft lächelnd an.

Selbst des Obersten Lippen zuckten vor Unwillen über diesen unweiblichen Ausbruch leidenschaftlich tödlichen Hasses. Die Damen erblaßten, und bemühten sich ihr Schluchzen zu verhalten; nur der Graf schien seine Ruhe beibehalten zu haben.

»Wir sind Sr. Exzellenz,« sprach er mit einer leichten Verbeugung, »unendlich für die hohe Gnade verbunden, Antrieb zu dem herablassenden Besuche Ihrer Herrlichkeit geworden zu sein. Haben aber Se. Exzellenz – –« Er hielt inne, sah aber die Donna fragend an.

Dieses Kompliment scheinbar so ganz zufällig und selbst zwecklos eingeschaltet, und die Frage nicht vollendet, machte, mit der vielsagenden Pause, die Donna den Grafen starr anblicken. Sie schien auf einmal gewahr zu werden, daß sie, in ihrem Bemühen, recht hohe, niederschmetternde Airs anzunehmen, ganz das Ziel ihrer Sendung selbst verfehlt habe. Auch bei den Damen schien derselbe Gedanke aufzudämmern, und in dem Maße, in dem die Verlegenheit der Donna wuchs, kehrte auch die Unbefangenheit der Kreolinnen wieder zurück.

Die lange Pause, die infolge dieser wechselseitigen Gemütsbewegungen eingetreten war, wurde auf einmal durch ein furchtbares Aufruhrgeschrei, oder wie es in diesem Lande genannt wird, Grito, unterbrochen, von welchen wir unseren Lesern keinen deutlichern Begriff zu geben vermögen, als wenn wir ihnen sagen, daß diese Aufrufe zum Aufruhr bereits zu dieser Zeit so häufig geworden waren, daß die mexikanische Sprache ihnen einen eigenen Namen zu geben genötigt worden. Dieses Geschrei schallte aus weiter Ferne herüber und hatte einen eigenen Charakter. Es glich einem Freudengeschrei. Merkwürdig jedoch erfüllte es die Tausende von Kreolen, die den Paseo hinab wogten, mit Schrecken. Sie starrten entsetzt in der Richtung hin, wo der gräßliche Lärm herkam, der einige Mal in langen Stößen wiederholt wurde, und dann jedes Mal in einen wütenden, lange nachhallenden Jubel überging, der wie Sturmesheulen die ganze Straße, die sich von dem Damme gegen Ajotla hinzieht, hinab pfiff. Die Damen hatten das wütende Geschrei und den wütenderen Jubel mit mehr Fassung gehört, als zu erwarten stand; denn, wie bemerkt, so gewöhnlich waren seit den letzten Tagen derlei Gritos oder Aufruhrrufe geworden, daß sie beinahe mit zur Tagesordnung gehörten. Der Conde jedoch schien die Fassung mehr verloren zu haben. Er eilte rasch aus dem Saale auf die Terrasse des Hauses; ihm nach der Oberst.

»San Jago,« nahm dieser das Wort, »eine Frage beantworte mir, ich bitte, ich beschwöre Dich.«

»Ein andermal;« erwiderte dieser, der gleichfalls die Treppen hinaneilte.

»Jetzt! ich bitte Dich darum. Welche Bewandtnis hat es mit Isabellen und Deinem Hause?«

»Und welche Bewandtnis hat es mit San Ildefonso, dem Bruderssohn meines besten Freundes?«

Der junge Graf stockte.

»Und wie kommt es,« fragte der Conde, »daß wir Dich jetzt erst sehen, den Deines Vaters und Onkels Briefe uns schon seit Monaten angekündigt haben? Auch Du gefangen? Ildefonso! Ildefonso!«

Beide waren mit diesen Worten auf der Terrasse des Hauses angekommen. Das Angstgeschrei der Menge im Paseo vereinigte sich nun mit dem wilden Jubel, der in meilenweiter Entfernung vom Damme und der Straße herüberschallte. Mitten aus diesem Angstgeschrei waren die Namen Vincente Guereros zu hören; aber als wenn die Pest oder der Tod in diesen Namen lägen, so stürzten alle, von panischem Schrecken ergriffen, der Stadt zu, »Jesu Maria! Vincente Guerero!« heulend. Wagen, Fußgänger und Reiter, alle kehrten um, und drängten, rannten und trieben in Seelen zerreißender Angst den Straßen zu und in einer Verwirrung, die die Tausende bald in einen unauflöslichen Knäuel von Wagen, Pferden, Maultieren zusammenrollte und preßte, der weder vor- noch rückwärts konnte.

Der Oberst schien nur wenig von diesem schrecklichen Tumulte zu sehen und zu hören. Sinnend stand er mit zur Erde gehefteten Blicke. Auf einmal fuhr er auf, und den Grafen bei der Hand erfassend, drehte er ihn um und brachte ihn in die Richtung des Felsens und Schlosses von Capultepec, aus dessen Fenstern, Terrassen und Miradors die Soldaten in jenen trägen Attitüden hingen und lagen, denen sich derlei Söldlinge gewöhnlich in ihren Mußestunden zu überlassen pflegen.

Der Conde schaute und schaute; auf einmal klärte sich sein Gesicht auf.

»Danke Dir!« sprach er zum Obersten.

»Der Virey wird mir wenig Dank wissen;« erwiderte dieser; »es ist eines der vielen Kabinettsgeheimnisse. Ich verachte aber diese elenden Kunstgriffe. Wenn Du drei Kanonenschüsse von Capultepec hörst, dann ist es der Feind; das übrige ist falscher Lärm. Und nun *adios!* Meine Pflicht ruft mich auf meinen Posten. Du wirst sogleich zwei Kanonenschüsse hören.«

Der Graf sah dem Sprecher in das jugendlich offene Gesicht und ergriff dann seine Hand. Der junge Mann flüsterte ihm einige Worte in die Ohren und eilte dann die Treppe hinab und den Anhöhen von Capultepec zu.

Noch war der Conde in der Mitteilung der soeben erhaltenen Aufschlüsse an seine Freunde begriffen, als zwei Kanonenschüsse aus der Stadt herüber brüllten, und zugleich das Rollen der Trommeln, die den Generalmarsch schlugen, hörbar wurde. Mit diesen vereinigte sich das Wehgeschrei der Tausende im Paseo, und das Jubelgeheul der näher kommenden Leperos, um ein Chaos von Tönen hervorzubringen, wie es nur in Mexiko wieder gehört werden kann. Die Garnison von Capultepec blieb jedoch ruhig. Auf einmal schrie eine gellend durchdringende Stimme: »Capultepec!« »Capultepec, Capultepec!« riefen sogleich zwei – zehn – hundert und tausende von Stimmen, und die ganze Menge wandte sich unwillkürlich Capultepec zu. Der Knäuel von Wagen, Reitern und Fußgängern, die in den beiden Alleen bis zur Villa des Conde zurückgedrängt worden war, so daß es kaum möglich schien, ihn ohne zahlreiche Opfer von Menschenleben auseinander zu wirren, hielt auf diesen Ruf stille, und Tausende wandten sich dem Schlosse von Capultepec zu, das sie anstarrten, als ob sie es nie gesehen hätten. Das Faulleben der Garnison schien allmählich die Wahrheit im Haufen aufdämmern zu machen; von allen Seiten waren die Worte »Capultepec, Capultepec!« zu hören, und indem der allgemeine Ruf nun aller Blicke dahin zog, wurde auch der allgemeinen Verwirrung unmerklich, aber wirksam, Einhalt getan. Mehrere hundert Personen retteten sich aus der sturmbewegten Mitte in die Nähe der Villa. Wagen löste sich auf Wagen, Reiter auf Reiter aus dem Knäuel; das Geschrei wurde allmählich minder grell, der Jubel der Leperos hielt zwar noch immer an, aber die Massen des Volkes gewöhnten sich daran, sie wurden ruhiger, dünner; und gleich dem durch einen wütenden Norte aufgeregten Meerbusen, der die Gestade dieses Landes bespült, und in seinem plötzlichen Ausbruche eine Welt von Schiffen in den bodenlosen Abgrund zu senken droht, aber ebenso leicht wieder seine Wellen glättet und zur Ruhe legt, kehrte das Ganze wieder in seine Ordnung zurück, um vielleicht an dem nächsten Tage oder in der nächsten Stunde durch einen ähnlichen Windstoß aufgeregt zu werden; denn mitten durch diese Szenen des Schreckens und der Verwirrung und bürgerlichen Anarchie sehen wir den gräßlichen Despotismus sein Fastnachtsspiel mit all dem Übermut einer von Gott eingesetzten Vollmacht treiben. – Ein erschütternder Gedanke! wenn nicht durch dieselben Szenen des Schreckens und Blutes wieder jener dünne, kaum merkbare azurblaue Faden liefe, der, öfters abgerissen, immer aber wieder angesponnen, gedrückten Völkern sagt, was er ihren verblendeten Tyrannen verhehlt: *daß es eine Vorsehung gibt*, die für ihr Schicksal wacht, und daß diese Vorsehung aus scheinbar geringfügigen Ursachen die größten Wirkungen hervorzubringen wisse.

Dreißigstes Kapitel.

Das wird ein Hauptspaß sein
Gehn die Sachen kraus und bunt,
Freu ich mich von Herzensgrund.

SHAKESPEARE.

er Volkssturm war schon seit einiger Zeit beschwichtigt, und der Haufen, der sich auf den freien Platz vor der Villa des Conde geflüchtet, machte noch immer keine Anstalt, seinen Zufluchtsort, in den er sich gleich wie in einen Hafen gerettet, zu verlassen. Einige starrten hinüber auf die Ebene von Capultepec, andere waren beschäftigt, ihre in Unordnung geratene Garderobe in einen geziemenderen Zustand zu bringen, wieder andere nahmen die neuen Umgebungen in näheren Augenschein. Diese letzteren warfen verstohlene, mißtrauisch neugierige Blicke in die Fenster und auf den Mirador, und dann wieder auf die Wagen, die vor dem Hause hielten, und von denen der Phaeton mit der vizeköniglichen Livree das meiste Befremden erregte. Dieses Befremden schien schmerzlicher Art zu sein, nach dem Gemurmel zu schließen, das entstanden war, und den scheuen Blicken, mit denen sie sich allmählich aus der Nähe des Wagens zurückzogen, gleich als ob derselbe verpestet gewesen wäre. Immerhin schien der Haufen jedoch durch etwas festgehalten zu werden, obwohl ihn der Anblick dieses Phaetons sichtbar recht schmerzlich verletzte. Auf den Gesichtern der meisten war etwas von Enttäuschung zu lesen; aber diese Enttäuschung schien bitter zu sein.

»Gare! Gare! Vigilancia! brüllte es auf einmal, schrie und rief es aus der Verbindungsallee heraus, die auf den offenen Platz vor der Villa führte, und der Haufen stob auseinander, um ein Duzend Wagen hindurch zu lassen, die den ängstlichen Gesichtern aller auf einmal den Ausdruck der höchsten Neugierde einprägten. Ein langer Zug von Vehikeln und Fuhrwerken aller Art folgte dieser Avantgarde. Stattliche Nobilitäts-Karossen, untermengt mit Kutschen und jenen leichten zweirädrigen Cabriolets, die wir Gigs nennen, und die in der Nachbarschaft unserer Börsen ihren beliebten Standpunkt haben, und in diesem Lande Calessinen genannt werden. Alle kamen auf die Villa zugefahren, und zwar so eilig, als ob das

Wohl Mexikos von dieser Eile abhinge. An den Insassen dieser verschiedenen Fuhrwerke war unterdessen keine Spur von jener Verstörtheit zu bemerken, die noch immer die Gesichter des Haufens verzogen hielt; im Gegenteile, alle schienen sich recht behaglich zu fühlen, obwohl ihre gerunzelten Stirnen auch von Sorgen zeugten; doch schienen diese Sorgen wieder ganz eigentümlicher Art zu sein: weder Revolutions-, noch Mord-, noch Brotsorgen. Es waren, man hätte schwören mögen, ruhige, friedliebende Bürger, denen Raub und Revolution gleich verhaßt waren, die keine Ansprüche auf Eleganz machten, die aber dessenungeachtet ihre Wichtigkeit trotz einem fühlten. Die Ankunft dieser Calessinen vor der Villa des Conde erregte eine solche Verwunderung, daß, wie gesagt, Beschädigte sowohl, als Beschauende, ihre bisherigen Verrichtungen aufgaben, um die neuen Erscheinungen zu beaugenscheinigen, und wo möglich auch der Ursache dieses Erscheinens auf die Spur zu kommen.

»Don Pinto!« rief es auf einmal von allen Seiten. »Don Pinto! Don Pinto!«

Wirklich kam der junge Stutzer an der Seite seines Oheims, der sein Maultier mit einer bescheidenen Calessine vertauscht hatte, einhergaloppiert. Der kleine kurze Hidalgo gestikulierte heftig auf den jungen Mann zu, welche Mimik dieser immer durch ein lautes Gelächter beantwortete.

»Bei San Jago!« schrie der Alte. »Der Bursche hat kaum zehn Realen in der Tasche, außer er hat sie mir weggekapert, und er will in die Sociedad von Männern, die schwerer an Gold wiegen, als er an Fleisch und Knochen.«

»Aber wo bleibt denn die Seele, Tio?« rief der junge Mann wieder lachend. »Sagt nicht der Katechismus, der neue Katechismus, der Mensch besteht nicht bloß aus dem Leibe, sondern auch aus einer unsterblichen Seele, und diese Seele, wiegt sie bei einem so galanten Burschen *con sagacidad, prudencia y finezza* nicht schwerer als alle Goldsäcke, Onkelchen?« rief er ihm zu, den Haufen übersehend. »Was wollen Sie wetten, ich habe, ehe zehn Minuten vergehen, drei Dinge gewonnen, die aber leider bereits verloren sind; die goldene Kette, die der Engel Laura mir weggekapert, die Manga, die der Bengel von Wirt in dem Hotel Traspanna in Verwahrung genommen, und den Guadalaxara-Hut, der das liebe Haupt Ihres teuern Neffen bedeckt und ziert.«

»*Dios nos guarda!*«[109] donnerte ihm sein vor Wut zappelnder Onkel zu. »Der Polizone[110] hat seine *razon*[111] verloren.«

---

[109] Gott behüte uns.
[110] Schlingel, Bursche.
[111] Verstand.

»Onkel! Onkel!« rief der junge Mann laut lachend. »Ich muß hinein, Weisheit zu lernen. Wo nur zehn solcher Doktoren, wie Sie, zusammenkommen, da kann man etwas profitieren. Ich wette, Sie kurieren Mexiko von seinem Fieber, oder sich selbst aus dem Lande hinaus. Adieu, Onkel!« lachte er auf den Haufen zusprengend, der ihn mit allen Symptomen von Ungeduld erwartete.

»Senor, Senor!« riefen hundert Kehlen, und die im Tumulte am wenigsten Schiffbrüchigen drängten sich vor und umringten den Stutzer, so die übrigen in Blößen versetzend, die das Falkenauge des jungen Wildfanges augenblicklich erspähte.

»Alle Teufel, wie sehen Sie doch aus, meine gnädigsten Herrschaften?« rief er laut lachend. »*Beso a Usted los pies!*« schrie er einer Dame zu, die sich aller möglichen Sorgfalt befliß, einen unnennbaren Teil ihres Körpers, der durch einen gewaltsamen Riß in ihre Basquina und Robe eine schreckliche Blöße darbot, an eine Ulme anzulehnen. »Wie sind doch Ihre Herrlichkeit,« spottete er, vorwärts und rückwärts galoppierend, »in diesen adamitischen oder evaitischen Zustand geraten? Sieh da Donna Laura, die Rose der Plateriastraße. Wo ist Ihre Mantilla und Ihr Busentuch geblieben, Holde? Wollen Sie einstweilen mit meiner Aushilfe vorlieb nehmen?« und mit diesen Worten warf er ihr sein seidenes Halstuch zu. »Don Bartolo! einem Ihrer Schuhe sind wir soeben in der San Agostino-Straße begegnet. Ah, Senoras, Senoras! Donna Isidra!« schrie er wieder, indem er auf ein halb entblößtes Mädchen zusprengte. »Ah Donna! Auch Sie waren also neugierig, und wollten vom verbotenen Apfel der Erkenntnis essen, wollten hinüberschielen zu den Rebellen, durch die Berge? Die Strafe ist auf dem Fuße gekommen. Wissen Sie nicht, daß Se. Erzbischöfliche Gnaden sie alle exkommuniziert, gebannt, verbannt, geketzert und verketzert, in die Hölle gesandt? Und Sie? Santa Vierge!«

»Um der Jungfrauen willen, Senor!« riefen die geängstigten Kreolen und Kreolinnen, und ihre Blicke fielen flehend auf die Calessinen.

»Ah, die Calessinen;« rief der lustige Stutzer. »Sie möchten gern wissen, was die Blaumäntel in der Villa einer mexikanischen Grandezza, was die Katzen bei den Hunden zu tun haben?«

Alle nickten verstohlen.

»Ah, Senorias, Senorias!« schrie der junge Stutzer. »Se. Herrlichkeit, mein Papa, der hochmögende Oidor, der die Betise beging, mich in die mexikanische Welt zu setzen, zahlt jedes wahre oder falsche Wort, das er über das getreue Mexiko hört, mit blanken Dublons. Und Sie erwarten, wir sollten weniger tun, weil wir, in Mexiko geboren, eine Espece Kreole sind? Aber lassen Sie hören, *Senor Maestro de cinco gremios*[112] Sie, Virey von der Plateria,«[113] rief er einen Grünmantel an. »Ich bin Ihnen meine letzte Goldkette schuldig, die die schöne N. N. hinter der San Franziscokirche Ihnen wahrscheinlich dieser Tage zum Versilbern bringen wird. Don Murcia, Sie Andelantado des Parian, Ihnen meine letzte Manga, die der Bengel von Wirt in der Traspanna mir gütig aufgehoben; und Ihnen, Don Fernando, meinen Guadalaxara-Sombrero.[114] Senores,« rief er, »streichen Sie die Bilanz, und Sie sollen zwei Neuigkeiten hören, die zehn Goldketten, zwanzig Mangas, und hundert Sombreros de Guadalaxara wert sind.«

»Basta,« riefen zwanzig Stimmen.

»Wir geben die Kette,« rief der Graumantel aus der Plateria.

»Wir die Manga,« der Adelantado aus dem Parian.

»Und wir den Guadalaxara-Hut,« sein Nachbar.

»*Muy buen!*« rief der junge Mann lustig. »*Qui capere potest capiat.* Soll mir nun mein Onkel sagen, daß ich mein Talent vergrabe oder vergeude! Ah, Senorias! Sie möchten gerne wissen, was – diese Herrn Doktoren in den Blaumänteln und Calessinen beim Grafen San Jago zu tun haben, dem großen Kartenmischer, der, wenn er von seinem Verstande neunundneunzig Hunderstel wegschenkt, noch immer einen ganzen Parian damit ausstaffieren könnte. Senores y Senorias!« sprach er leiser, »diese Doktoren sollen Mexiko von einem Asthma kurieren.«

»Senor,« riefen alle unwillig über den groben Scherz.

»Bei meiner Seelen Seligkeit,« lachte der Jüngling pfiffig. »Von einem Asthma sollen Sie Mexiko kurieren, und die Villa des Grafen soll das Laboratorium sein, wo die Medizin bereitet wird.«

»Für die Gachupins?« fragte einer.

»Schreien Sie nicht so laut,« mahnte Don Pinto. »Das weiß die heilige Jungfrau und der Teufel; allein verlassen Sie sich aber darauf,« fuhr er leiser und ernster fort, »daß die Medizin stark sein wird.«

»Und die zweite Neuigkeit?« fragten andere, denen die erste wenig Befriedigung gegeben hatte.

»Die zweite ist,« lachte er wieder lauter, »daß Sie große Hasenfüße waren, sich ins Bockshorn jagen zu lassen, am hellen lichten Tage jagen zu lassen.«

---

[112] Gnädiger Meister der fünf Zünfte. Diese waren: die Seiden-, Tuch- und Leinwand-Händler und Fabrikanten, Juweliere und Spezereihändler.

[113] Die Straße, wo die Silberschmiede ihre Laden hatten.

[114] Die von Guadalaxara (sprich Guadalajara) wurden sehr gerühmt.

»Und Vincente Guerero?« rief eine Stimme aus dem Haufen.

»Ist gekommen, um mit den Leperos Mexiko zu plündern, und alle Kreolen zu ermorden, sagen Narren, obwohl er auch etwas vom Zambo hat; – gescheite Leute sagen, daß ihn Kreolen zum Generallieutenant erhoben, daß er gar kein übler Mann für einen Mestizen ist; daß er sein Ave Maria betet, wenn er nichts Besseres zu tun hat, seine Messe hört, wenn der Kirchenkalender es vorschreibt, und seinen Pulque trinkt, wenn er kein Aguardiente de cana hat, und schließlich die Leperos so sehr liebt, daß er sie, trotz seiner Blutverwandtschaft, noch alle heute lieber im Chalco ersäufen, als mit ihnen eine Zigarre rauchen würde. Ah, Senorias!« flüsterte er pfiffig, »Mexiko ist wieder einmal ein gewaltiger Narr gewesen. Können Sie lateinisch? Haben Sie studiert? Lesen Sie Ihr *Dictionarium latinum de Zoëga*, da werden Sie im Buchstaben F finden *fucus, fuci I Betrug, II Hummel, III Anstrich. Qui capere potest, capiat.* Senores! wir sind quitt. Adios! leben Sie tausend Jahre!«

Und mit diesen Worten sprengte der Stutzer dem Portale der Villa zu, während die Menge, über seine Tollheiten aufgebracht, ihm laute Verwünschungen nachsandte.

Einige jedoch, die ihn mit Aufmerksamkeit angehört und beobachtet, schüttelten die Köpfe. Es war etwas in dem ausgelassenen Wesen des jungen Mannes, das, bei aller Wildheit oder Zügellosigkeit, wieder ungemein viel Teilnahme für sein Volk verriet.

»Beim Erlöser von Atolnico! Er mag doch Recht haben,« hob endlich der Grünmantel an. Er hat Recht, Senores y Senoras!« versicherte er nochmals.

»Er hat Recht,« fiel ihm ein Escribano ein, der Feder nach zu schließen, die als Abzeichen seiner Würde im Hute stak. »Hören Sie, Senorias y Senoras!« fuhr der Mann fort, nachdem er sich auf allen Seiten vorsichtig umgesehen hatte; »als wir in eigener Person vor der Villa des Hochherrlichen Conde de San Jago anlangten, sahen wir mit *propriis oculis*, mit diesen unsern eigenen Augen, den Conde de San Jago und an die zehn Kavaliere oben auf dem Mirador heiter und sorglos konversieren, und mit der Hand nach Capultepec deuten und, wie uns bedünkt, selbst lachen. Nun frage ich jeden unter Ihnen, ob Sie gehört, daß Conde de San Jago gelacht, seit der großen Kalamität, die sein gräfliches Haus im Südwesten der großen Republik betroffen?«

»*No, no,*« riefen alle.

»Was war das für eine Kalamität, Don Juan Cimarosa?« fragte eine Stimme.

»Santa Vierge! – Ist ja allbekannt. Seine Frau und Kind, mit all ihrer Servidumbre, sind lebendig von den wilden Indianern aufgefressen worden.«

»Bekannt, bekannt!« riefen mehrere Stimmen – »fahren Sie fort, Don Cimarosa, um der Madre de Dios willen.«

Der Evangelista räusperte sich, warf sich auf diese Aufforderung etwas voller auf, und fuhr wichtig geheimnisvoll fort. »Also, er lachte *pro primo*. Zweitens, frage ich, ob der hochherrliche Conde de San Jago wohl gelacht hätte, wenn er des Glaubens gewesen wäre, daß Vincente Guerero als Raubmörder, wie ihn die Gazetta de Mexiko nennt, kommen würde, um vereint mit den Leperos über ruhige Bürger herzufallen, und sie zu ermorden, zu plündern, zu schänden und so fort?«

»*No, no,*« riefen wieder alle.

»*Pro tertio*, frage ich wieder, ob der Conde de San Jago nicht ein so guter Mexikaner, ein besserer Mexikaner, als irgendeiner unserer Nobilitad, sind, obgleich sich alle rühmen, daß ihre Vorfahren die erste Belagerung von Tenochtitlan, wie es damals hieß, mitgemacht; ob besagter Conde nicht mehr zu verlieren gehabt hätte, und füglich lachen konnte?«

»Bei der Jungfrau von Guadeloupe!« sprach der Grünmantel, »die Hauptsache haben Sie vergessen, Don Juan, nämlich, daß der Conde nach Capultepec deutete, wie wir deutlich sahen.«

»Und« fiel ihm nun der Mann aus dem Parian ein, »sehen Sie hinauf nach Capultepec. Stehen und liegen diese Gojos von Gachupins nicht wie Negroes der Tierra Caliente? und würden diese Gojos so ruhig Siesta halten, wenn sie Vincente Guerero vor Rio Frio hätten herab kommen sehen, oder San Martin?«

»Jesu Maria! wir sind also? – –«

»*Mistificados* – Betrogene,« murmelten zwanzig Stimmen.

Einen Augenblick herrschte eine tiefe, peinliche Stille; es schien der unwürdige Betrug, der ihnen von denjenigen, die sie beschützen sollten, gespielt worden, ihnen für längere Zeit die Sprache zu rauben.

»Ja,« hob der Evangelista endlich leise an; »wir, und ganz Mexiko sind mystifiziert worden; warum und weswegen? das weiß die heilige Jungfrau und der Teufel allein; aber der Conde – –«

»Und wissen Sie,« fragte der Mann aus dem Parian, »Wer die ersten gewesen, die Capultepec geschrien, und der zweite, und der dritte? Iztlan, der Leibjäger des Conde, Almagro und Carlos, seine Leiblakaien – –«

»Stille, Stille!« riefen nun alle, im freudigen Entzücken zur Villa hinanblickend. »Stille, Stille! *Dios sea labado!*« flüsterten sie. »Er liebt Mexiko; er ist ihm getreu geblieben.« Und wieder wandten sich alle zur Villa. »Er hält es mit Mexiko; er ist nicht zum Gachupin geworden. Stille, Stille!«

Nur derjenige wird das Entzücken dieses kleinen Volkshaufens begreifen können, der von den unsäglichen Leiden, mit denen ein tyrannisiertes Volk von allen Seiten heimgesucht wird, den tausend Künsten, die angewandt worden, um seinen Verstand irrezuleiten, es ganz zur Tierherde herabzuwürdigen, seine Kraft zu brechen und ihm seine wenigen Getreuen noch abwendig zu machen, einen Begriff hat. Im ungeheuern Jammer, unter dem damals dieses unglücklichste aller Völker erlag, waren ihm die Leiden so zur Gewohnheit geworden, daß, wie dem blutrünstigen Neger, den die Sklavenpeitsche lahm geschlagen, der leichte Balsam der Sympathie auch eines einzelnen Mitleidenden schon ein stilles Entzücken verursachte, welches ihn für einen Augenblick aller seiner Schmerzen vergessen ließ. Es schien wirklich, als ob der dieser Sympathie zugrunde liegende Gedanke, der Graf sei der Sache seines Volkes treu geblieben, dem Volkshaufen neue Zuversicht gegeben habe.

In verhängnisvollen Momenten, wie der es war, in dem Mexiko sich damals befand, ist es natürlich, daß sich das Volk an diejenigen anschließt, deren Einsichten und Einfluß ihm vorzüglich Vertrauen einflößen. Wo jedoch dieses Anschließen nicht stattfinden kann, wie das in Mexiko der Fall war, wird der Volkssinn, bei aller sonstigen Befangenheit und Blödigkeit, wieder ungemein feinfühlend, und die leisesten Wahrzeichen sind hinreichend, ihm über die Treue oder Untreue seiner natürlichen Führer und Anwalte Aufschluß zu geben. Der ganze Haufen, der großenteils aus sehr achtbar aussehenden Bürgern, oder, in der Sprache des Landes zu reden, Kavalieren bestand, wandte sich auf einmal freudig und froh der Villa zu, und zwar mit einem Ausdrucke von Vertrauen und Zuversicht, der mit den trostlosen Äußerungen derselben Menge auffallend kontrastierte. Diese Zuversicht nahm selbst nicht ab, als ein vizeköniglicher Staatswagen, von sechs stolzen Andalusiern gezogen, an die Villa herangerollt kam; vor demselben zwei Leibgardisten der vizeköniglichen Alabardieros, die mit gezückten Schwertern Platz für die hohen Ankömmlinge machten, deren lange Titel sie laut herab zu schreien begannen, nämlich: Se. Herrlichkeit, der sehr illustre Senor Don Trueba etc., Präsident des hohen Finanzkollegiums, und Se. Herrlichkeit, der gleichfalls sehr illustre Senor Don Jose Pinto etc., Oidor der hochmögenden Audiencia, und der illustre Senor, Don Ruy Gomez, Geheimschreiber Sr. Exzellenz des gnädigsten Virey, die in hocheigenen Personen angekommen waren, um dem Hause des Grafen die seltene Ehre zu erweisen, zu den vielen hohen Besuchen, mit denen er an diesem Tage beehrt worden, auch den ihrigen beizufügen.

Da diese Personen von viel zu großer Wichtigkeit für unsere Episode sind, als daß wir ihre nähere Bekanntschaft nicht suchen sollten, so wollen wir uns an den langen Zug anschließen, der ihnen in die Sala der Villa, unter Anführung des *Major domo,* voranschritt, wo sich bereits eine sehr zahlreiche Gesellschaft versammelt hatte.

Einunddreißigstes Kapitel.

iese Gesellschaft war sehr gemischter Art. Hoher Adel mit
Kleinkreuzen des Karls- oder eines sonstigen Ordens, im alten
Kostüme des Hofes Ludwigs *XV.*, schlichter gekleidete Caballeros in der mexikanischen Manga, und wieder andere, die weder zur Nobilitad, noch zu einer der Klassen gehörten, die wir bisher kennen gelernt
haben. Sie waren in blauen Mänteln gekommen, aus denen sie sich zum
Teil im Vorsaale herausgeschält hatten, aber nicht zum sehr großen Vorteile ihres noch übrigen äußeren Menschen. Ihre Kleidung war weniger
abgenutzt, als nachlässig und unbeachtet, gerade als ob dieser Artikel ihrer besonderen Aufmerksamkeit nicht wert wäre, kurze und lange Beinkleider mir der spanischen Capote, der ihren kleinen Figuren, die auf
schafbeinigen Schenkeln ruhten, nicht sonderlich wohl anstand, indem sie
einen etwas mageren Begriff von spanischer Mannskraft gaben. Aber
nichts destoweniger sahen sie mit einer gewissen Vornehmheit auf die
reich gekleideten Caballeros herab, und, im Ganzen genommen, dürfte
ein soeben Eintretender schwerlich erraten haben, wie eine solche Ano-
malie von Menschenkindern in diese aristokratische Mischung hineinge-
worfen werden konnte. Es waren olivengrüne und wieder malerisch braune
und schwärzliche, hagere, harte, judaisierende, und wieder ungewöhnlich
wohlbeleibte, behaglich aussehende Gestalten oder vielmehr Mißgestal-
ten, mit mürrisch verdrüßlichen und wieder hebräisch wuchernden Augen und hängenden Unterlippen. Einige waren eingetreten, mit den Händen nachlässig in den Taschen ihrer Beinkleider klimpernd, andere
plaudernd, oder dem Gefährten, mit dem sie eintraten, nachlässig zunik-
kend; wieder andere waren gekommen, ohne eine Muskel zu bewegen,
offenbar über Gegenstände brütend, die von zu großer Wichtigkeit waren,
als daß sie sich mit Grüßen und Komplimenten der Anwesenden beschäf-

tigen konnten; kaum, daß sie dem Herrn des Hauses mit einer familiären Behaglichkeit zunickten oder ihm vertraulich die Hand drückten, und dann in derselben unzeremoniösen Manier auf einen ihrer Bekannten zustiegen, um noch weniger Komplimente mit ihm zu machen. Selbst die hohen Personnagen, die wir soeben ankündigen gehört haben, und die nun vom Conde an dem Eingange der Sala empfangen und eingeführt wurden, schienen unsere Gäste nicht aus ihren ungenierten Manieren oder Unmanieren herauszubringen. Sie blieben gerade in der Stellung, die sie eingenommen hatten, einige mit den Eintretenden zugekehrtem Rükken, andere ins Gespräch vertieft, wieder andere laut debattierend.

Auf unsere hohen Kavaliere hatte dieses *sans gêne* insofern einen besondern Einfluß, als sie, das Benehmen dieser seltsamen Menschen sehr aufmerksam beobachtend, bei dem angekündigten Eintritte Sr. Herrlichkeit des Präsidenten der obersten Finanzstelle, Sr. Herrlichkeit des Oidor von der hochherrlichen Audiencia, und des illustren Don Ruy Gomez de Urna wahrhaft untertänig tiefe Bücklinge zu machen bemüht waren, und in denselben wirklich so weit gediehen, daß ihre Rücken füglich als Bogensehnen angesehen werden konnten: merkwürdig jedoch, statt diese Sehnen wieder durch ein graziöses Aufschwellen auszugleichen und so den intendierten Bückling zu verwirklichen, waren sie mit dieser Sehne in ihre Sitze gesunken, und hatten so den Bückling, in ihrem Leben das erste Mal, bloß zur Hälfte produziert.

Der Volksgeist hat das Andenken an diese erste Äußerung von Unabhängigkeit der mexikanischen Großen in einem recht artigen Holzschnitte bis auf den heutigen Tag verewigt.

Als die Ankündigung der hohen Eintretenden die gehoffte Stille unter der zahlreichen Gesellschaft nicht bewirkte, erfolgte eine zweite aus dem Munde des Geheimsekretärs, die wir, obgleich noch pompöser, mit Stillschweigen übergehen, da sie unserm Wissen keinen neuen Zuwachs geben kann.

Die drei hohen Ankömmlinge hatten mittlerweile ihre Plätze am obern Ende der langen Tafel genommen, und sich in den hohen Armsesseln niedergelassen. Einen Augenblick legte sich das Gesumse, hob jedoch sogleich wieder an.

»Möchte doch wissen,« bemerkte ein wahrhaft konfisziertes Mohrengesicht, mit einer Stumpfnase, in deren zwei Öffnungen, die mehr Kanonenboten als Nasenlöchern glichen, ihr Besitzer fortwährend Ladungen Spaniols zu stopfen bemüht war: »Möchte doch wissen, warum man uns diesen Einfaltspinsel Ruy Gomez hersendet?«

»Diesen *nil habemus*, Ruy Gomez,« versetzte sein Nachbar so laut, daß das Prädikat die Ohren des Subjektes erreichte.

»Er sieht sich um,« lachte der Panegyrist, »und wir erhalten eine schwarze Note in dem Bureau der geheimen Polizei, deren Referendar er nun geworden, wie Sie wissen.«

»Meiner Seele!« beteuerte ein anderer: »der ganze Kontinent gesperrt! Wir hätten jetzt einen herrlichen Stapelplatz in der lieben Madre Patria für unsere Cochenille und Vanillas und Indigos. Man könnte sie durch die Biscayer See über ganz Europa bringen. Aber was hilft es?«

»Wahr!« seufzte sein Nachbar; »aber unsere Cochenille und Vanille und Indigos, wo sind sie? frage ich. Beim Teufel! antworte ich, das heißt, in den Händen der Gavecillas.«

Diese auffallenden Demonstrationen von Sprechfreiheit schienen den drei hohen Amtspersonen nicht so sehr aufzufallen, als sie vielmehr zu belästigen und in Ungeduld zu versetzen, die sie durch ein mehrmaliges Hem! Hem! äußerten, begleitet von unzufrieden warnenden Blicken.

»Senores!« hob endlich der Oidor an, ein Männchen im schwarzseidenen Mantel, mit dem Kommandeurkreuze irgendeines der königlichen Orden: »Senores! maßen die königliche Regierung – –«

»Ich versichere Sie, Don Zebediah,« ließ sich eine gellende Stimme am oberen Ende des Saales hören: »der Zucker ist seit zwei Tagen hundert Prozente hinauf. Wir haben sichere Nachrichten, daß von allen Zuckerpflanzungen im Tale von Cuautla noch zwei ganz sind.«

Ein ominöser Ausruf ertönte.

»Das kommt von den Stockfischen, den Generälen, Offizieren und Soldaten, die, statt der Rebellen, die Zuckerpflanzungen verbrennen. Die unsrigen wüten ja ärger als die Gavecillas.«

»Und was die Zufuhr von Kuba betrifft,« bemerkte ein anderer, »so werden sie sich brennen, wenn sie von dorther etwas erwarten. Die große Republik hat rein aufgekauft.«

»Wer spricht hier von der großen Republik?« donnerte der Geheimsekretär.

»Ja, Sie werden sie nicht klein machen, Don Ruy Gomez!« versetzte der Berichterstatter. »Wollten Sie wohl gefällig sich erinnern, daß Ihr Endorsement von zweitausend Piastern fällig ist.«

Ein lautes Gelächter brach auf diese unhöfliche Mahnung aus.

»Senores!« redete nun der Präsident des Finanzkollegiums die Versammelten an, und zwar mit einer Miene, voll des Gewichtes seiner Präsidentenwürde: »Wir ersuchen um freundwillig günstiges Gehör, um so mehr, als die hohe königliche Regierung uns beauftragt hat, in allerhöchstem Namen mit dem sehr hochpreislichen Consulado zu unterhandeln, welches Consulado das schmeichelhafte Vertrauen, das von Seite der hohen königlichen Regierung demselben bewiesen wird, um so mehr zu schätzen wissen wird, als das besagte Consulado bereits – –«

»Machen Sie es kurz, Senor!« fiel dem Präsidenten ein alter, grämlicher Mann ein, dessen Bart die Wohltat der Seife und des Schermessers seit geraumer Zeit entbehrt haben mochte: »Zur Sache, wenn es gefällig ist; Sie sehen hier Mitglieder des Consulado vor sich, denen eine runde Zahl mehr gilt, als zwanzig Bogen Waschwasser und eitel Wortgepränge.«

»Ohnedem sind wir nun bereits das zweite Mal wie Narren herausgesprengt,« bemerkte ein anderer.

»*Madre de Dios*!« schrie der Oidor aufspringend; doch sein kälterer Gefährte, der Präsident, zog das kleine Männchen wieder nieder.

»*Silencio, Senoria*!« flüsterte er ihm zu: »Vergessen Euer Herrlichkeit nicht, daß wir es mit spanisch-zähen Handelsleuten zu tun haben, oder, was dasselbe sagen will, Juden.«

»Mein Gott!« brummte einer dieser sein sollenden Juden: »Wir kannten den lieben Don Trueba, jetzt Präsidenten, als Studioso, wie er mit dem Suppentopfe vor dem Marienkloster zu Salamanca stand.«

»Und dann als Escribano,« lachte ein zweiter.

»Und dann als – des *Principe de paz*.«

Dieses letztere Wort, ziemlich laut gewispert, hatte nun auch den Präsidenten des Finanzkollegiums außer Fassung gebracht. Stotternd und zornsprühend sah er die drei letzten Sprecher an.

»Zur Sache, zur Sache, Don Trueba!« mahnten fünfzig Stimmen.

Die Kavaliere hatten die kecken Menschen wie erstarrt angeschaut, die zum Teil in abgeschabten Röcken, langen Westen und kurzen Inexpressibles, gegenüber so omnipotenten Personen einen Ton angenommen hatten, der alles an Kühnheit überstieg, was sie in der Art gehört hatten. Sie sprachen kein Wort; aber ihr zufriedenes Lächeln und die Blicke, die sie sich untereinander zuwarfen, verriet ihre herzliche Freude, die um so größer sein mochte, als sie den gehörig würzenden Beigeschmack von Schadenfreude hatte.

»Senores!« hob endlich der Präsident wieder an: »Maßen die königliche Regierung durch die ketzerische Malice der Gavecillas – –«

»Senorias und wieder Senoras!« fiel ihm einer der hochpreislichen Consulado abermals ein: »Wir kommen nun zum zweiten Male heraus, verlieren unsere Zeit für nichts und wieder nichts, so wie durch das miserable Benehmen gewisser Herren unsere Kapitalien und Güter verloren gehen. Schreiten Sie zur Sache, wenn's beliebt.«

Der Staatsdiener, der sich angeschickt hatte, den Vortrag zu beginnen, war bei diesem rohen Ausfalle wieder in seiner Anrede stecken geblieben, und seine blauen Lippen und grünen Wangen beurkundeten, wie sauer ihm das Geschäft wurde, mit den gnädigen Herren, wie er sie nannte, zu verhandeln.

»Senores!« hob nun der Geheimsekretär seinerseits wieder an: »die außerordentlichen Nachrichten, welche die hohe Regierung erhalten – –«

»Sind recht gute Nachrichten für gewisse Leute,« versetzte einer trokken, »die Geld und immer nur Geld brauchen. Was nun uns betrifft, Senores, so sind wir gekommen, um Geschäfte zu machen; wohlverstanden, vorausgesetzt, daß sich ein Geschäft machen läßt, das heißt gegen gehörige Sicherheit und Interessen, wo wir dann sehen wollen, was sich machen läßt, um der Regierung unter die Arme zu greifen.«

»Bei meiner Seel! sie sprechen, als wenn von einem bankerotten Campeache-Holzhändler die Rede wäre,« lachte einer aus dem Hintergrunde des Saales herüber.

»Das ist die Hauptsache!« fiel ein zweiter ein: »Wie viel braucht die Regierung?«

»Wir werden dies sogleich *in propria forma* vortragen,« bemerkte der Präsident.

»Nichts da von Formen; die Materie, das ist die Sache!« schrie ein dritter. »Ohne Komplimente. Die Materie wollen wir, die Duros! Verstehen Sie's, meine Herren?« Bei diesen Worten schlug der Mann an seine klimpernden Taschen, zur großen Belustigung der ganzen Gesellschaft.

»Senores!« sprach nun der beinahe um seinen Verstand gebrachte Präsident: »Wir Jose Trueba, Präsident der obersten Hacienda-Real, und Senor Don Pablo Pinto, Oidor der hohen Audiencia, wie auch Don Ruy Gomez – –«

»Und so weiter!« fielen ihm mehrere ein.

»Sind von Sr. Exzellenz, dem gnädigsten Virey des Königreiches Nueva-Espanna, beauftragt und ermächtigt worden, mit dem sehr achtbaren Consulado der sehr adeligen Stadt Mexiko und der sehr hochherrlich edlen Nobilitad eine Anleihe abzuschließen, die die Summe von drei Millionen Duros oder Piaster nicht übersteige.«

»Drei Millionen Duros? Wir glaubten, es würden bloß zwei gefordert! Drei Millionen Duros aus dem Handel gezogen zu dieser Zeit, wo er ohnedem bereits ganz darniederliegt! Drei Millionen Duros sind eine schöne Summe!« Solches waren die verschiedenen Ausrufungen.

»Eine Summe,« fiel der Oidor ein, »die unter den gegenwärtigen Umständen unerläßlich ist zur Dämpfung der Rebellion, und für welche die hohe Regierung alle diejenige *Securidad*[115] zu geben gewillet –«

»*Ei Securidad! sine Securidad no plata!*«[116] riefen an die fünfzig Stimmen in wunderbarem Einklange.

»Und als Beweis der aufrichtigen Gesinnung Sr. Exzellenz haben uns Hochdieselben ermächtigt, das Kronmonopol des Quecksilbers für vier Jahre gnädig den Teilnehmern an dieser Anleihe zu überlassen; versteht sich, für Kapital und Interessen zu überlassen.«

Ein lautes Gelächter unterbrach diesen gnädigen Antrag.

»Das Monopol des Quecksilbers als Sicherheit und Bezahlung für Kapital und Interessen zu überlassen? für drei Millionen Duros, sage drei Millionen Duros, zu überlassen? Wissen denn Se. Exzellenz, wie viel dieses Monopol in den günstigsten Zeiten abgeworfen? Ei, Senores, netto siebenmal hunderttausend Duros!«

»Verschaffen Sie sich Philibaldi Rechnungsbüchlein,« lachte den Kommissarien ein anderer ins Gesicht, »und Sie werden daraus ersehen, daß viermal sieben erst achtundzwanzig macht; fehlen noch zwei auf dreißig. Das sind drei Millionen; aber wohlgemerkt, siebenmal hunderttausend warf das Monopol von Anno vier bis Anno zehn ab; seit dem Jahre zehn wirft es keine hunderttausend mehr ab – –«

»Weil die Bergwerke alle ruiniert, und den Barenadores und Tenatores allen von dem Muchacho Calleja die Hälse abgeschnitten worden,« ergänzte ein dritter.

Die drei Kommissarien, die wohl Kreolen und Indianer zu regieren, aber nicht mit erbitterten spanischen Handelsleuten eine Anleihe abzuschließen verstanden, hatten sich bei diesen Stürmen, die von allen Seiten auf sie einbrachen, die Ohren zugehalten, und sahen einander mit trostlosen Blicken an.

»Wir sagen Ihnen, Senorias,« fielen mehrere Glieder des Consulado ein, »Se. Exzellenz werden auf diese Sicherheit keine drei Millionen Maravedis erhalten.«

»Vielleicht nicht vom Consulado,« bemerkte der Geheimsekretär etwas spröde; »aber die hohe Nobilitad, deren loyale Gesinnungen bereits der Proben so viele geliefert, und namentlich der edle Conde de San Jago.«

Aller Blicke wandten sich nun an diese, die bisher schweigend gesessen waren, nun aber sich wie auf ein gegebenes Kommandowort erhoben, und

[115] Sicherheit, Pfand.
[116] Ohne Sicherheit kein Silber!

zwar mit so heftigen Symptomen des Unwillens, daß der fein höhnische Zug, der während der ausgesprochenen Schmeichelei um den Mund des Geheimsekretärs gespielt, plötzlich einem ernstern Ausdrucke wich. Aller Augen waren neugierig auf den Conde geheftet.

»Perdon!« sprach dieser, »wenn wir die Zumutung Don Ruy Gomez', der in uns ein Vorbild des hohen Adels sehen will, ablehnen. Weit entfernt, diesem erlauchten und erleuchteten Körper durch unsere Handlungsweise Vorbild werden zu wollen, erklären wir uns vielmehr als in dessen Gefolge, und können nicht umhin, uns dahin zu äußern, daß wir, weit entfernt, uns von dem sehr hochpreislichen Handelsstande abzusondern, vielmehr nur im Vereine mit demselben, dessen Fueros wir teilhaftig geworden und dessen loyale Gesinnungen so sehr bekannt sind, kontrahieren wollen. Was übrigens unsern Patriotismus betrifft, so haben wir erst vor drei Tagen nicht undeutliche Beweise dadurch gegeben, daß wir für unsere eigene Person hunderttausend Duros auf den Altar des Vaterlandes hinlegten; eine Summe, die der hohe Adel noch durch einen Beitrag von einer halben Million sehr erhöhte.«

Ein einstimmiges Bravo lohnte dem Redner für diese unter den damaligen Verhältnissen sehr männliche Erklärung, das alle ihm zuriefen, mit Ausnahme der drei Kommissarien, die wütende Blicke auf ihn schossen.

»Senores,« fuhr der Graf fort, der nicht geneigt schien, sich durch diese Blicke im mindesten irre machen zu lassen. »Wir sind sehr geneigt, die Regierung zu unterstützen;« er betonte dieses Wort; »aber, wie gesagt, nach Grundsätzen, die unsere Eigentumsrechte, die heiligsten der bürgerlichen Gesellschaft, nicht verletzen. Wir würden Ihnen unmaßgeblich vorschlagen, andere Sicherheiten und Bürgschaften von dem hohen Chef unserer Regierung einzuholen, und Ihnen,« mit diesen Worten wandte er sich nun an das Consulado, »zu verweilen, bis die Senores solche eingeholt haben.«

»Gehen Sie in Gottes Namen nach Hause;« sprach eines der Glieder des Consulado, »der Rat des sehr hochpreislichen Conde de San Jago ist ein guter Rat, ein sehr heilsamer Rat, und er ist ein Herr, der sehr viele Einsicht, und was die Hauptsache – Duros hat, und daher viele Weisheit; und Sie mögen von ihm etwas lernen, und vor allem mögen Sie lernen, das Consulado nicht vergebens um die kostbare Zeit zu bringen.«

»Tun Sie, wie der Conde gesagt,« riefen nun alle, »und wir wollen Ihre Rückkunft erwarten.«

Wohl nie, solange die spanische Monarchie Mexiko zu ihren Kronländern zählte, war die Regierung dieses mächtigen Königreiches auf eine so brutale und rücksichtslose Weise abgefertigt worden. Es kontrastierte diese Abfertigung so grell mit allem, was die Kreolen über freien Ton gegen eben diese königliche Regierung geträumt hatten, daß sie sich kaum von ihrem Erstaunen erholen zu können schienen, und wie Starblinde zu schauen waren, an denen die Operation glücklich vollbracht, und von deren Augen soeben die grüne Binde zum ersten Male genommen wird, um so ihre schwachen Sehorgane im helldunklen Gemache allmählich an das schärfere Tageslicht zu gewöhnen. Sie schienen gewissermaßen eine neue Welt vor sich zu sehen, verschieden von der, in welcher sie bis jetzt gelebt hatten. Die hohe, unumschränkt verfügende Regierung, die bisher über ihr Vermögen, wie über ihr Leben nach Herzenslust geschaltet, war vor ihren Augen und Ohren von Menschen, die sie immer als tief unter sich stehend zu betrachten gewohnt waren, den Juden Spaniens, im Kote herumgezogen, ihre Ansprüche verhöhnt, ihre Vorschläge verlacht worden. Dieselbe Regierung, die sich die unumschränkte Gebieterin alles dessen nannte, was in Mexiko über und unter der Erde existiert, des Schnees auf seinen Eisbergen, und des Silbers, wie eine vizekönigliche Weisung nicht unpassend sagt, in seinen Eingeweiden, war um drei Millionen Duros willen auf eine Weise kompromittiert, die, so natürlich sie uns erscheinen mag, für die Kreolen ein epochemachendes Ereignis sein mußte. Es hatte sie wirklich ganz und gar außer Fassung gebracht, und der einzige, der seinen Gleichmut nicht verlor, war der Graf gewesen. Mit jener Gewandtheit, die wir bereits bei so vielen Veranlassungen an ihm zu bemerken Gelegenheit hatten, hatte er die Pause, die durch die Entfernung der königlichen Kommissarien entstanden war, auf eine Art ausgefüllt, die die Mitglieder des Consulado, großenteils geborne Spanier, nicht mehr zum Bewußtsein kommen ließ. Er brachte die Notwendigkeit, die Regierung zu unterstützen, mit scheinbar so vieler Wärme in Vorschlag, unterstützte diesen zugleich mit so vielen patriotischen Gründen, und sprach sich so unverholen zugunsten der Regierung aus, daß die Spanier ihn erstaunt anstarrten, die Kreolen in ein lautes Murren ausbrachen, und die ersteren sich wie notgedrungen anschickten, seine Ansichten durch Gegengründe zu bekämpfen. In dieser Bekämpfung verwickelten sie sich allmählich so tief in die Auseinandersetzung des Zustandes des Landes, wußten die Notwendigkeit, ein aufmerksames Auge auf die nimmer satten und verschwenderischen Regenten zu werfen, so eindringend darzutun, bewiesen die Räubereien und Erpressungen dieser Regenten so haarklein und unwiderleglich, daß selbst dem Conde das Bedürfnis einer schärfern Kontrolle einleuchtend wurde. Im Verfolge dieser Debatten wurde nun allmählich die ganze Lage des Königreiches den Blicken der erstaunten Edelleute auf eine Weise aufgerollt, wie es von der Gründlichkeit der aufgeklärtesten Corporation Mexikos, die die finanziellen Verhältnisse des Königreichs zu ihrem Brotstudium gemacht hatte, erwartet werden konnte. Alle Hilfsmittel des Landes, alle Ausgaben und Einnahmen, die Stärke und Schwäche der Regierung, selbst der Armee, war wie durch einen Zauberschlag vor ihren Augen entwickelt, und kaufmännisch algebraisch analysiert worden. Die anziehenden Debatten hatten den ganzen Saal mit Zuhörern angefüllt, die in Todesstille den Debattierenden zuhorchten, oder Noten nahmen. Der aus dem vizeköniglichen Palaste zurückgekehrte Geheimschreiber war wieder eingetreten, ohne in der Hitze der Diskussionen bemerkt zu werden; erst der trostlose Grimm, mit dem er die Versammlung maß, verkündete den Kreolen den ungeheuren Gewinn, den sie an Erkenntnis gemacht hatten. Der Conde beschloß endlich diese verhängnisvoll wichtige Stunde mit einer kurzen Anrede, in welcher er nichts destoweniger wieder auf die Notwendigkeit zurück kam, die Regierung zu unterstützen: eine Notwendigkeit, die er so klar darzustellen wußte, daß der Geheimsekretär sowohl, als die Glieder des Consulado, in den lautesten Jubel seines unverwüstlichen Patriotismus um so feuriger ausbrachen, je mehr letztern ihr Gewissen zu sagen begann, wie sehr sie selbst dieser Tugend nahe getreten waren.

Aber auch die übrigen Caballeros hatten im Verlauf dieser wichtigen Stunde ihre Rollen mit nicht viel geringerer Gewandtheit einzulernen angefangen, und, in den Ton ihres Führers eingehend, zu der glücklichen Ausbeute des Tages beigetragen. Nun offen und herzlich, wieder verblüfft scheinend, nun nach Belehrung wie Kinder dürstend, wieder naiv und verwundert, hatten unsere hochadeligen Grafen und Marquise wechselweise durch ihre naive Unwissenheit dem Stolze der Handelsherren geschmeichelt und wieder durch ihre diplomatischen Wendungen jene Facta herausgebracht, die der zähe Spanier bisher ganz und allein in seinem Gewahrsam behalten hatte, und die begreiflicherweise nicht nur für unsere Kavaliere, sondern das ganze Reich überhaupt, von der größten Wichtigkeit waren; denn obgleich es unter dem hohen Adel Mexikos allerdings Männer gab, die tiefere Blicke in die Staatsverhältnisse des Landes getan hatten, so war doch die Gefahr des Wissens so groß, und Mitteilung so furchtbar verpönt gewesen, daß es auch der Kühnste nicht gewagt hatte, derlei Aufschlüsse auch nur in vertrauten Zirkeln von sich zu geben; denn der Leser darf nicht vergessen, daß er sich in Mexiko befindet, dem Lande, das selbst zu dieser Zeit noch ebenso abgeschlossen für jeden ausländischen Lichtstrahl war, als es das himmlische Kaisertum bis auf den heutigen Tag ist, und daß Tod und ewige Kerkerstrafe den Verwegenen unfehlbar traf, der es wagte, über die Verhältnisse der auf

Finsternis gegründeten Zwangherrschaft Aufschluß zu geben. Was daher für uns nur wenig Interesse haben kann, war für unsere Kavaliere von unermeßlichem Werte, und eben dieser Wert war noch unendlich durch die Art und Weise gesteigert, wie sie zu den Mitteilungen gelangt waren. Aus dem Munde der Unterdrücker und ihrer Teilnehmer selbst mußte die Evidenz der schamlosen Erpressungen kommen, die an diesem Lande seit Jahrhunderten verübt worden waren, um den Kampf für Unabhängigkeit in den Augen des Volkes und der Welt zu rechtfertigen. Als daher der Geheimsekretär und mit ihm die Glieder des Consulado den Saal verlassen hatten, brach auch der Jubel der Kavaliere in seiner vollen Stärke aus, und sie umarmten sich wieder mit einer Zärtlichkeit, die wir ihnen für dieses Mal um so eher verzeihen wollen, als sie der Erkenntnis der Wahrheit galt und eine edlere Veranlassung hatte. Es war vergeblich, daß der *Mayor domo* hereinrannte und bat und flehte, und auf den Phaeton und den vizeköniglichen Staatswagen deutete, die nun beide von ihren respektiven Besitzern bestiegen wurden; der Jubel unter den Anwesenden wurde immer größer.

»Schweig, alter Compan,« frohlockte der Conde Istla. »Was wir heute gehört haben ist mehr wert, als alle Vorstellungen der Vegas und Martinez. Jetzt wollen *wir* einmal unsere Plata und Oro für uns selbst behalten, statt sie hinüber dem gichtbrüchigen Fernando zu senden.«

»*Il trotto d'asino duro poco*,«[117] sprach der *Mayor domo*. »Warten Sie um der Jungfrau willen mit Ihrem Jubel wenigstens so lange, bis die Calessinen abgefahren sind.«

»Ah, diese Calessinen! Göttliche Kerls, diese doppelt destillierten Hebräer!« rief der Conde de Irun. »Um dreißig Duros verkauften sie das ganze Mexiko.«

»Und der alte Jesajah hat noch dazu sein großes Buch vergessen, aus dem er uns vorlas;« fiel ihm der Conde R–a ein. »Sehen Sie einmal, Herrschaften, es hat den Titel: *Estato del Reyno de nueva Espanna par Mons. de Humboldt*. Bei allen Teufeln, und es ist Sr. Majestät Carlos *IV.* dediziert.«

Wir glauben unsern Lesern kaum sagen zu müssen, daß das Werk, das nun den Jubel des gesamten Adels in so hohem Grade erregte, kein anderes war, als das mit Recht berühmte vortreffliche Buch des philosophischen Reisenden, der zuerst dieses herrliche Land wissenschaftlich beleuchtete, und der wirklich zur Revolutionierung mexikanischer Volksgesinnung weit mehr beigetragen, als er wahrscheinlich je beabsichtigte.[118]

[117] Lederne Hosen dauern lange.
[118] Wird von den Mexikanern selbst anerkannt.

»Nicht mit Gold zu bezahlen;« jubelte der Marquis de F–a. »Das ist die wahre Deklaration mexikanischer Rechte. Sagen Sie unsern Indianern und Kasten und Kreolen tausendmal, daß Mexiko souverän ist; sie werden Sie anstarren, wie einen Nuevo Santo.«[119]

»Sagen Sie ihnen aber,« fiel der Conde Istla ein, »daß die verdammten Gachupins jedes Jahr sechs Millionen an barem Gelde aus dem Lande schleppen, um sie in die Chatoulle unseres allergnädigsten Rey zu stekken, der dieses Land seit dreihundert Jahren noch nicht der Ehre gewürdigt, es zu besuchen, und daß sie für diese sechs Millionen alle Tage seines Lebens Tribut bezahlen –«

»Und schlechte Cigarros rauchen;« fiel ein zweiter ein.

»Und in dem Desague verkümmern;« ein dritter.

»Das ist nicht alles,« hob wieder der Besitzer des Buches an. »Sehen Sie, wie von Don Abasalo bemerkt, so steht es auch hier. »Drei und eine halbe Million gehen nebst den sechs für den König noch als Situados[120] nach Cuba, Portorico, Florida und Südamerika.«

»*Todos diablos!*«

»Elf Millionen,« las er weiter, »fressen unsere hohen Gebieter allein. Deshalb also kann keiner von uns zu einer Stelle gelangen.«

»Jesu Maria!« jammerten alle. »Und wir wundern uns, daß Mexiko von Tag zu Tag ärmer wird, daß kaum mehr ein Dublon zu sehen – und das Land voll Leperos ist? in Mexiko dreißigtausend, in Puebla zehntausend, in Guanaxuato fünftausend –«

Diese Ausbrüche des Jammers oder vielmehr versteckten Ingrimmes wurden durch die Rückkehr des Conde unterbrochen, der sich unterdessen seiner vielen und hohen Besuche am Haustore entledigt hatte. Seine Erscheinung brachte die Kavaliere wieder in jene feierlich ernste Stimmung, die Schüler in Gegenwart ihres Meisters anzunehmen pflegen. Einige Augenblicke hingen ihre Blicke forschend auf dem Gesichte des Grafen; es war aber nichts in seiner Miene zu lesen als ein zufriedenes Lächeln, welches zu sagen schien: »Wir haben uns verstanden.« Er sah gleichgültig nach dem Wetter, und ging dann in den gewöhnlichen Konversationston über, in welchen alle so bereitwillig einfielen, daß der scharfsinnigste Beobachter sich vergeblich abgemüht haben würde, irgendeine Spur des soeben über die Bürokratie des Landes davon getragenen Sieges aus den aristokratischen Gesichtern herauszufinden.

[119] Einen neuen Heiligen.
[120] Aushilfsgelder; drei und eine halbe Million Piaster gingen alljährlich nach Südamerika, Florida, Cuba, Portorico zur Aushilfe.

»Wo ist Don Pinto?« fragte der Conde wie gelegentlich.

Der lustige Bruder, der in dem Hause des Grafen eine Art Tischfreund war, hatte sich in der Hitze der Debatten nicht wenig geschäftig gezeigt. Er hatte Sorge getragen, die ermattenden Geister der Debattierenden durch den beliebten Sangaree und den edlen Alicantes und Xeres aufzufrischen, die seine Betriebsamkeit aus dem hochgräflichen Keller herauf beschworen, zur großen Zufriedenheit des Consulado. Hierbei hatte es seine Gutherzigkeit noch nicht bewenden lassen. Gleich dem klugen Haushälter, der es für dienlich erachtet, sich Freunde von dem Mammon der Ungerechtigkeit zu verschaffen, hatte er auch den Grünmantel und die beiden Nachbarn aus dem Parian mit dem Escribano und Compagnie ebenso wenig vergessen, als die Donnas, deren Habillement einigermaßen Schiffbruch gelitten. Mit einem Worte, er war die zwei letzten Stunden hindurch der liberalste und liebenswürdigste Vermittler aller Parteien, der Nothelfer aller Leidenden geworden, und hatte sich nun mit der Schar, die er sich so wesentlich verbunden, weggestohlen, bereits die fünfte Ecke der Tacubastraße messend.

»Sein Pferd,« berichtete Federigo, der abgeschickt war, ihn aufzusuchen, »ist im Stalle; er aber über alle Berge.«

»Der Camarera Mayor,« kam ein anderer, »hat er zwei Basquinas und drei Robas und Mantillas entlockt.«

»Der Doncella Sancheca zwei,« meldete ein dritter.

»Er ist doch nicht Kleiderhändler geworden?« bemerkte lachend der Marquis Grijalva.

»Und aus dem Keller,« sprach nun zornig und kopfschüttelnd der *Major domo*, »ließ er fünfzig Bouteillen des besten Alicante und Xeres holen, des Sangaree gar nicht zu erwähnen.«

»Närrischer Kauz!« bemerkte der Conde ruhig, »und sein Pferd hat er zurückgelassen?«

Dritter Teil

Zweiunddreißigstes Kapitel.

Höchst ehrenwertes Waidwerk fürwahr; und betrieben
Unter dem Zeugnis eines guten Gewissens.
SHAKESPEARE.

s war ein herrlicher Tag zu einer solchen Fußwanderung, einer jener entzückenden Februartage, in denen die Frische eines mexikanischen Winters gleichsam kosend in die tropische Sommerglut verschmilzt, um nach einigen Stunden lieblicher Vereinigung sich wieder zu trennen. Ein wunderbarer Wechsel in diesen wenigen Stunden! Das Tal, und die grandiosen Berge und Felsenmassen, die es in eirunder Form umschließen, von der schräg herübersteigenden Sonne halb schattiert, halb wieder hell erleuchtet, werden in diesen Stunden glänzend licht, was man in der südwestlichen Zone licht nennt, mit einem Himmel, so rein und durchsichtig und tief! das Auge dringt unwillkürlich tiefer und tiefer in dieses goldschattierte Blau, als wollte es eindringen in die fernen Himmel. Und die sinkende Sonne erglänzt so golden, so strahlend in diesem blauen Firmamente! Und die Lüftchen werden so leicht, so kosend! Alles ladet zum Lebensgenusse in diesen Stunden ein. Die großartigen Basalt- und Porphyrgebirge des Tales glänzen am hellsten, die weiße Frau[1] erscheint verjüngt zur Feier des neuen Jahres, und jugendlich prachtvoll zieht die ganze Natur herauf vom üppigen Süden. Es sind wonnevolle Stunden, diese erste, zweite und dritte Nachmittagsstunde, für jeden, der nicht Mexikaner ist; denn dieser schläft seine Siesta.

An diesem Tage jedoch war keine Siesta in Mexiko, und die Volksschar, mit der unser junger Stutzer die Tacubastraße herauf kam, war nicht die einzige, die in den sonst öden Straßen von Mexiko schwärmte.

Es ist etwas seltsames um das Schwärmen in Mexiko; – etwas sehr Seltsames. –

Im Mirador der Casa[2] zum San Simon Stilitta, so genannt, weil die

---

[1] Itztaccihuatl oder die weiße Frau.
[2] Haus. – Die Häuser in Mexiko werden häufig nach den auf ihrer Fronte gemalten Heiligen genannt.

Vorderseite des Hauses einen Heiligen darstellte, der volle sieben Jahre auf einem Beine gestanden, war die Siesta auch nicht eingekehrt; denn drei Paare feurige Augen glühten durch den vergoldeten Mirador, von dem man die Ansicht der Kathedrale, mehrerer Regierungspaläste, und eine weite Fernsicht in die meilenlange Straße hinab hatte. – Es war ein stattlich katholisch aussehendes Gebäude, diese Casa de San Simon Stilitta, mit ihrem Mirador und zwei Schutzheiligen; denn nebst obengenanntem Patrone der Gymnastiker, hatte noch ein San Francisco seinen Schauplatz an der Fronte aufgeschlagen, und zwischen diesen beiden Schutzpatronen die drei Mädchen, eine ungleich anziehendere Erscheinung.

Sie waren den Jahren nach, was wir Teens[3] nennen würden, die aber in Mexiko Blüte und Reife sind. Die fünfzehnjährige Senorita[4] Cölestine, das Töchterchen des Intendanten[5] von Valladolid, ein rundes Geschöpfchen mit einiger Anlage zum Embonpoint, einigermaßen dicken Lippen, schwarzen feurigen Augen, obwohl nicht hinlänglich tiefliegend und einer recht artigen Taille, obwohl der Busen mehr Fläche als Rundung hatte, einem gesunden spanischen, das heißt, einigermaßen ins Gelbe schimmernden Teint, und Zähnen von gleichem Kolorit, eine Wirkung der fatalen Zigarren, die das schöne Kind in Rauchwolken aufgehen ließ.

Senorita Ximene, die Tochter Senor Don Vivars, Oidors der hochmächtigen Audiencia, war von schlankerer Taille und gewölbterem Busen. Auch sie hatte etwas dickere Lippen, als nach unsern Schönheitsbegriffen nötig; aber diese Lippen öffneten sich so lieblich, und die Oberlippe zog sich so anmutig zurück, um eine Reihe von Perlenzähnen zu zeigen, das Auge, obwohl gleichfalls nicht tief genug liegend, funkelte so feurig, sie rauchte ihre Paquitta[6] allerliebst. – Laura, die jüngste der Töchter des Vizepräsidenten der Hacienda Real, hatte ein lieblich rundes Kinn und derlei Wangen. Alle drei aber erfreuten sich der kleinsten Füße, der niedlichsten Hände, der schwärzesten Augen und herrlicher Woodville-Zigarren, nebst einer erschrecklichen Langweile. Dieser zu entgehen, waren die armen Mädchen, die in der Adlergasse, der fashionablen spanischen Straße, wohnten, und durch den Grito und die nach Hause kehrenden Volkshaufen um ihre Siesta gebracht worden waren, mit ihren Negermädchen gekommen, um ihrer Freundin Isidra einen Besuch abzustatten.

---

[3] Nennt man scherzhafter Weise in der englischen Sprache, Mädchen zwischen zehn und sechzehn Jahren.
[4] Fräulein.
[5] Präfekt einer Intendanz, der obersten exekutiven Behörde.
[6] Eine Papier-Zigarre.

Diese Freundin Isidra überließ sich soeben dem mexikanischen *far niente*.

Der Mirador, auf dem die Mädchen lauschend und rauchend lagen, stand mittelst zwei hoher Flügeltüren mit der Sala in Verbindung. Das obere Ende dieser Sala bildete die sogenannte Estrada, der erhabene Platz, auf dem sich eine Ottomane befand, und auf dieser hingegossen eine Doppelgestalt, von welcher die eine Hälfte bloß die Umrisse des Leibes erkennen ließ, die andere aufrecht saß. Diese Umrisse verrieten wieder einen starken Bequemlichkeitshang; denn der Gürtel war gelöset, und der Oberleib einzig nur mit dem glänzend schwarzen Rabenhaar bedeckt, das über diesen ausgebreitet schien, mehr um die Weiße desselben hervorzuheben, als den Zwecken der Bekleidung zu entsprechen. Die Enthüllte, die ihr Hausrecht so ungeniert gebrauchte, war, nach allem zu schließen, noch sehr jung; von ihrem im Schoße der zweiten Gestalt eingewühlten Gesicht war wenig oder nichts zu sehen. Diese zweite Gestalt war nußbrauner Farbe, und ihre Finger wühlten und ihre Augen bohrten so emsig in den Haaren der ihr im Schoße Ruhenden, daß sie in gewisser Hinsicht einer Jägerin glich, die in der Hast des Verfolgens alles um sich her vergessen.

Der Saal, in dem die beiden Mädchen sich befanden, war im spanischen Geschmacke der höhern Klassen ausmöbliert, das heißt, mit Esteras belegt, einem Mitte- und zwei Seitentischen, auf welchen letztern die Bildnisse der Jungfrau *de los remedios* und des San Jago de Compostella standen, und einigen Dutzend Sesseln mit ungeheuer hohen Lehnen, die wohl die Zeiten Philipps des Vierten gesehen haben mochten. Die Wände waren mit blauem Porzellan bekleidet, die Vorhänge von grünem Korduan, und statt des Lüstre, der in einem Winkel des geräumigen Saales stand, hingen von den vergoldeten Haken sechs seidene Schnüre herab. Auf dem Tische in der Mitte lagen einige musikalische Instrumente, unter diesen eine spanische und eine mexikanische Laute. Es war die letztere ein hohler, hölzerner Zylinder von der Größe einer spanischen Laute, mit zwei in der Mitte parallel laufenden Öffnungen; zwei mit elastischem Gummi umwundene Stöcke lagen daneben.[7]

Im Saale sowohl als auf dem Mirador herrschte eine wahrhaft klösterliche Stille, und keine Silbe wurde gehört, obwohl eine Viertelstunde seit der Ankunft der Senoritas und ihrer Doncellas verflossen war. Auch die Bewegungen der Mädchen waren nicht lebendiger. Zuweilen regte sich eine Mantilla, und ein Feuerblick strahlte hinab auf die Straße; aber we-

---

[7] Das Instrument, von dem hier die Rede ist, heißt in der indianischen Sprache Teponatzli.

gen Mangels an Erwiderung verglühte die schöne Flamme wieder in mattes Dahinstarren.

»*A ellos, a ellos!*«[8] ließ sich endlich aus dem Schoße des Mulatto-Mädchens vernehmen.

»*Que quiere,*«[9] versetzte das Mulatto-Mädchen, das mit Argus-Augen in den Haaren herumgespäht, nun aber ungeduldig das rabenlockige Köpfchen aus ihrem Schoße hob und einem der lieblichsten Gesichter in die feurigen Augen sah. »*Basta,*« bedeutete sie ihr im grollenden Tone.

Das Mädchen warf einen zornfunkelnden Blick auf die Sprecherin.

»*Porque?*« fragte sie; »*Porque finir?*«[10]

»*Que queire,*« versetzte die Kammerzofe. »*Matados todos? No Senorita de qualitad ha matados todos.*«[11]

»*Mentira!*«[12] schrie die liebliche Spanierin giftig.

»*Es verdad!*« bekräftigte Senorita Ximene, Cölestine und Laura, die zugleich in die Haare fuhren, und nach einem kurzen Umherwühlen den augenscheinlichsten Beweis der Wahrheitsliebe der Doncella und ihrer eigenen Duldsamkeit lieferten. Das Köpfchen neigte sich wieder in den Schoß und die Doncella schickte sich nun an, das Gewirre der Haare in Locken zu vereinen.

Wieder ward es stille. Die Mädchen sahen die Straße hinab, und rauchten und gähnten; die Doncella kräuselte und türmte die rabenschwarzen Haare in Locken und Knoten; alles ward wieder Apathie, bleierne mexikanische Apathie.

Aus einem Nebengemache, dessen Türe halbgeöffnet war, stöhnte und gellte eine Stimme, »oh! ah! ih!« in so seltsamer Weise, daß unsere vier Mädchen in ein lautes Gelächter ausbrachen.

Das Gemach war zur Hälfte kleiner, als der Saal, aber weit größer und höher als eines unserer Schlafzimmer, und gleichfalls mit blauen Porzellan-Vierecken belegt. In der Mitte desselben hing eine Hängematte, in der ein Schlafender oder eine Schlafende sich befand, den Tönen nach zu schließen, die verlautbar wurden. Auf der rechten Seite stand ein Mittelding zwischen einer Ottomane und einem Bette, das reinlicher gewesen sein könnte, als es wirklich war, und auf das, nebst andern Kleidungsstücken, auch ein reich mit Gold verbrämter blauer Mantel zu liegen kam.

---

[8] Frisch auf sie los.
[9] Was beliebt.
[10] Warum – warum aufhören?
[11] Was beliebt? Alle wollen Sie getötet haben? Kein Fräulein von Stande hat sie alle getötet.
[12] Eine Lüge.

Formlose Hüte, bestaubte Beinkleider, schmutzige Wäsche und Werkzeuge der Reinigung lagen neben Kleidungsstücken, von denen ein einziges hingereicht haben würde, das ganze Haus zu säubern, und sechs Monate hindurch rein zu erhalten.

Unter der Hängematte saß ein Indianermädchen, einen Federschirm auf dem Schoß; der Kopf war ihr auf die Brust gesunken, der Schlaf hatte das Mädchen überfallen, während sie der in der Hängematte Schlafenden Kühlung zugefächelt. Zur Seite des Bettes stand ein Mulatte mit einem Kästchen von Zigarren, und einem brennenden Lichte.

»Oh! ah! ih!« stöhnte es wieder aus dem Bette, und eine Schlafhaube erhob sich, und eine Hand, die sie vom Kopfe zog, und so ein klapperdürres kastanienbraunes Gesicht sehen ließ, dessen Schläfe, Stirne und Augenhöhlen dunkel olivengrüne Umrisse hatten.

Auf diese letzten Jammertöne, die etwas laut gewesen, regte es sich in der Hängematte. Zuerst erhob sich ein gleichermaßen kastanienbraunes Gesicht, mit einigen erbsengroßen Warzen und einem Barte geschmückt, der einem Grenadier nicht übel gestanden wäre; dann folgte der etwas schwere Leib, der aber Folgsamkeit versagte und den Kopf wieder nach sich zog. Ein zweites Mal erhob sich der Kopf, und durch einen plötzlichen Aufschwung wurde ein Hals sichtbar, Schultern, Busen und alle die Appertinenzien eines weiblichen Oberteiles, mit dessen Beschreibung wir jedoch unsere Leser verschonen, da sie nichts weniger als lieblich zu schauen waren. Die Dame des Hauses, sie war es selbst, schien sich nicht im mindesten durch die Gegenwart des Mulatten geniert zu fühlen, und richtete sich ganz in der Hängematte auf.

»Manca!« schrie sie mit einer Trompeterstimme, indem sie umherschaute. »Manca!« schrie sie noch stärker, und zugleich erhob sie einen ihrer Füße nebst Schenkel, und beide aus der Hängematte werfend, stieß sie die schlafende Manca über den Schemel hinab.

Durch diesen Stoß wurde die Hängematte in eine schaukelnde Bewegung gebracht, die der Spanierin recht wohlgefällig zu sein schien; denn sie ließ nun dem linken Fuß den rechten folgen, der, so wie jener, weder Strumpf noch eine andere Bedeckung hatte. Sich mit beiden Händen an den Seilen der Hängematte haltend, wiegte sie sich mit vielem Behagen. Die Dame saß im bloßen Hemde.

Ein drittes Mal stöhnte der Spanier: »Ah, oh, ih!«

»Don Matanzas!« gellte nun die Senora. »Mit Ihrem Gestöhne kann man auch kein Auge zubehalten. Keine Ruhe; nicht einmal während der Siesta! Carracco!«

Und wieder schwang sich die Spanierin in ihrer Hängematte, die nun, durch die erwähnte Manca in schaukelnder Bewegung erhalten, einen starken kühlenden Luftzug im Zimmer verursachte, aber auch zugleich Wolken von Staub auftrieb.

Wohl zwei Minuten waren verflossen, seit die Worte gesprochen worden; der Spanier hatte sich eine Zigarre angebrannt, und blies Rauchwolken von sich. Auf einmal nahm er die Zigarre aus dem Munde, und begann mit funkelnden Augen:

»*Muerte y infierno!*«

Hier unterbrach sich der gute Mann wieder durch die drei Jammertöne: »Oh, ah, ih;« und sein kastanienbraunes Gesicht verzog sich jämmerlich.

»*Muerte y infierno!*« Keine Ruhe! Keine Ruhe, Senoria, sagen Sie! Und wer ist Schuld daran? Wer hat uns von Acapulco heraufgeschleppt?«

»Wären Sie unten geblieben, die Rebellen würden Sie so eingepökelt haben wie Tesajo; ist aber nichts mehr einzupökeln.«

»*Maldetto mal pays!*«[13] brummte der Spanier. »Wäre ich in der Madre Patria geblieben!«

Die Dame warf, ohne ein Wort zu erwidern, einen Blick der wegwerfenden Verachtung auf den Schatten von Ehemann hinüber, denn so möchte er füglich genannt werden; nahm von dem Mädchen eine Zigarre und winkte dem Mulatten mit dem Lichte heran. Als sie die Zigarre angebrannt und gehörig in Rauch versetzt, hob sie an:

»In der Madre Patria geblieben bei Ihrer ewigen Mahlzeit,[14] Ihrer San Antonio-Mahlzeit,[15] bei Ihren sechsunddreißig Kichererbsen, die neben zwanzig Augen in Ihrer *olla de soba*[16] herumschwammen? Fi! *no babla cuomo Christiano.*«[17]

»*No babla cuomo Christiano,*« wiederholte der Spanier mit einer Art komischen Schauders. »*Jesu, Maria y Jose! Nosostros* – wir, die wir von dreihundert Ahnen abstammen, unter die ältesten Christen gehören, deren sich Altkastilien rühmen kann, deren Vorfahren unter dem großen Guy die Schlacht bei Ronceval« – –

»Fi, der Mann redet *sin razon*. Kommen da den ganzen Weg von Acapulco herauf, um von seiner Lendendarre geheilt zu werden. Wo haben

[13] Verfluchtes, elendes Land.
[14] Eine Mahlzeit, die keinen Anfang und kein Ende hat; keine Suppe und kein Dessert; trockenes Brot.
[15] Brot und Wasser.
[16] Knoblauchsuppe; die gewöhnliche Nahrung der untern Volksklassen.
[17] Fi! er redet nicht wie ein Christ – er redet Unsinn.

Sie diese Lendendarre her? Sie miserabler Ehemann! von Ihrem Sala-
manca-Studentenleben! Fi, Maco ist mir lieber.«

Maco, der Zambo, wandte sich, und brummte ein Brr!

»Komm her, Maco!« rief die Spanierin dem Mulatten zu, der mit weg-
gewandten Augen vor sie hintrat, und als er endlich mit der gräulichen
Schönheit in Berührung kam, sie gänzlich schloß. Dafür erhielt er eine so
derbe Maulschelle, daß ihm Licht und Zigarren entfielen.

»*Gojo negro!*« schrie die beleidigte Spanierin; will Dich lehren die Augen zudrücken, wo Du sie offen haben sollst.«

Der arme Ehemann hatte während der einigermaßen peinlichen
Szene keinen Laut von sich gegeben, nur ein leises Ah! Oh! Ih! ent-
schlüpfte ihm. Seine Ehehälfte hatte einige Rauchwolken gezogen und
fuhr fort:

»Kommen von Acapulco herauf, um Hilfe zu suchen für seinen mise-
rablen, mit der Lenden- und Rückendarre behafteten Leib, und der alte
Narr stößt die Hilfe zurück, weil er den Zambo Don oder Senor nennen
müßte. Verdammte Narrheit!«

Und wieder schwang sich die Virago behaglich in ihrer Hängematte.

»Narrheit,« fiel ihr der Mann mit funkelnden Augen ein, »Narrheit
nennen Sie es? Narrheit!« rief er halb schaudernd: »So mögen Sie, die
nicht einen Tropfen vom Blute der Matanzas hat – – Narrheit nennt sie
es,« seufzte der Mann, »Narrheit nennt sie den Heroismus eines Matanzas, über den sich die dreihundert Ahnen seines Geschlechtes im Himmel
freuen müssen, und absonderlich der große Matanzas, der in der Schlacht
von Ronceval – –«

»Ronceval und nichts als Ronceval!« brummte die Ehehälfte: »Unsere
Vorfahren waren Glieder des Consulado von Sevilla, Senor! verstehen
Sie, und durch meinen Vater erhielten Sie die Stelle, und sind was Sie
sind, mehr als alle Ihre dreihundert Vorfahren zusammengenommen, die
alle dreihundert nur drei Mäntel besaßen, und vier Suppenschalen, in
denen sie ihre *olla de soba* sich zusammenbettelten.«

Der Spanier warf nun seinerseits einen verächtlichen Blick auf die
Sprecherin.

»Wir haben,« sprach er im höchsten Grimme, »Oh! Ah! Ih!« stöhnte
der Ärmste wieder. »Wir haben,« hob er mit von Schmerz verzerrtem
Gesichte an, »einen Stammbaum, der so lange wie die Tacubastraße ist,
Donna, merken Sie sich dies, und der Ihrige – Pah! es ließe sich keine
Estera zu diesem Schlafzimmer daraus machen.«

Der Mann hatte sich aufgerichtet, und die Worte mit starker, gellender
Stimme geschrien; aber der Schmerz erstickte die letzten Silben.

»Narrheit,« fuhr er nach einer Weile fort, »Narrheit nennen Sie es, wenn wir uns weigern, einem übermütigen Zambo zu willfahren, dessen Insolenza so weit geht, Senor von einem Nachkommen des großen Matanzas tituliert werden zu wollen, einem *viejo Christiano*, dessen Adel älter ist, als der des Königs.« Bei diesen Worten setzte der Mann einen ungeheuern, dreieckigen Hut mit roter Kokarde und Federbusche auf.«

»Narrheit nennen Sie es?« fragte er wieder.

»Narrheit!« lachte sie; »ich würde ihn *Magestad* titulieren!« schrie sie, hüllte sich wieder in eine Rauchwolke, und fuhr fort sich schaukeln zu lassen.

Der Mann hatte soeben eine frische Zigarre aus dem Kästchen, das ihm der Mulatto hinhielt, genommen. Er warf diese mit einem »*Muerte y infierno*!« auf die Erde und schwenkte halb wütend den Hut.

»*Muerte y infierno*! Ah! oh! ih!« stöhnte er wieder: »Donna, Sie sind bei meiner Seele eine Verräterin!«

Und wieder setzte er den dreieckigen Hut auf, und nahm eine andere Zigarre, die er anbrannte, und sich in eine Rauchwolke hüllte.

Der Waffenstillstand zwischen den beiden kriegführenden Mächten dauerte mehrere Minuten. Der Spanier saß im Flanellhemde, sonst aber ganz ohne Kleidung im Bette aufgerichtet, einen spanischen Oberstenhut auf dem Kopfe; seine Donna auf oben beschriebene Weise in der Hängematte.

Endlich schrie sie herüber: »Don Matanzas, Sie sind ein alter Narr, und wäre ich Don Toro – –«

»Nennen Sie ihn nicht Don!« fiel ihr der Gemahl ein: »Donen Sie ihn nicht! Ah! Oh! Ih!« stöhnte der Arme wieder: »Nein, wir wollen nicht! Nimmer! Wir einem elenden Zambo den Titel Senor geben? Wir, deren Vorfahren bei der Schlacht von Ronceval – –? Und der Hund verlangte, daß wir aufstehen bei seinem Eintritte, wie vor einem *viejo Christiano*, und ihn Senor getitulieren.«

»Das Aufstehen ersparen Sie nun,« grollte die Donna, »maßen Sie nicht mehr aufstehen können.«

»Wir den Zambo Don titulieren?« brummte der alte Spanier, »und aufstehen bei seinem Eintritte? *Madre de Dios, quella insolenza*! Nein, Senora, da wird nichts daraus,« er sprach dies im feierlichen Tone: »Bei der *Vierge de los remedios* und dem vortrefflichsten aller Heiligen San Jago! Und hätten wir tausend Beine und zehntausend Lenden und Rücken, und alle wären mit der Darre behaftet, und allen könnte dieser Zambo helfen, durch bloßes Berühren mit seinem Stabe helfen, wie Senor Don Moses dem israelitischen Volke half – Donna Anna!« sprach der Mann feierlich und stolz: »wir würden lieber tausend Rücken verlieren, als den Zambo

Senor titulieren oder vor ihm aufstehen, wir ein *viejo Christiano*! ein *viejo Christiano*! ein *viejo Christiano*! *Dixi y basta*!«

Dem Manne war während dieser Erklärung die Zigarre ausgegangen; er zündete eine frische an, hüllte sich abermals in eine Rauchwolke, drückte den ungeheuern Hut tiefer in die Stirne, und nahm einen langen Stoßdegen von der Wand, den er küßte und mit den Worten: »*Venid mia cara vierge*!«[18] vor sich hinlegte.

Die beiden Eheleute hatten sich müde gezankt, und es trat nun Stille ein.

In der Sala schien die Unterhaltung nicht den mindesten Anklang gefunden zu haben. Die Mädchen saßen, rauchten und lagen auf die Sofas hingestreckt, selbst ihre Gesichtszüge hatten den widerlichen schlaffen Ausdruck angenommen, den wir an den Schönen des herrlichen Mexiko häufig bemerken.

Aber auf einmal änderte sich die Szene.

Senorita Ximene hatte anfangs mit hängenden Unterlippen einem Zuge zugesehen, der die Tacubastraße heraufkam und bereits einige Male angehalten hatte. Den Kleidungen der Mehrzahl nach zu schließen, bestand er aus Mitgliedern der *cinco gremios*.[19]

»Pah, *cinco gremios*!« gähnte Senorita Cölestine.

»Ah!« rief Ximene, und das matt schwimmende Auge wurde fixierend, die Unterlippe preßte sich an die obere, als formte sie sich zum Kusse, ihre Hand streckte sich durch den Mirador, die Mantilla fiel wie von selbst in malerischen Umrissen über den Scheitel herab – das Mädchen war verändert. Die beiden andern hatten kaum die Bewegung bemerkt, als auch an ihnen dieselbe Metamorphose vorging; ihre Gesichter wurden lachend, die Züge sprechend, Alle waren auf einmal reizend, ganz andere Wesen geworden.

»*Don Pinto y uno superbo hombre*,« flüsterte Ximene.

»*Quien es este*?« fragte Cölestine.

Ximene schüttelte das Köpfchen.

Die leise geflüsterten Worte hatten aber die Senorita Isidra auf einmal aus ihrer trägen Attitüde aufgerüttelt. Die Haare waren gelockt und in einen Knoten geschlungen; sie warf die Roba über, sprang durch die Flügeltüren auf den Mirador, schoß einen Blick auf die Straße, klatschte in die Hände, rief ein lautes: »*Venid, venid caro*!«[20] und hüpfte dann mit den übrigen Mädchen zurück in den Saal, wo alle vier lachend die bunten, sei-

---

[18] Komm, meine teure Jungfrau.
[19] Fünf Zünfte, Handwerker.
[20] Kommen Sie, kommen Sie, Teurer!

denen Schnüre ergriffen, die, wie bemerkt, von der fünfzehn Fuß hohen Decke des Saales herabhingen.

Die Doncella hatte gerade noch Zeit gehabt, ihrer Gebieterin die Basquina zu überwerfen und die Mantilla am Scheitel zu befestigen, als Don Pinto, in Begleitung eines zweiten Kavaliers, eintrat.

Die Mädchen waren nun malerisch schön. Von der trägen, bleiernen Apathie, die sie noch zwei Minuten vorher mit ihrer Vampirlast niedergedrückt, war auch keine Spur mehr zu sehen. Die gelbe Gesichtsfarbe war einem feurigen Rot gewichen; der halbgähnende Mund mit den breiten Lippen war schlau und spitzig und begehrlich geschlossen; die Augen sprühten Feuer und Flammen; alles war Beweglichkeit und Anmut. Die reizende Basquina, an den vollen, runden Gestalten bis zu den Knien hinabreichend, darunter die leichten, blauen Seidenröckchen, der zierliche Faltenwurf der beiden Gewänder mit der unerreichbaren Anmut des Mantillaspieles, und hinter diesen die feurig verlangenden Flammenaugen! – Es war eine herrliche Gruppe, die durch die rasch und keck unter sie getretenen Kavaliere noch sehr gehoben wurde. Don Pinto hatte die grüne Manga des Goldschmiedes aus der Plateria leicht und mutwillig über die kostbare Pelzjacke geworfen; dafür hatte sein Begleiter, ein junger Kreole, seine eigene Manga. Beide waren hüpfend angekommen, hüpfend waren ihnen die Mädchen entgegengetanzt, »*venid, venid Senores*!« flüsternd, und den beiden Kavalieren die zwei noch übrigen Seidenschnüre reichend. Ein rascher Händedruck, ein ausdrucksvoller Blick, und die Paare standen geordnet zum Tanze.

Das gelispelte *venid! venid!* ausgenommen, war noch kein Wort gesprochen worden; aber jeder Blick, jede Bewegung sprachen; die Mädchen waren Feuer und Flamme, und zitternd vor Begierde.

»Den Chica[21] von Yucatan!« wisperte Don Pinto.

Die Mädchen erglühten.

Die Gitarre schlug an, begleitet von dem Instrumente, das wir oben beschrieben haben, und auf welches eines der Indianer-Mädchen mit den beiden Stäben schlug oder vielmehr strich. Die Töne waren hohl, zitternd, melodisch, und denen einer Harmonika nicht unähnlich. Die Tänzer setzten sich in eine langsam schwebende Bewegung.[22] Man konnte

---

[21] Ein äußerst wollüstiger Tanz.

[22] Der Tanz, von dem hier die Rede ist, ist in den südlichen Provinzen, Yucatan, Oaxaca etc., sehr beliebt, wird aber auch in Mexiko getanzt, und zwar auf folgende Weise: Ein Baum oder Pfahl, fünfzehn bis zwanzig Fuß hoch, wird in die Erbe getrieben. Von der Spitze hängen so viele buntfarbige Schnüre oder Stricke herunter, als Tanzende vorhanden sind; jeder derselben ergreift einen,

nichts Schöneres sehen, als diese feurigen, vor Wollust erzitternden Gestalten und ihre graziösen Wendungen. Sie hatten in der einen Hand die Schnüre, die andere trieb mit der Mantilla ihr Spiel. Der Tanz war anfangs mehr ein verschlungener Gang, wurde aber allmählich schneller, leichter, feuriger. Tänzer und Tänzerinnen eilten schnell aneinander vorüber, durchkreuzten sich, verwoben sich. Wie die Schnüre, die sie in den Händen hielten, sich allmählich verkürzten, wurden ihre Bewegungen üppiger; je näher sie die verkürzten Schnüre aneinander brachten, desto fieberischer, glühender wurden sie, desto zärtlicher ihre Blicke; die Mantillas fielen herab, die Tänzer kamen in unmittelbare Berührung mit den Tänzerinnen, ihre Arme umschlangen sich, die Lippen drückten sich aneinander. Es war kein Tanz mehr, es war ein beweglicher Knäuel fieberischer, von Wollust zitternder Wesen, die sich endlich eng aneinander gepreßt anhielten. Einen Moment blieb die Gruppe in dieser Stellung; die Musik hatte inne gehalten; dann begannen die Instrumente wieder, die Tanzenden entwirrten sich, der Knoten löste sich, die schwimmenden Augen verhüllte wieder die Mantilla, die laszive Szene wurde wieder erträglich auch für nicht mexikanische Augen.

»*Que compania hermosa, que brilliante! No pueden ser compania mas brilliante!*«[23] gellte die Stimme der Donna, die mit vieler Behaglichkeit dem seltsamen Tanze zugesehen hatte, eine Espece von Capuchon auf dem Haupte, einen Nachtmantel um die Schultern, und Pantoffeln mit hohen Absätzen auf den strumpflosen Füßen, in der einen Hand ein Pack Karten, in der andern die Requisite des Montespieles haltend.

»*Venid, Senores*!« murmelte sie den Caballeros zu, indem sie einem der Tische zutrippelte, vor welchem sie sich niederließ.

Die beiden Abenteurer folgten dem Winke und setzten sich gleichfalls, so ungeniert, als wenn sie zur Familie gehörten.

Die Donna schlug die Karten auf.

»*Rey doro*!« sprach sie mit einem spitzigen Lächeln, das der Leichtigkeit der zwei Goldbörsen, die die beiden Kavaliere vor sich hingelegt hatten, gelten mochte.

»*Perdito*!« fiel ihr der Fremde ein, der ihr einen Dublon hinschob.

»*Reina*!« sprach sie wieder.

und darauf fängt der Tanz um den Baum herum an, der so lange dauert, bis ein künstliches Netz gebildet und die Schnüre so kurz werden, daß die Tanzenden sich nicht ferner bewegen können, ohne die Schnüre fahren zu lassen; dann fängt man auf dieselbe Weise wieder an, das Netz zu entwirren.

23 Welch eine schöne Gesellschaft! Wie glänzend! Es kann nichts Glänzenderes geben.

»*Perdita*!« antwortete Don Pinto, ihr gleichfalls seinen Tribut hinschiebend.

So ging es ein zweites, ein drittes, ein viertes Mal. Die zwei hatten allemal verloren; die Dame packte ihre Beute zusammen, warf den beiden einen verliebten, bedeutsamen Blick zu, brannte wieder ihre Zigarre an, und entfernte sich mit den Worten: »*Dios Vos guarda Caballeros*!«

Wieder flogen die Mädchen heran, wieder flammten die Augen, wieder schossen sie ihre feurigen Blicke ab; einige bedeutsame Winke mit den Fächern gegeben, eine leichte Verbeugung: die zwei Kavaliere zogen sich zurück, und unsere liebenswürdigen Senoritas versanken wieder in die Arme der bleiernen Apathie, um durch die nächst herbeigelockten Schwärmer vielleicht auf dieselbe Weise aufgerüttelt zu werden.

Dreiunddreißigstes Kapitel.

Ha! Sah man je so seltsam ein Ding?
SHAKESPEARE.

in ganz eigenes Leben, dieses Leben in Mexiko! Also diese Romerias²⁴ sind noch immer in der Mode?«

»Gerade als ob kein Morelos in Cuautla Amilpas wäre,« erwiderte Don Pinto. »Du siehst, das spanische Phlegma bleibt sich getreu; drei *rendez-vous*, drei *venids* in einer Calle²⁵. Freilich kostet jede zehn Dublons. Welche hat Dir ein Stelldichein gegeben?«

»Das Stumpfnäschen,« bemerkte der Kreole.

»Das geht nicht; sie wohnt zu weit die Adlergasse hinab aus unserem Wege. Nimm die meinige; es ist Isidra, ein allerliebstes Dingelchen.«

»Meinethalben,« erwiderte der Gefährte gleichmütig, »wenn ich kann.«

»Wollen sehen, *Buen provecho*! müssen uns nochmals an die *maestros* der *cinco gremios* halten; der Spitzbube, der Alguazil Coro ist uns auf den Fersen; *Vigilancia*!«

Unter diesen Worten waren die beiden vor der Pforte des Hauses angekommen, vor welchem die Schar, mit der sie gekommen, unterdessen gewartet hatte, bis die Kavaliere den Forderungen mexikanischer Stutzersitte entsprochen, und ihre letzten Dublonen für Liebesblicke und die reelleren Folgen derselben eingetauscht. Es waren großenteils noch dieselben Personen, die wir bereits vor der Villa des Conde gesehen, und an die sich unser Abenteurer in einer seiner vielen Launen angeschlossen hatte.

»Carracco!« lachte der Mann aus der Plateria: »Schade, daß die Valenciana nicht Don Pinto gehört; er wäre ein Principe, der das Geld unter die Leute brächte.«

»Aber wir sprechen ja von der Anleihe,« bemerkte hinwieder der Escribano zu seinem Gefährten, einem Kupferschmiede, »und zwar der

---

²⁴ Wallfahrten.
²⁵ Drei Aufforderungen in einer Straße.

Anleihe des hochpreislichen Consulado und der Nobilitad, die nämlich das Consulado und die Nobilitad dem Gobernio versagt haben. Nun aber sagen wir, eine Anleihe ist ein *pactum*, ein *contractus*, das da kommt *a contrahendo*, laut *leyas de las Indias libro VIII, Cap. 28*. Laut denselben *leyas de las Indias* darf kein *gente irrazionale* eine Anleihe über fünfzehn Duros kontrahieren, welche Anleihe über fünfzehn Duros bloß das Privilegium von Caballeros ist[26], so wie Anleihen von über hunderttausend bloß das Fuero von der hohen Nobilitad, und hinwiederum von Millionen bloß das von höchsten Herrschaften.«

»*Tiquis, miquis,*«[27] fiel ihm der Mann aus dem Parian ein: »*Agua sobre agua ni cura ni lava*[28]. Auf den Conde zu kommen.«

»Pah, auf den Conde zu kommen!« schrie der Escribano: »Wir gehen ja von ihm. Demonio! Was wollen Sie nur immer von einem Caballero reden, gerade als ob dieser Caballero der einzige in der Welt wäre, wo doch unsere Vorfahren aus so gutem spanischen Geblüt –«

»So mögen alle siebzehn Höllen Ihr spanisches Blut – –« fiel ihm der sogenannte Adelantado aus dem Parian ein; aber er endigte seinen Satz nicht, sondern wurde bleich und verschluckte die letzten Worte, blieb sprachlos und mit ihm der ganze Haufen.

Mit allen war auf einmal eine seltsame Veränderung vorgegangen. Sie waren schlendernd in der besten Laune die Tacubastraße hinaufgezogen, und der Xeres und Sangaree des Conde hatten offenbar vieles zu dieser guten Laune beigetragen. Von dem Schmerze, den bittern Täuschungen, die auf den Gesichtern der meisten früher zu lesen gewesen, war auch keine Spur übrig geblieben; dafür war etwas einer Schadenfreude Ähnliches in ihren Zügen hervorgetreten; man sah es ihnen an, daß sie etwas wußten. Jetzt hatte sich auf einmal dieser Zug von Schadenfreude auf allen Gesichtern in Schrecken und Angst umgewandelt, und dieses so auffallend, daß der Begleiter unseres jungen Stutzers verwundert um sich sah. Eine Totenstille war eingetreten unter den hundert Züglern; sie sahen sich eine Weile erschrocken an, wie Leute, die auf bösen Wegen ertappt werden, und schlichen sich dann auseinander, ohne Adios zu sagen, ohne ein Wort mehr zu sprechen.

»Was ist das?« fragte der Begleiter unseres Don Pinto.

»Siehst Du nicht, wir sind auf der Plazza-Mayor.«

---

[26] Nach den spanischen Gesetzen durfte keinem Indianer mehr denn fünfzehn Piaster geliehen werden.

[27] Rotwelsch, Kauderwelsch.

[28] Wasser auf Wasser hilft und wäscht nicht.

»Und was weiter?«

»Wir sind vor dem Palaste.«

»Welchem Palaste?«

»Mein Gott, welche Frage! Des großen Zauberers, der Mexiko umstrickt hält, so wie die Spinne den armen Kolibri; vor dem Palaste des Virey. Meiner Seele! in seinem Kabinette regt es sich. Bleibe ruhig!« flüsterte er seinem Begleiter zu, »so ruhig, als möglich. Lege Deinen Arm recht breit in den meinigen; weniger militärische Haltung; bewege den Mund, als ob Du mit mir sprächest.«

Der junge Kreole tat, wie ihm vorgeschrieben. Vor ihnen her lief der Adelantado aus dem Parian in geschäftiger Hast; zwei andere rannten in der Angst auf die Kathedrale zu.

Der junge Pinto brummte ein »*Maleditos gavachos*! Wenn jetzt ein einziger Familiar da ist, so sitzen wir fest!«

Es war jedoch keiner vorhanden; die beiden erreichten den Parian und eilten dem Adelantado nach, der ihnen die Türe seines Ladens vor der Nase zuschlug, sie aber nach einer Weile wieder öffnete und auf eine Falltüre wies, die in ein oberes Gemach führte.

»Hier sind wir einstweilen sicher,« sprach Don Pinto, dem alle gute Laune vergangen zu sein schien; denn das Herz klopfte ihm hörbar und seine Stimme klang hohl.

»Bist Du und Mexiko zu Narren geworden?« fragte sein Begleiter, der sich auf einen Sessel des mit Mangas, Röcken, Beinkleidern angefüllten Gemaches niederließ: »Was Teufel soll alles dies?«

»Bei meiner Seele, er war es selbst!«

»Wer?« fragte der Kreole.

»Der Virey,« flüsterte er leise und schaudernd.

»Pah,« erwiderte der junge Mann, den Kopf schüttelnd. »Ist aber bei alledem merkwürdig, diese Leute kommen den Paseo herauf, lustig und fröhlicher Dinge. Kaum sehen sie die Höhle dieses Tigers, so sind sie, als wenn das *vomito prieto* sie berührt hätte.«

»Hast Du bemerkt?« fragte Don Pinto, tiefer Atem holend, »wie sie die ganze Stunde ihre Sinne zusammen nahmen, um recht betrunken zu scheinen und ja die eigentliche Ursache ihrer Lustigkeit den Spürhunden nicht zu verraten. Man hätte schwören sollen, sie seien alle tot besoffen. Ein einziger Blick auf den Palast hat sie alle nüchtern gemacht.«

»Möchte doch wirklich den Mann sehen; ist er denn so gar furchtbar?«

»Im Gegenteil, das angenehme Gesicht, das Du sehen kannst, der beste Sprecher, San Chrysostomo ist ein Pinsel gegen ihn, der beste Ehemann, der beste Vater. Du wirst ihn nie ausfahren sehen, ohne daß ihm eines seiner jüngsten Kinder zwischen oder auf den Knien säße – –«

Der Fremde schüttelte den Kopf stärker.

»Siehe,« fuhr Don Pinto fort, »wäre er die blutige Hyäne, Calleja, Mexiko wäre schon frei; aber er ist die Katze, und solange er Virey ist, bleibt Mexiko gefangen. Alle Mühe ist vergebens. Es traut einer dem andern nicht. Wir hatten es schon dreimal darauf angelegt. Jedes Mal verdorben.«

»Pah, ein Feigling, der ein ganzes Regiment in den herrlichen botanischen Garten einquartiert.«

»Er ist klug, er fürchtet, seine lieben Landsleute möchten ihm dasselbe Schicksal, wie Iturrigaray, bereiten.«

Beide schwiegen einen Augenblick.

»Also der Unglückliche ist verschwunden?« fragte Don Pinto.

»Er muß in Mexiko sein,« erwiderte der andere. »Einige unserer Indianer sahen ihn auf dem Weg von Ajotla. Der General sandte mich mit dem Auftrage, Du mögest alles aufbieten.«

»Danke schönstens für das Zutrauen. Bei meiner Seele! dieser Mestize weiß schon recht artig zu befehlen. Sag' ihm, er möge derlei Kommissionen nicht oft wiederholen.« Der junge Mann stützte sein Haupt gedankenvoll in die Hand.

»Er ist schrecklich mitgenommen,« bemerkte der Fremde.

»Verdammte Raserei, unsinnige Raserei! hat tausend, kann zehntausend Mädchen haben, hat wirklich das schönste Mädchen Mexikos, und wirft sich einer solchen Blutsaugerin an den Hals.«

»Sie soll schön sein, diese Isa–«

»Husch,« sprach Don Pinto; »bleibe Du hier bis zur einbrechenden Dämmerung; dann gehst Du zur Matanzas; aber besser noch, Du wartest hier, bis ich zurückkomme. Du nennst Dich Santa Anna, verstehst Du mich. Es haben Dich drei unserer verschmitztesten Polizeispione ins Auge gefaßt; diese müssen zuerst beschwichtigt werden, sonst bist Du verloren. Adios! in einer, höchstens zwei Stunden bin ich zurück.«

Er drückte dem Fremden, der niemand anderer, als unser Major Horatio Galeana war, die Hand, verließ das Gemach und verschwand in den Wendungen des Bazar.

Bald darauf flogen die Hauptpforten des Palasttores auf, zum Zeichen, daß der vizekönigliche Hof von seinem Nachmittagsschlafe erwacht sei.

Vierunddreißigstes Kapitel.

Nur herein
Wer's mag sein.
SHAKESPEARE.

ie Siestastunde war vorüber. Im Appartement der Vireyna fing es an, lebendig zu werden; denn die hohen Herrschaften hatten sich von ihren Ottomanen erhoben, und beschlossen, im kleinen Garten-Pavillon den Nachmittag zu arbeiten. In den kleinen Garten-Pavillon trabten und trippelten daher Gentilhombres und Doncellas, Camareras und Senoritas, mit Kissen und Schemelchen und Stickrahmen und Fauteuils und den tausend Erfordernissen eines hohen Arbeitstisches. Ihnen nach zuerst ein einfach, *à l'enfant* gekleidetes Mädchen, das tanzend in das reich verzierte Kabinett hüpfte; darauf zwei ältere Mädchen, zwischen vierzehn und fünfzehn Jahren, mehr anziehend als schön, die, mit einem recht lieblichen Ausdrucke von Hoheit, den verstummenden Dienern einige Befehle gaben, und endlich zwei Damen, von denen die jüngere unsere Donna Isabella, die ältere, ihre um zehn Jahre gereiftere Schwester, den Kranz vollendeten; das Ganze eine recht liebliche Stufenleiter weiblicher Anmut, vom zehnjährigen Kinde bis zur fünfunddreißigjährigen, aber noch immer anziehenden Mutter.

Donna Isabella und die ältere Dame hatten sich, nach einigen Gängen durch das Gemach, vor zwei Stickrahmen niedergelassen, auf welchen breite Bänder aufgespannt waren, die zu kriegerischen Abzeichen bestimmt zu sein schienen. Die Mädchen hatten die Crayons ergriffen, die jüngste klimperte auf einer Gitarre, und als Zugabe fand sich ein Knabe mit einem Steckenpferde und einem hölzernen Schwerte ein, der sogleich eine Cavalcade durch das Kabinett begann: ein recht liebliches Gegenstück zu den emsigen hohen Arbeiterinnen.

Das Ganze war recht heiter zu schauen; es war die erste glückliche oder glücklich scheinende Familie, die wir in Mexiko gesehen.

Eine geraume Weile war unter einsilbigen Ausrufungen verstrichen.

»Mama,« rief endlich die jüngere der Donnas, eine glühende Brünette, die den Crayon niederlegte, und aufhüpfend, ihre Hand um den Nacken der Mama schlang; »Mama, es ist ein diviner Einfall.«

»Ein diviner Einfall,« wiederholte die rabenlockige Inez, die, nachdem sie ihre Arbeit gleicherweise zurückgeschoben, wieder Donna Isabella mit einem Kusse lohnte.

»Er ist nicht übel, Kinderchen,« sprach die Donna selbstgefällig, »und er schoß in unserm Köpfchen auf, als wir uns eines solchen Schwunges gar nicht versahen, gerade als wir von dem fatalen Conde de San Jago nach Hause fuhren, das angenehme Konterfei Don Ruy Gomez' uns gegenüber, zähneklappernd vor Wut, und noch immer nicht begreifend, wie dieses Consulado und diese Nobilitad,« sie sprach diese Worte in einem spitzig wegwerfenden Tone, »es wagen konnten, sich der Ungnade Sr. Exzellenz bloß zu stellen.«

»Heilige Jungfrau! Schwester, wie Du nur scherzen kannst,« versetzte die ältliche Dame, »Don Vanegas war sehr böse.«

»War er es wirklich, Schwesterchen?« lachte Donna Isabella. »Mein Gott, er bildet sich ja immer so viel auf seine Diplomatie und sein Menagieren ein, und in einer Affäre, die doch gewiß ein vorläufiges Menagement verdiente, hat er auf einmal den geraden Weg einzuschlagen für gut befunden, und nun wundert es ihn, daß dieses Cousulado und diese Nobilitad den ledernen Trueba und trockenen Pinto abgefertigt haben, die zähesten Patrone, die wir in unserm lieben hochadeligen Mexiko haben. Se. Exzellenz pflegten sonst vorläufig uns zu fragen; Sie haben diesmal der Audiencia den Vorrang gegeben,« fuhr sie spottend fort, »und ich glaube, Schwesterchen, die Frage, wäre sie geschehen, wäre nicht ganz überflüssig gewesen. Ah, *la belle France*! Siehe Schwesterchen! auch in dieser Hinsicht ist uns *la belle France* unendlich überlegen; da ordnen die Damen erst vorläufig im Boudoir die Fäden, die sie in ihren Salons zu Netzen spinnen, um mit selben die große Nation zu umgarnen. Wir halten nun zwar einen Salon; aber die liebe Exzellenz ist so ganz von ihrer eignen Aimabilité überzeugt, daß sie niemanden sonst zu Worte kommen läßt. Wenigstens was die Nobilitad und vorzüglich den Conde betrifft, so bin ich ganz gewiß, daß wir reüssiert hätten.«

Sie legte bei diesen Worten die Hand an den Hals, um den nun die Perlenschnur geschlungen war, die wir früher an der Condessa zu bemerken Gelegenheit hatten.

»Sie sind sehr schön,« bemerkte die Vizekönigin, »die schönsten, die wir in Mexiko gesehen haben.«

»Die kleine Gräfin konnte uns doch nicht ihre Schönheit bewundern hören, ohne sie der quasi Prinzessin zu Füßen zu legen;« lachte Donna Isabella. »Es ist eine kleine Entschädigung für die fatale Gesellschaft, in der wir uns ennuyierten. Wirklich eine schreckliche ennuyante Espece von Menschen, diese Kreolinnen.«

»Die jedoch gegenwärtig geschont werden müssen, sogar flattiert, wie Don Vanegas sagt;« bemerkte die Vireyna mit etwas einfältigem Gesichte. »Man spricht sehr viel Gutes von dieser Condessa.«

»Sie ist nicht übel,« versetzte die Donna, »und die Art, wie sie uns dieses kleine Cadeau darbrachte, war recht allerliebst, und zeigt, daß sie Takt besitzt. Wir haben uns vorgenommen, sie in unsere Nähe zu ziehen und ihr die Entrée zu gestatten.«

»Und wie hast Du den Grafen gefunden?«

»Recht liebenswürdig, ja interessant. Es ist etwas wahrhaft Adeliges an ihm. Er ist schweigsam und verschlossen, und doch wieder so beredt, der personifizierte Verstand, die klarste, ruhigste Weltanschauung; und zudem diese romantische Treue, diese zärtliche Liebe, die aus dem dunkeln, schwärmerischen Auge leuchtet. Auch ihn müssen wir näher an uns ziehen. Es hängt dieses mit meinen Plänen zusammen.«

Sie hielt inne, und stützte das Haupt einige Augenblicke gedankenschwer in die Hand; dann hob sie wieder an: »Ah, dieser Conde! Anfangs erschien er mir sehr stolz und steif – –«

»Was ist es mit ihm? Was fehlt Dir liebe Schwester?«

»Es wäre gewiß ein großer, ein herrlicher Gedanke,« sprach diese, »bei der gegenwärtigen Zerrissenheit der Gemüter. Es wäre etwas Großes, etwas Edles, diese Zerrissenheit durch eine symbolische Vereinigung in ein harmonisches Ganzes umzuwandeln, unter dem Vorbilde hoher Loyalität, das den Spanier vor allen Völkern der Erde so sehr auszeichnet.«

Die Vizekönigin nickte beifällig.

»Aber wie, und was meinst Du denn eigentlich?« fragte sie nach einer Pause.

»Der Gedanke, flüchtig entsprossen, wäre ein Typus, ein herrlicher, ein großartiger –«

Sie hielt wieder inne, wie eine, die ihre Ideen zu ordnen bemüht ist. »Großes würde geleistet durch diesen Ball.«

Die Vizekönigin hatte die Schwester erwartungsvoll angesehen. Das Wort Ball bewirkte jedoch eine plötzliche Abspannung.

»Aber, mein Gott! wie Du wieder die Unterlippe hängen läßt;« schmollte Donna Isabella die Schwester, deren Unterlippe wirklich durch eine unliebliche Öffnung eine unlieblichere Lücke in den gelb gewordenen Zähnen sehen ließ. Die Vireyna hatte ihren Fehler schnell dadurch verbessert, daß sie fragte: »Aber einen Ball, Isabella, ums Himmelswillen! wie gedenkst Du dieses anzufangen?«

»Einen Ball, das ist es eben, Mama, es ist ein ganz sublimer Einfall;« meinte Donna Inez.

»Ein Ball,« bemerkte die Vizekönigin kopfschüttelnd, »während die Rebellen kaum vierundzwanzig Stunden von Mexiko stehen.«

»Aber doch nicht stehen bleiben werden?« spottete die Donna. »Und selbst wenn es der Fall wäre, so gäbe es uns ein Air von Selbstvertrauen.«

»Nein, nein; es wäre Leichtsinn, Indelikatesse,« versetzte die Vizekönigin.

»Je nach der Weise, Schwesterchen,« sprach die stolze Donna. »Nach unserm Plane soll er eine große, eine herrliche Erscheinung werden.«

»*Et-il permis?*« fragte im lispelnd weibischen Tone eine Stimme durch die halbgeöffnete Flügeltüre, und ein Kopf streckte sich dazwischen, der kaum sichtbar geworden, als der Knabe das hölzerne Schwert in der Hand und das Steckenpferd zwischen den Beinen, jubelnd dem Eintretenden entgegen galoppierte, dem er auch sofort mit seinem hölzernen Schwerte so tüchtig zusetzte, daß dieser sich über Hals und Kopf in die Fensterecke retirieren mußte, wo er endlich einer Papierrolle habhaft wurde, mit welcher er sich des jungen Wildfanges bestmöglich erwehrte.

»Bravo, Carlos!« rief der Vizekönig; denn keine geringere Person war es, die der junge Mutwille so tapfer herausgefordert hatte. Bravo, Bravo!« wiederholte er, »*Adelante! Adelante!*« Und mit diesen Worten galoppierte er halb, halb tanzte er dem Knaben frisch zuleibe und begann ein Gefecht, in welchem es Hiebe auf Hiebe regnete. Das zehnjährige Mädchen hatte sich gleichfalls auf die Seite des Brüderchen geschlagen, und beide trieben wieder vereint den lieben Papa so in die Enge, daß er zum zweiten Male in die Fensterecke retirieren und endlich froh sein mußte, sich unter dem lauten Gelächter der Familie auf Gnade und Ungnade ergeben zu dürfen.

Dafür küßte der Vater den Knaben so freudig, und das Mädchen fiel ihm so anmutig um den Hals; es war wirklich ein recht artiges Bild väterlicher Zärtlichkeit und kindlichen Mutwillens, dem man selbst die leicht hindurchschimmernde Nuance von Affektation gerne vergab.

Fünfunddreißigstes Kapitel.

Voilà de l'érudition,
L'enveloppe est jolie et vaut un million.

MOLIÈRE.

ie beiden ältern Töchter, die sich von ihren Zeichnungstafeln erhoben und halb tot gekichert hatten, waren nun an den Papa herangeschwebt, und hatten ihn mit sich auf die Ottomane mitten zwischen die Vizekönigin und die Donna gezogen.

»Väterchen!« rief die ältere Emanuele.

»Papachen!« die jüngere Inez.

»Kinderchen!« erwiderte der zärtliche Papa.

»Wissen Sie schon, Papachen?« begann die erstere, »Tante Isabelle hat den sublimsten Einfall.«

»Der je ihrem sentimentalen Köpfchen entglitt;« lächelte der Vater.

»Und der, hoffen wir, von Sr. Exzellenz, dem regierenden Virey von Neuspanien, mit der Aufmerksamkeit vernommen werden wird –«

»Die der Abglanz der Majestät, und die Krone alles dessen, was edel in Mexiko ist, der sehr edeln Donna Isabella schuldig ist,« fiel lachend der Virey ein.

»Nein, diese Zärtlichkeiten!« schmollte die Gattin.

»Sind seine gewöhnlichen Hofformeln, die er nur wiederholt, um sie geläufig auf der Zunge zu behalten,« spottete die Donna. »Sieh nur einmal, Schwesterchen, diese Runzel, die gleich einer Gewitterwolke sich zwischen die Brauen hingelagert.«

»Ihr Scharfsinn, Schwägerin –« versetzte der Virey schon mit einem weniger heitern Gesichte.

»Schon wieder Verdruß, Lieber?« jammerte die Vizekönigin.

»Es ist nun schon einmal nicht anders,« tröstete sie der zärtliche Gatte; »auf unserer Höhe müssen wir es uns gefallen lassen, unsern Anteil an den rauen Winden, die in den Tiefen kaum gefühlt werden, doppelt und dreifach zu erhalten.«

»Aber warum denn auf diesen Höhen leben?« fragte die Donna, nicht ohne sanften Vorwurf.

Beide, der Vizekönig und ihre Schwester, warfen auf die Sprecherin einen jener Blicke, die eine glückliche Mitte zwischen Mitleid und Geringschätzung ausdrücken sollen.

»Ach warum?« versetzte der Erstere. »*Pour avoir le plaisir de dire: Tel est notre plaisir.* Dieser Verdruß, diese Sorgen, Liebe! sie sind die Würze des Lebens, sie sind die frischen Brisen, die unsere ermattenden Segel wieder voll spannen, die uns rascher dem Ziele entgegenführen, dem hohen, dem großen, die uns über die feindlichen Kräfte zu triumphieren Gelegenheit geben.«

»O, diese feindlichen Kräfte!« seufzte die Dame.

»Sind wie verzückte Maikäfer, die unsere in der Hoflust erstorbenen Geister wieder aufregen,« erwiderte lächelnd der Gatte. »Glücklich wir,« fuhr er mit lispelnder Stimme und blinzelnden Augen fort; »überglücklich! daß wir im neunzehnten Seculo leben, dem es aufbehalten war, diese Quintessenz von politischer und sozialer Raffinerie ans Tageslicht zu fördern, die, gleich dem Spiritus aus den Hefen der Trauben, mit unendlicher Sorgfalt von unsern ehrlichen Talmudisten für unsern höchsten Nutzgenuß gezogen wird. Ah, diese Quintessenz, Legitimität genannt! Sieh, Liebe, es ist ein bloßes Wort; aber dieses Wort hat zehntausend Schilde, die sein inneres Heiligtum bergen und beschützen. – So sanft gleiten wir hinter diesen Schildern dahin, so lieblich! Alles um uns herum ist Süße und Milde, alles Lächeln und Huld und Beglückung und Herablassung. Selbst das Grobe wird erst raffiniert, ehe es zu uns gelangt, das Bittere überzuckert. Siehe die Tausende, die *pour notre bon plaisir* sich totschießen lassen, selbst sie gelangen vor unsere Augen raffiniert, in Quintessenz, in abstrakten Begriffen, in denen besonders die sogenannten Gavachos Meister sind, und die sich recht schön und großartig anhören lassen. Es heißt: *sie sind auf dem Felde der Ehre geblieben, ewigen Ruhm erkämpfend, die Nachwelt wird ihren Ruhm verkünden.* – Die Nachwelt, wenn sie klug ist, wird eigentlich über die Tröpfe lachen, so wie wir es in unserm Herzen tun. Aber sollen wir nicht, Teure?« fuhr der Mann mit einer seltsam zu schauenden Wollust im Blicke fort. »Sollen wir nicht benutzen, was der Haufen für uns getan, für uns geblutet? Wir benutzen es großartig und belohnen großartig. Wir lächeln, huldreich unsere Zufriedenheit zu erkennen gebend, und weinen selbst gerührt eine Träne, obwohl diese uns schwer ankommt. Wir schrecken zurück vor jedem Schmerze, ganz natürlich! wie vor jeder unangenehmen Berührung mit dem großen Haufen, und wenn er sich uns nähert, oder gar roh an uns herantritt, können wir dafür, wenn der Blitz unsern Händen entfährt und ihn niederschmettert, oder die Hufe unserer Pferde ihn zertreten? Gewiß nicht. Wir selbst sind nur Milde und Gnade; wir sprechen nur hoch und edel: *Nous le désirons, nous l'ordonnons. Tel est notre bon plaisir.* – Kann etwas milder sein? Ist es unsere Schuld, wenn die unzarten Handlanger unserer Gewalt unsere milden Befehle rauh und gemein in Ausführung bringen, und auf die Massen mit Feuer und Schwert einstürmen? Ah, Calleja!« Die Damen schauderten bei diesem Namen, und er hielt inne.

Der Mann sprach gerne, sprach, was bei einem Spanier eben nicht sehr gewöhnlich der Fall ist, viel und gut; in den blinzelnden Augen lag eine gewisse Wollust im Genusse des Sprechens, und ein Etwas, das weniger harmlose Seelen, als es seine Umgebungen waren, mit Schauder erfüllt haben würde; aber wieder war der Ton seiner Stimme so einschmeichelnd, seine Sprache so schön! – unsere Leser dürfen nicht vergessen, daß er spanisch sprach; – seine Zuhörerinnen waren ganz bezaubert, obwohl aus ihrer etwas flachen Miene wieder zu erhellen schien, daß sie wenig oder gar nichts von den sublimen Herzensergießungen des regierungslustigen Papa verstanden. Nur Donna Isabellas Lippen verbissen sich zuweilen, und warfen sich dann wieder wie verachtend und im bittern Hohne auf, den jedoch der Sprecher, dessen Augen auf die Arabesken des Plafonds wie in Verzückung gerichtet waren, nicht bemerken konnte. Ihm schien es Bedürfnis zu sein, sich hier mitzuteilen, wo er weder mißverstanden noch ausgehorcht zu werden befürchten durfte. Er fuhr fort:

»Ah, wir sind doch so ganz Güte und Gnade und Affektion gegen dieses Mexiko. Aber Ordnung, ja Ordnung, die muß sein, diese ist uns Lebensprinzip. Dürfte jedoch noch einige Opfer kosten. Aber ist es denn auch ein so großes Unglück, wenn ein paar Tausende von Plebejern aus dem Wege geräumt werden, den sie uns beschwerlich und rauh zu machen sich erkühnen? *Une nuit de Paris*, sagt der große Condé recht artig. Nein, Liebe! nichts herrlicher als Gewalt, sie bringt uns den Göttern nahe. Oh, die Donnerkeule Dios so ganz in sicherer Hand zu halten, zu zerschmettern mit seinen Blitzen, und doch in diesen Blitzen gesegnet, ja angebetet zu werden! Doch leise, leise, langsam, leise,« flüsterte er, wie in Verzückung; »sie träumen – wir sehen es, sie träumen von einer Republik, von Unabhängigkeit mit einer Espèce Oberdiener, der sich für fünfundzwanzigtausend Duros zehn Mal des Tages mit Kot bewerfen läßt. Sie träumen, sie träumen, sie kommen sprudelheiß heraus; aber sie werden kühler werden, stiller, es billiger geben. Ei, so stille, wie der Rekrut, wenn er die erste Kanonenkugel vor seinen Ohren vorbeipfeifen hört. Der Wahn wird wieder vorübergehen. Und dann? und dann?« Er rieb sich die Hände. – »Ei, aber dann wollen wir es nicht vorübergehen lassen, nicht ganz so *en passant* nehmen. Wir wollen dann Sorge tragen für diese heißen Köpfe, freundliche Sorge; – Wohnung, Kost und Kleidung; recht schöne Wohnungen, sehen sich an wie Paläste, nur daß sie Portcullis und Eisentüren und Gitter vor den Fenstern haben, mit einigen hundert Zimmerchen, sechs Fuß lang, sechs Fuß breit, fünf Fuß hoch. – Wohl dem, der nur vier und dreiviertel mißt. – Ei, man muß sie gewöhnen, sich niedriger zu tragen.«

Indem der Mann so sprach, begannen seine Augen so sonderbar zu funkeln, es war, als ob tausend kleine Schlangen sich in denselben herumtrieben und ihre giftig leckenden Stacheln heraus blitzten.

»Und Vorhänge,« fuhr er fort, »recht solide Vorhänge, haben diese Kabinettchen; sie sind von Eisen, und der Fußboden von Stein, recht kühl im Sommer. – Ei, die Acordada und Cordelada, und unsere allerliebsten Infierniellos. Kostbare Erfindung! die machen Ordnung. Wir haben Köpfe gesehen, die von Norden herabkamen, und von Süden heraufkamen, so sprudelheiß, so ungestüm, daß sie uns mit einem einzigen Fußtritte nach dem lieben Spanien zurückzustoßen meinten; aber nach zweimal vierundzwanzig Stunden waren sie so stille, so mäuschenstille! und wir taten ihnen doch nichts, polterten sie nicht an, sprachen sie nicht einmal. Wir lächelten bloß huldreich, und – sonderbar! – unser Lächeln, und die Ordnung und Stille, die um uns herum herrschen, hatte den magischen Einfluß auf sie. Ah, Ordnung und Ruhe inmitten des Gedränges und Getriebes, das ist der Probestein des politischen Genies. Wir haben einiges in diesem Fache geleistet. Ordnung und Ruhe, und doch wieder lärmendes Getöse und rauschende Musik. Wollt Ihr Gehorsam – gebt ihnen Musik, und wieder Musik, und ihre Gemüter werden weich, und ergießen sich und überfließen – dann werden sie so durchsichtig, daß Eure blödesten Familiars sie durch und durch schauen, und greifen können in der Nacht. Und ein solches Greifen, das wirkt; ei, das wirkt wunderbar! Das Volk sieht nichts, und merkt es doch, es wird verblüfft und verstummt. – Dieses Verschwinden der lärmenden Sujets, ei, das macht Ruhe. So in Musik, mitten in fröhlicher Musik, schreitet unsere Gewalt einher im Aufschwunge der Töne, und in den Pausen, da überkriecht ein wohltätiger Schauer die lustigen Gemüter, und erfaßt sie, und siehe da! sie werden stille, – Todesstille. Seht sie an, sie fühlen und fühlen doch nicht; sie lachen Euch in das Gesicht, und es ist ihnen so weinerlich, daß Ihr wieder über sie lachen müßt, ihr Herz möchte ihnen zerspringen. Es überkriecht sie ein Schauder, die tobenden Freiheitsmänner, ein Fieberchen, wenn sie die Ordnung sehen und im Hintergrunde die Acordada und den Verdugo. Das Fieberchen kriecht ihnen den Rücken hinab, und ihre Knie schlottern zusammen, und es erfaßt sie ein Grauen, ein ganz possierliches Grauen.

Ihre Zunge klebt ihnen am Gaumen. Es ist ein unbeschreibliches Etwas, das über sie kommt und ihnen alle Stärke nimmt, diesen liberalen Helden. Und warum? weil sie eine so schwache legitime Lunge haben. Sehe ich einen solchen Fieberkranken, dann weiß ich, woran ich bin! Und glücklicherweise kann sich keiner der Engbrüstigkeit in unserer Nähe erwehren. Er ist ergriffen, wie der Nordländer vom Vomito. Es ist das Ordnungs- und Legitimitätsfieber. Ei, wir wollen Mexiko zur Ruhe verhelfen.«

Der Mann hielt nach dieser langen Ergießung auf einmal inne, sah sich scheu um, und schaute die Gesichter seiner Familie einen Augenblick mißtrauisch an; erst als er den unbekümmert harmlosen Ausdruck derselben gelesen, wurde er wieder heiter. Er wandte sich zu seiner Gattin.

»Ah, Laura, nicht wahr, Liebe! Sind ja auch wir miteinander *d'accord* geworden, obwohl die Holde anfangs ungestüm war.« Er küßte ihre Hand. »Ah, die Donna Laura! Sie war nicht ganz die Donna Isabella, nicht ganz so mutwillig, launig, so ganz Stolz, Liebe und Rache; doch hatte sie etwas vom lieben Schwesterchen. Ah, das liebe Menagieren!«

Er küßte die Hand der Gattin, die wieder die seinige erfaßte und den Kuß erwiderte; aber mit diesem Kusse fiel eine Träne auf die Hand, die den Mann boshaft lächeln machte.

Donna Isabella hatte diese Träne bemerkt. Seine Hand erfassend, deutete sie schweigend auf die Träne, und warf dann die Hand mit Verachtung hinweg.

Sie war zornglühend aufgestanden.

»Tantchen!« rief der zärtliche Familienvater mit süßer Stimme, obgleich die Farbe wechselnd: »Tantchen! Was fällt Ihnen bei? was ficht Sie an?«

Die Donna wandte ihm den Rücken und trat zum Fenster.

»Geduld, Arbeit und Zeit,« hob der Mann wieder an, »machen aus dem Maulbeerblatt ein Seidenkleid. *C'est avec les empires comme avec les enfans. Ils ont leurs périodes. Il faut les gouverneur selon des principes.* Unser Prinzip ist Ordnung, und wir schmeicheln uns, dieses Prinzip etablieren zu können. Aber meine Lieben, Teuren, Holden!« wandte er sich auf einmal zu den Damen: »Vergebung, tausendmal Vergebung! In unserer Zerstreuung haben wir teures Tantchen,« er wandte sich an die Donna, die sich wieder gesetzt, und deren Hand er ergriff und küßte, »ganz vergessen. Ja, Tantchen, Ihr heutiges Impromptu war wirklich sublim, so ganz *à la reine, ou du moins à la princesse.* Sie haben alles charmiert; recht, *à propos!* es hat Sensation gemacht. Auch sind wir Ihnen sehr obligiert für die Mühe Ihres Besuches bei diesem fatalen Conde, den wir jedoch gegenwärtig zu schonen Ursache haben. Aber die Resultate Ihres Besuches, *ma belle-soeur?* Der Graf, war er *éperdu?*«

Die Dame, obwohl ihre Lippen noch immer in Verachtung zusammengedrückt waren, schien für die Anerkennung ihrer im Paseo gespielten Rolle nicht unempfindlich zu sein.

»Nur,« bemerkte sie etwas spröde, »würden wir wünschen, daß Sie Ihre Corregidors, Alcalden, Alguazils und Familiars ein wenig mehr in Bewegung setzten. Wir waren wirklich ganz schockiert über die Anmaßung des Volkes; man fuhr uns vor; viele schienen uns sogar nicht zu bemerken.«

»Ist es möglich?« rief der Vizekönig.

»Abscheulich!« die Vizekönigin.

»Sehr unartig!« die Töchter.

»Auf Ehre!« versicherte die Donna.

»Es ist erstaunlich,« fiel der Vizekönig ein, »wie weit die undankbare Vermessenheit dieses Volkes geht. Je humaner, leutseliger wir mit ihm sind, desto unverschämter benimmt es sich; aber es ist eben – Volk. Wir wollen jedoch Sorge tragen, daß dieser Inconvenance abgeholfen werde. Die Verordnungen, kraft deren nicht nur jeder Wagen vor unserer Livree stille halten, sondern – –« er hielt inne.

»Ja, ja,« fuhr er nach einer kleinen Pause fort, »es ist wichtig im gegenwärtigen Augenblicke, und gibt ein Air von Zuversicht, von Stärke.«

Der Mann begann wieder mit sich selbst zu reden.

»Ah, Papa! wissen Sie,« unterbrach ihn Donna Inez, »daß es sehr choquant ist. Unsere letzten Moden von Cadix, als wir sie erhielten, stellen Sie sich nur vor, wir trafen sie bereits im Paseo an.«

»Das kommt daher, weil einige der jüngern Glieder des Consulado ihren Dulcineen mit den Preis-Currenten und Korrespondenzen auch diese Herzensangelegenheiten mitkommen zu lassen sich befleißen. Wir wollen unserer lieben Inez Abhilfe treffen, obwohl der Handelsstand dadurch einigermaßen beeinträchtigt sein dürfte.

»Und dann die abscheulichen Leperos,« hob nun Emanuele ihrerseits an. »Ah, Papa, wissen Sie?« sprach sie mit einer Flötenstimme, »daß es uns sehr ennuyiert, jedes Mal, so oft wir wünschen, aus dem Theater nach Hause zu promenieren, statt zu fahren – –«

»Und was könnte es sein, das meine liebe Emanuele ennuyiert?« fragte der zärtliche Papa.

»Ach, Papa, diese abscheulichen Leperos, die auf den Straßen herumliegen!« Sie hielt sich den Fächer vor die Augen.

»Das ist ein schwerer Punkt, *ma chère fille! Entre nous* – – ganz Mexiko steht zu Euren Diensten: aber die Leperos – seht, Kinderchen, es sind diese seit undenklichen Zeiten eine Espèce Alliierte, die wir recht gut gegen die Kreolen-Canaille gebrauchen können, und die uns zum Beispiel heute vortreffliche Dienste geleistet haben würden, wenn – –«

»Diese Leperos?« fragte die Tochter verwundert.

»Ah, dieses furchtbare Grito!« seufzte die Vizekönigin.

»Ist gar nicht so furchtbar,« antwortete er der Letztern; »sind gar nicht so abscheulich, Kinderchen, um nicht zu etwas zu dienen,« den Erstern: »Heute wenigstens würden sie uns ein prächtiger Soutien geworden sein; aber dieses Consulado und dieser Conde! – – Nein, nein, Kinderchen, eine gute Regierung muß aus allem Vorteil zu ziehen wissen, und wir gedachten diesem Grito eine Tournure zu geben, obwohl dieses Consulado und dieser Conde de San Jago – –« Der Mann runzelte die Stirn.

»Ist übrigens kein uninteressanter Mann,« fiel ihm die Donna ein, »obwohl er unserem *beau-frère* zu mißfallen das Unglück hat; uns hat er nicht mißfallen.«

»Der glückliche Conde!« bemerkte der Schwager lächelnd und lauernd.

»So wenig,« versetzte die Donna, »daß wir beschlossen haben, ihn in unsern Zirkel zu ziehen.«

»Wirklich!« rief der Virey nun gespannt.

»Uns will bedünken,« sprach die Donna im hingeworfenen Tone, »daß Don Vanegas sehr viel überflüssige Diplomatie da anwende, wo sie gar nicht vonnöten, und wieder zu wenig, wo sie ersprießlich gewesen sein dürfte. Mir scheint so,« warf sie in demselben nachlässig spitzigen Tone hin, »sonst dürfte sich Don Vanegas nicht heute über seinen Guignon zu beklagen Ursache haben. Mein Gott, wer hat je gehört, daß man eine Anleihe – –«

Der Vizekönig war in einige Verlegenheit geraten, und ruckte unruhig auf der Ottomane hin und her.

»Überlassen Sie uns den Conde und die Nobilitad,« fuhr sie mit einem scharfen Blicke auf ihn fort, »und wir wollen versuchen, ob wir nicht beide menagieren können«

Er schüttelte den Kopf. »Donna Isabella vermag viel, sehr viel; aber – –« er schüttelte wieder das Haupt. »Zudem, dieser Conde,« flüsterte er ihr leise zu, »ist feuerfest und wasserdicht; aber wirklich, gedenken Sie?« fuhr er, sie aufmerksam betrachtend, fort. »Apropos, ich habe Sie unterbrochen. Was war es doch mit dem sublimen Einfalle, der – –«

»Ein Einfall, den Sie eigentlich zur Strafe noch nicht hören sollten, den wir Ihnen jedoch nicht länger vorzuenthalten gesonnen sind, da die Vorbereitungen schleunig getroffen werden müssen, und das Ganze mit Ihren Plänen selbst in Zusammenhang gebracht werden kann.«

»*Ma charmante belle-sœur* machen mich im höchsten Grade neugierig.«

»Unsere Wünsche werden insofern übereinstimmen, daß wir den Conde, wenigstens für einige Zeit, näher um uns zu sein Gelegenheit geben wollen, und mit ihm so vielen Gliedern seiner Familie, als möglich. Ist's nicht so?« fragte sie, ihre Augen auf ihn geheftet.

Der Schwager gab keine Antwort; aber sein Blick war wieder seltsam schlangenartig geworden; es zuckte in den pechschwarzen Augen, und rollte und fuhr herum, wie Blitze, die sich im schwarzen Himmelsgewölbe kreuzen.

»Aber wie dieses anfangen?« fragte er endlich; »wir, der unumschränkte Gebieter Mexikos, haben einige Ursache, mit diesem Conde vorsichtig zu Werke zu gehen.«

»Der in den Cortez von Cadix, dem englischen Ministerium, und selbst zu Valençay mehr Anklang findet – –« sie hielt inne.

Der Virey sah sie finster an.

»Er soll nicht bloß geschont, oder, wie Sie sagen, vorsichtig behandelt, er soll sogar flattiert werden, wie es kein Grande Mexikos noch je war;« sprach sie.

»Und die Mittel und Wege?« fiel der Schwager schnell und im höchsten Grade gespannt ein.

»Ein Ball,« versetzte die Donna.

»Ein Ball, Papa! Ein Ball!« riefen die Töchter, während ihn die Gattin zweifelnd ängstlich ansah.

»Ein Ball?« fragte der Virey erstaunt: »Jetzt? Donna Isabella!«

»Jetzt, Don Vanegas, oder vielmehr sobald die Nachricht von der Niederlage der Rebellen eintrifft, an demselben Tage, an dem das Tedeum gefeiert wird.«

»Ja, das ginge;« erwiderte der Virey.

»Mit dieser Siegesfeier würde eine Art Versöhnungsfest verbunden, ein allegorisches Versöhnungsfest,« flüsterte lächelnd die Donna.

»Noch immer sehe ich aber nicht ein – –« bemerkte der Virey.

»Das wundert uns von der superfeinen Exzellenz,« spottete die Donna, »doch werden dieselben begreiflich finden, daß die Partien eines Balles so arrangiert werden können, daß vorbereitende Entrevues notwendig werden?«

»Ah, nun begreifen wir! Sehr gut, herrlich.«

»Es gibt interessante Verwicklungen, deren Denouement uns sodann überlassen bleibt; diese Verwicklungen bringen den Conde in unmittelbare Berührung – –«

»Sublim!« brach nun der Virey aus: »Ja, ja, das wäre eine ganz char-mante Entreprise, *ma belle-soeur*! Immerhin muß jedoch der Sieg ab-gewartet werden; denn wir haben kein Beispiel in der Hofgeschichte Mexikos und der Madre Patria, kein Précédent, daß, während der Feind die Hauptstadt blockierte – –«

»Und nennt Don Vanegas diese Rebellen einen Feind?« fragte die Donna stolz.

»Freunde sind sie wahrlich nicht,« versetzte der Virey kopfschüt-telnd; »auch fängt unsere Lage an, bedenklich zu werden. Don Calleja besorgt – Sie kämpfen wie Verzweifelte. –« Er stützte sein Haupt in seine Hand und versank in Nachdenken. »Pah!« tröstete er sich: »Müs-sen viele eher fallen, ehe die Reihe an uns kommt.«

»Diese abscheulichen Rebellen!« jammerten die Töchter.

»Mein Gott!« wehklagte die Mutter: »Lieber! Wie Sie auf einmal alte-riert werden; sind Sie leidend, Teurer?«

»Es ist nichts, gar nichts,« erwiderte der Virey schwach.

»Nichts, sagen Sie? Nichts? Sehe ich denn nicht mit eigenen Augen? Juan! Pablo! Ximenez! Antonio!«

»Stille!« sprach der Gatte: »Eine kleine Spazierfahrt in den *Paseo nuevo* wird uns wieder aufheitern bis zur Camarillastunde. Zuvor müssen wir jedoch noch einen Augenblick in die Staatskanzlei.«

»Und wieder in die Staatskanzlei, und wieder Geschäfte, und nichts als Geschäfte; Sie werden sich doch gewiß noch töten!« seufzte die Gattin, indem sie zugleich den Gatten mit so bekümmerten Blicken ansah, daß dieser, um die Liebenden zu beruhigen, notwendig wieder ganz heiter werden mußte, was ihm denn auch zum Erstaunen wohl gelang.

»Adios, meine Holden!« versetzte er zärtlich, sich erhebend und der Türe zutanzend; »und Ihnen, Schwägerin, einstweilen unsern Dank für den ganz divinen Einfall. Ja, Großes kann bewirkt werden; wir selbst wollen uns mit der Angelegenheit sehr ernst beschäftigen. Adios!« wiederholte er noch-mals, den Lieben, Teuren Handküsse aus der Türe zuwerfend, hinter welcher er nun verschwand, um sich den schweren Regierungsgeschäften zu unter-ziehen und sich mit der Angelegenheit zu beschäftigen, durch die so Großes bewirkt werden sollte, und dieses mitten in einem Revolutionsbrande, der das ganze Reich ergriffen und dessen verzehrende Flammen bereits an die Tore der Hauptstadt heranleckten; eine Verkehrtheit, die, so absurd frivol sie erscheinen mag, doch in der Geschichte dieses Landes zu sehr bewährt ist, als daß wir sie in Zweifel ziehen könnten, selbst wenn nicht die Hofchronik anderer Länder uns gleichermaßen belehrte, mit welchem Leichtsinne die Schicksale so mancher Völker gelenkt und bestimmt werden.

Nach zehn Minuten erschien die vizekönigliche Personnage wieder zum Troste der lieben Familie, die unterdessen ihren Schmerz an der Toilette besiegt hatte. Während dieser Zwischenzeit waren die Equipagen vorgefahren, die Leibgarde aufgezogen, und die quasi-königliche Familie bestieg die ersteren, und rollte in Begleitung der letztern über die Plazza der Tacubastraße zu, mit all dem Pompe und in dem schnellen Galoppe, in dem der König der beiden Indien selbst seinen halböden Palast verläßt, und der alljährlich einigen Dutzenden seiner getreuen Leibwachen und Untertanen ihr elendes Leben kostet.

Sechsunddreißigstes Kapitel.

Welchen Begriff von Gott und seiner Natur dieser edle
Lord haben mag, weiß ich nicht; aber so viel weiß
ich, daß Religion und Menschlichkeit solche fluchwür-
dige Grundsätze gleich einstimmig verdammen.

DER GRAF VON CHATHAM IM HAUSE DES LORDS.

n dem sogenannten kleinern Appartement, bewohnt von der Donna Isabella, fand sich nach einer Stunde das holde Kränzchen, mit Ausnahme der zwei jüngsten Kinder, wieder zusammen.

Es war dieses Appartement eine Ensilade von Gemächern, die, im Geschmacke *Louis-Quatorze* und *Quinze* verziert, eine Unzahl vergoldeter Arabesken und Wappen des alten Kastiliens mit *fleurs de lis* darstellten, die sich auf den schneeweißen und blutroten Wänden und Plafonds recht zart aristokratisch ausnahmen. Reiche Candelabers hingen aus der Mitte der Gemächer herab, und schwere seidene Vorhänge von den vergoldeten Fensterrollen; die übrigen Dekorationen dieser Gemächer, und ihre Einrichtung war gleich altertümlich und gleich kostbar.

Die Damen hatten sich in den mäßig großen Salon, der in den Garten des Palastes die Aussicht hatte, um einen runden Tisch im Halbzirkel niedergelassen.

Der erste der glücklichen Geladenen, der ankam, war der Oberst.

»Ah, le déserteur; le voilà!« rief ihm die Donna entgegen, der sich mit Ehrfurcht und zugleich mit jener vornehmen Bequemlichkeit gegen die Damen verbeugte, die zwischen auf gleicher Rangstufe stehenden Personen üblich ist.

»Auf Ehre, Mesdames!« rief der Oberst lachend, »Ihre Leperos haben gute Lungen; ich versichere Sie, meine Gnädigsten, sie haben mir während einer halben Stunde den Kopf so heiß gemacht, daß ich mein ganzes Regiment bereits in ihren kannibalischen Mägen glaubte.«

Die Damen lachten recht herzlich; aber die Donna Isabella schien doch noch zum Schmollen aufgelegt, und versicherte, daß seine Flucht aus dem Hause des Grafen ganz und gar nicht entschuldigt sei; eine Behauptung, die der junge Oberst wieder mit dem Generalmarsche, der ihn an die

Spitze seines Regimentes gerufen, und seinem zufälligen Zusammentreffen mit der Donna niederzuschlagen bemüht war, welches alles einen
recht angenehmen Wortwechsel veranlaßte, bei welchem sich der Oberst
zugleich mit so vieler Wärme und so eminentem feinem Welttone vertei-
digte, daß die Donna ihm endlich die Hand darbot, die er entzückt, oder
wenigstens so scheinend, an seine Lippen drückte, worauf der trauliche
Kreis sich bald so froh fühlte, daß alle laut jammerten, als der dienttu-
ende Page die Ankunft Sr. erzbischöflichen Gnaden verkündete.

Der hohe geistliche Würdenträger trat auch bald, nachdem seine langen
Titel alle aufgezählt worden waren, ein, und zwar in einem purpurfarbi-
gen Seidenrocke mit einem langen gefältelten fächerartigen Schweife, der
ihm vom Kragen über den Rücken hinab bis zu den Knien reichte, ein
Käppchen von demselben Stoffe auf dem Haupt, und auf der Brust ein
mit Solitairs und Rubinen besetztes Kreuz, das an einer goldenen Kette
hing. Er verbeugte sich vor den Damen mit einer Zierlichkeit, die bewies,
daß er in hoher weiblicher Gesellschaft gelebt hatte, und erwiderte die
tiefen Knickse, die ihm alle darbrachten, mit einem Schwalle von Komplimenten, die sehr gegen seine, während dem Besamanos an Tag gelegte
Steifheit und Trockenheit abstachen. Er hatte kaum auf der Ottomane den
Ehrenplatz neben der Vireyna eingenommen, als der Präsident des Fi-
nanzdepartements angemeldet wurde, dem der Fiscal der hohen Audiencia, die Oidores desselben höchsten Gerichtshofes und zugleich Staatsrates, und mehrere Generäle und Intendanten folgten: eine bekreuzte und
sternbesäte glänzende Gesellschaft im kleinen Kostüme, und von kleinern Gestalten.

Nochmals flogen die Türen auf, ohne daß jedoch der Eintretende angekündigt worden wäre. Es war der Vizekönig selbst. Er trat ganz in der
leichten, gefälligen und sich bei jedem Schritte wiegenden Manier des
hohen Hauswirtes ein, der seine Gäste bereits seiner harrend findet, mit
einem Lächeln für alle, das wieder in den Ausdruck der tiefsten Ehrfurcht
überging, als er des geistlichen Oberhirten des Reiches am Sofa ansichtig
wurde. Die ganze Gesellschaft hatte sich natürlich wieder mit allen Zeichen der tiefsten Ehrfurcht, wie aufs Kommandowort, erhoben, und sich
tief verneigt. Darauf geruhte der hohe Hausherr seine Überraschung dem
hohen Priester auszudrücken, welche Überraschung er mit mehreren Ver-
beugungen begleitete, und dann fing er an sich in Bewegung zu setzen,
um auch die übrigen zu versichern, wie so ganz charmiert er durch ihren
Besuch, und wie wohl ihm in der Nähe so geprüfter Freunde und Diener
des allergnädigsten Herrn sei. »Ah, Don Alguera!« lächelte er einem kleinen, winzigen, spindelbeinigen Skelette zu, »ah, Don Alguera! jeden Tag

jünger, blühender. Sie betrügen doch wahrlich jedes Jahr um dreihundertundfünfzig Tage. Siehe, da, unser lieber, guter, unser ausgezeichneter Direktor unserer Akademie *de los nobles artes*. Ah, Sie haben uns etwas mitgebracht? Etwas Klassisches? einen frischen Beitrag, eine Immortelle zum Kranze der Unsterblichkeit, den Sie sich geflochten? Mexiko hat fürwahr alle Ursache auf Sie – – stolz zu sein. Unser achtbarer Freund, Don Pinto, dessen Stirn noch trübe ist. – Ah, Don Pinto! diese Wolke gereicht Ihnen zur Ehre. Ah, unser lieber Präsident, Don Trueba! Sie hatten heute einen sauern Tag. Siehe da, unser alter Freund, der würdige Chef des Consulado – Senoria, Senoria!« drohte er lächelnd mit dem Finger. Und nachdem er so jeden begrüßt, jeden um uns einer recht höfischen Redensart zu bedienen, durch seine Huld bezaubert und so den Aufruhr wieder gestillt hatte, den sein Eintritt verursacht, ließen sich seine Gäste gruppenweise in größerer oder geringerer Entfernung von der Dame des Hauses nieder, die ihrem höhern oder niedrigern Range zukam. Das goldene Tee-Service, ein Geschenk, der Stadt Mexiko entlockt, das nun auf den Tisch gebracht wurde, gab Gelegenheit, dieses Getränkes zu erwähnen, das damals in Mexiko eine Seltenheit war, so wie es noch heutzutage nichts weniger als allgemein ist, wobei der Virey bemerkte, wie dieses Getränke nun in der Madre Patria so sehr gesucht werde, und wie es die ketzerischen Inglese jedem andern vorzögen, welcher Umstand jedoch den rechtgläubigen Spanier von seinem Genusse nicht abhalten dürfe, als ja bekanntlich Se. geheiligte Majestät und Dero allergetreueste Diener, die durchlauchtigsten Cortez Majestät, diese Inglese ihrer Allianz gewürdigt hätten. Dann wandte er sich mit unaussprechlicher Zärtlichkeit zu seiner Familie, und zwar zuerst an die *belle-soeur*, die schöne Isabella, die soeben mit hohen eignen Händen den Tee bereitete und eingoß, bei welchem Geschäfte ihr mehrere Pagen behilflich waren.

»Und unsere teure Hauswirtin, und liebe Schwägerin, und meine lieben Inez und Emanuele?«

»Debattierten, Papa, gerade als Se. erzbischöfliche Gnaden eintraten.«

»Doch nicht gefährliche Debatten?« fragte der Papa. »Dürfen wir ihn nicht lüften den Schleier, der uns diese hochwichtigen Mysterien vorenthält?«

»Keinerdings,« lachten die beiden. »Es sind, wie Papa sagen, Mysterien, so tief verschleierte Mysterien, daß wir sie selbst noch nicht enthüllen konnten.«

»*Muy buen*« lächelte der Vizekönig, der, was bemerkenswert sein dürfte, nun keine jener französischen Floskeln hören ließ, mit denen er früher im Kreise seiner Familie jeden seiner Sätze garniert hatte. »*Muy buen,*« wiederholte er. »Und was soll unser Lohn sein, wenn wir ein *Deus ex machina* interzedieren, um Euch mit einem glücklichen Impromptu zu bereichern?«

Beide Töchter ergriffen seine Hand und küßten sie.

»Unter allen Caballeros,« flüsterte er ihnen zu, »wird wohl der Oberste am wenigsten Hoffnung haben, nicht wahr? Aber haltet ihn fest, Kinderchen. Ah, lieber Graf und Oberste,« wandte er sich lächelnd an diesen – »Sie übergebe ich ganz den Damen! Sie werden Vorschläge hören, kapitulieren müssen. Eine kleine ganz artige Verschwörung, in der auch Sie eine Rolle werden übernehmen müssen.«

Der Oberste gab durch eine ehrfurchtsvolle Verbeugung seine Bereitwilligkeit für den hohen Damendienst zu erkennen. Die beiden Töchter drohten dem Papa mit dem Finger.

»Ah Papa!« schmollten sie.

»Sehen doch Euer Gnaden nur einmal –« bemerkte ein trockener Oidor, dem der ungewohnte Gunpowder-Tee die wenige Feuchtigkeit, die ihm inwohnte, nun in dicken Schweißtropfen auf die Stirn trieb – »wie doch Se. Exzellenz so ganz väterliche Liebe und Zärtlichkeit sind.«

»Der beste Familienvater, das Muster und Vorbild Mexikos auch in dieser Hinsicht, so wie in allen übrigen Tugenden;« versicherte ein etwas beleibter Intendant mit einer Stimme, die leise sein sollte, aber so hörbar wurde, daß sie im ganzen Saale vernommen werden konnte.

»Nie war Mexikos Schicksal in bessern Händen;« versicherte ein invalider General in demselben leise sein sollenden Tone, und zugleich die dritte Tasse nehmend.

»Vergeben Sie, Herrschaften,« wandte sich der hohe Hausherr wieder mit ungemeiner *bonhomie* an seine oder vielmehr seiner Schwägerin Gäste, »wenn der glückliche Familienvater sich seinen hochgeehrten Gästen auch nur für einen Augenblick entzieht. Es ist dieses der Hafen,« – sein Blick fiel wie gerührt auf seine Familie – »in den wir nach dem sturmbewegten Tage jeden Abend zurückkehren, sichere Ruhe und Trost findend, und die einzige reine Freude, die uns, nebst dem Bewußtsein, unsere Pflicht gegen unsern geheiligten Monarchen und die allein seligmachende Kirche erfüllt zu haben, übrig bleibt.«

»*Quapropter elevat Dominus, qui diligunt tabernaculum suum;*« bekräftigte der Erzbischof, wieder eine Tasse von der goldenen Terrine nehmend, die ihm der reich gekleidete Page ehrfurchtsvoll gereicht hatte.

Die vier Pagen hatten unterdessen den Tee mit den übrigen Erfrischungen herumgereicht: eine Episode, die, wie wir bereits bemerkt haben, vom

Vizekönig benutzt worden war, um jedem Gliede seiner Familie einige Augenblicke zu schenken, und die der Direktor *de los nobles artes* seinerseits dazu verwandt, ein Gemälde, das er mit sich gebracht, im Vorsaale aufzustellen, aus dem es nun, so wie die Pagen den Salon verließen, in diesen übersetzt wurde, um es dem hohen Beschützer der schönen Künste vorzustellen. Der Direktor war jedoch noch vorläufig vor den hohen Gönner getreten, um die gnädigste Erlaubnis ansuchend, sein Gemälde vorstellen zu dürfen, die ihm auch auf eine ungemein schmeichelhafte Weise zuteil wurde.

»Sie scherzen, Lieber, Guter!« geruhte der hohe huldreiche Mann auf die untertänige Bitte des Künstlers zu erwidern. »Wir sind Ihnen Dank schuldig, Ihnen, der Sie uns dieses Vergnügen gewähren, dieses reine, dieses hohe, das unsern Geist erhebt, und uns in höhere Sphären versetzt.« Der Mann hielt inne. »Ja,« fuhr er fort, »wir glauben unsere teuern Gäste nicht glänzender bewirten zu können, als durch eine Schaustellung, die ihren Kunstsinn so sehr entzücken wird. Oh, so entziehen Sie uns doch nicht länger das Vergnügen.«

Worte, denen Folge zu leisten der Direktor sich dadurch beeilte, daß er das Gemälde aus dem Vorsaale in die Gegenwart des Protectors der Akademie *de los nobles artes* brachte. Der Vizekönig hatte sich erhoben, mit einer gewissen Andacht im Blicke, die in den Anwesenden gleich fromme Gefühle hervorbrachte, und von Kunstsinn getrieben, hatte er sich mit halb vorgebogenem Leibe dem Gemälde, einer Madonna, genähert, sich auf die Seite gebogen, vorgebogen, zurückgebogen, es von mehreren Seiten beleuchtet, es mit eigener hoher Hand bald mehr in Schatten gestellt, bald wieder ins Licht vorgeschoben, und erst nach diesen mannigfaltigen Bewegungen, die durch enthusiastische Ausrufungen, als: »sublim! großartig! ah dieses Inkarnat!« noch bedeutsamer wurden, hatte er endlich aus tiefer Brust Atem geholt, um auf eine recht eklatante Weise seine Bewunderung über die vorzügliche, ja großartige Leistung zu erkennen zu geben, die sein Mund nicht hinlänglich preisen könne. Er gab dem Künstler nicht nur zu verstehen, daß er ganz charmiert, ja er versicherte ihn, daß er gewissermaßen sogar enchantiert sei. Natürlich hatte die ganze Gesellschaft zurückgehalten, bis der hohe Mann seine Meinung zu erkennen gegeben hatte, eine Sache, die, wie wir gesehen haben, einige Zeit erforderte, und die nun dadurch eingebracht wurde, daß die ganze Gesellschaft gleichermaßen unendlich und plötzlich charmiert, ja enchantiert war. Und als der Vizekönig nicht anstand, zu behaupten, daß selbst Europas lebende Künstler keiner herrlicheren Madonna Entstehung geben dürften, stieg die Bewunderung aller noch um vieles höher; und als der Vizekönig endlich beteuerte, daß die Hand, die diesen Pinsel geführt, bereits die Klinke an der Pforte des Tempels des Ruhmes selbst erfaßt habe, und nur einzutreten brauche in den Kranz der hehren Geister, und dann noch hinzusetzte, daß dieses Gemälde gewiß *furore*, ja *adrazione* kreieren, und des Successes unmöglich manquieren könne, und wie er selbst gesonnen sei, den Ruhm des Künstlers zu poussieren, – der Mann hatte sich wieder in die französische Terminologie verirrt, – waren alle Anwesenden in einen wahren Künstler-Enthusiasmus ausgebrochen. Nur der Künstler selbst schüttelte das Haupt, worüber die Exzellenz befremdet und die hohen Gäste gewissermaßen verwundert schienen, welche Verwunderung wieder stieg, als der Direktor zwar seine Zufriedenheit mit dem Gemälde äußerte, aber auch wieder versicherte, daß in gegenwärtigen Zeiten kaum auf eine besondere Anerkennung zu hoffen sei. »Ja,« beschloß er seine etwas trostlosen Äußerungen, »es ist im Reiche der Künste, gnädigste Exzellenz, ein sehr trauriger Stillstand eingetreten.«

»*Inter arma musae silent*,« fiel ihm der Erzbischof ein.

»Vergebung, Erzbischöfliche Gnaden!« erwiderte der Künstler demütig, »es ist ein ganz anderer Stillstand, den wir alleruntertänigst meinen. Es ist ein Stillstand, der von einer veränderten Richtung der Nation – ihrem Hinneigen zu ganz andern Dingen herrührt, – ein Stillstand, der aus dieser veränderten Richtung hervorgegangen und so lange dauern wird, befürchte ich, als diese selbst nicht aufhört. Nicht nur ist die *Academia de los nobles artes* von ihren Zöglingen verlassen, die Kunst scheint auch ihren Einfluß auf die Nation verloren zu haben, sie scheint von ihr aufgeben zu sein. Es ist ein namenloses indefinibles Sehnen nach etwas, das sie ergriffen, das sie nicht kennt, und das eine absolute Gleichgültigkeit gegen die Kunst hervorgebracht hat; ein gewisser prosaischer Hang, der ebenso unerklärlich als auffallend ist. Eine allgemeine Indifferenz gegen schöne Künste,« wehklagte der Artist, »ist eingetreten. Meisterwerke der italischen Schule, vor denen in den verflossenen Jahren Tausende anbetend standen, werden heutzutage kaum mehr beachtet.«

»Bemerkungen, die ebenso richtig als tief wahrgenommen sind;« fiel der Oberste ein, den die aus dem Leben gegriffenen Erfahrungen des Künstlers angesprochen hatten; »allein meinem Bedünken nach ist dies nicht bloß in Mexiko allein der Fall, die ganze Welt hat angefangen, gleichgültig gegen die schönen Künste zu werden, selbst das Drama spricht heutzutage nicht mehr an.«

»Die Ursache dürfte doch vielleicht an den Künstlern selbst liegen;« bemerkte Donna Isabella.

»Perdon!« fiel ihr der Oberst ein. »Die Künstler sind noch immer dieselben; aber die Begeisterung fehlt, und Begeisterung erzeugt sich nur wieder durch Begeisterung, und diese letztere wird wirklich unmöglich bei dem veränderten gesellschaftlichen Zustande, dem wir entgegengehen. Die Grundpfeiler der alten Einrichtungen sind an vielen Punkten morsch geworden.«

Bei diesen Worten fuhren viele Anwesende auf und sahen den Obersten befremdet an. Die Donna winkte ihm. Er bemerkte es nicht, und fuhr fort.

»Das Volk und die Großen, beide fühlen es, und ersteres ist ungeneigt, seine Ohren und Augen poetischen oder plastischen Reizungen zu leihen, die, einem gesellschaftlich barbarischeren Zustande ihren Ursprung verdankend, diesen auch noch gegenwärtig reizend und erträglich zu machen mitunter berechnet sind, und sie von seinem Drange nach Höherem abziehen.«

»Und dieser Drang nach Höherem dürfte wohl politischer Natur sein?« bemerkte der Vizekönig etwas höhnisch.

»Mangel an Gottesfurcht und Religion;« fügte der Erzbischof hinzu. »Unglaube, Ketzerei und sogenannte Aufklärung.«

»Das sind die Übel;« versetzten die übrigen mit frommem Schauder.

Der Oberst schien endlich einen zweiten Wink der Donna besser zu verstehen, und schwieg. In der kurzen Pause, die entstanden war, hatten sich die drei jungen Damen von ihren Sitzen erhoben, und tanzten Arm in Arm in seiner Begleitung aus dem Salon.

»Aber was wollen nun die Menschen?« seufzte die Vizekönigin, die allein zurückgeblieben war. »Die Regierung ist ja so mild, so väterlich gesinnt!«

Dies war ein Punkt, den natürlich keiner zu bestreiten für rätlich fand, und der deshalb auch unbeantwortet blieb.

»Es ist leider nur zu wahr,« hob endlich der Vizekönig an, der sich nun von dem Bilde und seinem Urheber auf eine Weise wandte, die zugleich andeuten sollte, daß die Begeisterung für Kunst zu Ende sei. »Ja, nur zu wahr,« bekräftigte er, »daß die Völker und Nationen aus ihren Fugen gerissen sind; aber wer, meine hohen Herrschaften, ist wohl Ursache? Bitte Sie ums Himmels willen! Wer ist Ursache? Alle Gewalt kommt von oben, spricht der Herr durch den Mund des –« er sah bei diesen Worten den Erzbischof an, der nickte, »aber wenn wir, denen die Gewalt von oben gegeben wurde, diese selbst mißbrauchen, wenn wir verblendeterweise selbst frevelhafte Hand an die Dämme legen, die eine weise Vorzeit und unsere Vorfahren mit so vieler Mühe und Vorsicht für die kommenden Geschlechter errichtet haben, und in welche eingeschlossen die Menschheit sich gehorsam gegen weltliche und geistliche Oberhirten bewegte?«

»*Quasi circumdata vallo forti atque alto;*« schaltete der Erzbischof ein.

»Unvergleichlich bemerkt, Erzbischöfliche Gnaden!« versicherte der Virey. »Ja, Senores! Ein einziger unglücklicher Schritt hat auch in diesem edlen Königreiche nun die fürchterliche Flamme der Rebellion angefacht, und jene herrliche Ordnung in Unordnung verkehrt.«

»*Ordinem convertit impius in tumultum seditionemque*« schaltete der Erzbischof wieder ein.

»Was aber uns betrifft,« sprach der hohe Mann, »so wollen wir, mit dem Beistande der weisen und loyalen Herrschaften, die bereits bei so vielen Gelegenheiten und namentlich bei dieser Veranlassung ihre Anhänglichkeit an die allerhöchste Person unseres angebeteten Monarchen so wirksam beurkundet haben, rastlos arbeiten, die vorige Ordnung wieder herzustellen.«

Der Seitenhieb, den der Satrap mit diesen Worten dem Andenken seines unglücklichen Vorgängers nachsandte, fand unter den Anwesenden um so mehr Anklang, als es vorzüglich ihre Treulosigkeit gewesen, die den Überfall des harmlosen Iturrigaray bewirkt und seine Absendung ausgeführt hatte.

»Aber wir können uns nicht verhehlen, Senorias!« fuhr er ernster fort, »daß der Feind, gegen welchen wir streiten, furchtbar ist, und eine desorganisierende Gewalt besitzt, welcher Widerstand zu leisten alle unsere Kräfte in Anspruch nehmen wird.«

Es war etwas Abruptes, das der Mann auf einmal angenommen hatte, und das die Aufmerksamkeit aller im entsprechenden Grade erregte.

»Es ist nicht der offene Krieg, den der Pöbel gegen die geheiligten Rechte Sr. Majestät wagt,« fuhr er fort, »der uns erschreckt. Wir achten diesen Pöbel nicht höher, als wir eine willenlose Masse unvernünftiger Geschöpfe achten, die wir bedauern, indem wir sie züchtigen. Aber es ist der belebende Geist, der treffende Geist, durch den sie Regung erhält, der sie furchtbar macht; es ist das Kalt- und Kühlewerden im allerhöchsten Interesse, das Lauwerden derjenigen, die sich so eminenter Gnadenbeweise Sr. Majestät und Ihrer glorreichen Vorfahren erfreuen, – dieser Strom der Verderbnis, verbunden mit dem unseligen Zeitgeist, ist es, der auch in dieser Schar ausbricht, welcher uns zittern macht für die Wohlfahrt des uns anvertrauten Reiches. Daß unsere eigenen Freunde den Thron untergraben, für den wir so rastlos arbeiten, das betrübt uns. Längst würde die Brut der Empörer vertilgt worden sein, wären nicht von geheiligten Interessen abgefallen oder lau geworden diejenigen, auf die der Thron zu zählen das Recht zu haben glaubte, suchten sie nicht selbst, aus unserer Verlegenheit schnöden Gewinn zu ziehen. Ah, der Conde de San Jago!« seufzte er, wie sich vergessend.

»Conde de San Jago!« riefen mehrere, wie erstaunt, »der Grande von Mexiko, dessen Loyalität bisher so glänzend geschienen?«

»Entsetzlich!« stöhnten andere.

»Werden Sie es glauben, Senorias,« fuhr der Virey fort, »daß wir auf unser Ansuchen um drei Millionen Escudos an das Consulado und die Nobilitad, auf dieses unser Ansuchen durch unsere Kommissarien, auf das schnödeste verhöhnt, und die Kommission selbst zurückgesandt wurde, von dem Conde de San Jago zurückgesandt wurde?«

»*Perdon Excellentissimo Senor*!« fiel ihm der Chef des Consulado ein, »der Conde de San Jago, weit entfernt – –«

»Ah, wo sind jene Zeiten,« unterbrach ihn der Vizekönig, »jene Zeiten, wo ein Conde Regla Millionen seinem allergnädigsten Herrn zu Füßen legte, wo ein Marquis de Jaral seine ganze Habe willig darbot, wo ein Conde de Fagoaga, ein Marquis de Vibanco« – Er hielt inne. »Aber,« fuhr er scharf und eindringlich fort, »wir dürfen uns auch nicht wundern über den so sehr ausgearteten Geist der kreolischen Nobilitad, wo unsere Landsleute, Spanier, und zwar besonders begünstigte Spanier, deren Begünstigung, gestehen wir es nur, größtenteils an der unseligen Empörung Schuld ist, ihr Interesse so sehr verkannt haben, daß sie im Angesichte dieser Nobilitad nicht nur die schuldige Achtung gegen die hohe königliche Regierung verletzten, sondern sich auch in Erörterungen über den Zustand des Landes einließen, seine Einnahmen, Ausgaben, Sendungen von Barschaft in die Madre Patria, auf eine Weise kritisierten, die, zum mindesten gesagt, an das Verbrechen *revelationis* – *Leyas de las Indias, tomo III, Index VII, Cap. XXIV*.« – Er hielt inne.

Der Mann sprach wirklich so meisterhaft, repräsentierte den gekränkten loyalen Diener und Stellvertreter seines Königs auf eine so unübertreffliche Weise, wußte seinem Gesichte einen so schmerzhaften Ausdruck zu geben, daß, während er gesprochen, die Blicke aller mit Unwillen auf den Chef des Consulado sich hefteten.

Die Wahrheit zu gestehen, so waren die Bemerkungen des Satrapen nicht ohne Grund; denn wenn Mexiko dem Mutterlande Spanien das Mittel war, durch welches es sich in den Stand gesetzt sah, in seiner träg mönchischen Grandezza vor den Augen der Welt einherzuprunken, und sich zugleich einer Anzahl ebenso träger, hoher und niedriger geistlicher und weltlicher Müßiggänger zu entledigen, die es als Beamte, Handelsleute oder Priester in das Land sandte, um es in seinem Namen zu regieren oder vielmehr auszubeuten; so konnte man diese sechzigtausend in Mexiko lebenden Spanier wieder mit ebenso vielem Rechte als ebenso viele Agenten des Mutterlandes betrachten, so innig zur Aufrechthaltung der Interessen desselben verbunden, als es nur die Agenten jener irischen Absentee-Lords sein können, welche in der grünen Insel die Millionen aufzubringen die würdige Aufgabe haben, die die edlen Lords mit so vielem Anstande im alten lieben England zu verzehren sich herablassen. Und in dieser Koalition der drei mächtigsten Interessen, der geistlichen, der weltlichen Regierung und des Handelsstandes, basiert, wie sie war, auf brutale Gewalt, war auch das Geheimnis der Stärke und der Dauer der spanischen Zwingherrschaft selbst gelegen. Schon um dieser Ursache willen hätte eine Koalition, die Zeit und Gewohnheit gereift und bewährt hatten, und die den Interessenten selbst so ungeheure Vorteile gebracht, nicht leichtsinnig gebrochen werden sollen; denn daß der spanische Handelsstand im Grunde der begünstigtste der drei Stände war, glauben wir kaum nötig, denjenigen unserer Leser zu bemerken, welche die furchtbaren Strafgesetze kennen, die diesem Stande alle Betriebsamkeit des Landes zur Willkür stellten. – Allein was würde aus den Völkern, wenn die Leidenschaften der herrschenden Parteien nicht stärker als ihr berechnender Scharfsinn wären? – Dieser Handelsstand Mexikos, durch Monopole verzogen, aber in der gegenwärtigen verhängnisvollen Zeit durch den Bürgerkrieg leidend, hatte in seiner Erbitterung gegen eine Regierung, die seinen Interessen nicht all den Schutz angedeihen ließ, zu dem er sich berechtigt glaubte, die bisher genossenen Begünstigungen um so leichter vergessen, als er wirklich durch die zwecklosen Grausamkeiten der spanisch-mexikanischen Generäle und Soldateska ungeheure Verluste zu derselben Zeit erlitten, wo die hohen Staatsdiener, über die Dauer ihrer Gewalt beunruhigt, ihre eigene Bereicherung nicht versäumt hatten. Es war weniger der Krieg, als die schreckliche Unordnung, in einem Lande, wo sich jeder nur so schnell als möglich zu bereichern suchte, welche die Finanzen während der achtzehn Monate des Revolutionskampfes bereits in einen so mißlichen Zustand versetzt, und nicht nur die ungeheuern Vorräte an Silber, die Stiftungen und Kapitalien der Geistlichkeit und Bergwerksassoziation, sondern auch ihre außerordentlichen Beiträge, mit den Einkünften des Landes, verschlungen hatte. Alles dies hatte den gewaltigen Mann, der an der Spitze des Reiches stand, zu einem Schritte veranlaßt, der schon für so manche despotische Regierung zur unheilbringenden Klippe geworden war – einer Anleihe – die mit wahrhaft diplomatischer Treulosigkeit vorgeschlagen, natürlich fehlschlagen mußte.

Übrigens schien der Staatsmann nicht so sehr das Fehlschlagen seines Anschlages auf die Silberbarren des Consulado und der Nobilidad, als die Blöße, die er sich gegeben, und das verletzte Ansehen der Majestät und ihres Statthalters zu bedauern. Jedoch weit entfernt nach dieser eindringlichen Vorstellung seinen ernst gewordenen Ton beizubehalten, wandte er sich wieder mit einer so süßen Miene an denselben Chef des Consulado, und überschüttete ihn wieder mit so vielen Komplimenten, und hoffte so zuversichtlich, daß der aufgeklärte und patriotische Körper, dem er vorstände, seinen Mißgriff, und das böse Beispiel, das er den Kreolen gegeben, verbessern würde, daß die Gesellschaft in kurzem wieder in eine heitere und gefälligere Stimmung versetzt wurde. Die Ankunft eines Flügeladjutanten, der nun eintrat, unterbrach die Suade des hohen Mannes. Die Botschaft, die er brachte, mußte von hoher Wichtigkeit sein, denn der Gebieter erhob sich ungemein schnell, und verließ mit der kurzen Entschuldigung den Salon, daß der Dienst Sr. Majestät dringlich seine Gegenwart erheische.

Der Hofmann war kaum ausgetreten, als der Erzbischof und die übrigen Gäste in die unbegrenztesten Lobeserhebungen der Exzellenz ausbrachen, durchwoben mit eben nicht sehr gemessenen Mißbilligungen über das Benehmen der Nobilitad, die es wagen konnte, sich zu erkühnen, einen so gnädigen Herrn zu kränken. Dies gab natürlich wieder Gelegenheit, auf das namenlose Glück zurückzukommen, das dem Lande durch die Gegenwart eines so weisen und gemäßigten Chefs zuteil geworden, und der so herrliche Grundsätze der Ordnung im Auge, und von so vortrefflichen Gesinnungen für Se. Majestät und dero allerhöchstes Haus und die wahre allein seligmachende Kirche beseelt sei. Alle waren in Begeisterung geraten, und die Senora Vireyna horchte, in stiller Verzückung und mit einem gnädigen Lächeln um die etwas niederhängende Unterlippe, den untertänig gespendeten Lobpreisungen, wie eine, die sich bewußt ist, daß auch sie als eine der Hauptquellen des außerordentlichen Heiles, die dem Lande ihre Segnungen zuströmen, betrachtet werden könne.

Da diese enthusiastischen Herzensergießungen jedoch wahrscheinlich für unsere Leser nicht ganz dasselbe Interesse haben werden, wie für die gute, aber etwas schwache Vizekönigin, so versetzen wir uns einstweilen in das Kabinett, wohin sich die drei jungen Damen in Begleitung ihres Paladin zurückgezogen haben.

Siebenunddreißigstes Kapitel.

Sardanapal. – Das Fest
Einstellen? nicht um alle die Empörer,
Die je ein Reich erschüttert!

BYRON.

ieses Kabinett war im neuesten französischen Geschmacke eingerichtet, so wie überhaupt in der Familie des Vizekönigs viel Französierendes, vielleicht aus eben dem Grunde vorherrschte, aus dem der Besiegte die Sitten und Gewohnheiten des Siegers dem seiner Landeleute vorzieht. Das einzige Spanische, das die stolze Bewohnerin des Appartements beibehalten hatte, war die Estrada, der erhöhte Hintergrund des Kabinetts, auf dessen einer Seite eine Ottomane sich herzog, hinter welcher reiche Gardinen ein üppig schwellendes Bette durchglänzen ließen. Vor den vergoldeten Löwentatzen des Bettes war ein, mit breiten goldenen Tressen eingesäumter Teppich von Caguarsfellen ausgebreitet; sanfte Wohlgerüche durchdufteten das Zimmer, indem eine pittoreske, und zugleich gesuchte Unordnung durchschimmerte – hier eine Halskette, die ihr Lager auf einer Handzeichnung gefunden hatte, dort über einen Schirm ein kostbarer Kaschmir; prachtvolle, in Gold gearbeitete, mexikanische Götzenbilder und Sträuße, aus dem glänzenden Gefieder der Vögel des Landes zusammengesetzt, künstliche Blumen und kostbare Vasen, mit den tausend Erfordernissen einer Damentoilette, lagen in reicher Verwirrung umher, den Geschmack ihrer Besitzerin, und vielleicht – die Zahl ihrer Verehrer gleich sehr beurkundend.

Sie selbst, ganz Grazie, ganz Anmut, war malerisch auf die Ottomane hingegossen, einen ihrer Arme um den Leib der Donna Inez, den andern um den Emanuelens geschlungen. Vor ihr, auf der Stufe der Estrade, lag auf einem Kissen der Oberst, im Anschauen, und, wie es schien, im Entzücken verloren.

Die Gruppe war wahrlich schön! –

»Es hat uns sonach gefallen, meine gnädigen und hohen Herrschaften,« lispelte Donna Isabella, »in diesem Monate einen Ball zur Feier des Sieges, den wir,« sie richtete einen anmutig lächelnden Blick auf den Obersten, »durch unsere Tapfern zu erringen hoffen, zu beschließen.«

Es erfolgte eine Pause.

»Und auf diesen Ball,« fuhr sie fort, »zum Nutzen und Frommen des guten Geschmacks der sehr adeligen Stadt Mexiko[29], eine Quadrille, die, glänzend und auserwählt, in den Hofannalen der mexikanischen Terpsichore einige Anerkennung finden soll. – –«

»Nicht zu zweifeln,« fiel ihr der Oberst ein.

Die Donna lächelte ihm graziös zu, und winkte Stille.

»Eine Quadrille also soll diesen Ball verherrlichen, deren glückliche Auserwählte wir nun sofort bezeichnen wollen.«

»Ihre Herrlichkeit, Donna Emanuele Florentine Stephanie Vanegas de – –«

»*Me tenga Vmd a sus pies,*«[30] lachte der Bezeichnete.

»Unsere liebe Inez. –«

»*Beso a Vmd las manos,*«[31] frohlockte Donna Inez.

»Isabella,« sprach die Donna stolz lachend.

»Wofür wir alle die Hände küssen,« riefen alle drei, und der Oberste hatte bereits die ihrige erfaßt.

»Donna Elvira Condessa de F–.« Sie hielt inne. Der Oberst, den Mund auf ihre Hand gepreßt, hatte das Haupt gesenkt. »Condessa de F–a,« rief sie plötzlich, indem sie sich zugleich rasch herabbog, und ihre Hand vom Gesichte des Obersten wegriß. Dieses war mit einer Flammenglut übergossen.

Sie warf einen durchbohrenden Blick auf ihn.

»Sie wissen doch, Conde,« fuhr sie nach einer Weile halb spöttisch fort, »daß die sehr adelige Stadt Mexiko diese Blume von Oaxaca seit drei Tagen in ihren Mauern besitzt, und daß die Condessa Elvira von einer Familie stammt, mit der allerdings auch wir in Berührung treten dürfen.«

»Zweifelsohne,« versetzte der Oberste mit verbissenen Lippen, »und es wundert mich nur, wie Donna Isabella sich herablassen kann, Gründe da anzugeben, wo ihr bloßer Wille hinreicht.«

»Für welche loyale Submission Sie, Conde, sogleich belohnt werden sollen,« lächelte die Donna; »denn da die Quadrille,« fuhr sie mit lispelnder Stimme fort, »nun wohl nicht bloß von Damen allein aufgeführt werden kann, und Caballeros uns zur Vollendung des Rahmens einigermaßen

---

[29] Die Hauptstadt von Neuspanien hatte das Prädikat der sehr adeligen Stadt.
[30] Behalten Sie mich zu Ihren Füßen. – Erlauben Sie, daß ich mich Ihnen zu Füßen werfe.
[31] Ich küsse Ihnen die Hände.

notwendig sind, so haben wir in Huld und Gnaden beschlossen, vier Kavaliere insofern zu beglücken, als ihnen das beneidenswerte Los zuteil werden soll.«

»O wie doch dieser schöne Mund so folternd sein kann!« seufzte der ungeduldige Oberst.

»Zuteil werden soll,« wiederholte Donna Isabella, »uns diese Quadrille mit aufführen zu helfen. Und zwar –« sie sah den Grafen lächelnd an.

»Conde C–i.«

»Glücklicher C–i!« rief der Oberst.

»Den General Grafen C–a.«

»Überseliger C–a!« seufzte er wieder.

»Conde Carlos de F–a.«

»O Schmerz, das ist ja ein Kreole,« riefen alle.

»Conde San Ildefonso.«

»Bravo! Bravo!« Der letzte Name entzückte wieder alle.

»Senorias!« sprach die Donna. »Ich glaube kaum bemerken zu müssen, daß diese Quadrille eine Überraschung sein soll für die sehr adelige Stadt Mexiko, der wir eine Surprise zu verschaffen gedenken, die ihr ein Typus einer schöneren Zukunft werden soll. Wir haben daher kaum nötig zu erwähnen, daß alles mit einem gewissen Mystère behandelt werden muß, der dem Ganzen ebenso sehr Reiz verleiht, als die Spannung erhält.« Sie hielt inne.

»O fahren Sie doch fort;« riefen alle.

»Wir dürfen zugleich auch nicht vergessen,« bemerkte sie, »daß wir in einer verhängnisvollen Zeit leben –« sie hielt wieder inne, »und daß der Ball an eine Bedingung geknüpft ist –«

»An deren Erfüllung doch Senora Isabella nicht zweifeln wird?« sprach der Oberst mit dem stolzen Selbstgefühle eines jungen Kriegers.

»Gewiß nicht,« lächelte die Dame. »Immerhin jedoch hängen wir von der Erfüllung einer Bedingung ab.«

Gegen diese Behauptung protestierte der Oberst hitzig, indem er versicherte, daß an dem Siege über die Rebellen zu zweifeln, ein Majestätsverbrechen gegen die spanische Ehre sei; eine Versicherung, die sich die Dame um so lieber gefallen ließ, als sie von dem Obersten mit einem Feuer ausgesprochen wurde, die ihm eine recht liebliche Röte ins schöne Gesicht jagte, und die endlich die Donna dahin berichtigte, daß ein gewisses Mystère allerdings ersprießlich sei, indem durch dieses die Spannung erhöht und so dem Ganzen ein Zauber verliehen würde, der bei einem Hofballe mit einer der Hauptreize wäre.

»Wir wollen unsere lieben Getreuen ganz *à la souveraine* überraschen;« äußerte sie mit der Miene einer wirklichen Souveränin, »und haben nicht umsonst unser Köpfchen angestrengt,« fuhr sie fort, den Lockenkopf schüttelnd, »den Knoten zu lösen, der diesem Balle zugleich jene hohen und wieder loyalen Airs verleihen soll, die den Spanier bei allen Gelegenheiten so herrlich vor allen Völkern der Erde strahlen gemacht haben.«

»Herrlich! Herrlich!« riefen die jungen Damen.

»Strahlen gemacht haben,« fuhr die Dame fort. »Da nun dieses glückliche Land, trotz der eminenten Wohltaten, die ihm unsere glorreichen Könige durch die Hand ihrer illustren Vireys zugewandt,« – ihr Gesicht verzog sich bei diesen Worten in ein unwillkürliches Hohnlächeln, »in demselben Zustande sich befindet, in dem unser Vaterland bald nach der Eroberung von Grenada durch die hochherrliche Isabella war; wir meinen den zweiten Aufstand der Mauren, gedämpft von dem herrlichen Aquilar, dessen Nachkommen mütterlicherseits« – ihr Blick fiel mit einem Ausdrucke von Hoheit auf den Obersten – »sich unter uns befindet, so dürfte es allerdings genehm sein, Isabellen als Typus aufzustellen, und jenen berühmten Reigen zu wiederholen, in dem die siegenden Spanier und besiegten Mauren ihr, der Großen, der Erhabenen, vereint ihre Huldigungen darbrachten. Wir schlagen daher vor,« fuhr sie im positiven Tone fort, »den großen Triumphzug Isabellens nach der zweiten Mauren-Rebellion vorzustellen, und zwar auf eine möglichst brillante Weise vorzustellen, so, daß unserem Aufzuge ein Train von Pagen und reich gekleideten Gefangenen folgen soll, die dann am Tanze teilnehmen und überhaupt in ein Ganzes verschmelzen.«

»Die Idee ist wirklich herrlich!« rief der Oberst überrascht.

»Endlich denn;« lächelte die Donna. »Wir sind sehr verbunden für dieses Kompliment, wo Komplimente so selten sind.«

»Aber die Ausführung, wenn Geheimnis die Bedingung sein soll?« fragte der Oberst. »Woher die Costümes? Wir haben zwar auf einem unserer Familienschlösser der Sierra Nevada die Costümes unserer Ahnen von Vortigern herab bis auf unsern leiblichen Vater, selbst den alten Seneca nicht ausgenommen, den einer unserer hochpreislichen Ur-Ur-Großonkel sich als Escribano an die Seite malen zu lassen beflissen gewesen; aber in diesem armseligen Mexiko, mit seinem neugebackenen Zwiebeladel, ohne Geschichte, ohne Erinnerung –«

»Wir,« lächelte die Donna schmachtend, »die wir den Knoten geschürzt haben, werden ihn auch zu lösen wissen. Zudem ist der Unterschied zwischen den heutigen Costümes der mexikanischen Nobilitad und dem Adel Spaniens zur Zeit Isabellens nur geringe. Mit der gehörigen Rücksicht auf unsere Toilette wird es Ihnen schon jetzt leicht werden, die Ihrige anzugeben. Wir haben jedoch zum Überflusse Don – Dings – wie heißt er nur wieder? – den Direktor unserer *Academia de los nobles artes,* zu unserem Camarilchen geladen, und ihm unsere Wünsche eröffnet, und er wird nicht säumen,« fügte sie etwas preziös hinzu, »Ihnen morgen die Zeichnungen einiger recht malerischen Costümes zu liefern.«

»O schmähliche Egoistin!« scherzte der Oberst; »die *nobles artes* auf diese Weise Ihren Zwecken subservierend zu machen.«

»Wozu sind sie sonst,« fiel ihm die Donna spitzig ein, »als uns Erdengöttern das Leben zu verschönern und allenfalls die müßigen Geister zu beschäftigen, und vom insidiösen Anschauen unserer selbst abzuhalten? Wozu waren die von Perikles Zeiten herab bis auf die Medicis, vom großen Louis bis zum kleinen Napoleon? Unsere Coissure,« wandte sie sich wieder an die beiden Donnas in einem Tone, der, obwohl weniger preziös, doch wieder verriet, daß diese mit den schönen Künsten auf gleicher, wenn nicht höherer Rangstufe stand – »unser Coissure wird recht artig ausfallen. *Les cheveux relevés en deux noeuds dont sortent les coques, diadême de brillans, collier de brillans, robe de satin blanc, autour du corsage des blondes, bracelets de brillans, les escarpins richement brodés, couleur la même avec celle des paladins.*«

»So herrlich!« versicherte der Oberst, ihre Hand erfassend, »daß wir, in demütiger Ferne folgend, unsere eigenen Costümes bereits im Spiegel erblickt haben.«

»Ah, Conde, haben Sie, haben Sie – und wo waren Sie, als wir gezeichnet haben?« rief die Donna aufspringend.

»Bei meiner Ehre, Senora!« erwiderte der Jüngling mit einem Anfluge von Ernst: »Es fiel mir soeben bei, welche großartige Wesen wir sind, und wie wir einst in der Geschichte glänzen werden, die wir uns über einen Ball so ruhig besprechen, in einem Zeitpunkte, wo ganz Neuspanien in Flammen auflodert.«

Die Dame schien frappiert über diese Bemerkung, und sah ihm forschend ins Gesicht.

»Ist das liberale Weichheit oder geniale Rhapsodie?« fragte sie spottend. »Lassen Sie das gut sein, Conde. Ja, um so besser; ist Mexiko in Flammen, so brauchen wir keine Brasseros auf unserm siebentausend Fuß hohen Tale. Lassen Sie sie heranbrechen, diese Flammen!« rief sie stolz.

Der Oberst sah sie befremdet an. »Wunderbares Wesen!« rief er, wie vergessend seinen Arm um sie schlingend.

Sie stieß ihn zurück, sah ihn einen Augenblick mit blitzenden Augen an; dann warf sie ihren Arm in den seinigen, und zog ihn mit sich fort durch die Gemächer, den voraneilenden Schwestern nach.

»Sie sind ein Verräter, Conde!« flüsterte sie ihm zu: »Ein Verräter!« sie hielt ihn zurück und deutete auf die beiden Donnas, die in sorgloser Fröhlichkeit dem Saale zuhüpften und sich nur zuweilen mit jener naiven Schlauheit umsahen, mit der die jüngern Sprößlinge des schönen Geschlechtes die Herzensergießungen der ältern aufzuhaschen geneigt sind. »Ich sollte schweigen,« flüsterte sie kaum vernehmbar; »aber Isabella ist zu stolz. Hören Sie,« murmelte sie dem Jünglinge zu: »Sie haben eine Saite berührt, deren Anklang immer eine widerliche Empfindung in dem Nervensystem unserer hohen Welt hervorbringt. Man nennt das, was Sie geäußert haben, liberale Gesinnungen, die jetzt in Spanien in der Mode sein mögen, hier aber mit dem *Autillo*[32] belegt werden.«

»Um welches *Autillo* sich der Conde de San Ildefonso doch nicht zu kümmern nötig haben wird?« erwiderte der Jüngling stolz.

»Sie irren,« sprach die Donna; »denken Sie an Iturrigaray. Selbst der König, käme er in dieses Land, müßte mit dem Strome schwimmen oder untergehen. Unsere Landsleute hier haben Mexiko so lange nach ihrem eigenen Plane und zu ihrem Besten verwaltet, das sie es nun als ihr eigen betrachten.«

Der Oberste schüttelte unwillig den Kopf.

»Die Stützen des Staates und der Kirche sind morsch, aber in ihrer Morschheit gefährlicher als je; merken Sie sich dies wohl. Kommen Sie nun und bewundern Sie meinen Mut, mit einem Liberalen Arm in Arm in die Gesellschaft Serviler zu treten.«

»Pah! wir sind liberal, weil uns just die Lust kommt,« lachte der Jüngling; »wir sind geborner Aristokrat,« setzte er stolzer hinzu.

»Das waren Mirabeau und Egalité auch, und doch brachten sie Louis auf das Blutgerüste.«

In den Worten, in den Blicken, die sie begleiteten, lag eine Welt von Gedanken. Der Jüngling sah sie erstaunt an.

Arm in Arm traten sie von der einen Seite in den Saal, in den von der andern der Virey geeilt kam.

---

[32] Das kleine *Auto da fé*, eine nicht ungewöhnliche Strafe; sie bestand im Verluste bürgerlicher Rechte.

Achtunddreißigstes Kapitel.

Läppischer Wicht, der
Mit seiner eigenen Schuld spielt! Unter allen,
Die leben, kennst am besten Du dessen Unschuld,
Auf den Dein Hauch die blut'ge Schuld will atmen.

BYRON.

ie warf einen Blick auf ihn, und ihre Miene verzog sich zum bittersten Hohne; doch ebenso schnell erstarrten die Züge dieses schönen Gesichtes wie zum leblosen Marmor. Mit dem Vizekönige war etwas Außerordentliches vorgegangen, das war klar; etwas, das selbst er, der Meister in der Verstellungskunst, nicht zu verbergen imstande war; etwas Furchtbares; denn die Adern auf der Stirne und den Schläfen waren geschwollen, seine Augen blitzten, und seine Züge kämpften sichtbar in der Anstrengung, die es ihn kostete, sie in einige Ruhe zu bringen und den innern Kampf zu verheimlichen. Es blitzte etwas wie höllischer Triumph, und wieder eine gewisse Verlegenheit aus diesem Mienenspiele hervor, das ihn lange nicht zum Worte kommen ließ. Er schritt, eine Depesche in der Hand, einige Male im Salon auf und ab, zum Schrecken aller Anwesenden.

»Don Vanegas!« jammerte die Gattin, die aufsprang.

»Liebe,« erwiderte der Gatte, sie zärtlich wehmutsvoll bei der Hand erfassend, und sie sanft zu ihrem Sitze führend.

»Excellenza, Excellentissimo Senor!« rief der Erzbischof.

»Excellentissima, Graciossima Senoria!« schrien die Präsidenten, Intendanten, Oidores und Generäle.

»Und so ist denn,« hub nun der Mann an, dem es endlich gelungen war, sein Gesicht in die Falten zu legen, die ebenso hohen Unwillen, als anständigen Schmerz ausdrücken sollten, – »so ist denn alle Loyalität, alle Treue, aller Glaube in diesem Lande verschwunden, und so hat sich denn das Verderben – das gräßliche – so tief eingenistet, daß selbst die harmlos scheinende Jugend ihn, den giftigen Wurm, im Busen trägt, unserer Milde, unserer Gnade, ja selbst unserer Erfahrung spottend! Es ist unglaublich, Senores,« rief der große Mann, die Depesche auf den Tisch mehr werfend, als legend, »und wenn nicht der offizielle Bericht eines der getreusten Diener Sr. Majestät – –«

»Excellenza!« riefen die sämtlichen Anwesenden.

»Sie kennen, Senores, den Neffen desselben Grafen San Jago, über den zu klagen wir bereits der Ursachen so viele haben, und von dem Besseres zu hoffen, wir in der Milde unseres Herzens noch immer bewogen werden –«

»Madre de Dios!« riefen alle.

»Nicht wiegend das Verbrechen, dessen sich der junge Mann gegen die geheiligte Person Sr. Majestät in einem so hohen Grade schuldig gemacht hat, daß er Pasquille und satirische Vorstellungen gegen die allerhöchste Person unseres angebeteten Monarchen angehört, haben wir, die Milde unseres allergnädigsten Herrn uns zu Gemüte führend, und die Jugend und Unerfahrenheit des Culpaten in Anbetracht ziehend, die gerechte Strafe, der er anheimfallen sollte, gewissermaßen in eine Belohnung umzuwandeln uns bewogen gefühlt und ihn in die Madre Patria gewiesen, um durch würdige Taten in den Reihen der heiligen Kämpfer für die erhabenen Rechte unseres Souveräns seine Schuld zu büßen.«

Der Mann hielt inne und holte tiefen Atem. Aller Blicke waren starr auf ihn gerichtet.

»Betrogener, der wir waren!« hob er aus voller Brust wieder an. »Nicht volle achtundvierzig Stunden hatte der junge Bösewicht der Hauptstadt den Rücken gekehrt, als er seinem verräterischen Triebe nicht mehr widerstehen konnte. Sie wissen, Senores!« er wandte sich zu den Generälen, »wir sandten ihn in der Begleitung des braven Major Ulloa ab, der einiges Raubgesindel unter der Anführung des berüchtigten Vincente Guerero gefänglich einbringen sollte. Wir können noch immer nicht begreifen, wie es ihm gelang, die Wachsamkeit dieses braven Offiziers zu täuschen, und mit seiner Servidumbre sich vom Korps des Majors zu trennen. Auf den Höhen der Cordillera, nördlich von der Barranca von Juanes, vereinigte er, ein mexikanischer Caballero, sich mit dem Räuber Vincente Guerero; beide mit ihren Banden überfallen verräterischerweise die Escadron während der Siesta und ermorden diese, samt allen Offizieren, und der Liebling unsers edlen Conde de San Jago, der unsern dieser gräßlichen Mordszene mit der ihm kurz zuvor anvertrauten Escadron hält, kommt nun, um sich an den Raubmörder anzuschließen, nachdem der brave Ulloa mit all den Seinigen gefallen sind; und derselbe Conde Carlos zieht dann mit seinen Mordgefährten über die Cordillera herab gegen Mexiko, wo sie zwischen Rio Frio und Chalco die Hacienda eines achtbaren Gliedes des Consulado, des Bruders unseres sehr achtbaren Don Pinto, plündern.

Wirklich, wäre es nicht offizieller Bericht – und doch,« sprach der Mann stockend, »kaum, daß wir unsern eigenen Augen trauen mögen!«

Einige wenige schüttelten die Köpfe, die Mehrzahl schien jedoch entsetzt ob dieser Treulosigkeit; besonders war die Donna ergriffen, doch äußerte sich in diesen stolzen Zügen weniger Schrecken oder Entsetzen, als bitterer Hohn. Sie warf dem Virey einen durchbohrenden Blick zu, und zog sich in die Fenstervertiefung zurück.

»Ah, Senores,« fuhr der Virey fort, »dieser Conde de Jago, den wir so hoch gehalten, dem wir so vielfältige Beweise unseres Wohlwollens gegeben – sehen Sie die Früchte der Grundsätze dieses Mannes.«

»Was den Conde de San Jago betrifft,« nahm der Fiscal der Audiencia das Wort, »so scheint dieser den frevelhaften ungestümen Geist seines Neffen gekannt und richtig beurteilt zu haben, indem er sowohl seine stillschweigende Teilnahme an der hochverräterisch satirischen Pasquinade, wie die allzu gnädige Bestrafung, die ihm Euer Exzellenz zuerkannt, gewissermaßen in so fern gemißbilligt hat, als er eine Protestation oder Erklärung bei der hohen Audiencia niedergelegt, in Folge welcher er sich gänzlich von dem jungen Caballero lossagt – –«

»Und wer sagt dies?« fuhr die Exzellenz auf, und zwar mit einem Ungestüme, der mit dem sonst so gehaltenen Wesen des Mannes sehr wenig im Einklang stand.

»Wir, der Fiscal der höchsten Audiencia von Neuspanien, Euer Exzellenz untertänigst aufzuwarten,« erwiderte dieser mit einer Festigkeit, die wenigstens die tröstliche Versicherung gab, daß das höchste Gerichtstribunal einen festen Charakter zähle.

Die Exzellenz schritt rasch im Saale auf und ab.

»Eine Kopie dieser Erklärung,« sprach der Präsident des Consulado, »hat der Graf auch bei unserem Cuerpo niedergelegt. Sie ist in sehr ehrfurchtsvoll loyalem, aber zugleich auch in zuversichtlich starkem Tone abgefaßt. Auch bitten wir Euer Exzellenz, nicht zu vergessen, daß die Anklage zwei der mächtigsten Familien des Landes zugleich trifft, und daß der Conde ein ebenso geachtetes als einflußreiches Glied des Consulado ist.«

»Und der durch sein Benehmen bei der heutigen Anleihe nur zu sehr bewiesen hat, wie viel ihm am Wohlgefallen Sr. Majestät gelegen sei.«

Selbst mehrere der trocknen Spanier konnten das Lächeln über diese Substituierung des Wohlgefallens der Majestät, für das des Repräsentanten, nicht ganz unterdrücken.

»Wir bitten um Vergebung, Excellenza,« fuhr der Präsident des Consulado fort, »wenn wir die Euer Exzellenz beigebrachten Vorstellungen über die heute stattgehabten Vorfälle im Hause des Conde de San Jago dahin berichtigen, daß wir versichern, der edle Graf habe wirklich nicht das Mindeste getan oder gesprochen, was Sr. Majestät hohen Regierung in diesem Reiche präjudizierlich sein könnte; im Gegenteile, er habe alles versucht, um günstigere Resultate zu erlangen, die jedoch bei dem Umstande, daß die Sicherheiten für Kapital und Interesse die letztern nicht einmal hinlänglich deckten, absolut unmöglich wurden.«

»Es ist doch merkwürdig,« rief die Exzellenz, »und beinahe sollten wir glauben, daß der Conde de San Jago, ein Kreole,« er betonte dieses Wort scharf, »und seine beiden kreolischen Neffen, wohl getan, und wir übel im Dienste Sr. Majestät. Kaum, daß wir unsern Ohren trauen können! Und wir können uns kaum überreden, daß Don Estevan der Chef des nämlichen Consulado ist, das noch erst vor zwei Jahren die ebenso patriotische, als in gegenwärtigen Zeitverhältnissen weise Deklaration erließ, über dieselben Kreolen erließ, die nun uns gleichgestellt werden sollen. Merken Sie aber wohl, Senores! der innigen Vereinigung aller rechtgläubigen Spanier unter der Ägide Sr. Majestät Regierung verdanken wir es, und Sie, daß wir Mexiko noch immer unser nennen. Wir wollen es behaupten für Se. Majestät den König, unser Vaterland, und für uns und unsere Kinder. Ob wir es vermögen werden, wird von Ihnen abhängen. Merken Sie ferner wohl! Ein zweiter Fehltritt der Art, wie er heute geschehen, dürfte gefährlichere Folgen haben.«

Als er so gesprochen, ging er einige Male im Saale rasch auf und nieder. Alle waren betroffen; denn so groß die Macht der drei Interessen – des Handelsstandes, der Priesterschaft und der Beamtenwelt – die gewissermaßen in den Anwesenden repräsentiert wurden, auch sein mochte, unbedingter Gehorsam unter den Willen der Exzellenz war die Hauptbedingung, das Lebensprinzip, das jedem Spanier zur heiligsten Pflicht gemacht worden: Und so konnte, ja durfte die Wendung, durch welche der Hofmann die beiden Kavaliere nun in jenes tiefbegründete Interesse verflocht, und an den – Jahrhunderte hindurch gewurzelten, und so gewissermaßen legitim gewordenen Haß der Spanier gegen die Eingebornen appellierte, nicht ihre Wirkung verfehlen. Alle schwiegen, und es herrschte für einige Minuten eine Todesstille. Die Camarilla, die sich unter so fröhlich geistreichen Auspizien eröffnet, hatte auf einmal einen ernst feierlichen Ton angenommen, den der Hofmann mit seiner wirklich bewundernswerten Gewandtheit noch höher zu spannen nicht säumte. Fest und rasch begann er allen die Notwendigkeit unveränderlichen Zusammenwirkens recht dringlich ans Herz zu legen. Einige Winke von Opfern, die fallen müßten, um die Ruhe des Landes wieder herzustellen, wurden hingeworfen, und vom Erzbischof fromm, bereitwillig, mit biblischen Sentenzen belegt: »Wenn Dein Auge dich schmerzt, so reiße es aus;« und »so hat Gott die Welt geliebt, daß er seinen eingebornen Sohn dahin gab, auf daß keiner, der an ihn glaubt, verloren gehe,« wobei er seufzend bemerkte, daß ja der Sohn Gottes selbst hoher Interessen willen sich geopfert habe, wofür ihm der Vizekönig wieder in huldreicher Demut dankte. Dann suchte der Mann sich von dem Vorwurfe zu reinigen, als wenn er, der Repräsentant der Majestät, aus persönlichen Rücksichten handelte; er, der nur für den Dienst der Majestät und der Kirche lebe, und bereits so viele Beweise von Milde und Versöhnlichkeit gegeben, die aber alle verkannt worden. Als Zwischenspiel wandte er sich wieder an die einzelnen anwesenden Generäle, denen er seine Zufriedenheit für die bei dem heutigen Tumulte getroffenen kräftigen Vorkehrungen zu erkennen gab, dann wieder an die Glieder der Audiencia, versicherte sie, wie er nur Gerechtigkeit und nichts als Gerechtigkeit wünsche, daß aber – in der gegenwärtigen außerordentlichen Lage auch außerordentliche Maßregeln und Rücksichten genommen werden müßten, und stimmte so allmählich die ganze Gesellschaft dahin, daß ihm alle den absolutesten Gehorsam gegen seine hohen Winke und Gebote zusicherten, zugleich beteuernd, daß nur durch diesen blinden Gehorsam gegen die Exzellenz *das Land vom Untergange gerettet* werden könne. Und nachdem der hohe Mann seine Gäste in so weit bearbeitet, daß sie ihm alle unbedingte Folgeleistung zugesichert hatten, und der Endzweck der Camarilla so erreicht war, ließ er die schmeichelhafte Hoffnung fallen, daß seine liebe, teure Schwägerin ihm bald wieder das Vergnügen, das seltene, das herrliche, verschaffen werde, sich ihrer Gegenwart zu erfreuen, ein Wink, den alle benutzten, um vor dem hohen Manne in Demut zu ersterben, und sich sodann unter vielfältigen Bücklingen aus dem Saale zu entfernen.

Bloß der Oberste war zurückgeblieben. Die jüngere der beiden Töchter, mit der er bisher getändelt hatte, kam nun in harmlosem Entzücken auf den Papa zugehüpft.

»Der Jungfrau sei gedankt,« frohlockte sie, »daß unsere lieben Gäste gegangen; Vierge! bald hätten sie uns, die wir zuvor eine so deliziöse Stunde hatten, doch so ernst gestimmt. Wissen Sie aber, Papa, daß Sie gar nicht aimable sind – welch' ein finsteres Gesicht!«

»Ach, teures Kind!« sprach der zärtliche Vater, mit einem schmerzlichen Lächeln. »Ich bin schon glücklich, wenn ich nur Euch froh und in so lieber Gesellschaft weiß, wie die unseres teuren Grafen und Obersten. Ach, Sie sind doch,« er wandte sich vertraulich an diesen, »einer der wenigen Freunde, die treu aushalten. Wie glücklich sind wir in Ihrer Freundschaft. Auch ich habe eine Bitte,« sprach er im süßen Tone, »und da Sie gegen die Meinigen so freigebig gewesen sind, so hoffe ich nicht minder glücklich zu sein.«

»Euer Exzellenz haben zu befehlen,« sprach der Oberst.

»Ohne Komplimente, Lieber! *sans façon.* Seien Sie ganz zu Hause bei uns; wir müssen Sie für ein halbes Stündchen in Anspruch nehmen. Ja, ja, wir tun es nicht anders. Wir wollen nur zuvor ein kleines halbes Stündchen mit unserer Familie verschwinden, und dann wieder zurück sein. Es ist ein drückender Zwang, in dem wir leben,« klagte er mit seufzender Stimme, »keinen unserer Lieben an unserm häuslichen Tische bewirten zu dürfen. Es ist jedoch seit Jahrhunderten geheiligte Sitte, und wohl sollen alte Sitten geehrt werden. Nicht durch uns soll das erste Beispiel leichtsinniger Hintansetzung statuiert werden, so drückend uns auch diese Sitte sein mag.«

Diese Worte waren wieder in einem ungemein gerührten und beinahe salbungsvollen Tone gesprochen.

»Sie bleiben demnach, Guter! Unsere liebe, liebe Schwägerin lassen wir zurück, und geben ihr einen halbstündigen Hausarrest. Fürwahr, wir beneiden unsere *belle-soeur* um diese kleine Tertullia, diesen Genuß. Ja, so, in einer kleinen halben Stunde sind wir wieder bei Ihnen. Wüßten Sie nur, lieber Conde und Oberster, wie gut wir Ihnen alle sind. – Es ist uns Staatsmännern so selten vergönnt, ein vertrautes Wort in einen freundlichen Busen fallen zu lassen. Ach, mein Gott! Sie haben sie ja gesehen, diese Stützen des Staates, diesen Chef unseres Consulado, diesen Fiscal unserer Audiencia; und doch leben wir in einer Zeit, wo Zusammenwirken zum Großen, zum Guten, zum Herrlichen nur, wenn mit Festigkeit gepaart, hoffen darf, die Saat des Bösen zu meistern.«

Alles dies war mit einer ungemeinen Geläufigkeit, aber wieder mit einer so bewundernswerten Modulation der Stimme gesprochen, daß der Oberst, trotz des aristokratischen Hohnes, der um seinen Mund spielte, den Mann mit einiger Verwunderung ansah. Nun gerührt, nun ernst, wieder freundlich, zutraulich, hatte dieser vollkommene Hofmann in die wenigen Worte eine so unverkennbare Herzlichkeit und Freundschaft zu legen gewußt, die jeden andern, als einen geborenen Aristokraten, notwendig hätten täuschen müssen. Er schien wieder nahe daran zu sein, seiner Zungenfertigkeit weitern Lauf zu lassen; doch besann er sich, und fuhr in einem kürzern, aber immer noch herzlichen Tone fort:

»Ja, Conde und Oberster! wir müssen ein halbes Stündchen zusammen plaudern, uns verständigen zum gemeinsamen, hohen Interesse; ganz ohne Scheu, ohne Zurückhaltung wollen wir uns einander aufschließen. Zurückhaltung, Lieber, würde da ganz am unrechten Orte sein, wo die

Interessen dieselben sind, und haben wir nicht ganz dieselben Interessen, Conde? Ihre Familie ist eine der ersten Spaniens, im Besitze bedeutender Domänen in Mexiko. Muß Ihnen nicht alles daran gelegen sein, diese edelste Perle Spaniens, diese kostbarere Perle als Spanien selbst, in der Treue und dem Gehorsam gegen den legitimen Beherrscher zu erhalten, durch welche Allerhöchstderselbe allein in den Stand gesetzt wird, die große Rolle unter den Monarchen der Welt zu spielen, wozu er seit Jahrhunderten berufen ist? Ah, Conde, Sie selbst, den seine hohen Verbindungen dazu bestimmen – vielleicht sehr bald unser Nachfolger.«

»Exzellenz scherzen,« fiel ihm der Oberst etwas trocken und in höherer Betonung ein. »Eben weil unsere Familie eine der ersten, dürfen wir nie hoffen, daß die Politik unseres Hofes sich bis zu uns versteige, da sie sich mit geringern Materialien zu ihren Bauten befriedigen kann –«

Er hielt inne, denn des Vizekönigs Freundlichkeit war einigermaßen lauernd geworden.

»Wir Granden,« beschloß er, »sind nun schon einmal bestimmt, bloße Camareros der Majestäten zu sein.«

»Wir werden mehr über diesen Punkt sprechen,« fiel ihm der Vizekönig etwas hastig ein; »aber glauben Sie, mein Lieber, die Cortez werden aufräumen, die durchlauchtige Majestät der Cortez wird ihre Gewalt zu benutzen wissen, und auch in dieser Hinsicht viel Gutes bewirken. Ha, ha! Ja, ja! – Nun wollen wir Sie einstweilen unserer lieben *belle-soeur* zur Disposition überlassen, Ihre Unterhaltung wird zweifelsohne – doch adios lieber Conde und Oberster!«

Und mit dem bezauberndsten Lächeln und einem Händedrucke, der so lange dauerte, daß der hohe Mann sich gewissermaßen nicht mehr trennen zu können schien, und mit dem süßest gelispelten Adios, glitt er halb schwebend, halb tanzend, und wieder sich bei jedem Schritte wiegend, aus dem Salon, um unter dem Vortritte des diensttuenden Camarero und Pagen sich in sein Appartement zu begeben.

Neununddreißigstes Kapitel.

Ich fürcht' ein Äußerstes, und will ihr folgen.

SHAKESPEARE.

as spitze Lächeln, das sich um den Mund unseres Obersten während der letzten Ergießungen des gewaltigen Satrapen gelegt, war verflogen, und ein ungemeiner Ernst hatte sich über die aristokratischen Züge des Jünglings hingelagert, als er kopfschüttelnd dem Manne nachsah, der die furchtbarsten Leidenschaften mit gefälliger Leichtigkeit aus ihren untersten Tiefen heraufbeschwören konnte, ohne auch nur im leisesten von denselben berührt zu werden.

»*Diablo cojuelo*,«[33] murmelte er zwischen den Zähnen, »dieser Sombre von einem Rey.«[34]

Die letzten Worte verschluckte er halb, indem er sich rasch umsah.

Seltsam, die Donna war gleichfalls verschwunden. Die Türen, die durch die Reihe von Zimmern in ihr Boudoir führten, waren offen, und aus denselben her laute Stimmen, Ausrufungen und Verwünschungen zu hören.

Der Stabsoffizier schüttelte mehr und mehr das Haupt.

Auf einmal kam die Donna durch die Gemächer gerannt, bleich und verstört; sie stürzte in den Salon, ihr Busen hatte zum Teil die Fesseln gesprengt und wogte halb entblößt in stürmischen Schlägen. Sie schaute sich wild um, stampfte mit dem Fuße; wieder rannte sie durch den Saal, als wäre sie von Furien gepeitscht. Ihre Stimme stockte. Sie versuchte es zu reden, sie konnte nicht; aber sie stieß einen gellend unnatürlichen Wutschrei aus, der ihre Pagen und Kammerfrauen erschrocken hereinstürzen machte. Sie trieb sie fort. »Fort, fort!« schrie sie dem Obersten zu, der, außer sich über die unbegreifliche Verwandlung, auf das prächtige Weib zugesprungen, und sie wie eine Rasende fest in seine Arme gefaßt hatte.

Sie riß sich mit Gewalt von ihm los. »Fort, fort!« schrie sie ihm zu; »fort, ich bitte, ich beschwöre Sie!«

---

[33] Hinkender Teufel.
[34] Schatten von einem König.

Sie lief wieder zur Türe; sie horchte; ihr Gesicht glühte; die roten Streifen waren zu flammenden Zungen, sie selbst zur unheilschwangern Herodias geworden, wie sie uns Leonardo da Vincis Pinsel vor Augen gezaubert.

Der junge Grande stand entsetzt. »Was ist dies? Um Gotteswillen, Donna! Was ist es, das Sie in diesen außerordentlichen Zustand –«

Sie ließ ihn nicht ausreden. »Fort, fort!« schrie sie mit erstickter Stimme. »Unglücklicher!« murmelte sie, sich wie vergessend und schmerzlich die Hände ringend. »Scheusal!« stieß sie wieder mit Heftigkeit aus, und stampfte mit dem Fuße.

»Warum soll ich fort, Donna?« rief der Oberst, sie wieder erfassend. »Fort von Ihnen? in diesem Zustande, fort aus dem Himmel, wo die Göttin thront, in die fade, kalte Nacht Mexikos?«

Sie stieß ihn mit Heftigkeit, beinahe mit Abscheu zurück. »Was wollen Sie, Oberst?«

Im anstoßenden Zimmer waren Fußtritte zu hören. Eine Kammerfrau huschte zur Türe herein, ein Page folgte ihr. Beide flüsterten der Herrin Worte in die Ohren, die ihr wechselweise Totenbleiche und Fieberglut auf die Wangen brachten. Einen Augenblick warf sie sich gedankenschwer auf den Sofa, dann sprang sie auf, befahl den beiden ihr zu folgen, und verschwand in der Türe. Nach einer halben Viertelstunde kam sie zurückgerannt, einen dreieckigen Generalshut auf dem Kopfe, einen blauen goldbordierten Mantel um die Schultern, ein junger Mann in derselben Verkleidung, den Hut ausgenommen, ihr zur Seite. Sie war rasch ein-, rascher auf den Obersten zugetreten.

»Conde,« redete sie ihn an. »Haben Sie Mut zu einer edeln Tat?«

Der Oberst sah sie zweifelhaft an.

»Mut,« sprach sie dringlicher, »einen edlen Jüngling retten zu helfen, den – den – den« murmelte sie vor sich hin, »ein schwarzer Bösewicht zu verderben auf dem Punkte steht.«

»Donna,« erwiderte der Oberst, »ich bin im Palast Sr. Exzellenz des Virey von Neuspanien.«

»Don Juan, Ihr Vorfahr würde einer Dame nicht diese Antwort erteilt haben. Gehen Sie mit Gott und der heiligen Jungfrau, und leben Sie tausend Jahre!« sprach sie mit einem unbeschreiblichen Ausdrucke von Bitterkeit und Hohn.

»Um Gotteswillen! Donna, eilen Sie; jede Minute, jede Sekunde mag die letzte sein,« flüsterte der Blaumantel der Donna zu.

In demselben Augenblicke huschte eine Kammerfrau durch die Türe herein, warf dem Obersten einen weißen Mantel um die Schultern, drückte ihm den Hut in die Stirne, flüsterte der Donna einige Worte in die Ohren und schob dann Donna, Blaumantel und Obersten zur Türe hinaus.

»Isabelle! Isabelle!« schrie der Oberst – doch sie hörte nicht. Sie flog mehr als sie rannte durch die Gemächer dem Boudoir zu, durch eine Türe an der Seite des Bettes in eine Garderobe, aus dieser in ein Badezimmer, wieder in ein kostbar möbliertes Schlafgemach, und durch eine verborgene Türe in einen schmalen Gang, an dessen Ende sich eine Wendeltreppe befand. Sie führte in eine bedeutende Tiefe. An jedem Absatze stand eine Schildwache, welcher der Begleiter der Donna das Losungswort zuflüsterte. Nach einem Hinabsteigen, das mehrere Minuten gedauert hatte, waren sie in einer Halle angelangt, deren schwarze Mauern, ungeheure Mitte- und Strebepfeiler von gehauenen Steinen, augenscheinlich die Fundamente des ungeheuren Palastes trugen. Die kühle Grabesluft, das Wasser, das an den Wänden herabträufelte, in Rinnen im steinernen Fußboden gesammelt, alles verriet, daß sie sich unter der Erde befanden. Zwei Schildwachen schritten zähneklappernd in der weiten Halle auf und ab. Diese war zum Teil erleuchtet, zum Teil finster, einer ungeheuern Gruft gleich, aus deren Tiefe Töne hervordrangen, die unsere Nachtwandler in ein leichtes Frösteln versetzten.

Sie standen eine Weile unschlüssig, als eine verhüllte weibliche Gestalt heranschlich, sie mit den Worten: »*Bendito sea el nombre de Vierge!*« begrüßte und dann eine starke eiserne Tür öffnete, durch welche sie die drei zog, rasch den ungeheuren Riegel vorschob, ihren Topalo zurückwarf, eine Blendlaterne hervorzog und dann schnell ihren Weg durch die Labyrinthe dieses schaudervollen unterirdischen Gewölbes nahm.

Durch Gänge und Windungen, die wieder mit ebenso vielen Eisenpforten und Gittern verwahrt waren, kamen sie endlich in einen länglichen bogenartigen Korridor, dessen eine Wand aus den massiven Grundmauern des Palastes, und die andere aus getäfeltem Holzwerke mit Fenstern bestand, durch welche Lichtstrahlen auf die feuchten tropfenden Mauern fielen. Die Fenster waren vergittert und mit Vorhängen versehen, durch deren Öffnungen man in die verschiedenen Gemächer sehen und die Stimmen von Redenden hören konnte. Als sie tiefer einschritten, kam ein Chaos von Tönen aus der Tiefe heraufgestiegen, das den Jammertönen und dem Winseln, und wieder dem Hohnlachen der Verdammten und ihrer Peiniger angehören mußte. Alle drei blieben einen Augenblick eingewurzelt ob diesen grausen Tönen, die in dem dumpfen eingeschlossenen Raum gleichsam zusammengepreßt, so unnatürlich an das Ohr anschlugen. Dann zog sie ihre Führerin mit sich vor eine verhängte und vergitterte Glastüre, deutete in das Gemach und zog sich eilig zurück.

Vierzigstes Kapitel.

Wir haben hier das gefährlichste Stück Spitzbüberei
entdeckt, das je im gemeinen Wesen erhört wurde.

SHAKESPEARE.

as düstere Gewölbe, in welches die Donna mit ihren Begleitern durch die Öffnungen des Drahtgitters nun schaute, ruhte auf einem ungeheuern Pfeiler, der aus der Mitte emporstieg. Die Seiten desselben waren, so wie die Wände des Gemaches, mit Holz getäfelt, das ursprünglich rot gewesen, aber durch Zeit und Feuchtigkeit ganz schwarz gefärbt war. Es hatte mehrere Türen, aber kein Fenster, und war mit Teppichen belegt; am Pfeiler war ein Brassero mit glühenden Kohlen angebracht; längs der einen Seite der Wand zog sich ein mit grünem Tuch behangener Tisch hin, worauf ein Kruzifix mit zwei Armleuchtern; vor dem Tische standen vier Sessel mit gewaltig hohen Lehnen; auf einem Seitentische ein Waschbecken mit Gießkanne und einer Bouteille Wasser, auf einem zweiten Zitronen, Rum und eine Schachtel mit Zigarren.

Vor dem Brassero lehnte ein kleiner Mann, mit einem weiten blauen Mantel[35] um die Schultern, der abwechselnd den linken, und dann wieder den rechten Fuß über die glühenden Kohlen hielt, und mit der einen Hand sich an den Pfeiler stützte, um das Gleichgewicht nicht zu verlieren, während er mit der andern seine Zigarre anzuzünden im Begriffe stand, zu welchem Behufe ihm ein zweiter den Armleuchter hielt. Dieser zweite hatte den Hut abgenommen, während das kleine Männchen ihn fest auf die Stirn gedrückt behielt.

»*Gracias, Gracias,* Senoria! bitte nur ein Röllchen Papier; sind kein Raucher; Zigarren dürfen nie an Wachs oder Spermacetti, oder noch viel weniger an Unschlitt angezündet werden. Merken sich Senoria das – verlieren den ganzen Geschmack – den ganzen Geschmack – Kohlen oder Papier – Kohlen, oder Holz, oder Papier.«

---

[35] Der blaue Mantel wurde von den Adeligen, der braune von den untern und Mittelklassen in Spanien und Mexiko getragen.

Diese Worte waren mit einer gellend kreischenden, aber freundlichen Stimme gesprochen, und der Sprecher, der während der Pause seine Zigarre in Rauch gebracht und die Füße hinlänglich gewärmt hatte, wandte sich nun gegen den gefälligen jungen Mann, und ließ, auf kastanienbraunem Grunde, die olivengrünen Züge Don Pintos, des Oidors, mit den kleinen, feurigen Rattenaugen schauen, die Don Ruy Gomez, den Geheimsekretär, allmählich weniger freundlich anzublitzen geneigt schienen.

»Ja, ja, wir werden Sr. Exzellenz Befehlen nachzukommen trachten, Don Ruy Gomez, obwohl, obwohl – –«

»Se. Exzellenz, weit entfernt, zu befehlen,« erwiderte der Geheimsekretär mit vieler Geschmeidigkeit, »haben vielmehr bloß hohe Wünsche geäußert, und uns ausdrücklich aufgetragen, dieselben mit Höchstdero *Wünschen* bekannt zu machen: sagen Sie Sr. Herrlichkeit, bedeuteten uns Höchstdieselben, es sei unser Wunsch, durch dessen Erfüllung uns Don Pinto um so mehr verbinden wird, als – –«

»Als Se. Exzellenz geruhen, Hochdero eigenen Kopf so viel als möglich aus der Schlinge zu halten,« ergänzte der Oidor im trockenen Tone, mit welchem trockenen Tone das ganze Wesen des Männchens auf eine so auffallende Weise harmonierte, daß auch kein Zug von der Ehrfurcht oder Geschmeidigkeit zu sehen war, die er während der Camarilla an den Tag zu legen sich so sehr beflissen hatte.

Es war nicht bloß das mürrische Wesen eines alten Mannes, der sich aus seiner Nachtruhe aufgestört findet und, Rheumatismen im Hintergrunde sehend, den Ruhestörer seinen Unwillen entgelten läßt; es lag eine schwere Wolke über die niedrige Stirne hingebreitet, die das Männchen auch nicht im mindesten zu verhehlen trachtete.

»Euer Herrlichkeit sind gänzlich im Irrtume,« bemerkte Don Ruy Gomez, einen Schritt vor- und wieder zurücktretend; »wenn dieselben glauben, daß Se. Exzellenz – da doch Se. Exzellenz – Höchstdieselben wünschen nur – daß – weil, nach Höchstdero Ermessen, Gefahr im Verzuge haftet – und es allerdings rätlich ist, daß in solchen delikaten Fällen in aller Stille vorgeschritten werde – –«

»Mein lieber Don Ruy Gomez,« erwiderte Don Pinto mit einem mitleidigen Achselzucken, »bemühen Sie sich nicht, uns die weisen Absichten Sr. Exzellenz eines weitern auseinanderzusetzen; wir kennen dieselben, und bedauern, daß in aller Stille vorgeschritten sein muß. Wir dienten bereits unter Conde Galvez; der schritt nicht in aller Stille vor, der tat seine Sachen öffentlich, begnadigte öffentlich, ließ aber auch Köpfe abschlagen, wenn er wollte. Freilich war Don Galvez einigermaßen – aber basta –«

»Es ist sehr bedauerlich – sehr bedauerlich,« fiel ihm der Geheimschreiber ein, »um so mehr, als die öffentliche Volksstimmung sich sehr laut gegen öffentliche Hinrichtungen äußert; der Zartsinn Sr. Exzellenz hat daher in diesem Punkte –« der Mann hielt in sichtlicher Verlegenheit inne.

»Don Ruy Gomez, verstehen Sie mich wohl? Wir haben gar nichts gegen den Zartsinn Sr. Exzellenz einzuwenden, nichts gegen die Art und Weise einzuwenden, wie Se. Exzellenz Ihre weisen Pläne in Vollführung bringen. – Se. Exzellenz sind Virey von Neuspanien; Virey, mit sehr ausgedehnten Vollmachten, sehr – sehr ausgedehnten Vollmachten. – Wir haben keinen Herrn, Don Ruy Gomez, keinen Herrn, verstehen Sie; denn der Herr, unser König, ist vom gottlosen Apolyon in Gefangenschaft gehalten; aber wir haben zweihundert Majestäten in Cadix, und die Majestäten haben der Exzellenz sehr ausgedehnte Vollmachten erteilt; verstehen Sie; und was sie nicht erteilt, das wissen Se. Exzellenz, sich erteilen zu lassen. Aber dessenungeachtet, Senor, dessenungeachtet haben wir vieles hin und wieder einzuwenden, und zwar, weil wir als Oidor uns des Rechts erfreuen, Einwendungen machen zu können.«

»Ohne jedoch den Gehorsam verweigern zu dürfen,« bemerkte der Geheimsekretär etwas spitzig.

»Das ist der Punkt, Senor!« sprach der Oidor. »Se. Exzellenz haben in ihrer Machtvollkommenheit eine Kommission niedergesetzt, die bestimmt ist, Verbrechen gegen die Sicherheit des Staates zu richten, eine Kommission, von welcher sie uns zum Referenten und Präsidenten ernannt.«

»Und von der General Don Concha und Major –«

»Mitglieder sind, fiel ihm der Oidor ein. »So ist es; nun diese Kommission, die bereits den Ehrennamen der blutigen erhalten –«

»Aber Se. Exzellenz wünschen ja nur für dieses Mal, daß Sie Ihren Namen –« der Geheimsekretär behielt das letzte Wort für sich. »Und dann ist ja das Verbrechen des Rebellen, durch das Verhör des Alcalden so ganz außer allem Zweifel –«

»Ei, Don Penafil – ja, Don Penafil – das Verhör des Alcalden, Don Penafil, der die Ehre hatte, Livreebedienter des Camarero, des *Mayor domo* Sr. gewesenen Hoheit des Principe de Paz zu sein. Ei, Don Ruy Gomez – dieser Alcalde – nun, er ist noch nicht der schlechteste Alcalde; aber nichtsdestoweniger, scheint es uns doch nicht so ganz geraten, unsern Namen in seine Verwahrung dadurch zu geben, daß wir ungesehen ein Urteil unterschreiben, das er gefällt –«

»Aber es hat ja Don Ferro, der Escribano –«

»Ja, ja, Don Ferro, der Escribano. Sehen Sie, Senor! nach dem, was Sie gesagt, gehört der Fall eigentlich vor das Militärgericht, und dies wäre der beste und kürzeste Weg, um so mehr, als unsere Jurisdiktion sich nur auf Zivilfälle innerhalb des Sprengels von Mexiko beschränkt; aber Se. Exzellenz sind Herr, und haben viel Zartsinn, und wollen ohne Zweifel ihre gewohnte Delikatesse,« bemerkte der Oidor einlenkend. »Wir wollen Sr. Exzellenz Befehlen nachkommen, und – –«

»Auch werden Eure Herrlichkeit beliebig in Erinnerung bringen, daß Se. Exzellenz als der *Alter ego* der Majestät –«

»Als der Born und die Quelle aller Hulden und Gnaden erscheinen muß, und deshalb nicht anstehen darf, ihre Mitbeamten in Ungnade zu bringen,« versetzte der Oidor in demutsvoller Bitterkeit. »Wir wissen, wir wissen, und bedauern, ja bedauern, daß unser allergnädigster Herr, Fernando *VII.* – verstehen Sie, Senoria? – Wir fürchten nicht die Ungnade irgend jemandes, aber wir fürchten die Ungnade der Magestad, hoffen jedoch, daß dieser Casus nicht einer der Casus sein wird – wir hoffen –«

Der Geheimsekretär schwieg.

Don Pinto sah den jungen Mann forschend an. »Wir hoffen, der Casus wird keiner dieser Fälle sein, verstehen Sie, Senor.« Seine kleinen funkelnden Rattenaugen schienen dem Geheimsekretär in die Seele bohren zu wollen. »Verstehen Sie, Senor, wir tun und erfüllen gerne unsere Pflicht gegen Se. Exzellenz; aber es dürfte Fälle geben, wo selbst Se. Exzellenz es bedauern dürften, sich eines Mitgliedes der hohen Audiencia als Werkzeuges bedient zu haben.«

»Allerdings,« bemerkte der Geheimsekretär. »Eure Herrlichkeit können sich jedoch darauf verlassen, daß der gegenwärtige Fall um so weniger Besorgnisse einzuflößen geeignet ist, als der Gegenstand ein Criollo.«

»Ein Criollo, ein Criollo, sagen Sie, namens Cosmo Blanco, kennen den Namen nicht; aber nichts desto weniger hielten wir es für unsere Schuldigkeit, zu sehen – zu sehen – –«

»Se. Exzellenz werden gewiß diese Pünktlichkeit und Unermüdlichkeit, –« bemerkte der Geheimsekretär, der ein Blatt auf den Tisch legte, und sich verbeugte.

»Adios, Senor. Wir wollen Sr. Exzellenz Befehlen nachkommen,« bedeutete der Oidor dem sich Entfernenden.

»Madre de Dios!« brummte der Mann, der nun im Gemache hastig auf- und abschritt. »Diese Exzellenz verdirbt uns mit ihrer *ultra arte y prudencia* so sicherlich, als Amen im Padre Nuestro steht. Alles verwirren, alles konsondieren und in der Verwirrung obenauf schwimmen. – Da sind wir nun eine Kommission von Dreien niedergesetzt, *Casus* und *Crimina laesae Majestatis* zu richten, in letzter Instanz zu richten, und, einige Hunderte *gente irrazionale* ausgenommen, waren noch nicht drei Urteile zur Bestätigung uns vorgelegt, deren Schicksale nicht bestimmt gewesen wären, ehe wir sie noch sahen, oder einen Buchstaben ihres Verhöres. Mich sollte es wundern, wenn der arme Teufel nicht bereits erdrosselt ist – aber dann!« – Das Männchen zuckte die Achseln, zog den Rauch seiner Zigarre stärker, und blies einige gewaltige Rauchwolken. Nachdem er einige Minuten geraucht, warf er die Zigarre in die Kohlen, zog die Klingel, und brannte eine frische an.

»Ober-Alguazil Giro!« sprach er sichtlich erheitert, als er des Eintretenden ansichtig ward. »Habt Ihr den Dienst?«

Dieser, einen Stab in der Hand, näherte sich ehrfurchtsvoll dem Oidor, neigte den Stab, und antwortete: »Aufzuwarten, Euer Herrlichkeit. Wollte die Jungfrau, wir wären verschont geblieben! aber zwei unserer Leute sind vor einer halben Stunde eingebracht worden.«

»Wie soll ich dies verstehen?«

»Antonio wurde bei dem Palaste der Bergwerksgesellschaft niedergestoßen, dafür, daß er den Herrn einbrachte; Pablo, dicht an der Münze, weil er den Diener einfing.«

»Wie, was?« fragte der Oidor, der wechselweise den Sprecher und wieder das Blatt ansah, das der Geheimsekretär auf dem Tische zurückgelassen hatte. »Was habt Ihr denn eigentlich für Gefangene, wegen dieses da sind doch nicht zwei Alguazils erdolcht worden?« Er deutete bei diesen Worten auf das Papier.

»Dies ist nicht die Person,« versetzte der Alguazil,« der einen Blick in das Papier geworfen hatte, »obwohl er uns wirklich den Pablo kostet.«

»Und?« fragte der Oidor.

Der Alguazil zuckte die Achseln. »Euer Herrlichkeit scheinen nicht zu wissen. Dieser da ist bloß der Diener.«

»Der Diener? fragte der Oidor. »Von wem?«

Der Alguazil schüttelte den Kopf. »Er ist vor einer halben Stunde eingebracht worden, und liegt in Nr. 9, ohne daß er bisher ins Protokoll gekommen wäre; aber sein Herr ist von Don Penafil und Don Ferro verhört worden, und zwar im Geheimen verhört worden, hier verhört worden in diesem Gemache.«

Der Oidor sah den Alguazil sprachlos an.

Dieser fuhr leise fort. »Die Verhaftung dieses Cosmo Blanco gab bloß die Veranlassung, daß der junge Caballero den Namen erhielt. Sein Name ist übrigens bekannt genug.«

»Es ist?« fragte der Oidor.

Der Ober-Alguazil flüsterte ihm diesen in die Ohren.

Der Oidor sprang zurück. »*Demonio!* was sagt Ihr?« rief er, die Zigarre in den Brassero schleudernd.

Der Alguazil zuckte die Achseln.

Der Staatsrat rannte hastig ein paar Mal durch das Gemach, und sah den Alguazil starr an. Dieser stand wie eine bronzene Statue, ohne eine Miene zu verziehen.

»Mann!« sprach er mit einer Donnerstimme, »hast Du Dich nicht geirrt?«

Der Alguazil schüttelte den Kopf. Der Oidor raffte das Papier vom Tische, und begann zu lesen. »Wegen offenbarer Rebellion – geständig derselben – und die Waffen gegen Major Ulloa ergriffen zu haben. – Sprecht, Alguazil,« wandte er sich an diesen. »Ihr seid vor Oidor Pinto.«

»Er hat mehr gestanden, als zehn Leben nehmen würde,« versetzte der Alguazil, »tausend Leben. Und doch, Senoria! Es war kein Geständnis, es war Wahnsinn, Raserei. Er bat, er beschwor Don Penafil, ihm das Leben zu nehmen. Er war selbst gekommen – zur Hinterpforte, um –«

»Um?« fragte der Oidor.

»Sein Strich,« wisperte der Alguazil mit kaum vernehmlicher Stimme, »führte ihn diesen Weg zur –«

»Zur?«

»Königin des Palastes, wie sie sich gerne nennen hört.«

»Silencio!« bedeutete ihm der Oidor. »Solche Reden sind gefährlich, weil sie nicht zur Sache gehören.«

»Senoria,« sprach der Ober-Alguazil. »Es ist dieses eine furchtbare Geschichte in gegenwärtiger Crisis, die, wenn sie in Mexiko bekannt würde –«

»*Demonio!*« rief der Oidor. »*Demonio! Demonio!*« Er rannte wie rasend im Gemache auf und ab. »Das wäre ein Fall, der Don Pinto, ja die ganze Audiencia, um ihren Kredit bringen könnte.«

»Und tausend Dolche für sie spitzen würde;« fügte der Alguazil bei.

»Habt ein Auge auf den Gefangenen,« sprach der Oidor mit leiser Stimme. »Ich besorge nicht, daß sie, ehe wir das Urteil unterschreiben, etwas tun. Habt jedoch ein Auge auf ihn – und stille.«

Er warf wieder einen Blick auf das Papier.

»Wie kommt es aber, daß General Concha bereits unterfertigt?«

»Das können wir nicht sagen,« entgegnete der Alguazil. »Wahrscheinlich hat ihn Don Ruy Gomez zu Hause besucht.«

»So wie er es bei uns getan,« murmelte der Oidor. »Ja, ja, so ist es. Und Don –«

»Ist nirgends zu finden, war jedoch vor zwei Stunden hier und klagte über schlaflose Nächte. Se. Herrlichkeit, der Mayor Don Agostino Iturbide, waren auf diese Gritos sehr erbittert, und meinten, das Rebellengeschmeiß könnte nicht schnell genug aus dem Weg geräumt werden.«

»Und haben sich doch unsichtbar gemacht,« bemerkte der Oidor.

»Se. Herrlichkeit sind ein Kreole, und zwar ein Kreole, der mehr *arte* als *piedad* im Herzen trägt.«

»Vor der sich die Exzellenz wohl in acht nehmen mag;« versetzte Don Pinto.

»Senoria,« hob der Alguazil wieder an. »Um der *Madre de Dios!* Senoria, tun Sie etwas in dieser Angelegenheit. Seit vierzehn Tagen sind siebzehn Alguazils erdolcht worden. Wir machen uns kein Gewissen, ja, sicherlich, kein Gewissen. Wir sind ein geborener Spanier, der seinen Kopf gerne für des Königs Majestät, ja sein Gewissen in die Schanze schlägt, – aber sechs Zoll kalten Stahl für –«

»Ihr seid ein getreuer Diener,« sprach der Oidor; »aber stille.«

»Es ist dieses eine Familienaffäre,« sprach der Alguazil, »die, so wahr wir Abasalo Giro heißen, mit der Rebellion nichts gemein hat.«

»Stille,« mahnte der Oidor wieder. »Was gibt es weiter?«

»Nichts Besonderes,« rapportierte der Ober-Alguazil, der nun wieder den ehrfurchtsvollen Subalternenton annahm. »Fünf Criollos, zwei davon, signalisiert von der Hand Sr. Exzellenz, sind wegen Gritos und aufrührerischer Reden eingebracht, neun dito Indianer. Don Penafil sind am dritten Kreolen.«

Er überreichte mit diesen Worten dem Staatsrate einen beschriebenen Bogen.

»Sie sind also verhört bis auf drei?« fragte der Oidor.

»Würden bereits alle fertig sein, wenn uns der Caballero nicht so viele Mühe gegeben hätte.«

»Also der Diener ist nicht verhört?«

»Diesen hat man vergessen.«

»Weiß Don Ruy Gomez, daß er eingebracht ist?«

»Nein, Senoria. Er kam erst später, als sein armer Herr bereits in Nr. 9 deponiert war.«

»Geht, und tut, wie gesagt,« bedeutete ihm der Oidor.

»Der Alguazil hatte kaum die eine Türe hinter sich, als es an einer andern leise klopfte, und die Worte: »*gente de paz,*«[36] zu hören waren.

Der Oidor öffnete.

[36] Mann des Friedens; gut Freund.

»Hochherrlicher Collega,« redete der Eintretende unsern Oidor an, dessen Stirne sich bei dieser Erscheinung gewaltig gerunzelt hatte. »Hochherrlicher Collega vergeben unsere Zudringlichkeit; aber da *periculum in mora* obwaltet, konnten wir nicht anstehen, uns selbst in dieser Stunde zu denenselben zu verfügen, hoffend, wir würden nicht zu spät kommen. Wirklich Senoria, wir hoffen –«

Der Oidor war seinem Kollegen entgegengekommen, und führte ihn mit echt spanischer Grandezza zu einem Sessel.

»Ganz Mexiko ist wieder auf,« fuhr dieser halb atemlos fort, »und zwar auf, wie wir es nie gesehen haben. Diese Gritos und Motinos nehmen alle Farben des Regenbogens an, aber der gegenwärtige ist einer der stillen, tiefen, lauernden, und er gefällt mir gar nicht.«

»Wir hoffen, ein Grito wird doch Euer Herrlichkeit nicht aus –«

»Dem Bette gebracht haben, Senoria,« ergänzte der Collega. »Nein das hat er nicht; aber unsere Servidumbre hat uns aufgescheucht. Die ganze Servidumbre ist auf den Beinen. Es heißt, daß ein junger Caballero vom höchsten Range, ein *viejo Christiano* –«

»Wir wissen von keinem, ausgenommen fünf Criollos und einem Sechsten, dessen Verhör hier vorliegt, und Eurer Herrlichkeit zur Einsicht offen steht. Der junge Mann, von dem die Rede, ist von Don Penafil verhört worden, und geständig offenbarer Rebellion. Senoria mögen lesen.«

Der Collega nahm das Papier zur Hand und las eine Weile, schüttelte jedoch stärker und stärker den Kopf. »Selbstgeständig der Rebellion; – bittet um der Jungfrauen und aller Heiligen willen, das Urteil möge so schnell als möglich vollzogen werden, fühlte tief das entsetzliche Vergehen, gegen die allerhöchste Majestät die Waffen ergriffen zu haben. – Senoria!« sprach er, das Papier auf den Tisch fallen lassend. »Se. Exzellenz haben derlei *Cuentos de frailes* in die Zeitung setzen lassen von Hidalgo und seinen Gavecillas, obwohl wir des Gegenteiles versichert waren. Cosmo Blanco also ist der Name des jungen Caballero. Fürwahr, wir sind seit zwei Jahren Oidor, und wir kennen, oder glauben doch alle spanischen Familien dem Namen nach zu kennen, um deren willen das Servidumbre der Hauptstadt sich in Bewegung setzen würde, aber von einem Cosmo Blanco haben wir wahrlich in unserem Leben nicht gehört.«

»Wir haben den jungen Menschen nicht selbst examiniert, und Se. Exzellenz haben besonders wichtige Gründe –«

»Woran wir nicht zweifeln, Senoria!« bemerkte der Collega. »Se. Exzellenz haben immer sehr wichtige Gründe; Se. Exzellenz haben auch die Macht, ihren Gründen Wirkung zu geben, aber als Collega und Oidor hoher Audiencia erklären wir hiemit, daß wir gegen das Verfahren Sr. Exzellenz protestieren, um so mehr protestieren, als dadurch das Ansehen eines Mitgliedes der Audiencia –«

»Senoria!« fiel ihm Don Pinto ein.

»Kompromitiert wird,« beschloß der Collega. »Wir legen hiemit unsere Protestation ein.«

»Mit welcher Protestation wir vollkommen einverstanden sind, Senoria!« bemerkte Don Pinto. »Nur bitten wir zu bemerken, daß wir als Präsident dieser Kommission nicht protestieren dürfen, sondern richten müssen, und daß unser Vorrecht uns zwar erlaubt, zu protestieren, nicht aber den Beschluß zu verhindern, oder außer Kraft zu setzen.«

Der Leser muß nämlich wissen, daß die Mitglieder der hohen Audiencia, des obersten Gerichtshofes von Mexiko, nebst dem schon erwähnten Vorrecht, mit dem Rate von Indien und dem Könige selbst unmittelbar korrespondieren zu dürfen, auch die Befugnis hatten, beim Vizekönig Vorstellungen zu tun und Protestationen einzulegen, mit andern Worten, das Recht der Kontrolle zu üben: ein Recht, das zweifelsohne nicht ohne gute Folgen in einem Lande geblieben wäre, welches mehr denn zweitausend Stunden vom Mutterlande entfernt, *alle fünf Jahre seine Vizekönige wechselte*; doch als hätte es der spanische Hof recht geflissentlich darauf angelegt, selbst die besten Gesetze zum Verderben des Landes zu wenden, so war wieder ausdrücklich bestimmt, daß der Staatsrat zwar protestieren, aber dieser Protestation nie und auf keine Weise Folge geben dürfe, so daß die ursprüngliche weise Beschränkung des Satrapen nur Quelle seiner größeren Gewalt und empörenderer Bedrückungen und Intrigen geworden.

»Kennen Euer Herrlichkeit die Familie des jungen Menschen?« fragte nach einer langen Pause der Collega.

»Wir kennen sie;« erwiderte Don Pinto. »Es ist eine Kreolen-Familie.«

»Kreolen!« versetzte der Collega. »Kreolen!« wiederholte er im Tone der wegwerfendsten Verachtung.

»Kreolen,« versicherte Don Pinto.

»Dann,« grinste der Mann, »nehmen wir unsere Protestation zurück. Se. Exzellenz mögen ihn hängen oder spießen, wie bestgefällig. Carracco! welche Narrheit, uns da wegen eines Kreolen herzusprengen. Eigentlich jedoch hätte er vor das Kriegsgericht gehört.«

Zwei Personen waren wieder nacheinander in das Gewölbe getreten, und zwar in außerordentlicher Hast und Eile.

»Ist es noch Zeit?« fragte der Erste der Eintretenden, der Fiscal der Audiencia. »Haben Sie unterschrieben, Senor Don Pinto? Ist es noch Zeit?« fragte er heftiger, an den Oidor herantretend.

Dieser wies auf das Blatt, das auf dem Tische lag.

»Also unter dem Namen Cosmo Blanco aufgeführt,« lachte der Fiscal. »Fürwahr nicht übel. Das ist gut. Se. Exzellenz wissen sich zu helfen. Wissen Sie etwas Neues, Don Pinto?«

»Das Motino?« fragte dieser.

»Bah,« erwiderte der Fiscal; »etwas Angenehmeres: soeben ist uns von sicherer Hand zugekommen, daß die Partei der Inglese in Cadix durchgedrungen, daß der Duca de J–o –«

»Welches Gerücht wir hiermit zu bekräftigen die Ehre haben,« fiel ein vierter Ankömmling ein. »Se. Erzbischöfliche Gnaden lassen Sie ersuchen, Sie sogleich mit Ihrer Gegenwart zu beehren.«

»Se. Erzbischöfliche Gnaden sind für Don Calleja,« bemerkte Don Pinto.

»Und wir hoffen, Don Pinto wird es auch sein,« fiel der Fiscal ein; »er ist allein der Mann, der Mexiko retten kann, weil er allein den Mut hat, das zu tun, was nötig ist. – Senorias!« sprach er mit stärkerer Stimme, »mit Intrigen und Süßigkeiten und kleinen *coups de mains*, wie der *Afrancesado*[37] oben es nennen, ist uns nichts geholfen; noch mit seiner *ultra arte y prudencia*. Wir brauchen achtzigtausend Köpfe, und Calleja hat versprochen, sie in vier Wochen zu liefern. Und er wird sein Versprechen halten, so wie er es in Guanaxuato, Guadalaxara getan, und deshalb ist er mein Mann; Mexiko kann nur durch ihn ruhig werden.«

»Wahr, wahr,« bekräftigten alle mit so ruhiger gelassener Stimme, als ob von der Lieferung von achtzigtausend Schweinsköpfen die Rede gewesen wäre.

»Deshalb sind wir auch gekommen; es ist ganz prächtig mit diesem jungen Menschen. Senor Don Pinto dürfen aber auf keine Weise das Urteil kontrasignieren,« hob der Fiscal wieder an.

»Auf keine Weise,« sprach ein Fünfter, der eingetreten war; »der Alte hat Wind von dem, was geschieht oder geschehen ist; verlassen sie sich darauf, Senores; ehe eine Stunde vergeht, weiß er alles, denn er bezahlt seine Familiares gut, und kann es tun.«

»Wir sind aber Präsident der Kommission,« bemerkte Don Pinto kopfschüttelnd.

»Und, fügen Sie hinzu, unabsetzbarer Oidor,« sprach der Präsident des Consulado – »wir haben soeben Briefe erhalten; Barraxi ist gefallen, mit ihm die übrigen Minister; der Busenfreund des Onkels des jungen Menschen ist an der Spitze. Seine Inglese sind das *Factotum*. Eine kräf-

---

37 So wurden die Französischgesinnten genannt: Anhänger Joseph Bonapartes.

tige Vorstellung, von den drei Interessen des Landes abgesandt, durch die *Audiencia* und den Erzbischof unterstützt, und wir haben in sechs Monaten unsern Calleja, in sieben unsere achtzigtausend Köpfe, und in acht, Ruhe.«

»*La Vierge nos assiste!*«[38] riefen alle.

»Um aber Calleja zu erlangen, brauchen wir den Conde; und deshalb, Senoria, muß vor die Türe der Exzellenz gelegt werden – –«

»Was dahin gehört,« fielen die Verschworenen ein.

»Eine Weile standen die gräßlichen fünf Spanier sinnend. Auf einmal fragte der Fiscal, der nicht ohne Verwunderung die fünf in Schlafröcken und Pantoffeln erschienenen Senorias angeschaut hatte: »Wie kommt es nur, Senorias, daß wir, die Repräsentanten der drei Interessen Mexikos, die dazu bestimmt sind, dieses Land ein zweites Mal zu erhalten – wie kommt es, daß wir uns so glücklich hier zusammengefunden haben, in dieser späten Stunde, um zehn Uhr nachts, während eines ausbrechenden Motino, zusammengefunden haben? Was nun uns betrifft, so sind wir durch den *Mayor domo* des Conde de F–a auf die Verhaftung des jungen Menschen aufmerksam gemacht, und geradezu in das Staatsgefängnis gesandt worden.«

Alle sahen sich bedeutsam an.

»Und wir, durch den Camarerio des Marquis de Moncada,« sprach der Priester – »wir waren gerade bei des Arzibispo Gnaden.«

»Und wir durch den Marquis de B–e,« sprach der Präsident des Consulado.

»Bei meiner Seele!« rief der Fiscal – »wir sind bereits die Spielzeuge einer unsichtbaren, über uns schwebenden Macht.«

»Und diese Macht?« fragten zwei oder drei etwas beklommen.

»Ist der große Zauberer, der unsichtbar über Mexiko waltet, und die Nobilitad leitet und lenkt,« erwiderte der Fiscal nicht ohne Bewegung. »Wohlan jetzt brauchen wir ihn. Don Pinto, wenn Sie uns nicht verlassen, so mögen wir Ihnen mit seinem Kopfe in acht Monaten aufwarten. Wir gehen zum Arzibispo.«

»Wohin wir Ihnen in Kurzem zu folgen gedenken,« sprach Don Pinto.

Die Verschwornen nickten, winkten sich zufrieden lächelnd zu und entfernten sich dann.

»Hier ist,« sprach der Präsident des Blutgerichtes zum eintretenden Oberalguazil, »das Protokoll. Ohne Sr. Exzellenz gnädigen Willensmeinung im mindesten vorgreifen zu wollen, glauben wir unsere Namens-

---

[38] Die heilige Jungfrau stehe uns bei.

unterschrift um so weniger vonnöten, als dieser Cosmo Blanco nicht der Fueros de Castilla teilhaftig, der Audiencia daher nicht in letzter Instanz kraft seiner Fueros unterliegt, und derselbe daher ohne Anstand vom Alcalden gerichtet, und das Urteil vollzogen werden kann, sobald Ihro Exzellenz Ihre Unterschrift beizusetzen geruhen. Sagen Sie dies Don Ruy Gomez und dem Alcalden.«

»Würden Euere Herrlichkeit nicht so gnädig sein, Ihre hohe Entschließung dem Alcalden selbst mitzuteilen?« erwiderte der Alguazil in flehendem Tone.

»Wohlan denn, machen Sie ihm bemerklich zu eilen – –«

Der Oberalguazil entfernte sich in großer Hast, und trat, nachdem er einen kurzen und schmalen Gang durchschritten, in ein zweites Gewölbe, dessen nähere Beschreibung wir für das folgende Kapitel vorbehalten.

Einundvierzigstes Kapitel.

Cade. Will doch sehen, ob sein Haupt fester steht auf
einem Pfahle oder nicht.
Nehmt'n hin, und schlagt ihm den Kopf ab.

SHAKESPEARE.

on Penafil, Alcalde des hochpreislichen Cabildo[39] von Mexiko,
hatte soeben ein Glas mit Sengaree gefüllt zur Hand genommen, als der hastig eintretende Oberalguazil den Wunsch des
Staatsrates verkündete. Er stellte sofort den Sengaree auf die Seite, und
sah den Botschafter forschend an.

»Also Se. Herrlichkeit wollen uns sprechen? Sie wollen uns sprechen?
Werden zu Diensten sein, sobald wir mit der Gavilla fertig sind. Wollen's
kurz machen, Don Ferro,« wandte er sich zum Beisitzer, der emsig schrieb;
»woran sind wir?«

»Nro. vier,« antwortete der Escribano mürrisch.

»Corraggio Senor!« munterte ihn der Alguazil auf. »Wollen es kurz
machen, Nro. vier herauf.«

»Nro. vier herauf!« brüllte es aus der Tiefe des Gewölbes hervor, und
ein rohes Gelächter wurde hörbar, ohne daß jedoch die Lachenden selbst zu
sehen gewesen wären; denn der untere Teil des Gewölbes war dunkel und
bloß durch Lampen erleuchtet, die an der entgegengesetzten Seite eines
Pfeilers hingen und ein trübes düsteres Licht über eine Gruppe von Menschen ausgossen, die, als scheuten sie jede nähere Beleuchtung, sich in die
verschiedenen Vertiefungen des Gewölbes zurückgezogen hatten. Diese
waren zahlreich, und mit steinernen Bänken versehen, auf denen Gestalten wahrzunehmen waren, die, in Schafspelze gehüllt, laut schnarchten.
Hie und da ragten eiserne Haken aus den massiven Mauern, von denen
das Wasser in dicken Tropfen herabfiel; alles war trostlos, furchtbar! Auf
den obern Teil des Gewölbes war mehr Sorgfalt verwendet. Er war durch
Schranken von dem untern getrennt, und zwei Stufen über diesen erhöht;
auch hatte diese Abteilung getäfelte Wände und Esteras mit gepolsterten

---

[39] Stadtrat in Mexiko, hat die Kriminalgerichtsbarkeit.

Stühlen. Immerhin war der Gerichtssaal einer Höhle ähnlicher, als dem Sitzungszimmer einer Magistratsperson; obwohl er, der spanischen Konsequenz Gerechtigkeit widerfahren zu lassen, für die beiden Richter nicht übel paßte, deren mürrisch verdrossene Gesichter die Höllenrichter der Alten recht füglich vorstellen konnten.

Während der Pause, die auf das ausgesprochene Vier gefolgt war, hatte sich der Alguazil in eine kurze Unterhaltung mit dem Oberalcalden eingelassen, die seine Ungeduld um ein Bedeutendes vermehrte.

»*Muerte y infierno;*« schrie er heftig.

»*Viengo, viengo!*«[40] antwortete eine Stimme herauf, und dann ließ sich Kettengerassel hören, und in Mitte zweier gräßlich aussehender Henkersknechte schwankte eine Gestalt vor, die, mehr tot als lebendig, sich nicht aufrecht zu halten vermochte, und nur durch die vereinten Bemühungen der Kerkerknechte bis vor die Schranke geschleppt werden konnte.

»Andrea Pachuca ist Ihr Name?« fragte der Alcalde verdrießlich.

Der Gefangene, ein Jüngling von etwa zwanzig Jahren, gab keine Antwort.

»Wird's werden, oder haben Sie etwa keine Zunge?« fragte der Alcalde rauh und mürrisch.

»Hatte Zunge genug in der Fonda de Traspanna,« lachte eine Stimme von hinten, »als er die Gesundheit des verfluchten Morelos ausbrachte.«

»Sie hören Ihre Anklage,« bemerkte der Alcalde, der, zu verdrossen sie selbst zu stellen, die Worte des Polizeispions zur formellen Anklage erhob.

»Senor, um der Madre de Dios willen, Barmherzigkeit!« flehte der junge Mann. »Bin verführt worden.«

»So sind es achtzigtausend und mehr,« versetzte der Alguazil mürrisch. »Nehmen Sie, Don Ferro, sein Bekenntnis *ad protocollum.* Und Ihr,« befahl er einem der Henkersknechte, »fort mit ihm in die Acordada.«[41]

»Über oder unter der Erde?« fragte der Escribano.

»Wo der Maestro[42] Platz hat,« war die Antwort. – »Nro. fünf.«

Des jungen Mannes Knie schlotterten, und er fiel, wie ein vom Beil getroffenes Rind, zusammen.

»Seid kein Narr!« raunte ihm der Henkersknecht widerlich lachend in die Ohren. »Ihr habt die Gesundheit Morelos in Xeres und Sangaree getrunken, zur Abwechslung werdet Ihr sie nun in frischem Tezcuco-Wasser trinken. Es ist, wie Ihr wißt, ein wenig salzig; aber es liegt sich weich

[40] Komme, komme.
[41] Eines der drei Hauptgefängnisse.
[42] Siehe Note.

in diesem Wasser, wenn Euch die Krebse und Axelotes, die Euch ihren Besuch abstatten werden, ruhen lassen. Das heißt, wenn Ihr in eines der untersten Kabinette kommt, wo mancher es ein halbes Jahr ausgehalten. Wenn Ihr aber dem Maestro ein gutes Wort gebt, versteht Ihr mich, ein gutes goldenes oder silbernes Wort, so legt er Euch bloß die fünfzigpfündigen Ketten an, und die schneiden Euch erst die zweite Woche ein wenig ins Fleisch.«

Mit diesem Troste ward der Unglückliche aus dem Gewölbe gezerrt, und ein anderer, der mit Nro. fünf bezeichnet worden, trat an seine Stelle. Er war ebenfalls noch sehr jung, und mochte das zwanzigste Jahr noch nicht lange zurückgelegt haben.

»Elmo Hernandez,« hob der Alcalde wieder an: »Sie sind beschuldigt, Se. Exzellenz, unsern hochgebietenden Virey, verwünscht, und *maledito Gobernio*, und *maledito Gachupin*, wie auch *Mueran los Gachupinos*, in dem Quartiere Traspanna geschrien zu haben. Ferner *Abajo con la Vierge de Remedios*. Verbrechen, die sowohl die Sicherheit des Staates, als die der allein seligmachenden Kirche verletzen. Was haben Sie gegen diese Anklagen zu erwidern?«

»Senor!« sprach der gefaßtere junge Mann; »ich mußte zusehen, wie meine einzige liebliche Schwester zur Heirat mit einem Lugerteniente Garcia gezwungen wurde, wie mein Erbteil mir entrissen, wie diese Schwester durch diesen Lugerteniente um ihre Gesundheit – –«

»Lugerteniente Garcia ist ein *viejo Christiano*, und wenn Ihre Schwester – Sie sind ein Unzufriedener, ein Criollo, y basta.«

Der junge Mann knirschte mit den Zähnen, schwieg aber.

»Sie sind ein Unzufriedener,« donnerte der Alcalde. »Ein Unzufriedener aber hat ein unzufriedenes Gemüt, und ein unzufriedenes Gemüt ist ein rebellisches Gemüt, und ein rebellisches Gemüt ist ein Rebelle. Folglich sind Sie ein Rebelle, und basta. Don Ferro, nehmen Sie es *ad protocollum.*«

Nachdem der Alcalde diese richtige Schlußfolge gezogen, nahm er einen Schluck Sangaree und wandte sich zum Escribano.

»In die Cordelada, und zwar unter die Erde – Fesseln des zweiten Grades.«

»Ihr habt dreißig Pfund schwerer zu tragen,« raunte ein Scherge dem Schlachtopfer zu; »das heißt wenigstens achtzig Pfunde. Macht Euer Gewissen rein, Ihr kommt in eine *infierniello.*«

Der Unglückliche knirschte nochmals mir den Zähnen, schüttelte seine Kette und ging dann ab.

»Verdammter Rebelle,« brummte ihm der Alcalde nach. –

»Die übrigen sind alle *gente irrazionale,*« bemerkte Don Ferro, der Schreiber.

»Um so besser, Nro. zwölf bis Nro. einundzwanzig,« schrie der Alcalde. Eine Minute hindurch herrschte eine tiefe Stille, die bloß durch das Gekritzel des Schreibenden und das Schnarchen der Schlafenden unterbrochen wurde; dann nahte Kettengerassel, begleitet von einem dumpfen Gemurmel, das unheimlich im großen Gewölbe widerhallte; und aus der Tiefe der Höhle traten dunkle Gestalten hervor, deren feurige, rabenschwarze Augen in der Dunkelheit gleich Ignes Fatui glühten.

Es waren neun, verzweifelt aussehende Menschen, die jetzt vor die Schranken kamen; ebensowenig gebeugt durch die bereits ausgestandenen Leiden, als sie wegen ihres künftigen Schicksals besorgt schienen. Einige waren von riesigem Körperbau, und die Fragmente ihrer Kleidung verrieten Indianer aus dem Baxio.

Sie traten vor, mit unbezwingbarem Trotz im Gesichte und tief versteckter Tücke in den schief auseinander stehenden Augen.

»Wegen Aufruhrgeschrei und Aufwiegelung der Leperos verhaftet, und einer derselben, der Zerreißung der Banda der hohen Audiencia angeklagt,« bemerkte der Escribano.

»Welcher ist es?« fragte der Alcalde.

»Dieser da,« sprach eine Stimme, und der Zambo trat vor, und deutete auf den alten Indianer, den wir als Tatli Ixtla kennengelernt haben.

»Also die Gachupins sind die Piques, die ihre Eier in das Fleisch von Mexiko gelegt haben?« fragte der Richter, der die Angabe des Polizeispions aus dem Papiere las.

»Ixtla hat das nicht gesagt,« sprach der alte Indianer; »dieser Hund von einem Negro hat es gesagt.«

»Du lügst,« schrie der Zambo giftig.

»Und die Gachupins, die da sind die Söhne Jagos, haben die Söhne Esaus, die da sind die *gente irrazionale*, um ihr Erbteil gebracht?« fragte der Alcalde wieder.

Der Indianer schwieg.

Der Richter hielt einen Augenblick inne, und dann rief er, »Verdugo!«

Es trat ein riesiger Mann mit einem gräßlichen, eisgrauen Barte vor, und in einer Kleidung, die sonderbar genug, ganz aus blauen und weißen[43] Flecken zusammengesetzt war. Der Mann sah einen Augenblick den Richter erwartend an, und auf einen Wink von diesem warf er dem Indianer

---

[43] Weiß und blau die Farbe der Patrioten und der alten Mexikaner. – Die Spanier hatten ihre Henker in diese Farben gekleidet.

eine Schlinge um den Hals, und zog ihn durch das Gewölbe fort, so wie der Jäger den im Lasso gefangenen wilden Stier mit sich fortschleift. –

»Nro. dreizehn bis einundzwanzig,« hob wieder der Alcalde an – »wegen Gritos beschuldigt, und Aufstiftung der Leperos, und Auszugs aus der Hauptstadt, und Einverständnisses mit den Gavecillas. Sind von Zitacuaro und Guanaxuato, das heißt Rebellen.«

Die acht Indianer wurden nun in einer Reihe vor den Schranken aufgestellt. Es waren junge und alte Leute.

»So ruft einmal des Spaßes wegen: *muera el traidor Vincente Guerero!*«[44] redete sie der Alcalde an.

Die Elenden sahen den Mann starren Blickes an.

»Habt die Stimme verloren?« sprach der Richter. »Wollen es umkehren; ruft: *muera el traidor Morelos!* Vielleicht geht das besser.«

Keiner der Indianer gab einen Laut von sich.

»Vielleicht könnet ihr *Viva el Rey*[45] schreien?« meinte lächelnd der Richter.

»Noch immer keine Antwort,« sprach er kopfschüttelnd. »Nehmt Sie dann alle hin.«

Und kaum waren die Worte ausgesprochen, als von den Steinbänken und aus den Vertiefungen ein halbes Dutzend Henkersknechte hervorsprangen, Lassos durch die Halsringe der Indianer zogen, und diese nun mit sich fortrissen, wie Kälber, die, bereits von Hunden zerfleischt, vom wilden Metzgerknechte mit fortgerissen und auf die Schlachtbank gezerrt werden.

»Machen Sie es kurz, Don Ferro,« bemerkte Don Penafil verdrossen. »Je kürzer desto besser, Se. Herrlichkeit warten auf uns. Sie wissen, daß man oben kein langes Federlesen macht, sehen es schon daraus, daß die Sentenzen vollzogen werden müssen, ehe noch die Unterschrift beigesetzt ist.«

Der Escribano hatte den Rat befolgt, und gab dem Alcalden das Verhör zur Unterschrift.

Dieser unterfertigte es mit dem Oberalguazil.

»*Carracco!*« dehnte und streckte er sich. »Wieder etwas vorüber, um morgen dasselbe Spiel wieder von vorn anzufangen. Wohl, *Oremus*, Senores.«

Und mit diesen Worten erhob sich der Mann, und trat zu einem Seitentische, auf welchem ein Waschbecken mit Gießkanne sich befand, und

[44] Tod dem Verräter Vincente Guerero.
[45] Es lebe der König.

nachdem alle drei sich die Hände gewaschen, traten sie zum Tische, nahmen das Kruzifix und das Standbild der *Vierge de Remedios* samt den Lichtern, stellten es auf einen Betschemel, der an der Wand stand, und knieten nieder, und beteten mit lauter Stimme: »*Ave Maria, Regina Coeli, audi nos peccatores.*«

Alle noch im Gewölbe Zurückgebliebenen stimmten in das Gebet mit jenem feierlichen Ernste ein, mit dem der Spanier jede seiner Andachtsübungen verrichtet. Nachdem das Gebet vorüber war, erhob sich der Alcalde, nahm die Papiere und schritt, begleitet vom Escribano und dem Oberalguazil, zur Türe hinaus.

Die Wenigen, die noch zurückgeblieben waren, folgten den Magistratspersonen, bis auf einen, dessen weiß und blau gestreifte Kleidung gleichfalls einen Verdugo verriet. Diesem hatte der Oberalguazil bei seinem Austritte etwas in die Ohren geflüstert, das den Mann stutzen machte. Er löschte die Lichter auf dem Tische aus, hüllte sich in einen Schafspelz, und streckte sich auf einen der Steinbänke nieder.

Zweiundvierzigstes Kapitel.

Per me si va ne la citta dolente,
Per me si va nel'eterno dolore,
Per me si va tra la perduta gente.

DANTE.

etzt ward es Stille im weiten Gewölbe bis auf ein fernes Kettengerassel und ein Geheul von Stimmen, die, als wären sie durch
eine metallene Röhre geleitet, grell und schneidend, und wieder
dumpf und unnatürlich an die Felsenwände anschlugen, und verhallten,
wie das Rauschen der an dem Riffe zerrissenen Wogen in der Ferne verhallt. Auf einmal wurden eilig vorsichtige Schritte gehört, und zwei Gestalten traten in Begleitung des Oberalguazils ein, sahen sich sorgfältig
auf allen Seiten um, und winkten dem Manne, der sich von seiner harten
Lagerstätte erhoben und auf sie zugetreten war. Nach einem kurzen Geflüster folgten die drei dem Verdugo durch einen finstern Gang in ein
drittes Gewölbe, das zu dem oben beschriebenen in der Abstufung stand,
in der das Unheimliche zum Furchtbaren, und das Furchtbare zum Gräßlichen steht. Das Gewölbe war gleichfalls durch eine Lampe erleuchtet,
deren Licht aber so bleich und düster über die Wände hinfiel, als wollte es
den Eintretenden erst allmählich mit den furchtbaren Dingen, die da zu
sehen waren, bekannt machen. Mehrere ungeheuer dicke Pfeiler erhoben
sich aus diesem Gewölbe. Längs den Wänden waren Tische und Bänke von
verschiedenartigen Konstruktionen aufgestellt; einige sahen wie Koffer
aus, andere wie Roste, wieder andere wie Wägen, aber alle waren von Eisen. An den triefenden Mauern und Pfeilern hingen armdicke Ketten, und
Ringe und Haken standen hervor, in denen die Umrisse menschlicher Gestalten stehend, sitzend und kniend zu bemerken waren; ob aber tot oder
lebendig, ließ sich im düstern Lampenscheine nicht entnehmen. Sie gaben
aber kein Lebenszeichen von sich. Niedrige Türen oder vielmehr Löcher
mit eisernen Gittern waren gleichfalls zu schauen. Das Ganze sah aus, wie
eine unterirdische Schlachtbank, mit Behältern für die wilden Tiere.

In dieses Gewölbe nun waren die drei in Begleitung des wilden Hand-
langers der Gerechtigkeit eingetreten, und beim Scheine einer Blend-

laterne bis zu einem der Pfeiler vorgeschritten, hinter welchem zwei hielten, und die andern sich eilig einem der in der Mauer angebrachten Löcher näherten, in das sie hineinkrochen. Es war eines jener Kabinette, wie sie die vizekönigliche Phantasie recht anschaulich gezeichnet, und die, von der erfinderischen Grausamkeit giftiger Herrendiener erfunden, um ihre Wut an den Schlachtopfern ihres Hasses zu kühlen, die passende Benennung *infiernellos* erhalten haben. Sechs Fuß Länge, sechs Fuß Breite und fünf Fuß Höhe. Kein überflüssiges Geräte. Ein Steinsitz, Ketten und Ringe. Auf einem solchen Sitze saß oder hing eine jugendliche Gestalt, den Hals in einem armsdicken Eisenringe, die Hände ausgestreckt wie ein Gekreuzigter, gleichfalls in Ketten hängend, das Haupt über den dicken Ring herabfallend. Dem Unglücklichen entstiegen hohle, aus tiefster Brust herauf gestöhnte Seufzer, die wie das letzte Wutröcheln des im rasenden Kampfe erliegenden Löwen zu hören waren und für einige Augenblicke die beiden zurückschaudern machten. Eine Kappe war so über Kopf und Gesicht gezogen, daß bloß der Mund und die Nase sichtbar waren.

Der Oberalguazil, denn er war es, der mit eingetreten, hatte sich dem Gefesselten genähert und versuchte, das Halseisen zu öffnen, sein Begleiter faßte ihn jedoch bei der Hand und hielt ihn zurück.

»Halto, Senor!« raunte er ihm in die Ohren, »denn wenn Sie die unrechte Feder erwischen, so knicken sie ihm den Hals ebenso leicht zusammen, als wenn es ein Strohhalm wäre, und bei San Lorenzo! ich glaube, dem Caballero geschähe eine Wohltat; ist der erste, den ich um Gottes und aller Teufel willen um den Tod brüllen hörte. Aber möge mich die unterste Hölle empfangen, wenn ich mir nicht gleich einbildete, daß diese Manga nicht in die Alforza[46] des alten Lorenzo wandern würde.«

Unter diesen Worten hatte er den Gefangenen entfesselt.

»Silencio,« bedeutete ihm der Oberalguazil. »Sie soll Dir nicht entgehen.«

»Also Kleider soll er wechseln? Wollen Senor ihm selbst behilflich sein? denn vor einer Stunde dürfte er kaum den Gebrauch seiner Glieder erlangen. Es ist ein verdammtes Sturzbad diese *infiernello*, und so sind sie alle.«

Es war mit nicht geringer Mühe, daß der Oberalguazil dem Gefangenen das erste Kleidungsstück auszog, denn er war mehr tot als lebendig; ohne Regung, ohne Bewegung ließ er alles mit sich geschehen, sich die

---

[46] Tornister, Sack mit Lebensmittel.

Manga vom Leibe reißen, die mit Seeotterfellen besetzte Jacke, die Beinkleider; er schien nichts zu fühlen; nur zuweilen stieg ein schmerzlicher
Seufzer aus der tiefsten Brust herauf, und dann zuckte es durch den ganzen Leib. Der Jüngling mußte furchtbar gelitten haben.

»Die Unterkleider wollen wir ihm lassen,« sprach der Alguazil, der,
beim Versuche ihm auch diese auszuziehen, den unwillkürlichen Widerstand fühlte, den auch der Bewußtlose instinktmäßig leistet, wenn seinem Schamgefühle zu nahe getreten wird.

»Das ist noch frisches, unverdorbenes Junggesellenblut;« murmelte der
Verdugo, während der Oberalguazil seinen Mantel über den Gefangenen
warf, ihn mit beiden Armen erfaßte und halb aus der Höhle schleppte,
halb trug.

»Ist er es auch?« fragte eine der beiden Gestalten, die vor der *infiernello* geblieben waren, die Kappe lüftend.

»Er ist es,« murmelte der andere. »Er ist es,« fiel der Oberalguazil
ein.

»*De pregonero a verdugo*, sagt das Sprichwort,« brummte der Henker.
»Hier aber geht's umgekehrt. Folgen Sie mir, Senorias, ich will Sie dahin
führen, wo er so sicher schlafen soll, wie die Ratten, die er zu seiner Gesellschaft haben wird, wenn ihm nämlich die nichts abbeißen.«

Der Verdugo führte nun die drei in einen Gang, aus dem er nach einer Weile in Begleitung des Oberalguazils und eines jungen Menschen
zurückkam, dessen Gestalt und Haare dem soeben Entkleideten vollkommen glichen.

»Das ist einmal ein *quid pro quo*, das mir selten unter die Hände gekommen,« grinste der Henker.

Der unglückliche Gefangene hatte gleichfalls die Kappe vor dem Gesichte, schien jedoch weit weniger angegriffen.

»Jesu Maria! Wo bin ich Senores? um der Madre de Dios willen!«

»Silencio!« bedeutete ihm der Verdugo, der ihn an die Mauer lehnte,
und seine Kleidung Stück für Stück abzureißen begann. Er hatte dies mit
der Manga getan, und die Jacke war gefolgt.

»Heben Sie den Fuß,« sprach der Scharfrichter, »daß ich Ihnen die Beinkleider abziehen kann, den andern,« mahnte er, indem er sie abstreifte.
»Das Hemd ist zwar nicht viel wert – mögen es jedoch mitnehmen. Die
Bottinas und Schuhe passabel, – fürchten Sie nichts, Senoria! Sie sollen
bloß die Roba wechseln.«

»Jesu Maria! Gnade, gnädiger Herr,« jammerte der Arme. »Ach wenn
meine arme Mutter, die in der Plateria wohnt, an der zehnten Ecke, da
wo –«

»Wir wollen's ihr sagen, Senoria;« sprach der Verdugo in einem Anfalle von Rührung; »und sie kann vielleicht eine *Indulgencia plenaria* lösen; denn mit Beichtvätern haben wir hier nichts zu tun. Bei uns geht es kurz, besonders seit die Folter abgeschafft ist. Für zwanzig Duros mögen sie jedoch die beste *Indulgencia plenaria* haben; sind wohlfeil, seit die Gavecillas aufgeklärt worden.«

Der arme Mensch horchte, und hielt die Ohren dem Sprecher hin, schien ihn aber nicht zu verstehen; er zitterte wie Espenlaub, denn er stand nun nackend auf den kalten, nassen Pflastersteinen.

»Jesu Maria!« flehte der arme Junge wieder. »Was wollen Sie denn? Ich ging ja bloß, meinen jungen Herrn zu suchen. Was konnte der arme Cosmo anders tun? Wir haben gebetet, fußfällig, Maestro Alonzo Pedro, ich, eben als Senor Ulloa so wütend auf die *gente irrazionale* einhieb. Jesu Maria! es ist so kalt.«

»Wird Ihnen schon warm werden, Senor! unter unsern Händen wird es dem Kältesten warm. Da, nehmen Sie.«

Und nun reichte er ihm Stück für Stuck dieselbe Kleidung, die der Oberalguazil zuvor dem Gefangenen in Nro. 3 abgezogen hatte. Der Unglückliche haschte darnach und schlüpfte mit einer Hast hinein, die etwas Grausenhaftes hatte. Auf einmal hielt er inne, befühlte die Jacke, die Felle, die Goldborten, und schrie dann mit einer erschütternden Stimme: »Jesu Maria! das ist die Roba meines gnädigen Herrn.«

Einen Augenblick stand er zitternd, das Kleid an seinen Körper gepreßt.

»Machen Sie hurtig, Senor!« mahnte der Verdugo. »Wir haben nicht Zeit.«

»Jesu Maria!« stöhnte der Arme nochmals, und dann steckte er die Hand mechanisch in die Jacke. Der Verdugo überwarf ihm den Mantel, und zog ihn in Nro. 3.

Es ließen sich die Töne einer Glocke aus dem Gerichtsgewölbe hören. Die beiden horchten einen Augenblick, und huschten dann durch das Gewölbe in den Gang hinein, aus dem die Töne herausschallten.

Nicht lange, so wurden neuerdings Fußtritte gehört, und es kamen der Verdugo, der Oberalguazil, der Alcalde und ein Blaumantel. Die Letzteren hatten Blendlaternen.

»Verdugo!« sprach der Alcalde, »tut Eure Schuldigkeit. Nro. 3.«

Der Verdugo verschwand in der *infiernello*; es war Kettengeklirr zu hören, und dann kam er mit dem unglücklichen Jungen.

»*Por el amor de Dios!*« bat dieser; »Cosmo will ja gerne alles tun, alles bekennen.«

»Er spricht irre,« bemerkte der Alcalde.

»Jesu Maria!« stöhnte Cosmo wieder. »Wir haben gebeten, ihn beschworen, nicht zu schießen auf Major Ulloa. In meinem Leben will ich keinen Trabucco[47] mehr in die Hand nehmen.«

»Diese Stimme –« bemerkte der Blaumantel.

»Ist verändert,« fiel ihm der Alcalde ein; »der arme Junge hat Stimme, Mut und Verstand verloren. Ist aber immer so.«

»Na,« brummte der Verdugo. »Diese Armspange wird sich gerade für Eure Herrlichkeit schicken, zu dem Seeotterpelze;« und mit diesen Worten preßte er den Unglücklichen an die Mauer, und legte ihm beide Arme in Ringe.

»*Vierge Madre! ora pro nobis!*« betete der arme Cosmo zwischen den Zähnen; dann erhob sich seine Stimme und er brach in den wunderschönen Gesang aus: *Madre dolorosa, dulcissima y formosa,* den er in den Schauern der Todesahnung so ergreifend schön absang, daß selbst der Verdugo für einen Augenblick inne hielt und mit sichtbarer Rührung horchte.

Ein Wink vom Oberalguazil machte jedoch dieser Pause ein Ende.

»Ein wenig weiter zurück, Senoria!« mahnte der Verdugo; »die Beine auseinander, so daß Sie den Stein in die Mitte nehmen. Wollen Ihnen einen recht bequemen Sitz verschaffen.«

»Es ist kalt, grimmig kalt,« jammerte der Unglückliche. »O meine arme Mutter!«

»Den Kopf höher hinauf,« mahnte der Verdugo wieder, »sonst könnte Sie die zusammenschlagende Feder auf den Schädel treffen. So, jetzt sind Sie recht. Fürchten Sie sich nicht. Tun Ihnen nichts.«

Der Unglückliche stand nun mit ausgespreizten Beinen zwischen einem aus der Mauer vorragenden Steine, den Hals in einem ungeheuren Halseisen, die Arme ausgebreitet und in Ringen hängend.

»Bleiben Sie stehen, Senoria, bis wir Ihnen die Halskette befestigt. Zittern Sie nicht. Wir tun Ihnen ja nichts; ein paar Minuten, und Sie sind, wie Sie sein sollen.«

Unter diesen Trostworten hatte der Verdugo eine dünnere am Steine befestigte Kette ergriffen, und sie um den Hals des Schlachtopfers geschlungen, das zitternd und bebend stand, und wie ein Lamm mit sich geschehen ließ. Der Arme hatte zu schluchzen aufgehört, und betete leise und schnell Ave Maria, in jener Todesangst, die in diesen gräßlichen letzten Momenten nachholen will, was sie früher versäumt.

»Wollen Euer Herrlichkeit das Urteil verlesen haben?« fragte der Alcalde den Blaumantel leise.

---

[47] Stutzer mit weiter Mündung.

Dieser war gestanden, ohne ein Wort zu sprechen.

»Wollen Don Ruy Gomez das Urteil verlesen haben?« zischte der Alcalde nochmals.

Wieder keine Antwort.

Der Oberalguazil winkte dem Verdugo. Dieser drückte den Unglücklichen mit einer Hand auf den Stein nieder, das Knacken einer Feder ließ sich hören, der Stein fiel aus der Mauer.

»*Jesu Maria! todos Santos!*«[48] betete Cosmo. »*Madre mi–*« stammelte er, aber die letzte Silbe war nicht mehr zu hören; dafür ließ sich das Knakken eines brechenden Gliedes vernehmen, und dann fiel die gestreckte Zunge aus dem Munde, die Augen traten aus den Höhlen, – das Schlachtopfer hing, halb sitzend, halb stehend, in den Ringen – eine Leiche.

»*El ultimo suspiro,*«[49] sprach der Verdugo mir ungemein feierlicher Stimme.

Der Blaumantel war zusammen geschaudert, und sah starr und sprachlos auf den Leichnam. »Das war der schönste Jüngling in Mexiko;« murmelte er. Dann eilte er, wie vom bösen Gewissen getrieben, der Türe zu.

»Leuchte Sr. Herrlichkeit,« sprach der Oberalguazil ernst. »Und möge seine Todesstunde so sanft sein, wie es die des Unglücklichen hier ward. Bei meiner Seele!« sprach er zum Alguazil, der noch immer sinnend stand. »Diese großen Herren glauben, unsereins sei eine Art Feuerzange, mit der sich Kastanien aus der Asche holen lassen.«

»*De que pierna cojeo,*«[50] versetzte der Alcalde. »Vergessen Sie den Gefangenen von Nro. 3 nicht, Adios!« Er rannte hastig fort.

»Kommen Sie, und zwar geschwind;« rief der Oberalguazil ängstlich, »in einer Viertelstunde dürfte es sonst zu spät sein. Nicht immer dürfte ein Oberalguazil und ein Alcalde blind sein.«

»Wo bin ich?« fragte der Gefangene aus Nro. 3, der, geführt von den beiden Blaumänteln, aus dem Gange in das Gewölbe trat.

»Wo selten einer mehr das Tageslicht erblickt; aber wer den Papst zum Vetter hat, sagt unser Sprichwort, darf das Fegefeuer nicht fürchten; hüten sich Euer Gnaden jedoch vor der Hölle. Ein zweites Mal dürfte sie ihr Opfer nicht so leicht von sich geben.«

Und mit diesen Worten führte er die drei aus dem Gewölbe durch den Gang, das Verhörgewölbe, einen zweiten Gang, in die Loge. Von da wurde der Gerettete rasch durch Gänge und Hallen mit fortgezogen. Am Aus-

---

[48] Alle Heiligen.
[49] Der letzte Seufzer.
[50] An seiner schwachen Seite getroffen.

gange dieses furchtbaren Labyrinthes wurde ihm Kappe und Mantel abgenommen, ein anderer umgeworfen und ein Offiziershut in die Stirne gedrückt. Die Strahlen des Mondes ließen einen weiten Hof schauen, von ungeheuern Mauern umfangen; sie schritten rasch einem Pförtchen zu, vor dem mehrere Personen standen.

Der Gefangene sah umher, stierte seinem Begleiter in das Gesicht, erkannte aber keinen. Auf einmal fühlte er seine Hand erfaßt, ein sanfter Druck preßte sie, ein tränendes Auge blickte in das seinige, und eine weiche Stimme flüsterte ihm »Adios!« zu.

Er schnappte nach Luft. »Jesu Maria! Isabella!«

»Stille, Unglücklicher!« rief die Donna.

»Isabella!« rief der Jüngling, auf sie zustürzend und sie mit beiden Armen erfassend. Sie litt es ohne Widerstand zu leisten. Ihr stolzes Auge war gebrochen, Tränen perlten ihre Wangen herab, sie sah wehmütig in das seinige.

Er hielt sie umschlungen, alles um sich her vergessend; aber indem er ihr in die Augen stierte, seine Lippen an die ihrigen gepreßt, wurde sein Blick plötzlich leuchtend, eine wilde Flamme schoß aus seinem Auge, der Geifer trat ihm aus dem Munde, seine Glieder zuckten. Es rüttelte ihn wie Fieberfrost. »Verräterin,« murmelte er, sie fester mit einer Hand umschlingend, während die andere unter dem Mantel suchte. »Verräterin!« wiederholte er mit hohler, dumpfer Stimme. Aber eine gewaltige Hand erfaßte ihn und riß ihn mit Riesenkraft von der Donna.

»Unsinniger!« schrie der Oberst.

»Don Manuel!« kreischte die halbohnmächtige Donna.

»Um Gotteswillen fort von hier,« rief, die Pforte öffnend, der Blaumantel.

Der Oberst hatte den Geretteten durch das Pförtchen, der Blaumantel die Dame in den Hof zurückgezogen.

»Lassen Sie ab, junger Mann,« sprach diese stolz, sich von ihm losmachend. »Wir haben einen Kreolen begünstigt. Er war der erste, er wird der letzte sein. Wo ist der Oberst?«

»Fort mit ihm!«

»So kommen Sie.«

Und festen Schrittes ging sie denselben Weg zurück, den sie gekommen war. Als sie im ersten Schlafgemach angelangt, zuckte sie zusammen, und huschte hindurch wie eine flüchtige Verbrecherin. In ihrem Boudoir angekommen, warf sie sich in eine Ottomane, hüllte das Gesicht in den Mantel, und saß einige Minuten ohne ein Wort zu sprechen. Auf einmal sprang sie auf, warf den Mantel von sich und sprach:

»Wir sind Ihnen ein Andenken an diese Nacht schuldig. Sie haben uns eine Treulosigkeit verhüten geholfen. Nehmen Sie dies, und denken Sie nicht geringer von uns, weil wir stark genug waren, unsere Liebe – nicht morden zu lassen.«

Indem sie so mit dem Anstand einer Königin sprach, überreichte sie dem Kreolen einen kostbaren Brillantring, den dieser kniend empfing.

»Bei meiner Seelen Seligkeit! Sie verdienten Königin zu sein;« entfuhr dem Jüngling unwillkürlich.

»Wäre Isabelle ein Mann, Mexiko sollte –«

»Frei – und das Ihrige sein;« ergänzte der Blaumantel.

»Und mein sein,« flüsterte sie. »Adios; fürchten Sie nichts; Sie haben um unser Haus Dank verdient.«

Sie schellte. Eine Dienerin kam, begleitete den Jüngling durch die Gemächer. Die Donna warf sich nachdenkend auf das Sofa.

Dreiundvierzigstes Kapitel.

Tous les mauvais sujets d'Andalousie, tous les moines à charge aux couvens, et qu'on expédiait en Amérique; la vie scandaleuse de la dernière vice-reine et de gens en place; la rupture de tous les liens sociaux operée par des guerres intestines, et le dévergondage de quelques généraux, de plusieurs magistrats influens on perverti chez ce peuple neuf et crédule toutes les notions du bien et du mal. Cela est d'autant plus déplorable, que les Mexicains sont naturellement doux, affables et ont une aptitude remarquable pour les arts et les sciences. Nul doute qu'ils ne fussent aujourd'hui au rang de leurs frères du Nord, si leurs vainqueurs n'avaient, par tous les moyens, étouffé ces germes féconds.

BARADÈRE.

us den einzelnen Zügen, die wir über die spanische Herrschaft Mexikos hingeworfen haben, werden unsere Leser nun allmählich die Physiognomie dieser Herrschaft selbst erkennen, und so die Elemente tödlichen Hasses zu würdigen Gelegenheit gefunden haben, der dieses Land während seiner dreihundertjährigen Verbindung bis ins Innerste aufzehrte, um endlich gleich dem verheerenden Lavastrom auszubrechen, und in seinem furchtbaren Brande diese elende Herrschaft und ihre elenden Werkzeuge bis auf die Wurzel wegzutilgen.

An keine seiner transatlantischen Besitzungen hatte sich der Spanier so fest angeklammert, keiner hatte er die Tigerklauen seiner träg bigotten Grausamkeit so tief eingeschlagen als Mexiko, der ersten und wichtigsten seiner amerikanischen Eroberungen. Er allein hatte, wie bereits bemerkt wurde, alle bürgerlichen, alle kirchlichen Stellen. Ihm gehörte der Handel des Landes so ausschließend, daß mit unfehlbarem Tode der Kreole bestraft wurde, der von einem Ausländer kaufte, oder mit einem solchen in kaufmännische Verbindung trat. Er allein kannte und durfte den Zustand des Landes kennen, und dessen Hilfsquellen; er allein verfügte über dieselben, und herrschte, und zwar mit einer Rücksichtslosigkeit, deren

Gewaltschritte den Blitzesschlägen des Zeus der Alten vergleichbar waren, die einige Augenblicke den in nächtliches Dunkel gehüllten Erdkreis aufhellten, um die erschütterten Gemüter in eine desto tiefere Betäubung und Finsternis zurückzuwerfen.

Es war vergeblich, daß der Eingeborne Hilfe gegen die sechzigtausendarmige Hydra suchte; selbst die Bande des Blutes wurden im Konflikte mit diesem entsetzlichen Interesse schonungslos zerrissen, und ohne Erbarmen der im Lande geborne Sohn von seinem spanischen Vater geopfert, sobald dieses Interesse es erheischte. Und furchtbar genug forderte dieses immer den Untergang des Kreolen – das Verderben des Eingebornen. Was selbst in den despotischsten Staaten und unter den verabscheuungswürdigsten Tyrannen nicht selten der Fall ist, daß sie nämlich wider ihren Willen, ihres eignen Vorteiles wegen, gezwungen werden, das Mark des Landes zu schonen – weil es ihnen allen die Mittel gibt, ihre aberwitzigen Pläne durchzuführen – das war nie der Fall in Mexiko gewesen; denn der Vorteil Spaniens (so währte es während eines dreihundertjährigen Besitzes,) forderte, Mexiko so schwach, so ohnmächtig als möglich zu erhalten, auf daß es in seiner Ohnmacht sich die Zwingherrschaft des Mutterlandes um so williger gefallen lasse. – Seine einzige Bestimmung war, das Mutterland mit Silber- und Goldbarren zu versorgen, und diese Bestimmung, die man sich gar nicht die Mühe nahm, zu verhehlen, wurde das oberste Prinzip, nach welchem das Land verwaltet ward. Umsonst hatte es die Natur mit dem reichsten Boden, den herrlichsten Erzeugnissen ausgestattet; der Boden mußte unbebaut liegen bleiben, die Erzeugnisse ausgerottet werden. Von dem Grundsatze ausgehend, daß das ganze spanische Amerika ein Geschenk des Papstes oder, in der Sprache katholischer Völker zu reden, des Statthalters Christi sei, wurde das ganze Land als das Eigentum des Königs betrachtet, und seine geistlichen und weltlichen Beamten waren im buchstäblichen Sinne Diener, deren erste und letzte Pflicht es war, seinen persönlichen Vorteil allen andern Rücksichten aufzuopfern. Als wäre aber diese furchtbare Maxime noch nicht hinreichend, jeden Keim von Rechtlichkeit und Ehrgefühl bei den zur Verwaltung gesandten Mietlingen zu ersticken, hatte die Krone in den letzten Zeiten ihrer Herrschaft sogar alle einträglichen Stellen, vom Vizekönige herab bis zum letzten Zollbeamten, versteigert, und demnach einen halben Weltteil – um ihre Schatulle zu füllen – der niederträchtigsten aller Leidenschaften, der Habsucht, laut und offen preisgegeben.

»Während der famosen, oder vielmehr infamen Verwaltung Godoys, gotteslästerlich der »Friedensfürst« genannt,« sagt ein ebenso achtungswerter, als unterrichteter Geschichtsschreiber,[51] »wurde jede Stelle in Amerika, vom Vizekönige bis zum letzten Douanenoffizier herab, öffentlich verkauft; einige Fälle ausgenommen, wo Privatdiener des Fürsten oder des königlichen Haushaltes, die sich durch ihre niederträchtigen Dienstleistungen, oder wie es hieß, durch die Treue gegen ihre königlichen Herrschaften ausgezeichnet hatten, mit Stellen belohnt wurden. Ein Haushofmeister wurde so wirklich zum Gouverneur einer Provinz, – Livreediener, deren empörende Verworfenheit den Abscheu aller Welt erregt hatten, zu Oidores der obersten Audiencia, zu Intendanten der Provinzen ernannt, und solchen Menschen das Leben und Eigentum der Untertanen in Amerika anvertraut.«[52]

Zwar hatte der Rat der beiden Indien, der die spanisch-amerikanischen Besitzungen für den Monarchen verwaltete, es versucht, eine Kontrolle einzuführen, um so den Räubereien und Erpressungen der Beamten Schranken zu setzen; der Vizekönig wurde durch die Audiencia von Mexiko, die Gouverneure der Intendanzen durch die Audiencias der Provinzen kontrolliert; allein diese Maßregel diente nur dazu, die Schar der Angestellten bis zur Unzahl zu vermehren, ohne dem Übel im mindesten Einhalt zu tun; denn die königliche Schamlosigkeit hatte durch den öffentlichen Verkauf der Stellen ihrer Bürokratie bereits den unvertilgbaren Stempel der absolutesten Ehrlosigkeit aufgedrückt. Vergebens auch, daß die Revolution ihre Donnerstimme erhoben hatte, das mächtige Ungeheuer Selbstinteresse erstickte jeden Funken von Gerechtigkeit, und die Ströme spanischen Blutes, die geflossen waren, hatten den Blut- und Golddurst dieser unersättlichen Menschen nur noch gesteigert. »Nie wohl hatte die christliche Welt eine heillosere Gerechtigkeitspflege gesehen, als die spanisch-mexikanische,« bemerkt ein Brite[53], den seine öffentliche Stellung eben nicht geneigt machte, volkstümlichen Bewegungen das Wort zu reden. – »Auch kein einziger Spanier, so viele wir deren gesprochen, hat jemals zu behaupten gewagt, daß ein Kreole auf Unparteilichkeit vor den Gerichtsschranken rechnen konnte, selbst wenn der königliche Fiskus nicht interessiert war. War jemand wegen politischer Interessen in Untersuchung, so fing der Prozeß mit Einstecken der Menschen an, dann drehte man den Schlüssel des Gefängnisses um, und dachte an den Gefangenen nicht weiter.«

---

[51] William Robinson in seiner Geschichte der mexikanischen Revolution.
[52] Siehe Note.
[53] *Basil Hall – Extracts from a Journal written during a cruise on the coasts of Chili, Peru, Mexico.*

So wie aber die stärksten und tödlichsten Gifte wieder ihre Gegengifte haben, so werden die Maximen der grausamsten Tyranneien, unter welchen Völker oft Jahrhunderte geblutet, wieder die gewaltigsten Freiheitshebel, die immer desto kräftiger und siegreicher wirken, je drückender und schwerer das Joch zuvor gelastet. So sollte auch derselbe Grundsatz, in Folge dessen ein halber Weltteil einer Familie als eine Art Nadelgeld für ihre *menus plaisirs* geschenkt war, das Losungswort zur Freiheitserklärung dieser unglücklichen Völker, und die empörenden Ungerechtigkeiten der spanischen Beamten – der Stachel werden, der diese armen Gedrückten, trotz ihrer Apathie und gleichsam wider Willen zwang, dasjenige, was sie im fieberischen Ausbruche südlichen Enthusiasmus ausgesprochen, auch mit der Beharrlichkeit nördlicher Ausdauer fortzuführen.[54]

Es war vielleicht ein Glück für die künftige Unabhängigkeit des Landes, dessen traurigste Periode wir schildern, daß ihm in dieser verhängnisvollen Crisis ein Mann zum Regenten gesandt worden, der die Maximen der spanischen Staatskunst auf eine Weise in Anwendung brachte, die, während sie dem blödesten Verstande die absolute Notwendigkeit einleuchtend machte, sich dieser Herrschaft um jeden Preis zu entledigen, ihn zugleich in die Kunstgriffe derselben Regierungsart und die tiefe Verworfenheit seiner Herrscher blicken ließ, und so in die Möglichkeit versetzte, diese Herrschaft mit denselben Waffen zu bekämpfen, die sie mit solchem Erfolge gebraucht hatte. Wirklich schien es, als ob der Mann, von dem hier die Rede ist, auserkoren worden wäre, um der Welt ein Beispiel aufzustellen, wie auch die ausgezeichnetsten Talente nicht imstande sind, ein Staatsgebäude zu erhalten, das der Grundlagen der Wahrheit und Gerechtigkeit ermangelt. Doch dieser Mann spielt in der Geschichte dieses Landes eine zu merkwürdige Rolle, als daß wir ihn nicht mit ihrem Griffel selbst zeichnen sollten.

Don Vanegas, Grande der ersten Klasse durch seinen Rang, General-Capitain[55] der königlichen Armeen, aus einer bedeutenden Familie entsprossen und mit bedeutendern verschwägert, hatte, so ging das Gerücht, vorzüglich gewissen Einflüssen die höchste und wichtigste Stelle zu verdanken, die die Krone Spaniens vergeben konnte. Seine Laufbahn, als Befehlshaber der spanischen Heere in der pyrenäischen Halbinsel, war nicht glücklich gewesen. Er hatte die bedeutenden Schlachten von Cuença und Almonacid in der Mancha verloren und sich den Ruf erworben, mit

---

[54] Siehe Note.
[55] Der höchste militärische Grad, den es in der spanischen Armee gibt.

einer ganz besondern Geschicklichkeit die Armeen seines Vaterlandes auf die Schlachtbank liefern zu können. Diese passive Eigentümlichkeit war indessen so wenig imstande gewesen, seinem Einflusse auf die leitende oberste Junta Eintrag zu tun, daß ihm diese vielmehr, nach Iturrigarays Ankunft als Staatsgefangener, die Herrschaft über dasselbe Mexiko anvertraute, dessen Partei er bei mehreren Gelegenheiten mit so vieler Wärme genommen und dessen Recht zur Selbstbeherrschung er in so glühender Sprache verfochten hatte.

Der Mann hatte, wie es bei Charakteren seiner Art nicht selten der Fall ist, den zweideutigen Vorzug, sich einen doppelten Ruf erworben zu haben, den wir einen europäischen Hof- und einen amerikanischen Volksruf nennen möchten. Der erstere sprach ihm den Ruhm eines vollendeten Staatsmannes und getreuen Dieners zu, der mit einer bewundernswerten Gewandtheit seine Pläne durch alle Labyrinthe politischer Konflikte hindurchzuführen verstand, – der amerikanische schilderte ihn, so wie wir ihn sich selbst schildern gehört haben. Beide ließen seinen häuslichen Tugenden Gerechtigkeit widerfahren. Sein Mut war wieder weniger gerühmt; doch sprach man ihm nicht Festigkeit und Scharfblick in entscheidendem Momente ab. Soviel war wenigstens nicht abzuleugnen, daß der erste und gefährlichste Ausbruch der Revolution großenteils an seiner energischen Tätigkeit gescheitert, und daß Mexiko selbst, der Sitz und Stützpunkt der spanischen Herrschaft in Neuspanien, an den verhängnisvollen Tagen des dreißigsten und einunddreißigsten Oktobers nur durch seine Besonnenheit gerettet worden war. In seiner Eigenschaft als General en Chef der sämtlichen Streitkräfte des Landes, Präsident des obersten Gerichtshofes und Haupt der exekutiven Behörde, war er in der Tat zeitweiliger Herrscher der weiten Reiche Mexikos, der Brennpunkt, in dem sich die Strahlen des ganzen Landes konzentrierten und von dem sie wieder gebrochen in jeder Richtung ausströmten, dem Namen nach von der Audiencia, dem höchsten Gerichtshofe, kontrolliert auf beiläufig dieselbe Weise, wie in unausgebildet konstitutionellen Staaten die Willkür des Fürsten von den ohnmächtigen oder bestochenen Kammern kontrolliert wird, wenn sie nicht durch einen momentanen Impuls zur Opposition, oder was dasselbe sagen will, zur Verfolgung eines neuen Interesses getrieben wird.

Einen stärkern Hemmschuh jedoch hatte die furchtbare Gewalt dieses Mannes in den sich kreuzenden Interessen und der Verderbtheit seiner eigenen Unterbeamten und Landsleute, des Auswurfes von Spanien, der um so weniger geneigt waren, ihm den unbedingten Gehorsam zu leisten, den die spanische Regierung als das Lebensprinzip für alle ihre Agenten aufgestellt hatte, als er bloß von den Cortez eingesetzt, *der eigentlichen heiligenden Sanktion, der Ernennung des Königs, entbehrte.* Dieser loyale Wahnsinn hatte, mit dem durch die gewaltsame Entfernung seines Vorgängers gegebenen bösen Beispiele, viel dazu beigetragen, ihn in die gefährlichste Lage zu bringen, die es für einen Herrscher geben kann, – jene falsche Stellung, die ihn zwang, sich bald in die Arme der Kreolen, wieder in die seiner Landsleute zu werfen, bald die Erstern, wieder die Letztern aufzuopfern. Es war diese Politik um so verhängnisvoller, als sie endlich auch die letzten und getreuesten Anhänger der spanischen Regierung, den eigentlichen Adel, notwendig entfremden mußte.

So viel ist gewiß, daß der eigentümliche Charakter, oder, wie wir es nennen wollen, die Charakterlosigkeit dieses Mannes sehr viel zur merkwürdigen Gestaltung eines der größern Reiche der neuen Welt beigetragen.

Vierundvierzigstes Kapitel.

Wer solche Herren duldet,
Ist der Knechtschaft wert.
WORCESTER.

 ieser Mann nun saß soeben, in der Ausübung seiner Oberherr-
lichkeit begriffen, in seiner Staatskanzlei, – gerade sechzig Fuß
über den furchtbaren Gewölben, die wir beide, bildlich und
buchstäblich, die eigentlichen Stützen seiner Gewalt nennen möchten.
Der Schreibtisch war sehr zierlich, weder mit Akten, noch Büchern überladen, wohl aber mit Riechfläschchen und *eaux de Cologne* und *de Rose*
und Etuis, und Cameen. Eine sehr schöne Alabasterbüste Fernando *VII*.
stand auf einer Seite, ein Standbild der Jungfrau *de los remedios* auf der
andern. Durch eine der drei offenen Türen des geräumigen Kabinetts
konnte man in ein zweites, drittes, viertes und fünftes Zimmer sehen, die
alle an Größe und Bevölkerung im Verhältnisse ihres Abstandes vom vizeköniglichen Büro zunahmen, und durch eine Menge von Wachskerzen
erleuchtet waren, die zu acht, sechs, vier und auch bloß zwei vor jedem
Schreibtisch aufgestellt, zugleich den höhern oder niedrigern Rang des
Schreibenden selbst andeuten sollten. Eine Stille eigener Art herrschte in
diesen Zimmern, bloß von den Fußtritten eines Familiars, oder dem Ge-
knarre der Federn, oder dem Läuten einer Handglocke unterbrochen.
Durch eine zweite angelehnte Türe war der diensttuende Page und Kämmerer zu sehen; zuweilen öffneten sich die Flügeltüren dieses Zimmers in
einen anstoßenden Saal, aus dem verhuschte Stimmen zu hören waren.

Unmittelbar am Schreibtische vor dem Vizekönige stand ein ältli-
cher Mann in der schwarzen Kleidung eines Staatsdieners von höherem
Range; unter dem Arme ein Bündel Schriften, von denen er eine nach der
andern dem Chef vorlegte. Diese Schriften waren auf der Inseite bloß zur
Halbscheide beschrieben, auf der Außenseite standen, unter den langen
Titeln der Behörden, an welche sie gerichtet waren, immer einige Zeilen,
auf die der Geheimsekretär ehrfurchtsvoll hinwies, und die wieder der
Machthaber unterschrieb, oder mit einigen Bemerkungen begleitete.

Das Letztere war soeben der Fall gewesen.

»Wir haben Ihnen bereits geäußert, Don Fanez, wie wir wünschen, daß Dekretierungen abgefaßt würden; in der Sprache der Staatskanzlei nämlich.«

Das Männchen, an den der Verweis gerichtet war, zuckte zusammen.

»Wir hoffen, Don Fanez wird sich diesen Wink zunutze machen,« bemerkte der Vizekönig, der die Akte zurückschob. »Sie dekretieren, statt des Befehles, die Weinberge in Oaxaca, und namentlich im Distrikte von Actolapan, auszurotten[56], nichts mehr, noch weniger, als daß nach *leyas de las Indias Ordonnanza LV. libro V.*, zu verfahren sei: ein Stil, dessen Sie sich um so mehr befleißigen müssen, als es unser Wunsch ist, in unsere Verwaltung alle die Milde und Gnade zu legen, die –«

Und während der Mann so sprach, lächelte er so sanft und wohlwollend!

»Überhaupt bemerken wir,« fuhr er fort, »daß auch in dieser Hinsicht Unordnungen eingerissen sind, die wir nicht länger mehr dulden zu können überzeugt sind, indem sie Folgen nach sich ziehen, die den weise festgesetzten Bestimmungen, nach welchem dieses Land regiert wird, ganz entgegengesetzt sind. Es ist wirklich nicht mehr zu ertragen; selbst Spanier vereinigen sich nun mit Kreolen, um die Gesetze bei jeder Gelegenheit zu umgehen.«

Diese Worte machten den Geheimsekretär, der eine Akte auf den Schreibtisch zu legen im Begriffe stand, abermals zucken. Er warf einen flüchtigen Blick auf den Gebietenden, und zog sie zurück.

»Was ist dies, Don Fanez?« fragte dieser.

»Wir würden untertänigst,« stockte Don Fanez, so gewissermaßen andeutend, daß ihm etwas am Herzen liege, das er gegenwärtig anzubringen für mißlich halte.

»Ah, die Tabakpflanzungen in Nueva Gallicia,« bemerkte der Virey, der die Akte genommen und einen Blick darauf geworfen hatte. »Das ist gerade wieder ein neuer Beleg, eine ganz fatale *inconvenance*. Es muß uns wirklich mißfallen, wie unsere Gouverneurs es wagen können, so bestimmt ausgesprochene Gesetze zu übertreten.«

»Bei dem Umstande jedoch – der großen Entfernung dieser Provinz von Veracruz und Orizaba – und daß wirklich mehrere hundert Familien« – bemerkte der Geheimsekretär schüchtern.

Die Exzellenz hatte wieder einen Blick in die Papiere getan.

---

[56] Diese Grausamkeit war um so zweckloser, als die Zufuhr von Spanien, das damals in den Händen der Franzosen war, beinahe ganz abgeschnitten war, und bloß die Begünstigung einiger Glieder des Consulado, die große Vorräte aufgehäuft hatten, beabsichtigte.

»Wie?« sprach sie. »Auch die Häuser Ortez, Cabra und Minaya sind dabei interessiert?«

Die Stirne des Gewaltigen runzelte sich.

»Euer Exzellenz untertänigst aufzuwarten;« versetzte der Geheimsekretär, der, indem er eine frische Akte zu den vorigen legte, bemerkte: »Hochdieselben werden ersehen, daß die Hacienda Real –«

»Seltsam, die Hacienda Real trägt auf die Beibehaltung der Pflanzungen an. Mit ihr einverstanden ist die Audiencia. Seltsam, seltsam!«

»Wir haben, nach Eurer Exzellenz hocheigenem Befehle, das Gesuch, samt der Einbegleitung des Intendanten, der Audiencia zur Begutachtung übergeben, die es wieder der Hacienda Real zugewiesen.«

»Das war ganz in der Ordnung,« bemerkte der Virey; »und Ihre Meinung?«

Der Geheimsekretär hielt inne; denn die Frage war sonderbar betont, der Blick lauernd, die Miene lächelnd.

»Ihre Meinung?« wiederholte die Exzellenz.

»Bei dem Umstande der großen Entfernung Nueva Gallicias,« bemerkte der Geheimsekretär sehr schüchtern, »wie auch, daß mehrere Häuser des Consulado in diesem Geschäfte bedeutende Kapitalien – diese drei Häuser würden drei Mal hunderttausend Duros – im Falle die Bewilligung auf drei Jahre ausgedehnt würde. –«

»Kann nicht sein,« bemerkte der Virey. »Die Hacienda Real hat vergessen, daß die Artikel zu sehr im Preise fallen würden.«

Der Geheimsekretär zog eine andere Schrift hervor, die er mit gekrümmtem Rücken überreichte.

»Don Ortez bietet hunderttausend Duros,« fuhr er stockend fort, »und wenn mit den siebenhundert Kreolen-Pflanzungen gemäß königlicher Ordonnanz verfahren wird, drei Mal hunderttausend – im Vereine mit seinen Associes, welcher Umstand allerdings um so mehr zu beachten, als dadurch die Preise des Artikels hoch gehalten würden.«

Der Virey hatte den Sprecher scharf angesehen.

»Das heißt, Don Ortez und Kompanie wollen drei Mal hunderttausend Duros bezahlen, wenn mit den siebenhundert Pflanzungen der Kreolen gemäß königlichem Dekrete verfahren würde,« lächelte der Virey; »kein übler Vorschlag.« Er hielt inne. »Aber dieses Nueva Gallicia hat uns zwei der besten Regimenter gestellt, worunter die Hälfte Freiwillige. Diesen Umstand hat sowohl unsere Audiencia, als Hacienda Real, vergessen.«

Der Geheimsekretär hielt inne und sprach dann:

»Dürften wir unmaßgeblichst, – bei dem Umstande, daß das Consulado so große Verluste erlitten und der Inglese –«

»Ja, ja,« fiel der Virey hastig ein. »Wir wollen dem Consulado diesen Beweis unserer Bereitwilligkeit, ihren Interessen förderlich zu sein, geben, obwohl es den Kreolen einigermaßen auffallen dürfte, –«

»Die Bewilligung zu diesen Pflanzungen, wie Euer Exzellenz sich zu erinnern belieben, wurde von –«

»Von unserm Vorgänger gegeben,« fiel der Virey wieder hastig ein, »und dies ist auch einer der Gründe, der uns bestimmt, sie zurückzunehmen. Dekretieren Sie an den Intendanten, mit den siebenhundert Pflanzungen, die Ihnen von der Hacienda Real bezeichnet worden, nach Ordonnanza *II.* zu verfahren. Wir werden die *Junta de guerra* beauftragen, die nötigen Truppen zu seiner Verfügung zu stellen.«

»O die Kreolen werden sich dem hohen Befehle um so williger unterwerfen;« bemerkte der Geheimsekretär mit einem Gesichte, das verriet, daß auch für ihn von den drei Mal hunderttausend Duros einige Abfälle zu erwarten standen.

»Wir hoffen,« sprach der Virey ungemein ernst, »wir hoffen es, Don Fanez! obwohl wir uns kaum wundern würden, wenn das Gegenteil stattfände. Wir hoffen auch, unsere Bereitwilligkeit, die Ansichten des Consulado mit denen der Hacienda Real und der Audiencia, so wie Don Fanezs in Übereinstimmung zu bringen, werde uns für einige Zeit Ruhe verschaffen. Sie verstehen uns, Don Fanez. Was gibt es weiter?«

Der Geheimsekretär überreichte ihm eine frische Akte.

»Der Intendant von Valladolid, um Aufhebung der Getreidesperre aus dem Baxio Guanaxuato-Anteil, um so mehr, als die Intendanz außerordentlich gelitten.«

»Die Begutachtung der Audiencia lautet auf Abweisung,« bemerkte der Geheimsekretär, eine andere Akte auf den Schreibtisch legend, »um so mehr, als es gerade diese Intendanz Valladolid ist, in welcher die Rebellion die tiefsten Wurzeln geschlagen, so zwar, daß die meisten Städte und Forts sich in den Händen der Rebellen befinden.«

»Es will uns jedoch bedünken,« bemerkte der Vizekönig, »daß die Audiencia zu schnell gewesen.«

Der Geheimsekretär sah ihn lauernd an.

»Dieser Teil von Valladolid hat, wie Euer Exzellenz zu wissen belieben, keine Bergwerke.«

»Aber doch Städte und Dörfer, deren Bewohner infolge des letztjährigen verwüstenden Krieges nun Hungers umkommen.« Er hatte unter diesen Worten unterschrieben.

»Sonst nichts mehr?«

»Kurrente Geschäfte,« bemerkte der Geheimsekretär.

»Die morgen vorgelegt werden mögen,« sprach der Virey mit einem leichten Winke, der als Zeichen der Entlassung galt.

Die drei Unterschriften schienen den Gewaltigen in einiges Nachdenken versetzt zu haben. Er hielt inne, und murmelte lächelnd: »Wie sie so lieblich harmonieren, wenn es darauf ankommt! *Ah, mais tel est l'esprit de notre regime. – Il nous entraine. – Eh bien, nous verrons. –*« Er sah sich scheu um. »Es war ein Meisterstück,« fuhr er wieder in spanischer Sprache fort; »ein Meisterstück, wie wir die Criollos zu unsern Zwecken benutzt haben. Aber diese *viejos Christianos* –« Er klingelte.

»Sekretär der Justiz und der Gnaden.«

Die Worte waren kaum ausgesprochen, als der Bezeichnete auch schon eintrat.

»Etwas Besonderes eingelaufen?« fragte der Virey.

»Die Intendanten von Puebla, von Oaxaca und Veracruz senden die Cabildo-Wahlen ein, haben hunderttausend Duros eingetragen, bitten um Bestätigung.«

Mit der einen Hand nahm der Virey die Schrift, mit der andern ein schwarzes in Maroquin gebundenes Buch, und indem er die auf der Außenseite vom Geheimsekretär geschriebenen Zeilen überflog, entfielen ihm gleichsam unwillkürlich folgende Bruchstücke von Sentenzen.

»Wichtig in dieser Crisis, – haben sehr viel Einfluß auf die Stimmung des Volkes – stehen diesem nahe; – in Cohahuila ganz feindselig gegen die Audiencia gestimmt. – Müssen geregelt werden. – Unser Vorfahr zu lau in diesem wichtigen Zweige gewesen – die Wurzel aller Gewalt –«

Während der Mann so sprach, hatte er das schwarze Buch flüchtig durchgeblättert, und ebenso flüchtig einige der auf der Akte bezeichneten Namen ausgestrichen und andere dafür hingesetzt.

»Dekretieren Sie,« sprach er zum Kabinettssekretär des Departement der Justiz und der Gnaden, »an die Intendanten die Bestallung der von uns bezeichneten Individuen, die sogleich ihr Amt antreten mögen; die Diplome werden nachfolgen. Die Summen, die von den nicht genehmigten erlegt worden, sind mit fünf Prozent zu verzinsen, die Kapitale werden der Hacienda Real zugewiesen. Wie, was?« fuhr er auf einmal auf. »Don Cardena! Selbst die Spanier bitten um seine Entfernung!« Er las wieder im schwarzen Buche. »Fertigen Sie ihm morgen sein Anstellungsdekret als Alcalde der Hauptstadt aus. Wir brauchen Diener in unserer Nähe, die das Interesse unseres gnädigsten Herrn unter allen Umständen – fertigen Sie das Dekret aus.«

»Aufzuwarten, Excellentissima Senoria.«

Das Ganze war ungemein schnell und auf eine Weise abgetan, die verriet, daß die Exzellenz ein sehr tüchtiger Geschäftsmann war.

»In dem Erlasse an die Intendanten des Reiches,« hob er nochmals an, »wird besonders auf die Wichtigkeit der Cabildo-Ernennungen hingedeutet, und die Notwendigkeit, geprüfte Anhänger zu wählen. –«

Der Geheimsekretär antwortete mit einer Verbeugung.

»Oberst Villasante als Courier;« meldete der Camarero, der aus dem Nebensaale eintrat.

»Besonders wird darauf hingedeutet, daß dieses Cabildo aus Personen bestehen müsse, die sich durch ihre Anhänglichkeit bewährt haben.«

»Verstehe, Euer Exzellenz untertänigster Diener.«

»Das Übrige morgen.«

Die Exzellenz nickte zu diesen Worten, winkte mit der Hand, worauf der zweite Kabinettssekretär ab-, und ein dritter eintrat, hinter ihm ein Stabsoffizier, dessen bestaubte und in etwas derangierte Uniform einen scharfen Ritt ausgehalten haben mochte. Er hatte ein mäßiges Paket unter dem Arme.

»Sie bringen uns Nachricht von unsern Tapfern?« sprach der Virey mit ganz veränderter Stimme und einem vollen Organe, begleitet von einem freundlichen Blicke auf den Stabsoffizier, und einem zweiten auf den Generaladjutanten, der in Folge des erhaltenen Winkes dem Obersten das Paket abnahm.

»Die alle von Begierde brennen, die Kühnheit der Rebellen zu bestrafen, und sich mit unvergänglichen Lorbeeren zu bedecken,« erwiderte dieser.

»Die Tapferkeit und Treue unserer Truppen ist so sehr über alles Lob erhaben,« sprach der Virey, »daß wir nur bedauern, ihren Mut nicht auf würdigere Gegenstände gerichtet zu sehen.«

»Die übrigens, wir haben die Ehre, Euer Exzellenz untertänigst zu versichern, eine Achtung gebietende Position eingenommen haben. Sie fechten brav diese Rebellen; freilich sind es keine Franzosen.«

Diese letztere Äußerung, obwohl berechnet, das soeben ausgesprochene Lob der Rebellen, und so den Ruhm ihres mehrmaligen Besiegers, des gegen sie kommandierenden Generals zu mäßigen, schien wieder nicht die Zufriedenheit des hohen Mannes erregt zu haben, der jedoch, weit entfernt dieses zu äußern, die vom Generaladjutanten mittlerweile überreichten Depeschen zu lesen angefangen hatte. Es legte sich eine frische Wolke um die Stirne der Exzellenz.

»Se. Herrlichkeit, der kommandierende General, scheinen einen längern Widerstand zu besorgen,« bemerkte er, nachdem er die eine Depesche flüchtig durchgesehen hatte – »bitten um Belagerungsgeschütz. Um Belagerungsgeschütz?«

Er wandte sich bei diesen Worten fragend an den Obersten.

»Die Rebellen,« erwiderte dieser, »haben wirklich Cuautla Amilpas auf eine Weise befestigt, die dieses nötig machen wird.«

»Und das Regiment Fernando *VII.?*« fuhr die Exzellenz fort. »Wir zweifeln, daß wir diesen Wunsch erfüllen können.«

»Wieder einunddreißig Ranchos und Pueblos verbrannt,« bemerkte sie weiter, etwas unwillig. »Unser Consulado hat uns soeben ein Gesuch überreicht, um Einhaltleistung unnötiger Strenge, und in diesem Falle scheint sie uns wirklich um so unnötiger, als unser Consulado selbst in den meisten der Pflanzungen interessiert ist. Wir dürfen nicht vergessen, daß wir uns selbst nicht bestrafen müssen.«

Der Kurier sprach kein Wort.

»Was hatte es mit diesen Haciendas für eine Bewandtnis?«

»Sind so frei Euer Exzellenz zu versichern,« sprach der Oberste, »daß bloß im Exekutionswege verfahren worden; freilich, bei dem Umstande, daß die Exekutionstruppen von *Aguardiente de cana* erhitzt und von löblichem Eifer und Haß gegen die Rebellen beseelt waren, sind einige Exzesse vorgefallen; aber wir bitten untertänigst bemerken zu dürfen, daß in mehreren dieser Haciendas wirklich Schulen etabliert gewesen, wo Kinder sowohl, als Erwachsene im Lesen und Schreiben Unterricht erhielten.«[57]

»Sollte,« meinte die Exzellenz lächelnd, »beinahe zweifeln, daß ein solcher Unfug in der Nahe der Hauptstadt – da wir doch alle möglichen Maßregeln genommen – –«

»Habe die Ehre untertänigst und auf Parole zu versichern, daß bloß die Schuldigen bestraft wurden, bloß diejenigen, die lesen konnten, ließ man über die Klinge springen. Es war freilich die Mehrzahl, und in der Hitze wurden vielleicht einige hundert Kinder und Mädchen mitgenommen; aber Euer Exzellenz belieben auch am besten zu wissen, wie der Soldat für seine Mühe entschädigt sein will.«

Der Virey hatte während der vorgebrachten Entschuldigung einige Worte auf die Depesche geschrieben. Er sprach nun:

»Wir sind stolz, der Obergeneral von Truppen zu sein, die so getreu die Befehle unseres gnädigsten Herrn exequieren. Harren Sie, Oberster, der Erledigung der Depeschen. Wir hoffen, der nächste Kurier wird uns die erfreuliche Nachricht bringen, daß das verräterische Cuautla Amilpas – existiert habe.«

---

[57] Siehe Note.

Und nachdem der hohe Mann seinen humanen Wunsch auf diese großartige Weise zu erkennen gegeben, winkte er dem Kurier gnädig seine
Entlassung zu; dann wandte er sich an den Generaladjutanten:

»Es werden zwanzig Stücke Belagerungsgeschütz noch diese Nacht abgehen – in aller Stille abgehen. Zugleich bemerken Sie in der Erledigung,
daß künftighin zu Exekutionen Kreolen sowohl als Spanier verwendet
werden sollen. Man muß billig sein, und beiden etwas gönnen. Der Bericht des Generals kommt in die Zeitung, so wie die Exekutionen an den
Haciendas. Das erste Bataillon der Companias Sveltas erhält gleichfalls
Befehle, nach Cuautla aufzubrechen. In zwei Stunden müssen sie auf dem
Wege sein.«

Alle diese verschiedenen Befehle wurden mit derselben zierlich kalt-
blütigen Miene gegeben.

Ein leises Tappen an der Wand ließ sich vernehmen. Der Virey stutzte
und horchte.

»Capitano San Gregorio, von Valladolid kommend,« sprach der Camarero.

»Mag eintreten.«

»Capitano San Gregorio,« redete er den Eintretenden an, »derselbe, der
für seine glänzende Waffentat an der Puente de Cuensuges Kapitänsrang
erhielt.«

»Euer Exzellenz aufzuwarten,« sprach der Capitano.

»Wir erinnern uns der Tapfern,« fuhr der Virey fort, »die uns in unsern Feldzügen zur Seite gestanden, mit Vergnügen.«

»Sie haben einen Echec erlitten?« bemerkte er nach einer Weile, während er die Depeschen durchflogen hatte.

»Wir hatten wirklich das Unglück,« bemerkte der Capitano.

»Und General Llanos hat sich herab gegen Cuautla gezogen, um sich
mit dem Kommandierenden zu vereinigen?« fuhr er fort.

Der Kapitän bejahte es.

»Achthundert Tote, Verwundete und Gefangene – bedeutender Ver-
lust. – Ah, siehe da, Ihre Escadron Flanqueadores – sich sehr brav gehalten – sehr brav. – Also zweihundert Gefangene gemacht, Capitano
Blanco? Sehr schön, und diese zweihundert Gefangene über die Klinge
springen lassen –? Major Blanco! – Es freut mich, Sie also zur Belohnung
Ihres Eifers im Dienste der Majestät begrüßen zu können.«

Der überraschte neue Major verbeugte sich, und der Virey winkte ihm
seine Entlassung zu.

»Senden Sie dem Obersten Soto,« wandte er sich an den Generaladjutanten, »die Ordre, sich sogleich mit Llanos zu vereinigen – fertigen

Sie –« er hielt inne, und zuckte wieder zusammen, denn ein zweites Mal wurde wieder ein leises, aber vernehmliches Tappen an der getäfelten Wand gehört – »für Major Blanco das Majorpatent aus – Major Minto gleichfalls, für den eminenten Eifer, den er im Dienste Sr. Majestät dadurch bewiesen hat, daß er die Hacienda von San Francisco zerstört – den Sergenten Bravo zum Alfarez, dafür, daß er seinen eignen Bruder, der zu den Rebellen übergegangen, niedergestoßen.«

Das Klopfen wurde ein drittes Mal gehört, der Virey zuckte wieder zusammen. Auf einmal warf er einen scharfen Blick auf den Geheimsekretär.

»Was stehen Sie an, Don Murviedro? Im Dienste Sr. Majestät darf kein Anstand sein, merken Sie sich dieses. – Den Lugerteniente Ballasteros zum Kapitän befördert, dafür, daß er die Hacienda San Matteo zerstört und die Einwohner vertilgt, von wegen rebellischer Gesinnungen und vorzüglich unbefugten Schulbesuchens. Setzen Sie dieses in sein Offizierspatent. Es ist unser ausdrücklicher Wille, daß unsere Offiziere auch die Bedingungen ihres Steigens, die Untertanen Sr. Majestät die ihrer Existenz kennen. – Nichts unpolitischer, als diese Pruderie mit der öffentlichen Meinung. – Und in der Erledigung der Depesche geben Sie dem Kommandeur *en chef* unsern hohen Dank für seine Bemühungen, die Rebellion nicht nur durch die siegreiche Gewalt unserer Waffen, sondern auch die Keime derselben dadurch zu ersticken, daß alle schädlichen Materiale aus dem Wege geräumt werden.«[58]

Diese verschiedenen hohen Entschließungen, und namentlich die letztere, wo diejenigen Kreolen und Mexikaner, die die Schulen besuchten, ein schädliches Material so passend genannt wurden, hatte er mit vielem Anstande dem Geheimsekretär mehr in die Feder diktiert als vorgesprochen, während er zugleich mehrere Punkte auf den Depeschen selbst notiert hatte. Er legte nun einige derselben auf die Seite, und gab die andern dem Generaladjutanten, der, nachdem er sie zusammengepackt, die Kanzlei unter einer tiefen Verbeugung verließ.

Ein viertes Mal wurde das Tappen gehört. Der Virey trat zu den Flügeltüren, durch welche der Generaladjutant gegangen, verschloß sie, bedeutete dem dienstuenden Camarero, daß niemand vorgelassen werde, und schlüpfte dann durch eine in der getäfelten Wand angebrachte Türe in ein Nebenkabinett, das wir, mit seinen Bewohnern, im nächsten Kapitel zu beschreiben gedenken.

---

[58] Siehe Note.

Fünfundvierzigstes Kapitel.

> Er kann nämlich nicht von einem Streite zwischen seinen
> entferntesten Nachbarn hören, ohne Bewegungen mit
> seinem Knittel zu machen, und zu überlegen, ob sein
> Interesse und seine Ehre es nicht erfordern, sich in die
> Sache zu mischen, und er hat in der Tat seine ver-
> wandtschaftlichen Beziehungen, in Hinsicht auf Stolz
> und Politik, so über die ganze Welt ausgedehnt, daß
> durchaus nichts vorgehen kann, ohne einige seiner schön
> ersonnenen Rechte und Würden zu beeinträchtigen.
>
> JOHN BULL (WASHINGTON IRVING).

s war ein kleines Kabinett von etwa vierzehn Fuß Länge und
Breite; ohne alle Verzierung, mit einem Tische, zwei Sesseln
und drei hölzernen, sänftenartigen Kästen, jenen Behältern in
englischen Speisezimmern ähnlich, in denen John Bull seinen Verdau-
ungswerkzeugen am liebsten, ungesehen und unbeneidet, Beschäftigung
gibt. Doch schienen im gegenwärtigen Falle diese Behälter, die aus starkem Mahagoniholze gearbeitet waren, ganz andern Bestimmungen gewidmet; denn aus zweien war das Knarren von Schreibfedern zu hören,
und dumpfe, unangenehme Laute, die weder Kehlen- noch Zungenlaute
schienen, sondern mehr ein unartikuliertes tierisches Geächze.

In diesem Gemache stand, an einen Tisch, auf welchem mehrere Briefe
lagen, gelehnt, ein Mann, der mit den bisher beschriebenen Physiognomien und Gestalten auch nicht die mindeste Ähnlichkeit hatte. Er war
groß, stark und breitschultrig, mit einem roten, vollen Gesichte, dem die
zahllosen Blutäderchen das Ansehen einer unserer alten Louisianakarten
gaben, wo die Flüsse, mit roten Linien bezeichnet, sich in Unzahl kreuzen,
und endlich in eine lange Hauptader vereinigen, die den Mississippi oder
Missouri vorstellen soll. Zwei Reihen gesunde Zähne schienen weder mit
der spanischen *sopa de ajo*, noch der mexikanischen *pesca blanca*[59] in ge-

---

[59] Weder mit der Knoblauchsuppe, noch mit dem Weißfische. Erstere ist die gewöhnliche Nahrung der Spanier, letzterer der untern mexikanischen Volksklassen.

nauere Bekanntschaft getreten zu sein, vielmehr dem Roastbeef gehuldigt zu haben. Das eine der graublauen Augen war recht angenehm zu schauen; es spiegelte sich darin etwas, das wie Zuversicht, männlicher Trotz, oder auch ruhige Behaglichkeit aussah, was tröstlich in diesen furchtbaren Umgebungen auffiel; aber das zweite war um ein Merkbares kleiner, und hatte eine fatale Schiefheit, die, durch eine ungeheure Warze am Augenliede verursacht, dem Manne den Ausdruck einer gewissen Bereitwilligkeit gab, dieses Auge nach Gefallen zuzudrücken, wenn es sein Vorteil erheischte. Sein ganzes Wesen verriet beim ersten Anblicke britische Abstammung.

Kleidung und Benehmen waren die eines Gentleman, aber nicht des gebornen Gentleman. Er hatte etwas vom Weltmanne, aber nicht jenem Weltmanne, der, in der Gesellschaft von Aristokraten gebildet und durch Unabhängigkeit begünstigt, diese durch ein leichtes und doch vornehmes Benehmen kund gibt, das jede niedrige Berührung zurückscheucht; das gegenwärtige Individuum hatte etwas von jener Klasse seiner Landsleute, die durch das Dick und Dünn der Hefen der menschlichen Gesellschaft gewatet und geschritten, alle feineren Nuancen als überflüssig und hindernd verwischen lassen, und nur die gröbsten Züge ihres Nationalcharakters beibehalten. Es war eine der Physiognomien, die wir häufig an den untergeordneten diplomatischen Werkzeugen dieser Regierung bemerken, die gleich einer ungeheuern Spinne ihr endloses Netz über die ganze Welt ausgebreitet.

Als der Vizekönig eintrat, legte er das Schreiben, das er in der Hand hielt, weg, und trat ihm mit einer nicht weniger als ehrfurchtsvollen Verbeugung entgegen.

»Guten Abend, Exzellenz,« sprach er mit einer, wie es schien, berechneten Derbheit, denn John Bull liebt es, sich diese vor den Großen fremder Nationen beizulegen, obwohl er vor denen seines eignen Landes wieder ungemein bescheiden wird. »Wie befinden sich Euer Exzellenz, wenn ich zu fragen so frei sein darf?«

»Wir danken Ihrer Nachfrage, Sir George. Ziemlich wohl;« erwiderte der Gefragte.

Diese Worte waren in einem Tone gesprochen, der von der Art und Weise, in welcher wir bisher die hohe Personnage sich äußern gehört haben, gänzlich verschieden war. Es war weniger Herablassung, als eine Art gezwungener Herabstimmung, eine Vertraulichkeit und wieder ein Rückhalt, der eine eigene Bewandtnis zu haben schien. Auch die Weise, in der er eingetreten, war auffallend gewesen. Er war tänzelnd und sich wiegend eingetreten; so wie er aber den Briten erblickt, zuckte er zusammen, trat jedoch wieder vor, und schien sich eine nachlässige Vornehmheit beilegen zu wollen. Alle diese

Symptome von Verlegenheit hatte der Letztere mit jenem intuitiven Blicke aufgefaßt, der den kaufmännisch diplomatischen Charakter seiner Nation eigen ist, und den er auch keineswegs zu verhehlen strebte; denn ein leichtes höhnisches Lächeln überflog seinen Mund, als er sprach:

»Euer Exzellenz schrecken zurück? Vor mir doch nicht? – Bin ich denn so furchtbar seit meiner Exkursion geworden?«

»Sie waren schnell zurück, Sir George!« erwiderte die Exzellenz in einem Tone, dessen verbindliche Artigkeit sehr gegen die gemeinen rücksichtlosen Manieren des Briten abstach.

»Ihre verdammten Gavecillas trieben mich;« entgegnete dieser lachend. »Sie regen sich ja wieder ganz erstaunlich. Haben Sie Nachrichten von Calleja?«

»Meinen Sir George Se. Exzellenz den General *en chef* unserer Armee vor Cuautla?«

»Nun ja, wollte Se. Exzellenz wäre beim Teufel oder bekäme tüchtig Schläge. Ist ein gewaltiges Gerede von ihm in Cadix.«

Bei diesen Worten fixierte er die Exzellenz, die abermals zuckte, sich jedoch schnell wieder faßte und in einem fein ironischen Tone sprach: »Sir George hat der Kommunikationswege so viele.«

»Nicht so viele, als notwendig wäre für unser beiderseitiges Interesse, und als wir haben könnten, wenn Mexiko ein zivilisierteres Land wäre.«

Diese Worte, die unter obwaltenden Umständen als eine Grobheit gelten konnten, machten den Virey lächeln.

»Fürwahr, Sir George nehmen einen Anteil an unserem Gedeihen –«

Der Brite jedoch schien das Kompliment nicht verstehen zu wollen. Er erwiderte:

»Der recht aufrichtig und, was die Hauptsache, solid ist; denn, wie gesagt, er gründet sich auf unser wohl verstandenes beiderseitiges Interesse.«

»Sehr viel Ehre für uns, Sir George, uns so gütig in Ihr Interesse aufzunehmen.«

»Können versichert sein, Exzellenz, daß wir dieses tun;« fuhr der Brite mit britischer Rücksichtslosigkeit fort. »Unser Haus hat für eine Million Piaster gut gesagt und Wechsel ausgestellt für eine zweite. Es braucht eine Weile Zeit, diese zwei runden Sümmchen zusammen zu scharren. Die Wahrheit zu gestehen, so habe ich mir von der Öffnung der beiden Häfen, und vorzüglich Tampicos, weit mehr versprochen, von Tuspan[60] habe ich nicht viel erwartet.«

---

[60] Zwei Seehäfen nördlich von Veracruz; wurden im Jahre 1811 dem britischen Handel geöffnet.

»Diese Art Selbsttäuschung ist übrigens nicht ungewöhnlich, auch bei den günstigsten Unternehmungen,« bemerkte der Virey; »so ganz ungünstig aber scheint Sir George *et Compagnie* denn doch nicht spekuliert zu haben; denn wir ersehen aus den Berichten der Intendanten, daß Sie die Erlaubnis, Waren einzuführen, bereits um eine Million überschritten.«[61]

»Wofür wir wahrlich nicht können. Aber sehen Euer Exzellenz, da haben Sie wieder Ihre verdammte Alcavala, wo von jeder Elle Tuch Eingangszoll in Tampico, in Saltillo und erst dann wieder in der Stadt genommen wird, wo die Ware *en détail* verkauft wird. Dann müssen Euer Exzellenz bedenken, daß die Kaufleute an diesen Weg noch nicht gewöhnt, daß Ihre Straßen heillos, Ihre Kommunikationsmittel detestabel – mein Gott! im ganzen Lande sind ja nichts als Maultiere, das heißt Packesel, zu finden – daß wir endlich den Vorteil mit dem Consulado von Mexiko teilen, kurz, daß die Bilanz noch sehr zu unserem Nachteile steht.«

»Aber,« versetzte die Exzellenz, »dies alles sollte Sir George früher bedacht haben, als er uns so dringend anlag, die beiden Häfen zu öffnen. Zudem ist dieses Sorge der spanischen Kaufleute. Sie haben fünf Millionen für Waren eingenommen, die nach dem Originalschätzungswerte bloß zwei wert sind.«

Die Reihe verlegen zu werden, kam nun an den Briten. Er wurde blutrot, murmelte ein *Damn ye,* faßte sich jedoch wieder.

»Euer Exzellenz sind da im Irrtume,« versetzte der Mann; »in einem für einen Ausländer sehr verzeihlichen Irrtume. Unsere Zollhäuser in London und Liverpool –«

Der Virey lächelte. »Gar nicht übel, Sir George! Ich sehe, Sie machen sich hier bereits zu Hause. Also wir sind der Ausländer, und Sie der Inländer.«

»Sprach vom Auslande, in Bezug auf unsere Zollhäuser in London und Liverpool, wo Euer Exzellenz wissen müssen, daß die Ausfuhrwaren immer fünfzig Prozent unter ihren Valoren angegeben werden.«

»Das ist eine um so generösere Überschätzung, als die Handelsleute für die ausgeführten Artikel, wenn ich recht unterrichtet bin, einen Bon erhalten,« bemerkte der Virey wieder lächelnd.

»Der für diese Art Waren aufgehoben ist;« fiel ihm der Brite ein. »Sei dem wie ihm wolle, unsere Bilanz zeigt netto acht Mal hunderttausend Dollars, die wir noch bei Euer Exzellenz zugute haben.«

»Wirklich?« fragte die Exzellenz.

»Sehr leicht auszurechnen,« sprach der Brite trocken, indem er sein Portefeuille aus der Brusttasche nahm und eine Note heraussuchte, die

---

[61] Siehe Note.

er dem Virey hinhielt. »Eine Million für Ihren großen Pachtschilling von Mexiko bezahlt; ditto eine Million in Wechseln ausgestellt, teils nach Madrid, teils nach Frankreich; dito zwei Mal hunderttausend Duros oder Dollars, wie die Yankees sagen, zu Ihrer Ausrüstung, – macht Summa Summarum, mit Interessen, Gebühren etc., einen Rückstand von acht Mal hunderttausend Duros.«

»Sehr gnädig, und wenn wir diesen Rückstand bezahlt, dürfte Sir George sehr leicht belieben, uns noch ein Item von einer halben Million Duros vorzulegen. Sir George! die Sache kurz zu machen, Sie sind bezahlt; das Monopol, das wir Ihnen für ein Jahr verliehen, geht mit erstem März zu Ende, und als Landes-Chef müssen wir dafür sorgen, daß der Handel wieder in neue, oder vielmehr die legitimen Kanäle komme, die den nationellen Interessen angemessen sind.«

»Das heißt, Sie wollen eine neue Bahn einschlagen,« bemerkte der Brite ganz ruhig. »Tun Euer Exzellenz, wie beliebt. Was jedoch die acht Mal hunderttausend Duros betrifft – –«

»So werden wir die Rechnungen genau untersuchen, und haben Sie wirklich eine Forderung, Ihnen Wechsel ausstellen.«

»Die wir kaum annehmen dürften,« bemerkte George W–n trocken. Der Virey fuhr auf, »Sir George!« sprach er drohend.

»Die wir nicht annehmen,« wiederholte der Brite noch bestimmter.

»Sir George! wie soll ich diese Sprache verstehen?«

»Als die Sprache eines ehrlichen Mannes, der keine Ursache hat Euer Exzellenz zu schmeicheln oder zu scheuen, oder die Wahrheit zu verhehlen. Ich habe Ihnen gesagt, unsere Interessen gehen Hand in Hand, das heißt, wenn Sie wollen. Wollen Sie nicht, je nun, so gehen wir verschiedene Wege.«

Diese Worte waren so trocken, so grob gesprochen, die zart betonte Exzellenz begann ihre Fassung mehr und mehr zu verlieren.

»Und warum wollen Sie unsere Wechsel nicht akzeptieren?«

»Weil, auf den Fall Ihrer Trennung von uns, Sie in sechs Wochen nicht mehr Virey sind.«

»Sir George!« fuhr der Virey wütend heraus.

»Verstehen Sie mich recht, Don Vanegas!« fuhr der Brite kaltblütig fort. »Sie sind jetzt Virey von Neuspanien, das will sagen, König von Mexiko, wie es keiner der Könige Europas in seinem angestammten Lande ist. Wie Sie dies geworden sind, gehört nicht zur Sache; doch erinnern Sie sich vielleicht noch, daß wir, oder vielmehr unsere guten vollwichtigen Guineen, bei der ganzen Affäre eine gerade nicht ganz unwichtige Rolle spielten, daß wir eigentlich das Medium waren, durch welches Sie auf – und in diesen glänzenden Pachthof versetzt worden, daß wir mit einer Million Duros herbeikamen, die dazu diente, die ehrenwerten Glieder der obersten Junta ein wenig freundwilliger zu stimmen, daß wir eine zweite Million uns entlocken ließen, die zu einem ähnlichen Gebrauche verwendet worden, daß wir endlich noch zwei Mal hunderttausend Dollars hergaben, um Sie auch vizeköniglich auszurüsten; denn Euer Exzellenz erinnern sich gefällig, daß Sie ein sehr braver, ein sehr tapferer und geschickter, aber bei alledem, was man sagt, kein reicher General, ja im Gegenteile, so was man sagt, ein armer Teufel von General waren. Wohl, Euer Exzellenz haben nun die zwei Millionen abbezahlt, und auch die zwei Mal hunderttausend Dollars; aber Sie wissen doch, daß Anleihen dieser Art auch wieder ihre Bewandtnis haben, und daß die Interessen, zu den Gebühren geschlagen, uns *deductis deducendis* eine Summe von acht Mal hunderttausend Duros zugute stellen. Nun will ich annehmen,« fuhr der Mann in demselben buchhalterischen Tone fort, »Sie mögen sich immerhin ein vier Mal hunderttausend Duros gemacht haben, will's gerne glauben. Ein schönes Sümmchen! zwei Millionen sechs Mal hunderttausend Dollars aus einem Lande gezogen zu haben! Verdammt schönes Sümmchen! – Das ist aber auch alles.« –

Der Mann hielt inne.

Der Virey ließ ihn ausreden, aber sein Gesicht wechselte alle Farben. Es hob sich seine Brust, und er tat sich sichtlich Zwang an, ruhig zu bleiben.

»Fürwahr, Sir George führte eine Sprache,« hob er endlich an, »die alles übertrifft, was wir je gehört haben, und zu welcher Sprache,« fuhr er mit stärkerer Stimme fort, »ihn weder seine Stellung, noch sein Verhältnis zu uns, ermächtigen. Oder ist diese Sprache in der Instruktion, die Sir George von Lord Castlereagh? – –«

»Das nicht Exzellenz!« erwiderte der Brite trocken, »obwohl ich überzeugt bin, daß Mylord Castlereagh meine Sprache ganz billigen wird, um so mehr billigen wird, als sie die Sprache des gesunden Menschenverstandes ist. – Wir haben Ihnen zum Besitze eines Königreiches verholfen.«

»Um drei Fünftel seiner Einkünfte in echt britischer Manier als Ihren Anteil zu nehmen.«

»No, das nicht, liebe Exzellenz,« meinte der Brite lachend; »die direkten Einkünfte, um die kümmern wir uns nicht – die gehören Ihnen; aber die indirekten, ja, Exzellenz, das ist eine andere Sache. – Eine Hand wäscht die andere; und wenn Sie glauben, daß die Ehre, einen Virey gemacht zu haben, uns als Entschädigung für unsere Mühen und das Risiko dienen sollte – das Risiko, zwei Millionen zum Teufel gehen zu sehen, Exzellenz! da irren Sie sich gewaltig. – *No, Sir.*« –

Für einen britischen Diplomaten oder Unterdiplomaten war der Mann wirklich etwas zu grob, so grob diese Gattung von Leuten auch zuweilen sein kann.

»Und glauben Sie, mit Ihrem Gelde auch dieses Land zu beherrschen, und in Ihr Netz zu ziehen?« brach der Virey los.

»Das würde uns wenig nützen, Exzellenz! und wenn wir es wollten – glauben Sie, wir fragten Sie viel? es kostete nur ein paar Zeilen nach unserer Jamaica-Station. Nur ein viertel Dutzend Linienschiffe, und ein Dutzend britischer Kompanien, die den armen Teufel von Rebellen unter die Arme griffen. Nur zweitausend Briten, und sie blasen Ihre zehntausend spanischen Grenadiere und Flanqueadores und Caçadores, und wie sie alle heißen mögen, zum Teufel, das heißt, aus Mexiko hinaus. – Seien Sie aber ruhig, wir sind Ihre Alliierten,« sprach der sackgrobe Brite.

»Gott behüte uns vor dieser Allianz!« versetzte der Virey, kaum mehr seiner mächtig.

»Sie mögen sie in dieser Stunde lösen. Zwar sind wir bei Ihnen akkreditiert, von unserem Staatssekretär als Agent der britischen Interessen akkreditiert; aber Sie brauchen um unsere Abberufung nicht erst zu schreiben. Ein kurzes Ja oder Nein; Sie bezahlen die acht Mal hunderttausend Dollars durch das Monopol, das Sie uns in den Häfen von Tampico und Tuspan für ein folgendes Jahr verleihen, – ein halbes Jahr meine ich. – Ja oder Nein? – und wir bleiben oder ziehen ab.«

Der Virey zitterte vor Wut, indem er sprach: »Und seit wann ist Sir George so bereitwillig geworden, das Land zu verlassen, in das er zu kommen sich so sehr gedrängt hat?«

»Seit wir gesehen, daß wir dem Manne nicht trauen dürfen, dem wir zwei Millionen anvertraut haben.«

»Und wollen unsere Wechsel nicht akzeptieren?«

»Nein.«

»Und wie wollen Sie sich bezahlt machen?«

»Sie haben sich ein vier Mal hunderttausend Duros gemacht, ein fünf Mal hunderttausend machen Sie sich in den laufenden vier Monaten, macht neun Mal hunderttausend Duros. Von diesen werden wir uns bezahlt machen.«

»Sehr positiv. Sir George rechnet also darauf, daß wir noch vier Monate dieses Land regieren?«

»Wenn Sie mit uns brechen, ja, und keinen Tag länger.«

»Wirklich? und woher wissen Sie das, Sir George? Zwar sind Sir George einer der Hebel des großen Castlereagh, zudem der Associé eines großen Hauses, zudem ein Brite.«

»Wie Sie wollen, Exzellenz!« sprach der Brite trocken. »Lesen Sie und Sie werden sehen. Es mag ein Glück sein, und ein Unglück, wie Sie es nehmen wollen, daß ich so zur rechten Zeit gekommen bin. Das Ministerium zu Cadix ist verändert. Unser Einfluß hat gesiegt, Ihre Freunde sind vom Ruder entfernt, und Ihrem Feinde, der am Ruder sitzen will, bietet das Haus G– die nötigen Summen an, um Mexiko, wenn er will, heute zu kaufen.«

Der Virey hatte gelächelt, während der Brite sprach; aber es war ein schmerzhaft bitteres Lächeln; er griff nachlässig und doch wieder zitternd hastig nach dem Papiere, warf einen oberflächlichen Blick darein, und wurde auf einmal erdfahl. Indem er weiter las, wurden seine Züge seltsam, ja grausig entstellt, so beispiellos entstellt, daß der Brite den Mann am Arme ergriff und ihm mitleidsvoll zurief: »Fassen Sie sich, schonen Sie sich, Don Vanegas.«

Der Mann sah ihn stier an; »ah Sir George! sind Sie es? lieber, teurer Sir George! – unser teurer Sir George!«

»Dachte es,« sprach Mister George; »also hören Sie, Don Vanegas! bleibt es dabei, die Häfen von Tambico und Tuspan noch für ein Jahr?«

»Sie sagten, ein halbes Jahr, teurer Sir George!«

»Ah bah, sagen Sie ein Jahr; dafür streichen wir die acht Mal hunderttausend Duros, zahlen Ihnen ein reines Gratuit von fünf Mal hunderttausend Duros binnen Jahr und Tag; Sie bleiben noch drei Jahre Virey, machen sich, nebst dem, noch ein und das andere Milliönchen, und kommen mit einem runden Sümmchen von zwei bis drei Millionen Piastern nach Hause, leben wie ein Fürst, und verlachen alle *Residencias*[62] der Welt, und dafür, Exzellenz, fordern wir nichts als Ihr eigenes Beste, für Ihre erbärmlichen Woll- und Baumwollstoffe unsere prächtigen Leeds- und Manchesterfabrikate zu substituieren; alles zum Besten Mexikos.«

»Dann sind die Fabriken in Mexiko ganz ruiniert.«

»Schofles Zeug, kein Schade, wenn es zugrunde geht. Dafür regieren Sie.«

»Und Sie versprechen?«

»Sogleich nach der Madre Patria zu schreiben, und nach London gleichfalls; dann mögen Sie zehn Ferdinandos und tausend Cortez verlachen, wenn Sie wollen.«

---

[62] Die Untersuchung, der die Vizekönige des spanischen Amerika nach ihrer Rückkehr in Spanien unterworfen wurden. Natürlich war wieder Bestechung das vorzüglichste Mittel, dieser Untersuchung zu entgehen. Auch weiß man von keinem Beispiele, daß, Iturrigaray ausgenommen, einer der Vireys durch den Spruch der Residencia gelitten hätte.

»Sie wollen es also?« fragte der Virey mit einer halb zitternden Stimme.

Es trat nun eine lange Pause ein, während welcher die Exzellenz allmählich ihre Fassung wieder zu erlangen bemüht war. Gewissermaßen glich er dem Gefolterten, der nach überstandener Todesqual die Marterwerkzeuge in einer jener Launen anstiert, die in dem bizarren Menschengemüte sich so häufig vorfinden. Er las und verglich einen Brief mit dem andern. Der Brite hatte ihn am Lebenspunkte angegriffen.

»Und jetzt zu etwas anderem,« hob er nach einer Weile an. »Haben Euer Exzellenz Nachrichten aus dem Lager der Rebellen?«

»Nicht sehr günstige.«

»So habe ich gehört,« sprach er, indem er einen andern Brief hervorzog. »Dieses Schreiben ist viel wert. Wissen Sie von wem?«

Der Virey verneinte es.

»Von unserm Agenten bei Ihrer Armee. Die drei Navaresen, die wir Ihnen aus der Madre Patria verschrieben, es sind die durchtriebensten Spitzbuben, halb Franzosen, halb Spanier; oder vielmehr ganze Franzosen; sie reden gut französisch und liberal, sind aber eingefleischte Bourbonisten. Sie sind zu Morellos desertiert.«

»Demonio!« rief der Virey.

»Calleja,« fuhr der Brite fort, »hat einen Preis von fünfhundert Dollars auf ihre Köpfe gesetzt. Sie lachen aber nur darüber, und was dieses Rindvieh von blutigem Metzgerknecht in gutem Ernste getan, kommt uns trefflich zustatten. Morellos hat sie ganz liebgewonnen; der eine exerziert seine Indianer und Mestizen, den andern hat er als Lieutenant bei der Artillerie angestellt, der dritte ist um seine Person.«

Des Vizekönigs Gesicht begann wieder seinen gewöhnlichen Ausdruck anzunehmen. »Das ist wirklich ein Meisterstück.«

»Gelt Exzellenz!« sprach der Brite. »Wir wollen die Rebellen zusammenhetzen. Jetzt lesen Sie; aber wir brauchen glühende Kohlen, denn der Brief ist mit sympathetischer Tinte geschrieben.«

Der Virey nahm das Papier, und eilte mit dem Briten in die Staatskanzlei zurück, wo er das Blatt über den Brassero hielt.

»Zweitausend Infanterie – viertausend Lanzenträger – dreihundert Reiter und fünfzehn Kanonen. Die Junta mit Morellos zerfallen. Viele Köche verderben die Olla.«

»Das ist die genaue Angabe der Stärke der Armee der Patrioten. Die Maulaffen haben auch eine Art Kongreß nach dem Exempel der Yankees aufstellen wollen, haben aber vergessen, was das Sprichwort sagt: »mach' den brummigen Bären immer zum großen Herrn, hast doch nur einen

Brummbären.« Machen Sie einem Spanier oder Kreolen hundert Konstitutionen, er bleibt immer nur Sklave.«

»Ohne Komplimente, Sir George!« bemerkte der Virey, der nun seine Fassung ganz wieder erlangt hatte. »Was soll alles das eigentlich heißen?«

»Daß die Kongreßmänner, statt einen Kongreß zu bilden, Ihren Kriegsrat nachäffen und Morellos seine Operationen vorschreiben. Cos will auf Mexiko los – lesen Sie nur. Rainon will hinab nach Valladolid, Vincente Guerero will Oaxaca und Acapulco, Vittoria Veracruz. Jeder etwas anderes. Die beiden Letztern sind noch die gescheitesten.«

»Die Nachrichten sind allerdings wichtig. Ja, allerdings,« bemerkte der Virey. »Unschätzbar,« fügte der Brite bei. »Lesen Euer Exzellenz weiter, und Sie werden auch die Namen derjenigen Kreolen finden, die Neigung verraten, sich wieder von der Sache der Insurgenten zu trennen.«

Der Virey las weiter. »Und wie haben Sie, Sir,« er betonte das Wort Sie, »die Nachrichten erhalten? Wir erinnern uns, daß wir die drei Menschen durch Ruy Gomez in unsere Dienste nehmen ließen.«

»Dem sie auch recht getreulich rapportiert, der aber, statt die Rapporte zu bezahlen, das Geld in seine eigene Tasche gesteckt. Deshalb haben sie sich an mich gewandt. Die Menschen müssen leben.«

Der Virey sah den Briten forschend an.

»Bei meiner Ehre, Sir George! Sie sind ein furchtbarer Mann. Ich glaube, die drei Spanier sind im Interesse der Bourbonen.«

»Fernando ist doch auch ein Bourbon. Was weiter?« –

»Offen wenigstens,« bemerkte der Virey.

»Sie werden die bestimmtesten Nachrichten erhalten durch diese drei,« fuhr Mister George fort, »aber sie lassen sie durch meine Hand gehen.«

»Und uns so ganz in Ihre Gewalt geben.«

»Besser, als wenn Sie sich der Ihrer Landsleute überlassen, die soeben beim Erzbischofe gegen Sie konspirieren.«

Der Virey lächelte ungläubig.

»So wie ich sage. – Doch auf die Spione zurückzukommen. Was sind Sie willens zu tun?«

»Uns zuerst von der Richtigkeit der Daten zu überzeugen.«

»Und den Zeitpunkt verstreichen lassen, die Rebellen zu vernichten? Tun Sie, wie Sie wollen, daß wir es aufrichtig meinen, mögen Sie glauben. Sie haben ein paar hundert Spione im Lager Morellos; aber diese drei wiegen sie alle auf, und wenn sie Ihnen nicht Morellos binnen Jahr und Tag in die Hände liefern, so heißen Sie mich etwas.«

Noch schien sich die Exzellenz zu besinnen.

»Was ist da zu besinnen, Don Vanegas?« sprach der Brite. »Sehen Sie die Sache an, wie sie ist. Sie wollen Morellos, das Haupt der Rebellen, in Ihre Gewalt bekommen, wo möglich ohne Zutun Callejas in Ihre Gewalt bekommen. Wohlan, dann müssen Sie entweder selbst mit den Spionen korrespondieren, oder mir es überlassen. Ihren Spaniern dürfen Sie nicht trauen; die verraten Sie an Calleja, den sie als Virey haben wollen. Was nun mich betrifft, so ist unser Interesse an das von Euer Exzellenz geknüpft, und wir haben Ursache, Sie am Ruder zu erhalten, so lange Sie Ihr Wort nicht brechen. Für hunderttausend Dollars liefern wir Ihnen Morellos und seine Armee binnen Jahr und Tag aus.«

»Sie wollen,« sprach die Exzellenz lächelnd, »Sie wollen und dies mit Ihren eigenen Hilfsmitteln?«

»Mit unsern eigenen Hilfsmitteln,« sprach der Brite, »Das heißt, wir wollen Ihnen bloß die Mittel und Wege anzeigen. Ja, ja, Exzellenz, wir wissen die Sachen einzufädeln. Mit Eurem Spionenwesen, wie Ihr es hier habt, ist alles Lappalie. Unser Spionensystem ist ein bißchen anders; weder französisch, noch spanisch, noch russisch, noch deutsch; aber wir treffen den Nagel auf'n Kopf. Ihr System des Einsteckens in der Nacht, des Verschwindenmachens geht für einige Zeit, taugt aber für die Länge nichts. Das heißt mit Pulverfässern spielen. Da lesen Sie, Don Vanegas.«

Der Virey hatte einige Briefe vom Tische aufgenommen, legte sie aber wieder weg.

»Was sollen diese Korrespondenzen, Sir George! Mir bekräftigen, was wir leider nur zu sehr wissen, daß Sie während Ihres zwölfmonatlichen Aufenthaltes in Mexiko bereits das ganze Land in Ihr unsichtbares Netz gezogen, ausspioniert?« –

»Ja, ja, so sind sie alle, diese großen Staatsmänner;« fuhr der Brite fort, ohne auf die Worte des Satrapen zu hören. »Wenn ich nun im Vertrauen gewispert hätte, daß irgendein Conde *Muera el mal gobernio* oder *tiranno* geschrien, so wäre diese Nachricht unfehlbar weit erwünschter gekommen,«

»Sir George! aber wozu diese Umschweife?« bemerkte der Virey ungeduldig.

»Sie sind so unsere Art,« erwiderte der Brite; »unsere Manier wissen Sie. Jede Nation hat ihre Eigentümlichkeiten, und John Bull, Gott sei Dank! –«

Nun bei Gott! Sir George, Sie spannen unsere Geduld auf's Höchste.«

»Das wollen wir nicht; im Gegenteile, wir wollen Freunde bleiben, um so mehr als diese Freundschaft unserm beiderseitigen Interesse förderlich ist, und Euer Exzellenz noch ein paar Jahre im souveränen Besitze von Nueva Espanna erhalten, trotz allen Callejas erhalten, und nebst dem noch mit einigen Millionen Duros ausstatten soll, die Sie am Ende Ihrer glorreichen Laufbahn in der Tasche haben und damit alle Angriffe zurückschlagen werden. Kein Maravedi wird Ihnen genommen werden. Dafür lassen Sie aber die Abfälle.« –

Der Virey knirschte mit den Zähnen.

»Aber nun zur Sache,« fuhr der Brite in demselben trocknen, langweiligen Tone fort. »Sehen sie, diese Briefe sind nicht ganz so unwichtig, wie Sie wähnen mögen. Dieser hier von Oaxaca oder der Mistecca, zeigt *pro primo*, daß die Cochenilleernte zwar recht gut ausgefallen, daß sie aber um einige tausend Seroons weniger gegeben, als anno acht, neun und zehn, wegen Abgangs der Pflanzer; mit andern Worten, weil Tausende dieser Pflanzer sich an die Rebellen angeschlossen haben; – das steht namentlich zwar nicht im Briefe, aber das gibt der gesunde Menschenverstand. Sehen Sie, das ist die wahre Spionerie. Hören Sie weiter: Von Puebla schreibt uns unser Agent gute Nachrichten. Die Baumwollen- und Porzellanfabriken haben dieses Jahr um beinahe eine Million weniger Fabrikate geliefert; warum? weil ein ditto fünftausend Arbeiter das Machetto statt der Spindel zur Hand genommen haben.«

Er nahm einen dritten Brief. »Von Zacatecas schreibt unser Agent, daß die dortigen Fabriken zum Teile ganz stillstehen, weil an die sechstausend Arbeiter ein Gleiches getan.«

Der Virey war sehr aufmerksam geworden.

»Bis morgen früh sollen Euer Exzellenz eine Übersicht des Zustandes des Landes haben, die Ihnen eine halbe Million Piaster für Spione ersparen wird,« fuhr der Brite fort. »Und in zwei Tagen will ich Ihnen über Mexiko nähere Auskunft geben.«

Die Augen des Virey funkelten; aber sein Triumph war gemischter Art. Er sah den Mann mit einer Art Entsetzen an, das wieder in Furcht und Verachtung übergehen zu wollen schien, je nach seinen verschiedenen Äußerungen.«

»Wissen Sie noch etwas Neues?«

Der Virey verneinte es.

»Alt-England hat den Yankees den Krieg erklärt. Wir wollen diese Zwiebelkrämer und Mehlhändler züchtigen.« –

»Wir haben das Gegenteil vernommen,« bemerkte der Virey gedehnt. »Nach den offiziellen Mitteilungen, die uns gemacht worden, haben die Vereinten Staaten Ihnen den Krieg erklärt.«

»Sei dem, wie ihm wolle,« sprach der Brite; »genug, wir wollen sie züchtigen. Und für Sie ist es gut; denn von dieser Seite haben die Rebellen nun keine Unterstützung zu hoffen.

»Wir waren von dieser Seite sicher,« bemerkte die Exzellenz, »die Regierung von Washington hat ihre Neutralität strenge beobachtet, strenger als unsere Alliierten.«

»Pah, und doch sind einige hundert Yankees auf Ihren Grund und Boden mit bewaffneter Hand eingedrungen.«

»Sie sind zurück, und die übrigen gefangen oder tot.«

»Was glauben Sie mit ihnen anzufangen?«

»Sie sind in San Juan d'Ulloa.«

»Brr,« murmelte der Brite, »lassen Sie sie los; es ist britisches Blut, tut mir leid um die armen Teufel.«

»Kann nicht sein,« bemerkte der Virey.

»Je nun, wie Euer Exzellenz wollen.«

Die Exzellenz schien sich nun allmählich zu ennuyren und gab Symptome steigender Ungeduld von sich.

»Noch etwas. Was haben Sie mit dem Conde de San Jago.«

Der Virey fuhr auf. »Sir George! Wir gaben Ihnen bedeutende Befugnisse – sehr bedeutende – aber verstehen Sie, innerhalb der Grenzen unserer Gewalt – Der Conde ist mexikanischer Untertan.«

»Ein Teufel ist er's, Exzellenz, so wenig als ich es bin. – Der Conde ist mehr König, als Ferdinando *VII.*«

»Das ist wieder eines Ihrer beliebten Paradoxen.«

»In Mexiko ist der Conde keine zwei Mal hunderttausend Duros wert; denn für seine Ländereien gäbe ich sie nicht, weil sie unter einer despotischen Regierung nichts wert sind; aber in London und New York ist er drei Millionen wert, und deshalb mag er Ihrer lachen.«

»Wissen Sie es für bestimmt, daß er seine Kapitalien außer Landes gesandt?«

»Nicht nur er, sondern auch noch die zwei andern Großen.«

»Dann wollen wir ihm kurzen Prozeß machen.«

»Hüten Sie sich; der Conde ist der Mann, diesen Ihnen zu machen.«

»Y basta,« sprach die Exzellenz, die Miene machte sich zu entfernen.

»Exzellenz,« sprach der Brite.

»Sir George! Wollen Sie mir gefällig Ihre Notizen morgen übergeben.«

»Wir wollen es tun. Wir sind kein Spion; was wir tun, ist der Ordnung willen, bei der der Handel allein gedeiht, und Rebellen müssen vertilgt werden.«

»Das ist wie ein braver Mann gesprochen,« erwiderte der Virey.

»Exzellenz! noch ein Wort.«

»Und dieses Wort?«

»Was zum Teufel haben Sie mit dem Conde? an sein Vermögen wollen Sie? dieses ist in Sicherheit, und wenn Sie der leibhafte Teufel Bonaparte selbst wären, Sie könnten ihm keinen Maravedi abnehmen. Hören Sie, er ist für Sie zu stark, der J–o ist Minister, haben Sie das übersehen?«

»Demonio!« rief der Virey.

»So ist es, Sie wissen, er ist sein Busenfreund.«

»Castlereagh ist sein Amigo gleichfalls,« fuhr der Brite fort. »Ich bin gebunden, ausdrücklich gebunden. Hören Sie mehr. Er hat in unserer Bank über vier Mal hunderttausend Pfund, bei den Yankees eine Million. Wenn er nur diese Million springen läßt, so sprengt er Sie in die Luft.«

Der Virey lächelte.

»Dafür kauft er zwanzig Kanonen bei den Yankees, zehntausend Gewehre, und findet zehntausend Yankees, die durch Texas eindringen und Sie wegblasen. Verderben Sie es mit dem Manne nicht; er ist beliebt, selbst in Valençay.«

Der Virey schüttelte das Haupt.

»Auch weiß er von unserm Verkehr.«

»Demonio!« rief der Vizekönig wieder.

»Wie kann es anders sein? Er steht mit dem Consulado, Veracruz, der Havannah und Cadix in Verbindung; deshalb ist es nötig, auch dem Teufel den Köder zu kratzen.«

Der Brite, nachdem er so gesprochen, verbeugte sich gemächlich, und verließ mit einem »*Good evening to your Excellency*,« das Kabinett. Die Türe schloß er von außen.

Der Virey war wie erstarrt gestanden. – Endlich schwankte er in die Staatskanzlei zurück, und warf sich erschöpft in das Sofa. Einige Minuten hielt er das Haupt, als würde es zu schwer, in beide Hände gestützt. Dann entschlüpften ihm abgebrochene Seufzer, zwischen denen die Worte: »Furchtbarer Charakter – wie ein Vampir sich hergesetzt – das Land auszubeuten – grob, selbstsüchtig – uns hinabzieht ins Verderben« – zu hören waren. Nach einer Weile erhob er sich langsam und besah sich im Spiegel; »muß aber sein,« meinte er, die Halskrause ordnend.

Die große Glocke am Hauptportale des Palastes läutete.

»So spät – ein so später Besuch! Seltsam! Wer mag dieser sein?«

Er besah sich nochmals im Spiegel, goß einige Tropfen *Eau de Cologne* in das Taschentuch, wischte sich die Stirne, und trat wieder als Virey in den nächsten Salon, von welchem er in sein Appartement zurückkehrte.

Die armen Geschöpfe, die in den Mahagonibuden eingeschlossen waren, wurden nun gleichfalls von einem der Familiars der Staatskanzlei befreit. Aus ihrem Geächze war zu entnehmen, daß sie Schreiber und zwar taubstumme waren.

Sechsundvierzigstes Kapitel.

Der Wahrheit Wort beschämt des Teufels Knechte,
So wie den Meister.

FOSCARIS.

h, unser Conde de San Jago, der edle Conde de San Jago, unser teuerster Freund, mehr als Freund, Bruder!« rief der Virey, entzückt dem Grafen entgegeneilend, der neben der Gattin des Virey Platz genommen hatte, und nun sich erhob, um dem Satrapen seine Ehrfurcht zu bezeugen.

»Bleiben Sie doch sitzen, teurer Conde, keine Komplimente; tun Sie, als ob Sie ganz zu Hause wären. Ah, Sie sind doch nie gewohnt, etwas schuldig zu bleiben. Kaum daß wir Sie durch eines unserer Familienglieder überraschen, so sind Sie auch bereits auf dem Wege, unsere Aufmerksamkeit auf das Schmeichelhafteste zu erwidern.«

»Und wie befindet sich unsere teuerste Condessa Elvira? Noch immer leidend?« fragte die Vizekönigin.

»So jugendliche Gemüter sind zart, wie die ersten Sprößlinge des Frühlings,« fiel ihr wieder der Virey ein. »Der mindeste Frosthauch. – Es wird sich jedoch geben, teuerster Graf! ganz gewiß geben, liebe Laura!« wandte er sich zu seiner Gattin. »Sie müssen mir den Conde ja recht bitten helfen, daß er uns seine Gesellschaft künftighin etwas mehr schenke, und sich nicht so ganz seinen Indianern und Mestizen ergebe.«

»Wir haben gehört, Conde, wie Sie so ganz Vater Ihrer Dependientes[63] sind,« sprach die Dame im angelegentlichen Tone.

»Ach, Inez und Emanuele! Ihr freut Euch bereits auf die Gesellschaft der herrlichen, der lieben, der edlen Elvira! Ja, Conde, die beiden, mit Donna Isabella, haben bereits eine allerliebste kleine Verschwörung gegen Sie angezettelt, in die Sie und Ihre liebe Mündel gezogen werden sollen. Sie sehen, wir beschäftigen uns in Ihrer Abwesenheit viel mit Ihnen.«

---

[63] Die Indianer, die auf den Landgütern der mexikanischen Großen teils für Lohn dienen, teils ihre Freiheit zeitweilig veräußert haben.

415

Der Virey sprach so feurig, schien so ganz charmiert von dem überraschenden Besuche, daß die Familie, die anfangs etwas lauernd den Papa beobachtet, nun gleichfalls im hohen Grade entzückt geworden war, und Töchter und Mutter dem Conde auf ihre eigene Weise zu verstehen gaben, wie sie sich nach der holden Condessa gesehnt, dem Muster mexikanischer Condessas.

»Gerade diesen Abend,« fiel ihm der Virey wieder ein, »hatten wir eine kleine Camarilla von wenigen guten Freunden, die uns, oder vielmehr unserer lieben Schwägerin, das Vergnügen verschafften, sie auf ein Stündchen abends zu besuchen; und wir haben ihr ausdrücklich aufgetragen, unsern lieben Conde für die nächste Soirée zu laden, dessen Einsichten zu benutzen wir uns bisher so sehr, obgleich vergeblich, bemüht haben. Ah, Conde! nur zehn, nur fünf solche Männer wie Sie, und Mexiko würde bald wieder in seiner vorigen Ordnung sein.«

Dagegen äußerte der Conde, mit einer entsprechend tiefen Verbeugung, daß ein so erleuchteter Staatsmann, der bereits in zwei Weltteilen auf eine so ausgezeichnete Weise in das Rad der Weltereignisse eingegriffen, schwerlich viel durch die Aufklärung eines, auf seine Besitzungen und den Umgang seiner Dependientes beschränkten Edelmannes gewinnen dürfte.

»Da hört man wieder einmal die liebe Bescheidenheit,« entgegnete lächelnd und mit dem Finger drohend der Vizekönig. »Der Conde San Jago auf den Umgang seiner Dependientes beschränkt, er, der mit den Herzogen von I–o, von L–a, den Grafen von R–ys, den ersten Cortes und Inglesen in so genauer Verbindung steht. Ah, Conde! Es war ganz überflüssig von Seite Ihrer Magestad der Cortez[64], Ihnen diesen Beweis von Achtung dadurch zu geben, daß sie Ihnen die Erlaubnis erteilten, mit auswärtigen Großen zu korrespondieren, oder Bücher und Zeitungen ohne unser Vista zu erhalten. Wir würden uns gewiß das größte Vergnügen gemacht haben, einem so ausgezeichneten Edelmanne – an dessen Freundschaft uns so sehr gelegen. – Nein, Conde! Sie verkennen uns wirklich, wenn Sie nicht tüchtig auf unsere Freundschaft los sündigen, da wir unsererseits ganz überzeugt sind. Ja, lieber, teurer Freund! –«

Der Mann, indem er so seinen Gast mit Versicherungen seiner unbegrenzten Freundschaft wie betäubte, war immer wieder in der Mitte dieser Versicherungen auf eine ominöse Weise stecken geblieben.

»Uns tut es wirklich sehr leid um Sie, teurer Freund! daß der skandalöse Auftritt wegen der drei elenden Millionen Piaster in Ihrem Hause

---

[64] Die Cortez führen in der Regel das Prädikat Durchlaucht; während der Gefangenschaft Fernandos *VII.* wurden sie Magestad angeredet.

vorgefallen. Wie muß Ihr patriotisches Herz geblutet haben bei solcher Gemeinheit! Aber es sind gemeine, gemeine Menschen diese Consulado-Leute; keine Ehre, keine edle Empfindung, keine Erziehung – kein loyaler, großartiger Gedanke! – Sie benehmen sich im Hause des ersten Edelmannes gerade wie in der Tienda eines ihrer Genossen, oder im Parian.«

Der Conde bedauerte das Fehlschlagen dieser Negociation, verhehlte jedoch nicht, daß, im Falle Se. Exzellenz zuverlässigere Hypotheken angeboten hätte, das Skandal vermieden, und die Anleihe zustande gekommen wäre.

»Zuverlässigere Hypotheken?« erwiderte der Virey, wie erstaunt. »Heilige Jungfrau! Zuverlässigere Hypotheken! Dieses Monopol des Quecksilbers wirft reine – –«

»Hat bis zum Jahr 1810 sieben Mal hunderttausend Duros abgeworfen,« bemerkte der Conde; »aber beim gegenwärtigen Stocken der Bergwerksgeschäfte behauptet das Consulado, werfe es keine hunderttausend ab. Und wirklich,« setzte der Graf hinzu, »wir wissen aus eigener Erfahrung, daß unser Bedarf für die acht Anteile, die wir an unserer Mine haben, jährlich auf die zehntausend Duros stieg, wogegen wir gegenwärtig nicht für tausend brauchen.«

»Ah, Conde! Sie waren so weise, sich noch bei Zeiten zurückzuziehen. Aber sei dem wie ihm wolle, ist der Dienst Sr. Majestät – sollen Untertanen Sr. Majestät wegen elender drei Millionen? –«

Der Conde schüttelte das Haupt. »Kaufleute, Excellenza! sind nur halbe Untertanen, ihr Vaterland ist, wo ihr Gold ist, und dieses, wissen Euer Exzellenz, haben nun die meisten bereits in Sicherheit außer Landes gebracht.«

Diese Worte waren ernst und nachdrücklich gesprochen. Überhaupt hatte der Conde etwas Düsteres, das selbst die freundlichen Blicke der Damen, die unverwandt an ihm hingen, nicht aufhellen konnten. Es lag etwas Seltsames, Unerklärliches in diesen aristokratischen, und wieder antiken edlen Zügen, etwas, das unwillkürlich Teilnahme erregte. Man sah, daß ein unheilbringender Stern Wolken über Stirne und Gesicht hingelagert hatte, die schwer auf die ursprüngliche Elastizität dieses Geistes drückten; aber wieder war das Auge so fest, der Blick so ruhig, so zuversichtlich, als recht deutlich zu sagen schienen, daß wenn das Schicksal ihm diese unheilschwangern Wolken auf die Stirn lagern konnte, er Kraft habe, sie zu ertragen und selbst zu brechen.«

Indem der Virey in dieses Auge blickte, schien ein solcher Gedanke in ihm aufzusteigen, denn er war auf einmal nachdenkend geworden, und während die Damen mit wachsender Teilnahme in dieses Gesicht schauten, und mit jenen seelenvollen Blicken auf ihm ruhten, die große und ruhige Gemüter schönen Augen zu entlocken pflegen, hatte des Vireys Miene einen Ausdruck von Verlegenheit und Unsicherheit angenommen, die er vergeblich zu bemeistern strebte.

»Wir müssen uns sehr irren, wenn der Besuch des sehr edlen Conde de San Jago nicht mit irgendeinem Geschäfte verbunden sein sollte?« sprach er auf einmal in strengerem Tone, und mit einer stolzeren Haltung, die vielleicht die innern Regungen zu verschleiern, vielleicht seinen Gast in etwas aus seiner Fassung zu bringen berechnet waren.

»Wenn Euer Exzellenz Muße haben?« erwiderte der Conde.

»Für den Conde de San Jago stets,« erwiderte der Virey mit gespannter Artigkeit, zugleich auf die Flügeltüren deutend.

Die Damen sahen etwas betroffen den beiden nach, wie sie in den anstoßenden Gemächern verschwanden.

»Wir können nicht umhin, Ihnen zu gestehen, lieber Conde,« hob der Virey plötzlich, in einem strengen und beinahe verweisenden Tone an, und einer Wendung, die grell mit der soeben beteuerten, unbegrenzten Freundschaft kontrastierte, »wir können wirklich nicht umhin, Ihnen unser Mißfallen über den Vorfall zu erkennen zu geben, der in Ihrem Hause und unter Ihren Augen und im Beisein der Nobilitad stattgefunden hat, von der wir ein ganz verschiedenes Benehmen erwartet hätten.«

»Die hohe Nobilitad ist noch immer in unserem Hause versammelt,« erwiderte der Conde. »Übrigens werden sich Euer Exzellenz erinnern, daß nicht wir das Consulado zum Negociieren einluden, sondern daß im Gegenteile Euer Exzellenz selbst sowohl als der Handelsstand, uns hierüber Ihre Wünsche eröffneten. Wie wir bereits bemerkt, so mußten Euer Exzellenz in Ihren Verhandlungen mit dem Consulado ganz auf kaufmännische Weise verfahren, da dieses sich natürlich weniger durch Rücksichten, als durch das Äquivalent bestimmt, das ihm für sein Kapital wird. Euer Exzellenz Mißfallen kann weder das Consulado, noch die Nobilitad treffen.«

Diese unter den damaligen Verhältnissen sehr kühne Äußerung schien den Virey in Erstaunen zu setzen.

»Dann werden wir uns wohl selbst die Schuld beimessen müssen;« versetzte er lauernd.

»Allerdings;« bemerkte der Conde ruhig. »Das Resultat dieser Negociationen konnte Euer Exzellenz tiefer Einsicht um so weniger entgangen sein, als die Stimmung des Consulado infolge erlittener Verluste und anderseitiger Schädigungen nichts weniger als günstig war.«

Der Virey öffnete die Augen weit, sein Erstaunen, wahr oder erkünstelt, wurde immer größer. »Und,« fragte er wieder in demselben lauernden Tone, »und ist das Wort eines Virey von Mexiko? –«

»Vergebung, Senor!« erwiderte nach einer Pause der Conde. »So gewichtig das Wort eines Virey in Mexiko ist, so souverain, so ist doch sehr zu bezweifeln, ob die Cortes Magestad –«

Der Virey schüttelte wie getäuscht das Haupt.

»Haben Euer Herrlichkeit Nachrichten aus der Madre Patria erhalten?« fragte er gleichgültig.

Der Conde hielt einen Augenblick inne. »Wir haben Nachrichten erhalten. Sie sind wichtig für Ihro Exzellenz, und wir glauben Ihnen einen Gefallen zu tun, wenn wir Ihnen eröffnen, daß wirklich der Gedanke rege ist, Ihnen einen Nachfolger zu geben.«

»Uns einen Nachfolger zu geben?« lächelte der Satrap so ungläubig, daß man hätte schwören sollen, es sei das erste Wort, das er soeben von der, seiner Herrschaft drohenden Gefahr vernommen. Ganz war er jedoch nicht imstande, seine Verlegenheit zu verbergen. Er sah den Grafen lauernd an.

»Es ist wirklich so,« sprach der Conde gelassen. Es gehört jedoch dies nicht zum Geschäfte, mit dem wir untertänig Euer Exzellenz zu behelligen uns notgedrungen sehen. Euer Exzellenz werden zweifelsohne über diesen Punkt bereits richtigere und zuverlässigere Nachrichten haben. Was eigentlich die Veranlassung war, die uns bewog, Euer Exzellenz in dieser späten Stunde mit unserem Besuche zu belästigen, werden dieselben wissen. Es ist der unglückliche verblendete Jüngling, den wir noch vor vier Tagen unsern Neffen nannten, von dem wir uns jedoch innerhalb dieser vier Tage loszusagen bemüssigt worden.« –

Der Conde konnte nicht endigen; denn der Satrap war mit allen Symptomen des heftigsten Unwillens auf ihn zugeschritten. Einen durchbohrenden Blick warf er auf den Edelmann, dann überflog sein Gesicht eine höhnisch lächelnde Schadenfreude, die zu sagen schien: also deshalb die lange Einleitung! dann wurde sein Auge finster und seine Stimme erhob sich drohend.

»Nein, Conde!« sprach er heftig. »Ich bitte Sie, kein Wort mehr von diesem Elenden; bei unserer Ungnade! Ah, dieser Ihr Neffe! Wie wir ihn geliebt! Wie wir für seine Karriere bedacht, ungeachtet seines gräßlichen Leichtsinnes, für seine Karriere bedacht gewesen. Conde, kein Wort weiter; ich bitte, ich befehle.«

»Wir würden einen größern Beweis von Wohlwollen darin gesehen haben,« erwiderte der Conde sehr ruhig, »wenn Euer Exzellenz den Leichtsinn des Jünglings bestraft, aber zugleich seine künftige Laufbahn denjenigen überlassen hätten, denen die Sorge für diese obliegt.«

»Und wem liegt diese Fürsorge ob, wenn nicht dem Repräsentanten geheiligter Majestät? Fürwahr, Conde! Ihre Grundsätze – beinahe sollten wir. – Aber wie gesagt, fürder bei unserer Ungnade!«

»Vergebung, Excellenza!« fuhr der unerschütterliche Conde fort, »wenn wir diesmal Ihren hohen Befehlen weniger Gehorsam leisten, selbst auf die Gefahr hin, uns Ihrer Ungnade auszusetzen. Ihr eigenes Interesse, Exzellenz, erheischt noch weit mehr, als unser persönliches Interesse, daß Sie mich anhören. Die unglückliche Verblendung des jungen Menschen hat zu Resultaten geführt, die um so trauriger sind, um so gefahrbringender Ihren Interessen werden müssen, als ein Glied Ihrer Familie, in sein unheilbringendes Geschick verflochten, an diesem eigentlich Schuld ist.«

»Conde! was sagen Sie?« schrie der Virey, der stolz und rasch zur Klingel trat, und mit der Hand eine Bewegung darnach machte.

»Wir bemerken Euer Exzellenz bloß,« fuhr der Conde fort, »daß Mexiko über diese sonderbare Huld oder Strafe, wir wissen eigentlich nicht, welches die passendere Benennung ist, sehr befremdet ist, und daß diese Befremdung in einem Zeitpunkte, wo die allerhöchsten Interessen so ganz auf der kreolischen Bevölkerung beruhen, allerdings um so mehr beachtungswert sein dürfte, als sie in dem Schicksal des jungen Menschen ihr eigenes erblickt. Es ist wirklich eine sonderbare Strafe für ein sehr problematisches Vergehen.« –

»Problematisches Vergehen!« fuhr der Virey erstaunt auf, »und sonderbare Strafe! So nennen Sie unsere Gnade, wenn wir aus huldreicher Rücksicht für Ihre Familie da geschont haben, wo wir verdammen sollten. Wir sind Virey, Senor Conde!« sprach er, sich emporrichtend mit einer stolzen Betonung, »und als solcher der Stellvertreter geheiligter Majestät, die da ist unumschränkter Gebieter. Wir werden unsere Handlungen zu verantworten wissen. Aber was wollen Sie?« fuhr der Gewaltige wieder in sanfterem Tone fort. »Wir haben, aus besondern Rücksichten, wie gesagt, für Ihr hohes Haus und Ihre Freunde in der Madre Patria, uns bewogen gefunden, Ihren Neffen, statt ihn zur Armee, wie er es verdient hätte, abzusenden, in die Madre Patria abgehen lassen; und dieser Ihr Neffe, statt sich der erwiesenen Gnade würdig zu bezeigen, überfällt mit dem Banditen, den sie Vincente Guerero getauft haben, den braven Major Ulloa, so Hochverrat an König und Vaterland begehend.«

»Im Falle er sich dieses Verbrechens schuldig gemacht hat, und allerdings ist er des Hochverrats schuldig, obgleich nicht auf die Weise, die Euer Exzellenz anzugeben geruhten, aber es ist unser Wunsch, daß er vor die Schranken eines kompetenten Gerichtes, ja selbst einer Militärkommission gestellt werde. Auf alle Fälle müssen wir für ihn, als einen kastilianischen

Edelmann, die Fueros seines Standes in Anspruch nehmen, und zwar um so mehr, als er in seiner Verzweiflung sich freiwillig gestellt hat.«

»Wie, was?« rief der Virey erstaunt. »Er hat sich gestellt, freiwillig gestellt? Wo? wie? wann?« rief er überrascht. »Doch nicht im Heere vor Cuautla Amilpas? Ich hoffe, er wird nicht! Der Unglückliche! Sie kennen Don Calleja? Selbst als Verbrecher liegt er uns noch Ihretwegen, Conde, sehr am Herzen.«

»Euer Exzellenz werden wissen, daß er bei seinem Eintritte, Schlag halb sieben Uhr, an der Hinterpforte des Palastes vom Alguazil Antonio Ruffo verhaftet und in das Staatsgefängnis geschleppt ward.«

Diese Worte waren so bestimmt gesprochen, das Auge des Sprechenden hatte so ruhig und durchdringend am Virey gehangen, daß dieser den Blick nicht auszuhalten vermochte.

»Beinahe sollten wir glauben,« versetzte er höhnisch, »der Conde *San Jago*,« er betonte das San Jago, »sei Herr geworden in diesem Palaste und Neuspanien. So genau weiß er alles, was vorgeht daß wir beinahe Lust hätten –« er trat wieder zur Klingel.

»Euer Exzellenz,« fuhr der Conde in demselben unbewegten Tone fort, »sind ohne Zweifel Herr der Schicksale dieses Jünglings; aber obwohl wir innig überzeugt sind, daß er Strafe und zwar Todesstrafe verdient, so sind wir doch wieder ebenso gewiß, daß Mexiko nicht nur, sondern auch die Cortes – Euer Exzellenz der Verfolgung von Privatabsichten anklagen werden, wo Sie nur höhere im Auge haben sollten, daß wir nicht umhin können, Euer Exzellenz freundlich zu warnen. Wir verbergen Euer Exzellenz nicht, daß die Sendung Don Manuels bereits sehr viel Aufsehen erregt, welches Aufsehen kaum vermindert werden dürfte, wenn die Originale von dieser Kopie bekannt würden.«

Er überreichte unter diesen Worten dem Virey einige beschriebene Blätter. Dieser verlor die Farbe, als er sie flüchtig übersah, faßte sich jedoch schnell wieder.

»Und wenn uns höhere Rücksichten für das Staatswohl, der Dienst unseres allergnädigsten Herrn veranlaßten?« sprach er stotternd.

»Das können Sie nicht; keine Rücksichten können Euer Exzellenz ermächtigen, den Neffen unter dem Vorwande von Strafe und Gnade zu töten, oder um getötet zu werden in die Madre Patria abzusenden, und so das Hindernis aus dem Wege zu räumen, das Ihnen zum Besitze des Vermögens seines Onkels im Wege steht.«

In dem Gesichte des Virey war während dieser letzten Minute wieder eine außerordentliche Veränderung vorgegangen. Des Mannes Wangen, bisher gerundet und, wenn wir uns so ausdrücken dürfen, in einer Sonntagshaltung, waren ganz aus ihren Verhältnissen gewichen, höhlten sich und fielen schwer grob herab, das Auge, scharf und geistreich, war gläsern und stier geworden. Die Lippen, die bisher zusammengepreßt oder vornehm sich öffnend, dem Gesichte einen eigenen Reiz verliehen, preßten sich trotzig zusammen. Das ganze Gesicht hatte ein Gepräge erhalten, das der Spiegel der Seele häufig dann anzunehmen pflegt, wenn sein Besitzer, die innersten Tiefen enthüllt sehend, die Maske abgeworfen hat. Es war ein ekelhaft gräßlich lasterhaftes Gesicht geworden.

»Wenn wir es aber doch zu tun Lust hätten – den Versuch doch wagen wollten? Schätzchen Conde!« lachte er mit heiserer, grober Stimme. »Ja, Sie selbst, Lieber, Guter, hier behalten wollten, auf die Gefahr hin hier behalten wollten?« lachte er wieder. »Liebes Schätzchen! was sagen Sie dazu?«

Und wieder entfuhr ihm ein Lachen, das aber mehr Roßgewieher als Lachen war, und dann trat er wieder zur Klingel.

»Sie sind eine Art Staatsmann,« fuhr er fort; »und wissen nicht, daß in der Politik die Mittel, die am schnellsten, am sichersten zum Zwecke führen, immer die besten sind. Schätzchen! Sie haben drei Millionen im Auslande?« Er legte die Hand an die Schnur, und lachte wieder.

»So wollen wir Euer Exzellenz vorläufig noch einige Papiere zur Unterhaltung geben;« sprach der Conde mit demselben Marmorgesichte.

»Wie, was – ist das?« rief der erbleichende Satrape. »Woher haben Sie diese Quittungen?«

»Die beglaubigten Originale sind in unsern Händen,« erwiderte der Conde ruhig, »und wieder nicht in unsern Händen, das heißt, sie sind außer Mexiko in der Verwahrung von Personen, die angewiesen sind, für einen gewissen Fall sogleich davon Gebrauch zu machen. Wie Sie sehen, so sind es Quittungen über zwei Millionen Duros, von dem Hause G–th ausbezahlt, und zwar ausbezahlt als Pachtgeld für das Vireynato von Mexiko, das Euer Exzellenz für diesen Vorschuß in die Hände Englands für ein Jahr zu liefern sich anheischig gemacht haben.«

Der Virey hatte während dieser kalt aber eindringlich gesprochenen Worte seine Fassung wieder erkünstelt; denn so hochverräterisch und verdammend diese Papiere für jeden Staatsbeamten in einer wohlgeordneten Verfassung gewesen wären, unter den damaligen Verhältnissen Mexikos und Spaniens, welches letztere ausschließend in der Gewalt Englands war, lieferten sie nur einen traurigen Beleg mehr von der tiefen Verworfenheit der Staatsbeamten und jener Cortes, die, während sie mit hoch tönenden Phrasen die Rechte ihres Souveräns verfochten, ihr Vaterland und ihre Mitbürger dem natürlichen Feinde ihres Landes zu verkaufen, niederträchtig genug waren.

Indem der Virey, was wir hier angedeutet, flüchtig zu überdenken schien, hatte er sich allmählich wieder gesammelt.

»Ihr Neffe,« sprach er hohnlächelnd, »muß doch sterben, und der Conde San Jago vielleicht –«

»Auch, wollen Euer Exzellenz sagen,« fügte der Conde ruhig hinzu. »Wollen Sie gefällig noch etwas ansehen?«

Er überreichte ihm abermals zwei Papiere, die er aus seiner Rocktasche gezogen hatte.

»Noch etwas?« meinte die Exzellenz mit demselben gräßlichen Hohnlächeln; »wird aber doch nichts helfen; denn bei dieser Zeit – ist Ihr Neffe – wahrscheinlich schon – *en el paraiso.*«

»Würden es bedauern,« sprach der Conde kalt; »denn wenn er es ist, so werden Euer Exzellenz ihm sehr bald folgen.«

Diese dritte und letzte Dosis war zu stark für den bisher so impassablen Virey; denn er hatte kaum einen Blick in die Papiere geworfen, als er entsetzt »Teufel!« und wieder »Teufel!« schrie, und dann halb ohnmächtig dem Conde in die Arme taumelte.

»Die Originale sind gleichfalls außer Landes, aber zur stündlichen Verfügung bereit,« sprach dieser unbewegt, indem er den Virey zu einem Sofa führte. – »Euer Exzellenz dürften es vielleicht nicht gerne sehen, daß die Cortes, oder Fernandos geheiligte Majestät, oder die Audiencia erführen, daß Sie wirklich mit Joseph Bonaparte in Unterhandlung stehen, und sich bereitwillig erklären, ihm dieses Reich zu überliefern, sobald Cadix sich ihm unterworfen.«

»Stille, stille, um Gotteswillen stille!« stöhnte der Virey, der schwach die Hand emporstreckte, und ihm den Mund zuhielt.

Plötzlich schien er sich zu besinnen; er sprang auf, haschte nach der Klingel, die er so heftig riß, daß mehrere Pagen und Kämmerer zugleich ins Kabinett gerannt kamen. Er flüsterte einem derselben etwas in das Ohr und stieß ihn dann zur Türe hinaus.

»Lauft, eilt, bei unserer Ungnade, fort mit Euch!« schrie er ihm und den übrigen zu; dann sank er wieder wie erschöpft in das Sofa.

Es trat nun eine Pause ein, während welcher die beiden gewaltigen Repräsentanten des bürokratisch-despotischen, und aristokratisch-monarchischen Interesses – denn dies konnten sie im vollen Sinne des Wortes genannt werden – auch keine Silbe sprachen.

Nach zehn furchtbar langen Minuten waren rasche Fußtritte zu hören, und Don Ruy Gomez trat ein, sein Gesicht war totenbleich und gräßlich verzerrt.

Der Virey warf einen Blick auf den Mandatar seines Willens, und dann sank er ächzend und stöhnend ins Sofa zurück.

»Euer Exzellenz haben mir die Antwort gegeben,« sprach der Conde mit tödlicher Kälte; »ich empfehle mich zu Gnaden.«

»Und warum,« flüsterte Don Ruy Gomez, »ihn nicht gleichfalls festhalten? Don Calleja würde es tun; in einer Stunde wäre alles abgetan.«

Die Exzellenz hob die Hand zur Klingel, ließ sie aber wieder sinken.

»Geht nicht!« stöhnte sie, »geht nicht! Er ist der Teufel.«

Es entstand wieder eine Pause; der Conde warf einen Blick auf den Halbohnmächtigen, der, die Papiere krampfhaft zusammenpressend, sich auf dem Sofa krümmte, und verbeugte sich dann, im Begriffe das Kabinett zu verlassen.

Siebenundvierzigstes Kapitel.

Lengua sin manos cuomo osas fablar?
CID.

n diesem Augenblicke gingen die Flügeltüren auf, und die Donna trat stolzen Schrittes ein. Sie winkte dem Geheimsekretär, sich zu entfernen, sah einen Augenblick den Virey, wieder den Conde an, und dann auf Letzteren zutretend, sprach sie mit leiser, aber fester Stimme:

»Ihr Neffe, Conde! ist gerettet; er ist in Sicherheit. Bei der Mutter der Gnaden! er ist gerettet.«

Der Virey sah sie regungs-, bewegungslos an, sein stieres Auge begegnete dem ihrigen.

Sie schritt rasch auf ihn zu und sprach mit flammenden Blicken: »Ja er ist gerettet, Don Vanegas! Nicht sterben soll er wie ein Negro; nicht wie ein Gavecilla.« Ihre Brust hob sich. »Nicht hingeschlachtet werden soll die Liebe Isabellens;« flüsterte sie kaum vernehmlich.

»Donna Isabella!« ächzte der Vizekönig.

»Nicht sterben durch meuchelmörderische Henkershand, verstehen Sie, Don Vanegas?« sprach sie drohend.

Das entrüstete Weib war ungemein schön zu schauen, wie sie vor dem elenden Gewaltigen stand.

»Donna Isabella!« sprach der Graf, der in Gedanken versunken gestanden war, »Donna Isabella kann groß sein, wenn sie will.«

Er faßte, während er so sprach, ihre Hand und sah ihr erwartungsvoll in die Augen. Auch sie schaute ihn mit einem seelenvollen Blicke an. Es schien, als ob diese beiden nicht gewöhnlichen Seelen in ihre beiderseitigen Tiefen tauchen wollten. Der Conde ließ ihre Hand fahren. Ein schmerzliches Hohnlächeln zog sich um die Lippen der Donna.

Sie stand, ohne ein Wort zu sagen.

»Und Sie haben ihn gerettet?« ächzte der Virey vom Sofa herüber.

»Das haben wir, Don Vanegas! ihn und Sie gerettet!« Sie sprach die letzteren Worte leise, sinnend, in Nachdenken verloren.

»Das hat Donna Isabella wirklich, Ihro Exzellenz! Auch machen wir dieselben darauf aufmerksam, schnell Maßregeln zu nehmen, um den Schritten vorzubeugen, die in des Erzbischofes Palaste soeben genommen werden.«

»Sie wissen, Conde?« sprach die Dame erstaunt.

»Daß mehrere Senores vom Consulado, der Armee und selbst der Audiencia daselbst versammelt sind, um bei den Cortes Beschwerden gegen Euer Exzellenz einzubringen, und einen Nachfolger vorzuschlagen, ja vielleicht Sie dasselbe Schicksal widerfahren zu lassen, das Iturrigaray betroffen. Wir haben eine indirekte Einladung erhalten.«

Der Virey stöhnte.

»Euer Exzellenz!« fuhr der Conde artig, aber mit Nachdruck fort, »wir wünschen, Sie als Landeschef zu behalten. Wir gaben Ihnen von der Aufrichtigkeit dieses unseres Wunsches soeben einen vollgültigen Beweis. Wir wünschen auch dem erhabenen Königshause in Spanien getreu zu verbleiben; aber Exzellenz!« seine Stimme wurde leiser, und doch nachdrücklich gespannter: »Indem wir Sie unserer Ergebenheit gegen Ihre Person und unser angestammtes Königshaus versichern, müssen wir Sie zugleich ersuchen, uns Ihre Gewalt künftighin weniger furchtbar zeigen zu wollen.« Diese letzteren Worte waren wieder in einem beinahe spöttischen Tone gesprochen. »Wir wünschen nicht, für unsere Aufopferungen schlimmer daran zu sein, als die Rebellen selbst, die bloß ein Feuer auszuhalten haben, während wir dem Blutgelüste Ihres spanischen und unseres mexikanischen Auswurfes bloßgestellt sind.«

Die Donna sah den Sprecher erstaunt an. Ihr Mund öffnete sich, der Virey fiel ihr jedoch in die Rede: »Alles, alles, teurer Conde!«

»Was ist, was soll das?« fragte die Donna.

»Wir sind weit entfernt, Euer Exzellenz Bedingungen zu stellen, und so Ihre kritische Lage noch kritischer machen zu wollen; doch werden Euer Exzellenz gütig zu bemerken belieben, daß irgendeine Äußerung von Ihrer Seite allerdings nötig ist, für Ihr eigenes Interesse nötig ist, um die zwischen uns bestehende Harmonie anzudeuten.«

»Die zwischen uns bestehende Harmonie anzudeuten,« – wiederholte mechanisch der Virey.

»Und da gerade die Kommandeurstellen der Companias Sveltas-Batallione von Mexiko erledigt sind,« fuhr der Graf fort, »so nehmen wir uns die Freiheit, um dieselben für unsere Verwandten Don Carlos und Almagro anzusuchen, auf daß uns so in denselben eine Ehrenerklärung gegeben werde, die Euer Exzellenz hoher Stellung angemessen ist.«

»Morgen, morgen sollen die Patente ausgefertigt werden.«

»Ersuchen jedoch, das Patent für Conde Carlos nicht zu publizieren, da er noch in Gefangenschaft sich befindet.«

»In Gefangenschaft sich befindet;« wiederholte der Virey stieren Blickes. »Dem unglücklichen jungen Menschen bitten wir Pässe in die *estados unidos*[65] oder nach Ingleterra[66] zu geben. Wir wünschen nicht, daß er in Mexiko bleibe, wo er gefährlich werden dürfte.«

»Alles, alles!« stöhnte die Exzellenz wieder.

»Wollen Euer Exzellenz der Nobilitad noch einen fernern Beweis Ihres Vertrauens für die allerdings nicht unwichtigen geleisteten Dienste schenken, so dürfte die angemessenste und den Interessen Euer Exzellenz förderlichste Weise, auf welche dies geschehen könnte, wohl die sein, daß Sie derselben das Fuero erteilen, in Kraft dessen sie, die Nobilitad, sich versammeln möge und könne, wann und wie es gefällig; versteht sich aber in loyalen Absichten, ohne die bisher nötige besondere Erlaubnis aus der Staatskanzlei einholen zu müssen. Es würde dieses im gegenwärtigen kritischen Zeitumstande vielleicht um so wichtiger sein, als Euer Exzellenz dadurch gegen die Opposition Ihrer Landsleute einen Soutien haben würden, der jede Ausführung gefährlicher Absichten vollkommen zu vereiteln imstande sein dürfte.«

Der Conde hatte sich etwas weitschweifiger, als nach seiner Gewohnheit, ausgedrückt; auch war er bei den letztern Worten um ein Bedeutendes geschmeidiger geworden.

»Danke, danke, edler Conde! Sie sind unser, der Regierung Schutzengel. Morgen wollen wir Ihnen die Dekrete ausfertigen lassen, als Anerkennung der loyalen Dienste, wie Sie so herrlich bemerken.«

»Wir sind nochmals so frei, dieselben auf die Notwendigkeit aufmerksam zu machen, so schnell als möglich Vorkehrungen zu treffen, um den beim Erzbischofe gefaßten Beschlüssen entgegen zu wirken, und empfehlen uns einstweilen zu Gnaden.«

Und nachdem er so gesprochen, verbeugte er sich ruhig gemächlich, und verließ das Kabinett.

»Was ist das, was war das?« fragte die Donna im Tone des höchsten Erstaunens. »Wer ist denn eigentlich hier Herr? Sind Sie es, Don Vanegas, oder ist es des Conde de San Jago Herrlichkeit?« Sie hielt inne. »Armer Don Vanegas!« fuhr sie mit schneidendem Hohne fort. »Das also sind die Folgen Ihrer Diplomatik, Ihrer Quintessenz-Politik, daß sie von einem Kreolen-Conde Verhaltungsbefehle? – – *Madre de Dios!* ein Kreole wagt es, von bestehender Harmonie zwischen sich und einem Virey zu sprechen! Bei der heiligen Jungfrau! es ist empörend!«

»Er ist ein Teufel!« ächzte der Virey.

---

[65] Vereinigte Staaten.
[66] England.

»Das ist er, und Sie! – ein armer Teufel;« zischte sie höhnisch und verächtlich. »*Madre de Dios*! Was für ein erbärmlicher Schwächling Sie sind! Wie oft habe ich Sie auf die Notwendigkeit aufmerksam gemacht, zu repräsentieren, stark, impassable zu sein, zu scheinen wenigstens, wenn Sie es nicht sind. Und wie erbärmlich benehmen Sie sich neben diesem großartigen Aristokraten. *Madre de Dios*! In Ohnmacht gesunken vor einem mexikanischen Grande! Ein Virey von Mexiko in Ohnmacht gesunken vor einem Conde! Es ist unglaublich!«

Lautes wildes Lachen begleitete diese Worte.

»Und er steht,« fuhr sie in demselben schneidenden Tone fort, »ruhig wie ein Gott, auf den Wurm herabblickend, den er zertreten kann mit einem Fußtritte, ihn aber verschont, wegstößt, weil er es nicht der Mühe wert achtet. Ach,« seufzte sie, »man sieht wohl, daß er von Granden abstammt, und Sie – von Escribanos. –«

Der Virey zuckte zusammen, antwortete aber nicht. Die Donna rannte ungestüm im Saale auf und ab – blieb stehen, rannte wieder.

»Und wissen Sie, daß, während Sie sich im Gefühle Ihrer Allmacht sonnen, der Erzbischof, das Consulado, die Audiencia versammelt sind, um eine Vorstellung bei den Cortes einzubringen, die nichts Geringeres bezweckt, als Sie für untauglich zu erklären für das Vireynato, und auf die Ernennung Callejas zu dringen?«

»Er ist ein Teufel;« murmelte der Virey.

»Was reden Sie, Don Vanegas?«

»Er ist ein Teufel;« sprach der Virey abermals, die Donna mit leblos gläsernen Augen anstierend.

Der furchtbare Schlag hatte auf ihn, wie der letzte Grad der Folter auf das Lebensprinzip des Gemarterten gewirkt.

»Er ist ein Teufel!« murmelte er, und immer zerknitterte er noch die Papiere, die er in den Händen hielt.

Die Donna entriß sie ihm, faltete sie auseinander und warf einen hastigen Blick hinein. Auch sie zuckte zusammen und erbleichte, und biß sich in die Lippen, daß das Blut entquoll; dann fuhr sie sich mit der Hand über die Stirne und versank in tiefes Nachdenken.

»Don Vanegas!« sprach sie leiser, ihre Augen auf die goldenen Arabesken des Plafond gerichtet, »dieser Conde ist wirklich ein Teufel.«

»Ach!« stöhnte der Virey.

»Wissen Sie, warum er Sie schont, Ihnen das Vireynato läßt?«

»Uns das Vireynato läßt,« wiederholte der Mann mechanisch.

»Weil er,« flüsterte sie ihm in die Ohren, »Mexiko von Spanien losreißen will – Mexiko, verstehen Sie es, von Spanien losreißen will.«

»Mexiko von Spanien losreißen will,« wiederholte der Virey mit einem leeren nichtssagenden Blicke.

»Losreißen will,« wiederholte sie. »Sie fürchtet er nicht; denn,« murmelte sie, indem sie sich von ihm wandte, »Sie verachtet er, braucht er, benützt er, wie er die Zitrone benützt, deren Saft er braucht und deren Schale er wegwirft. Ihre Schwäche kennt er, und darum will er Sie in Mexiko behalten. Der rohe, gewalttätige Calleja paßt nicht in seine Pläne, und deshalb will er ihn nicht. Don Vanegas! er wird keinen Gebrauch von den Papieren machen. Aber,« flüsterte sie mit kaum vernehmlicher Stimme, indem sie sich zu ihm herabbog. »Sie können Mexiko der Krone Spaniens erhalten, wenn Sie dem Vireynato zu Gunsten Callejas entsagen. Madre de Dios! was sage ich? – Sie entsagen! Der Gedanke ist zu groß, um in dieses kleine Gehirn einzugehen.«

Sonderbar! die Lebensgeister des Virey waren unter den letzten Worten zurückgekehrt. Er schaute auf, wie einer, der aus einem Traume aufwacht. Dann erhob er sich langsam vom Sofa, sah sich auf allen Seiten um, wischte sich den Schweiß von der Stirne. Allmählich war er zu sich gekommen.

»Sie haben recht, teure *belle-soeur*! Sie haben recht – wir sind für Mexiko notwendig! notwendig; ein – was man ein notwendiges Übel nennt, nicht wahr?« Er lächelte. »Glauben Sie nicht, Donna Isabella?«

»Fort zum Arzobispo;« sprach die Donna.

»Wir wollen, wir wollen,« wisperte der Mann unheimlich lächelnd, und wieder begannen seine Augen zu funkeln.

»Wir wollen regieren, ei, wir wollen – ah, regieren, – Sie haben recht, er wird von den Papieren keinen Gebrauch machen; aber doch –«

»Was?«

»Ja, aber doch –«

Des Virey Augen zuckten wieder wie Schlangenstacheln. Ein satanisches Lächeln überflog sein Gesicht, als er murmelte: »Er ist der Teufel, aber er muß doch fallen.«

Die Donna warf ihm einen mitleidig, verächtlichen Blick zu.

»Armer Don Vanegas!« murmelte sie. »Er ist bereits mehr Virey als Sie, er steht an der Spitze der Nobilitad und der Kreolen, einer Million Kreolen. – Pah!« rief sie, wie eine, die sich unangenehmer Gedanken entschlagen will. »Der Kampf mit ihm wird um so interessanter, großartiger – Virey, wir wollen in diesen Kampf eingehen.«

»Tun Sie, tun Sie, wir nehmen die Patrioten auf uns.«

»Pah! die überlassen wir Ihnen und Calleja.«

Achtundvierzigstes Kapitel.

Hommes noirs d'où sortez-vous?
Nous sortons de dessous terre.
Moitié renards, moitié loups.

BÉRANGER.

uf dem Glockenturme der Kathedrale schlug es zehn. –
Alles war ruhig und stille vor dem Palast. Von den Ecken des
Platzes herüber ließ sich zeitweilig ein dumpfes Gemurmel
hören, wie das der aufgerüttelten Meereswogen, die hohl heranströ-
men – der Nachklang eines vorübergegangenen, oder der Vorläufer eines
beginnenden Sturmes, und von Santa Fe herab pfiff ein leichter Norte in
einzelnen Stößen, daß die Wetterhähne der hundert Türme seltsam unheimlich zusammen knarrten.

Es war eine prachtvolle Mondnacht. Die zartweiße Floripundio,[67] die
glänzendrote Tigerblume, die rotweiße Herzblume, die duftenden Zitro-
nenblüten auf den Miradors, die Bäume in den Gärten, die Felsen der Gebirge, die grandiosen Paläste, Kirchen und Dome, die Säulenordnungen,
Caryatiden und Knäufe schienen sich zu strecken im Glanze des Mond-
lichtes, das nun ruhig und silbern gegen die Gebirge von Marquis de la
Cruz hinabsank, und die weiße Frau, die über diese hervorragte, schien
näher zu rücken und sich zu neigen über das ewige Tenochtitlan. Alles
war zauberisch feenartig, mit jenem grünlichen Silberlichte überstrahlt,
das den mondhellen Nächten der tropischen Länder einen so unbeschreiblich idealisch geisterhaften Anstrich verleiht.

Als die Glocken ein Viertel nach zehn schlugen, öffneten sich die Hin-
terpforten im linken Flügel des Palastes, und es blitzten Gewehre heraus;
Mann kam auf Mann, Zug auf Zug. Sie stellten sich auf der Plazza auf,
düster und finster, und schweigsam wie Nachtschatten, und wie Gespenster, die auf das Geheiß eines Zauberers aus ihren unterirdischen Klüften
und Verstecken zur Feier der Geisterstunde hervorbrechen.

---

[67] Sie hat bloß ein einziges Blatt, das aber acht Zoll lang und drei bis vier breit
ist; die Tigerblume hat drei spitzige Blätter; die Herzblume hat geschlossen die
Gestalt eines Herzens, offen die eines Sterns.

Es war Poesie in dieser Nachtszene – furchtbare Poesie. Als das Regiment aufgestellt war, traten die Offiziere aus der Linie, und sammelten sich in Gruppen; die Blicke auf den vizeköniglichen Palast geheftet. Die Degen unter dem Arme standen sie eine geraume Weile, ohne ein Wort zu sagen.

»Dachte wohl, das Postre[68] würde nicht ausbleiben, nachdem das Almuerzo so gut ausgefallen,« bemerkte endlich einer der Offiziere.

»Muß doch eine eigene Zauberkraft haben, dieser Vincente Guerero, wenn schon sein Name so viel vermag.«

»Don Saldanha! wissen Sie, mich erinnert das Ganze an die Posada, zwei Stunden oberhalb Almonacid.«[69]

»Diese berühmte Posada,« versetzte der Angeredete mit unterdrücktem Gelächter, in das mehrere der Umstehenden einstimmten, – »mußten sie mit tausend Mann besetzen, und uns daselbst einschanzen.«

»Und die Gavachos erwarten, von denen auch kein Einziger weit und breit zu sehen war, während unter uns die Schlacht donnerte.«

»Wir waren zwei verlorne Posten,« fiel ein anderer ein. »Sie oben mit tausend Mann, wir unten mit zweitausend, zwei volle Wegesstunden von dem Schlachtfelde.«

»Carracco! mir kam der ganze Spaß vor, wie jene Studenten, die ihre Realen am Anfang des Semesters in alle Stuben und Kastenwinkel und in ihre Wäsche verstecken, um in der Zeit der Not durch einen letzten Pfennig überrascht zu werden.«

»Es ist doch etwas Sonderbares um das Befehlen, und noch mehr um das Regieren,« bemerkte ein anderer. »Etwas sehr Sonderbares!«

»Carracco! es ist seltsam, so sage ich auch. Wie kommt es, daß ein Befehl von einem solchen Muchacho so auf uns einwirkt; daß wir eilen, über Hals und Kopf unsere Mädchen verlassen, just wann, und wo, und wie es ihm gefällig ist!«

»Das will ich Dir sagen, Nunez!« fiel ihm ein anderer ein, »weil Befehle Strahlen sind, von einem Geist emittierte Strahlen; der Geist ist aber unsterblich, ein eigenes vom Körper unabhängiges Wesen, und Geistesfunken sind daher Strahlen, emittierte Strahlen.«

»Pah!« fiel ihm Don Nunez ein, »unabhängig, unsterblich? Du hast in Deinem Leben gewiß noch keine zwanzig Tropfen Laudanum genommen, sonst redetest Du anders. Der Geist ist materiell, seine Funken sind

---

[68] Dessert – Almuerzo, Frühstück.
[69] Kneipe oberhalb Almonacid – bekannt wegen der von Vanegas gegen Joseph Napoleon verlornen Schlacht.

materiell und wirken materiell. Zum Beispiel: wir befanden uns bei einer nichts weniger als unebenen Senorita, als wir abgerufen wurden. Waren da die Wirkungen der Ordre, die von diesen Muchacho ausgingen, nicht materiell?«

»Aber zurückzukommen auf die Essenz des Willens. Wie kommt es, daß wir, die liberal, ja was mehr sagen will, fest entschlossen sind, die göttliche Libertad zu proklamieren, uns so ganz und gar von Servilen regieren lassen?«

»Aber Don Nunez!« fiel ihm ein Herbeitretender ein; »was werden Sie mit all den Mädchen machen, die Sie heute in der Lotterie[70] gewonnen haben?«

»Für eine Dublone überlasse ich Ihnen Stück für Stück; mögen Sie dann kochen oder braten.«

»*Carracco*! hier sind zwei Dublonen; will meinem Sancho nun ein Paar schicken.«

»Doch, was die Essenz des Willens betrifft,« hob Don Nunez wieder an, »wie kommt es, daß wir dem Willen Serviler so genau Folge leisten?«

»Weil die Servilen des T–ls sind, und wir ditto Servientes des T–ls,« bemerkte der Nächste lachend.

»Bravo! Petruchio,« lachten mehrere. »Das sind wir, das muß wahr sein, trotz der heiligen Hermandad.«

»Ist aber doch schade, um diese Hermandad,« meinte ein anderer. – »Wäre ich die Cortez gewesen, ich hätte sie nicht aufgehoben; denn auch sie sind wahre T–lsdiener, die weder an einen Gott, noch an einen Heiligen glauben.«

»Fragte neulich einen vom Cabildo der Kathedrale,[71] warum so viele dämonische Gesichter im linken Chor aufgehängt sind – antwortete mir – weil es viele gibt, die nicht an Gott, wohl aber an den T–l glauben. Haben also dem T–l Altäre aufgerichtet? fragte ich lachend. Versteht sich von selbst, war seine Antwort.«

Plötzlich hielten sie inne in diesen sonderbar sinnlosen Reden, die, in kurzen abgebrochenen Sätzen mit unheimlich zischenden Stimmen gesprochen und geflüstert, jene Anklänge von Bigotterie und Unglaube, von Katholizismus und Atheismus, von Geistesbeschränktheit und Dämonismus verrieten, die dem Spanier eigentümlich sind, denn es ist der heutige spanische Volksgeist eine merkwürdig psychologische Erscheinung. Von

---

[70] Noch im Jahre 1825–26 wurden solche Lotterien auf öffentlicher Straße ausgeboten. Siehe Note.

[71] Domkapitel.

Natur ungemein stark und kräftig, ist es nicht der unermüdlich rastlose Geist des Nordländers, bei dem während der Anschauung die Erkenntnis bereits zum Urteile wird, oder der sich in Forschungen verliert und zur trüben, nebligen oder wässerig verdünstenden Phantasie sich gestaltet; es ist auch nicht der flüchtig scharfe destillierende Geist seines Nachbarn, der spielend und tändelnd die Arbeiten eines Jahrhunderts in die Quintessenz weniger Witzfunken zusammenzupressen weiß; es ist der nüchterne, schroffe, bestimmte und wieder halb wahnsinnige Geist eines in irreligiösem und politischem Despotismus befangenen und wieder zur Kindheit zurückgezwängten Menschen, der, durch alle nur ersinnlichen Mittel und Künste in dieser Kindheit zurückgehalten, sich seltsam bizarr und auf eine eigene Weise kund gibt, elektrischen Blitzfunken ähnlich, die in ein bleiernes Gefäß eingeschlossen, herausfahren, so wie sie nur einen Ausweg finden. Es zeigen sich diese gleichsam elektrischen Funken bei jeder Gelegenheit, unter allen Ständen; sie sind fragmentarisch, kurz abgebrochen, wie es bei geistreichen, aber eines anhaltenden Denkvermögens noch unfähigen Kindern der Fall ist. Man hört sie auf Straßen und Plätzen. Sie haben einen Anklang von Atheismus, von Dämonismus, den Vorläufern einer *Revolution*, die auch dieses Volk noch zu bestehen hat, um in seine faulenden Massen neues Leben und gesunde Säfte zu bekommen.

»Was soll das?« fragten auf einmal zwanzig Stimmen leise.

Während die Offiziere auf spanische Weise philosophiert hatten, war eine Kompanie Caçadores vor und um den erzbischöflichen Palast herum aufgestellt worden, und zwar in solcher Stille, daß sie erst jetzt von den Offizieren bemerkt wurden.

Alle schauten sich kopfschüttelnd an.

»Haben die erzbischöflichen Gnaden das Motino Frio[72] bekommen?«

»Es ist doch alles ruhig in seinem Palaste.«

»Kein Licht zu sehen.«

Eine Figur kam aus der vom Kanal heraufführenden Querstraße, mitten durch das aufgestellte Piquet. Das *Gente de paz*, das sie den Lanceros zur Antwort gab, war so laut gesprochen, daß es herüber zu hören war. Die Offiziere gingen dem Herannahenden entgegen. Es war der Oberst.

»Conde! – Senoria! – was soll das?« fragten alle.

»Se. Exzellenz spielen bloß Variationen über das Thema von Augustus – kennen Sie es nicht?«

Die Offiziere sahen ihren Chef verwundert an.

---

[72] Aufruhrfieber.

»*Providus imperator praeferendus temerario,*« wisperte der Oberste lächelnd, indem er einen Blick auf die Caçadores, einen andern auf den Palast warf.

»Oberst und Generaladjutant Fiesco hat zwei Mal bereits nach Euer Herrlichkeit gefragt,« meldete ihm der Major Arias.

»Verstehe,« sprach der Oberst, der sich gegen die Offiziere leicht verbeugte, und dann dem Palasttore zuging.

»Hast Du gesehen, Nunez?« sprach einer. »Er hat statt seines Mantels einen Blaumantel, und statt seines Hutes einen Generalshut.«

»Einen General-Kapitänshut.«

»Pah! er ist der Sohn eines Grande.«

Auf einmal wandten sich die Offiziere gegen das Palasttor, die Wachen präsentierten, und es kamen drei Personen aus der Halle, und dem Tore heraus geschritten.

»Der Virey,« murmelten alle im höchsten Erstaunen.

»Und kein Gewehraus, kein Trommelschlag, kein Fahnesenken?« fragten sie sich wieder, indem sie hastig in die Linie eintraten.

Der Virey schien das Regiment nicht zu bemerken. Er ging mit seinen Begleitern, mit denen er sehr angelegentlich sprach, gerade auf den erzbischöflichen Palast zu. Ein Page folgte. Als er vor dem Palaste angekommen, deutete er auf die verschlossenen Pforten und schüttelte den Kopf. Der Page zog die Klingel, und der Virey trat ein, nachdem er seinen Begleiter umarmt hatte. –

»Besetzen Sie alle Zugänge,« befahl der Oberste dem Kapitän der Caçadores. »Niemand wird weder aus- noch eingelassen.«

Dann warf er seinen Arm in den des Conde, denn er war es, und beide nahmen die Richtung nach der Tacubastraße.

Neunundvierzigstes Kapitel.

Wer zu beugen trachtet
Sein Geschick, muß mit Verstand
Und Mäßigung verfahren.

CALDERON.

ch habe Dir vieles zu sagen, San Jago!« hob der Oberst an, »das ist ein *gojo*.« Er warf den Kopf rückwärts, auf das Tor deutend, innerhalb dessen der Vizekönig verschwunden war.

Der Conde gab keine Antwort, nickte aber.

»Mich wundert es nicht, daß Mexiko müde ist, ihm nach seiner Pfeife zu tanzen. Ich bedaure Dich, San Jago! Sag mir nur einmal, wie Du es hier aushalten kannst? –«

Diese Worte waren leise, aber ungemein hastig gesprochen.

»Wir bewegen uns in einem Zirkel, teurer San Ildefonso! Als wir mit Deinem Bruder in Paris waren, es sind nun zwölf Jahre – Du warst damals zwölf – erinnere ich mich sehr genau, daß Du Dich wundertest, wie die Franzosen es in Paris aushalten konnten, bei ihrer Küche ohne spanischen Pfeffer. Sechs Wochen darauf fandest Du ihre *almuerzos* und *convitos* erträglich, und zuletzt wolltest Du von der Rückkehr nichts mehr wissen, bis uns endlich der ausdrückliche Befehl unseres Hofes zwang, den Pariser Freuden *adios* zu sagen.«

»Ich liebe diese Franzosen, obwohl sie Gavachos – treulose Affen sind – aber es ist wieder so viel Neckisches in ihnen, so viel Aberwitz, so viel Mut, so viel Quecksilber, Geistreiches, selbst in ihrem Despotismus; etwas so Großartiges, Pöbelverachtendes. Carracco! bei uns ist der Despotismus abstumpfend, es ist der schmutzig kriechende, ekelhafte Klosterdespotismus. Spanien ist nur ein großes Kloster.«

»Und Mexiko?« fragte der Conde.

»Eine große Schlachtbank. *Demonio*! der Hund entehrt die Grandezza, die er zwar nur *quoad personam* hat, aber sie doch hat. Vorgestern redete er mich »Du« an, erwartend, ich würde es erwidern.«

»Und Du?«

»Pah, schnitt eine sehr tiefe Verbeugung, und gab ihm bei jedem andern Worte die Exzellenz.«[73]

»Das hast Du brav getan.«

»Seine Familie ist kaum vierhundert Jahre alt, und wenn die seiner Frau sechshundert Jahre hat, so ist es viel. Ich habe gar keine Vorurteile in diesem Punkte, bin anerkannt liberal, aber –«

»Nichts weniger als der Diderot'schen Meinung,« meinte lächelnd der Conde.

»Welcher Diderot wahrscheinlich nicht gewesen wäre, wäre er etwas gewesen.«[74]

»Bravo,« sprach der Conde, »das war wieder gut.«

»Hörst Du,« hob der junge Grande wieder an. »Wir hatten eine Stunde seither einen vermaledeit sonderbaren Zeitvertreib, und dabei taten wir einen Blick hinter die Kulissen dieses großen Theaterdirektors.« Er sah bei diesen Worten auf das vizekönigliche Schloß hinüber. »Einen Blick sage ich Dir; der uns die Adern hätte gefrieren machen können, hätten wir nicht glücklicherweise ein niederschlagendes Pulver genommen. *Demonio!* Wir haben Dinge gesehen! – Ein verdammter Gojo, dieser Vanegas!«

»Einige neue Lesearten des Buches *el mal gobernio?*« fragte der Conde.

»So etwas, hörst Du, der Drôle nimmt sich mit Euch Mexikanern verdammte Freiheiten.«

»So wie seine fünfzig Vorfahren vor ihm getan.«

»Weißt Du, Dein Neffe? –«

»Weiß es, lieber San Ildefonso.«

»Du scheinst eben nicht sehr affiziert. Ein prächtiger Junge, aber verdammt rasch. Bei meiner Seele! hätte er ein Stiletto gehabt, hätte es in den schönsten Busen gerammt. Glaubt denn der Wildfang, solche Busen sind zum Durchstechen?«

»Wie?« fragte der Conde, »Don Manuel Isabelle?«

»Ein andermal mehr davon. Jetzt ist er in Sicherheit. Aber Du bist ja ganz intim, so was man intim nennt, mit diesem Virey? Ihr beide spielt Eure Rolle gar nicht übel. *Demonio!* Wir glauben so ziemlich impassable sein zu können, und es lernt sich an unserem Hofe, der da gewesen ist; denn Pepe[75] weiß keinen Hof zu halten. Und eben deshalb wird er nie po-

---

[73] Siehe Note.
[74] Siehe Note.
[75] Joseph Napoleon gewöhnlich Pepe, gleichbedeutend mit Joe (Sepperl).

pulär in Spanien werden. Aber Ihr beide und Euer Spiel, – man könnte etwas profitieren. Bin sonst eben nicht aufgelegt, von Eurer Provinzialdiplomatik viel zu halten; aber macht Dir Ehre. Trau ihm jedoch nicht. Er war ein Liebling der Marie Louise, des Principe, des alten Carlos und obendrein des Stierkopfes und Tigerherzens.[76] Deklamierte schrecklich gegen Dich in seiner Camarilla; war wie rasend; dachte anfangs, es sei eine seiner gewöhnlicher Niaiserien, fand aber bald, daß es Ernst war. Wäre sie nicht gewesen, der prächtige Junge wäre jetzt im ewigen Paradiese.«

»Weiß es,« versetzte der Conde. »War deshalb bei ihm.«

»Wirklich?« fragte der Oberst einigermaßen verwundert.

Die beiden gingen eine Weile schweigend nebeneinander.

»*Todos demonios*!« hob endlich der Letzte wieder an. »Mich langweilt dieses Leben in Mexiko. Abschlachten, und wieder Abschlachten, und nichts als Abschlachten, wo man hinsieht, geht und steht. Ein ewiges Zusammentreiben, Schänden, Niederwerfenlassen, Abtun, Totschlagen, Stechen, Schießen, Stampfen, Treten. Man verliert die Lust zu allem. Wollte, es wäre vorüber.«

»Es wird noch lange nicht vorüber sein.«

»Pah, wollte dem Dinge in sechs Wochen ein Ende machen. Morellos gefangen, eine Amnestie, diese ehrlich gehalten, und Mexiko ist in einem halben Jahre ruhig.«

»Schon deshalb nicht, weil niemand mehr der Amnestie trauen würde. Wer das erste Mal betrogen worden, läßt sich nicht leicht das zweite Mal betrügen, sagt unser Sprichwort. Mexiko will Euch los sein, auf alle Weise los sein.«

»Es ist wahr, es ist ein heilloses Gesindel, alle diese meine Landsleute, geistlich und weltlich, der Abschaum des ganzen Spaniens. Wenn man sie, wie der junge Dings sagt, wie heißt er? Pinto – alle zusammen nähme und in der See ersäufte, es wäre und es müßte Jubel im Himmel und in der Hölle geben. Wenn Spanien noch ein Jahr ohne König bleibt, dann ist Mexiko verloren.«

Der Conde schwieg.

»Weiß nicht, ob es nicht besser wäre,« fuhr der Oberst fort. »Seit wir Amerika haben, diese unglückliche Pandorabüchse, ist es mit Spanien rückwärts gegangen. Die Silberbarren Mexikos haben uns unser bißchen Libertad gekostet. Unsere Grandezza, *Demonio*! es ist eine Schande! Wir sind, im buchstäblichen Sinne des Wortes, Kammerdiener des Königs.«

[76] Stierkopf und Tigerherz, so wurde Ferdinand *VII.* von seiner eigenen Mutter genannt.

»Wahr;« sprach der Conde.

»Was glaubst Du, daß Mexiko tun wird?«

»Sich frei machen.«

»Pah, ums Wollen ist's nicht, aber um's Vollbringen.«

»Es wird wollen, und sobald es ernstlich will, kommt das Vollbringen von selbst.«

»Glaubst Du?« fragte der Oberst.

»Ich glaube es nicht nur, ich bin überzeugt.«

»Du bist überzeugt!« wiederholte der Oberst sinnend. »Du mußt dies am besten wissen. Wäre eine verdammte Geschichte. Unsere ersten Häuser, und die jüngern Söhne – alle würden Bettler. Zur Kirche will niemand mehr.«

»Begreiflich; wer wird heutzutage eine solche Albernheit begehen?«

»Ich selbst –« fuhr der Oberst fort.

»Dein Mayorasgo im Bario ist ein herrliches Besitztum, das mir lieber wäre, als das Mayorat Deines Bruders.«

»Du sprichst als mexikanischer Grande;« versetzte der Oberst lächelnd.

»Und als spanischer.«

»Aufrichtig gesagt, die Grandezza wundert es nicht wenig, wie Du es in Mexiko aushalten kannst. Die Welt will wissen, daß Du Absichten habest auf eine Espece von Präsidentur, wie die der *estados unidos.*«

»Pah,« versetzte der Conde, »wenn man Grande von Spanien und Mexiko ist, und ein jährliches Einkommen von ein paar Mal hunderttausend Duros besitzt, dann, meinte ich, sollte einem die Lust vergehen, sich für fünfundzwanzigtausend *per annum* zur Zielscheibe des Volkswitzes herzugeben. Man muß jedoch was man besitzt zu erhalten suchen, Ildefonso. Und aufrichtig gesagt, so sind unsere Besitzungen, ja unsere Existenz gefährdet, es mag die eine oder andere Partei obsiegen.«

»Das sagte ich auch,« bekräftigte der Oberst, der bloß auf den ersten Teil der Rede des Conde gehört hatte. »Du bist zu stolz, um Dich mit diesem Pöbelhaufen einzulassen. Zudem mit dem Plane, der einmal auf dem Tapete war, da wird nichts daraus. Die Cortes sind dagegen.«

»Du meinst das Projekt, den Infanten Don Carlos oder Francisko zum König von Mexiko zu haben?«

»Fernando würde es nimmer zugeben. Zudem sind sie so elende Kreaturen, wie dieser Fernando. *Todos diablos!* Weißt Du, daß er alleruntertänigst bei Pepe angesucht hat, ihm gnädigst seinen Orden zu verleihen. Er, der König Spaniens bittet fußfällig um die Orden des Usurpators! Carracco! Unterdessen scheinen die Angelegenheiten des armen[77] einäugigen kleinen Pepe nicht sehr gut mehr zu stehen,« fuhr der Oberste fort; »denn die seines großen Bruders gehen den Krebsgang. Es sind Nachrichten von London bis zum ersten Januar hier – so höre doch, San Jago – Nachrichten von Moskau oder Berezina, wie die Örter dieser Barbaren beißen, wo er sich hingewagt. Doch –«

»Glück zu,« sprach der Conde. »Ich weiß es –«

»Kümmerst Dich aber nicht darum. So seid Ihr Mexikaner alle, Ihr kümmert Euch nichts um Europa.«

»Sehr viel,« erwiderte der Conde; »denn auch wir wünschen die Befreiung der königlichen Familie, sehr, sehr. Wir brauchen einen König, gerade so wie die Wölbung einen Schlußstein braucht. Einen König, er sei noch so schlecht. Nur einen König will Mexiko. Es seufzt nach einem König. Gibt man ihm nicht den König, kann er sich nicht bei Zeiten festsetzen, Wurzel schlagen, so muß eine Republik kommen. Asanza[78] hat ganz recht, jeder Augenblick Zögerns untergräbt das monarchische System mehr und mehr.«

»Sehr wahr; aber was ist zu tun?«

»Für uns vorläufig nichts anderes, als zu trachten, daß wir, die die großen Interessen des Landes am meisten angehen, die Fäden der Gewalt in die Hände bekommen, die den Eurigen mehr und mehr entschlüpfen; denn gelangen sie in die der Demokraten, so sind wir verloren.«

»Sehr wahr; aber wir können doch nicht, dürfen uns nicht zu den Rebellen schlagen, nicht einmal in Verbindung mit ihnen treten?«

»Es ist etwas ganz anderes, in Verbindung mit ihnen zu treten, und sie benützen, zu höheren Zwecken zu lenken.«

»Und tut Ihr dies? Perdon meiner albernen Frage, obwohl sie nicht übel gemeint war.«

Der Conde schien ihn überhört zu haben. »Du irrest,« sprach er nach einer Weile, »wenn Du glaubst, ich würde Dir etwas verhehlen. Deine Interessen sind auch die unsrigen, und wir müssen den Stand derselben genau kennen. Macht beruht auf Erkenntnis.«

»Ich bin angewiesen, mit Dir in Übereinstimmung zu handeln.«

»Unsere Aufgabe muß sein, eine dritte Partei zu bilden,« bemerkte der Conde, »eine Partei, die unabhängig, gleich einer neutralen Macht,

---

[77] Bekanntlich hatten die spanischen Mönche ausgestreut, Joseph Napoleon sei einäugig: ein Umstand, der nicht wenig zur Aufregung der Gemüter beitrug.

[78] Gesandter des spanischen Hofes bei den Vereinigten Staaten riet dringend, einen spanischen Prinzen nach Mexiko zu senden, weil nur so dieses Reich der Krone erhalten werden könnte.

inmitten der beiden erbitterten Kämpfer, und doch über denselben stehend, den Ausschlag zu geben imstande ist, die Zügel der Regierung selbst im Notfalle zu übernehmen fähig wäre, bis Don Carlos oder Francisco dies könnte; denn die Grundpfeiler Eurer Gewalt sind so morsch, so erstorben und verwittert, daß sie wahrscheinlich, treffen nicht ganz besonders günstige Umstände zusammen, ineinander stürzen beim ersten Windstoße.«

»Ich dächte doch, dieser Windstoß wäre gekommen,« entgegnete der Oberst. »Die Rebellion währt jetzt beinahe zwei Jahre, und die Rebellenheere erstehen wie die Pilze auf allen Seiten.«

»Indianer und Mestizen,« entgegnete der Conde; »aber keine Kreolen. Du vergißt, daß eine Million Kreolen nicht nur neutral ist, sondern wirklich gegen die Rebellen dient und ficht. Dies wird nicht ewig dauern. Und sobald diese wanken, und sich von Euch wenden, so ist Mexiko für Spanien verloren. Jetzt will es noch einen König. Erlangt es diesen nicht, so haben wir eine Republik zu gewärtigen.«

»Hol' sie der Teufel mit ihrer Republik! War nur ein paar Wochen in der sogenannten großen Republik, bekam sie satt. Es ist ein prosaisch gemeines Leben in einer solchen Republik, kein Licht, kein Schatten, alles flach. Nichts Großartiges, hörst Du, San Jago! eine Republik braucht starke Nerven.«

»Deine Bemerkungen sind ganz richtig; ich fürchte keine Republik für Mexiko, ausgenommen wir begehen den Fehler, und lassen uns, wie gesagt, die Fäden entwinden.«

»Und Du glaubst, eine Republik sei für Mexiko nicht zu fürchten?«

»Für die Dauer nicht, für einige Jahre vielleicht, aber nicht für lange.«

»Und warum?«

»Weil eine Republik, ich meine eine wahre Republik nicht ohne Selbstherrschaft jedes einzelnen Bürgers bestehen kann, und diese Selbstherrschaft wieder nicht ohne einen hohen Grad politischer Aufklärung, die über die ganze Nation verbreitet sein muß. Denn fehlt sie auch nur einer Kaste, einer Klasse, gibt sich auch nur eine als Mittel her, statt als Zweck aufzutreten, so ist das Gleichgewicht schon gestört, und diese Kaste wird früher oder später das Mittel zur Unterdrückung der Freiheit der übrigen. Wir, die wir unter unsern sieben Millionen Seelen sechs Millionen Material haben, ermangeln, wie Du siehst, der Hauptbedingung einer Republik, ich meine einer Republik, wie sie sein soll, nämlich die der *estados unidos*, der einzig wahren, die je bestand.«

Der Oberste hatte aufmerksam zugehört; denn die Worte waren in einem gefällig leichten, eindringlichen, aber nichts weniger als belehrenden

oder pedantischen Tone gesprochen, so wie die ganze Unterhaltung ungemein leicht, und mehr den Anstrich des Zufälligen hatte.

Der Conde fuhr auf dieselbe Weise fort.

»Aber das Glück, die Größe einer Nation, besteht so wenig in ihrer Regierungsform, als das Glück des Bürgers in der Façade des Hauses beruht,
das er bewohnt; wenn dieses nur seinen Umständen angemessen und bequem ist. Wir sind für eine Monarchie geschaffen.«

»*Donc!*« sprach der Oberst.

»Wir haben eine Grandezza, eine reiche Grandezza, vielleicht die reichste der Welt. Wir haben eine wohlhabende Nobilitad. Wir haben Gremios,
unsere Paisanos, unsere Gavillas, und endlich unsere Leperos. Wir haben
eine Hierarchie aller Stände, und so Materialien zu einem tausendjährigen Reiche.«

»Bei meiner Seele!« lachte der Oberst. »Verdammt schlechte Materialien.«

»Vielleicht nicht so schlecht; wenn Du die Sache genauer betrachtest, so
wirst Du finden, daß gerade mit solchen Materialien, wie wir sie haben,
unsere Madre Patria und Francia so Großes leisteten. Analysiere einmal
die große Nation in ihre Bestandteile, und Du wirst sie nichts weniger
als grandios finden. Wo alle aufgeklärt sind, wie in den *estados unidos*,
da ist die Regierung immer schwach. Wo ganze Massen in Unwissenheit
vergraben sind, da kann durch Aufgeklärtere Großes bewirkt werden. Als
Reich haben wir daher vor unsern Nachbarn einen Vorteil voraus.«

Der Oberst schüttelte den Kopf.

»Als Reich gehen wir einer großartigeren Bestimmung entgegen, als
die stolzeste Phantasie zu träumen vermag. Unser Land ist der Ring, der
die zwei Hälften des schönsten und größten Weltteiles verbindet. Es steht
in unserer Macht, die Pforte zu werden, durch die der Handel der Welt
geht. San Ildefonso! Nur diese Landenge von Panama durchstochen, und
alle Völker der Erde bezahlen Mexiko Tribut.«

»Wahr,« sprach der Oberst.

»Es sind Materialien zu der prachtvollsten Monarchie der Welt; aber
wenn wir den Zeitpunkt versäumen, die Crisis vorübergehen lassen – –«

»Was zu tun? ich bin ein geborner Spanier, mein Eid, meine Pflicht
– –«

»Binde Dich an König und Vaterland. Bleibe Du beiden getreu. Unsere Wege gehen zum Teile gemeinschaftlich, unser Interesse ist ganz
dasselbe, und dies kannst Du auch in Deiner gegenwärtigen Lage fördern;
Mittel und Wege wollen wir Dir bei Zeit und Gelegenheit offenbaren.«

»Aufrichtig gesagt, ich liebe diese neuen Throne nicht.«

»Auch ich nicht,« versetzte der Conde; »aber etwas ganz anders ist es um Eure neu gebackenen Miniaturthrone, etwas anders um den tausendjährigen Thron der Monteezoumas, den die Natur selbst errichtet, und der den einen Fuß im stillen Ozean und den andern im Weltmeere stehen hat.«

»Du siehst die Lage der Dinge großartig an,« sprach der Oberst, »sehr großartig. Ich bewundere Dich. – Wohl sehe ich, daß dieses Land einem neuen Geschicke entgegengeht, daß es geleitet wird durch eine gewaltige, aber unsichtbare Hand. Du wirst Dich nicht mit der Kanaille einlassen. – Also eine Mittelpartei willst Du bilden, aus Kreolen und Spaniern. – Wohl, ich bin einverstanden und stehe Dir zu Diensten mit meinem Regimente, wann und wo Du mich brauchst. Du unternimmst doch nichts gegen das Königtum?«

»Nein!« war die Antwort.

Jetzt standen sie am Ausgange der Plazza; herüber schaute der Itztaccihuatl in seinem schneeweißen Gewande, so hehr, so keusch, so riesig, die Schneefelder erglänzten so prachtvoll! Beide standen im Anschauen der hehren Nachtszene verloren.

»Die Werke der Natur bleiben ewig, die der Menschen zerstören sich selbst im Radlaufe der Zeit. Vor weniger denn dreihundert Jahren stand hier der Teocalli Mexicotls, der Palast Monteezoumas.« Er deutete bei diesen Worten auf die Kathedralkirche und den Palast des Vizekönigs. – »In zehn Jahren wird auf den Trümmern beider eine neue Gestaltung erstanden sein.«

Sie waren am Eingange der Tacubastraße angekommen, wohin ihnen der Wagen des Conde nachgefolgt war. Starke Infanterie- und Kavallerie-Piquete hatten diesen Ausgang besetzt, die sich auf den Wink des Obersten öffneten. Der Conde war im Begriff, in den Wagen zu steigen, als aus der Tiefe der Straße herauf Glockengetön und das Kreischen von Stimmen, die Litaneien absangen, heraufschallte. Als die Reiter diese Töne hörten, sprangen sie von ihren Pferden, die Infanterie warf sich auf die Knie und die Tausende in der Straße und auf der Plazza folgten ihrem Beispiele. Eine lange Todesstille unter den vielen Tausenden, während welcher der Wagen im Fackelscheine näher kam. Es war ein seltsam gebauter offener Wagen, in dem ein Priester im Ornate saß, vor sich auf der Brust mit beiden Händen eine Art Scapulier haltend, mit dem er das Volk links und rechts segnete. Der Wagen war mit Maultieren bespannt und umringt mit dreißig jungen Geistlichen und Kirchendienern, in weißen und roten Gewändern, die Litaneien sangen, und ein betäubendes Glockengetöne erschallen ließen. Er zog langsam der Kathedrale zu. Während der ganzen Zeit waren Volk, Fußgänger und Reiter auf der Erde gelegen. Erst als der Priester innerhalb der Pforten der Kathedrale verschwunden, erhoben sie sich wieder.

»Es ist Poesie in diesem Spektakelaufzuge,« sprach der Oberst, indem er aufstand.

»Eine gräßliche Poesie; aber wir verdanken ihr eine schöne Wirklichkeit.«

»Du bist ein wahrer Aristokrat, ein geborner Aristokrat,« lächelte der Oberst.

»Das bin ich, Gott sei Dank!« sprach der Conde. »Adios!«

Fünfzigstes Kapitel.

God dam! moi j'aime les Anglais,
Ils ont un si bon caractère;
Comme ils sont polis, et surtout
Que leurs plaisirs sont de si bon goût!

BÉRANGER.

r war rasch in den Wagen, der in der dunkeln Ecke gehalten hatte, eingestiegen.

Das Vollmondsgesicht Mister George W–ns schaute ihm aus diesem entgegen.

»Mister W–n!« sprach der Aristokrat, nicht unangenehm, wie es schien, überrascht. »Schon zurück? Es freut mich, Sie zu sehen, obwohl Sie sich hier einer sehr großen Gefahr aussetzen.«

»Weiß es, weiß es, teurer Conde!« versetzte der Brite mit einer etwas hohlen Stimme. »Sie vergeben, daß wir uns in Ihr Eigentum während Ihrer Abwesenheit eindrängten. Aber Ihre Landsleute sind so verdammt katholisch, daß sie einen Ketzer wie wir –«

»Einigermaßen in Verlegenheit bringen könnten,« versetzte der Conde. »Nicht wahr?«

»Ist ein wahres Banditen-Gesindel, Conde! diese Ihre Nation mit ihren Stiletten. Zum Glücke, daß ich Ihren Wagen vor dem Palaste halten sah, und da ich ohnedem notwendig mit Ihnen zu sprechen hatte« –

Der Conde wisperte ihm ein bedeutsames »Stille!« zu; denn sie waren nun in die Mitte der Straße und einer ungeheuren Volksmenge eingefahren. Diese verhielt sich, ganz gegen ihre sonstige Gewohnheit, ungemein ruhig, wogte auf und nieder, kam an die Reiter-Piquets heran, betrachtete sie eine Weile, und zog sich wieder zurück, um andern Scharen Platz zu machen. Die Menge schien in großer Spannung auf irgendetwas zu warten, und die Einfuhr des Wagens versetzte sie in eine leichte Gehrung. Es ließen sich dumpfe Vivas hören, die von einem Gemurmel begleitet waren, das zwar nur in einzelnen Worten bestand, die aber wie Lauffeuer von Munde zu Munde gingen, eine Art Telegraphensprache, die in einzelnen Sätzen blitzschnell durch die Menge lief. So viel war zu entnehmen, daß die Volksmasse zum Teil in Geheimnisse eingeweiht war, die für sie von großem Interesse sein mußten; denn sie benahm sich mit einer Kaltblütigkeit, die offenbar die Soldateska, die wie Bluthunde nur auf das Zeichen zum Losbrechen wartete, einschüchterte. Auch war es nicht mehr die bunte grelle Mischung von Nacktheit, Schmutz und Verworfenheit; es waren größtenteils anständig, zum Teile reich gekleidete Kreolen. Mehrere Hundert bildeten ein Spalier, durch das der Wagen langsam rollte.

»Siehst Du,« wisperte unser Don Pinto dem Major Galeana zu, der am untern Ausgange der Straße den Rücken an die Statue eines Heiligen gelehnt, die Bewegungen der Massen sorgfältig beobachtet hatte. »Carracco! Wir haben ebensowohl unsere Escoltas,[79] wie Eure Morellos und Vittorias.«

»Nur, daß sie nicht Pulver riechen können.«

»Im Gegenteile,« erwiderte der Don. »Du kannst ihnen keinen größeren Gefallen tun, als wenn Du ein paar tausend Duros in *fuegos de polvera*[80] aufkrachen läßt. Blei darf jedoch nicht dabei sein; aber in solchen Dingen,« er deutete auf die Volkshaufen, »da sind sie Meister.«

»Es ist wirklich seltsam;« bemerkte Don Galeana.

»Gar nichts Wunderbares. Sieh, wir haben ein paar hundert Correos[81], wie wir sie nennen, und zwar aus allen Ständen, aus den *cinco cremios*, Escribanos, Mayordomos, Evangelistas, Padres, versteht sich indianische, allen und allen. Wenn wir etwas recht geschwinde bekannt haben wollen, so flüstern wir es bloß einem aus jedem Gremio in die Ohren. Sie sind unsere Zeitungen. Carracco! die Resultate der heutigen Bonanza[82] in der Casa des Conde sind bereits in dem Munde von fünfzigtausend Kreolen.«

»Pah, und was weiter?«

»Muß doch etwas helfen; denn das Volk ist heute ganz anders. So habe ich es nie gesehen. Kein Scherz, kein einziger Grito; aber wenn Mexiko je zum Losschlagen bereit war, so ist es heute der Fall.«

»Und warum nicht losschlagen?«

»Das kann ich Dir nicht sagen, weil ich es nicht weiß. Wahrscheinlich, weil die Zeit noch nicht da ist.«

---

[79] Eskorte. Jeder der Patriotenanführer hatte eine solche, die besser bekleidet, bewaffnet und beritten als die übrigen Truppen, stets um den Anführer sein mußte.

[80] Feuerwerke. Die Indianer sind außerordentliche Liebhaber von solchen, und bei jedem größeren Kirchenfeste werden deren abgebrannt.

[81] Kuriere.

[82] Ausbeute.

»Ich fürchte, man treibt mit uns dasselbe Spiel, wie es mit den Gachupins getrieben wird, und die Nobilitad ist der Kartenmeister.«

»Wenn sie es ist, so mischt sie fein und bewundernswürdig, glaube es mir;« versetzte der Don. »Mexiko fängt an, auf seine Aristokraten etwas zu halten.«

»Pah,« versetzte der Mayor, »Sklaven.« –

»Es ist keine Kunst, in Eurem Cuautla Amilpas von Freiheit zu schwadronieren, wo Ihr von zehntausend Indianern mit Lanzen und Musketen umgeben seid; aber verstehst Du, hier, in Mexiko, den Tyrannen die Spitze zu bieten, so wie man es heute getan. Ehre, dem Ehre gebührt. Silencio jedoch, unsere Triumphe ertragen das Tageslicht nicht. Und nun Adios! Du mußt hinab nach Cuautla über Marquez de la Cruz. Dein General ist, den letzten Nachrichten zufolge, die wir haben, denselben Weg.«

»Beantworte mir eine Frage. Können wir dem Conde trauen?«

»Das weiß ich nicht. Daß er arbeitet, für Mexiko arbeitet, ist gewiß; ob aber für Euch, das ist eine andere Frage. Darauf wollte ich aber wetten, daß er weder Vincente Guerero, noch Padre Morelos zu Königen von Mexiko haben will; und nun Adios zum zweiten und letzten Male.«

Er war mit diesen Worten in eine Seitenallee einige Schritte hineingesprungen, kam jedoch in demselben Augenblicke mit einem »*Carracco que todos Demonios! sta aqui!*«[83] zurück.

»*Que es este?*«[84] fragte der Major, der stehen geblieben war.

»*Uno matado,*«[85] rief Don Pinto lachend, der wieder vortrat und sich zur Erde kauerte.

Es war der Körper eines Gemeuchelmordeten, der, nach dem leisen Todesröcheln zu schließen, die tödliche Wunde noch nicht lange erhalten hatte. Die beiden schleppten ihn der nächsten Lampe zu, in deren Schein sie die Todeswunde kaltblütig und neugierig untersuchten.

»*Muy buen*, prächtig getroffen, es ist der Stich Joses,« sprach der Don lachend, »und zwar ein Dublonstich. Ist gewissenhaft dieser Jose, hat ihn in der Allee niedergestoßen.«

Und mit diesen Worten ließen die beiden den Getöteten wieder zur Erde nieder.

Don Galeana sprang den Paseo hinab, Don Pinto auf den Wagen des Conde zu, der soeben in die Allee einfuhr, und in den er sich, ohne ein Wert weiter zu verlieren, hineinwarf.

[83] Alle Teufel! Stehe!
[84] Was gibt's?
[85] Einer tot.

»*So may G–d damn you to hell!*« brummte Mister George dem Kreolen zu, den er mir aller Macht von sich zu schieben bemüht war, während dieser in ein lautes Gelächter ausbrach.

»Glauben Sie, meine Zehen sind Pferdehufe?«[86]

»Das nicht,« versetzte der junge Don lachend; »aber daß Sie allerdings Hufe haben, mögen sie von allen Kanzeln bekräftigt hören. Wenn ich morgen Padre Domingo beichte, daß ich neben einem Ketzer gesessen, so gibt er mir wenigstens zweiundsiebenzig Rosarios[87] zu beten.«

»Und werden Sie beten?« fragte der Brite.

»Das nicht; aber kostet mich einige Duros, sie beten zu lassen.«

»Haben doch eine verdammt bequeme Religion!« murmelte der Mister.

»Unschätzbar in diesem Punkte,« bekräftigte der junge Don. »Um fünf Duros können Sie für jeden Stilettostich absolviert sein, und ist es ein Herege wie Sie, so erhalten sie die Absolution umsonst, und eine *Indulgencia plenaria*, zwanzig Duros wert, obendrein. Aber, *Carracco!* dachte, Sie wären in Senora oder Santa Fe oder Durango[88], oder gar im Paradies.«

»Bei meiner Seele! ohne die Escolta Sr. Exzellenz hätte nicht viel gefehlt, und selbst mit dieser waren wir ein Dutzend Mal in Gefahr, als Ketzer zerrissen zu werden. Bessere Dienste hat uns Ihr Padre getan, Conde.«

Er hatte diese Worte in geläufigem Spanisch gesprochen, hob aber jetzt englisch an:

»Also diesen Vanegas lassen wir auf alle Fälle, wie und wo er ist. Hierin sind wir einverstanden, nicht wahr?«

Der Conde bejahte es.

»Mit den beiden Häfen gleichfalls?«

»Gleichfalls,« versetzte der Conde.

»Und das Geschäft?«

»Müssen Sie notwendig wieder mit dem Consulado teilen, wenn Sie klug sind.«

Der Brite kratzte sich hinter den Ohren.

---

[86] Solche Predigten, in denen geradezu gesagt wurde, daß den Ketzern Hörner und Hufe wüchsen, waren bis zum Jahre 1828 noch häufig zu hören.

[87] Ein Rosenkranz; eine Anzahl Kügelchen, die einzeln abgezählt werden, und wobei stets ein sogenanntes Ave Maria gebetet wird – abwechselnd mit dem Gebete des Herrn. – Die Anzahl derselben beläuft sich auf sechzig bis siebzig.

[88] Nördliche Staaten von Mexiko; Durango, die Hauptstadt des Staates gleichen Namens, gegenwärtig Vittoria genannt, zu Ehren des Präsidenten Vittoria, der in diesem Staate geboren wurde.

»Sonst verderben Sie den Virey und sich selbst, Mister W–n! Vergessen Sie überhaupt nie, daß Sie in Mexiko sind, wo es weiter nichts bedarf, als daß einer vom Consulado, so wie Sie abends über die Straße gehen, Herege rufe, um Sie in die andere Welt zu befördern, ohne daß es ihm einen Medio kostete. Vergessen Sie auch nicht, daß Sie in einem Lande leben, wo der geringste Spanier sich alles Ernstes mehr dünkt als Ihr König, weil er ein älterer Christ ist. Seien Sie klug, Mister W–n!«

»Ich sehe, ich sehe;« sprach der Brite, »wohl, wir wollen in Kompanie gehen. Mit Ihnen gehe ich gerne. – Hier ist aber mein Haus. Ich danke Ihnen, Conde!«

Der Wagen hielt an, um den Briten abzuladen.

»*Carracco*!« rief der junge Don Pinto, als dieser ausgestiegen war. »Ich hasse diesen Block von Fühllosigkeit und unersättlicher Gefräßigkeit und Habgier.«

»Stille, wir brauchen ihn,« versetzte der Conde.

»Er ist der Blutsauger Mexikos.«

»Noch mehr, der Spion Mexikos.«

»Noch mehr, der Spion des Virey.«

»Und Fernandos.«

»Und des Conde de San Jago.«

»Und Castlereaghs.«

»Und aller Welt.«

»Wenn sie ihn bezahlt. Hält sich aber, und nennt sich, einen sehr respektablen – sehr respektablen – sehr respektablen Charakter. – Ist ein wahrer Times-Charakter.«

Der junge Don lachte laut auf, erfaßte beide Hände des Conde, preßte sie zusammen, und küßte sie; denn es waren die ersten launigen Worte, die aus des Aristokraten Munde gehört worden.

»Sehe ihn aber übrigens gerne,« bemerkte dieser; »denn in der volkstümlichen Politik kann der dümmste Brite dem gescheitesten Mexikaner noch als Lehrer dienen.«

Sie waren unter diesen Worten vor der Villa angekommen.

Einundfünfzigstes Kapitel.

Wackre neue Welt,
Die solche Bürger trägt!
SHAKESPEARE.

lso wir sollen des Fuero teilhaft werden, oder vielmehr Ihre Exzellenz sind gewillet, das Fuero zu erteilen, uns in eine Gesellschaft konstituieren zu dürfen, die sich versammeln mag, wann und wo es ihr beliebt?« fragte der Conde Irun.

»Zu Tertullias, Refrescos, Convitos, Sociedads, wann es uns gefällt, ohne daß uns der *nil habemus*, Don Ruy Gomez, wie er getauft worden, befehlen dürfte, uns nach Hause zu packen;« erwiderte lachend der Marquis de Grijalva.

»*Si, si,*« bekräftigte der Marquis de Moncada, der sich mitten in einer Gruppe von Kavalieren befand, welche durch den Conde de R–a haranguiert wurden. »Eine Dankadresse an Se. Exzellenz, den regierenden Virey von Nueva Espanna, für die väterliche Milde und die Gnade, mit der Hochdieselbe das Land regiert, die Energie, mit welcher Sie die Rebellion unterdrückt, und die Weisheit, mit der Sie die Ordnung zu retablieren gewußt.«

»Da Se. Exzellenz eine solche Dankadresse wünschen und genehmigen,« bemerkte der Marquis de Flon, »so –«

»Se. Exzellenz sind so aimable, und Hochdero Wünschen soll um so mehr schleunige Folge geleistet werden, als Se. Exzellenz wirklich sehr gnädig sind. Nicht wahr?«

Die honigsüßen Gesichter der Grafen und Marquise zeugten von hoher innerer Freude.

»Wissen Sie auch,« bemerkte der Marquis de Moncada, »daß alles recht artig geht.«

»Sehr artig,« versicherte der Conde R–a. »*Con prudencia y finezza convenientes.* Es wäre nur zu wünschen, daß wir unsere Sociedad bereits konstituiert hätten –«

Es fiel wieder ein anderer Conde ein. »Senores! ich glaube mit diesem sollten wir so viel als möglich eilen, ja, diese Sociedad sollte konstituiert sein, ehe die Dankadresse Sr. Exzellenz überreicht wird.«

»Es würde allerdings von großem Nutzen sein,« bemerkte der Marquis de Ch–l, »um so mehr als die ganze hohe Nobilitad in Cuerpo handelnd erscheinen würde. Wir könnten bei dieser Gelegenheit zugleich die ostensiblen Zwecke unserer Vereinigung proklamieren.«

»Die, versteht sich von selbst,« fiel ihm der Marquis de Moncada ein, »in nichts anderem bestehen, als die weisen und energischen Maßregeln der Regierung zu unterstützen, und die Ruhe des Landes herzustellen.«

»Bemerken Sie nur das artige hämische Lächeln, das um den Mund des alten Moncada spielt;« flüsterte der Conde Irun dem Grafen Istla zu.

»Natürlich,« erwiderte der Conde Regla dem alten Marquis. »Ganz natürlich, da denn doch die Gesellschaft sich bildet, und es gewissermaßen ihr Hauptzweck, die Regierung zu unterstützen –«

»Es wird artig sein, wenn wir, die hohe Nobilitad, eine solche Gesellschaft bilden,« meinte der alte Marquis.

»Großartig,« fiel der Conde R–a ein; »versichere Sie, teurer Moncada, großartig. Wir werden unsern Präsidenten haben, Vizepräsidenten –«

»Und warum nicht gleich zu ihrer Wahl vorschreiten? Warum uns nicht gleich konstituieren? Wir haben die mündliche Erlaubnis. Lassen Sie uns sogleich anfangen.«

»Sogleich, sogleich!« riefen alle jubelnd.

»Ich schlage meinerseits den Conde R–a zum Präsidenten vor;« hob der Marquis Grijalva an.

»Und wir den Marquis Grijalva zum Vizepräsidenten;« fiel der Marquis Ch–l ein.

»Und den Marquis Ch–l zum Sekretär,« der Graf Istla.

»Bravo! Bravo!« riefen alle.

»Es werden als Gesetze unserer Sociedad angenommen – *pro primo*.«

»Die Glieder der Sociedad werden im geheimen Scrutinio auf- und angenommen, und zwar mit weißen Kugeln,« fuhr der Conde R–a fort.

»Eine absolute Majorität nimmt an, eine Minderheit verwirft.«

»Ohne Mitglied der Sociedad zu sein, kann keiner in unserer Versammlung Zutritt haben –«

»Selbst nicht, wenn es ein Oidor wäre,« bekräftigte der Conde Istla.

»Bravo!« riefen wieder alle.

»Die Gesellschaft hat ihre Korrespondenten,« fügte der Conde Irun bei; »auch können Mitglieder aus allen Teilen des Reiches, versteht sich von Mexiko, auf- und angenommen werden.«

»Es ist dies allerdings ein Opfer,« bemerkte der Marquis Moncada mit zuckersüßem, aber etwas tückischem Lächeln; »ein gewissermaßen bedeutendes Opfer, das die Nobilitad der hohen Regierung bringt.«

»Sie meinen, daß sie in ihre Sociedad Criollos, und bloße Hidalgos zuläßt?« fragte der Marquis Ch–l ein wenig verwundert.

»Aufzuwarten, teurer Ch–l;« erwiderte jener. »Es ist eine Herablassung von Seiten des Adels. Da jedoch der Regierung in ihrer gegenwärtigen Crisis –«

»So sehr daran gelegen ist, ihren moralischen Einfluß zu verstärken,« fuhr der Conde R–a mit demselben feinen Lächeln fort, »und dies nur durch eine rasche und weite Verzweigung bewirkt werden kann, so wollen wir allerdings dieses Opfer bringen und als Statut aufnehmen, daß nicht bloß Glieder der hohen Nobilitad, sondern auch Caballeros überhaupt, das heißt Blancos und selbst Gachupins aufgenommen werden mögen.«

»Selbst Gachupins,« lachten alle herzlich vergnügt.

»Und wir schlagen vor,« fuhr der Conde R–a fort, »daß alle, die gegenwärtig sind, als Glieder der Sociedad anerkannt werden, und daß der Marquis de Ch–l die Statuten derselben aufsetze, auf daß ihre Konfirmierung sogleich nachgesucht werden möge.«

»Bravo! Bravo!« riefen alle jubelnd; dann sahen sie sich lächelnd schlau an, nickten sich einander beifällig zu, und hielten inne. Die lauten Stimmen wurden zum leisen Geflüster, und als sie sich wieder lauter erhoben, war der Gegenstand der Unterhaltung so ganz verändert, daß auch kein Wort mehr von Adressen oder einer zu konstituierenden Gesellschaft zu hören war.

»Also unser teurer Conde Jago ist für heute nicht mehr zu sehen,« hob endlich der Marquis de Moncada wieder an.

»Er läßt sich recht dringend entschuldigen, da er bei seiner Nachhausefahrt sich leicht verkühlt und sogleich in sein Appartement zurückgezogen;« meldete der alte *Mayor domo.*

»Se. Herrlichkeit sind jedoch wohl?« lächelte der Conde R–a.

»Sehr wohl, sehr wohl. Nur bedürfen Sie der Ruhe,« versicherte der Graf Almagro.

Die Condes und Marquis lächelten wieder, und schienen die Abwesenheit des Hauswirtes ganz und gar zu ignorieren.

»Wissen Sie aber Conde R–a,« bemerkte der Marquis de Vibanco, »daß ganz Mexiko voll ist von seiner Heldentat, und daß alle, die wir gesehen haben, Major Ulloa sein Schicksal recht sehr gönnen.«

»Es kommt insofern *à propos,*« erwiderte der Conde R–a, »als es zeigt, daß der hohen Nobilitad auch heißes Blut inwohnt! Aber der arme Junge!«

»Je nun, der wird in der Ketzerrepublik Beefsteaks essen.«

»Also Mißherr, der Inglese ist wieder zurückgekommen?« fragte der Conde Irun.

»Heute acht Uhr abends,« versetzte der Marquis Grijalva.

»*A propos* Marquis,« sprach der von Moncada. »Sagen Sie mir, wo eigentlich dieses Ingleterre liegt? Es ist eine Intendanz, die der Madre Patria gehört, und die von Philipp *II.* erobert und der Krone von Spanien einverleibt –«

»Werden sollte; ganz richtig,« bemerkte der Conde Almagro.

»Wir haben ein Buch,« fuhr der alte Marquis fort, »wo das alles darinnen steht. Diese Inglese sind eine Art Ketzer, die Sr. katholischen Majestät Tribut an Tuch und Strumpfwaren bezahlen.«

»Auch Messer und Gewehre liefern,« bemerkte der junge Don lächelnd.

»Die letzteren sind sehr unschuldig, lieber Marquis,« entgegnete der von Ch–l, »besonders die von Birmingham. Die Patrioten von Carraccas hatten eine Lieferung von zehntausend gekauft, und in der Schlacht wollte kein einziges losgehen.«

Der alte Marquis de Moncada schüttelte verwundert den Kopf. »*Madre de Dios!* Das ist ja herrlich. Hätten wir sie doch bei unserer Revue gehabt, unter weiland Sr. Exzellenz, Conde Galvez, wo wir als Oberster –«

»Todesangst ausstanden,« half ihm der Conde Almagro.

»Aber sagen Sie mir, Conde Almagro, ist denn Sir George W–n wirklich ein Lord? Wie viele Ahnen hat er?« fragte der zahnlose Marquis ungemein behaglich.

»Pah, keine zwei,« versicherte Conde Almagro. »Er ist bloß Mitglied des Consulado von London. Wäre neulich in der Plateria-Straße beinahe niedergestoßen worden.«

»Ah, weil er nicht niederkniete, als der *Carro de Dios* vorbeifuhr;« fiel ihm der Marquis ein.

»*Madre de Dios!* Sah er denn nicht die dreißig Acolythos, und hörte er nicht die Glocken?«[89]

»Es sind ja Hereges, die Inglese alle zusammen;« bemerkte ein Beistehender.

»*Madre de Dios!*« rief der alte Marquis wieder. »Gott sei Dank! wir sind *viejos Christianos.* Mußte aber doch neulich im Theater lachen über den Buffo, den dicken Filippo, als der *Carro de Dios* vorbeifuhr, und er als Papageno niederknien mußte, der dickste Papageno, den Sie je gesehen, und als er so kniete, konnte er nicht aufstehen. Mußten ihm mit einer Stange aufhelfen. Waren noch die Glocken zu hören, aber das ganze Theater lachte sehr, sehr. War aber auch zum Totlachen. Sehr komisch, nicht wahr?«

[89] Siehe Note.

»Sehr komisch,« versicherte ihm der junge Almagro.

Der alte Marquis hatte in der angenehmen Unterhaltung ganz übersehen, daß bereits die meisten Kavaliere den Saal verlassen hatten. Er nahm nun eiligen Abschied von den Anwesenden und ließ sich vom *Mayor domo*, Itztlan und Federigo die Staatstreppe hinabbegleiten.

»Itztlan,« sprach der *Mayor domo* zum Oaxaca-Indianer, der verdrießlich brummend die Stiegen hinaufschritt. »Was schaust denn Du, als ob Du noch heute an den Temalacatl[90] gebunden werden solltest?«

Der Indianer gab keine Antwort.

»Ist es die Dankadresse an den Virey für die Milde und Gnade, die Dir den Appetit verdorben?«

Der Indianer knirschte mit den Zähnen.

»Tröste Dich Itztlan,« sprach der *Mayor domo*. »Weißt Du nicht, daß die Teopixqui[91], wenn sie dem Mexikotl einen Kriegsgefangenen opferten, ihm zuerst Musik machten, Blumen streuten und Wohlgerüche darbrachten, und ihn fett machten?«

»Wer ist der Gefangene?« fragte der Indianer bedeutsam. »Itztlan fürchtet, das arme Mexiko wird es – und die Caballeros werden die falschen Teopixqui sein.«

»Weiß nicht, kann Dir also nicht bestimmte Antwort geben,« versetzte der *Mayor domo*. »Bist Du nie neben den Orgelpfeifen gestanden, wenn der Organist zu spielen angefangen?« fragte er wieder den Indianer.

»Nein,« versetzte dieser.

»So versuch's einmal. Morgen zum Beispiel – und Du wirst sehen, wie jede dieser Orgelpfeifen einen verschiedenen Ton von sich gibt, einige brummen, andere pfeifen, andere schreien wie Conzontlis, und doch vereinigen sich alle in eine Harmonie; warum, weil es eine einzige Kraft ist, die ihnen den Atem entlockt. Itztlan, kennst Du die Kraft nicht, die unsere Caballeros in Atem versetzt, so daß es ihnen aus der Brust aufsteigt und zu Worten wird?«

»Kenne sie nicht.«

»Es ist ein gefährliches Orgelspiel, lieber Itztlan; aber sie spielen nach ihrer Weise. Jeder nach seiner Art. Das Spiel geht hoch. Wer wird es gewinnen?«

»Das Sonderbarste ist,« fiel Federigo ein, »daß unsere Nobilitad sich

---

90 Der Stein, auf dem die Kriegsgefangenen der alten Mexikaner kämpfen mußten.

91 Aztekische Priester der alten Mexikaner.

in einen Cuerpo vereinigt, eine Gesellschaft zur Aufrechthaltung der Gachupins und des Virey, den niemand mehr mag.«

»Das ist sonderbar,« versetzte der *Mayor domo* mit einem einfältig schlauen Lächeln. »Tröstet Euch aber, Itztlan und Federigo, es hat einen Haken.«

»Wollte die heilige Jungfrau, er wäre so stark und lang, daß alle sechzigtausend Gachupins daran gehängt werden könnten.«

»Kann sein, daß er so lange wird,« brummte der alte *Mayor domo* in sich hinein. »*La Vierge assiste.* Es ist ein christlicher Wunsch. Horch, die Glocke aus dem Studierkabinette des Grafen.«

Zweiundfünfzigstes Kapitel.

Chi va piano, va sano,
Chi va sano, va lontano.
ITAL. SPRICHWORT.

in mäßig großes Kabinett mit Rosenholz-getäfelten Wänden, Bücherschränken von derselben kostbaren Holzart, Fauteuils und Ottomane mit rotem und grünem chinesischen Atlas überzogen, der Marmorfußboden mit türkischen Tapeten belegt. Durch eine offen stehende Türe sah man in das Ankleidezimmer, das Schlafkabinett, das marmorne Badegewölbe; durchaus herrschte königlicher Reichtum im ganzen Appartement, und nicht bloß die zum täglichen Gebrauch, zur Reinigung und Abwaschung bestimmter Gefäße, selbst die Riegel und Schlösser an den Türen und Fenstern waren von edlem Metalle.

Die Grafen von R–a und Almagro, und die Marquise Grijalva und Ch–l saßen in Fauteuils, der Conde hatte auf einer Ottomane Platz genommen. Der *Mayor domo* mit einem in schwarzer Seide gekleideten Pagen stellten einen kleinen Tisch mit Wein und Erfrischungen zwischen die Kavaliere und verließen dann das Kabinett.

»Sie ziehen prächtig, unsere Caballeros,« hob der Conde R–a an, als die Diener sich entfernt hatten.

»*Manos al carro*[92] ist das Losungswort des alten Moncada, habt Ihr ihn gehört?« fragte der Marquis de Grijalva, indem er einen der Goldbecher ergriff, und ihn zur Hälfte leerte.

»Weißt Du,« entgegnete der Conde R–a, »was dem alten wunderlichen Kauz am meisten bei der Affäre gefällt? daß er so auf einmal zum Politiker geworden. *Madre de Dios*! sagte er mir, während Du beim Virey warst, ich hätte gar nicht gedacht, daß das Politisieren und Regieren so leicht sei.«

»Ich glaube, die allerseligste Feldmarschallin[93] selbst würde ihn nicht dazu vermocht haben, gegen die Exzellenz in Opposition zu treten; aber

---

92 Alle Hände an den Wagen. (Ans Werk.)
93 Die Jungfrau Maria. Siehe Note.

455

eine Intrige hat für ihn des Zuckerstoffes zu viel, als daß sie nicht jeden Widerstand bezwingen sollte. Er ist nun voran.«

»Es ist eine Waffe, welcher er im hohen Grade Meister ist, bei all seiner sonstigen Imbecillité,« bemerkte der Conde R–a. »Ich verbiß mir beinahe die Lippen, als ich euren Diskurs über Ingleterre hörte. Ich bewunderte Dich, Almagro.«

»Warum sollte ich ihn aus seiner süßen Unwissenheit reißen. Zudem ist er wunderbar eifersüchtig auf sein Wissen und Nichtwissen. Er hat drei Bücher in seiner Bibliothek, aus denen er, seit er großjährig geworden, täglich drei Blätter vor dem Schlafengehen vorlesen läßt. In dem einen steht, daß Mexiko an Rußland grenzt; deshalb seine Furcht, daß Apolyon, wie er Napoleon nennt, in Mexiko eindringe, da er schon in Moskau ist. Frankreich, glaubt er fest und heilig, liege in Panama.«

»Auf seiner Hacienda solltet Ihr ihn sehen. Alle Donnerstage und Samstage reitet er in großer Corte[94] aus, wo ihm seine Dependientes Blumen streuen müssen. Denkt Euch ein paar hundert nackte Indianer und Indianerinnen, wie sie dem alten Caballero, der bloß eine Krone braucht, um den Senor David zu repräsentieren, Blumen streuen, und er, auf seinem Maultiere gravitätisch einher trabend, umgeben von seiner Familie und seinen Beamten. Das ist aber so die Weise unserer Nobilitad.«

Dir Kavaliere lachten und verhalfen sich zu den guten Dingen auf dem Tische.

»Bei alledem will mir aber doch nicht einleuchten,« hob der Marquis Grijalva in einem etwas ernsteren Tone an, »wie Du, San Jago, die Exzellenz so leichten Kaufes durchschlüpfen lassen konntest, da wir sie doch so ganz in unserer Gewalt hatten.«

»Ich dachte,« erwiderte der Conde, »daß wenn wir unsere Forderungen zu hoch spannen, wir Gefahr laufen, gar nichts zu erlangen. Um unsern Grundstein recht fest zu legen, durften wir, glaubte ich, die Eifersucht der Geistlichkeit, des Consulado und der Audiencia nicht gleich anfangs zu sehr aufreizen; denn sonst schließen sie sich an ihn an, und werden uns wieder zu mächtig.«

»Wie hat er sich benommen?« fragte der Marquis Ch–l.

»Erst die dritte Dosis wirkte, aber sie wirkte stark; er krümmte sich wie ein Wurm.«

»Also hat die Exzellenz ihre Impassibilität verloren. Sie soll sich geäußert haben, daß der geborne Herrscher ganz impassible sein müsse.«

<hr />

[94] Hofstaat. Solche Aufzüge sieht man auch noch heutzutage.

»Was ihn frappierte, ja ihn affizierte und vielleicht versöhnte,« fuhr der Conde fort, »war der Umstand, daß er uns noch bei seiner Familie fand, als er mit seiner Schwägerin in das Sitzzimmer zurückkehrte. Auch diese schien frappiert. Die guten Leute sind, man merkt es, von neuem Adel. Es war da, daß wir eine Art Frieden schlossen.«

»Wie lange wird er dauern?«

»Ob lange oder kurz, ist gleichviel; daß *wir Frieden gemacht haben*, ist schon von Bedeutung; denn wir sind dadurch gewissermaßen als eine unabhängige Macht anerkannt, der es frei steht, die errungenen Vorteile und Bedingungen zu benützen.«

»Aber diese Dankadresse,« bemerkte der Marquis de Grijalva, »ich fürchte, sie wird ganz Mexiko gegen uns empören.«

»Das ist leicht möglich; aber je mehr, desto besser,« erwiderte der Conde.

»Ich verstehe Dich nicht, San Jago,« entgegnete der Marquis.

»Die politische Bedeutsamkeit, die uns diese Adresse gibt, ist so groß, daß die schiefen Urteile unserer Landsleute einigermaßen nötig sind, um die Gachupins zu blenden.«

»Ich verstehe,« fiel ihm der Conde R–a ein.

»Wir waren bisher, was unser Sprichwort sagt, verdammt zu leben, *para vestir santos*[95], eine politische Null, die sich ihres Daseins kaum bewußt war. Durch diese Adresse sind wir eine Hauptzahl geworden, auf einmal in das bürgerlich politische Leben eingetreten. Wir gehen zu Gericht über den Landes-Chef von Mexiko; wir geben der Welt unser Urteil über ihn.«

»Das ist richtig,« bekräftigten alle.

»Ich glaube aber denn doch,« nahm der Marquis de Grijalva das Wort, »daß wenn wir auf einmal vorgetreten wären, wir mehr gewonnen, vielleicht die Revolution entschieden hätten.«

»Perdon,« bemerkte der Conde R–a. »Du vergissest, daß sie seit sechs Monaten mit dem Plane umgehen, Calleja an seine Stelle zu bringen. Wir könnten zwar Vanegas von der Regierung entfernen, und ihn, wie Iturrigaray, nach Hause senden, würden aber unsere Interessen kaum gefördert haben; im Gegenteile, Don Arispe, als ältester Oidor, käme an das Ruder, und Ihr wißt, er und Calleja sind Pylades und Orestes.«

»Und käme Calleja,« bemerkte der Conde Almagro, »so würde er mit brutaler Gewalt niederdrücken, was nichts weniger als niedergedrückt werden soll. Ihr wißt, daß er sich anheischig gemacht hat, achtzigtausend revolutionäre Köpfe binnen Monatsfrist zu liefern.«

---

[95] Die Heiligen aufzuputzen – ein träg vegetierendes Leben führen – Nichtstun.

»Ohne Zweifel,« bekräftigte der Marquis Ch–l. »Wir müssen darauf hinarbeiten, den Kampf nach Möglichkeit zu verlängern, weil wir nur dann unsere Absichten erreichen können.«

»Weder verlängern noch verkürzen; gehen lassen, aber jeden günstigen Umstand benützen,« schaltete der Conde ein.

»Es ist aber doch ein herzloses Spiel, dieses Spiel, das wir treiben,« bemerkte der Marquis Grijalva.

Die Kavaliere sahen den Conde an, als erwarteten sie von ihm die Beantwortung des Vorwurfes. – Er schwieg.

»Herzlos,« nahm endlich der Marquis de Ch–l mit dem seinen Takt eines Aristokraten das Wort; »das könnte ich eben nicht sagen, wenn wir vor dem blutig rasenden Kampfe zwischen dem Tiger und der Hyäne zurücktreten, und uns auf einen erhabenern Standpunkt versetzen.«

»Warum nicht durch unser Gewicht den Kampf entscheiden?«

»Wohl vorzüglich deswegen nicht, weil wir bisher noch kein Gewicht hatten,« fiel der Conde ein, »weil wir uns dieses erst verschaffen müssen; denn der Spanier hat weislich dafür gesorgt, daß wir keines haben. Das Gewicht, das wir nun zu erlangen angefangen, ist vorzüglich negativer Art, durch unsere Mäßigung erlangt. Wir haben den Volksgeist richtig aufgefaßt, und diese Auffassung hat uns einiges Gewicht verliehen. Es teilt eine Million Kreolen unsere Ansichten, daran ist kein Zweifel. Die Hauptkunst des Regierenden besteht wohl vorzüglich nur darin, daß er, ohne es merken zu lassen, den Volksgeist auffasse, ausspreche, das heißt in seinem Sinne handle. Selbst der Despotismus muß dies tun. Der Spanier hat in seinem bigotten Hochmut diesem Lebensprinzip jeder Regierung Hohn gesprochen, und daher kommt die Revolution. An uns ist es, seine Fehler zu benützen, an seiner statt uns dieses Volksgeistes zu bemeistern. Von gegenwärtiger Teilnahme am Kampf ist jedoch auf keine Weise die Rede. Die große Masse der Kreolen will es nicht, und wir haben auch keine Ursache aufzutreten, denn wir haben den Kampf nicht angefangen.«

»Conde,« bemerkte der Graf R–a, »was das Anfangen betrifft, so dürften wir denn doch nicht so ganz unschuldig sein.«

Auch der feinste Aristokrat sagt zuweilen eine Sottise.

Die Blicke, die alle dem Sprecher zuwarfen, ließen ihn auch in keinem Zweifel, daß seine Bemerkung nichts weniger als zur Sache gehörig war. –

»Daß wir einiges getan haben, um uns aus der tiefen Erniedrigung, in welcher wir von dem Spanier gehalten wurden, herauszureißen, das ist ein Punkt, dessen Erörterung wir um so weniger auf uns nehmen wollten, als sie gar nicht nötig ist,« erwiderte der Conde; »aber wer hat dem Priester das Recht gegeben, loszubrechen, wo die ersten des Landes sich zurückzogen?«

»Die Gefahr, seinen Kopf zu verlieren.«

»Perdon,« entgegnete der Conde. »Wir glauben, es war vielmehr der Kitzel des Ehrgeizes, die verlockende Sirene Herrschergewalt, die unter dem Hermelinmantel sowohl als unter dem Priesterkäppchen wohnt. Es war unfehlbar der gekränkte Ehrgeiz unserer Priesterschaft an dem Ausbruche und der Fortführung der Revolution eine der Hauptursachen; die fetten Pfründen der Domkapitel, der Bistümer und der reichen Pfarreien immer von Gachupins besetzt sehen zu müssen, das war eigentlich die nächste Veranlassung, warum Hidalgo losbrach. Mit Morelos ist es derselbe Fall. Wir nehmen ihnen diesen Ehrgeiz nicht übel; aber sie dürfen es auch uns nicht mißdeuten, wenn wir es unter unserer Würde halten, unter Priestern und mit Priestern zu fechten. Wir lieben und achten die Diener der Religion; aber, wohl verstanden, immer nur als unsere Werkzeuge, die uns mithelfen, den Pöbel zu bezähmen; aber sie wollten selbst Meister werden, und wir kündigten ihnen den Krieg an, oder vielmehr wir verhielten uns passiv – und sie sanken – was ganz natürlich war.«

Diese inhaltsschweren Worte waren wieder ganz mit der ruhigen Gelassenheit des klar beschauenden Weltmannes gesprochen, und die Kavaliere versanken in tiefes Nachdenken; denn was sie soeben gehört, mochte als der Schlüssel zur großen Tragödie, die durch den Priester Hidalgo aufgeführt worden, ganz füglich angesehen werden.

Der Conde R–a unterbrach endlich die lange Pause.

»Die Massen waren zu allen Zeiten und in allen wohlgeordneten Staaten dazu bestimmt, von der Aristokratie der Geburt oder des Vermögens geleitet und benützt zu werden, und ich finde es ganz natürlich, daß, wenn ein armseliger Plebejer sich erkühnt, die natürliche Ordnung der Dinge umzustoßen, und herauszutreten aus dem Kreise, der ihm angewiesen ist, er auch dafür büße. Er hätte warten sollen, bis die Reihe an ihn kam.«

»So wie dieser Vincente Guerero,« bemerkte der Marquis Ch–l.

»Hat uns jedoch heute einen herrlichen Dienst geleistet,« versicherte der von Grijalva.

»Hätte er aber gewußt,« bemerkte der Conde de R–a, »daß Se. Exzellenz in dem Schreiben ihrer Schwägerin zugleich die Unterwerfung an den einäugigen Pepe, wie ihn diese Gachupins nennen, eingesandt haben, sympathisch geschrieben eingesandt haben, er würde sich besonnen – –«

»War aber doch schön von ihm,« sprach der Marquis.

»Weniger schön als politisch,« fiel der Conde ein. »Dieser Zambo-Mestize hat viel von jener *ultra arte y prudencia*[96], die Se. Exzellenz zu ihrem Lieblingsspruche gemacht haben, und ist, bei aller anscheinenden Rohheit und beflissenem Herabsehen auf die Nobilitad, wieder sehr beflissen, sich mit dieser in gutes Einvernehmen zu setzen. Sie wissen, wir hatten ihn längere Zeit in unsern Diensten, und er hat uns wirklich deren große geleistet; aber ungeachtet wir ausdrücklich allen Verkehr abgebrochen, fand er doch Mittel, diesen auf eine Art zu erneuern, die dem vollendetsten Diplomaten Ehre gemacht haben würde und uns einige Male in die größte Verlegenheit setzte. Und diesen Verkehr weiß er mit ebenso vieler Schlauheit vor seinen Mitgenerälen geltend zu machen. So bin ich auch vollkommen überzeugt, daß die heutigen Sympathien seiner blutsverwandten Leperos ihn tiefer verletzt haben, als es zwei verlorne Treffen getan haben würden.«

»Hat uns aber doch sehr viel Vorschub geleistet,« bemerkte wieder der Marquis.

»Einigen, ohne Zweifel; wir würden aber auch ohne ihn zum Ziele gelangt sein. Der heutige Vormittag hat Mexikos Schicksal eigentlich entschieden; die Ausbeute, die wir gewonnen, hat uns mehr genützt, als zwei gewonnene Schlachten. Bisher wußten wir nur dunkel, was uns fehlte, wo uns das Übel drückte, Senores! Es war ein edles aber undeutliches Prinzip, das uns vorschwebte, für das wir kämpften und nicht kämpften. Für Prinzipe entglüht man, kämpft aber nicht leicht, und nie lange. Es müssen materielle Interessen dazu kommen, grob materielle Interessen. Diese, und zwar die stärksten, die es geben kann, kamen heute, die Interessen der Selbstsucht, des Eigentums. Sklaven haben keine Begriffe vom Eigentumsrechte; wir waren Sklaven bis heute, wo uns die Consulado-Männer lehrten, was Eigentum vermag. – Derselbe Dämon des Egoismus, der Selbstsucht, der uns blutig, vampirartig aussog, muß uns auch endlich befreien.«

»Das wird aber lange dauern,« warf der Marquis ein.

»Wahrscheinlich.«

»Und wir sollen zuschauen?«

»Unsere Segel den feindlichen und freundlichen Winden öffnen, die ersteren seitwärts, die letzteren voll einfallen lassen, während eines Sturmes sie reffen, und so zum Ziele gelangen.«

»Das ist ein verdammt kaltes Spiel, ein furchtbar herzloses Spiel, ein Aristokratenspiel.«

[96] Heimtücke und List.

»Du sagst recht, Grijalva, ein Aristokratenspiel,« erwiderte der Conde, »aber nicht herzlos. Ich glaube, dem rasenden Roland selbst dürfte das Herz einigermaßen geschlagen haben, hätte er mit dem Prinzip des Bösen so gerungen, wie wir zu ringen hatten.«

Er hielt inne.

»Wir spielen ein hohes Spiel; gewinnen wir, so hat Mexiko gewonnen.«

Die Kavaliere sahen ihn erwartungsvoll an.

»Ah,« hob er nach einer Weile wieder an, »es war ein furchtbarer Kampf, den wir heute gekämpft haben. Zuweilen kamen wir uns vor, wie das Verhängnis, das aus den untersten Tiefen heraufsteigt, um gegen ein feindliches Urprinzip zu kämpfen; wieder wie ein Rasender, der seinem Todfeind in der Hitze des Sturmes entgegenrennt, und ihn ergreift und mit sich fortreißt in den Wirbelwind des Verderbens. In dem Augenblicke, als er am härtesten auf der Folter lag, stand mir jener Mexikaner vor Augen, wie er den verzweifelnden Spanier mit sich an den Rand des Teocalli schleift, um ihn hinabzuschleudern. Er war der leibhafte Spanier, wie er sich aufraffte, und mit der letzten Kraft der Verzweiflung ankämpfte gegen mich, den Mexikaner. Ich hatte ihn erfaßt, den mir in diesem Augenblicke entsetzlichen Virey, mit der Kraft der Verzweiflung erfaßt; aber ich besann mich, daß nicht *er* es war, gegen den ich kämpfte, daß er bloß das Werkzeug des Prinzips war, gegen das ich stritt, das Ungeheuer, das mit seinen Polypenarmen Mexiko umschlungen hatte, und das durch seine Vertilgung uns nur riesiger, grausiger in Calleja umfassen würde. – Ich schonte den Menschen, und erfaßte das Prinzip.«

»Und stieß ihm den Dolch –«

»Nein,« sprach der Conde, »Prinzipe lassen sich nicht durch Stahl bekämpfen; sie müssen durch Gegenprinzipe, so wie Feuer in unsern Wäldern durch Gegenfeuer bekämpft werden. Ich erkämpfte das Prinzip der Assoziation. – Dieses, Senorias, soll Mexiko retten.«

Diese Worte waren in einem ruhigen, aber bestimmten Tone ausgesprochen.

Es erfolgte wieder eine lange Pause.

»Siehst Du Grijalva!« – er wandte sich an den Marquis – »hier liegt der Unterschied zwischen dem Plebejer und dem Aristokraten. Der erstere erfaßt das Körperliche, das Sinnliche des Menschen, das Materielle, weil er selbst sinnlich und materiell ist; wir erfassen das Geistige, und kämpfen mit Prinzipien.«

»Und schonen den Menschen,« fügte Conde Almagro hinzu.

»Lassen das Materielle statt unser den Kampf ausfechten.« –

Wieder entstand eine lange Pause.

»Unter anderem, habe ich Dir gesagt, Almagro, daß Du zum Mayor und Kommandeur des ersten Bataillons der Companias Sveltas[97] von Mexiko ernannt bist, zugleich mit Carlos, der das zweite erhält, sobald er aus seiner Gefangenschaft befreit ist?«

»Wirklich!« rief der überraschte Conde Almagro.

»Beide sind sehr tüchtige Bataillone, und das Angenehmste ist, daß sie unmittelbar unter Euren Befehlen stehen, und Ihr bloß dem Virey und der *Junta de guerra* verantwortlich seid. Wir haben sonach drei Bataillone, auf die wir vollkommen zählen können.«

»Welches ist das dritte?«

»Iturbides.«

Dieser Name erregte bei allen Staunen.

»Wir haben ihn auf unserem Wege zum Virey gesprochen,« fügte der Conde nachlässig hinzu.

»Und willst Du ihm trauen, dem *Escudero*[98] des Virey, jedes Gachupins?«

»Warum nicht? Tun wir etwas, das nicht auch er wissen könnte, das verborgen werden müßte? – Ich glaube nein.«

Alle sahen den Grafen mit dem Ausdrucke des höchsten Staunens an.

»Nein, bei meiner Seele!« nahm endlich Marquis Grijalva das Wort. »Dieses Rätselhafte? Ich glaube, hier ist es doch nicht an der Zeit und am Orte.«

»Was ist nicht an der Zeit und am Orte?« fragte der Conde, allem Anschein nach nicht minder erstaunt.

»Den Geheimnisvollen zu spielen,« sprach der Marquis, »wir müssen doch wissen, welchen Zweck wir uns vor Augen gesetzt haben; woran wir sind.«

»Ja wirklich, Conde,« fielen die übrigen ein, »was wollen wir denn eigentlich? wir müssen uns verstehen; Du bist so rätselhaft; was wollen wir?«

»Was wir wollen, Senorias!« entgegnete der Conde mit dem heitersten Lächeln, »ja was wir wollen – wissen Sie, was wir wollen? – schlafen gehen wollen wir.« Alle brachen in ein lautes, aber etwas verstimmtes Gelächter aus.

Der Conde hatte sich ganz gelassen an einen der Bücherschränke hingebogen, aus dem er einen Band herausnahm und, wie in sich selbst verloren, zu blättern begann. Er murmelte:

[97] Leichte Milizen.
[98] Knappe, Pannerträger, *Esquire*.

Lady Percy. But hear you my Lord!
Hotspur. What sayst thou my Lady?
Lady Percy. What is it, carries you away?
Hotspur. My love, my horse. –[99]

»Du bist sonderbar genial;« bemerkte der Marquis.
»Und Ihr radikal. Wißt Ihr, was wir wollen? Keine Hotspurs sein.
Wir spielen ein hohes Spiel. Wir müssen den Kopf nicht verlieren.
Nicht zu viel wollen müssen wir. Wißt Ihr, wer heute das Prämium
verdiente? –
»Und?« fragten die Kavaliere.
»Der alte Moncada, als er, wie Ihr mir sagtet, mit zuckersüßem Lächeln
meinte, wir brächten der hohen Regierung ein großes Opfer, indem wir
den Kreolen erlauben, sich an unsere Sociedad anzuschließen. Der alte
Moncada ist ein prächtiger Mann.«
Der etwas starke Sarkasm hatte seine Wirkung auf die Aristokraten
nicht verfehlt. Der merkbare Zug von Ungeduld, der sich auf ihren Gesichtern gelagert, hatte sich in ein ironisches Lächeln verwandelt.
»Wißt Ihr, wie die Antwort Hotspurs in wenigen Worten gegeben
werden könnte? – In unserem Sprichworte: »Bewahre mich o Gott vor
meinen Freunden, vor meinen Feinden will ich mich selbst bewahren.«
»Du bist aber wirklich sonderbar,« rief der Marquis de Grijalva wieder
ein wenig ungeduldig.
»Oder auch wie Louis XI. zu sagen pflegte: ›Wüßte ich, daß mein Hut
die Geheimnisse meines Kopfes auch nur ahnte, auf der Stelle wollte ich
ihn vernichten.‹ Ja Freunde!« fuhr der vorsichtige Aristokrat fort, »wir
wollen tun, wie jener italienische Singlehrer mit seiner Schülerin, der
berühmten – tat, die immer nur eine Kadenze studieren, Jahre lang studieren mußte, und endlich mit den Worten entlassen wurde: ›Nun bist
Du eine vollendete Sängerin.‹ Sie traute ihren Ohren nicht; aber es war,
wie der Mann sagte. Sie war, ohne es selbst zu wissen, eine Meisterin des
Gesanges geworden. Unser Studium muß das Volk sein, der Volksgeist;
Jahre lang muß er es sein. Haben wir den uns ganz eigen gemacht, dann
sind wir Meister. – Dieser Iturbide ist ein kluger Kopf.«

[99] Lady Percy. Aber hören Sie, Mylord!
Hotspur. Was steht zu Diensten, Mylady?
Lady Percy. Was zieht Sie so unwiderstehlich fort?
Hotspur. Mein Roß, Teure. –
HEINRICH IV.

Diese Worte, so rätselhaft rhapsodisch sie schienen, waren von den Aristokraten wohl verstanden worden. Sie drückten dem Sprecher alle herzlich und rasch die Hände.

Wieder erfolgte eine lange Pause.

Während derselben schallten die Stimmen der Serenos herüber aus den Straßen Mexikos. Es gingen die Flügeltüren auf, und mehrere Damen traten ein mit der jungen Condessa.

»Wir haben Mexiko und Gachupin gespielt,« sprach lächelnd die Gräfin R–a, »während Ihr abscheulichen Männer Euch hier verschließet. Es ist hohe Zeit zum Nachhausegehen.«

»Und wer hat gewonnen?« fragten die Kavaliere.

Die Condessa lächelte. »Mexiko, das heißt, unsere Nina.«

»Weißt Du, teure Nina!« sprach der Conde, indem er sie auf die Stirne küßte, »daß wir der Donna Isabella einen Gegenbesuch schuldig sind. Auch die Vireyna trägt sehr großes Verlangen, Dich näher kennenzulernen. Ihre Inez und Emanuele sind recht artige Mädchen.«

»Siehst Du,« sprach der Marquis. »Einen solchen Antrag könnte ich meiner Tochter, nach dem was vorgefallen, schon nicht tun. Dafür bin ich aber auch nur ein halber Aristokrat, maßen mein Großvater noch ein simpler Gallego war.«

»Du bist heute wunderbar bescheiden geworden;« versetzte der Conde lächelnd.

»Und voll des Teufels des Widerspruches;« lachte Conde R–a.

»Ja, ja, Grijalva, mache Du Dich nur nicht gar so unschuldig;« meinten die übrigen.

»Also Du hast Dich gar gut unterhalten im Konzerte, teure Nina?«

»Die Cavatine in A-Dur war wirklich recht allerliebst;« versicherte die holde, von ihrem Liebesschmerze so ziemlich geheilte Nina.

»Also morgen, teure Elvira, wollen wir unsern Gegenbesuch im Palaste abstatten, und den Tee daselbst nehmen. Eine recht artige Familie, diese Vireynaische Familie.«

»Sehr artig,« versicherten alle.

Noten

Noten des ersten Bandes.

I. *Den Erlöser von Atolnico vorstellend.* Die Kapelle des Erlösers von Atolnico befindet sich auf dem Gipfel eines ziemlich steilen und hohen Berges, zwei und eine halbe Stunde von Miguel el Grande. Auf dem Hochaltar sieht man die Standbilder des Erlösers, der Jungfrau Maria, Magdalenens u. s. w. von gediegenem Silber, mit Rubinen und Smaragden besetzt. Links befindet sich eine Reihe von nicht weniger als dreißig Altären mit Standbildern in Lebensgröße, Säulen, Kreuzen, Leuchtern, alle von demselben Metalle. Die Summen, die hier jährlich geopfert werden, betragen weit über hunderttausend Piaster. Der Ursprung dieses Wallfahrtsortes ist merkwürdig. In der Mitte des vorigen Jahrhunderts trieb ein Straßenräuber, Namens Lohra, sein Wesen in der Cordillera auf eine so furchtbare Weise, daß die Regierung, nicht imstande seiner Meister zu werden, ihm einen Generalpardon für seine Vergehungen und die oberste Richterstelle in einem der drei Hauptgefängnisse Mexikos mit einem jährlichen Gehalt von tausend Dollars anbot. Der Mann nahm die Stelle an, bemächtigte sich seiner Genossen, fing sie zu Hunderten auf und befreite wirklich das Land von dieser Geißel. Als oberster Richter der Acordada hatte er unumschränkte Gewalt über Leben und Tod. Er ließ vorzüglich die Schmuggler zu Dutzenden aufhängen, wenn sie nicht den Gewinn mit ihm teilen wollten. Von den ungeheuren Reichtümern, die er auf diese Weise zusammenbrachte, baute er die Kirche von Atolnico, die er mit mehreren der daselbst befindlichen silbernen Standbildern ausstattete.

II. *Ihm zur Seite eine Schar von Indianern, Zambos und Mestizen.* Der Sohn eines Weißen und einer Weißen, seien sie im Land oder in Westindien geboren, heißt Kreole, die Tochter Kreolin. Der Sohn oder die Tochter eines Weißen, Kreolen oder Europäers von einer Indianerin wird Mestize, Mestizin oder auch Metis genannt. Die Farbe eines solchen vermischten Sprößlings ist rötlich transparent, die Hände und Füße klein, die Augen aber noch immer schief. Sie sind sanfteren Charakters als die Mulatten.

Mulatten stammen von weißen Vätern und Negermüttern ab; die Farbe ist bronze. *Chinos* oder *Zambos* werden die von Negermännern und Indianerweibern Abstammenden genannt. Sie sind dunkel schwarz-braun. *Zambos prietos* werden die von einem Neger und einer Zambo Abstammenden genannt.

Quateroon ist das Kind eines Weißen und einer Mulattin, *Quinteroon* das Kind eines Weißen und einer Quateroon; vermischt sich die Quinteroon nochmals mit einem Weißen, so wird der Sprößling ganz weiß.

Alta atras, Sprünge rückwärts nennt man, wenn sich eine weißere Person mit einem dunklerfarbigen Manne vermischt. Alle diese farbigen Abkömmlinge werden zusammen die Kasten genannt, z. B. der Kaste der Quinteroons, der Mestizen. Reinen Ursprungs sind bloß die Gachupins (die Spanier), ihre Söhne und Töchter, die Kreolen, die Indianer und die Neger.

Es lebe die Jungfrau von Guadeloupe! Nieder mit der Jungfrau der Gnaden! Das Bild der Jungfrau von Guadeloupe ist in ihrer prachtvollen Kirche, zwei Stunden von Mexiko, aufgestellt. Es ist ein auf grobem Agave-Bast gemaltes schlechtes Bild, das bald nach der Eroberung erschien, und zwar auf einem benachbarten öden Hügel, wo es zuerst einen Indianer durch eine himmlische Musik entzückte, die die Engel um dasselbe herum aufführten. Der Indianer erzählte dieses Wunder dem Erzbischof, der es aber nicht glauben wollte. Ein zweites Mal ging der Indianer bei dem musizierenden Bilde vorüber, und da fand er es mitten unter einem Haufen Rosen; wieder befahl es ihm, zum Erzbischof zu gehen. Der Erzbischof wurde durch dieses zweite Wunder auf einmal gläubig, und begrüßte das Bild mit dem Titel: Unsere Dame von Guadeloupe. Eine Kapelle wurde errichtet, und da der Wunder immer mehr wurden, so wurde es endlich zur Schutzpatronin von Mexiko erhoben, und zwar, da die Gesichtsfarbe der Madonna von gebräuntem Kolorit ist, zur Patronin der Eingebornen.

Die Jungfrau der Gnaden, Vierge de los remedios. Ihre Kirche liegt nordwestlich von Mexiko, und das Bild wurde von einem Soldaten des Cortez gefunden und zeigte sich leidenschaftlich für die Spanier eingenommen. So schwebte es während der Schlacht von Otumba vor den Soldaten von Cortez her und streute den Indianern Sand in die Augen. Bei andern Schlachten wurde es sogar handgemein mit den Indianern. Zur Dankbarkeit wurde ihm eine Kapelle errichtet. Aber auf einmal verschwand das Bild zum unsäglichen Leidwesen der Spanier. Nach einem halben Jahre entdeckte endlich ein Indianer, der, um zu dem Corazon einer Agave zu gelangen, die Blätter wegschnitt, das Bild mitten zwischen dem Stamme und den Blättern. Es wurde sofort im Triumph herbeigeholt, und so dankbar bewies es sich für die ihm bewiesene Aufmerksamkeit, daß es sogleich nach einer langen Dürre einen starken Regen sandte. Für die unzähligen Wunder, die es zum Vorteile der Spanier verrichtete, erhoben sie diese zu ihrer Schutzpatronin und übergaben ihr den Befehl ihrer Heere. Sie stritt sehr tapfer gegen die Jungfrau von Guadeloupe, die wieder von den Mexikanern zu ihrer Kriegsoberstin erhoben ward. Als nämlich Hidalgo, nachdem er die Fahne des Aufruhrs aufgepflanzt, von dem Erzbischof exkommuniziert wurde und in Gefahr stand, von allen seinen Indianern und Anhängern auf einmal verlassen zu werden, fiel es ihm glücklicherweise bei, sich und die Seinigen unter den Schutz der Jungfrau von Guadeloupe zu stellen. Eine ungeheure Fahne wurde sofort verfertigt mit dem Bilde der Jungfrau; diese wurde als Generalfeldmarschallin proklamiert, ihr ein Gehalt angewiesen und ihr Gehorsam versprochen. Sie bezog ihren Gehalt wirklich volle vierzehn Jahre, bis 1824.

Noten des zweiten Bandes.

Barrancas sich öffnen Die eigentümliche Gestaltung des Hochlandes (Plateau) von Mexiko, das sich mehr denn siebentausend Fuß über der Meeresfläche erhebt, und über welches noch einzelne Gebirgsmassen weit emporragen, hat Schlünden Entstehung gegeben, die, einige Länder Südamerikas ausgenommen, sich nirgends so gräßlich schön wieder finden. Es gibt deren, die mehrere tausend Fuß in die Tiefe hinab gähnen.

Obras pias. Fromme Beiträge, wurden die erzwungenen Gaben genannt, die die Indianer, Mestizen, Kreolen, kurz jedermann an gewissen Tagen des Monates dem Pfarrer oder Klostergeistlichen seines Distriktes auf Rechnung künftiger Begräbniskosten und Seelenmessen darbringen mußte. Es war eine Art Assekuranz, die den armen Mexikanern ungeheure Summen kostete, und sie nie zu etwas kommen ließ. Nebst dem waren die Gebühren für Trauungen, Taufen u. s. w. ungeheuer; zwanzig Piaster mußte der ärmste Indianer für eine Einsegnung bezahlen.

Tortillas backen. Diese Welschkornpfannkuchen, die gewöhnliche Nahrung der untern und Mittelklassen, sind auch bei den höhern sehr beliebt. Die Art ihrer Bereitung ist folgende. Das Welschkorn wird die Nacht hindurch in einem irdenen Geschirre aufgeweicht und zwar mittelst Kalk und heißen Wassers. Wenn die Hülsen abgegangen, so wird der Teig zwischen zwei flachen Steinen, den Metcatl, geschlagen, und dann mit den Händen in dünne Pfannkuchen geformt, die auf einen Rost gelegt und gebacken werden. Sie werden warm gegessen, nachdem sie zuvor mit Chile (Capsicum) überstrichen worden.

Leperos. Diese über alle Begriffe elende Menschenklasse besteht zum Teile aus Bettlern, Handwerkern, Schreibern und selbst Künstlern. Die Ordentlichsten unter ihnen arbeiten einen, höchstens zwei Tage in der Woche. Die Kleidung dieser bessern Klasse besteht in einem leichten Pantalon, einem Mäntelchen und einem Strohhute. Ihre Wohnung ist unter den Arkaden, in irgendeiner Höhle oder in den Lehmhütten der Vorstädte. Ihre Arbeiten sind erstaunenswürdig. Sie verfertigen die goldene Ketten, die alles übertreffen, was in dieser Art in den Vereinigten Staaten oder in Europa gesehen werden kann. Ihre Heiligenbilder und Figuren sind oft bewundernswert. Während der Revolution soll sich ihr Charakter verschlimmert haben. Es gibt ihrer mehr denn zehntausend, die absolut nichts tun, nichts besitzen und, eine fetzige Flanelldecke abgerechnet, so mutternackt vor ihren Löchern auf offener Straße liegen, daß auch der Starknervigste verscheucht wird.

Und die Söhne Tenochtilans ihren Pulque trinken werden. Ist das Lieblingsgetränk der untern und Mittelklassen, dem Spruce-, Sprossenbier an Stärke vergleichbar, obgleich die bessern Sorten bei weitem geistiger sind. Er wird aus der *Agave Americana* und zwar auf folgende Weise gewonnen. Ein Indianer macht einen Einschnitt in den Stamm des Aloe zu derselben Stunde, wo diese in die Blüte zu schießen beginnt, (dieses nennt man das Corazon, das Herz öffnen,) so daß bloß die dicke äußere Rinde bleibt, und ein Becken sich bildet, in welchem der Saft sich sammelt. Es hat gewöhnlich zwei Fuß Tiefe und zwei Fuß im Durchmesser. Durch ein kleines Loch wird ein Horn gesteckt und durch dieses läuft der Saft ab, der Aguamiel, Honigwasser, genannt wird, und ein sehr angenehmes Getränk ist. Der zuerst gewonnene Saft, nachdem er zehn oder zwölf Tage gegoren, wird sofort als Gehrungsstoff benutzt für alle mit Aguamiel gefüllten Schläuche. Hat der Pulque gegoren, so ist er genießbar. Er ist ein kühlendes magenstärkendes Getränke, an das man, ungeachtet des faulen Beigeschmacks, sich sehr leicht gewöhnt, und das bei gehöriger Zubereitung eines der köstlichsten Erfrischungsmittel werden könnte. Die berühmtesten Agave-Pflanzungen sind bei Tlascala, Tolucca und Cholula.

Der Affe, wenn auch in Seide gekleidet, bleibt doch Affe. Das unvernünftige Volk bleibt unvernünftig. Charakteristisch für die Geschichte dieser Epoche ist der Umstand, daß das Consulado von Mexiko, das mit sehr wenigen Ausnahmen aus geborenen Spaniern bestand, es wirklich wagte, ein Manifest zu publizieren, das in die Hofzeitung aufgenommen wurde, und in welchem behauptet wurde, daß die Amerikaner ein Affengeschlecht wären, ganz Laster und Unwissenheit, Automate, die es nicht wert seien, zu einer Volksversammlung zugelassen oder in einer solchen vertreten zu werden. Was aber das Merkwürdigste ist, so gab dieses Dokument Veranlassung zu Debatten in den Cortez, in welchen die Amerikaner nicht weniger schlimm weg kamen. Siehe *Diario de Cortez* 1811.

Die *Indulgencia plenaria* spielte in der spanisch-amerikanischen Geschichte keine geringe Rolle. Bekanntlich kauften Se. katholische Majestät alle Ablaßbullen vom Papste für eine gewisse Summe *en bloc*, die sie durch ihre Regierung *en détail* wieder verkauften, so den größten Vorteil von diesem sehr einträglichen Handel einerntend; denn jeder Untertan mußte alljährlich gewisse Indulgencias-Ablässe erkaufen, und sich damit ausweisen, wollte er nicht der bürgerlichen Rechte verlustig gehen. Wer es unterließ, dessen Testament war nicht gültig, sein Zeugnis nicht gültig u. s. w.

Noten des dritten Bandes.

Wo der Maestro Platz hat. Der Maestro der Acordada hatte in seiner Eigenschaft als Richter früher zugleich auch Gewalt über Leben und Tod seiner Gefangenen, unabhängig von der Audiencia. Der Mißbrauch wurde endlich so groß, daß Conde Galvez, damaliger Vizekönig, dieser Gerichtsbarkeit ein Ende zu machen genötigt ward. Er kam nämlich gerade auf den Richtplatz, als der Maestro drei Delinquenten unter dem Galgen hatte, und begnadigte sie. Carlos *III.*, der damalige König Spaniens, billigte das Verfahren des Vizekönigs, und seit dieser Zeit war die Gerichtsbarkeit der Acordada der hohen Audiencia unterworfen.

Und solchen Menschen das Leben und Eigentum der Untertanen in Amerika anvertraut. Obwohl Bestechlichkeit ein Grundzug des spanischen Beamten-Charakters war, so ist es doch ebenso gewiß, daß unter den unmittelbaren Nachfolgern Carls *I.* diese mehr bei dem Rat der beiden Indien stattfand, die eigentlich die ungeheuren Summen für die hohen Stellen im spanischen Amerika empfing. Unter Carlos *IV.* trieb jedoch nicht bloß der *principe de paz,* sondern auch die Königin, und selbst der König, offenen Handel mit den einträglichen Ämtern ihrer überseeischen Provinzen.

So sollte derselbe Grundsatz, infolge dessen ein halber Weltteil einer Familie als eine Art Nadelgeld für ihre menus plaisirs geschenkt war, das Losungswort der Freiheit u. s. w. Die amerikanischen Besitzungen der Krone Spaniens wurden als ein von dem letztern Reiche isolierter und dem Könige *eigens und unbedingt angehöriger, ihm geschenkter* Staatskörper für die Rechnung desselben nach eigenen Gesetzen, nämlich den *leyas de las Indias,* vom Rate der beiden Indien verwaltet. Diesem anerkannten Grundsatze zufolge weigerten sich daher auch die südamerikanischen Provinzen, und namentlich Carracas, die Regierung der obersten Junta von Sevilla und später der Cortez anzuerkennen, behauptend, daß sie bei Erledigung des Thrones in ihre natürlichen Rechte, die der Selbstbeherrschung, zurückkehrten. Wahrscheinlich jedoch würde diese schöne Erklärung erfolglos geblieben sein, wenn nicht die Grausamkeit der spanischen Generäle und Oberbeamten das Volk gezwungen hätte, das, was seine Vertreter ausgesprochen, auch zu verfechten.

Wo Kinder sowohl als Erwachsene im Lesen und Schreiben Unterricht erhielten. Der Grundsatz, daß im Lesen und Schreiben Unterrichtete gefährliche Untertanen seien, war so gang und gäbe unter den spanischen Generälen und Behörden, daß vorzugsweise ihr Racheschwert immer solche traf, selbst wenn sie nichts verschuldet hatten. Eine der Depeschen, die General Morillo aus Bagota erließ (Juni 1816), erwähnt unter andern Maßregeln, die er genommen, um die Rebellion in der Wurzel auszurotten, auch, daß er alle Personen, die lesen und schreiben konnten, als Rebellen behandelte, und daß er durch ihre Vertilgung der Rebellion Einhalt zu tun hoffe. Wirklich wurden sechshundert der angesehensten Personen von Bagota, Männer, Weiber und Töchter, denen auch nicht das Mindeste zur Last gelegt werden konnte, erdrosselt und ihre Körper nackt an die Galgen gehängt. Nur die Ermüdung der Henkersknechte verhinderte, daß nicht alle Bewohner der Stadt umkamen.

Daß alle schädlichen Materiale aus dem Wege geräumt werden. Mit solchen Stellen, wie die soeben angeführte, ist die damalige Gazette buchstäblich angefüllt. Brudermörder wurden befördert, weil sie ihre um Pardon flehenden Brüder umgebracht; die Generäle frohlocken, weil es ihnen vergönnt ist, die gefangenen Rebellen, die vor ihnen auf den Knien liegen, niederzustechen, Parlamentärs zu erschießen. Gewöhnlich schließt jeder Bericht »Diese und diese Stadt oder Dörfer ist oder sind mit allen ihren Einwohnern vom Angesichte der Erde verschwunden.« Siehe *Mier, Robinson* und andere.

Bereits um eine Million überschritten. Unter den Emolumenten, die dem Vizekönigtum von Mexiko anklebten, war das Vorrecht, die Häfen des Staates dem ausländischen Handel für einige Zeit zu öffnen, bei weitem das einträglichste. Die Handelshäuser von Mexiko und Veracruz sowohl, als die ausländischen, zur Teilnahme zugelassenen, bezahlten ungeheure Summen entweder *en bloc*, oder es wurde dem Vizekönig ein Anteil an dem Gewinnste der Spekulationen zugesichert.

Sie heute in der Lotterie gewonnen haben. Baradere in seinen Skizzen über Mexiko tut gleichfalls eines Ungeheuers Erwähnung, das Lotterien auf öffentlicher Straße feilbot, in denen Mädchen ausgespielt wurden.

Und gab ihm bei jedem andern Worte die Exzellenz. Einer der charakteristischsten Züge der alten spanischen Grandezza ist wohl die Hartnäckigkeit, mit der sie, trotz ihrer Herabwürdigung und Entfernung von aller politischen Macht, seit Philipp II. auf die angenommene Sitte des gegenseitigen Duzens mir einer beinahe lächerlichen Nichtigkeit hält. So konnte der berüchtigte *Principe de paz* das ganze Reich ohne die mindeste Einsprache unter seine Gewalt bringen, die Grandezza unterwarf sich ihm in jeder Hinsicht; aber nie brachte er es dahin, von einem der Grandes geduzt zu werden, so sehr er sich auch Mühe gab. Er wurde stets, wie jeder Neuadlige, Exzellenz (später Durchlaucht und Hoheit) angeredet.

Welcher Diderot nicht gewesen wäre. Die witzige Äußerung des Enzyklopädisten ist bekannt. Etikette ist der Kateschismus der Kindervölker und der alten Kinder.

Hat er denn die Acolythos nicht gesehen und die Glocken nicht gehört? Alle Abend um 7 Uhr, und wenn das Sacramento vornehmen Sterbenden gereicht wurde, fuhr der *Carro de Dios*, buchstäblich Gotteswagen, im erstern Falle von der Kathedral-, im letztern von der Pfarrkirche ab, wohin der Sterbende gehörte: in diesem befand sich ein Priester, der die konsekrierte Hostie dem Volke zeigte. Er war von dreißig Kirchendienern und jungen Geistlichen, Acolythos genannt, begleitet. Häufig wurden bei dieser Gelegenheit Fremde, die nicht sogleich niederknieten, ermordet.

Anhang

Nachwort

Die zeitgenössische Kritik hat auf das Erscheinen des »Virey« im Jahr 1835 eher verhalten reagiert. Ein Rezensent der »Blätter für literarische Unterhaltung« lobt den Roman und will ihn »der ganzen europäischen Welt als eine novellistisch gehaltene, historisch-getreue Charakterschilderung der mexicanischen Lande vor und nach der Revolution« empfehlen.[1] Der »Virey« wird kritisiert, weil er zu sehr an Walter Scotts Romanen orientiert sei, keine deutlichen Charakterzeichnungen abgebe oder die Rolle des Geldes überschätze,[2] man bemängelt das schlechte Spanisch des Verfassers[3] und den schwer nachzuvollziehbaren Handlungsfortgang. Die innovative Form betont lediglich ein Rezensent, der im Roman eine zeitgenössische Darstellungsweise angelegt findet: »Welch eine Kraft und Sicherheit der Zeichnung, welch ein Leben, welch eine Klarheit der Anschauung, welch ein reifes Urtheil, welch eine Menschenkenntniß und Welterfahrung.«[4]

Über das Gestaltungsprinzip des »Vireys« schreibt Sealsfield in der Einleitung zum »Morton«-Roman, die Hauptsache am »Virey« sei »das Deskriptive, die Geschichte [...]. Die Tendenz dieses Buches ist eine höhere, als die des eigentlichen Romanes; sie nähert sich der geschichtlichen. Ich wünsche das meinige beizutragen, dem geschichtlichen Roman jene höhere Betonung zu geben, durch welche derselbe wohltätiger auf die Bildung des Zeitalters einwirken könne; mitzuhelfen, daß die tausend albernen, schädlichen, dummen Bücher, Moderomane genannt, und geschrieben, um die bereits unnatürlich genug gespannten, gesellschaftlichen Verhältnisse noch unnatürlicher straffer zu spannen, durch eine kräftigere Geistesnahrung ersetzt, durch ein Gegengift weniger schädlich werden.«[5]

Um diesem »Prinzip der Aufklärung des geistigen Fortschritts«[6] gerecht zu werden, verlangt der Autor seinen Lesern einiges ab. Er wendet sich gleich zu Beginn mit einer Forderung an sie:[7] Der »höher Gebildete« (11) oder zumindest derjenige, der sich in die Geschichte Mexikos einarbeiten will, soll der eigentliche Leser sein. Sealsfield konnte zum

Zeitpunkt der Veröffentlichung nicht erwarten, daß das deutschsprachige Lesepublikum mit den Vorgängen in Lateinamerika vertraut war, wendet dieses Rezeptionshindernis jedoch zu seinen Gunsten um: Vorausgesetzt wird eine intensive Lektüre – oder eben keine. Sealsfield partizipiert an der »Umstellung der Prosa auf Wissen«, was wiederum den »Virey« mit anderen Romanen der Zeit verbindet.[8]

Schwierig ist die Lage für den Leser aber nicht nur aufgrund seines Kenntnisstandes. Der »Virey« fingiert eine Rezeptionssituation, in der die Ereignisse während des Unabhängigkeitskrieges in Mexiko vorrangig an ein amerikanisches Lesepublikum gerichtet sind.[9] Diese werden von einem Erzähler und einem fingierten Herausgeber mitgeteilt. Der Erzähler gibt sich als Bürger der Vereinigten Staaten aus und kann damit auf eine längere nachrevolutionäre historische Erfahrung seit 1789 zurückblicken. Der europäische, insbesondere deutschsprachige Leser liest, was ein Vertreter einer erfolgreichen Revolution über die vor- und nachrevolutionären Vorgänge in einem benachbarten Land denkt, das für eine Republik noch nicht reif zu sein scheint. Das deutschsprachige Publikum kann in Analogie zu den Vorgängen in Mexiko europäische Ereignisse wie die Juli-Revolution von 1830 hinzufügen, es wird jedoch über die Eingriffe des fingierten Herausgebers kontinuierlich an den geographischen und kulturellen Abstand zum Geschehen erinnert: Der Herausgeber bleibt im Roman stets neben dem Erzähler präsent. Er ist derjenige, der die Anmerkungen und Noten beifügt, also vermittelnd in das Rezeptionsgeschehen eingreift.

Sealsfield unternimmt nicht erst den Versuch, die Ereignisse als europäische oder amerikanische auszugeben, er schildert den Beginn einer lange nicht endend wollenden Reihe gewalttätiger Auseinandersetzungen in Mexiko. Dem Vorwort nach liefert der Roman »Bilder des öffentlichen und häuslichen Lebens« (11). Damit greift der Autor eine konstitutive Unterscheidung des Bürgertums auf. Der öffentliche Raum ist im Roman vor allem Ort politischen Ringens und gewalttätiger Auseinandersetzungen. Der private Raum ordnet die Ereignisse in kulturelle Kontexte ein, in denen die Motivationen der einzelnen Figuren sichtbar werden; im privaten Rahmen können die Akteure ihre Absichten formulieren, aus den Schilderungen des häuslichen Lebens heraus gewinnen die Widersprüche des Landes einen tiefer begründeten Anlaß. Sealsfield ist bei dieser Schilderung stets bemüht, die Unterschiedlichkeit der Entwicklungen in Mexiko und Amerika zu betonen. Im zweiten Teil des »Virey« heißt es in Abwägung amerikanischer und mexikanischer Geschichte:

»Der freie Brite, der sich in der amerikanischen Wildnis, größere Freiheit suchend, niedergelassen, und diese unter rastlosen Kämpfen im Schweiße

seines Angesichtes zum Sitze der Kultur umgeschaffen, mußte, selbst abgesehen von den freisinnigeren Institutionen, die er mitgebracht, und die
ihn vor brutaler Anmaßung schützten, schon jene Ächtung einflößen, die
selbst vom Übermütigsten der Tatkraft nie versagt wird, und die aus denselben Gründen den in üppigen Lebensgenüssen versunkenen Nachkommen
der spanischen Kolonisten in Mexiko, die da ernteten wo sie nicht gesäet
hatten, natürlicherweise entzogen ward. Diesen Unterschied der Art und
Weise der ursprünglichen europäischen Ansiedelung in den beiden Ländern dürfen wir nie und nirgends übersehen, da er die Grundursache der
verschiedenartigen Gestaltung der gesellschaftlichen Verhältnisse wurde.
Der spanische Kolonist war gekommen, um in die reichen Erwerbsquellen
einer bürgerlichen Gesellschaft einzutreten, die seine Landsleute zerstört
hatten, und deren Trümmer seiner Trägheit so lange fröhnen mußten, bis
er seine Habgier befriedigt und mit den gesammelten Reichtümern in seine
Heimat zurückkehren konnte. [...] der unbedeutendste Abenteurer, der in
Lumpen auf den Werften von Veracruz landete, mit Stolz auf den angesehensten Kreolen herabsah, in dem er nichts als einen Usurpator der Reichtümer eines Landes sah, das Cortez für ihn erobert, und in dem er früher
oder später eine bedeutende Stelle einzunehmen gewiß war« (248).

Die differente Entwicklung in Mexiko wird durch Mentalitätsunter-
schiede erklärt: Die kontinuierliche Ausbeutung des Landes schafft ein
diskontinuierliches Selbstverständnis und verhindert eine konstante historische Entwicklung. Sealsfield schildert ein historisches Versäumnis,
durch das erst Diskontinuität in der Geschichte entstehen kann. Aus der
Sicht des Autors heißt dies, daß die kontinuierliche Umarbeitung von Natur in Kultur und damit ein positiv gesetztes Arbeitsethos fehlt.

Auch wenn Mexikos eigenständige Entwicklung betont wird, sind,
historisch betrachtet, dennoch Bezüge zur europäischen Geschichte vorhanden. Ereignisse in Europa begleiten die Ereignisse in Mexiko: 1808
fallen die Truppen Napoleons in Spanien ein. Napoleon verlangt den Ver-
zicht des spanischen Königshauses auf die Krone und inthronisiert seinen Bruder Joseph Bonaparte. Bis zur Wiedereinsetzung des spanischen
Königs Ferdinand VII. 1814 waren die spanischen Kolonien relativ unabhängig vom Mutterland und zwischen drei Reaktionsmöglichkeiten
hin- und hergerissen: den neuen französischen König anzuerkennen, den
Widerstand gegen ihn mitzugestalten oder sich für unabhängig zu erklären.[10] Das Vizekönigreich (Virreinato) Neu-Spanien konnte sich zu keiner
eindeutigen Haltung durchringen. Der Vizekönig José de Iturrigaray versuchte 1809 eine Versammlung der führenden Körperschaften einzube-
rufen, wurde aber im September des Jahres durch einen Staatsstreich, den

Europaspanier in Mexiko initiierten, aus dem Amt vertrieben. 1810 trat Franciso Javier Vanegas die Nachfolge an.

Die Reaktionen der enttäuschten Mexikaner mündeten in die Formierung des Widerstands. Miguel Hidalgo y Costilla, Geistlicher aus der kreolischen Schicht, rief während einer Messe am 16. September 1810 in Dolores zum bewaffneten Widerstand gegen die Spanier auf (»Grito de Dolores«). Der Zulauf aus der einfachen Bevölkerung war groß, die Bewegung von Beginn an revolutionär und religiös. Symbol der Widerstandsbewegung wurde die Jungfrau von Guadalupe. In Guanajuato besiegten 20.000 Aufständische spanientreue Truppen. Zugleich kam es in vielen Teilen des Landes zu Aufständen: unter Rafael Iriate in León, unter Führung der Mönche Luis de Herrera und Juan de Villerías in San Luis Potosí, unter Juan B. Casas im damals noch mexikanischen Texas, im Süden Mexikos unter José Maria Morelos, u.a.[11] Die Aufständischen vereinigten sich teilweise, so daß Hidalgo in Guadalaraja eine Reihe von Beschlüssen erlassen konnte, die soziale Reformen im Land einleiten sollten: dazu gehörten u.a. die Abschaffung der Sklaverei, die Befreiung der Indios von Sonderabgaben, die Rücknahme des staatlichen Monopols für Tabak u.a. Im Januar 1811 besiegte eine königstreue Armee die Aufständischen, Hidalgo wurde exekutiert.

1812 wurde im spanischen Cádiz eine neue Verfassung verabschiedet, die aus Spanien eine konstitutionelle Monarchie machte und u.a. persönliche Rechte sowie Presse- und Meinungsfreiheit garantierte. Für Neu-Spanien war darüber hinaus die juristische Gleichstellung von Spaniern und Hispanoamerikanern wichtig. Der Vizekönig Vanegas übernahm die neue Verfassung im September 1813 für Mexiko. Die Verfassung von Cádiz blieb aber kaum ein Jahr in Kraft, da in Spanien Ferdinand VII. wieder an die Macht kam. Félix María Calleja, der in Mexiko auf Vanegas folgte, schaffte die neue Verfassung unverzüglich ab. Diese Maßnahme bestärkte wiederum die Widerstandsbewegung. Bereits 1813 hatte der neue Mittelpunkt des Widerstandes José Maria Morales die Unabhängigkeit Mexikos ausgerufen. Er konnte bis zu seiner Festnahme 1815 durch spanische Truppen keine entscheidenden Änderungen der politischen Zustände herbeiführen, wohl aber die Widerstandsbewegung umstrukturieren und Territoriumsgewinne verzeichnen.[12] Die Lage blieb instabil, denn auch nach der Hinrichtung von Morales waren einzelne Städte oder Gebiete in der Hand der Aufständischen, die nach der Niederlage Napoleons 1815 teilweise von England unterstützt wurden. Im Land blieben kleinere Guerilla-Einheiten aktiv. Pedro Ascencio und Vicente Guerrero gehörten zu den letzten noch aktiven Anführern.

1820 kam es in Spanien zu einer liberalen Revolution, die Ferdinand VII.

zwang, die Verfassung von Cádiz wieder in Kraft zu setzen. Trotz anfänglichen Widerstands des neuen Vizekönigs Juan Ruiz de Apodaca trat die Verfassung auch für Mexiko in Kraft. Das wiederum rief die wohlhabende Schicht der Kreolen auf den Plan. Entgegen ihrer Absichten verbündete sich aber ihr Repräsentant Augustín de Itúrbide mit dem Rebellenführer Vicente Guerrero, beide verabredeten einen Plan (»Plan von Iguala«), demzufolge Mexiko als konstitutionelle Monarchie unabhängig werden, der Katholizismus die Einheitsreligion des Landes bleiben und alle Staatsbürger vor dem Gesetz gleichgestellt sein sollten. Am 27. September 1821 nahmen die Aufständischen Mexiko-Stadt ein, innerhalb kurzer Zeit wurden die spanischen Truppen aus Mexiko abgezogen.

Das Land erfuhr die Ablösung von Spanien als Zeit der inneren Konflikte und Machtübernahmen. Die kreolische Schicht war über die Entwicklung nach der Befreiung zerstritten, liberale und konservative Kräfte rangen um Einfluß. Itúrbide wurde 1822 als Augustin I. zum Kaiser von Mexiko gewählt, blieb aber nur elf Monate im Amt. Antonio López de Santa Anna rief in Santacruz die Republik aus, Itúrbide verließ das Land. Am 4. Oktober 1824 trat die erste mexikanische Verfassung in Kraft, die u. a. ein Zwei-Kammersystem vorsah, die Gewaltenteilung nach amerikanischem Vorbild, die Unverletzlichkeit der persönlichen Sphäre sowie Pressefreiheit. Erster Präsident der Republik wurde Guadalupe Victoria. Die freien Wahlen erwiesen sich für die liberale Regierung jedoch als Nachteil, da Kirche und Großgrundbesitzer die des Spanischen teilweise nicht mächtige Bevölkerung manipulierten und die Wahlen in ihrem Sinne beeinflußten.[13] Aufgrund der fehlenden Erfahrung mit demokratischen Prozessen kam es zu einer unsicheren Lage, die sich auf Politik und Wirtschaft negativ auswirkte. Das bewog wiederum andere Staaten, Einfluß auf die Entwicklung in Mexiko zu nehmen.[14] Auch der ehemalige Rebellenführer Guerrero, inzwischen Präsident, konnte den Konflikt zwischen konservativen und liberalen Kräften nicht lösen. 1828 stürzte ihn Anastasio Bustamente und ließ ihn hinrichten. Bustamente wurde 1830 Präsident, blieb aber nicht lange im Amt, da Santa Anna ihn gewaltsam stürzte und von 1833 bis 1835 als Präsident agierte.

Sealsfield hat einen komplexen historischen Stoff in einem kaum weniger komplexen kulturellen Kontext zur Grundlage. Als er 1833/34 mit der Niederschrift des Romans beginnt, hat er eine kaum lösbare politische Entwicklung vor Augen, die bis in die Mitte des 19. Jahrhunderts ungelöst bleiben wird. Mexiko liegt wirtschaftlich am Boden, Armut und Orientierungslosigkeit prägen das Alltagsleben. Sealsfield reagiert im Roman auf diese Lage mit einer mehrfachen Hinführung zum Thema.

Das Vorwort des fingierten Herausgebers verweist auf die Komplexität des Stoffes, der einleitende Bericht des Erzählers erläutert die besondere Situation Mexikos Ende der 20er Jahre des 19. Jahrhunderts. Schließlich werden Ereignisse aus dem Jahr 1812 erzählt. Sealsfield konnte die Ereignisse nicht aus erster Hand kennen, er orientiert sich aber an historischen Darstellungen des Unabhängigkeitskriegs:[15] Der Virey ist der Repräsentant der spanischen Krone, der mexikanische Vizekönig Vanegas, dem ein erfundener Gegenspieler, Conde de San Jago, aus der Schicht reicher Kreolen entgegengestellt wird.

In den drei Teilen des Romans werden in Kenntnis des historischen Verlaufs des Unabhängigkeitskriegs Ereignisse aus den Anfängen entfaltet. Vorgeschaltet ist der eigentlichen Handlung ein Abriß der literarischen Strategie des ganzen Romans: zunächst in der Mehrstimmigkeit des Erzählens zwischen fingiertem Herausgeber und Erzähler, dann aber auch poetologisch. Günter Schnitzler hat gezeigt, daß die Hinführung und Einleitung »die Summe des ganzen Romans« enthält:[16] »hier verdichten sich alle wesentlichen Schaffensprinzipien, -gesetze und Grundfragen Sealsfields«.[17]

Der Erzähler erzeugt im vielstimmigen Erzählen zunächst eine Unsicherheit gegenüber dem, was erzählt wird.[18] Anfangs werden Einzelinformationen mitgeteilt, ohne daß der Leser die genauen Hintergründe kennt. Der Erzähler folgt einer Figur, die sich später als Rebellenführer »Mor-« (98) entpuppen wird, durch undurchschaubar wirkende Ereignisse im Kontakt mit den Aufständischen und Vertretern des Hofes. Diese Figur wirkt, wie es im Text heißt, »ins Unkenntliche metamorphosiert« (43). Der Grad der Einschränkung des Erzählten ist hoch. Der Erzähler weiß zunächst nicht immer mehr als seine Figuren und führt dem Leser in den einleitenden Passagen die Fremdheit des ersten Kontakts mit der mexikanischen Kultur vor Augen. Er beobachtet die Ereignisse, ohne sie zunächst zu plausibilisieren. Mitunter scheint der Erzähler durch infernalisch anmutende Wirrnisse zu taumeln. Der Leser lernt die Gründe des Widerstands gegen die spanischen Vertreter kennen – nicht zufällig anläßlich des Karnevals, da während eines Karnevals die konventionelle soziale Ordnung außer Kraft gesetzt erscheint. Der Karneval deutet als ›Kippfigur‹ die politisch instabile Lage Mexikos an. Zugleich bemerkt der Leser an den Aktivitäten des noch unbekannt gebliebenen Führers durch die Szenen eine ordnende Aktivität, die das chaotische Geschehen bändigen will.

Auf der Ebene der individuellen Schicksale wird u. a. das des Neffen von Conde San Jago, Don Manuel, entfaltet, der in Spanien gegen die französischen Besatzer kämpfen möchte, auf dem Weg zur Küste jedoch in die Bürgerkriegswirren gerät und sich gegen die spanischen Truppen in Mexiko wendet. Unglücklich über seine Tat will er sich am Hof des Vizekönigs gegenüber Isabella, einer Schwägerin des Vireys, rechtfertigen, gerät aber in Gefangenschaft und wird fast zum Opfer einer Intrige des Vizekönigs, der er im dritten Teil des Romans nur dank Isabellas Liebe zu ihm entkommt.

In einer für die Romanform typischen Darstellungsweise wechseln erzählende und reflektierende Passagen ab. Sealsfield gibt dem Leser zum Ende des ersten Teils, im 16. Kapitel, die Möglichkeit, sich im Geschehen zu orientieren; Ansätze dazu enthält bereits das 5. Kapitel, (Vergleichbares geschieht auch im 43. Kapitel). Mit der ersten längeren reflexiven Passage des Romans ändert sich die Erzählhaltung, da nun das Geschehen motiviert wird, auch wenn die Herkunft vieler Stimmen unbekannt bleibt. Im weiteren Verlauf werden die Auseinandersetzungen zwischen Aufständischen und Regierungstruppen aufgezeigt. Überlegungen des Erzählers zu Staatsformen und zu Problemen Mexikos mit der Umsetzung demokratischer Strukturen folgen, die schon zum Schluß des ersten Teils aufgenommen worden sind. Einerseits wird zur »moralischen Revolution« der kreolischen Schicht aufgerufen (156), andererseits unternimmt der mexikanische Adel »verzweifelte Anstrengungen« (154), die spanische Herrschaft aufrecht zu erhalten, weil er sich zur Besitzstandswahrung verpflichtet fühlt: »Es liegt etwas Zähes, aber zugleich auch etwas Positives im Grundeigentum«, heißt es im Roman, »das seinen Besitzer gewissermaßen zwingt, unabhängig von seiner persönlichen Vorliebe und seinen Vorurteilen, das Wohl des Landes zu berücksichtigen, in dem sein Eigentum liegt. So wahrhaft absurd daher auch das Benehmen der Mehrzahl dieser Hochadeligen im Anfange der Revolution gewesen, so kindisch lächerlich ihre Vorliebe für die wertlosen Auszeichnungen ihres königlichen Gebieters, so hatte es wieder unter ihnen Männer gegeben, die die Lage ihres Landes richtiger beurteilten, und ungeachtet des servilen Kleides, das sie trugen, für die Freiheit ihres Landes größere Opfer gebracht hatten, als die glühendsten, lautesten und ungestümsten Freiheitshelden je getan.« (ebd.) Die Frage nach dem Eigentum soll nun zum Anlaß des kreolischen Handelns werden, wobei der aristokratische Selbsterhalt aus ökonomischen Gründen nicht als sinnvoller, sondern als historisch gewachsener Ausgangspunkt verstanden wird. Im dritten Teil meint Conde San Jago: »Es müssen materielle Interessen dazu kommen, grob materielle Interessen. [...] Derselbe Dämon des Egoismus, der Selbstsucht, der uns blutig, vampirartig aussog, muß uns auch endlich befreien.« (463) Das mag nicht Sealsfields Position sein, sie wird durch die Figur vermittelt, dennoch skizziert sie die Schwierigkeiten der mexikanischen Unabhängigkeitsbewegung, kaum andere Mittel einsetzen zu können, als die von den Spaniern ins Land gebrachten.

Sealsfield stellt in der Handlung und den Erörterungen darüber solche Widersprüche ins Zentrum der Aufmerksamkeit und beobachtet die Herausbildung patriotischen Handelns. Innovativ verfährt der Autor an dieser Stelle, insofern er Prinzipien der aufklärerischen Anthropologie vom Individuum auf Nationen überträgt und den Conde über eine Psychologie der Massen reflektieren läßt (vgl. 130). Der Roman ist gewissermaßen auf der Suche nach seinem moralischen Helden. »Unser Studium muß das Volk sein, der Volksgeist; Jahre lang muß er es sein. Haben wir den uns ganz eigen gemacht, dann sind wir Meister«, meint der Conde (466). Der Roman handelt von der *Herausbildung* moralisch integerer Subjekte, durch die Demokratisierungsprozesse eingeleitet werden können, und die in der Lage sind, mit ihrer eigenen Stimme die Vielstimmigkeit der Gesellschaft zu repräsentieren.[19] Das einfache Volk verliert zunehmend an Bedeutung: Je länger die Handlung voranschreitet, desto negativer wird das Bild der *Gente irrazionale*, die den Aufstand in der Masse vorantreiben.

Die Suche nach dem moralischen Helden in den Wirren Mexikos wird im letzten Teil auf die Auseinandersetzung mit dem Hof des Vizekönigs konzentriert, auf ein Umfeld, das von Intrigen und Besitzgier gekennzeichnet ist. Sealsfield führt zunächst das Privatleben der Familie des Vireys vor, die einzig »glückliche in Mexiko« (321), wie es lakonisch heißt. In einem breit angelegten satirischen Bogen zeigt er die Hybris und Selbstvergessenheit der Macht bis hin zur Planung eines Balls während der Kriegswirren. Drei Handlungsstränge bringen die Handlung zu Ende.[20] Don Manuel stellt sich dem König und soll heimlich hingerichtet werden. Isabella, die Schwägerin des Vireys, verhilft ihm zur Flucht. Der Virey führt Gespräche mit einem britischen Abgesandten, »Sir George W-n«, der dem Vizekönig von Verhandlungen mit Conde San Jago abrät. Er entpuppt sich als Vermittler und Geldgeber, der Vanegas zum Posten des Vizekönigs verholfen hat und ihn auch weiterhin an der Macht halten kann. Für Sir George ist Geld bereits das Medium, durch das sich alles regeln läßt; es ist ein globales Handlungsmittel jenseits kultureller Normen. Der Virey befolgt den Ratschlag nicht und gerät durch den Conde, der droht, seine Kenntnisse über des Vireys Komplott mit Sir George öffentlich bekannt zu geben, unter politischen Druck. Der Virey macht daraufhin der mexikanischen Aristokratie weitreichende Zugeständnisse, um im Amt zu bleiben. Er wird dadurch abhängig von der kreolischen Schicht, da er, nicht zuletzt durch die Aufnahme von Kreolen ins Militär seine eigene Schwächung vorbereitet. An dieser Stelle des Romans löst

Sealsfield den aufgebauten Konflikt, indem er den vermeintlich mächtigen Vizekönig als Spielball stärkerer ökonomischer und politischer Kräfte erscheinen läßt. Damit wird ein neues Kräftefeld absehbar, auf das der Roman nicht mehr eingeht, das aber für Sealsfields Geschichtsbild nicht ohne Relevanz ist: Die neuen historischen Kräfte sind Geld und Freiheitsstreben, deren Konflikte in Mexiko noch nicht absehbar, dennoch aber vorhersehbar sind. Dabei bleibt unklar, inwieweit der Conde die weltweit agierenden ›Geldaristokraten‹ richtig einschätzt.

Fragt man nach den zeitgenössischen Themen, auf die sich Sealsfield im »Virey« einstellt, sind vor allem zwei zu nennen: Die Suche nach Legitimation von Widerstand gegen staatliche Institutionen in gesellschaftlichen Umbruchsituationen und die Frage danach, inwieweit die Veränderung politischer Strukturen von der Bevölkerung mitgetragen werden kann. Für Mexiko heißt dies im Roman, daß »bureaukratisch-despotische[] und aristokratisch-monarchische[] Interesse[n]« (426) gegeneinanderstehen, die beide für sich und im Widerstreit nicht die Lösung der Probleme Mexikos erbringen werden. Die Suche nach dem moralischen Helden wird als Hoffnung und zugleich historisch notwendige Entwicklung dargestellt. Mexiko erscheint in diesem Zusammenhang nicht zuletzt als Projektionsfläche. Es ist der Ort, an dem man mit amerikanisch-europäischem Blick Demokratisierungsprozesse in vorbürgerlichen Gesellschaften beobachten und Prinzipien der Legitimität sich ausbilden sehen kann (vgl. 61).

Bei der Diskussion über die Legitimität politischen Handelns im öffentlichen Raum haben monarchische Systeme seit dem 18. Jahrhundert stetig dazugelernt und gezielt versucht,[21] Einfluß auf die Entwicklung des öffentlichen Bildes zu nehmen. Diese Strategien muß auch der Virey kennen, der im dritten Teil im privaten Rahmen einen zynischen Gebrauch des Begriffs in Anschlag bringt: »überglücklich! daß wir im neunzehnten Seculo leben, dem es aufbehalten war, diese Quintessenz von politischer und sozialer Raffinerie ans Tageslicht zu fördern, die, gleich dem Spiritus aus den Hefen der Trauben, mit unendlicher Sorgfalt von unsern ehrlichen Talmudisten für unsern höchsten Nutzgenuß gezogen wird. Ah, diese Quintessenz, Legitimität genannt! Sieh, Liebe, es ist ein bloßes Wort; aber dieses Wort hat zehntausend Schilde, die sein inneres Heiligtum bergen und beschützen. – So sanft gleiten wir hinter diesen Schildern dahin, so lieblich! Alles um uns herum ist Süße und Milde, alles Lächeln und Huld und Beglückung und Herablassung. [...] Aber Ordnung, ja Ordnung, die muß sein, diese ist uns Lebensprinzip. Dürfte jedoch noch einige Opfer kosten. [...] nichts herrlicher als Gewalt, sie bringt uns den Göttern nahe.« (326f.) Diese schwarz eingefärbte Satire auf den Exzess der Macht baut auf dem Prinzip von »Ruhe und Ordnung« (328) auf, das der Virey durch die Anwendung von Gewalt durchzusetzen gedenkt.

Die Asymmetrie in der Politik kann von seinem Gegenspieler im Roman, dem Conde San Jago nicht aufgehoben werden. Aus der Sicht des Vireys hat er die »schwache legitime Lunge der Liberalen« (328). Aus der Sicht des Erzählers gewinnt er sein liberales Profil (aus amerikanischer Perspektive paradoxerweise) durch den Einsatz für eine konstitutionelle Monarchie unter Vorherrschaft der Kreolen. Er beherrscht die Kunst der Politik am Hof des Vizekönigs nicht weniger als die Vertreter der spanischen Krone und gewinnt in der Handlung vor allem durch seine Pläne für einen kontrollierten Einsatz von Gewalt gegen die Spanier ein positives Profil. Ihn zeichnet sein Vorhaben aus, die Bevölkerung auf der Suche nach der moralischen Revolution zumindest nicht zu überhören.

Für viele Leser mag es enttäuschend gewesen sein, daß Sealsfield den aufgebauten Konflikt zwischen den Aufständischen und der Kolonialmacht zum Ende des Romans nicht zuspitzt, sondern abbricht und stattdessen die Instrumentalisierung der Kolonialstrukturen durch reiche Kreolen darstellt.[22] Die ›fehlende‹ Zuspitzung in der Romanhandlung folgt den historischen Ereignissen bis in die Zeit nach 1821, woraus eine Prämisse des Romans abgeleitet werden kann: Die Strukturierung der Romanhandlung muß durch den Gegenstand beglaubigt sein. Die Grundstruktur der Handlung von 1812 entspricht strukturell der Entwicklung Mexikos bis in die 20er Jahre des 19. Jahrhunderts. Das Verhältnis von Fiktion und Historie ist dann eines der Exemplifikation. Wie abenteuerlich und exotisch der Roman im Detail auch immer geraten sein mag, ohne ein geschichtliches Korrelat läßt er sich nicht vorstellen: Die Charakteristik Mexikos und seiner Einwohner ist deshalb auf die politischen Ereignisse verwiesen. In die Form des historischen Romans werden weitere Prosaformen eingeschrieben, ohne daß sein Rahmen deshalb gesprengt werden könnte. Sealsfields Abkehr von einem teleologischen Geschichtsbild verändert hier die Form des historischen Romans,[23] der Platz hat für Exotik, Abenteuer und Reise.

Die Betonung der Widersprüchlichkeit des Landes führt Sealsfield dazu, jenseits eines funktionierenden demokratischen Gemeinwesens, nach Erklärungen für das nichtbürgerliche Verhalten der Bewohner zu suchen. Eine findet er in der Natur, die zugleich auch die Überwindung des Problems bereithält: »Die Natur trägt hier den Charakter des wildesten Stolzes, der bizarrsten, furchtbarsten Kraft, und wieder einer unbeschreiblich trägen Indolenz. [...] Selten einer jener sanfteren Übergänge, in denen sich die prosaischere Natur in andern Ländern so sehr gefällt, nur Spuren gewaltsamer Revolutionen und schnell aufeinander folgender Katastrophen bezeichnet [...]« (16). Die Widersprüchlichkeit der Natur und des Landes motiviert die Form der Darstellung. Mexiko wird zur »Poesie der westlichen Hemisphäre«, es ist »das poetischste Land der Erde« (16). Es kennt die »sanften Übergänge« zur prosaischen Form der Republik nicht. Was Sealsfield in Mexiko findet, ist gewissermaßen die Poesie des neuen historischen Romans. Die Klärung des widersprüchlichen poetischen Kerns, seine demokratische Sichtbarmachung läßt dem Vorwort nach ein Modell für andere Länder erwarten. Damit liefert der Erzähler einen Grund für die Wahl Mexikos als Gegenstand des Romans nach und motiviert die Hoffnungen, die der Herausgeber mit dem Land verbindet. Zudem läßt sich mit dem Hinweis auf die Natur auch der Zusammenhang zu anderen Romanen Sealsfields herstellen. Natur vergegenwärtigt darin, so Schnitzler, Menschliches.[24] Vergleicht man die Anreisen aus dem »Virey« mit jener aus dem »Kajütenbuch«, kann man den Zusammenhang von Natur und Bevölkerung sehr gut erkennen: Im »Kajütenbuch« wird »gewissermaßen die Vorhalle des Tempels des Herren« betreten, die sich im Verlauf der Handlung für die Menschen als Ort der moralischen Läuterung erweist.[25] Natur ermöglicht es bei Sealsfield, in ihrer physiognomischen Lesbarkeit den Menschen zu erkunden, der sich in ihr aufhält und sich auf sie bezieht.

Der Autor beschreibt die Topographie, die Mentalität, den Glauben, die Gestik und Kleidung und nicht zuletzt die Sprache, die die Vielstimmigkeit des Romans durch die Vielsprachigkeit der Figuren unterstreicht. Auch wenn der Roman nicht als Reisebericht mißverstanden werden darf, leistet er, was Reiseberichten zugehört: Er klärt über die politischen, sozialen, ökonomischen Zustände des bereisten Landes auf und beschreibt den kulturellen Entwicklungsstand, Emotionalität, Werte, Recht, Bildung, Staatsverständnis u. a. Blickt man genauer auf einzelne Aspekte, zeigt sich eine verbindende ›Methode‹ in Sealsfields kultureller Lektüre: An der Grenze Natur/Kultur sucht der Erzähler nach dem produktiven Umschlagspunkt des einen in das andere.

Von solchen Formexperimenten aus läßt sich Sealsfield in Anlehnung an den und in Abgrenzung vom Vormärz verstehen, da er zentrale Stichworte der Ästhetik der Zeit aufgreift. Der Bruch mit den Autonomiekonzepten der Klassik und Romantik ist erkennbar, betont wird die subjektive Poesie und Wahrnehmung, wichtig wird die Artikulation von Zeitgenossenschaft, die Krise der Zeit wird als Weltprozeß verstanden und teleologisch verstandene Geschichte infrage gestellt. Nicht zuletzt soll sich die Prosa von der Poesie emanzipieren. Die Komposition des »Vireys« greift die Goethe-Kritik im Vorwort zum »Morton« auf, in dem zwar die widersprüchlichen Charaktere bei Goethe gelobt werden, im Übrigen aber Abstand davon genommen wird, der eigenen Nation etwas zu »diktieren«. Mit dieser Absicht nimmt der »Virey« Aspekte des Romans des Nebeneinanders vorweg, den Gutzkow im Vorwort zu den »Rittern des Geistes« 1850 beschreibt:

»Da ist die Zeit wie ein ausgespanntes Tuch! Da begegnen sich Könige und Bettler! Die Menschen, die zu der erzählten Geschichte gehören, und die, die ihr nur eine *widerstrahlte Beleuchtung geben*. Der Stumme redet nun auch, der Abwesende spielt nun auch mit. Das, was der Dichter sagen, schildern will, ist oft nur Das, was zwischen zween Schilderungen als ein Drittes, dem Hörer Fühlbares, *in Gott Ruhendes*, in der Mitte liegt.[...] Da ist ein endloser Teppich ausgebreitet, eine *Weltanschauung*, neu, eigenthümlich, leider polemisch [...]. Resultat: Durch diese Behandlung kann die Menschheit aus der Poesie wieder den Glauben und das Vertrauen schöpfen, *daß auch die moralisch umgestaltete Erde von einem und demselben Geiste doch noch könne göttlich regiert werden.*«[26]

Das Gutzkowsche Verfahren ähnelt demjenigen Sealsfields: Sealsfield sucht mit dem »Prinzip der Aufklärung des geistigen Fortschritts« moralische Umgestalter. Die Komposition der Bilder läßt zwischen den Bildern das vermittelnde Dritte ansichtig werden. Bei Sealsfield ist das vermittelnde Dritte die Natur, im dritten Teil mehrfach als »widersprüchliche« oder »gräßliche Poesie« angesprochen.

Romangeschichtlich weist Sealsfields »Virey« nicht nur auf Gutzkows »Roman des Nebeneinanders« hin, er verwendet den Roman als »demokratisches Prinzip«,[27] das in einer eigentümlichen Mischung aus aufklärerischer Absicht und erzähltechnischem Experiment Ausdruck findet.[28] In dieser Mischung muß er aus seiner Zeit heraus verstanden werden, auch in der Suche nach neuen Romanformen (historischer Roman, Zeitroman, Sozialroman), die zu den dringlichen Aufgaben der Literatur der Zeit gehörte. Der Roman ist, so der umstrittene Wolfgang Menzel 1827, eine «freyere Form der Geschichtsschreibung, aber eine Form, worin sich der Geist der Geschichte oft treuer spiegelt«, und: »Man sucht das Wichtigste der Weltgeschichte in gedrängtem Zusammenhange zu begreifen, und das Einzelne gleich Bildern in kleine Rahmen zu fassen, in Biographien, Sittengemälde, Memoires. Dieß allein sind die Formen, in welchen man das auf eine befriedigende Weise schildern kann, was die Geschichte ganzer Zeiten und Völker [...] unbeachtet lassen muß.«[29]

Waldemar Fromm

Anmerkungen

1 Primus-Heinz Kucher (Hg.): Charles Sealsfield. Dokumente zur Rezeptionsge-
schichte. Teil 1. Die zeitgenössische Rezeption in Europa. Hildesheim, Zürich,
New York 2002, S. 190 (Charles Sealsfield: Sämtliche Werke. Krit. durchges. u.
erläut. Ausg. Unter Mitwirkung mehrerer Fachgelehrter hg. v. Karl J. R. Arndt,
Bd. 31: Supplementreihe Materialien und Dokumente, 7).

2 Ebd., 194f.

3 Ebd., 199.

4 Ebd., 200.

5 Charles Sealsfield: Morton oder die große Tour, hg. v. Günter Schnitzler, Waldemar Fromm. München 2008, S. 17. (Jahrbuch der Charles-Sealsfield-Gesellschaft Bd. 19 2007).

6 Ebd., S 17.

7 Die Reflexion der Position des Lesers in der Zuschrift zum »Morton« ist nicht
eben schmeichelhaft: »Es verhält sich mit der bürgerlichen Gesellschaft wie mit
dem einzelnen Individuum, das nur dann vollkommen gesund ist, wenn es keines
seiner Glieder fühlt, wenn ihm keines derselben sein Dasein auf eine unangenehme oder schmerzliche Weise zu erkennen gibt, wenn alle Funktionen des Körpers
ungehindert und leicht vor sich gehen. Wenn der Magen durch stetes Vollprop-
fen sein Dasein durch Schwere zu erkennen gibt, dann ist es Zeit zur Abhilfe;
aber diese ist am leichtesten möglich, wenn der Kranke selbst seinen schlimmen
Zustand durch und durch erkennt; dann kann er durch leichte Mittel abhelfen.
Ihn zur Erkenntnis dieses Zustandes zu bringen, ist aber wieder keine ganz leichte
Sache; denn der Kranke ist reizbarer als der Gesunde; es muß ihm seine mißliche
Lage so schonend als möglich, und doch wahr beigebracht werden, und wird sie
ihm dies, dann haben wir freundschaftlich an ihm gehandelt, human, weit huma-
ner, als wenn wir ihn sich selbst überlassen, und er so gezwungen wird, bei einem
Arzte Zuflucht, ja Hilfe zu suchen, die immer prekär ist, da sie von der Einsicht
ebensowohl als der Rechtschaffenheit dieses Letztern abhängt.« Ebd., S. 17f.

8 Vgl. dazu ausführlicher Gustav Frank: »Denn in der Literatur wie in den Wäldern der nordamerikanischen Wilden werden die Väter von den Söhnen tot-
geschlagen«. Die Erzählliteratur nach 1820 als Voraussetzung von Sealsfields
Prosa. In: Charles Sealsfield. Lebensjahre eines Romanciers 1808–1829. Vom
spätjosephinischen Prag ins demokratische Amerika, hg. v. Alexander Ritter.
Wien 2007, S. 135–151, hier: S. 144f.

9 Vgl. ausführlicher Wynfried Kriegleder: Die Gestaltung des »Chaos zum Ganzen
und zum Einklang«. Monosemierung als künstlerisches Prinzip in Charles Sealsfields historischem Roman Der Virey oder die Aristokraten in Mexiko im Jahre
1812. In: The other Vienna. The culture of Biedermeier Austria. Österreichisches
Biedermeier in Literatur, Musik, Kunst und Kulturgeschichte, hg. v. Robert Pichl,
Clifford A. Bernd u. Mitarb. v. Margarete Wagner. Wien 2002, S. 211–226, hier:

S. 223f. und Walter Grünzweig: Das demokratische Kanaan. Charles Sealsfields Amerika im Kontext amerikanischer Literatur und Ideologie. München 1987.

[10] Walther L. Bernecker, Horst Pietschmann, Hans Werner Tobler: Eine kleine Geschichte Mexikos. Frankfurt a. M. 2007, S. 121.

[11] Ignacio Bernal, Alejandra Morena Toscano, Luis Gonzales, Daniel Cosio Villegas, Eduardo Blanquel: Kurze Geschichte Mexikos. Köln 1977, S. 71f.

[12] Vgl. Klaus-Jörg Ruhl, Laura Ibarra García: Kleine Geschichte Mexikos. Von der Frühzeit bis zur Gegenwart. München 2. akt. Aufl. 2000, S. 124f.

[13] Ebd., S. 135f.

[14] Vgl. ebd.

[15] Zu Fehleinschätzungen vgl. das Vorwort von Marianne O. de Bopp: Der Virey und die Aristokraten von Charles Sealsfield. In: Charles Sealsfield: Sämtliche Werke. Krit. durchges. u. erläut. Ausg. Unter Mitwirkung mehrerer Fachgelehrter hg. v. Karl J. R. Arndt. Bde. 8/9: Der Virey und die Aristokraten oder Mexico im Jahre 1812. 3 Teile in 2 Bde., bearb. von Marianne O. de Bopp. Hildesheim, Zürich, New York 1974, S. V–XLI.

[16] Vgl. Günter Schnitzler: Erfahrung und Bild. Die dichterische Wirklichkeit des Charles Sealsfield (Karl Postl). Freiburg i.Br. 1988, S. 13–17.

[17] Ebd., S. 39.

[18] Vgl. zur Beschreibung der Vielstimmigkeit Primus-Heinz Pucher: Ungleichzeitige/verspätete Moderne. Prosaformen in der österreichischen Literatur 1820–1880. Tübingen, Basel 2002, S. 388.

[19] Vgl. Pucher, ebd., S. 221, der vom »geschichtsmächtigen Einzelnen« spricht. Vgl. auch Schnitzler, Erfahrung und Bild, S. 20, der von der Paradoxie spricht, daß bei Sealsfield subjektive Empfindungen allgemeingültig ausgegeben seien.

[20] Vgl. Kriegleder, Gestaltung, S. 216.

[21] Vgl. zur kritischen Diskussion des Themas: Michael Schaich: Staat und Öffentlichkeit im Kurfürstentum Bayern der Spätaufklärung. München 2001.

[22] Vgl. Pucher, Verspätete Moderne, S. 386.

[23] Vgl. zur Veränderung des Geschichtsbildes Frank, Erzählliteratur nach 1820, S. 139.

[24] Schnitzler, Erfahrung und Bild, S. 23. Pucher zufolge ist Natur doppelt kodiert; Pucher, Verspätete Moderne, S. 253.

[25] Charles Sealsfield: Das Kajütenbuch oder Nationale Charakteristiken, hg. v. Günter Schnitzler, Waldemar Fromm. München 2003, S. 22. (Jahrbuch der Charles-Sealsfield-Gesellschaft 15 2003)

[26] Karl Ferdinand Gutzkow: Die Ritter vom Geiste. Roman in neun Büchern. Erster Band: Erstes Buch. Zweites Buch. Drittes Buch, hg. v. Thomas Neumann, Frankfurt a. M. 1998, S. 10. Vgl. den Hinweis von Pucher, Verspätete Moderne, S. 385.

[27] Vgl. ausführlicher Pucher, Verspätete Moderne, S. 250.

[28] Vgl. zum Experiment grundlegend Gustav Frank: Krise und Experiment. Komplexe Erzähltexte im literarischen Umbruch des 19. Jahrhunderts. Wiesbaden 1998.

[29] Wolfgang Menzel: Walter Scott und sein Jahrhundert. In: Hartmut Steinecke: Romantheorie und Romankritik in Deutschland. Bd. 2: Quellen. Stuttgart 1976, S. 52–61, hier: S. 60.

Editorische Notiz

Der Text folgt der Ausgabe: Sämtliche Werke von Charles Sealsfield (Karl Postl 1793–1864). Hrsg. von Karl J. R. Arndt. Kritisch durchges. und erl. Ausgabe. Bände 8–9: Der Virey und die Aristokraten oder Mexico im Jahre 1812. 3 Teile in 2 Bde., bearb. von Marianne O. de Bopp. Hildesheim; Zürich; New York 1974. (Nachdr. d. Ausg. Der Virey und die Aristokraten, oder Mexiko im Jahre 1812. Von Charles Sealsfield. In drei Theilen. Erster Theil und Zweiter Theil. Dritte durchgesehene Auflage.- Stuttgart: Verlag der J. B. Metzler'schen Buchhandlung. 1845. Dritter Theil. Dritte durchgesehene Auflage. Stuttgart: Verlag der J. B. Metzler'schen Buchhandlung. 1846.)

Die Rechtschreibung wurde behutsam modernisiert. In die Zeichensetzung Sealsfields wurde nicht eingegriffen. Der Roman enthält einen vielsprachigen Duktus: Ein fingierter englisch sprechender amerikanischer Erzähler berichtet über spanisch oder französisch sprechende Figuren und richtet seine Darstellung an amerikanische und europäische Leser. Personen- und Ortsnamen wurden daher in der Schreibweise Sealsfields belassen, wie auch die meisten Angaben zu Dienstgraden, Alltagsgegenständen u. a. Das Spanisch des Textes, obwohl fehlerhaft, wurde nicht korrigiert. Eine detaillierte Berichtigung erfolgt in den »Allgemeinen Bemerkungen zu Sealsfields fremdsprachlichen Wendungen« und den »Noten zu den spanischen Wendungen im Text« der Herausgeberin Marianne O. de Bopp im 9. Band der o. a. Sämtlichen Werke, S. V–XVIII.

Die Textfassung erstellte Andreas Katsimardos. Ihm sei an dieser Stelle herzlich gedankt.

www.ingramcontent.com/pod-product-compliance
Lightning Source LLC
Chambersburg PA
CBHW052335110726

47901CB00005B/1239